검은 달무리,
금빛 숲

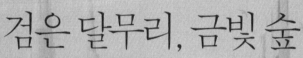

검은 달무리, 금빛 숲

해연 장편소설

I

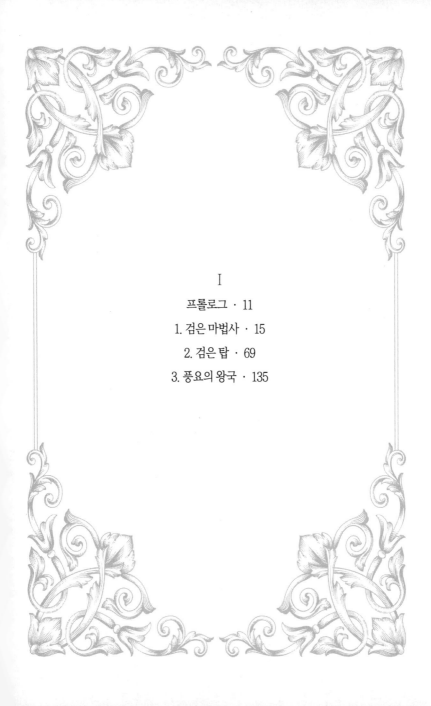

프롤로그

허억!

비명조차 내지를 수 없는 격통이 전신을 덮친다. 사지가 비틀리고 거대한 압력이 몸을 짓누른다.

무엇을 하고 있었는지, 왜 이런 고통을 당하는지 까맣게 몰랐다. 허덕이던 나는 어느 순간 정신을 잃었다.

"아⋯⋯!"

얼마나 지났을까. 눈을 떴을 때 나는 조금도 고통스럽지 않았다. 아니, 더 이상 고통을 느끼지 못하게 된 듯했다.

비슷한 강도의 고통을 계속 겪으면 통각이 마비되어 더 이상 아무것도 느끼지 못하게 된다고 하던가. 지금 내 상태가 딱 그랬다.

비단 통각만이 아니었다. 모든 감각이 마비된 양 아무것도 느껴지지 않았다. 이 무감각의 끝은 죽음에 가까우리라.

왜 이런 상황에 처하게 되었는지, 어떻게 하면 벗어날 수 있을지 알 수 없었다.

언뜻 들어오는 시야는 기묘하게 일렁였고 그것은 암흑도 빛도 아닌, 그러나 벗어날 수 없는 무저갱이었다.

나는 내가 죽어 가고 있음을 선연히 알았다.

차츰 피안으로 잠겨 들던 그 어느 순간 주변의 공간이 요동치는 것이 느껴졌다.

어떤 강력한 외부의 힘이 공간을 파쇄하고 있었다. 그 절대적인 힘은 이내 나를 집어삼키듯이 둘러싼 다음 강제로 끌어 올렸다.

사나운 파동. 나는 잠시 잊고 있던 고통을 떠올렸다. 온몸이 산산이 부서지는 것 같았다. 저절로 이가 악물린다.

파앗! 공간이 깨지고 차가운 공기가 물밀 듯이 밀려들었다.

흡사 상자 속에 납작하게 눌려 있다가 벗어난 듯한 해방감, 그리고 전신을 마비시키는 탈력감.

시야가 아득해지며 난 바닥에 나동그라졌다. 몸에 힘이 들어가지 않는다.

두 손과 두 발의 자유가 있음에도 나는 미동조차 없이 그렇게 널브러져 있었다.

난 이것이 조금 더 일찍 찾아와야 했음을 알았다. 아마 나는, 돌이킬 수 없는 상태이리라.

"……."

알 수 없는 언어가 귓전을 스친다. 동시에 검고 부드러운 옷자락—안식과도 같은 감촉이 손등을 스쳤다. 사락거리는 기척을 반쯤 어둠에 갇힌 정신으로도 선명하게 느낄 수 있었다.

나를 구한 누군가 역시 내가 이런 상태란 걸 알아챘나 보다. 혹은 그가 내 남은 삶을 거두어 가려는 사신(死神)인지도 모르지.

그러나 그 누군가는 말없이 나를 내려다보고 있을 뿐이었다.

오래지 않은 시간이 흐른 후, 마침내 그는 돌아섰다. 구원자였던 걸까. 더 이상 내게서 가망을 느끼지 못하여 돌아서려고?

그때 나는 남아 있는지도 몰랐던 강렬한 기운이 몸 깊은 곳에서부터 분출하듯 솟아오르는 것을 느꼈다.

그 순간 치솟은 것은 인식하지 못한 채 깊디깊은 절망 속에 가라앉아 있던 '희망'이라는 단어였다.

평생 그토록 살고 싶었던 적이 없었고 앞으로도 없을 것 같았다.

이대로 그를 보내선 안 돼. 그 말이 번뜩거리며 뇌리를 메우는 동시에 나는 모든 삶의 기운을 끌어모아 가까스로 그의 옷자락을 움켜쥐는 데 성공했다.

그리고 토해 내듯 말했다.

"……살려…… 주세요."

그것이 내가 할 수 있었던 마지막 말이었다.

1. 검은 마법사

입안에서 비릿한 냄새가 감돈다. 기가 막힌 사실은, 그 냄새에 내가 허기짐을 느꼈단 거다. 결과적으로 난 허기 때문에 눈을 떴다.

얼마나 오래 굶었는지 텅 빈 위장이 아려 온다.

잠깐, 난 죽은 게 아니야? 저승에서 아귀(餓鬼)가 된 것이 아닌 바에야 배고플 리 없으니.

퍼뜩 정신이 들자마자 난 자리에서 벌떡 일어났다.

벌떡? 놀랍도록 나는 생기에 가득 차 있었다. 시야는 믿기지 않을 만큼 맑았고 뒤틀어 본 몸은 원활하게 움직였다. 배가 고픔에도 전신에 활력이 넘쳤다.

엉덩이 아래로 인식하지 못했던 푹신한 감촉이 느껴진다. 그리고 주위도 차츰 눈에 들어왔다.

나는 침대에 누워 있었다. 병원 특유의 약품 냄새가 나지 않고 링거 병, 하얀 벽면 같은 것들이 없는 걸 보니 이곳은 병원이 아니다. 그러면, 여기는 어딜까.

굳어 버린 듯 잘 돌아가지 않는 머리를 애써 회전시키며 난 이상하도록 차분하게 생각을 정리했다.

이전의 난 어딘가에 갇혀 거의 죽어 가고 있었다. 그러나 지금⋯⋯ 난 살아 있는데? 맙소사! 환희를 느끼기엔 얼떨떨하다.

서둘러 침대에서 벗어나려던 난 문득 이 방에 나 이외의 누군가가 존재한다는 사실을 알아챘다. 시선이 그리로 돌아갔다. 저편에, 햇빛이 쏟아져 들어오는 창가였다.

나는 숨을 죽였다. 의도한 것이 아니라 절로 그렇게 되었다. 사람……일까? 나는 눈을 의심했다. 최고의 장인이 혼신의 힘을 다해 구현해 낸 조각 같았다. 나의 구원자는—

쏟아지는 햇빛이 흡수되어 심연으로 사라지는 듯한 흑암의 머리카락, 어찌 보면 까마귀 깃털 같은 그것이 비단처럼 흘러내리고 있었고 그와 선명히 대비되는 피부는 푸른 기가 돌 정도로 투명하니 희었다.

또한 인간임을 의심케 하는 것은 또 한 가지, 얼굴 근육 어느 하나 움직임 없는 완벽하게 감정을 제거한 표정.

그러나 결여된 인간미와 반비례하여 그는 지독하게 아름다웠다. 천사도, 악마도 그 무엇도 그에 비할 것 같지 않았다. 너무도 검어 홍채조차 비치지 않은 눈으로 그는 창밖을 바라보고 있었다. 어쩌면 줄곧 그러고 있었는지도 모른다.

그에게 말을 건다는 것은 상당한 용기를 필요로 하는 일이었다. 범상치 않은 그의 외양과 분위기는 나로 하여금 쉽사리 입을 떼지 못하게 만들었다. 사실, 상대가 진짜 사람인지도 의심이 갔다. 만약 사람이라면 여자인지 남자인지 도 확신할 수 없었다.

갈등 끝에 결국 나는 생명의 은인일지 모르는, 아니 틀림없이 그러할 그에게 조심스레 말을 걸어 보았다.

"저기요."

반응은 금세 왔다. 내가 가진 의심이 무색하도록 그는 생명체 특유의 부드러운 움직임으로 내게 고개를 돌렸다. 칠흑 같은 그의 눈을 마주한 순간 나는 움찔하며 뒤로 물러앉았다.

놀랐던 게 아니다. 뒷걸음치고 싶은 두려움이 가슴을 찔렀다. 그의 눈빛이 무엇을 의도하지 않음에도 알 수 없는 위압감에 섬뜩할 지경이었다.

침 삼키는 소리만 고요한 방 안에 울려 퍼졌다. 침묵을 깨는 건, 아무래도 내 몫인 것 같지? 날 구해 줄 만한 이타심이 있으니, 나쁜 사람은 아닐 테다. 아마도. 판단을 마친 난 시선을 피하며 조심스레 물었다.

"저, 저를 구해 주신 분이지요? 어떻게 된 일인지는 모르겠지만 정말 감사합니다. 진짜 죽는 줄 알았거든요. 죄짓고 산 적은 없는 거 같은데 이게 무슨 날벼락인지—?"

나는 말을 멈추었다. 돌연 그가 자리에서 일어났기 때문이었다. 성큼 내게로 다가서는 모습에 나는 그의 성별이 뭔지 알아챌 수 있었다. 척 보기에도 확연히 큰 키에 호리호리한 체격은 가녀리다고 보기 어려웠다. 여자라면 운동선수가 아닐까. 복장도 이상하다. 코스튬플레이라도 하는 건지 온통 검은 옷차림에 망토까지 둘렀다. 그와는 너무도 조화로운 차림이라 위화감을 느끼지는 못했지만 문제가 있다면,

……그게 내게 더 위협적으로 다가왔단 거다. 난 쫓기듯이 황급히 벽에 등을 붙이며 외쳤다.

"아 저 저기! 그대로 얘기해도 될 것 같은데요! 제가 무슨 잘못이라도?"

입은 건 싸이코 같은데 분위기는 진짜 위압적이다. 간이 쪼그라든 내 앞에 멈춰 선 그는 내 이마에 지시하듯 손가락을 가리켰다. 일순 눈앞에 빛이 번쩍거렸다. 동시에 머릿속으로 빨려들듯 어지럽게 무언가가 쏟아져 들어오기 시작했다.

그것은 언어였다. 현기증을 느낄 만큼 폭넓고 낯선 지식이 머릿속에 범람하고 있었다. 그리고 이내 세밀하게 뿌리를 내리듯 뇌리에 구석구석 심어져 자리를 잡았다.

그 일은 아주 짧은 시간에 끝났고 그가 손을 거두었을 때 나는 금방 안정을 찾았다. 숨을 몰아쉰 난 다급히 물었다.

"뭘 하신 거예요? 손에서 빛이 났는데……. 어, 어라? 내가 무슨 소릴 하는 거지. 이게 도대체 어느 나라 말이죠? 무슨 초능력자라도

되시는가요?”

"마법사다. 그리고 그것은 앞으로 마법사로 살아가면서 네가 가장 많이 쓰게 될 언어지."

딱딱할 거라 짐작했던 그의 목소리가 매우 매끄럽고 듣기 좋아 나는 잠깐 놀랐고, 또 그 말의 내용에 놀랐다.

"아니 저기 잠깐만요. 제가 왜 마법사로 살아가야 하죠? 아니 그전에, 마법사라니요? 그게 도대체 뭐하는 건데요? 무슨 모자에서 토끼 꺼내고 그런 거요? 전 그런 건 취미가 없는데 손재주도 없구요……. 집에 가야 해요. 부모님이 걱정하실 거예요. 그런데 난 집에서 자고 있었던 것 같은데 어떻게……. 저, 여기는 어디죠? 제가 어떻게 된 건가요?"

횡설수설 질문을 내뱉으면서 머릿속이 어지럽게 얽혀 갔다. 내가 처한 상황이 혼란스러웠다. 집에서 잠을 자다가 죽을 뻔하고, 살아났더니 이상한 복장의 남자가 내게 초능력을 썼다.

너무나 비상식적이고 말도 안 되는 일들이 연달아 일어나고 있어서, 얼떨떨하기만 했다. 마치 이상한 나라의 앨리스라도 된 것처럼.

그래도 그녀는 자신이 토끼 구멍으로 뛰어든 것이니 나보단 더 대비가 되어 있었을 것이다.

혼란스러워하는 나를 그는 감정 없는 눈으로 응시하고 있었다.

관찰하는 듯한 검은 눈이 지독히 검고 무기질적이라 나는 그의 성별을 가늠하려던 시도를 버렸다. 저건 사이보그나 인조인간에 더 가까울 것 같다.

설명이 필요하다 느꼈는지 그가 이윽고 입을 열었다. 충격적인 이야기가 고요한 투로 모습을 드러내기 시작했다.

"네가 갇혀 있던 곳은 차원의 균열이었다. 아주 우연히 네가 있던 시공간에 균열이 생겨난 걸 테지. 사실, 갇혀 있던 것만으로도 운이 좋았다고 봐야겠지. 대부분은 균열에 빠진 순간 죽게 되니까. 다른 세계의 균열이 이 세계에 비치는 일 역시 흔치 않으나 나는 그 균열을 발견했고, 살아 있는 너를 발견했다. 그리고 꺼냈지."

감정이 깃들지 않은 음성은 사무적이다 못해 냉정했다.

"하지만 정작 꺼낸 너는 죽기 직전이었다. 균열에 갇힌 지 오래되어 보였고 뼈가 으스러진 채 숨이 붙어 있기는 했으나 이미 비틀린 마력에 장시간 노출되어 손쓰기 어려운 상태였다."

"잠깐!"

나는 급히 그의 말을 가로막았다. 그의 말이 지속되면서 점점 심장이 쿵쾅거리며 뛰기 시작했다. 두려움. 그러나 아까의 것이 맹수를 앞둔 본능에 가까웠다면 지금 느끼는 이 감정은……. 까마득한 허공에 뚝 떨어져 놓인다면 이러할까. 불안감이 치달아 올랐다. 나는 일부러 으름장을 놓듯이 질문했다.

"지금, 농담하시는 거 아니죠? 그러니까 여기가 다른 세계……라구요? 저 돌아갈 수는 있나요? 있……겠죠?"

질문을 퍼부을수록 내 음성은 확연히 흐려지고 떨림을 머금어 갔다. 그래, 이 말도 안 되는 상황을 이해하기보다는, 일단 집에 갈 수 있는지, 그걸 알고 싶었다. 그것보다 중요한 게 없었다.

제발 몰래카메라이길, 차라리 꿈이길. 내 인생에서 가장 두렵지 않은 악몽이었다고 해도 좋으니까. 눈앞의 생생한 현실에도 나는 아찔한 심정으로 빌며 물어보았다.

내 허둥대는 모습을 보면서 그는 일말의 동정심도 내비치지 않았다.

"불가능에 가깝지. 그렇게 할 수 있더라도 내가 그렇게 하지 않을 거니까."

여전히 평온한 어조로 그는 잔인하게 통고했다.

불가능. 그처럼 절망적인 단어가 있을까? 숨이 턱 막히고, 몸이 덜덜 떨렸다. 수만 가지 상념들이 뒤섞여 한꺼번에 떠올랐다가 사라진다. 얼어붙은 나는 손가락을 쥐었다 폈다 하다가 이내 무기력하게 물었다.

"……어째서요. 아주 어려운 일이라서 그런 건가요?"

"누구도 시도해 본 일이 없어 결과도 알 수 없고, 행하는 법조차 알지 못한다."

그때 문득, 벼락같이 뇌리를 스치는 생각이 있었다. 그는 불가능에 '가깝다'고 했다. 그렇다는 건. 저절로 몸이 앞으로 숙여졌다. 꺼림칙한 것을 피하듯 최대한 멀리하고 있던 그에게 몸을 기울이며, 나는 최대한 조리 있게 생각을 끄집어냈다.

"하지만 당신은 그렇게 할 수 있더라도 그렇게 하지 않을 거라고 했어요……. 어쩌면 가능할 수도 있다는 뜻이잖아요, 그건. 그런데 하지 않는다는 건 왜지요? 물론 당신에겐 처음 보는 제게 그런 친절을 베풀 이유가 없다는 건 알아요."

적어도, 죽었다 살아난 사람의 심적 안정을 해치는 말들을 거침없이 해 대는 걸 보아하니 지독한 냉혈한인 건 알겠다. 하지만 여기서 난 그를 설득해야만 했다. 그런 사람이라고 납득할 게 아니라.

"그럼에도 저를 살려 주셨잖아요. 그렇다면 죽어 가는 사람 또 한 번 살리는 셈 치고 혹시 시도를…… 해 주실 수는 없나요? 그게 크게 어려운 일이라면, 제가 어떤 식으로든 보답할게요. 저 밥 잘해요!"

다급히 꺼낸 제의가 퍽 우습다고 생각하면서도, 난 웃을 수 없었다. 내 터무니없는 소리에도 눈썹 하나 까딱하지 않는 그의 무표정한 낯이 대단히 무게감 있게 다가왔던 탓이다.

나는 금세 기가 죽었다.

"뭐, 그런 게 필요 없으시다면…… 제가 뭘 하면 되지요? 무엇을 대가로 치를 수 있을까요? 제가 할 수 있는 거라면 뭐든 할게요."

나는 애원하다시피 말했다. 그의 말 속에서 가까스로 찾은 여지를 동아줄이라도 잡은 듯이 힘껏 매달리면서. 내가 뭘 할 수 있을지, 나조차도 알 수 없었지만 절벽 위의 꽃을 딴다거나 호랑이를 잡아오는, 어쨌든 시도를 할 수 있는 일이라면 그나마 희망은 있을 터. 적어도 넌 아무것도 할 수 없다는 판정보다는 낫겠지.

그러나 대답을 기다리는 내게 그는 망설임 없이 차가운 투로 통보

했다.

"너는 대가를 치를 수 없다. 이미 넌 내 것이니까."

잠깐 그의 말이 고막 위를 겉돌았다. 이해한 즉시, 온몸에 소름이 쫙 돋았다. 구애의 표현이라기보단……. 흡사 물건의 소유권을 주장하는 듯이 들렸다. 내가 널 살려 주었으니 네 목숨은 내 것이라고, 고대에서나 적용되었을 법한 등가교환을 내세우면서. 아무리 생명의 은인이라지만, 이게 무슨…….

불현듯 인신매매, 노예와 같은 단어들이 뇌리를 차지한다. 상상을 거치자 그건 순식간에 그럴듯한 영상으로 머릿속에서 재생되었다.

위기감이 엄습한 난 경계하는 눈초리로 그를 바라보며 벽에 찰싹 달라붙었다.

혹시 이건, 목숨을 구해 줬다고 몸을 바치라는 뜻인가?

"저기, 그건…… 좀, 그런데요!"

나도 모르게 강하게 낸 목소리가 내 귀에도 질색하는 것처럼 들렸다. 그를 자극한 건 아닐까 싶어, 난 짐짓 눈치를 보았다.

사실 여자가 아쉬울 사람 같진 않다. 연예인보다도 더 출중한 외양을 하고 있으니. 혹시라도 내 거절이 그의 자존심을 상하게 하는 건 아닐지.

그러나 우려가 무색하게, 나는 곧 그가 아주 일방향적인 의사소통 방식을 선호한다는 것을 깨달았다.

"네 의사는 상관없다."

내가 정했으니 너는 따라야 한다, 섬뜩한 검은 눈이 그리 선고하는 듯했다. 절대 권력의 군주인 양 당연한 듯이 하는 말에, 나는 그가 명령하는 것에 익숙한 사람이라는 것을 깨달았다.

별달리 위협적인 투도 아니었는데 난 입술만 달싹일 뿐 반박을 꺼낼 수 없었다. 사람이 사람을 내리누르는 위압감이라는 게 어떤 것인지 선연히 느껴진다.

"나는 너를 살렸고, 너는 대가를 치러야만 한다."

……죽어 가는 나를 구하는 건, 어쩌면 그에게도 쉽지 않은 일이었을지도 모른다.

나는 타산적인 시각으로 다시금 그의 요구를 이해하려고 애써 보았다. 나를 살리는 데 치른 비용이 크기에 그는 내게서 대가를 받아 내고 싶을 수 있었다.

만약 그때의 나에게 이 모든 사실을 알려 주고 살길 원하느냐고 물었다면, 생각지 않고 고개를 끄덕였을 것 같기도 했다. 일단 살고, 후에라도 어떻게 타협을 보면 되니까.

하지만 그렇다 해도 목숨을 구해 줬다고 몸을 요구하는 게 말이 돼? 생명과 자유, 그 두 가지를 저울질하는 건 가당치 않다. 그냥 더 생각할 것도 없이 이건 아니다. 내 입장에선 전적으로 그랬다. 거부할 수 없는 조건을 전제로 깔아 두고 날 살린 대가를 요구하다니 이거 사채업자 아냐?

퍼뜩 의혹이 샘솟는다. 혹시 나, 싸이코에게 납치된 거? 저 칙칙한 복장을 보았을 때 좀 제정신이 아닌 것 같은데. 차원의 균열이니 하는 얘기가 상식적으로 사실일 리 없잖아.

난 급히 이불을 끌어 올려 몸을 꽁꽁 가리면서 의심에 찬 눈으로 그를 쏘아보았다. 순순히 따를 의지가 없음을 드러내는 내게, 그가 여전히 표정 없는 낯으로 입을 열었다.

"나는 그때 돌아서려 했었다."

그 말이 쿵, 소리를 내며 떨어지는 것 같았다. 동굴 바닥을 흐르는 지하수처럼 차갑게 깔린 음성에 이상스레 심장이 쪼그라들었다.

"하지만 너는 날 잡았고, 그래서 나는 널 살렸지."

분명…… 그러한 일이 있었던 것 같기는 하다. 의식이 희미해져 가던 중에 그의 옷자락을 움켜쥐었던 것이 혼란한 기억 속에서 깨진 파편처럼 선명히 빛을 발한다.

"그렇다고 절…… 그러실 권리는 없어요."

차마 몸을 줄 순 없다고 내 입으로 말할 순 없어, 중요한 부분을 얼버무리고 항의해 본다.

그의 시선은 움찔할 만큼 지극히 차가웠다. 사람의 것이 아닌 양한 가닥의 온기도 깃들어 있지 않은 눈빛.

"모르겠나. 넌 이미 내게 소원을 빌었고, 나는 소원을 들어주었다. 네가 대가를 치르기를 거부한다면 나는 소원을 빌기 전의 상태로 널 되돌려줄 수 있다. 좀 더 간단하게 최종적인 상태로."

나는 분명히 그에게 말했었다. 살려 달라고. 그것이 소원이었단 말인가? 그리고 그의 말뜻은…….

오한이 들었다. 나는 소원을 빌기 전에 죽어 가고 있었다. 그러니 최종적인 상태는 죽음. 즉 이자는 네 몸을 바치지 않겠다면 널 죽여주겠다고 협박하고 있는 것이다! 그리고 분위기를 보아하니 내 대답 여하에 따라 바로 실행에 옮기라도 할 것처럼 보였다.

미친 자식! 속으로는 패기 있게 욕설을 뇌까렸지만, 두려움이 치밀었다. 하지만 포기할 수 없었다. 누군들 정체 모를 인간한테 몸 바치게 된 상황에서 포기하겠어?

"전 절 바치겠다고 한 적은 없다고요! 그냥 살려 달라고만 했지. 그러니까 뭔가 다른 것으로……. 어떻게든 제가 보상하기만 하면 되잖아요?"

"생명의 대가가 값싸리라 생각했나? 네 모든 것은 나의 것이니, 네가 대가로 지불할 수 있는 모든 것 역시 나의 것이다. 그러니 넌 대가를 치를 수 없다."

이런 생억지가 다 있다니! 조금도 타협의 여지가 느껴지지 않는 말이었다. 이 세계는 인권이고 뭐고 없나? 나는 아주 진지하게, 생명의 은인이고 뭐고 눈앞의 이 꺼림칙한 인간을 때려눕히고 여길 뛰쳐나가는 것을 고려해 보기 시작했다.

이상할 정도로 힘이 센 편인 나는 유도도 좀 한 편이라 지방 대회에서 입상해 본 적도 있다. 그러니까 싸우는 데 익숙하다는 소리다. 상대가 남자라면 일방적으로 제압하는 건 어렵겠지만, 눈앞의 호리

호리한 한 명쯤에게는 기습적으로 타격을 가하고 도망가는 건 해 볼 만한 일이었다.

하지만 마음에 걸리는 것이 있었다. 그가 내게 조금 전 행사한 힘. 거의 죽어 가는 나를 살려냈던 그 힘, 나는 그 힘의 정체를 몰랐다.

그리고 이 인간, 얼굴은 세상에 둘 있기 어려울 정도로 아름다운데 분위기가 심상찮은 게 척 보기에도 강해 보였다. 고수는 가만히 있어도 존재감을 발산한다고 하던데. 덤비면 그걸로 무덤행이 확정되는 건 아닐까? 아니, 까마귀 밥……. 푸드덕대는 날갯짓 소리가 귓가에 환청처럼 울려 퍼졌다.

역시 그건 아닌 것 같아. 나는 신중해지기로 했다.

"그럼 제게 정확히 요구하시는 게 뭐죠?"

파노라마처럼 불건전한 상상이 뇌리를 스치고 지나갔다. 난 애써 그 상상을 뿌리쳤다. 나중에 줄행랑치든 어쩌든 그의 요구에는 일단 따르는 척하자. 그게 현명한 판단이었다.

설마 지금 당장 뭔가를 요구하는 건 아니겠지. 장소가 영 마음에 걸리긴 하지만. 한방에 남녀 단둘이…….

"너는 앞으로 내 제자가 될 것이다. 그러니 이것을 읽어 두도록."

그가 품속에서 옛날 백과사전의 두 배쯤 될 듯한 두꺼운 책을 꺼냈다. 저런 게 들어갈 공간이 있었나? 의심이 갔지만 이미 상식을 포기해야 하는 상황이다.

난 책을 받아 들었다. 마음의 준비를 안 했으면 떨어뜨렸을 만큼 묵직했다. 책을 펼쳐 보자 정말, 성경만큼이나 깨알 같은 글씨가 눈에 들어온다. 페이지 하나하나가 기름종이처럼 얇은데 빽빽하게 쓰인 글자를 보니 어지러울 지경이었다. 모르는 글자였지만 읽을 수는 있었다. 하지만 훑어보는 정도로는 당최 이해할 수 있는 내용이 아니다. 대학 교재처럼 딱딱한 문장으로 이루어진, 체계적인 학술 저서 같았다. 내 눈에 가장 크게 들어온 글씨는, 마법. 마법이라고?

다행히 그가 내게 원하는 건 내가 생각했던 것과는 다른 모양이다. 나는 질린 표정으로 그를 바라보았다.

"제가 무슨 시험이라도 봐야 한다는?"

"마법사가 되려면 기본적으로 익혀야 할 지식이다."

"잠깐, 마법사라구요?"

아까부터 마법이라느니, 마법사라느니 그런 소리가 나오긴 나왔었지. 하지만 경황이 없어 귀담아 듣지 못했는데 마법사로 살아가야 한다고 했었나? 순간 알록달록한 조명이 쏟아지는 무대에서 손수건을 비둘기로 만드는 장면을 떠올린 것은 필연이었다.

"그래. 세계의 근본을 이루는 힘, 그 힘을 다루고 행사하는 것이 마법사다."

그가 말하는 음성이 너무나 진지해서, 사실 그가 하는 모든 말에 농담기 따위 없었지만 나는 말도 안 되는 소리라고 생각하면서도 더 이상 반박할 수 없었다.

실제로도, 나는 마법이란 것을 방금 경험하지 않았던가. 허무맹랑하게 느껴지는 말들, 머리로는 이해가 가면서도 낯설었다.

난 한숨을 푹 내쉬었다. 뜻하지 않는 공부를 강요받는 상황이라……. 이건 아무래도 머릿속에 심어 줄 수 없는 종류인 것 같은데. 벌써부터 골이 쑤신다.

아직은 얼떨떨하긴 하지만, 이 모든 불가사의한 것들을 나는 받아들여야겠지. 기꺼이는 아니더라도 별수 없이. 그래. 나는 살아 있고, 여기는 다른 세계고, 저 사람은 다행히 변태는 아니지.

방금 목숨과 맞바꾼 노예 계약을 선고받았을 뿐. 말이 제자지 네 모든 것이 어쩌니 하는 말을 떠올려 보면 그냥 노예인 듯했다.

생각하면 할수록 한숨이 깊어져만 간다. 죽었다 살아나서 이런 꼴이라니. 하지만 개똥밭에 굴러도 저승보단 이승이 낫잖아?

나는 책을 침대 옆에 놓은 뒤 일단 궁금증을 해소하기로 했다.

"그러면 제가 이렇게 생소한 언어로 말할 수 있는 것도 당신의 그 마법 때문인가요?"

"그래."

"뭐 그건 그렇다 치고 제 이름은 이아힌인데요. 성이 이고 이름이 아힌이요. 성함이 어떻게 되시죠? 제가 뭐라고 부르면 될까요?"

"이제 네 소속은 네 가문이 아니라 나에게 있으니 네 이름은 '아힌' 이다."

"아니, 저기 제 성이 뭐가 어때서요……."

성도 없이 달랑 아힌이 뭐야 아힌이!

졸지에 이름도 잘라먹게 된 나는 모기만 한 목소리로 항의했지만 그는 조금도 신경 쓰지 않고 말을 이었다.

"나를 앞으로 마스터라고 불러라."

내 머릿속에 새겨진 그 호칭의 뜻은, 지난 세계의 그것과 동일했다. 주인, 지배자, 혹은 스승……. 그리고 그것이 나와 그의 관계를 대변할 것이다.

새삼 가슴이 울컥거렸다. 어쩌다 이렇게 되었나도 싶고, 무슨 죄를 지어서 이런 수난을 겪는지 억울하기도 하다.

생사의 고비를 건넌 충격에서 벗어나기도 전에, 자유의지를 구속받는 상황에 처하게 된 내가 마냥 앞날을 긍정적으로 생각할 수는 없었다. 하지만 어쩔 수 없는 걸까. 나는 무거운 눈을 들어 눈앞의 그를 바라보았다.

조금도 시선을 피하지 않고 요구를 관철해 오는 무정하고 완벽한 낯은 유리 세공품처럼 아름다웠고, 그만큼이나 차가웠다.

내가 느끼는 본능적인 두려움이 말해 주듯, 내가 따르지 않겠다고 말한다면 그는 주저 없이 자신의 말을 실현할 것이다. 나는 본능으로 그것을 느꼈다. 그러니까 내 선택지는 별반 없다. 애초부터 난 자존심이 넘쳐서 절대 남에게 굽히지 못하는 성미도 아니었다.

……가능하면 빨리, 이 세계를 파악하는 대로 이 무섭고 수상쩍은 남자에게서 도망치자. 당분간은 순순히 따르는 척해 두는 게 좋겠지. 포기하니, 마음이 스르르 녹으며 편해졌다. 반감을 눌러 낸 나는

씩 웃으며 말했다.

"네, 마스터. 앞으로 잘 부탁드려요. 그런데 마스터, 저 좀 배가 고픈데 뭣 좀 먹을 거 없을까요? 마스터."

……그러니까 '마스터'라는 단어를 세 번이나 발음한 것은 결코 내가 앙심을 품어서가 아니었다.

얼마 지나지 않아, 그와 나는 식당에 마주 앉게 되었다. 물론 이건 나의 의도대로였다.

먹을 게 없느냐는 내 예기치 않은 말에 잠깐 생각하는 듯하던 그는 내게 돈을 내밀었다. 정확히 말하자면 복잡한 문양이 그려진, 놀랍도록 얇고 가벼운 작고 네모난 판이 잔뜩 들어 있는 지갑이었다.

이게 돈? 그렇다 한들 내가 이 동네 화폐단위 따위 알 리가 있겠어. 게다가 난 음식을 주문하는 방법조차 모른다. 어쩌면 이 세계는 한 손으로 물구나무서서 다른 한 손으로 메뉴판을 가리키며 주문하는 등 음식 주문하는 데에도 특별한 절차가 필요할지도 모르지.

……물론 이쪽 세계라고 해서 그런 불편한 방식을 쓸 리 없겠지만.

마스터는 돈만 내밀었을 뿐 나와 동행할 마음이 없는 눈치였다. 내가 도망칠 수 있으니 그의 입장에선 같이 가는 게 나을 텐데. 그런 걸 보면 나를 감시할 만한 수단은 따로 있는 것 같지? 아니면 뭔가 켕기는 게 있는 걸까?

어떤 사람을 파악하는 데 가장 좋은 방법은 함께 시간을 보내는 거다. 특히 친해지려면 밥을 같이 먹어 봐야지. 어느 정도 친숙해지면 내 탈출 시도 한 번쯤은 눈감아 주지 않을까, 하는 속셈이 없는 건 아니었지만…….

궁금한 점이 새록새록 생겨났다. 우선은 이 남자가 무늬만 강해 보이는 건지, 아니면 진짜 강해서 나 정도는 아이 손목 꺾듯이 저세상으로 보낼 수 있는 건지. 또 그가 가진 마법이라는 게 정확히 어떤 능력인지.

결국 난 스승이 제자를 내버려 둬서야 되겠느냐는 둥, 죽을 뻔했던 몸인데 후유증 때문에 쓰러지면 어쩌느냐는 둥 넉살 좋게 이유란 이유를 다 갖다 붙이며 그를 식당으로 데려오는 데 성공했던 것이다.

내가 누워 있었던 곳은 여관의 3층 방이었다. 계단을 따라 1층으로 내려가자 펍(Pub)처럼 보이는 식당이 있었다. 건물은 벽돌과 흙으로 이루어져 있었고 계단은 원목으로 만들어져 무게가 실릴 때마다 삐거덕거리는 소리를 냈다. 희게 칠해진 벽면에선 전문적인 업체에서 칠한 게 아니라 대충 페인트를 문대 놓은 것처럼 조악한 솜씨가 엿보였다.

문명이 발달하지 못한 동네인지, 아니면 단순히 이 여관이 친환경적인 건물로 지어진 건지 아직은 판가름할 수 없었다. 그래도 식당이 갖춰진 걸 보면 이곳이 꽤 큰 여관 축에 속하는 모양이다.

별 다섯 개짜리 호텔 스위트룸에서 묵을 것 같이 생겨선 이런 여관이라니. 얼굴값 못 하는데? 생각보다 넉넉지 못한 사람일지도. 앞선 일들로 불만감이 충만했던 나는 내심 그의 경제 수준을 헐뜯었다.

식당은 자리가 넉넉했다. 디자인을 신경 쓰지 않은, 그야말로 식당스러운 나무 의자와 식탁이 이곳저곳에 배치되어 있었다. 의자에 앉는 순간, 딱딱한 감촉이 엉덩이를 통해 고스란히 느껴졌다. 오래 죽치고 있을 만한 자리는 아니었다.

밥이나 빨리 먹고 가야지. 결심한 난 메뉴판을 펴 들었다.

의자도 딱딱했지만 마스터와 내가 선택한 자리는 여차하면 도망가기 쉬운, 출입구 가까운 자리였다. 그 이유는 식당 한편에 우르르 모여 있는, 곰도 맨손으로 때려잡을 듯한 험상궂은 근육질 아저씨들을 다분히 의식한 탓이다. 물론 나만.

우리가 들어서기 전까지 호탕하게 탁자를 내리치며 실컷 웃고 떠들었던 그들이었지만, 지금은 아까와 비교하면 한결 조용해져 있었다. 우리에게 호기심이 섞인 시선이 쏟아졌다.

뭐, 이해할 만한 일이다. 나는 그렇다 쳐도 마스터는 내가 보기에도 수상했으니까. 조금 전 나의 마스터가 된 이는 무슨 죄를 지었는지 머리에 후드를 눌러쓰고 천으로 얼굴까지 가린 채였다. 성격이나 몸에 밴 분위기를 생각하면 너무나 수줍음이 많아서 그런 것은 아닐 테고, 그렇다면…….

난 의혹을 품고 그를 바라보았다. 아마도, 현상수배범같은 거? 자신을 감추고 싶은 마음은 알겠지만 저래서는 오히려 더 이목을 끌뿐이다.

메뉴판을 주고 간 종업원도 먼발치에서 그를 연신 힐끔거렸다.

나는 목소리를 낮추고 속삭이듯이 물었다.

"얼굴은 왜 가린 거예요? 그래선 식사도 못 하실 것 같은데요."

"나는 먹지 않는다."

먹지 않는다고? 난 잠시 그 짤막한 대답에서 진의를 캐내려고 애썼다. 배가 고프지 않다는 건가. 아니면 이런 곳에서 나오는 음식은 먹기 싫다는 소린가. 후자라면 인간적인 답변이었지만 내가 빈정 상했다. 그리고 '인간적인'이라는 말을 곱씹자 나는 그와 상반되는 한 가지 가정을 더 떠올릴 수 있었다.

아예 먹지 않아도 상관없다는 것.

……이런 생각이 바로 드는 걸 보니 사람이라면 잠시라도 흐트러짐을 보일 만한데, 마치 신체의 모든 움직임이 계산된 것처럼 완벽해서 더더욱 인간미 없는 마스터를, 내 안에서 정말로 인조인간에 가까운 존재로 두고 있었나 보다.

나는 한껏 낮춘 목소리 그대로 다시 한 번 물었다.

"그럼 저 혼자만 뻘쭘하게 이 시선을 받으며 먹으라는 건가요?"

"싫다면 굶어야겠지."

고요하고 유리 표면처럼 매끄럽기 짝이 없어, 어조 변화를 거의 느낄 수 없는 음성이었지만, 내겐 그 답변이 자르듯 단호하게 들렸다.

실은, 그가 내 어리광 비슷한 요구를 받아줄지 시험해 본 터라 머릿속이 팽팽 돌아갔다. 내게 이 식사 자리는 그에 대해 알기 위한 자리이지 단순한 친목 도모의 장은 아니었으니까.

나는 그의 대답을 토대로 한 가지 사실을 알 수 있었다. 마스터가 나를 제자를 받아들인다는 것은, 즉 일정 부분 나에 대해서 책임을 진다는 것이다. 이렇게 식사하는 데 따라와 준 것처럼. 다만 그 책임이라는 것에는 한도가 분명하므로 그는 그 한도를 벗어나는 요구는 들어주지 않을 거라는 게 요점이었다.

어렴풋이 기준선을 그어 낸 나는 울적한 척 한숨을 내쉬며 입을 열었다.

"그러면 저만 먹지요. 그런데 여기 메뉴는……."

눈앞에 놓인 메뉴는 분명 읽을 수는 있었지만 아주 간략하게 요리명만 적혀 있어서 뭐가 뭔지 알 수가 없었다.

김치볶음밥처럼 음식 이름에 내용이 들어간 것이 아니라, 카르보나라라고만 적혀 있으면 카르보나라를 모르는 사람은 재료가 뭐가 들어가는지, 어떤 요리법으로 만들어지는지 짐작할 수 없는 것과 같은 이치였다.

나는 포기하고 종업원에게 손짓했다. 쪼르르 달려오는 종업원은 주근깨가 송송 난 열다섯에서 열여섯 살쯤 되어 보이는 소년이었다.

마스터도 그렇거니와 여기 사람들은 딱히 동양이니 서양이니 구분할 수 없는 외모를 하고 있었다. 설명할 수는 없지만, 서양인이라기에는 민둥민둥하고 동양인이라고 보기에는 이목구비가 뚜렷하다. 다만 머리카락 색이나 눈 색은, 이 좁은 식당 내에서도 각양각색이었다.

내가 그들을 신기하게 여기듯, 그들에게도 내 생김새가 특이한지 종업원은 날 신기한 눈초리로 보았다. 반면 아까까지만 해도 은근슬쩍 쳐다보던 마스터에게는 꺼림칙한지 시선도 주지 않았다. 종업원은 완전히 내 쪽으로 치우쳐 서 있었다.

나는 좀 더 세심하게 파고들었다. 여기 사람들이 입고 있는 옷은 티에 셔츠, 그 위에 조끼를 걸친 간소한 복장으로 재질은 리넨처럼 식물에서 뽑아낸 실로 만들어진 것 같았다. 다만 색 자체는 갈색이나

베이지색으로 단조로웠다. 나는 마스터를 흘끗 바라보았다.

마스터가 걸친 옷은 일체 먹으로 물들인 양 검다 못해 은은한 광택이 어린, 고급스러운 재질이었다. 하지만 장례식장에서나 입을 것 같은 올 블랙의 패션은 여기서 아무도 애호하지 않는 것 같다. 역시 저게 정상적인 차림은 아니었어.

가만, 그러고 보니 내 차림은 어떻지? 벼락같은 깨달음에 나도 모르게 몸을 더듬었다. 맙소사, 왜 여태까지 눈치 못 채고 있었던 거야?

그 이상한 공간에 빠져들기 이전, 나는 잠들어 있었다. 그러니까 자연스럽게 내가 입고 있던 옷은 잠옷이었다. 곰돌이가 그려진 친숙한 잠옷.

하지만 지금 내가 입고 있는 건…… 부드러운 재질의 베이지색 웃옷과 바지였다. 익숙하지 않은 재질의 옷을 난 주름을 펴듯 만지작거렸다.

깨달음이 머리에서 가슴으로 내려온 순간, 손에 진땀이 고이고 뺨에 확확 열이 올랐다. 내가 정신을 잃은 사이 옷을 갈아입혔단 말이야? 느껴지는 감촉이, 지금은 확인하기 어려우나 속옷까지 손댄 건 아닌 것 같다. 진짜, 뭐라고 말할 수 없게 민망했지만, 한번 꼭대기를 찍은 흥분은 간신히 포물선을 그리며 진정되어 갔다.

……어쩔 수 없었을 거야. 그가 음흉한 의도를 가지고 그랬을 거라고 생각하는 건 억측일 테다.

애써 스스로 달래며 난 주먹을 꾹 말아 쥐었다.

얼굴을 가린 마스터는 시선을 어디에 두고 있는지 알 길이 없어, 내 반응을 눈치챘는지 모르겠다. 아니, 알았어도 그는 필경 무심하게 넘길 터였다. 더는 생각하지 말자, 난 굳게 다짐했다.

다행인 건, 그의 우중충한 센스는 그 자신에게만 해당되는 듯싶었다. 내 복장은 꽤 평범한 축에 속했으니.

"저기 손님, 주문은?"

기다리다 못해 재촉하는 종업원에게 난 성의 없이 대꾸했다.

"여기 가장 무난하게 잘 팔리는 음식으로 하나만 가져다주세요."

조금 전만 해도 뭘 시킬까 고민했던 것이 무색하게, 지금은 빨리 식사를 해치우고 방으로 돌아가 버리고 싶은 마음뿐이었다.

대충 주문을 받은 점원이 등을 올렸다.

한순간 끓어오른 감정 때문에 진이 빠진 탓인지 잊고 있었던 배고 픔이 밀려왔다. 나는 초조하게 손가락으로 테이블 위를 톡톡 두드렸 다. 굶주리고 텅 빈 위장이 쩌릿쩌릿해져 온다. 이제 곧 꼬르륵거리 는 소리가 날 것 같다. 그러고 보니 내가 깨어난 이유도 배고픔 때문 이었지? 그걸 떠올리니 피식 웃음이 새어 나온다. 죽음에서 벗어나 처음으로 느낀 생의 감각이 배고픔이라니. 나도 참 본능적이지.

어쨌든 난 살아났고, 이제 이 세계에서의 첫 식사를 앞두고 있었 다. 비록 나를 잠정 노예 취급하는 수상쩍은 인물과 함께라지만, 퍽 새로운 기분이다. 폐 안쪽에 상쾌한 공기가 차오르는 듯했다.

한결 들떠 와 스르르 입이 열렸다. 허기를 잊기 위해서라도 시답 잖은 대화라도 나누고 싶었다.

"마스터, 궁금한 게 있어요."

"……."

마스터는 미동 없이 침묵을 내세웠지만, 공기가 무겁게 가라앉는 듯한 특유의 압박감만으로도 후드에 감춰진 시선이 내게로 향한 걸 알 수 있었다. 그 뜻은 아마도 승낙이리라.

나는 공손한 척 눈을 내리깔며 조심스러운 투로 물었다.

"이곳은 어딘가요? 그리고 앞으로의 일정에 대해서 알고 싶어요."

"알펜 왕국의 한 마을. 이곳으로 찾아올 자가 있다."

그렇게만 답하고 마스터는 입을 다물었다. 정말 로봇이 아닌지 의 심이 들 만큼 극도의 효율성. 둘만 있었을 때보다 타인의 시선 속에 서 말을 아끼는 마스터는 한층 더 거리감을 불러일으켰다.

물론 그를 처음 본 순간부터 단 한 번도 친근하게 느꼈던 적은 없 지만, 지금은 사적인 자리에서 마치 아랫것들과 함부로 말 섞지 않는 왕족이라도 된 듯싶었다. 이슬람 여인들의 차도르처럼 꽁꽁 둘러싼 차림새는 세상과 그를 단절하고 구분 짓는 듯하다.

좀 더 자세한 이야기를 듣기 위해 다시 한 번 질문을 꺼내려는 찰나, 종업원이 포크와 함께 으깬 감자와 햄버그가 얹어진 접시를 내왔다.

겉모양은 전형적인 가정식이었지만, 배만 채울 수 있으면 아무래도 좋았다. 드셔 보지 않겠느냐는 내 예의상의 권유에도 아랑곳하지 않고 마스터는 침묵을 지켰다. 나란 존재를 전혀 개의치 않은 태도에 민망함이 밀려온다.

난 포기하고 식사에 집중하며 마스터가 한 말을 곱씹어 보았다.

알펜 왕국, 그렇다는 건 왕정제 국가라는 뜻이다. 아마 현대의 입헌군주제를 따르는 건 아닐 테지. 실질적으로 국가를 통치하는 왕이 존재한단 소리.

또 하나, 이곳으로 누군가 찾아온다는 말.

마스터와 나는 그 사람과 함께 이곳을 떠날 가능성이 높았다. 영영 여관에 머무르고 있지만은 않을 테니까.

……아무래도 마스터는 여기서 시시콜콜 이야기할 마음이 없는 것 같은데. 질문은 그가 조금 친절해지는 방으로 돌아가서 하자.

결심한 난 눈을 깜빡이며 바로 식사를 시작했다. 나이프라고 하기엔 날이 뭉뚝한 도구로 햄버그를 잘라 내고, 포크로 감자를 퍼서 부지런히 입으로 날랐다.

다행히 음식 맛은 내가 원래 살던 곳과 비슷했다. 시장이 반찬이라 곧 난 먹는 데 심취해서 눈앞의 접시 외엔 아무것도 보이지 않게 되었다.

생판 처음 보는 사람 앞이지만, 마스터가 내 게걸스러운 식사를 보고도 별반 달라지지 않을 걸 은연중에 알고 있었으므로 거리낌은 없었다. 그는 어느 모로 보나 나와 친해지고 싶은 마음이 애초에 없는 것 같다.

난 고기 기름에 볶아 냈는지 약간 느끼한 감이 있는 으깬 감자를,

조리법에 대해 불만스레 품평하면서도 남김없이 먹어 치웠다.

반쯤 접시를 비우자 그때쯤 소곤소곤하는 소리가 귀에 어렴풋하게 들려왔다. 죽다 살아난 경험 덕에 청각이 비상하게 좋아졌나 보다. 의식을 집중하자 소리는 좀 더 명확하게 들렸다.

저쪽에 앉은 험상궂은 무리가 떠드는 소리였다.

"……저 까만 옷으로 둘러 입은 자식 좀 수상하지 않아? 얼굴을 저렇게 꽁꽁 싸매고. 한번 건드려 볼까?"

누구 하나, 의심 많은 이가 먼저 언급을 꺼내자 신중한 쪽의 만류가 돌아왔다.

"귀족일 수 있잖아. 긁어 부스럼 만들지 말자고."

"옆에 있는 어리숙한 계집애는 그럼 뭐고?"

"그냥 하녀겠지."

어리숙한 계집애? 이건 나를 말할 테고, 하녀라. 좀 울컥하는 말이었지만 나는 때와 상황, 그리고 무엇보다도 상대를 맞춰서 성질을 내보일 정도의 타협은 할 줄 알았다.

아니, 사실 너무 잘 타협하곤 해서 문제였다. 응……. 팔뚝이 아주 내 세 배는 되겠어.

나는 아직 치우지 않은, 정체 모를 음식들로 그득한 메뉴판을 보며 고민에 잠겼다. 디저트 정도는 더 시켜도 괜찮겠지? 어떤 게 좋을까.

하지만 그들의 대화는 내가 원하지 않는 방향으로 흘러가고 있었다.

"혹시 저자, 마법사는 아닐까? 흑마법사라든가."

"캬하하! 멍청아 미쳤다고 흑마법사 놈이 저렇게 날 잡아 잡수 광고하며 싸돌아다니겠냐? 마법사 길드에 걸리면 그날로 사망인데."

"그러게. 게다가 이런 시골 동네에 흑마법사는 무슨? 그렇게 되면 저 계집애는 실험용 인간쯤 되겠네? 마법 실험에 이용할."

"아무튼, 저치 뭔가 구린내를 풍기는데. 내가 좀 전에 물어보았는데 사흘 전부터 이곳에 묵었나 봐. 그런데 방에 들어간 뒤로 한 번도 나온 적이 없다네. 식사하러 내려온 적도 없고 말이야."

"남의 눈에 띄면 안 될 이유가 있다면……. 아마."

"그래 이유는 하나뿐이지."

갑자기 의견이 확 기운 듯싶었다. 불길한 기분이 엄습함과 동시에, 씨익 하고 웃으며 우정을 다지듯 끈끈한 눈빛을 주고받은 사내들이 벌떡 자리에서 일어났다.

근육질의 사내들은 마스터와 내가 앉은 곳으로 우르르 몰려와 테이블을 둘러쌌다. 숫자는 정확히 여섯 명이었다.

식욕 떨어지는 상황이긴 했지만 배고픔이 아직 완전히 채워지지 않았기에 나는 아쉽게 먹다 만 접시를 내려다보았다. 다행히 나는 그들의 관심 밖이었다.

"어이, 형씨. 식당에서 얼굴에 그리 가리고 있으면 쓰나. 그 비싼 면상 우리가 좀 볼 일이 있는데."

"그래, 그 꺼먼 것 좀 벗어 보셔야겠어?"

"세상이 험하다 보니 지명수배자 같은 게 마을에 숨어들지 몰라서 말이지."

"뭐, 꿀리는 게 없다면야 벗어 봐도 상관없지 않겠어?"

킬킬거리는 그들은 다소 위협적이었고, 마스터가 순순히 얼굴을 보인다 해도 그냥 넘어갈 것 같지 않았다.

여자애 하나에 호리호리한 체형의 남자 한 명, 건드려 보기 만만한 상대이리라. 그들에게 마스터의 복장은 그냥 좋은 시빗거리일 뿐이다.

문명인답게 예의 바르게 제지할까 했지만, 마스터가 이 곤경을 어찌 헤쳐 나가는지 보고 싶었다. 나서려던 나는 입을 꾹 다물고 겁먹은 척 눈동자만 굴렸다. 이건 마스터가 가진 힘을 알아낼 좋은 기회였다.

생명의 은인에게 너무 양심 없이 구는 걸까? 죄책감이 들었지만 어쨌든 난 힘이 없고, 또 표적이 나는 아니니까.

곁에 선 그들이 마치 존재하지 않는 양 마스터는 여전히 미동도 보이지 않았다. 그건 철저한 무시였다.

마스터가 동행하길 거부했던 이유는 자신이 문제가 될 것임을 알아서였던 걸까. 불현듯 떠오른 그 생각은 내 양심을 또 한 번 쿡 찔렀다. 아야! 나 진짜 이대로 있어도 되는 거겠지?

"근데 이 자식이……. 진짜 자나? 어이!"

유독 험상궂다 못해 얼굴에 칼자국이 나 있는 사내가 마스터의 어깨를 건드리자 얼굴을 가리던 후드가 슬쩍 벗겨졌다. 흑요석 가루를 뿌린 듯이 은은한 광택을 띠고 내리깔린 검은 속눈썹이 사뿐히 들렸다. 그제야 마스터가 눈을 뜬 것이다.

무감정한 검은 눈동자가 드러나자 일순 공기가 바뀌었다. 실내를 떠도는 미미한 바람마저 뚝 멎는 것 같았다. 그저 눈을 뜬 것만으로도 그렇게 될 수 있는 것이 놀랍지만, 그것은 누구나가 느낄 수 있을 변화였다.

난 긴장감에 입을 축였다.

끝을 가늠할 수 없을 만치 아득한 암흑이 담긴 눈동자가 사내들을 향했다. 그들은 순간 위축된 듯이 보였다. 고저 없는 음성이 조용히 울려 퍼졌다.

"치워."

그 말에 절대적인 명령이라도 담긴 것처럼 마스터를 건드린 사내가 주춤하며 물러섰다. 그뿐만 아니라 그들 무리 전체가 움찔거렸다.

그러나 곧 사내의 얼굴에는 자신의 행동을 이해할 수 없다는 표정이 떠올랐다. 그 몰이해는 곧 분노로 탈바꿈했다. 자신이 고작 그 한 마디에 겁먹었다는 사실이 화가 났던 것이다.

"이, 이 자식이?"

그 일은 순식간에 일어났다. 사내가 주먹을 들어 마스터를 내리치려는 그때, 허공에 나타난 원형의 어둠이 그를 집어삼킨다.

이 공간에서 한 사람의 존재가 단숨에 말살당했다. 검은 구(毬) 안에서 얼음을 깨부숴 먹듯 아작아작하는 소리가 들려왔다. 동시에 소름 끼치는 피비린내가 확 풍겼다.

곧 어둠이 사라지자 무언가 툭, 둔탁하게 떨어지는 소리가 들렸다.

식당은 죽음과 같은 침묵에 휩싸였다.

나는 언제부터인지 모르게 몸을 떨고 있었다. 도무지 가눌 수 없이 덜덜 떨리는 몸 때문에 테이블에 진동이 인다. 머리끝부터 발끝까지 나를 잠식하고 있는 것은 그래, 공포였다. 의자에 앉아 있지 않았다면 다리에 힘이 풀린 난 무릎을 꿇었으리라.

그 떨어진 것, 그것은…… 둥글게 뭉쳐진 살덩어리였다. 육체를 찢어발겨 강제로 응축한 듯한 그것의 표면은 피로 젖어 하얀 뼛조각을 내보이고 있었다. 그 살덩어리 중앙에는 마치 의도한 것처럼 둥글고 하얀, 어떤 것이 자리하고 있었다.

제 죽음조차 인지하지 못했을 사내의 눈, 빨갛게 혈관이 돋은 흰자위에 억울한 듯이 일그러진 눈동자가 피가 식어 내릴 만큼 끔찍하다. 몇 초 전만 해도 사람이었던 그는 이미 더 이상 사람이라 할 수 없는 형상으로 탈바꿈했다.

호흡이 멎어 버린 것 같았다. 나는 무너지듯 입을 막았다. 누군가가 목을 조르듯 목구멍이 무참하게 죄였다. 지독한 비현실감에 사로잡혀, 주위에서 무슨 일이 벌어지고 있는지 감지하지 못했다.

고막을 찢을 듯한 커다란 소리만이 고동처럼 귓가에 웅웅대었다. 나는 잠시 후에야 그것이 비명임을 알아차렸다. 이건 공포 영화를 봤을 때와 비할 바가 아니었다. 아니, 교통사고를 목격했을 때에도 이보단 나은 기분이었다.

구토하는 것조차 잊어버리게 만드는 공포 속에서 나는 간신히 목소리를 끄집어냈다.

"왜…… 죽이셨어요?"

나서지 않은 나를 비웃듯 그의 눈은 변함없이 차가웠다. 마치 보석을 그대로 박아 놓은 듯, 아무 감정도 느껴지지 않는 그 눈빛. 그가 기계처럼 충실히 대답을 들려주었다.

"나를 공격했으니까."

폐가 얼어붙은 듯이, 숨이 잘 쉬어지지 않았다. 고산증이라도 느끼는 양 나는 힘겹게 숨을 몰아쉬었다. 내 안에서 갖가지 감정이 빙빙 소용돌이쳤다.

기이할 정도로 화가 치솟고, 지독히도 두려웠다. 겁에 질린 개가 짖어 대듯 무어라도 소리를 질러 이 감정을 떨쳐 버리고 싶었다. 끔찍한 악몽이 현실이 되어 덮친 앞에서, 난 아무것도 할 수 없었다.

딱히 내가 도덕군자인 것은 아니다. 하지만 눈앞에서 사람이 죽었는데 어떻게 태연할 수 있을까. 살인. 그 단어를 떠올리자 혈관이 팽창하듯 머리가 당기고 가슴 속에서 뜨거운 덩어리가 왈칵 솟구쳤다.

내게 불의를 보면 참지 못하는 정의심이라도 새겨져 있었던 것일까. 아니, 단순히 공포심 때문에 머리가 돌아 버린 것일지도 모른다. 이래서는 안 된다는 것은 알았지만, 나는 이미 떨리는 입술로 항의하고 있었다.

"죽일 것까진…… 없었잖아요. 죽이진 않아도 되었잖아요!"

나는 미친 걸까? 진짜 무서워 죽겠는데, 무서워 죽겠는데 그것을 압도할 정도로 이 감정을 참을 수 없었다.

천적을 앞두고 도리어 달려드는 생쥐처럼, 본능적으로 솟구치는 무언가가 두려움을 넘어서 그를 노려보게 만들었다. 하지만 마스터의 무감한 눈빛이 내게로 꽂히자 등이 저절로 의자에 바짝 붙었다.

당돌한 척 크게 치떴던 눈이 자연스레 내리깔렸다. 그 역시 그저— 어찌할 수 없는 본능. 나도 죽으려고? 그런 말을 지껄이는 허세는 부릴 수 없었다. 난 이를 악물었다.

"나를 공격하는 것은 죽음에 달하는 죄다."

함무라비 법전을 강화한 것 같은 가혹한 소리를 마스터는 진리처럼 내뱉었다. 공포에 굴복하듯 나는 그 말을 납득할 뻔했다. 그래 여긴 다른 세계니까, 마스터가 너무 대단한 존재라 그게 정말 사실일 수도 있지.

반면 그런 미친 규칙이 어디 있느냐고 사납게 부정하는 소리가 날일깨웠다. 혼란해하는 날 두고 마스터는 여전히 차갑게 깔린 음색으로 말을 이었다.

"잘 봐 두어라. 이것이 앞으로 네가 해야 할 일이니."

얼음을 깎아 만든 양 무감정한 낯에서 흘러나온 그 말이 섬광처럼 나를 꿰뚫는다.

"……제가요?"

"그래. 나를 적대하는 자들을 치우는 것. 내가 나서기 전에."

마스터의 음성은 고저 없이 차분했지만, 내 귀에 질책처럼 들렸다. 내가 나서지 않았기 때문에 저들이 죽었다는 듯이.

……아니야, 내가 나섰어도 결과는 같았을 거다. 신나게 두들겨 맞고 퉁퉁 부은 내 얼굴 정도가 더해져 남았겠지.

그러나 그 어떤 위로로도 내가 느끼는 무력감은 해소할 수 없었다. 흡사 손바닥 위에 올려진 가녀린 하얀 나비라도 된 듯싶었다.

그가 손을 쥐면, 나는 단숨에 으스러져 숨이 멎고 말겠지. 그 절대적인 잔혹함이 너무도 생생하여 나는 언제고 순번을 기다리다 단두대에 오를 죄인이 된 기분이다.

죽은 것이 악인이라 다행이라 해야 할까.

아니, 그건 중요치 않았다. 나는 방만하게 마스터가 가진 힘을 궁금해했고, 그를 데려왔고, 내버려 뒀고, 그리고 그 결과가 이것이다. 내 가볍고 얄팍한 마음이 사람을 죽게 했다.

그가 마스터에게 폭력을 행사하려고 했든, 죽어 마땅한 사람이든 그의 죽음에는 내 책임이 있었고, 난 그것을…… 감당하기 어려웠다. 차마 시선이 내려가지 않았다. 그 처참한 모습을 다시 볼 엄두따윈.

내가 이걸 해야 한다고? 멀쩡한 사람을 한순간에 시체로 만드는 일을? 능력 여부를 떠나 내겐 불가능했다. 이런 건 절대 할 수 없다고 말하는 내게, 그렇다면 너도 죽겠느냐는 비웃음이 쏟아져 들어왔다.

이것으로 마스터가 내게 바라는 게 무언지, 더할 나위 없이 선명하게 알 수 있었다. 그는 내 몸 따위를 원하는 게 아니었다. 그가 원하는 건 말하지 않아도 그의 뜻대로 움직여 줄 수족.

마법을 익히라는 것도 같은 맥락이었다. 강해져야 그가 부리기 좋을 테니까. 그리고 마스터를 따르지 않는다면 나도 저 꼴이 날 테지.

어느덧 사방은 고요했다. 한없이 늪으로 빠져드는 기분에 잠겨 난 말없이 손을 그러모았다.

떨림이 서서히 가라앉고 있었지만, 마음은 진정될 줄 몰랐다. 목숨을 건졌다고는 하나, 정말로 된통 걸려 버렸단 느낌이다. 눈앞에 시커먼 공동이 입을 쩍 벌리는 환영이 보여, 난 불현듯 몸서리쳤다. 하나의 가정이 뇌리를 스쳤다.

······마스터가 이 사내를 잔인하게 처리한 건, 의도한 바일지도 모른다. 내가 도망치려는 것을, 마스터의 힘을 의심하는 것을 눈치채었다면······.

온몸에 소름이 돋았다. 그래 경고를 주려면, 본보기를 보이는 게 가장 확실했겠지. 내가 이토록 벌벌 떨고 있으니, 마스터는 제대로 된 교훈을 주었다 확신하고 있으리라.

공포에 의한 복종. 마키아벨리의 군주론이 생각났다. 사람은 두려워하는 대상을 배신하지 못하기에, 사랑받는 것보다 두려움의 대상이 되는 것이 낫다는 그 문구.

당신이 의도한 게 그걸 테지? 하지만 그 문구는 현대에서 자란 나에게 유효하지 않다. 난 공포심 때문에 목줄을 벗어나지 못하는 짐승이 될 수 없으니까.

그의 본보기는 도망치려는 내 마음을 유예했을 뿐 돌이키지는 못했다. 오히려 내 도주욕은 이전보다 훨씬 더 강렬해졌다.

어두운 숲 속에서 맹수를 만난다면, 피식자는 일단 숨을 죽이고 있더라도······. 결국은 기회를 보아 도망치고 말리라. 그리고 나 역시 그래야 했다. 절대 당신의 뜻대로만 움직이지는 않을 거다. 몸이 노예라고 마음조차 노예일 수는 없는 법이니.

고개 숙인 채, 나는 다짐하듯 서늘하게 되뇌었다.

식욕이 뚝 떨어진 터라 음식물이 담긴 접시를 맥없이 바라보는데, 그때까지 침묵하고 있던 마스터가 갑자기 자리에서 일어났다. 그가 그림자를 드리우자 결심이 무색하게, 난 꼴사납도록 화들짝 놀랐다.

꽤 많던 손님이 남김없이 도망쳐 버린 식당은 싸하게 비어서 나와 마스터 외엔 아무도 없었다. 사실 나도 매인 몸만 아니라면 줄행랑치고 싶었지만……. 방으로 돌아가려나 싶어 나는 한숨을 삼키며 자리에서 일어섰다.

문제가 있었다. 방으로 가려면 저 끔찍한 덩어리를 지나야 하는데……. 내가 접시만 쳐다보고 있는 이유는, 절대로 그쪽을 돌아보고 싶지 않았기 때문이다. 차라리 옆쪽 테이블을 타고 건너가는 게 백만 배는 나을 것 같았다.

저걸 도대체 누가 치울까? 나라면 억만금을 준대도 치우고 싶지 않을 거라고. 난 눈살을 찌푸렸다. 손님도 다 내쫓고 여관에 심히 민폐잖아. 살인이 벌어진 시점에서 그런 걸 생각하는 것조차 사소하게 되어 버렸지만.

나는 잠시 여관 주인에게 애도를 표했다.

"아?"

돌연 밖에서 웅성거리는 소리가 들리는가 싶어 나도 모르게 입에서 신음이 새어 나왔다. 귀를 기울여 보려는 찰나, 마스터의 손에서 재빠르게 빛이 점멸한다.

우우웅― 그리고 이어진 진공음. 어지러울 만치 고막을 괴롭히는 귀울림이 일며 지잉지잉 공간을 휩쓸었다.

이윽고 팟, 하는 소리를 마지막으로 여관 전체가 잠시 암전에 감싸였다가 원래대로 돌아왔다. 난 조심스레 물었다.

"뭘…… 하신 거예요?"

"결계. 이 여관에는 이제 누구도 출입할 수 없다."

"……네에에에에?"

괴상한 외침을 발한 사람은 내가 아니었다. 부엌 입구에 파랗게 질린 얼굴로 주춤거리며 서 있는 한 남자가 시야에 들어온다. 배가 불뚝 나온 중년의 남자는 이왕 존재감을 드러낸 거 용기를 낸 듯 바닥에 냉큼 엎드려서 소란스럽게 주절거렸다.

"아이고 마법사님! 그럼 저는 어쩐답니까요. 여관 개업한 지 얼마 안 돼서 하루 벌어 하루 먹고살기 힘든뎁쇼. 자비를 베풀어 부디 여기를 떠나 주시면 아니 되십니까요? 제가 숙박비 전부 돌려 드릴 테니, 부탁이니 떠나만 주십쇼. 아이고 마법사님! 이제 곧 마법사 길드에서 몰려올 텐데 그럼 제 여관은 박살이 날 겁니다. 제겐 시름시름 앓는 노모가 계셔서 제가 벌지 못하면, 크흑!"

이 아저씨 원래 배우 아냐? 눈물짓는 모양새며 중간중간 추임새를 넣으며 속사포처럼 쏟아 내는 대사가 심금을 울렸다.

나는 불안하게 마스터를 돌아보았다. 주먹질했다고 사람을 죽이니 나가라고 말한다면?

그러나 마스터는 의외로 온건한 해결책을 내어놓았다.

"내일 이곳에서 만나기로 한 자가 있다. 그자와 함께 이 여관을 떠날 것이다. 그 어떤 마법사도 이 결계를 깰 수 없으니 네 여관 역시 훼손당할 일이 없을 터."

그 어떤 마법사도.

차가운 공기가 스치고 지나가듯 겉피부에 오소소 소름이 돋는다.

그 말을 발음하는 투는 단조로웠고…… 자신을 내세우는 자만심이 전혀 깃들어 있지 않았다.

마치 진실을 있는 그대로 이야기하는 듯이 담백하기만 한 어조. 심지어 당연하다는 듯이. 내 귀엔 확신마저 깃들어 있는 것처럼 들렸다. 어쩌면 내 예상보다 마스터는, 더 대단한 사람일지도 모른다.

그는 품에서 예의 그 지갑을 꺼내 테이블에 올려놓았다.

저건 설마, 지갑째로 준다는 거야? 무슨 꿍꿍이가 있나 싶어 눈을 가늘게 뜨고 그를 살폈지만, 마스터는 동냥질하는 어린애에게 동전을 던져 주는 간단한 적선 행위를 한 것처럼 말끔히 손을 거두어 냈다.

대박, 딱 그 단어를 떠올린 듯 아저씨의 눈이 희번덕 돌아갔다. 전화 위복이라고, 지금 아마도 일생일대의 행운을 맞이한 심정일 것이다.

"아이고 마법사님 감사합니다요. 감사합니다!"

재빨리 돈지갑을 채 가는 손길은 소매치기의 그것과 맞먹을 만큼 신속하다. 그러나 먹이를 노리는 매처럼 지갑을 움켜쥔 아저씨는 바닥에 널려 있는 시체덩이를 발견하고 새파랗게 질려 자리에 주저앉았다.

허우적거리며 뒷걸음질 치는 모양새가 우스꽝스럽기 짝이 없었다. 어느덧 스르르 긴장이 풀린 난 상황에 맞지 않게 웃음을 터뜨릴 뻔했다.

"어이구……. 어이구."

여관 주인은 거의 정신을 잃은 듯이 신음성을 내며 바닥을 엉금엉금 기어서 부엌 쪽으로 돌아갔다. 물론 돈지갑은 놓지 않은 채였다.

공포를 이기는 탐욕이라, 박수 쳐 주고 싶다고 해야 하나? 그런데 내일까지 여기에 묵어야 한다면 나는 시체와 같은 건물에서 밤을 보내야 한다는 뜻이다.

등골이 오싹해진 난 간절하게 물었다.

"마스터어어, 저걸 어쩔 수는 없나요?"

대답은 없었다. 그러나 마스터의 손에서 곧 팟, 하고 빛이 터졌다. 잠시 후 돌아본 여관 바닥은 마치 처음부터 아무것도 없었던 것처럼 깨끗했다.

마스터는 그대로 미끄러지듯이 걸어서 방으로 향했다. 나는 조심스레, 시체가 있었던 것으로 추측되는 자리를 건너뛰며 그의 뒤를 따랐다.

방에서 할 일이란 뻔했다. 한순간 소스라칠 만큼 끔찍했던 기분도, 이성을 잃을 만큼 날뛰었던 때가 언제였느냐는 듯이 이상할 만치 고요하게 가라앉았다.

여관 주인 아저씨의 등장이 긴장을 풀어 준 덕일까. 그와 한방에 있어야 한단 게 그토록 꺼림칙할 수 없었는데, 막상 오니 아무렇지도 않다.

마치 그대로 평온하게 식사를 하고 돌아온 느낌마저 든다. 죽다 살아나서 그런지 내가 생각해도 놀라운 적응력이다.

마스터는 햇빛 쏟아지는 소파, 내가 처음으로 그를 보았던 그 자리에 앉아서 눈을 감고 있었다. 후드를 벗고 감추었던 외양을 드러내어 가만히 명상에 잠긴 모습은 빛을 흡수하는 검은 반석처럼 기이하도록 아름다웠다.

아름답다니, 그는 조금 전 사람을 죽였는데…….

죄책감에 가슴속에 스미는 감상을 부인하듯 고개를 저어 봤지만, 찰나라도 그런 생각이 든 것은 어쩔 수 없다.

머리가 아니라 순전히 가슴으로, 그의 부재한 도덕성과 지독한 성격적 흠결을 배제하고 본다면—

……부인할 수 없이 그는 아름다웠다. 내가 이제껏 보아 온 그 어떤 사람보다도 더. 악의도 경계도 존재하지 않아, 무구하기 짝이 없는 그 순수한 암흑. 주저 없이 죽음을 내리던 잔혹성마저도 늪 속의 괴물처럼 죽은 듯이 잠든.

홀린 듯이 마스터를 바라보던 난 가까스로 시선을 거두었다. 이상하리만치 울렁거리는 마음을 누르듯 가슴께를 어루만지며 조심스레 침대에 몸을 실었다.

그리고 그가 건네준 두꺼운 책을 침대에 엎드려서 읽기 시작했다.

내가 제자라 하면 그는 스승일 것이니, 스승이 앉아 있는데 제자가 침대에 드러누워 있는 꼴이 가당한 건지, 잠깐 고민이 되었다. 처음에는 침대로 가도 되나 싶어서 눈치를 좀 봤지만…… 마스터는 이미 내 존재를 잊은 것 같지?

그에게 신경을 끄기로 한 난 빠져들듯 책을 읽어 내렸다. 세계의 흐름, 숨 쉬는 것에도 깃들어 있는 마력이라는 힘, 그리고 마력을 다룰 수 있게 해 주는 마법.

쉽게 이해할 만한 내용은 아니었다. 다만, 내가 알아 온 것들과는 전혀 다른 상식을 따르는 내용이라 무척 흥미진진했다.

나는 곧 시간의 흐름을 잊었다. 이 세계의 수많은 지식이 차츰 뇌리에 쌓여서 촘촘한 층을 만들어 갔다. 골치 아프게 외우고 분석해야 하는 책이라기보다는 기초 지식이 담긴 교양 도서에 가까워 지루함을 느끼지 못했다. 역사며 신화, 전설 같은 것들이 총망라된 기본서는 내게 유익한 내용으로 이루어져 있었다.

독서에 빠져든 후 시간이 얼마나 지났을까. 아무리 흥미로운 책도 읽다 보면 지치기 마련이다.

점점 눈이 침침해지더니 한창 몰두해 있던 집중력도 흐트러져 갔다. 배 속에서 꼬르륵하는 소리가 진동했을 때, 나는 퍼뜩 정신을 차렸다.

어느새 날은 어둑어둑해져 있었고 책도 거의 반절가량 읽어 낸 터였다. 책을 덮어 놓고 뻐근한 몸을 일으켰다. 계속 자세를 바꿔 가며 책을 읽었음에도 몸을 지탱하고 있던 팔꿈치가 얼얼하니 아파 온다. 조용히 바닥에 내려선 난 쭈욱 기지개를 켜며 마스터를 힐끔 보았다.

땅거미 진 사위는 어스레한 푸른빛에 젖어 있었고, 그 가운데 홀로 뚜렷한 암흑을 그려 내는 그는 이미 찾아든 밤이었다. 낮에도 빛 들지 않은 동굴처럼 검었던 그를 어둠이 내리깔린 방 안에서 바라보는 것은, 퍽 심장에 좋지 않은 일이었다.

안 그래도 색채 없는 낯은 희다 못해 창백했고, 더군다나 그대로 모양을 잡고 설치해 둔 밀랍인형이 아닌지 의심 들 만치 그는 처음과 변함없는 자세로 앉아 있었다. 그 모습이 거의 살아 있는 사람같이 느껴지지 않는다. 시선을 눈치챈 그가 눈이라도 떴다면 난 엉겁결에 비명을 질렀을지도 모르겠다.

섬뜩한 감각을 뿌리치듯 어깨를 문지르며 난 잠시 갈등했다.

……잠든 걸까? 그런데 진짜, 어쩌면 저렇게까지 움직이지 않을 수 있지? 곧 배 속에서 꼬르륵거리는 소리가 한층 크게 들려왔기에, 난 금세 결론을 내렸다. 그래서 마법사인가 보지.

굶주림에 탐구심을 잊으며 난 신발을 신었다. 아까 낮의 그 사건을 생각하면 솔직히 식당으로 내려가는 것이 무척 꺼려졌지만 정말로 배가 고프고 갈증이 났다. 어설프게 먹다가 만 게 더 위장을 자극한 듯싶었다.

역시 사람은 먹어야 살지. 마스터는 식사를 안 하신댔지? 그렇다면 나 혼자 내려가도 될 테지. 이제 그를 마스터라고 칭하는데 전혀 위화감이 없어진 자신을 깨닫자, 약간 우울해진다.

"저, 내려갔다 올게요."

도망친다 오해하지 말라고 작은 소리로 말을 남기고 난 지체없이 방을 나섰다. 여관 복도에는 은은히 등이 밝혀져 있었지만, 삐거덕삐거덕하는 계단을 내려오니 식당에는 불이 꺼져 있었다. 딱 귀신이 나올 듯한 분위기다.

낮의 광경이 생각하기 싫어도 자꾸만 머릿속에서 고개를 내밀었다. 반복 재생되는 그 광경을 떠올리자니 으스스한 정도를 넘어 공포감마저 찾아들어, 난 몸을 움츠렸다.

그리고 쫓기는 듯한 기분으로 얼른 걸음을 내디뎠다.

불은 어디서 켜는 거야? 초조함에 발만 재게 놀리고 있는데, 부엌 문틈으로 새어 나오는 불빛이 보였다.

아마 여관 주인이 저곳에 있지 않을까. 그렇다면 식사를 주문할 수는 있겠거니 생각한 난 재빨리 걸음을 옮겨 부엌으로 다가갔다.

그 앞에 다다른 순간, 문이 벌컥 열렸다.

"우아아아아아아악!"

"으아아아아악!"

공포 영화를 볼 때 한 사람이 비명을 지르면, 잇따라 또 다른 비명이 터지곤 한다. 딱 그런 상황이었다. 먼저 소리를 지른 건 상대였고 나도 그 반동으로 미친 듯이 비명을 지르며 뒷걸음질 쳤다.

심장이 들썩거리는 정도가 아니라 덜커덩거리는 게 이러다 떨어져 나갈 것 같았다. 심장마비 걸릴 뻔했잖아! 잠깐 헉헉대다가 보니 상대는 아까 봤던 여관 주인 아저씨였다. 아저씨는 혼이 나간 표정으로 허공에 손을 휘저으며 물었다.

"귀, 귀신이냐? 사람이냐?"

"……사람인데요."

그제야 어둠 속에 있던 내 모습이 눈에 들어온 듯 눈을 찡그리던 아저씨의 안색이 시퍼레졌다. 그는 허리를 굽히며 호들갑을 떨었다.

"아이고 마법사님 일행분이 아니십니까! 여긴 어쩐 일로?"

저놈의 '아이고 마법사님' 소리란 참 묘하게 우스웠다. 난 웃음기를 감추려고 입매를 끌어내리며 최대한 덤덤한 투로 말했다.

"먹을 게 없나 해서요. 불이 꺼져 있더라구요."

"아이고 손님! 제가 가져다 드릴 테니 올라가 계십쇼. 그리고 말씀 낮추십쇼. 이 천한 놈이 어찌 마법사님 일행분께 존대를……."

"그러실 것 없어요. 그 마법사님……."

인상을 찌푸린 난 고개를 저어 보였다. 이 아저씨 눈엔 마스터가 영락없는 살인마—실제로도 그랬지만—로 보일 텐데 동료 취급당하는 건 사양이다.

"일행이라지만 그 사람과 만난 진 얼마 안 돼서요. 개인적으로 좀 물어볼 것도 있고."

물어볼 것이 있다니 아저씨는 한층 더 긴장한 기색이었다. 나는 부엌 안쪽을 기웃거리다가 구석에 놓인 의자에 자리를 잡고 앉았다. 아저씨는 죄짓고 판결을 기다리는 사람처럼 조심스레 내 앞에 섰다.

"저, 무엇이 궁금하십니까요? 저는 그다지 아는 게 없어서……."

"제가 오지에 살아서 모르는 게 좀 많아서요. 상식 수준의 질문이니 염려 놓으세요."

다른 세계에서 왔다는 허황된 이야기, 내 입으로 꺼내 놓기도 그랬지만 마음대로 말하면 안 될 것 같다. 마스터가 딱히 무어라 입단속하지 않았지만……. 난 이 세계에서 일종의 외계인 같은 거잖아? 지구에 불시착한 ET도 결국 쫓기게 되었으니, 이 사실을 함부로 밝히고 다니면 무슨 화를 입을지 모른다. 물을 건 뭐, 현재의 난 워낙 상식이 없어서 우선 뭐라도 좀 알아야지 싶었다.

"예, 그러면 이거라도 드시면서 하십쇼."

머릿속으로 꺼낼 질문을 정리하는 내게 아저씨가 내어 준 것은 고기와 야채가 들어간 두툼한 샌드위치였다. 본인이 먹으려고 만들어 놓은 것인가 보다. 그와 함께 우유를 따른 컵도 건네주길래 나는 재빨리 받아 꿀꺽꿀꺽 마시면서 샌드위치를 씹었다.

걸신들린 듯이 한 개를 다 먹어 해치우고도 부족한 눈빛으로 바라보자, 뭐 씹은 표정을 지은 아저씨가 샌드위치를 한 개 더 건네주었다.

마스터가 지갑째로 돈을 주었으니, 수고만 더해질 뿐 손해는 아닐 텐데. 이 아저씨 되게 쪼잔하네. 나는 속으로 투덜거리면서 그것을 받아 들고 미루어 두었던 질문을 시작했다. 다소 적절하지 못한 서두로.

"그러니까 말이죠, 이 나라는 사람을 죽여도 괜찮나 봐요?"

질문을 던지기 무섭게, 아저씨의 표정이 딱딱하게 얼어붙었다. 위협할 의도는 없었는데 위협으로 들었나 보네. 난 그저 마스터가 한 행동의 타당성과 이 나라의 낮은 치안 수준에 대해서 에둘러 묻고 싶었을 뿐인데, 문제는 내 직설적인 표현인가.

아차 싶은 난 할 말을 이번에는 신중하게 골랐다. 정신을 차린 아저씨가 분개한 표정으로 외쳤다.

"아니, 무슨 그런 말도 안 되는! 사람을 죽여도 괜찮은 나라가 세상천지에 어디 있답니까?"

"하지만 애초에 다들 도망만 쳤잖아요. 지금까지도 누가 잡으러 오는 것 같지 않고 제재를 가하는 사람도 아무도 없는걸요?"

"그거야……."

답답하다는 듯이 아저씨의 목소리가 잦아들었다.

"두려우니까 그런 겁니다요. 왜 여기 텅 빈 것 같지 않습니까?"

"네, 그렇네요."

"그나마 있던 손님은 외출하거나 식당에 있었는데……. 그런 걸 보고 누가 여기에 붙어 있겠습니까? 짐이고 뭐고 챙길 사이 없이 다들 도망갔지요. 저야 여기 주인이니 어쩔 수 없이 남아 있었습니다만."

그렇게 보면 이 아저씨 생각보다 강심장이다. 나는 싱긋 웃으면서 질문했다.

"병사라든가 자경단 같은 건 없나요?"

물론 내가 꼭 마스터가 잡혀가라고 비는 것은 아니지만, 여태 아무런 일도 없는 건 이 나라가 무법지대나 마찬가지인 걸로 생각되는데.

"있기야 있습죠. 병사 정도가 아니라, 도망치던 손님이 흑마법사가 출현했다고 소리 질렀으니 마법사 길드에도 연락이 갔을 겁니다. 시간이 이렇게 되었으면 도착하고도 남았을 텐데. 보십쇼, 밖에서 아무런 소리도 안 들리지 않습디까?"

난 그제야 퍼뜩, 마스터가 말한 '결계'라는 단어를 떠올렸다.

"그렇네요. 이상할 정도로……. 조용하군요."

"엄청난 결계라도 펼치셨는지 원. 밖에서 들어오려고 난리를 칠 텐데 이렇게 조용하다니! 이런 경우는 듣도 보도 못 했습니다요. 일행 분께서는 굉장한 마법사이신가 봅니다."

"한번 나가려고는 해 보셨어요?"

"저기 가서 문을 열어 보십쇼. 낮에는 빛이 들긴 했는데, 뿌연 막이 쳐져서 보이지도 않고 나갈 수도 없습니다요. 내일이면 떠난다니 다행……. 아이고 손님! 제가 입방정을! 부디 마법사님께 제가 이런 소릴 했다고 말씀 마십쇼. 송장 하나 치릅니다요!"

편안히 정보를 캐내기 위해서라도, 나는 마스터와의 친분을 적극적으로 부인했다.

"사실 저도 그다지 친하지 않아서. 고자질 같은 거 할 생각 없어요."

"아이고 감사합니다요. 그런데 손님은 며칠 전에 마법사님이 처음 오셨을 때 못 뵌 거 같은데…… 그 이후로 방에서 나오신 적도 없고. 흠, 실례지만 외모를 보아하니 먼 곳에서 오신 듯한데?"

고개를 갸우뚱하며 묻자 나는 어떻게 설명해야 할지 난감해졌다. 사실 난 다른 세계 사람이라고? 차원의 균열에 갇힌 나를 마스터가 구해 줬다고? 입 밖에 내놓기는 쉬웠지만 그렇게 쉽게 말해 버릴 수 있는 내용은 아니었다.

막막하게만 느껴지는 현실이 또다시 눈앞에서 끄집어내 지자, 울컥, 감정이 끓어올랐다. 나는 가까스로 속내를 삭이며 미소 지었다. 누군가에게 말해 버리고 싶은 마음이 들었다 한들, 이 아저씨에게는 아니었다.

간과하고 있던 것에도 문득 생각이 미쳤다. 만약 내가 섣불리 그 사실을 이야기했다간, 입막음 한답시고 그가 이 아저씨를 없앨지도 모른다. 마스터는 그가 그럴 수 있는 사람이란 걸 이미 내게 증명해 보였다.

난 대충 이야기를 지어냈다.

"그건 저도 기절해 있어서 잘 모르겠군요. 여행 중이었는데 맹수의 습격을 받아서 의식을 잃고 깨어 보니 저분이 저를 구해 주셨더라구요. 그래서 당분간 은혜를 갚으려고 몸을 의탁하게 되었습니다만, 오늘 일도 있고 어떻게 해야 좋을지."

"아……. 그, 그렇습니까요?"

아저씨의 얼굴에 뭔가를 말하고 싶은 듯한 표정이 떠올랐다가 사라졌다. 나는 그 기색을 재빨리 포착하고 물었다.

"무슨 문제라도 있나요? 말씀해 보세요. 마법사님은 주무시니까 염려하실 것 없어요."

"그게……."

아저씨의 목소리가 한층 더 낮아졌다. 잠깐 갈등하던 아저씨는 전쟁을 앞둔 장수처럼 비장한 얼굴로 입을 열었다. 어느새 말투가 달라져 있었다.

"이런 말, 해도 될지 모르겠지만 아가씨. 내가 아가씨가 남 같지 않아서 하는 말이야, 잘 들어."

"네, 말씀하세요."

"아가씨 말이야. 저분이랑 동행하다가 혹시 기회라도 생기면, 뒤도 돌아보지 말고 도망가게. 최대한 멀리."

그 표정이 너무나 진지해서 농담이라고 생각되지는 않았다. 나는 긴장한 채 물었다.

"그건 어째서죠?"

"쯧쯧, 아가씨는 아무리 오지에 살았다지만 흑마법사가 뭔지도 모르는가? 내 비록 여관 주인이지만 소문은 들어 알고 있다네. 흑마법사가 사람을 구해 줬다는 소린 이번이 처음이구만. 분명 무슨 꿍꿍이가 있을 게야."

"저 그런데, 제가 잘 몰라서 그러는데……. 흑마법사라고 자꾸 말씀하셨잖아요? 흑마법사가 그냥 마법사랑 다른 점이 무엇이죠? 어떻게 저분이 흑마법사라는 걸 아시는지?"

물론 마스터는 흑마법사라고 불려도 족할 의상을 고수했지만, 단순히 시커멓게 입고 다녀서 흑마법사라고 칭하는 것 같진 않았다.

"어이쿠 아가씨도 참! 정말 상식이 부족하구먼?"

손바닥을 딱 내리치며 기겁한 표정을 지은 아저씨가 다시 목소리를 낮추고 말을 이었다.

"흑마법사라는 건 마법사 중에서 특히나 죄의식이 없는 자들을 말하지. 즉 인간이길 포기한 잔인무도한 자들이라네. 그들은 힘에 도취되어 마구잡이로 마법을 행사하거나, 법을 밥 먹듯이 어기고, 더 높은 경지에 이르기 위해 금지된 마법에 손대곤 하지. 대개는 제정신이라 하기 어렵고, 극도의 잔인성을 보인다네. 그래서 흑마법사가 나타났다 하면 꼭 대형 사건이 터지지. 이번만 해도 보게나. 내 평생 사람을 그리 잔인하게 죽이는 건 처음 보았네! 아무리 마법사들이 법외의 존재라 해도 시비 걸렸다고 그리 무참히 사람을 죽이진 않는다 네. 그런데 어찌 흑마법사가 아니라 할 수 있겠나?"

"그, 그런가요."

"게다가 그들은 마법 실험을 위해선 사람이건 짐승이건 가리지 않지. 아마 아가씨를 구한 것도……."

잠시 아저씨와 나 사이에 무거운 침묵이 깔렸다. 섬뜩한 느낌에 사로잡힌 난 곰곰이 마스터의 말과 행동을 되짚어 보았다.

마스터는 날 제자로 삼을 거라고 말했지만 그게 진실일까? 거짓말을 할 사람 같지는 않았지만, 신뢰를 품을 만한 상대도 아니었다. 내가 마스터의 말을 의심하지 않았던 건, 마스터가 내게 거짓말을 할 이유가 없다고 느꼈기 때문이지 그를 믿어서가 아니다.

일단 마스터를 따르기로 한 아까의 결심과는 반대로 난 흔들렸다.

흑마법사라……. 분명 마스터의 잔인한 본보기는 아저씨가 말한 흑마법사의 정의에 부합하는 행동이었다. 실험체로 삼는 것이 아니라 내가 진짜 제자가 된다고 쳐도 앞으로도 저런 장면을 계속 보고 살아야 한다면, 아니면 나 스스로 저런 짓을 해야 한다면?

나는 자신이 없었다.

아저씨가 한숨을 쉬며 말했다.

"죽은 놈이야 사실 마을 골칫거리인 건달패 놈이라 없어진 게 차라리 낫긴 하네만, 아가씨는 그래도 멀쩡한 사람 같은데 그리 죽어서 쓰겠나. 나도 내 평생 이런 충고를 하게 될 줄은 몰랐다네."

짧은 시간 대화를 나누었을 뿐이지만, 아저씨는 진심으로 날 걱정해 주고 있었다. 우려가 담긴 음성에 난 조금이나마 위로받는 것 같았다. 이곳도 사람이 사는 곳이긴 하구나.

"……다만 과연 아가씨가 도망칠 수나 있을지 걱정이 드네. 흑마법사란 원래 마법사 길드에 쫓기기 때문에 숨어 살기 마련인데 이렇게 모습을 드러냈다는 것 하며, 아직도 결계가 깨지지 않은 것 하며. 그자는 무시무시한 실력자 같구면."

하는 얘기인즉슨 충고의 탈을 쓴 사형선고였다. 그래, 어차피 해답이 없는 상황이었다.

당장 이 여관을 나가는 것도 여의치 않다면, 마스터를 따르는 수밖에 더 있을까? 나는 고개를 숙여 감사를 표하고 체념한 투로 말했다.

"그래도 방법이 있겠지요. 죽었다 살아난 목숨, 그보다 더한 운이 없을까 합니다. 아무튼 걱정해 주셔서 감사해요."

"그래, 뭔 수가 생기겠지. 참 아가씨 잘 먹게 생겼는데, 아직 배가 덜 찼지? 내가 아가씨를 위해서 이 여관에서 가장 비싸고 세상에서 가장 맛있는 요리를 해 주지. 다른 데 가서도 이런 건 먹어볼 수 없을 걸세."

잘 먹게 생겼다는 말이 은근히 신경 줄을 건드렸지만 농담인 걸 알기에 난 활짝 웃어 보였다.

"그래도 될까요?"

"뭐, 어차피 먹을 사람도 없고 돈도 두둑하게 받았으니."

자신의 풍만한 배를 두드리며 자신 있게 이야기하는 아저씨한테 나는 밝게 화답해 주었다.

"기대해 볼게요."

기대했던 대로 아저씨가 만들어 준 야심작은 정말 맛있었다.

풍성한 식사를 마친 난 빵빵한 배를 움켜쥐고 방으로 돌아갔다. 혼자 남아 있기 무서웠던 듯, 아저씨가 이런저런 이야기로 시간을 끌기도 했고 밥도 먹느라 시간이 꽤 흐른 터였다.

내가 식사하는 동안 아저씨가 층계에 촛불이 켜 놓았는데, 정작 내려올 때 환하던 위층은 불이 꺼져 완전히 스산한 어둠에 잠겨 있었다.

어둠은 늘 두려움을 가져다주기 마련이다. 조금 전까지 사람 냄새가 풍기는 대화를 나누고 온 터였지만, 아무것도 보이질 않으니 갑자기 불안감이 밀려왔다. 다행히 왼편 두 번째에 있는 방은 위치를 외워 둔 터라 그나마 찾기가 쉬웠다.

한 치 앞도 보이지 않는 어둠 속을 더듬거리며 난 발을 내디뎠다. 손으로 벽을 타고 나아가던 난 이윽고 떠나온 방에 이르러 문을 열었다.

삐걱. 작은 소리가 났다. 하지만 역시 불이 켜지지 않은 방 안은 계단의 불빛이 올라오던 복도보다 더 어두웠다. 시야는 온통 캄캄하기만 하다. 이럴 줄 알았으면 불 켜 놓고 나올걸. 어쨌거나 마스터가 눈을 감고 앉아 있는데 불을 환히 켜 놓고 나가기는 좀 그랬거든.

한 발짝 한 발짝 조심스레 떼며 침대가 있는 방향으로 가고 있는데 무언가가 발에 걸렸다. 배가 빵빵해서 그런지 무게중심이 앞으로 확 기울었다. 중심을 잡을 새도 없이 나는 그대로 앞으로 고꾸라졌다.

"우앗?"

눈을 질끈 감고 닥쳐 올 아픔을 예상했지만 느껴지는 것은 둔탁한 감촉이었다. 여기에 소파라도 있었나? 제대로 박은 터라 코가 얼얼했다. 반쯤 기운 몸으로 무심코 손으로 딛고 일어나려던 나는 맨들거리는 천 자락을 짚고 미끄러져 또 한 번 휘청였다.

균형을 잡지 못하고 앞으로 쓰러진 순간, 입술에 무언가가 닿았다. 부드럽고, 말랑한 고무 같았다. 더군다나 따뜻한 공기가 새어 나오는……. 어쩐지 등골이 오싹했다. 이상한데 이건. 이 감촉은 마치— 사람 같은……!

고개를 들던 난 어둠 속에서도 은은한 빛을 내는 검은 눈동자를 맞닥뜨렸다. 맙소사! 사색이 된 난 일어날 겨를도 없이 엉덩방아를 찧으며 번개같이 마스터에게서 떨어졌다.

우당탕! 엉덩이가 아찔할 만큼 아팠다. 하지만 아픔보다 두려움이 먼저 느껴졌다. 자연스레 내가 떠올린 건 아까 낮의 바로 그 광경이었다. 한 사람이 순식간에 핏덩이가 되어 버렸던 그때. 그리고 그 이유도 역시도.

'나를 공격했으니까.' 냉담한 음성이 귓전에서 풀 사운드로 메아리치는 듯했다. 기껏 죽었다 살아났는데, 이대로 인생이 끝나는 건가? 난 덜덜 떨면서 다급하게 소리쳤다.

"으악! 마, 마스터 이건 절대 고의가 아니에요! 공격하려고 그런

게 아니라 앞이 안 보여서!"

눈앞에서 일순 빛이 터져 나왔다. 난 본능적으로 눈을 감싸고 재빠르게 몸을 웅크렸다. 또 마스터가 마법을 썼구나! 죽음을 예감하면서.

그러나 기다려도 아무 일이 일어나지 않자, 말았던 몸을 피며 슬그머니 고개를 들었다. 혹여 죽음을 맞고도 느끼지 못한 걸지도 몰랐으므로.

그리고 난 눈앞에서 둥둥 떠다니는 원형의 빛 덩이를 목격하게 되었다. 방 안을 밝히고도 남을 만큼 환하게 쏟아지는 빛살에 시리도록 눈이 부셨다.

제대로 눈을 뜨지 못하면서도 신기한 기분에 난 그 광구(光球)를 손가락 사이로 관찰했다. 그건 흡사 거대한 반딧불 같았다. 지탱하는 것 하나 없이 허공에 홀로 떠서 빛을 발하고 있다니, 저건 어떻게 만든 거지?

상황도 잊고 호기심을 보이던 난, 곧 잊고 있었던 사실을 깨달았다. 절대 무시할 수 없는 시선이 느껴졌기 때문에.

솟구치는 불안감에 사로잡혀 서서히 눈길을 옆으로 돌렸다. 그리고 소파에 반듯이 앉아 날 응시하는 마스터와 시선이 딱 마주쳤다. 주름 하나 없이 단정하기만 했던 옷차림이 흐트러져 있는 건 내가 몸으로 다이빙했기 때문이 분명하다.

차갑기 짝이 없는 그 눈길이 나를 채찍질하는 것 같았다. 마스터가 고요히 물었다.

"제대로 걷지도 못하고 네가 할 줄 아는 게 무어냐."

비웃음이 아닌 순수한 의문일까. 마스터의 표정에서는 아무런 감정도 느껴지지 않았다. 하지만 그 내용이 힐책이라, 얼굴이 화끈 달아올랐다.

"어두운데 넘어질 수도 있죠. 제가 야행성 동물도 아니고."

부끄러움에 난 작은 소리로 투덜대며 몸을 툭툭 털고 일어섰다. 저런 곳에 소파가 다 있었다니. 아무래도 내 방향감각은 영 좋지 못한가. 침대 옆에 있는 등불을 목표로 걸어갈 셈이었는데, 약간 방향이 틀어져서 더 깊은 곳으로 향했던 것이다.

하지만 종일 창가에 앉아 있었던 마스터가 내가 없는 새 그리로 옮겨 갈 줄은 몰랐다. 당연히 예측할 수 없는 거 아닐까. 여하간 내게 책임을 묻지는 않으려는 것 같았기에, 그가 보인 뜻밖의 관대함에 안도할 새도 없이 난 서둘러 화제를 돌렸다.

"마스터는 식사 안 하세요? 아까도 안 드시고는. 원하시면 제가 내려가서 가져올게요."

좋아, 이 정도면 걱정하는 척 친근하게 들리지. 조금 전까지 밑에 층에서 뒷담 비슷한 이야기를 하고도 내겐 가책이란 없었다. 마스터가 무심히 답했다.

"말했을 텐데. 난 먹지 않아."

먹지 않는다는 것은 아예 음식물을 섭취하지 않는다는 뜻? 아까보단 해석할 만한 여지가 적었다. 그게 마법사의 일반적인 특징인지 아니면 마스터의 특수성인지는 여전히 알 수 없었지만, 범상한 사실은 아니었다.

마스터는 그 말을 마지막으로 아까처럼 다시 눈을 감았다.

침대 위에 눕는 편이 편할 텐데, 라고 생각하면서도 권하지 않은 이유는 여긴 침대가 달랑 하나라서 그렇게 되면 내가 의자에서 자야 하기 때문이다. 같이 잘 수는 없지 않아?

절대 문제 될 것 같지 않은 성적인 의미는 배제하더라도, 내가 긴장돼서 한숨도 못 잘 게 분명하다. 잠은 좀 얌전하게 자는 편이지만, 혹시나 험악한 꿈을 꿔서 나도 모르게 발길질이라도 하게 된다면, 그때에도 마스터가 넘어가 주리라는 보장은 없었다.

난 몇 발짝 떨어진 자리에 서서 마스터를 흘낏흘낏 쳐다보았다. 볼수록 이해할 수 없는 사람이다. 마스터는 내가 보는 앞에서 물 한 모금 마시지 않았다. 그리고 물 컵이 움직인 흔적이 없는 걸 보아선, 내가 없는 자리에서도 그건 마찬가지였으리라.

먹지 않아도 살 수 있다면 그것만으로도 마스터는 대단한 마법사일지 모른다. 그리고 나한테는 마스터의 강력함을 말해 주는 그 하나하나의 증거들이 좀 바람직하지 않았다.

가만, 먹지 않는다면 화장실도 안 가는 걸까? 왠지 모를 아쉬움을 느끼던 그때 자그마한 쪽문이 시선의 끝에 들어왔다.

창고인가 싶어 열어 보니 화장실인지 바닥에는 배수구가 나 있었고 재래식 변기와 수도꼭지가 보였다. 화장실은 복도에만 있는 줄 알았는데, 여기가 제일 좋은 방이라서 그런가. 호텔과 비교하기는 뭣하지만 이곳이 여관 내에서 가장 비싼 방이라고 아저씨가 그랬다.

수도꼭지에 다가서 돌려보자 물이 졸졸 새어 나왔다. 수압도 세지 않고 온수도 없었지만, 삼 층까지 수도가 연결된 걸 보면 여기 문명 수준도 아주 나쁘지는 않은 것 같다. 볼일은 일 층에서 이미 보고 온 터라 난 대충 입안을 헹구고 세수를 했다.

옷이 갈아입혀진 이상 좀 의심스럽긴 하지만…… 이상하도록 몸 상태가 보송보송해서 목욕까지 할 필요는 없을 것 같다. 아니, 애초에 마스터를 문밖에 내버려 두고 씻는 건 꺼려진다. 성별을 떠나서, 그런 내밀한 행위를 경계하는 사람 앞에서 기꺼이 하긴 좀.

난 옷깃을 들춰서 바뀌지 않은 속옷을 확인하며 입술을 잘근잘근 깨물었다. 몸이 왜 이리 깨끗하냐고 추궁하는 건……. 아무래도 아니겠지? 굳이 묻지 않는 편이 나을 것 같은데. 옷을 갈아입힌 정도가 아니라 알몸을 보았다면…….

거기까지 생각이 미치니 얼굴에 확확 열기가 올랐다. 불현듯 본능적으로 회피하고 있던 기억이 가시화되어 떠올랐다. 인지하지 못하고 있었던 사실을 나는 뒤늦게 깨달았다.

조금 전에, 몸을 일으키려다 다시 넘어지면서 마스터를 덮치다시피 했고……. 그리고…… 입술이 닿았었지. 어디에?

그 감촉이 너무도 선명한 기억으로 남아 있어서, 대답이 곧장 떨어졌다. 난 얼굴을 감싸고 자리에 주저앉았다. 이건 무효야, 무효라고! 가슴에서 머리로 소리 없는 아우성이 메아리쳤다. 앓는 신음을 내며 난 뺨을 문질러 댔다. 도대체 왜 그랬어, 이 멍청아!

스스로를 마구 학대하고 싶은 기분이다. 처음 넘어졌을 때 그게 마스터라는 걸 왜 눈치 못 챘지? 바보잖아!

……부정할 수 없는 진실은 이것이 내가 불쾌해할 일은 아니라는 거였다. 마스터는 순전히 피해자 아니던가? 그 단어와 마스터가 퍽 어울리지 않는다고 해도 그건 사실이었다.

심히 불쾌한 기분은 아니었다. 다만 당황스럽고……. 자괴감이 들고 부끄럽고 어떤 얼굴을 해야 할지 모르겠고, 그야말로 혼돈의 도가니다.

……그래, 다 내 잘못이지. 한참을 머리를 싸매고 있던 난 한숨을 푹 내쉬며 쪼그리고 앉은 몸을 일으켰다.

내가 한 짓을 생각하자니 마스터가 촛불 끄듯 훅 숨을 끊어 버리지 않은 게 용하다 싶었다. 어쨌든 그는 자신을 공격했다는 이유만으로 사람을 죽였으니. 그 무거운 사실이 내 사소한 실수 앞에서 상대적으로 가볍게 다가온다.

새삼 의문이 피어오른다. 고의가 아닌 실수로 그를 위협하는 건 어느 정도 허용된다는 이야기일까. 아니면 상대가 제자로 삼은 나라서 관대하게 용서했던 걸까. 실수로 입술이 닿은 일에 의미 부여할 사람으로 보이지는 않았으니.

답은 알 수 없다. 난 지긋이 벽에 걸린 거울 속의 나를 바라보았다. 울상이 된 얼굴이 눈에 들어오자 애써 표정을 고쳤다. 뻔뻔스럽게 나가자고, 난 단호하게 중얼댔다.

마냥 화장실에 죽치고 있을 수만은 없었으므로, 난 애써 꼿꼿하게 문밖으로 걸어 나갔다. 마스터는 어차피 신경 쓰지 않을 테지. 나만 의식할 거 없잖아? 그렇다고 '제 마음대로 입 맞춰서 죄송했어요.'라며 뒤늦은 사과를 건넬 것도 아니고. 생각만 해도 참 민망하다.

씻고 나니 어쩐지 졸음이 몰려왔다. 대낮처럼 환했던 방 안은, 공중에 떠 있던 빛 덩이가 확연히 작아져서 이제는 촛불 밝힌 정도로 어두워진 터였다.

숨소리도 내지 않는 마스터는, 소파에 앉은 채로 잠들어버린 것 같았다. 그래도 내가 부르기라도 하면, 금세 눈을 뜨겠지만.

가만히 침대에 드러눕는데 아까 반쯤 읽다가 만 책이 보였다. 저 걸 다 읽어야 하는데……. 라고 생각하면서 책을 펼쳐 든 지 얼마 안 되어, 졸음이 눈덩이처럼 부풀어서 날 짓눌러 왔다.

나는 어느덧 책을 놓고 의식을 잃듯 잠에 빠져들었다.

잠들기 전만 해도, 끔찍한 광경을 보았으니 악몽을 꾸리라 내심 예상했다.

죽은 사람이 피를 철철 흘리며 꿈에 나와서, 왜 그를 말리지 않았 냐고 왜 나서지 않았냐고 추궁하는, 그런 뻔하지만 소름 끼치는 악 몽. 그리고 나는 거기에서 벗어나려고 발버둥 치다가, 온몸이 땀으 로 흠뻑 젖어 소스라치며 잠에서 깨어나는 것이다.

하얗게 질린 채 세면대로 다가가 거울을 보면, 눈 아래가 푹 들어 간 퀭한 얼굴이 보이겠지. 통속적이지만 그럴듯한 시나리오였다. 그 뻔한 걸 내게도 예상했지만, 마음가짐이 너무 불순했었던 것 같다.

쇠심줄처럼 무딘 신경은 나에게 악몽을 허락하지 않았다. 나는 완 벽하게 무의식 상태에 접어들었고 한 번도 깨는 일 없이 잘도 잠을 잤다.

내가 깨어났던 건 마스터가 날 불렀기 때문이었다.

"아힌."

딱 한 마디, 조용히 호명했을 뿐인데 조건반사적으로 눈이 번쩍 떠 졌다. 잠을 푹 잔 것과는 별개로 긴장감이 몸에 배어 있었던 것일까. 물 깊은 곳에 있다가 건져진 듯 나는 느슨한 정신을 추슬러야만 했다.

눈을 비비던 난 조금 후에야 마스터가 내 이름을 불렀음을 알아채 고 사방을 두리번거렸다. 창밖으로 온통 환한 빛이 비쳐드는 게, 아침이 왔나 보다.

모든 게 꿈이길 바랐던 건지, 알 수 없는 실망감이 밀려들었지만 나는 흔쾌히 아침 인사를 건넸다.

"아, 마스터. 안녕히 주무셨어요?"

"준비하고 내려오도록."

마스터는 달랑 한마디를 툭 던져 놓고 방을 나섰다.

난 따뜻한 잠자리의 유혹을 떨치고 일어나 기지개를 켰다.

몇 시간이나 지났을까. 캄캄했던 밤이 지나고 아침이 왔는데도, 마음이 조금도 편안해지지 않았다.

……편안하다면 이상한 거겠지.

가슴속 깊은 곳을 꾹 누르는 듯이, 불안감이 무겁도록 자리를 차지했다. 준비하고 내려오란 소린, 단순히 식사할 준비를 말하는 건 아닐 터였다.

뭉그적거리며 세수를 마친 나는, 침대로 다가가 옆구리에 읽다 만 책을 끼었다. 소지품이랄 게 없으니 더 챙길 것도 없다. 내가 가진 건 몸뚱이 하나와 이 책뿐.

대책이 없으니, 도망치고 싶어도 갈 곳이 없긴 하구나. 난 새삼 이곳이 기반이며 도와줄 사람이라곤 한 명도 없는, 낯선 이 세계라는 것을 실감했다.

특히나 이곳의 치안은 좋지 않은 듯하니, 알량한 운동 실력만 믿고 도주를 꾀할 순 없었다. 내가 지금으로서 몸을 의탁할 수 있는 건, 오로지 흑마법사로 추측되는 마스터뿐이었다.

문득 마스터에게 내 곰돌이 잠옷은 어떻게 했느냐고 물어보고 싶었지만, 마스터의 입으로 내 옷을 갈아입힌 게 그라는 걸 확인하기가 두려웠다. 어쩐지 방 안을 나서기가 망설여져 미적거리고 있는데 잊고 있던 사실이 떠올랐다.

지금 식당에는 마스터와 아마 잠도 제대로 못 잤을 주인아저씨 둘만 있을 거다. 어젯밤 나와 친분을 다진 아저씨는 내가 언제쯤 내려

올까, 초조하게 기다리고 있을 터였다. 마스터와 단둘이 있는 건, 확실히 심장에 좋지 않은 일이니까.

한 번 숨을 크게 들이마신 난, 아저씨의 불안감을 조금이라도 덜어 주기 위해 재빨리 방문을 박차고 계단을 뛰어 내려갔다.

"아이고 손님 오셨습니까? 시장하실 텐데 제가 식사를 준비해 드립죠."

죽상을 하고 안절부절 서 있던 아저씨가 나를 보자마자 얼굴에 화색을 띠며 후다닥 부엌으로 사라져 갔다. 아가씨 운운하며 친한 척했던 때가 언제였느냐는 듯이 순식간에 태도에 격의가 서렸다. 섭섭하게 느끼기엔, 목숨 걸고 친하게 굴 만한 사이는 아니었다.

난 늦은 것을 사죄하듯 마스터에게 꾸벅 고개를 숙여 보였다. 마스터는 어제 식사했던 그 자리에 또다시 앉아 있었다.

변화를 추구하지 않는 성격인 건 알겠지만……. 식욕 떨어지게 하필 저기람. 혀를 차면서도 그에게 자리를 옮기라 권하기는 좀 뭐했다. 난 한숨을 삭이며 마스터의 맞은편으로 걸어가 소리 나지 않게 자리에 앉았다.

"오늘 만나기로 한 사람은 어떤 사람이에요?"

"사람이 아니다."

망설임 없이 떨어진 그 대답에, 순간 섬뜩해졌다.

사람이 아니면 뭐라는 거지? 눈을 크게 뜬 난 잠시 입만 벙긋거렸다.

온갖 흉악스럽고 끔찍한 망상들이 상상력을 시험하듯 머릿속에서 생생하게 그려지고 있었다. 어젯밤 흑마법사에 대한 괴담을 들은 터라 내 상상은 꽤 현실성을 띠었다. 즉 내가 무얼 상상하든 간에 이 비현실적인 현실에서 이루어질 가능성을 무시할 수 없었다.

난 영화로는 괴물을 보며 낄낄거릴 정도로 담대한 편이었지만 그게 현실에서 이루어질 땐 이야기가 좀 달랐다. 에일리언이라든가 한강의 괴물, 그런 걸 실제로 보고도 내가 기절하지 않을지는 장담 못한다. 그런 종류의 영화를 잘 보는 편이라 해도 실제로 보는 것과 영화는 다르지 않겠어?

나는 침을 꿀꺽 삼키며 물었다.

"저어— 사람이 아니라면?"

"네게 준 책에 적혀 있는 종족 중 하나다."

마스터는 흡사 숙제를 내어 주고 검사하는 선생님처럼 대꾸했고, 부드럽게 찔러 드는 그 시선에 가슴이 다 뜨끔했다.

어제 그 책에 그런 내용이? 앞쪽은 다 읽었지만 그런 내용은 없었고, 아마도 뒤쪽에 실린 내용인 듯한데. 그 두꺼운 책을 하루 만에 다 읽었을 거라고 생각한 거야?

난 진땀을 흘리며 시선을 피했다. 그러고 보니 나도 참 속 편하다. 보통 목숨을 위협당하면 뭘 던져 줘도 알아서 빨리 습득하려 들지 않나. 노예 같은 경우는 일을 제대로 못하면 채찍질을 당하니까 그렇기도 하고.

그런 것치곤 난 혼자 내려가서 밥도 먹고 오고 뻔뻔스레 침대를 차지하고 잠도 잘 잤다. 생각하면 할수록 낯이 뜨거워졌다. 아마 마스터의 입장에서 평가할 때 내 인간으로서의 수준은 바닥이지 않을까.

그 책도, 잠을 줄여서라도 다 읽길 당연스레 기대한 것 같은데 난 세세히 말해 주지 않으면 박차를 가하는 사람이 아니었다. 낮은 저리도 무정해도, 속은 싸늘해져서 날 벌할 수 있었기에 난 재빨리 고개를 숙이며 자진 납세했다.

"어, 음. 죄송해요! 거기까진 못 읽었어요."

"……거기에 적혀 있는 건 기본적인 지식이니 숙지해 두어야 한다."

"오, 오늘 내로 다 읽을게요."

다행히 마스터는 제자가 좀 게으르고 덜떨어졌다고 해서 바로 회초리를 드는 성품은 아닌 것 같았다. 책 뒷부분을 뒤적이며 종족, 종족을 뇌까리던 난 포기하고 읽던 부분부터 마저 읽기로 했다.

뒤쪽에 단어별로 페이지가 정리된 것도 아니라서 원하는 부분만 뽑아 읽기 힘들었다. 이쪽 세계란! 인간만 있으면 되었지 무슨 종족이 또 따로 있어서 날 골치 아프게 하는 거야.

지극히 인간 본위적인 불평을 하면서도 찾아들 손님이 흉악한 괴물이라면, 하는 가정을 버리지 못한 난 책을 놓고 조심스레 물었다.

"마스터, 저도 마음의 준비가 필요한데 이것만 말씀해 주세요. 온다는 그분, 사람하고는 비슷하게는 생겼어요?"

좀 애매한 질문이었는지 마스터는 잠시 침묵을 지켰다.

여관에 사람이 없어 후드를 눌러쓰지도 않은 터라, 눈가가 가늘게 좁혀드는 게 또렷하게 보였다. 왜 고민 따위를 하는 거지!

고심 끝에 마스터가 답을 주었다.

"그렇다고 볼 수 있지."

안도의 한숨도 잠시, 나는 마스터의 비슷한 정도에 대한 기준과 내 것이 전혀 다를 수 있음을 깨달았다.

즉 마스터는 사지만 달리면 사람과 비슷하다고 볼 수 있다는 얘기다. 두려움이 감해지기는커녕 더 몰려들었다.

어쩐지 식욕이 뚝 떨어진다 생각했는데, 정말로 식사가 나오자 그 생각은 씻은 듯이 사라졌다.

"손님 나왔습니다요."

아침이라 그런지 식단은 간단한 수프와 빵, 그리고 장조림처럼 달짝지근하게 졸인 고기로 간소했다. 그러나 여관 아저씨의 손맛은 알아줄 만해서 꽤 맛있었다.

나는 식탐 앞에 모든 걸 잊고 마는 나 자신에게 회의를 느끼며 묵묵히 식사를 씹어 삼켰다.

이 세계에 와서 다행이라고 할 만한 게 있다면, 적어도 식사는 제대로 한다는 것이다.

잠도 제대로 잤지. 이 정도면 나는 꽤 운이 좋은 편 아닐까? 무시무시한 흑마법사한테 붙잡히긴 했지만 어쨌든 살아 있으니 말이다. 그러나 마스터와 함께 있는 한 내게 조용히 식사를 즐기는 운은 따르지 않을 모양이었다.

침묵만이 깔려 있던 실내에 쾅, 하고 귀청 찢어지는 소리가 울려 퍼졌다. 난 급체할 것 같은 기분이 되어 두리번거렸다.

"뭐, 뭐죠?"

"왔군."

마스터의 중얼거림과 함께, 누구나가 느낄 수 있을 정도로 현격하게 공기의 흐름이 변화한다. 일순 공간의 속성이 뒤바뀌는 듯이. 바깥과 단절된 골방에 있다가 갑자기 탁 트인 광장에 선 느낌.

여관을 가두고 있던 결계가 풀려났단 것을, 난 즉시 눈치챘다.

일거에 소리가 쏟아지는 듯이, 주변이 무척 소란스러워졌다. 이런 소음이 어디 숨어 있었나 싶을 만치 갑자기 터져 나온 소리들.

밖에서 들려오는 그 익숙하지 않은 소음의 정체를 깨닫자 피가 빠져나가는 양 전신이 싸늘하게 굳었다. 등골이 오싹하다 못해 몸이 부르르 떨렸다.

그것은 비명 소리였다. 생의 마지막 단말마를 내지르는 듯이 처절한—

얼어 있던 난 겁에 질려 다급하게 물었다.

"뭐, 뭘 하신 거예요? 이 소리는 뭐죠?"

"결계를 풀었다. 그러니 밖의 것들을 처리해야 들어오지 않겠나."

무심하게 대꾸하는 마스터의 말을 듣고, 나는 밖에서 무슨 일이 벌어지고 있는지 곧 알아차렸다.

어제 있었던 일의 반복이었다. 단지 어제 죽은 사내는 본인조차 자신이 무슨 일을 겪고 있는지 몰랐다면 밖에 있는 이들은 자신이 왜 죽는지 생생히 알고 있을 것이라는 점이 달랐다.

마스터와 아는 사람이라면 날 해치진 않을 테니 나가서 말려 본다는, 그 계산은 실천으로 이어질 수 없었다.

전쟁이라도 난 듯이 바깥이 온통 비명과 이상한 굉음으로 가득한데, 나가 볼 배짱이 내겐 전혀 없었다.

마스터가 눈앞에 앉아 있지 않았다면, 도리어 난 여관 깊숙한 곳으로 도망쳐 들어갔을 것이다.

두려움에 잠긴 난 겁쟁이처럼 그 자리에서 한 발짝도 떼지 못하고 발붙이고 있을 따름이었다.

차츰 잦아드는 비명 소리를 배경음으로 앉아 있는 기분이란, 형언할 수 없을 만치 소름 끼쳤다.

이내 비명이 멎었다. 그것이 뜻하는 바는 하나였다. 몰살(沒殺).

심장이 조금이라도 연약했다면, 나는 이미 기절해 있었으리라. 가장 두려운 장면을 앞둔 공포 영화의 주인공이 된 듯하다. 약간의 시간이 흐른 후 문이 열렸다. 삐그덕거리는 소리가 마치 운명교향곡처럼 들려온다.

쏟아지는 역광에 나는 눈을 찡그렸다. 금방 둔중한 소리를 내며 문이 닫히고 낯선 이가 마스터 앞에 섰다.

나는 몸을 잘게 떨며 호흡을 진정시키려 애썼다. 얼어붙은 몸을 따라 폐도 얼어붙은 것인지, 내게선 쌕쌕거리는 거친 숨소리만이 났다. 식욕도 잊고 난 구역질을 참듯 입가를 감쌌다.

그자의 몸에서는 어떤 냄새가 풍겨 오고 있었다. 처음 맡은 자라도 알 것 같은, 그런 견딜 수 없이 끔찍한 냄새— 피비린내가 훅 끼쳐 왔다.

나는 현실을 직시하려 가까스로 용기를 내어 고개를 들었다. 상상만큼 두려운 외형이 아니라서 다행이라고 해야 할까?

2미터에 육박하는 듯한 큰 키는 실로 우뚝 선 산 같았다. 그의 회색 망토는 군데군데 검게 얼룩져 있었고 눈 아래는 복면으로 가려져 위협적이고 흉악했다.

겉모습은 괴물이 아닐지라도, 그는 내게 있어선 이미 괴물이었다. 난 자리를 박차고 도망치고 싶은 충동에 사로잡혔다. 이를 악물고 주먹을 꾹 눌러 쥐는 찰나, 남자가 마스터 앞에 부복했다.

일말의 감정도 싣지 않은 고요한 음성이 대기를 타고 흘렀다.

"일은?"

"시키신 대로 처리했습니다. 이자는."

남자는 내게 시선을 주었다. 날카로운 회청색 눈동자가 관찰하듯이 훑자 난 벌침이라도 맞은 양 화들짝 놀라 그를 외면했다.

공포감에 사로잡혀 고개를 돌린 난 오로지 마스터만을 바라보았다. 우습게도, 남자와 다른 것 하나 없는 그가 내 구명줄이라도 되는 것처럼.

이윽고 떨어진 말에 난 눈을 휘둥그레 떴다.

"내 다섯 번째 제자다."

……처음으로 놀란 점은 정말, 내가 제자가 맞긴 맞구나? 하는 것이었다.

제자라는 게 실험체를 뜻하는 특정 암호가 아니라면, 그는 정말로 날 제자로 삼는다는 것이리라. 마스터 흑마법사설 때문에 우려하고 있던 마음이 조금이나마 놓였다.

두 번째는 내가 자그마치 다섯 번째 제자라는 점이었다. 그러면 나 외에도 네 명이나 제자가 있다는 뜻인가? 딱히 교육적이거나 누군가를 가르치는 것을 좋아하는 자상한 성미로 보이진 않았는데.

살인마를 앞에 둔 불안감에 조바심이 더해졌다. 알고, 미리 마음의 준비를 하지 않으면 안 될 것 같았다. 궁금증을 참지 못한 난 불쑥 물었다.

"저 말고도 제자가 있어요?"

마스터와 남자의 시선 둘 모두가 내게로 향했다. 마스터의 시선은 그렇다 치더라도 눈앞의 살인마의 시선이란……. 정말로 섬뜩했다.

마스터에게는 따졌던 전적이 있었던 나도 이 남자에게 살인을 저질렀다고 따질 용기는 없었다. 위협적인 올 블랙 패션의 마스터는 몸이라도 호리호리했지, 이 남자는 다른 종족인 데다가 키도 덩치도 컸다.

"곧 만나게 될 터."

그 말을 마지막으로 마스터는 자리에서 일어섰다. 내가 엉겁결에 따라 일어서자 마스터는 내 어깨를 잡고 그자의 옆에 붙여 세웠다.

내 얼굴은 글쎄, 거의 백지장이라 표현해도 그르지 않을 만큼 하얗게 질려 있을 거다. 방금 살육을 저지른, 피가 배어든 옷을 입은 남자 옆에 서 있는 기분은 어떤 말로도 표현할 수 없었다. 아마도 13일의 금요일, 살인마 제이슨과 나란히 앉아 있는 기분과 흡사하지 않을까.

심장이 펄떡거리는 본능적인 두려움에 고동 소리가 고막까지 울렸다. 피가 빠져나간 듯이 머리가 온통 얼어붙었다.

사고의 여력 없이 그저 가만히 서 있는 내 앞에 마스터가 다가섰다. 그 한없이 깊고 검기만 한 눈을 마주하고 있자니, 마치 빨려드는 것 같았다.

홀리듯이 정신이 몽롱해지며 추위에 떠는 양 부들거리던 몸은 차츰 진정되었다. 마주한 눈동자가 늪에서 어른거리며 올라오는 반딧불처럼 요요한 빛을 머금었다. 그 기이한 눈으로, 마스터는 속삭이듯 말했다.

"귀환한다."

'어디로요?'라고 작게 웅얼거리기 무섭게 무언가가 시작됐다. 물안개같이 흐릿하고 요동치는 기운이 주위를 둘러쌌다.

바람? 휘몰아치는 회오리바람 한가운데 서 있는 듯이 사위가 빙빙 돌았다. 식당 안의 배경이 흐릿해지더니 마침내 모든 것이 안개 속으로 자취를 감추었다. 혼란스러운 와중에도 내 귀에 마스터의 음성이 또렷하게 들려왔다.

"탑으로."

2. 검은 탑

난 드디어 악당의 본거지에 발을 들인 걸까? 문제는 내가 정의의 히어로가 아니라 포로의 신세에 불과하다는 거다.

아저씨, 도망치라고요? 그거 불가능할 것 같은데요. 나는 아찔하게 솟은 탑을 보며 속으로 중얼거렸다.

이동은 순식간에 이루어졌다. 높은 곳에서 곤두박질치는 듯한 충격이 느껴지고 잠시 몸을 가누지 못했다. 어지럼증에 비틀거리다가 기댄 상대가 마스터라는 걸 알아차렸을 때 내 정신도 비로소 제자리로 돌아왔다. 물론 자지러질 듯이 놀라며 사죄한 것은 당연한 순서였다.

그리고 지금 난, 거대한 탑을 바라보고 있었다.

사방은 온통 뿌연 운무가 깔린 평원이었다. 둔덕 없이 곧게 뻗은 지평선은 흐릿한 안개에 젖었고, 그 가운데 온통 검기만 한 탑이 존재감을 알리듯 우뚝 솟아 있었다.

부피로 따지자면 흡사 요새와 같았고, 세로로는 하늘을 뚫을 것 같은 기세였다. 성경에 나온 바벨탑이 이러했을까? 눈앞에 존재하는 불가사의한 검은 탑은 바라보는 것만으로도 몸을 짓누른다. 드높은 산봉우리를 앞둔 양 마치 압도되는 듯한 느낌. 지구 온난화로 빙하가 녹아 해수면이 암만 높아진다 해도 이 탑은 살아남으리라. 인간의 손으로 이런 탑을 건축할 수 있다는 게, 믿기지 않는다.

중세 대보다 조금 나은 정도라 여겼던 문명도를 단숨에 넘어서는 이 탑은 내가 사는 세계에서도 짓기 어려울 것 같았다. 감탄이 절로 새어 나온다.

……뭐로 칠했는지 겉이 온통 시커먼 것이 척 봐도 누구 취향인지 뻔한데. 나는 앞서가는 마스터의 뒤통수를 뚫어져라 응시했다.

"뭐지."

"아뇨, 아무것도."

눈치가 빠르기도 하시지. 배시시 미소로 얼버무리며 난 열심히 마스터의 뒤를 따랐다.

탑까지의 거리는 약 500미터 남짓 되어 보였다. 딱히 길이 나 있진 않았지만 걷기에는 나쁘지 않았다. 곳곳에 작은 관목이 듬성듬성 자라 있었고 얕은 잔디가 깔려 있어 딱 도시락 먹기 좋아 보였다.

날씨가 흐리긴 하지만 기온은 약간 서늘한 정도이니 이곳에 머물게 된다면 피크닉을 와도 좋을 것 같다. 그만치 한가로울지도 모르겠지만, 막상 같이 올 사람도 없구나. 약간 울적한 기분이 들었다.

다시 생각해 보면, 피크닉이고 자시고 악독한 간수들이 바글거리는 무시무시한 감옥에 발을 들인 것과 마찬가지로 암울한 상황이었다.

하지만 이 비현실적인 상황 속에서 진지해졌다간, 끝없이 땅굴만 파게 될 것 같아 모험을 떠나는 양 가볍게 생각하게 된다. 긴장감이 지나치게 없는 것 같지만, 바짝 굳어서 심력을 소진해도 이 상황을 타파할 수 있는 방도는 별반 없다. 도망치려면 여관의 결계가 풀렸을 때 진작 시도했어야 하지 않았을까.

저 거대한 탑에는 나 말고도 네 명의 다른 제자들을 포함해 많은 사람이 있겠지만, 마스터와 저 남자를 보았을 때 제정신인 사람이 몇이나 되려나? 어제오늘 같은 일들을 계속 겪으면 수명이 줄어서 1년도 채 못 살 거다.

온갖 부정적인 생각이 치밀어 난 한숨과 함께 걸음을 옮겼다.

탑에 가까워지자 미처 보지 못했던 것이 눈에 들어왔다. 그저 까맣다고 생각한 탑의 표면은 무엇으로 만들어졌는지 검은 수정처럼 반들반들했고 때문에 감옥 같다기보단 오히려 신비로운 느낌이 강했다.

고대의 유적지를 보는 듯하다. 입구의 문 역시 광택 나는 검은 재질로 이루어져 있었는데, 관문처럼 크고 묵직해 보였다. 저 문을 열수나 있을까?

그러나 문은 마스터가 그 앞에 다가선 즉시 자동으로 열렸다. 기름칠이라도 칠한 양 소리 없이, 기꺼이 주인을 맞이하듯 활짝 벌어진 입구로 마스터가 먼저 들어섰다. 그다음 남자의 뒤를 따라 나 역시 안으로 발을 들였다.

아무리 대낮이라지만 안개 자욱한 밖과 달리 안은 무척 환했다. 정면으로 벽이며 바닥에 온통 신비로운 문양이 새겨진 탁 트인 홀이 위치하고 있었다.

그리고 그 중앙에 서 있는, 흰옷을 입은 누군가가 보였다.

나는 매끄러운 걸음걸이로 다가오는 그 사람을 넋을 빼고 바라보았다. 흡사 등 뒤로 후광이 비치는 듯이 눈이 부셨다. 가볍게 흔들리며 굽이치는 금발에 에메랄드빛 눈동자는 햇살이 내리쬐는 녹색 잎사귀를 연상시켰고, 눈처럼 흰 피부는 숨결이 닿으면 녹아내릴 듯이 고왔다.

천사라 표현해도 무색할 만치 아름다운 사람이었다. 입에서는 옥구슬 구르는 목소리가 흘러나올 듯했고, 숨결에서는 향기가 뿜어져 나올 것 같았다.

내 평생 이런 미녀를 본 것은 처음이었다. 예쁘기로 유명한 여자 연예인들 줄줄이 세워 놔도 이 사람 발치도 따라가지 못할 것 같으니. 살아 움직이는 생명체라기보단 신의 손끝으로 자아낸 조각품 같았다. 난 눈을 의심했다.

"돌아오셨습니까, 마스터."

윽, 생각보다 낮은 목소리가 약간 깨긴 하지만 너무 완벽하면 사람 같지 않으니 그런 점이 오히려 더 매력이다.

살짝 미소 짓는 얼굴에 난 황홀감마저 느꼈다.

상대가 넌지시 내게 시선을 주었다. 모양 좋은 입매가 삐뚜름하게 뒤틀어졌다. 이어진 말은 내 환상을 와장창 깨부수기에 족했다.

"이 멍청한 녀석은 뭡니까?"

비웃듯이 고개를 갸우뚱해 보인 그 사람이 신랄하게 말을 쏘아 냈다.

"실험용? 그 외엔 별달리 쓸모가 있어 보이지는 않는군요."

……역시 악의 소굴에 천사가 있을 리 없지.

난 금세 호의적인 평가를 바닥으로 깎아내리며 상대를 노려보았다.

"새로 맞이한 제자다."

나를 소개하는 마스터의 말이 떨어지자마자 상대는 기분 나쁜 소식을 전해 들은 양 미간을 찡그렸다. 불쾌감이 역력히 드러난 눈으로 나를 아래위로 훑어본다.

대놓고 무례한 태도에 당황스러운 나머지 뭐라고 반응해야 할지 몰랐다.

이윽고 나에 대한 관찰을 마친 듯 상대가 비아냥거리며 품평을 꺼냈다.

"조금도 마력이 느껴지지 않는군요. 별반 재능도 없는 듯하고……. 더군다나 여자가 아닙니까."

같은 여자이면서 왜 저런 발언을.

눈살을 찌푸리던 난 문득 상대의 시선이 나보다 훨씬 높은 곳에 위치하고 있단 걸 깨달았다. 굳이 가늠할 것 없이 여자라기엔 큰 키였다. 설마 생김새가 모호할 뿐 남자인 건 아니겠지?

확실히 여자라기엔 살짝 굵은 골격에, 옷깃을 높이 세우고 있는 터라 목울대를 확인할 수 없었다. 불확실한 증거에도 불구하고 내 감은 그가 남자라는 쪽에 기울어 갔다.

"네가 상관할 바 아니다."

마스터는 냉정하기 그지없이 그의 말을 잘랐다. 조금 더 진해진 비웃음이 그의 입가에 스몄다. 굴하지 않고 그가 날카로운 투로 말했다.

"굳이 제자가 필요하시다면, 길거리에서 쓰레기를 주워 오는 것보단 탑 내에서 골라 양성하시는 편이 나을 텐데요."

말이며 태도에서 묻어 나오는 노골적인 적의가 가슴을 찔러 드는 듯했다. 단순히 텃세라기보단, 그냥 나라는 존재 자체가 무척 마음에 들지 않는 듯싶다. 그리고 상대는 자신의 기분을 표현하는 데 거침없는 성격이었다.

아무리 마음을 좋게 먹는다 쳐도 면전에서 쓰레기 운운하는 소리는 좀처럼 들어 넘기기 힘들었다.

울컥, 배 속에서 뜨거운 기운이 밀려 올라왔다. 저 반반한 인간의 멱살을 틀어쥘 수만 있다면 속 시원할 것 같았다.

"블레셋."

경고하듯 그의 이름이 불리고 마스터가 냉혹한 눈빛을 던지자 상대는 눈에 보일 만치 흠칫거리며 입을 다물었다.

그에게도 마스터에 대한 두려움은 심어져 있는 걸까. 더 이상 주절거렸다간 결과가 어찌 되든 정말로 손을 뻗을 셈이었는데, 나설 기회는 주어지지 않았다.

그가 수그러든 기색으로 고개를 팩 돌리며 내뱉었다.

"······알겠습니다. 교육은 누가 맡죠? 시온 중 탑에 있는 건 현재로선 저뿐입니다."

뺄 때는 뺄 줄 아는 게 더 얄미웠다. 시온이 뭐지. 아마도 어떤 계급이나 지위를 뜻하는 말이 아닐까. 자세한 건 나중에 물어봐야겠지만.

마스터가 뜸 들이지 않고 답했다.

"내가 직접."

"직접····· 말입니까?"

상대의 눈에서 불길이 확 타올랐다. 이글거리는 눈빛. 상대는 날 팬이 스타를 바라보는 것보다 더 열렬하게 노려보기 시작했다.

부담스럽고 어이없었지만, 나는 시선을 피하지 않았다.

당최 내가 잘못한 게 뭐란 말이야? 아니, 애초에 처음 보는 사이인데 상대가 보이는 극렬한 반감이 이해가 가지 않는다.

예쁘고 성격 더러운 미인이 씹어 먹듯이 말했다.

"그것참, 놀랍군요. 새로운 제자를 데려오신 것도 그렇지만 직접. 공을 들이셔야 할 이유가 따로 있습니까?"

"질문이 많구나."

그 말이 자르듯이 떨어짐과 동시에, 마스터의 기세가 일순 변화했다. 또 무슨 일을 하려나 싶어 가슴이 덜컥 내려앉았다.

고요하기만 하던 마스터의 눈빛이 섬뜩한 기운을 머금었다. 동시에 동공에 담긴 암흑이 일순 흰자위까지 새까맣게 번져 나갔다. 공포 영화에서 나올 법한 CG가 현실에서 구현된 듯이 소름 끼치는 모습이었다.

난 화들짝 놀라 뒷걸음질 치고 말았다. 곧바로 블레셋이라 불린 이는 새하얗게 질린 얼굴로 쓰러지듯 무릎을 꿇었다.

바닥을 짚은 손이 덜덜 떨리고 무언가 지독한 일을 경험한 듯 낯빛에 생생한 고통이 떠올랐다. 건방을 떨길래 내심 혼쭐나길 원하기는 했지만, 상대가 당하는 걸 보고도 순수하게 기뻐할 수만은 없었다.

나는 화가 내게 미칠까 싶어 조용히 숨을 죽였다. 마스터의 눈이 원래대로 돌아왔음에도 치밀어 올랐던 공포심은 좀처럼 가시지 않았다.

마스터는 사소한 징벌을 내린 것처럼 블레셋을 차가운 시선으로 응시했다. 고통스러워하는 상대를 보는 마스터의 낯은 무감하기 그지없었다.

이어 명이 떨어졌다.

"네가 간섭할 일이 아니며 또한 네게 어떤 질문도 허락지 않았다. 다음 명이 떨어질 때까지 대기하라."

순간, 마스터의 말이 주문이라도 되는 양 공기가 요동친다. 녀석의 모습이 눈앞에서 사라졌다.

나는 곧 블레셋이 내쫓겼음을 깨달았다. 그건 실로 기이한 느낌이었다. 마치 마스터가 이 공간 전체에 지배력을 행사하는 듯한.

무엇 하나 힘을 들이고 있지 않은데 마치 그가 세계의 중심인 양 이

홀의 기운이 마스터의 호흡이며, 음절 하나하나에 반응하고 있었다.

이 탑 안의 모든 것이, 심지어 대기마저도 마스터의 말에 복종하는 듯이.

그는 흡사 절대자처럼 느껴졌다. 그가 내게 숨을 쉬지 말라고 명하면, 내 호흡은 의지와는 상관없이 복종하듯 멎어 버릴 것 같다.

이게 바로 마법이란 말이지…… 막연하고도 알 수 없는 미지의 것을 앞둔 기분이었다. 이곳까지 오게 된 지금, 난 과연 그에게서 도망칠 수 있을까?

난 무력감을 되새겼다.

마스터는 내 반응엔 아랑곳하지 않고 차분히 홀 중앙으로 걸음을 옮겼다. 홀 중앙의 바닥에는 금속으로 만들어진 원반이 박혀 있었다.

복잡하고 신비로운 문자가 선을 이루며 얽혀 있는 그 원반은 은은한 빛을 띠고 있어, 단순한 바닥 장식 같지 않았다.

서너 사람이 올라설 수 있을 만한 크기의 원반 위에 올라선 마스터가 내게 말없이 시선을 주었다.

조금 전 블레셋이 당하는 꼴을 본 난 머뭇거리지 않고 곧바로 따라 올라섰다.

그러나 멀찍이 서서 여전히 존재감을 과시하고 있던 예의 그 살인마는 여기까지가 제 소관이라는 듯이 그 자리에 그대로 남았다.

한 명이라도 압박감을 주는 이가 줄어든다는 것에 안도하는 찰나, 순식간에 장소가 바뀌었다.

그 독특한 이동 마법은 한차례 겪은 바 있지만 좀처럼 적응이 되질 않았다.

갑자기 고도가 높아졌는지 귀가 멍멍하다 못해 찌르는 듯이 아팠다. 탑의 높은 층으로 이동한 걸까?

난 눈을 질끈 감으며 귀를 감싸 쥐었다.

그때 귓가에 서늘한 손이 와 닿았다. 놀라서 흠칫거리는데, 손이 거두어짐과 동시에 놀랍도록 깨끗하게 고통이 사라졌다.

난 눈을 끔뻑거리며 의외의 친절을 베푼 마스터를 바라보았다.

"감사합니다."

마스터는 대답 없이 걸음을 옮겼다.

그는 여관에서도 그러했듯이 나를 내버려 두고 푹신푹신 편안해 보이는 안락의자에 다가가 앉았다. 그리고 또다시 눈을 감고 명상에 잠겼다.

그제야 나는 눈앞의 달라진 풍경을 찬찬히 살펴보았다.

백 평 이상 될 것 같은, 거실처럼 보이는 드넓은 장소였다. 마스터 가 차지한 아늑해 보이는 안락의자며 침대, 자그마한 탁자에 책상, 책이 그득한 책장까지 있을 만한 건 다 있었다. 놀랍도록 평범한 생 활공간 같았다.

이곳이 마스터의 거처인 거겠지?

가만, 마법으로 이렇게 손쉽게 도착할 수 있는 장소인데, 왜 처음 부터 이곳으로 이동하지 않았을까?

마치 속내를 읽어 낸 것처럼 의자에 몸을 묻은 마스터가 입을 열 었다.

"탑 안은 마력의 흐름이 다르니 바깥에서 곧바로 이동할 수 없다."

……설마 내가 도망치려던 걸 알아챈 건 아니겠지. 나는 마스터를 의심쩍게 응시하다 이내 주변을 두리번거렸다.

그리고 못내 조금 전에 내린 평가를 수정해야만 했다.

바닥에 깔린 붉은 융단은 새끼짐승의 털처럼 부드러워 보이고, 방 이곳저곳을 장식한 엔틱 풍의 가구며 벽장식은 고급스럽기 그지없다.

더군다나 천장이며 벽에는 온통 금빛 선으로 이루어진 형이상학적 인 문양이 그려져 있었는데, 광택을 은은히 발하는 모습은 그 자체만 으로 신비로운 분위기를 물씬 풍겼다.

샹들리에 대신 일전에 마스터가 보여 주었던 빛의 구가 천장 가운 데에 떠 있는 것도 그런 분위기에 한몫했다. 결코 예사로운 생활공간 이 아니었다.

다만 어쩐지…… 아름답긴 하되 온기 한 점 없이 삭막하기만 한 장소였다. 마치 이 공간의 주인인 마스터처럼.

집은 집주인의 품성을 닮는다고 하지 않던가. 달리 탈출구가 보이지 않는 방을 기가 질린 채 둘러보던 난 나직이 물었다.

"여기가 탑에서 어디쯤 되는 곳인가요?"

"탑의 최상층."

그 까마득히 높은 탑의 최상층이라니…….

벽면에 커다란 창이 하나 나 있었기에, 밖을 내다보려 했지만 그 시도는 곧 실패하고 말았다.

비행기 창문처럼 벽과 일체로 되어 있는 창은 애초에 열리는 구조가 아니었고 밖은 온통 뿌옇기만 하여 아무것도 보이지 않았던 것이다.

그토록 짙은 안개가 사방에 깔렸으니 그럴 만도 하다고 생각하는 찰나, 난 이곳이 귀가 아프도록 멍멍해질 만큼 높은 곳이란 사실을 되새겼다.

피부에 닿은 공기가 습윤하지도 않을뿐더러 평원에 낮게 고인 안개가 여기까지 미칠 것 같진 않았다.

그래, 창밖을 뿌옇게 만드는 건 안개가 아니라 구름이었던 것이다. 지하 감옥이란 말은 들어봤어도, 옥탑 감옥은 또 뭐란 말인지.

도주욕의 싹도 기르지 못하게 눌러 죽이는 듯하여 난 막막한 눈으로 괜스레 창문을 어루만졌다.

바깥 공기도 쐴 수 없으니 탁자 위 유리병 안에서 길러지는 금붕어라도 된 기분이다.

선고를 내리듯 마스터가 무정하게 한마디 던졌다.

"앞으로 이곳에 머무르게 될 것이다."

나 혼자는 아니겠고, 당연히 마스터와 함께겠지. 내 의사와는 상관없이 결정된 동거에 암울한 기분이 찾아들었다.

이 동네는 남녀가 유별하단 걸 가르치지 않은 걸까. 아니, 그런 지각이 있다 한들 법에 구애받지 않고 사람의 목숨을 앗는 마스터가 신경 쓰진 않겠지.

난 경각심을 일깨우려 애썼지만, 여전히 그와 같은 공간에 있단 것만으로도 본능적으로 긴장하는 몸과 달리 정신은 도무지 바짝 곤두서질 않았다.

위협은 했을망정 그가 내게 직접 해를 가한 건 없으니, 배불리 먹고 잘 잔 내가 느슨해지는 건 어쩔 수 없는 일일지도. 이젠 그냥 포기한 것처럼 시키면 시키는 대로 한다는 느낌이다.

어쨌든 무엇 하나라도 배운다는 건 이로운 일이라고, 난 당당하게 합리화하며 질문을 던졌다.

"여기서 그 마법이란 걸 배우는 건가 보죠? 얼마나 오래 이곳에 있어야 하나요?"

해방된다는 보장만 있다면, 당분간은 감내할 수 있었다.

마스터가 내리감은 눈을 치켜뜨자, 심장이 죄여 드는 듯했다. 너무 질문이 많았나? 슬쩍 눈치를 보는데 마스터는 우리가 처음 이 방에 도착했던 그 자리에 시선을 향하며 선뜻 답을 주었다.

"내가 충분하다고 판단할 때까지."

애매하기 짝이 없는 답변이라 내심 투덜대며 난 마스터의 시선을 따라갔다. 그곳에는 홀에 있던 원반에 새겨진 것과 꼭 같은 모양의 문양이 금빛 실선으로 그려져 있었다.

그걸 보자니 퍼뜩 깨달음이 들었다.

만약 그 원반을 이용하는 데 마법이 필요하다면, 출입구라곤 찾아볼 수 없는 이방에서 다시 나가려면 마법이 필요하단 소리다.

난 맥없이 말했다.

"그렇군요……."

두 가지 사실만은 확실히 알 수 있었다. 마법을 배우지 못한다면 나 혼자서는 절대로 이곳을 벗어날 수 없다는 것.

그리고 또 하나—

아까부터 뇌리에 맴돌고 있던 내 세계의 논리를 이곳에 가져와 보자면, 보통 맨 위층에 위치한 펜트하우스가 가장 비싸듯이 탑의 최상층에 기거하는 마스터의 지위는 당연히 그만큼 높다는 게 아닐까.

어쩌면, 이라고 세웠던 가정에 난 확신을 담아 물었다.

"마스터가 이곳에서 가장 높은 사람인가요?"

"내가 이 탑의 주인이다."

당연한 사실을 말하는 양, 조금의 으스댐도 담겨 있지 않은 음성.

순간 내게 향해진 마스터의 시선에서 느껴진 범접할 수 없는 권위와 힘에 난 숨을 죽였다. 갑자기 강력해진 중력이 전신을 짓누르는 듯하다.

요새를 연상케 하는 이 거대한 탑이 그의 것이었으므로, 이 안에서 그는 왕이었다. 그 사실을 깨닫자 마스터의 모습이 아득해 보였다. 마치 영원히 헤매어도 결코 그 끝이 보이지 않을 심연의 숲처럼.

누구 앞에서도 그래 본 적 없었던 내가 처음 보았을 때부터 그의 앞에서 위축되곤 했던 것도 자연스레 이해가 되었다.

마스터는 지배하는 데 익숙한 자였으므로, 그가 의도치 않더라도 시선, 말투, 그 몸짓 하나하나가 자연스레 그러한 압박감을 가져다 주었던 것이다.

살인에 대한 시각 차이를 떠나 마스터가 군주라고 한다면 군주인 그를 모독한 남자를 단숨에 죽인 것도, 순순히 받아들일 순 없었지만 머리로 이해할 수는 있었다.

……그러면서도 그런 여관에서 머물기도 하고, 수행원 하나 없이 돌아다닌단 말이지.

화려한 관을 쓰고 곤룡포를 입긴커녕 고급스럽긴 하나 불길한 검은색 의상을 입고 머리며 얼굴이며 꼭꼭 가리면서 말이다.

지금으로서는 무어라고 판단하기 어려웠다. 난 짧은 대화가 끝난 뒤 다시 명상에 잠긴 마스터를 알 수 없는 눈으로 바라보았다.

그에 대해서 갖은 상상은 다 펼쳤지만, 그건 표면적으로 드러난, 그리고 실제로 벌어진 일들과는 괴리가 있었다.

마스터는 내 목숨을 구해 주었고 잠자리와 먹을 것을 마련해 주었으며, 이제는 제 거처에 데려와서 마법을 가르쳐 준다고 한다.

어느 모로 보아도 난 무릎 꿇고 큰절을 하며 감사해야 할 처지였다. 낙관하긴 이르지만 어쩌면 그는……. 생각했던 것만큼, 나쁜 사람은 아닐지도 모른다.

시냇물에 띄운 종이배처럼 불안하게 흔들거리던 마음이 그 얄팍한 속삭임에 설득되듯 눈처럼 사르르 녹아내렸다.

새삼 깨달음이 들었다. 난 아마도 마스터를 긍정적으로 바라볼 이유를 찾고 있었던 것 같다. 이미 몸을 의탁한 사람이기도 하고, 안심하기 위해서라기보다는,

……꼬집어 말할 순 없지만, 그 섬뜩하도록 아름다운 외양에 끌린 것일지도 모르지.

난 조금쯤, 이 무섭지만 가까이할 수밖에 없는 사람을 제대로 알아보고 싶다는 마음이 내 안에서 싹트는 걸 느꼈다.

머리를 배제한 가슴의 끌림.

그러려면 일단, 마법이란 걸 배워야 하나?

평범한 일상이라는 길에서 아주 멀리 벗어난 운명에 애도를 표하며 나는 소파에 걸터앉았다. 그리고 벌써 지친 듯이 한숨을 내쉬며 읽다가 만 책을 펴들었다. 이 책을 몽땅 다 읽고 기본을 알아야 마법을 배우든지 하게 되겠지.

제자에게도 방세를 받진 않겠지요? 밥은 주는 건가요?

……사소한 물음은 접어 둔 채, 난 금세 책에 빠져들었다.

사실 그때까지만 해도 난 이것만 읽으면 금방 마법을 배우겠지, 라며 지나치게 마음을 편히 먹고 있었던 것 같다. 내 나이 열여덟, 내년이면 고3 수험생이 된다지만 한창 학교에서 공부하고 있을 만한 시기였다.

그리고 마치 수평선처럼 동일한 운명이 이 세계의 나에게 짐 지워

진 양 난 이곳에서도 공부에 시달리게 되었다.

이어진 단조로운 나날 속에서 내가 할 일은 단 하나였다. 독서. 시험을 보는 건 아니었지만, 이 세계에 대한 전반적인 지식을 숙지시켜 두려고 함인지 마스터는 첫 책을 읽자마자 바로 비슷한 두께의 다른 책을 건넸다. 그리고 그 책을 다 읽고 나자, 또 다른 책이 주어졌다.

그렇게 세 번쯤 반복되었을 때 난 질린 낯으로 몇 권이나 더 읽어야 마법을 배울 수 있느냐고 물었고, 마스터는 말없이 시선으로 책이 가득 쌓인 책장을 지목했다.

그땐 정말로 눈앞이 황사가 낀 양 노래졌다. 책의 내용은 날이 갈수록 어려워져서 날 진땀 빼게 만들었다. 내 세계의 지식이나 상식을 적용할 수 없게끔 어긋나는 내용도 많았고 쭉 읽어 내리다 특정한 대목에서 발목 잡힐 때면 난 뚫어져라 책을 들여다보며 암호를 해석하듯 문맥을 이해하기 위해 무진 애를 써야만 했다.

마스터는 그리 친절한 스승이 아니었을뿐더러 남을 기죽이는 데 탁월한 능력이 있었다.

무슨 일인지 종종 자리를 비우는 터라 질문할 기회도 많지 않았고, 어쩌다가 내가 도저히 이해가 안 되어서 머뭇거리며 설명을 요구할 때면 마스터는 내게 지긋이 시선을 주었는데, 그 압박감이 장난 아니었다.

게다가 그 눈빛이 꼭……. 말로 한 건 아니지만 이렇게 우둔할 수가 있다니, 혹은 이 정도는 스스로 이해해야 하지 않나, 라고 자동 통역되어 귀에 들려오는 듯했다.

학습 능력이 우수한 편이라 여겼던 난 곧 열등생이 된 현실에 자신감이 바닥을 치게 되었다. 그렇게 들어도 그 설명이란 게 아주 간략하고 짧기 그지없어서 거의 도움이 되지 않았다. 이럴 거면 다른 누군가, 그러니까 '시온'을 불러 줄 것이지.

속으로 투덜대던 난 금세 마음을 고쳐먹었다. 블레셋 같은 인간이 걸리기라도 하면 곤란하다. 나 외에 블레셋을 제외하고도 세 명의 제자가 더 있다곤 하지만 이미 성격적인 부분에 대해서는 기대를 버린 지 오래였다.

나는 최근에 이 검은 탑에 대해 읽은 내용을 떠올렸다.

······그러니까 '시온'이란 건, 마스터의 제자들을 칭하는 말이었다.

이 마탑에는 비록 보진 못했지만 수백 명의 마법사가 속해 있다고 한다.

그들 간의 서열은 계급에 따라 정해지는데, 시온은 단일한 지배자인 마스터를 배제하면 가장 높은 계급으로 탑에서 마스터의 다음가는 지위를 누렸다.

시온들은 하나같이 무시무시하게 강력한 마법사라고들 하니, 현재로선 아무 힘도 없는 난 그저 명칭만 시온이었다.

그래도 그것만으로도, 시온 아래의 모든 이들은 내게 복종해야 한다는 것 같았다. 이곳은 철저한 상명하복 체제를 따르니까 말이다.

높은 자리에 올라앉게 된 것에 기쁨을 느낄 리는, 당연히 없었다. 오히려 마스터가 시온인 내게 요구하는 마법사로서의 기대 수준이 얼마나 높을지를 생각하니, 언제나 이곳을 탈출할 수 있을지 더 막막하기만 하다.

시온이 아니더라도, 이 검은 탑의 마법사들은 현세의 마법사들과 비할 수 없는 힘을 지녔다고 한다. 다행히 이들이 철저한 악의 축인 흑마법사 집단은 아니라지만······.

관련한 내용이 허무맹랑하여 쉽게 믿을 수만은 없었다. 난 혀를 차며 숙지한 내용을 되짚어 보았다.

이 검은 탑의 마법사들이 속한, 마스터가 다스리는 조직을 일컬어 세간에서는 '마탑'이라고 불렀다. 책에 따르면 마탑은 현세에 무한한 영향력을 행사하는 초국가적, 초법적 집단이었다. 동시에 프리메이슨과 같은 비밀단체의 성격도 띠고 있되, 한층 더 은밀했다. 그 존재를 아는 것은 마법사들이나 각 국가의 수뇌부, 통치 세력들뿐.

마탑은 실질적으로 장막 아래 은폐된 조직체였고, 그 이름을 아는 자는 극히 희소했다. 세계를 암중 지배하는 검은 세력이라고 보면 설명이 될까. 그렇다고 또 세계 정부로서의 절대 권력을 주장하거나 통치를 하거나 하진 않아서 그 성격이 독특하다. 비밀스러운 조직에 강력한 힘을 가졌다면 대개 그만한 영향력을 휘두를 걸로 생각하니까.

어쨌든 마탑이란 건 기본적으로는 마법사들의 집단이다.

보다 강력한, 일반적인 마법과 궤를 달리하는 '탑의 마법'을 사용하는 마법사들이 모인.

마법사들에게는 경외를, 사람들에게는 공포를 주는 이 마탑이라는 단체는 마스터에게는 철처하게 복종을 바쳤다.

마탑의 수장인 마스터의 뜻은, 곧 마탑의 뜻이었다.

까마득한 세월을 이어져 내려온 이 마탑은, 현세와 단 한 가지 방법으로 맺어져 왔다.

─소원을 빈 자는 대가를 치를 지어다.

그것이 마탑이 표방하는 유일한 법칙이었다.

세상에는 무수한 욕망이 상존한다. 어떤 자는 욕망을 이루고, 어떤 자는 이루지 못하는 현실 속에서, 이루어진 욕망은 한없이 크기를 부풀려 또 다른 형태로 변모해 간다.

또한, 욕망이 아니더라도, 수많은 종족이 존재하는 이 세계에는 진정한 평화란 단 한 번도 찾아오지 않았으므로 생존과 결부된 염원은 언제나 존재하고 있다.

그리고 마탑이 내려 주는 손길은 그러한 이 중 아주 일부 앞에만 나타난다. 그것은 기회일 수 있으나, 더한 절망으로 다가올 수 있다. 다만 분명한 건, 그 손길을 받아들이는 대가가 결코 녹록지 않다는 사실이다.

계승권 전쟁 탓에 목숨이 경각에 달린 왕자에게 왕관을 차지할 기회가 온다면? 중병에 걸려 시름시름 죽어 가는 자의 병을 낫게 해 준다면?

어떤 대가도 감수할 수 있을 만큼 필사적이고 악마에게 영혼을 팔

만큼 절박한 충동에 사로잡힌 자들은 눈앞에 나타난 동아줄을 어김없이 부둥켜 쥘 수밖에 없는 것이다.

그리하여 그들은 손을 뻗게 된다. 제 삶을 뒤바꿀 수 있는, 어쩌면 더한 나락으로 떨어뜨릴지 모르는 그 거래에—

물론 그들에게는 다른 선택지가 없었을지도 모른다. 마탑의 선택을 받은 그들은 언제나 절박한 처지였으니 말이다.

난 그 대목까지 읽고서 눈을 찌푸렸다. 이건 사채업자와 다름없잖아? 사막에서 말라 죽어 가는 자 앞에 물병을 들이댄다면 누군들 그 미끼를 덥석 물지 않을까.

일순 등골이 오싹했다.

나 역시……. 마찬가지의 상황이었다. 마스터가 내 앞에 나타났고, 나는 그에게 살려 달라고 빌었지. 내 입으로 소원이라고 말한 적은 없지만, 난 떠나려는 마스터의 옷자락을 붙잡고 늘어지면서 부탁했다.

그 후로 의식을 잃었으니, 내 의사는 확고했었다고 봄이 마땅하다. 비록 지금까지도 내가 납득하고 있지 못하다 하더라도.

그리고 마스터를 통해 유추해 보건대 마탑은 소원을 들어줄 때, 치러야 할 대가에 대해서 친절하게 설명하는 집단은 아니리라.

즉 대가를 먼저 말해 주지만, 때로는 대가 이전에 소원을 먼저 들어주고 그것이 어떤 대가이든 간에 요구하는 것이다.

한 가지 확실한 게 있다면…….

마탑은 반드시 대가를 받아 낸다. 어떤 방식으로든지. 그다음 내용으로 적혀 있는 그에 관한 일례를 읽어 내리며, 나는 마탑의 잔혹함에 전율을 느꼈다.

옛날에 한 왕자가 있었다.

부왕은 노쇠하고 다른 왕자는 강성하였으나, 그의 모친이 왕의 총애를 한껏 받은 터라 그는 지지 세력이 미약함에도 견제당하는 처지였다.

어느 날 왕이 쓰러지고, 무엇이 어떻게 흘러가는지도 모르는 채 왕자는 감옥에 갇혔다. 왕자가 독살 시도를 했다는 누명은 이미 파다했다.

왕자의 모후는 죄를 자인하는 유서를 남기고 죽었고 이제는 꼼짝없이 죽음만이 남았다 싶었다.

그리고 사형을 앞둔 날 밤 왕자에게 구원이 내렸다. 감옥에 갇힌 왕자의 앞에 마탑의 마법사가 나타나, 왕이 되고 싶으냐고 물었다. 달리 방도가 없어 고개만 끄덕이는 왕자에게, 마법사가 조건을 제시했다.

까다롭진 않지만, 선뜻 그러마 장담할 수 없는 조건을.

소원을 이루어 준 대가로 왕이 된 이후 매해 걷는 세금의 반을 마탑에 바칠 것, 기한은 왕자가 더 이상 왕이 아니게 될 때까지.

갈등은 잠시, 날이 밝으면 자신이 죽는다는 걸 알고 있었던 왕자는 결국 거래에 응했고, 마탑은 그를 왕으로 만들어 주었다.

죽어 가던 부왕은 되살아나 왕의 시해를 획책한 다른 왕자에게 단죄를 내렸고, 쇠약해진 몸으로 왕자에게 왕위를 양도하기까지 그 모든 과정은 손바닥 뒤집듯이 빠르게 이루어졌다.

그러나 세금의 절반에 해당하는 금액을 마탑에 바쳐야 하는 현실 앞에 선 이 새로운 왕은 순순히 조건을 이행할 수 없었다. 아무리 왕이라고는 하나 그 막대한 세금을 멋대로 불분명한 곳에 쓰기엔 신하들의 반발이 부담이 되었던 것이다.

계승권 분쟁에서 손쉽게 끌어내려진 바 있듯이 원체 본인의 세력이 미약한 터였고, 그간 숙청 과정에서 내전으로 인한 피해가 만만치 않았다.

그리하여 왕은 마탑에 당장은 어려우니 조건의 이행을 삼 년간 유보해 달라 요청했다.

대신 자신이 양위한 이후로도 삼 년간 동일한 비중의 세금을 바치는 조건으로.

마탑은 그 조건에 이상할 정도로 쉽사리 응했고, 그렇게 삼 년이 흘렀다.

왕은 이제 그럭저럭 자리를 잡아 왕권을 다진 터였다. 그러나 지난 삼 년간 지배자의 위치에서 권력을 누린 왕의 생각에는 변화가 있었다.

아무리 생각해 보아도 세금의 절반을 바치는 것은 과도한 요구가 아닌가.

병력을 지원해 주거나 감옥에서 탈출시켜 준 것도 아니며, 그저 죽어 가는 선왕을 잠시 회생시킨 것에 불과하거늘.

처음에는 마탑에 대해 외경심을 품었던 왕이었으나, 마탑에 대한 소문은 마치 뜬구름 같고 출처 모를 것들이라 마냥 두려워하기엔 근거가 없었다.

현실적인 논리에 기울게 된 지금 마탑이 제시한 조건은 터무니없게만 느껴졌다. 차라리 그 반절도 되지 않는 금액을 들여 강력한 마법사들을 끌어모으고 왕궁의 방비를 튼튼히 한다면 뒤탈이 없으리라.

왕은 마탑에서 보내온 전령에게 응당한 대가는 치르겠으나 조건은 수정해야만 할 것이라고 고압적인 태도로 말했다. 전령은 담담한 음성으로 그러하다면 대가는 알아서 받아 갈 것이라고 답해 왔다.

순간 전령의 얼굴에 서린 귀기에 섬뜩함을 느낀 왕은 저자의 목을 치라 소리를 질렀다. 달려든 병사에게 단숨에 머리를 잘린 전령은 시체를 남기지 않고 모래가루가 흩날리듯 부스스 허공으로 사라져 갔다. 그 자리의 모두가 불길한 예감에 잠겨 몸을 떨었다. 그것이 시작이었다.

얼마 지나지 않아 왕국에는 기괴한 전염병이 돌기 시작했다. 사람은 연령 불문하고 산 채로 몸이 썩어 갔으며, 짐승은 미쳐 날뛰고 곡식이며 나무는 시들어 말라 죽었다.

바람을 따라가듯 전염병은 점점 번져 나가 왕국 전체를 휩쓸었고, 왕의 명에 따라 이 출처 모를 전염병의 원인을 찾아 나선 자들도 같은 운명을 겪게 되었다.

타국조차 침략을 꺼리는 무시무시한 전염병에 왕국은 점차 피폐해져 갔고, 모두가 숨죽이며 오로지 이 끔찍한 전염병이 가시기만을 기다렸다.

어느덧 왕국에는 왕이 저주받았다는 소문이 돌기 시작했다.

왕이 되어선 안 되는 자가 왕이 되어 신의 저주를 받은 것이니 그를 벌한다면 전염병도 가시리라. 누군가가 선동하듯, 왕을 끌어내리자고 외치니 수많은 이들이 들고일어났다. 생존의 위협에 사나워진 민심의 칼날은 곧바로 왕궁을 향했다.

나라의 앞날에 대한 걱정에 시름하며 잠 못 이루던 왕은 병사들조차 반기를 들자 급히 도망쳤고, 어디선가 시작된 화재로 왕궁은 불에 활활 타올랐다.

몇 안 되는 신하들과 왕도에서 멀리 떨어진 외진 곳으로 도망친 왕은 이내 전염병이 도져 그 자리에서 쓰러졌고, 두려움에 찬 신하들에게 버림받은 그는 굶주림에 눈을 번들거리던 맹수들에게 산 채로 뜯어 먹혔다.

후에 탐욕스러운 이들이 왕궁의 보물을 발굴하려고 잿더미만 남은 왕궁 폐허를 파헤쳤지만, 그 자리에선 아무것도 나오지 않았다고 한다.

녹은 금괴라도 남아 있을 법한데, 보물 창고가 있던 자리는 깨끗하기만 했다. 필경, 그것은 마탑의 소행.

또한 그것이 바로 마탑이 세상에 보인 본보기였다. 비록 그 자세한 사정을 아는 이들은 소수에 불과하나, 경각심을 안겨 주기엔 충분한 일이었다.

물론 이는 가장 극단적인 예이고, 그 이후로도 마탑에 약속을 어기겠다고 한 이들은 그보다 나은 대가를 치렀다.

다만 그들 모두가 한결같이 비참한 최후를 맞았다고 한다. 사채업자가 상대면 해외로 도망이라도 칠 수 있지, 이건 무슨……

무슨 공포 소설 같은 기록이었다. 괴담 같은 이야기이지만, 이는 오로지 실제 있었던 사건을 수록한 것이라 하니 더 으스스하기만 했다.

마스터가 죽어 가던 날 살린 걸 생각해 보면, 죽어 가던 왕을 회생시킨 건 분명 마탑의 능력으로 있을 법한 일이었다. 전염병은 마법적 재해의 소산이 아니었을까.

그러니까 내가 도망을 쳤다면, 저런 최후를 맞았을 거란 말이지. 온몸에 오한이 일었다. 물론 논리로 따진다면야 절박한 상황에서 탈출구를 제시해 준다는 것만으로도 그만한 대가를 치를 만하지 않으냐고 할 수 있겠지만, 심정적으론 그렇게 따박따박 말하는 사람이 있다면 턱을 날려 주고 싶었다.

네가 내 상황이 되어 봐야 그딴 소릴 안 하지!

암담하고도 절망적이었다. 역시 마스터가 내게 이 책을 권한 이유는, 경고를 하기 위해서가 아닐까. 마법을 좀 배운다고 허튼 생각하지 말라고.

……그 이전에, 언제쯤 마법을 배울 수 있을까. 벌써 한 달 가까이 지났는데.

마치 로빈슨 크루소가 된 기분이었다. 무인도에 갇힌 그처럼 나는 바깥세상에 비하자면 작기만 한 이 방에 내내 갇혀서 마스터가 주는 책을 읽고 또 읽었다.

한 달 가까이 내가 겪고 있는 것은 실질적인 감금 생활이었다. 그 와중에 나는 아침부터 밤까지, 심지어 잠도 미루고 책을 붙들고 있기 다반사였다.

그럴 수 있었던 건 수많은 책이 쌓인 책장이 가져다주는 쫓기는 듯한 기분과 마스터가 주는 압박감 때문이기도 했지만, 무엇보다도 공부하는 게 꽤 즐거웠기 때문이기도 하다.

배우는 것이 전혀 새로운, 마치 신비주의 학문 같은 분야였으므로 새롭고도 신기한 기분에 몰두하다 보면 시간이 금세 지나갔다.

원래 공부가 공부처럼 느껴지지 않으면 더 재미를 붙이기 쉽다지.

내겐 지금 이 상황이 딱 그랬다. 생체 활동이 정지된 것이나 다름없어 먹고 마시고 싸는 행위가 전혀 이루어지지 않았기에 더 집중하게 되기도 했을 거다.

그래, 탑 안에서 이곳만 그런 것일지는 모르겠지만, 놀랍게도 이 거대한 방에는 화장실이 없었다. 처음에 마스터가 없을 때 방 안을 탐색하다가 그 사실을 알아차린 난 화장실이 가고 싶어지면 어떡하나 싶어 요강으로 쓸 만한 걸 찾아 두리번거렸다.

그러다가 어느 순간, 물어볼 필요도 없이 깨닫게 되었다.

배가 고프지 않고, 목도 마르지 않다. 마치 육신이 최상의 상태 그대로 정지한 듯한 느낌이다. 그러니 화장실을 가고 싶어질 리도 없다.

완전히 인간적인 욕구에서 해방된 느낌이라, 그제야 난 마스터가 항상 깨끗하고 뽀송뽀송한 이유를 깨달았다.

이곳에 있을 때면 명상 중인 마스터는 정말 먹지도 자지도 않았다. 심지어 씻지도 않았다. 처음에는 좀 의심의 눈초리로 봤지만, 머리카락에는 윤이 났고 피부는 깨끗해서 이것도 마법의 힘인가 보다, 생각하긴 했는데 나 역시도 무슨 마법이 걸려 있는지 그랬다. 여자로서 매달 겪은 생리현상조차 없으니 너무 편하다 못해 이상하다.

다만 수면만큼은 어쩔 도리가 없는 듯 때가 되면 졸음이 몰려왔고, 난 펜을 쥐거나 책을 무릎 위에 얹은 채로 스르르 잠이 들었다.

잠이 들었을 때에는 대개 마스터가 자리하고 있지 않았고, 깨어 보면 어느새 돌아온 그가 소파에 앉아 있곤 했다.

나와 마스터가 그간 한 방에서 같이 생활하면서 사이가 좋아졌느냐면, 그럴 리가 있나. 같이 식사하는 건 불가능하다 쳐도 한 공간에 오래도록 함께 있으면 친근해지기 마련인데, 놀랄 만치 우리는 조금도 가까워지지 못했다.

같은 공간에 있었지만 서로 간의 교류라는 게 거의 없었으므로. 그가 있는 침묵이 너무도 익숙한 나머지, 흡사 지박령과 함께하는 느낌마저 들었다. 말 걸기 두려운 건 여전하니 그럴 만하다.

피식 웃던 난 몇 장 남겨 놓지 않은 책 내용을 빠르게 훑어 내렸다. 수면 외의 모든 생리적 욕구가 존재하지 않는 건 분명 편리했다. 하지만 먹지도 싸지도 않고 사는 것도 하루 이틀이지, 난 욕구불만에 걸릴 것 같았다.

그냥, 사람이 사는 것 같지 않단 말이지. 나도 맛있는 음식을 먹고 시원한 음료수를 마시면서 목욕하고 때도 밀고 싶다고! 게다가 밖엔 구름밖에 안 보이니…….

아무리 몸 상태가 멀쩡하다곤 하나 이런 곳에 틀어박혀서 공부만 하고 있으니 이쯤 되면 우울증이 발병하지 않는 게 신기한 일이다. 슬슬 한계에 다다랐는지 정신이 이상해져 가는 듯하다. 말도 거의 안 하고 살았더니 내 목소리를 듣는 게 어색하다.

그리하여 난 중대한 결심을 하고 마스터 앞에 섰다.

"마스터, 저 부탁드릴 게 있어요."

내가 입을 엶과 동시에 마스터는 가만히 눈을 떴다. 오로지 어둠만이 깔린 두 눈동자가 드러나자, 촛불 아래 그림자처럼 파묻혀 있던 기척이 짓눌리는 듯한 공기와 함께 일어선다. 저절로 가슴께를 잠식해 오는 긴장감에 난 꿀꺽 침을 삼킨 뒤 사분하게 물었다.

"방에서 공부만 해서 체력이 많이 약해진 것 같은데 하루에 한 시간 만이라도 밖을 산책하면 안 될까요? 그러면 머리도 맑아져서 진전이 좀 빨라질 것 같은데요."

내가 빨리 마법을 배우고 싶은 이유 중 가장 큰 이유는 역시, 여기를 나가기 위해서지. 나는 아직도 이곳에서 빠져나갈 방법을 알지 못했다.

계단? 엘리베이터? 하다못해 비밀 통로조차도 이 방에는 존재하지 않았다. 마스터가 거주하는 이 방은 그냥 층째로 통짜였다. 창문을 깨고 벽을 타고 내려가든가 바닥이라도 부수지 않는 한 물리적인 선상에서 밑으로 내려갈 방법은 없어 보였다.

마스터가 다른 곳으로 가 있는 사이, 난 예의 그 문양에 기어 올라가서 손으로 문질러도 보고 정신을 집중해도 보고, 발도 굴러 보고 별짓을 다 해 보았다. 하지만 그 금빛 실선은 빛을 발한 게 언제였느냐는 듯이, 꿈쩍도 하지 않았다.

신경질적으로 바닥을 내려친 난 무너지듯 앉아 하나의 가정을 떠올렸다. 마스터가 이곳에 올 때에는, 반드시 저곳을 통해 나타난다. 하지만 떠날 때에는 어느 새인지 모르게, 그저 사라져 있었다. 그러면 저곳은 이방으로 들어오는 도착 장소에 불과할 뿐이고 방을 벗어나는 것과는 상관없을지도 몰랐다.

결국 방법은 마법을 배워야 한다는 건데, 도대체 언제쯤이 되어서야?

갑갑함에 난 한숨을 토해 냈다.

물론 마법을 배운다면 이곳을 벗어날 수 있다는 건 보장된 게 아니었다. 마스터는 내게 단 한 번도 그런 장담을 한 적이 없다.

이곳이 마스터의 방이고 내가 머무르는 동안 누구도 드나든 적이 없다는 것을 감안하면, 마법을 배워도 난 이 방을 자유로이 드나들지 못하게 될지도 모른다. 하지만 나 이외의 시온들도 마스터와 방을 같이 쓰진 않으니까.

마법을 배우면 내게 다른 거처가 제공될 가능성이 높았다. 그러면 기회도 오겠지. 그때까지 조금이라도 탑에 대해서 알아 두어야 할 필요가 있었다.

상쾌한 바깥 공기도 맡고 싶었지만, 궁극적으로는 도주를 위한 주변 탐색이 내 가장 큰 목적이었다. 마스터가 산책하러 나가도록 허락해 준다면, 그걸 빌미로 이 방을 드나들 수 있게 해 달라고 요청해 볼 수 있지 않을까.

거기까지 뻗은 속내를 감추듯 난 풀 죽은 양 고개를 푹 수그렸다. 내 말뜻을 가늠하는 듯하던 마스터가 이윽고 선선히 답변을 주었다.

"그도 그렇군."

햇볕을 쐬지 못해 파리해진 내 얼굴이 효과를 발휘한 것 같다. 실제로도 운동은커녕 제대로 걸을 일도 없다 보니 체력이 점점 줄어드는 듯 쉽게 피로해지긴 했다.

생각보다 간단히 들어주나 생각하는데, 마스터가 내게로 손을 뻗는 게 보였다. 움찔하는 찰나, 파동이 일 듯 마스터의 손끝에서부터 웅웅거리며 퍼져 나간 기운이 내 몸을 감싸 오는 것이 느껴졌다.

"내가 일전에 말한 것을 명심하고, 나가 보아라. 한 시간 후 너는 다시 이곳으로 소환될 것이다."

시야가 새카맣게 꺼져 가자 난 당황해서 허둥거렸다. 너무나 빠르게 진행된 의사 결정에 더 이상 어떤 말을 꺼낼 수조차 없었다.

말도 안 돼, 이럴 수가, 방을 드나드는 방법은요?

마스터는 생각 이상으로 고단수라는 것을 절절히 실감하게 되는 순간이었다.

"으앗!"

갑자기 바닥이 나타나 놀란 나는 꼴사납게 비명을 지르며 균형을 잡으려 버둥거렸다. 운동 부족과 무관하게 아직은 내 균형 감각도 꽤 쓸 만한 모양인지 엉거주춤한 자세로나마 설 수 있었다.

처음 이동했던 그 홀이었다. 나는 투덜대며 자세를 고쳐 바로 섰다.

"한 시간이랬지."

탑 주위야 너른 평원만이 펼쳐져 있을 뿐, 이곳에 도착했을 때 보아하니 안개에 가려져 있다곤 하나 한 시간 안에 살펴볼 만한 거리에는 아무것도 없었다.

그렇다면 탑 안쪽을 살펴보자. 난 빠르게 결론짓고 주변을 두리번거렸다. 사람 하나 종적을 찾아보기 힘든 곳이라 그 많다던 마법사들이 다 어디 갔나 싶었지만, 그들은 대개 마탑에 거주하지 않고 파견 근무를 나간다고 한다.

마침 저편에서 저번에 미처 보지 못한, 안쪽으로 이어지는 통로가 보였기에 나는 성큼 걸음을 옮겨 휑하기만 한 홀을 나섰다.

아니, 나서려고 했다.

쾅! 입구에 다다른 순간, 등 뒤를 강타한 무언가가 내 결정을 조금 더 이루어지기 쉽게 만들어 주었다. 결론적으로 나는 홀 밖으로 아주 쉽사리 나동그라졌다.

"전혀 배운 게 없구나? 등 뒤를 살피는 것조차 하지 못하다니."

때려 주고 싶을 만큼 얄미운 목소리는 그리 친숙하지 않았지만 짐작할 만한 것이었다. 나는 생애 최고의 미인이 생애 최고로 짜증 날 수 있다는 것을 알게 되었다.

등이며 바닥에 부딪힌 몸이 어디 하나 빼놓지 않고 욱신욱신 아팠으되 통증을 꾹 참고 일어서자 눈이 딱 마주쳤다.

초록빛 눈동자가 노골적인 적개심을 품고 나를 바라보고 있었다. 그 고운 낯도 지금은 완전히 밉상으로만 보였다. 흠을 잡으려야 잡을 수 없다는 게 분하긴 하지만.

블레셋, 비록 우리가 평등한 관계라 하나 마법을 다룰 줄 모르는 나와 이자 간엔 확실히 격차가 있었다. 하지만 그렇다고 그가 날 이런 식으로 함부로 대해도 되는 건 아니다. 시온은 시온이니까.

가장 큰 두려움의 대상인 마스터가 여기 없으므로 나는 오랜만에 좀 담대하게 나가기로 했다.

"그러게 말이에요. 치졸하게 등 뒤에서 공격하는 사람이 이 탑 안에 있을 거라고는 마스터도 예측하지 못하셨겠죠."

다짜고짜 사람을 습격하다니, 그것도 같은 마스터의 제자를. 아무리 내가 이 마탑에 속한 이들에게 예의나 인간성을 기대하고 있지 않다지만, 도대체 무슨 생각이지?

머리꼭대기까지 열이 확 올라올 정도로 화가 났다. 운동을 배운 터라 좀 험하게 맞은 적도 있지만, 그건 어디까지나 대련의 일환이었다. 이렇게 감정적인 폭력을 너그러이 넘길 만한 사람이 있을까.

사실은 곧 죽어도 바른말은 하는 게 내 성격이다. 몇몇 요인에 따라 가리지만 끽해도 1시간이라는 계산이 내겐 있었다. 녀석의 눈에서 불똥이 튀는 듯했다. 음, 몇 분이나 지났지?

"마스터가 네 안위까지 챙겨 줄 거라고는 생각지 마라! 건방진 계집애."

"건방지지 않으려면 뒤통수를 노리는 예의, 잘 배워 두어야겠군요."

빈정거리며 말하기 무섭게 또다시 허공에서 강력한 기운이 솟구쳐 나를 강타했다.

퍽! 방비하고 있었지만, 너무 빨랐다. 또 때렸어! 복부를 두들겨 맞은 충격에 속에서 신물이 올라오려 했다. 건장한 남자가 발로 걷어찬 것처럼 숨을 쉬기 어려웠다.

단 한 번도 당해 본 적 없는 일방적인 폭행을 당하며 나는 속된 말로 꼭지가 돌 지경이었다. 그러나 흥분은 내게 유리하지 않았다. 분기를 억누르며 난 최대한 침착하게 비아냥거렸다.

"이런 꼴사나운 질투, 어린애도 하지 않아요. 아니면……."

나는 비열하게 덧붙였다.

"생리라도 하시나 보죠?"

블레셋의 입꼬리가 비스듬히 휘어 올라갔다. 그 미소에 담긴 싸늘한 한기가 온도로 느껴져 올 지경이라 으스스 몸이 떨렸다. 자긴 그렇게 날 두들겨 팼으면서 내가 좀 비아냥거렸다고 화를 내는 거야?

인내심이 박약한 남자답게 블레셋의 안에서 무언가가 폭발한 듯했다. 번개라도 내려친 듯 온몸이 찌릿찌릿해질 만치 강렬한 기운이 눈앞에서 폭사되었다.

그리고 그것이 푸르게 빛나는 전류처럼 나를 확실히 끝장내기 위한 실체로 순식간에 변해 갔다. 내게 갖는 거슬림에 가까웠던 감정이, 이제는 분노로 화한 듯싶었다.

마법이라곤 전혀 쓰지 못하는 내가 그걸 막아 낼 수 있을 리 없다. 이번에야말로 무엇도 할 수 없었다. 다음 세상에서는 입조심해야지. 눈을 질끈 감고 허무한 죽음을 예비하는 순간이었다.

"그만둬."

누군가가 녀석과 내 사이를 가로막았다. 맹렬하게 내게로 돌격해

오던 기운이 역풍을 맞은 양 산산이 흩어졌다. 그리고 그대로 멎은 듯이 대기가 고요해졌다.

단지 한 사람의 개입만으로 벌어진 일이었다. 압도적인 힘의 차이가 이 현상을 가능하게 했으리라.

어느덧 눈을 부릅뜨고 있던 난 절묘하게 등장한 구원자의 뒷모습을 뚫어지게 바라보았다.

장신의 키, 남자였다. 눈앞에서 흘러내린 남빛 머리카락은 검고 푸른 물감을 섞어 물들여 낸 듯이 선명한 빛깔을 띠었다. 나는 그가 어떤 사람일까 궁금해졌다.

"란델!"

분을 못 이기는 외침이 들려왔다. 악독한 표정의 블레셋이 이를 악물고 날 노려보고 있었다. 눈빛만으로 사람을 죽일 수 있을 만큼 강렬한 적의가 바늘로 피부를 찌르듯 했다.

새삼 의문이 샘솟았다. 블레셋은 왜 이리 날 미워하는 걸까? 첫눈에 볼 때부터 싫은 사람이란 게 있다지만, 거기에는 늘 이유라는 게 있기 마련이다. 나로서는 그 이유를 짐작할 수 없었다.

……아니, 별로 짐작하고 싶지도 않았다. 산책이랍시고 나오자마자 죽을 뻔한 덕에 손이 다 떨린다.

나를 감싸 준 그는 블레셋의 기세에도 굴하지 않고 흔들림 없이 서 있었다. 나직한 음성이 남자에게서 흘러나왔다.

"이 아이를 죽이면? 그 후는 어쩔 셈이냐. 네가 마스터를 거역하고도 살아남으리라 생각해?"

부드럽되 엄한 투의 목소리는, 성우만큼이나 매끄럽고 듣기 좋아서 호감이 절로 일어났다.

"그렇지만 저게……."

블레셋은 수그러든 투로 중얼거렸다. 악독하게 남을 후려 팰 땐 언제고 갑자기 악의와 무관한 가련한 소녀처럼 변신한 모습이 아니꼽다 못해 속이 뒤틀렸다. 갑자기 악역이 된 듯한 기분인데. 외모라면 충분히 날 악역으로 몰 수도 있을 것 같다.

남자는 달래듯이 한결 다정해진 어조로 말했다.

"이 아이가 어떤 말을 했건, 그것이 죽어야 할 잘못은 아니다. 네 감정을 통제할 수 있을 때까지 물러가 있어라."

"……알았다고. 가면 될 거 아니야."

마스터에게 보였던 반항과는 달리, 블레셋은 낭패 어린 표정으로 순순히 물러갔다.

그러나 그가 마지막으로 내게 보인 눈빛에는……. 내가 잘못 본 것이 아니라면 널 반드시 죽이고야 말겠다는 독한 살기가 선연히 드러나 있었다.

참았어야 했나? 괜히 울컥해서 덤볐다가 지독한 적을 만든 건 아닐까? 약간 후회가 드는 시점이었다.

하지만 이미 끝난 일이다. 블레셋은 날 죽이고 싶을 만큼 싫어하고, 나도 그런 블레셋이 싫다. 제정신이 아닌 인간들이 득실거릴 게 분명한 이 탑에 적응하려면 자존심을 내세우는 건 어리석은 일이지만 블레셋만큼은 용서하기 어려웠다.

그는 정말로 나를 죽이려 했었다. 불쾌한 벌레를 짓밟듯이. 그 점이 소름이 끼치고 치가 떨렸다. 두려움보다 앞선 반감이 치밀었다. 목숨을 연명하기 위해 잠시 굽히는 건, 마스터에게는 어렵지 않게 되었다. 치기라고 해도 어쩔 수 없지만, 녀석에게만큼은 그러기가 싫었다.

내가 왜 이런 꼴을 당하고 있는지 억울하고, 분하고……. 눈물이 날 것 같았다. 난 요동치는 감정을 내리누르기 위해 눈을 깜빡였다.

란델이라고 불린 남자가 그런 나를 향해 돌아섰다.

나는 그의 품위 있는 아름다움에 놀랐고, 또 그의 얼굴에 담겨 있는 온화함에 놀랐다. 그것은 내가 이 탑에서 기대한 적 없는 것이었기 때문이다.

싸늘하게 식어 내린 가슴에 온기가 스미는 듯했다. 다정한 눈빛으로 그가 내게 인사를 건네 왔다.

"인사하지. 내 이름은 란델. 시온 중 한 명이지."

"아, 안녕하세요. 전 아힌이에요."

나는 얼떨결에 인사하며 그를 살폈다. 특이한 빛깔이라고 생각했는데, 가까이서 본 남빛 머리카락은 흰 피부와 대조되어 손을 대면 묻어날 것처럼 짙고 푸르렀다.

물빛에 가까운 푸른 눈동자는 잔잔한 호수 같았다. 모양 좋은 입술은 옅은 미소를 머금고 있어 연쇄살인마도 회개시킬 것 같은 인상을 만들었다.

그의 앞에 서자 난 마치 나쁜 짓을 한 어린애가 된 기분이었다. 마스터를 대할 때와는 또 다르게 마음이 움츠러들었다.

"그래, 아힌. 이런 상황에서 보게 된 것은 유감이지만 아무튼 반갑구나."

"네……. 저도 만나 뵙게 되어 기뻐요."

난 부러 거리를 두듯 딱딱한 투를 고집했다. 드디어 정상인을 만나게 되어서 안심이 되었지만, 반면에 불안한 것도 있었다.

순순히 방심할 수는 없는 노릇이다. 지금은 아무리 좋은 사람처럼 보여도 갑자기 돌변할 가능성이 있었다. 성격과 외모가 비례한다면 시온 중에서 제일 성격 더럽고 비정상일 인간은 나일 테니까.

불행히도 그건 사실에 가까웠다. 여태까지 본 이 마탑에 속한 이들 중 부정할 수 없이 내가 가장 못났다. 성격은 몰라도 마법적 능력은 외모와 관계가 있는지 마스터를 위시한 시온들이 하나같이 아름다운 것이 다른 제자들은 안 봐도 알 것 같았다.

란델은 특유의 편안한 분위기로 대화를 이었다.

"나는 이곳에 와서야 네가 새로 들어왔다는 소식을 들었지. 블레셋과는 그다지 잘 지내지 못하는 모양이야?"

"사실 그래요. 딱 두 번 봤는데 처음부터 절 싫어하더군요."

"블레셋은 원래 까탈스러운 성격인 데다가 낯을 좀 가리지. 그것

때문만은 아니지만…… 질투심도 강하고."

뭐 질투? 마스터를 좋아하기라도 하나. 잠깐, 블레셋은 남자잖아?
무, 물론 가능한 일이긴 하지만. 내 떨떠름한 기색을 느꼈는지 낮은
웃음소리가 들려왔다. 근사한 미소를 띤 채 란델이 손사래를 쳤다.

"질투하는 건 사실이지만 글쎄, 그게 어떤 감정 때문인지는 아무
도 모르지. 블레셋은 솔직한 아이가 아니니까."

피식 웃은 란델은 평온한 얼굴로 충격적인 소리를 꺼냈다.

"하지만 그가 아직 성별을 정하지 못한 이유가 마스터 때문이라는
의심은 있어."

"……네?"

난 잠시 귀를 의심했다. 성별을…… 정하다니, 무슨 소리지? 이건
마치 아직 성별이 분화되지 않았다는 소리 같잖아.

사람은 남녀 할 것 없이 사춘기 때 2차 성징을 겪으면서 뚜렷한 성
적 특징이 나타나기 마련이다. 하지만 분명한 건, 성별은 날 때부터
정해진다는 것이다.

당혹스럽게 눈썹을 치켜 올리는 내게 란델이 꺼낸 말은, 18년간
굳혀져 온 상식을 어그러뜨리기에 충분했다.

"릭샤족을 모르나? 하긴 그들은 희귀한 종족이니까. 릭샤족은 무
성의 상태로 태어나서 자라지. 그리고 성년이 되면, 상대에 맞추거
나 자신의 성향에 따라 성별을 결정해. 블레셋은 성년이 된 지 오래
지났지만, 아직도 성별을 정하지 않았지. 그래서 그리 모호한 모습
인 거고."

하긴 팔다리며 어깨선이 남자라고 보기엔 어딘지 가늘긴 했다. 나
도 처음엔 여자라 착각했으니까.

하등동물도 아니고 지성을 가진 고등 생명체가 무성인 채로 태어
나서 후에야 성별 분화를 겪는다니, 불가사의하기도 하지.

내 세계에서는 허무맹랑하게 들렸을 소리를 받아들이는 마음은 복
잡하기만 했다.

"성격은 구태여 따지자면 남자에 가깝지만 말이야. 마스터에게 연정을 품고 있다면 여성으로 변할 만도 한데 마스터가 그에게 눈길을 주지 않아서, 저리 답보 상태인 거지. 마스터와 맺어지지 못한다면 여자가 될 이유도 없으니까. 아, 혹시라도 블레셋에겐 말하진 마. 이건 추측일 뿐이니."

나는 무겁게 고개를 끄덕였다.

"그렇군요……. 남자가 아니었군요."

란델은 추측일 뿐이라고 했지만, 난 그의 말이 일리가 있다고 생각했다.

처음부터 날 못 잡아먹어 안달인 것도, 약간은 이해가 갔다. 연심을 품은 상대 곁에 다른 여자가 들러붙어 있는 데다가 그가 직접 돌본다고 하니 적개심을 품을 만도 했다. 심지어 난 마스터와 한방에서 머물고 있잖아?

마스터에게 선택받아 여자가 되고 싶었는데 그러지도 못한 데다가 내가 여자만이 겪을 수 있는 신체 현상을 운운하기까지 했으니, 순간 화가 치솟았을 것이다.

스멀스멀 샘솟으려던 미안한 마음은 블레셋이 내게 보인 작태를 회상하자 완벽하게 사그라졌다. 내 잘못은 그의 잘못에 비하면 발끝의 때만도 못했다.

무슨 역사 속 악녀도 아닌데, 자기 남자 근처에 얼쩡거린다고 머리끄덩이를 붙잡는 것보다 심하게 때리고, 그것도 모자라 확 죽여 버리려고 들어? 생각하면 할수록 분이 치밀었다.

인상을 찡그리는 날 바라보며 란델이 잔잔한 어조로 권했다.

"블레셋에게는 네가 먼저 손을 내미는 게 낫지 않겠니? 너보다 먼저 시온이 된 그와 잘 지내는 것이 네게도 좋을 거야."

권유였지만 마치 내게는 그래야 한다는, 당위적인 말로 들렸다. 바른 소리였지만 곱게 들리지만은 않았다.

팔은 안으로 굽는다고, 내 편을 들 거라는 기대는 하지 않았지만 두들겨 맞은 내가 먼저 손을 내밀어야 한다니? 항의하고 싶어 입술을 달싹이던 난 애써 마음을 가라앉히려고 노력했다.

서열이라는 것은 어디서나 무시할 바 못 되는 법이다. 그리고 그의 말이 굳이 블레셋이라는 빌어먹을 녀석을 감싸려고만 해서 하는 말 같지는 않았다.

그렇다고 해서 순순히 네, 하고 응답할 만큼 속이 좋지는 못해서, 잘근잘근 입술을 씹어 대던 난 툭 내뱉듯이 말했다.

"다음에 다시 만났을 때, 그럴 기회가 주어진다면요."

그다지 기회를 줄 것 같지도 않았으니 뭐.

이렇게 된 이상 하루에 한 시간 내보내 달라는 요청은 취소해야겠다는 생각이 들었다. 마스터를 졸라서 마법을 빨리 배우든가 해야지.

이번엔 란델이 있어서 넘겼다 쳐도 다음에 또 블레셋과 마주한다면 그때는?

마치 불량배한테 돈 뜯길 걸 알고도 으슥한 골목길을 지나야 하는 평범한 학생이 된 듯하다. 두렵고 움츠러들면서도 그렇게 느껴 버리는 내가 굴욕적이고 자존심이 상했다. 이대로는 안 돼.

여하간 블레셋과 달리 란델은 처음부터 내게 호감을 보이며 친근하게 대하고 있었다. 그런 그에게 괜스레 까칠하게 굴어서 나쁜 인상을 주는 건 현명하지 않다.

블레셋과의 관계는 돌이킬 수 없다고 해도 란델과는 좋은 관계를 유지해야만 했다. 난 친근감 어린 미소를 지으며 조심스레 화제를 바꿨다.

"그나저나 란델, 도와줘서 고마웠어요. 다른 시온들은 언제 볼 수 있을까요?"

"정확한 시기는 나도 알 수 없지만 네가 배움을 끝마치기 전에는 볼 수 있지 않을까 해. 참, 내게 존대를 쓸 필요는 없단다. 시온의 위에는 오로지 마스터만이 존재할 뿐이니, 다른 시온들에게는 평대를 함이 옳아."

하긴 블레셋과 란델도 서로 간에 반말했지. 나보다 나이가 많아 보이는 그였고, 또 선배인지라 존대를 썼는데 지위에 따른 평등이라는 건 마탑에서 생각 이상으로 확고한 듯 보였다.

블레셋이 상대라면야 쉽겠지만 란델은, 무언가 연륜이 느껴져서……. 말을 놓는 게 어색하다 못해 죄스러울 지경이다. 입을 뻐끔거리며 노력해 보다가 도무지 말이 나오지 않아, 난 멋쩍게 웃었다.

"그렇군요. 저는 저보다 나이가 많으면 존대를 써야 한다고 배워서……. 익숙하지가 않네요. 천천히 할게요."

"그러렴."

자상하게 웃는 란델의 얼굴을 보며, 일순 알 수 없는 위화감이 가슴속을 스쳤다. 뭐였지? 고개를 갸웃거리는 내게 란델은 여전히 선량하기 그지없는 얼굴로 물어왔다.

"그러고 보니……. 나도 네게 궁금한 점이 한 가지 있구나."

"어떤 점이요?"

"왜 마스터가 너를 직접 맡게 된 거지? 나는 그게 궁금하구나. 사실 이런 적은 지금까지 한 번도 없었거든. 물론 엘리야는 첫 시온이었으니 예외지만 말이다."

첫 시온, 엘리야라고? 그 이름을 우선 머릿속에 새겨 넣으며 난 고심하는 척했다.

드디어 올 것이 왔다, 딱 이 생각이 들었다.

시시콜콜 내 행동에 제재를 가하지는 않는 마스터였으나, 해서 안 되는 일에 대해서만은 확고했고, 이것만큼은 내게 당부해 둔 터였다. 여관 아저씨에게 내 정체를 숨겼던 건 탁월한 선택이었다.

탑에 온 후, 마스터는 느닷없이 내게 다른 세계에서 왔다는 것을 발설해서는 안 된다고 말했다. 이유는 간단했다. 마법사들은 미지의 것에 탐구욕 강하기 때문에 이 세계에서 유일할지 모르는 이계인인 날 파헤쳐 보고 싶어 할 터.

즉 표적이 된다는 이야기다. 그런 '번거로운 사태'를 피하고자 마스터는 내게 입을 다물라 시켰다. '그 누구에게도'라는 단서를 달았으니 이 탑 안이라고 해서 예외는 아니다.

마스터가 나를 직접 맡게 된 것 역시 같은 논리로, 마스터는 나를 살려 내면서 몸을 새로이 구성시켰다고 한다. 이 세계에 적합한 육체로. 그 과정에서 내 신체는 어떤 특이점을 갖게 된 것 같았다.

하지만 불친절한 마스터는 그 이상 말해 주지 않았고, 나도 더는 묻지 않았다. 거기까지 들은 내용만으로도 충분히 충격적이라 그 외의 이야기는 마음의 준비를 하고 듣고 싶었기 때문이다.

인체 개조, 키메라…… 온갖 부정적인 상상이 다 떠오른다. 게다가 그 이야기를 꺼낸 것 자체가 어쩐지 여관 아저씨와의 대화를 엿들은 것 같아서 등골이 오싹했다.

"글쎄요, 그저 변덕이 아닐까요? 아무리 생각해도…… 모르겠어요. 저한테도 이유를 말씀해 주시지 않아서."

그러니 이것은 거짓말이 아니다. 나는 태연스럽게 모른 척하며, 더불어 화제 전환까지 시도했다.

"원래 마스터는 늘 바쁘신가 보죠? 제자를 스승이 맡지 않으면 누가 맡나요?"

"바로 전에 들어온 시온이 맡는 것이 관례지. 블레셋이 널 맡지 않은 게 너에게는 다행이겠지만."

그건 정말 다행 중의 다행이라고 생각한다. 호들갑스레 안도의 한숨을 내쉬는데, 란델의 눈빛이 변화를 보였다.

온화하게 반짝이던 벽색 눈동자가 좀 더 깊은 빛을 머금었다고 생각했다.

바람결에 파문이 이는 반짝이는 수표면을 보는 양 기묘하고도 아름다워, 난 홀린 듯이 그 눈을 마주 보았다.

푸른빛의 안개가 옅게 휘돌고, 인력이 작용하는 것처럼 온몸이 끌어 당겨지는 것처럼 몰두하는 감각. 자리에서 조금도 움직이지 않는 내 몸과는 달리, 흡사 정신이 빨려 들어가는 듯한. 그 와중에, 육신이라는 껍데기에 숨겨져 있던 내 모든 것이 파헤쳐지기 시작했다.

내 치부며 꼭꼭 숨겨진 모든 비밀이 호두처럼 껍질이 깨어져 속살을 내보이는 것 같았다.

그에게 무언가를 숨긴다는 것이 과연 옳은 일일까.

나는 죄책감을 느꼈다. 감정이 제멋대로 기울고 있음에도, 난 전혀 이상한 점을 눈치채지 못했다.

왜냐하면 그렇게 느끼는 게 너무도 자연스럽고 당연하기만 했으니까.

그러나 정작 그가 내 뇌리를 비집어 그 안에 감추어진 비밀을 제대로 들여다보려 했을 때, 어둠이 시야를 가렸다.

쩡! 유리에 금이 가는 듯한 충격과 함께 눈앞이 환하게 깨지고, 순식간에 정신이 맑게 돌아왔다. 흐릿한 안개 속을 빠르게 가로지른 난 곧바로 선명한 현실에 놓였다.

란델은 여전히 태연스러운 표정으로 날 바라보고 있었다. 하지만 순간이나마 입가에 자리한 미소가 잦아들고, 그의 낯에 곤혹스러운 기색이 스치는 것을 나는 놓치지 않고 보았다.

그가 능청스럽게 대화를 이었다.

"마스터는 대개 이 탑에 계시지 않아. 이 탑을 세운 것이 마스터임에도……."

그러다 내가 차갑게 굳은 얼굴로 경계하듯 뒤로 물러나는 것을 보고 그는 입을 다물었다.

나는 이를 갈며 물었다.

"저한테 뭘 하신 거죠? 아, 말씀하지 않으셔도 돼요. 알겠으니까."

조금 전 그에게서 느꼈던 위화감은, 그 새카만 속내를 본능적으로 꿰뚫어 보았던 탓일까.

란델이 행한 마법에 대해서 다행히 난 배운 적이 있었다. 그래, 난 이게 뭔지 알았다. 같은 시온에게 정신계 마법을 걸다니! 마법이라곤 전혀 사용할 줄 몰라서 블레셋에게 일방적으로 당한 내가 우습게 보였나?

배신감? 그런 단어를 들먹일 만큼 그를 믿고 있지 않아서 다행이었다. 그래도 밀려드는 불쾌감을 막을 길이 없었다. 불쾌감을 넘어서 또 당했구나 하는 생각에 배 속이 뜨거운 냄비 물처럼 팔팔 끓어올랐다.

이 탑에는 도무지 믿을 만한 사람이 존재하지 않았다. 어쩌면, 하고 기대했는데 좋은 사람인 척 다가와서 뒤통수를 치다니!

블레셋이 날 죽이려는 타이밍에 나타난 것도 계산일지도 몰라. 아니, 계산이겠지! 나는 이미 확신하고 있었다.

슬며시 눈썹을 들어 올린 란델이 당혹스러운 듯이 말했다.

"미안하구나. 나이가 들면 호기심이 많아져서. 하지만 너도 내게 거짓말하지 않니."

"거짓말한 적도 없거니와, 여긴 거짓말하면 정신계 마법으로 남의 머릿속을 캐내는 전통이 있나 보죠?"

기가 막힌 나머지 난 팩하니 내쏘았다. 나이가 들기는······. 끽해야 스물네댓 살로밖에 보이지 않는 얼굴이었다.

"미안하구나. 다시는 이러지 않겠다고 약속하마. 사실 한 번도 이런 적은 없어서."

"뭐가요?"

가책 없는 말끔한 얼굴로 선뜻 하는 말에 아연한 기분이 들었다.

설마 누군가에게 정신계 마법을 걸어 본 것이 처음이라는 소리는 아니겠지?

그렇다기엔 너무도 능숙한 솜씨였다. 사람 좋은 얼굴로 방심하게 하고선 다짜고짜 마법을 거는 걸 보아하니 사기에도 재능이 있을 게 분명하다.

악의적으로 품평하며 눈을 부라리는 내게 란델은 뻔뻔스럽게 실토했다.

"나는 이런 종류의 마법을 쓸 때 결코 상대가 눈치채게 한 적이 없었거든. 너는 생각보다 민감하구나."

터무니없는 소리에 기가 턱 막혔다. 자랑이라고 한 말인가? 더 따질 마음도 들지 않아 난 곧바로 뒤돌아섰다.

거침없이 자리를 벗어나려던 의도와는 달리 멎어 버린 양 붙박인 발은 움직이지 않았다. 멋대로 조종할 수 있는 인형이 되어버린 것처럼 마법이라는 것에 마구 휘둘려 버리는 내가 짜증이 났다.

이를 악문 난 입을 열었다.

"……다시는 이러지 않는다면서요?"

"정신계 마법 한정이다. 그리고 너는 아직 내 사과를 받아주지 않았잖니."

어느새 내 앞으로 와 싱긋 웃는 얼굴이 다정하기 그지없어 나는 현혹되면 안 된다고 굳게 생각했지만, 스르르 마음이 풀리는 것은 어쩔 수 없었다.

이것도 마법인가? 그를 밀어내 버리고 싶었지만, 화내는 척하는 것에 능숙하지 않은 터라 그냥 포기하고 떨떠름하게 대답했다.

"그 사과 받아들이죠. 그러니까 이것 좀 풀어 주시길."

"그러마."

말이 떨어지기 무섭게 한껏 힘을 주고 있던 발이 바닥에서 급작스럽게 떨어졌다. 비틀거리는 나를 그가 얼른 잡아 주었다. 조심해야지. 귓전을 스치는 목소리가 어쩐지 간지러워서 오싹했다.

진절머리 나는 마탑인들의 결여된 도덕성이란 특징을 그대로 가지고 있는 주제에, 그윽한 저음은 성우의 것 이상으로 매혹적이었고, 얼굴도 수려하기 그지없어서 마음을 모질게 먹기가 어려웠다. 때려주고 싶은 마음이 울컥 치솟았지만 마음은 마음으로 삭여야만 했다.

벌레를 쳐 내듯 그에게서 떨어져 선 나를 보며 란델은 여전히 다정한 태도를 고수했다.

"날 미워하지 않았으면 좋겠구나. 앞으로도 계속 볼 사이인데."

"미워할 이유를 만들지 마셨어야죠."

"미워할 일을 사실 하진 못했어. 미수에 그쳤을 뿐이지."

내가 우려하고 있는 것을 불식시켜 주는 한마디였다. 모든 것을 내보였다고 생각했는데……

문득 갑자기 눈앞에 드려워진 어둠이 생각났다. 혹시 그것이?

내 짐작이 맞는 듯 란델이 고개를 끄덕였다.

"전혀 읽지 못했어. 마스터가 너를 꽤 신경 쓰나 보구나."

역시 마스터가? 당부를 해 두고도 못 미더워서 내게 뭔가 마법을 걸어 두었나 보다. 아마 내가 입으로 무언가를 말하려고 들었어도 입 밖으로 나오진 못했으리라는 생각이 들었다.

하지만 그게 그렇게 대단한 일인 걸까? 아무도 몰라야 할 만큼? 의구심이 들었지만 난 퉁명스레 대꾸했다.

"절 아끼시니까요."

"그럴 리가."

나 또한 같은 생각이었지만 웃음기 하나 없는 너무도 단호한 응답에 되묻지 않을 수 없었다.

"어떻게 장담하세요?"

"마스터가 누군가를 아낄 리 없으니까."

조소하듯 헛웃음을 머금은 말끝의 여운이 심상치 않았다.

차갑고 알 수 없는 기색이 도는 눈으로 란델은 날 물끄러미 바라보았다. 속내를 도무지 짐작할 수 없는 무표정 낯에는 허무감만이 감돌았다.

그러나 잠시 후 거짓말같이 그의 얼굴에는 온화한 빛이 돌아왔다. 란델이 여상한 어조로 덧붙였다.

"마스터는 누구에게도 마음을 주지 않으시지. 그러니 혹시라도 기대라는 걸 하고 있다면 버리는 게 현명할 거란다."

"알아요, 저도."

농담이었어요, 라고 답하면서도 기분이 이상했다. 그 기이한 반응에 대해서 캐묻고 싶은 기분이 들었지만, 그러면서도 입이 떨어지지 않았다. 마스터에 대해서 어째서 그리 확고하게 단정할 수 있는 건지, 왜 그런 얼굴을 하는 건지.

하지만 무엇을 더 말하기도 전에, 난 순식간에 몸을 감싸는 어떤 기운을 느꼈다. 거부할 수 없는 강력한 마법이었다. 블레셋이 날 죽이려 행한 것보다 더.

란델이 눈인사를 건네는 것이 보였다.

"소환인가? ······또 보자."

인사를 되돌려줄 새도 없이 그가 눈앞에서 사라졌다. 아니, 란델에게는 내가 눈앞에서 사라진 것처럼 보였으리라.

여전히 이동에 익숙하지 못한 나는 휘청거리다가 바닥에 주저앉았다.

벌써 이렇게 시간이 흘렀나? 아직 알아낸 게 많지 않았다. 더군다나 탑 내부는 전혀 돌아보지 못한 터였다.

허탈감에 바닥에 다리를 쫙 펼친 난 곧 주섬주섬 몸을 일으키며 언제나처럼 같은 곳에 자리한 마스터에게 물었다.

"시간이 된 건가요?"

"누가 네게 손을 댔지."

질문을 했는데 날아오는 것은 또 질문이었다.

내게 손을 댄 사람? 간접적인 의미라면 블레셋도 해당하지만 직접적인 접촉을 한 사람이라면······. 부축 때문에 손을 댄 것이라곤 하나, 단 한 사람밖에 없다. 나는 실없이 대답했다.

"시온 중 하나요. 남색 머리카락에 퍼렁 눈, 이름은 란델. 혹시 잊으셨을까 봐요."

구태여 길게 말한 것에는 좀 혼내 달라는 치사하고도 고자질적인 의도가 숨어 있었다.

"아 저는 마스터가 시키신 대로 분명히 입을 닫았어요. 모른다고 말했거든요. 그랬더니 글쎄 저에게 정신계 마법을 쓰는 거 있죠?"

난 무척 상처받았다는 듯이 종알거렸다. 그러나 마스터에게서 아무 반응이 없자 어쩐지 섬뜩한 느낌에 입을 꾹 닫으며 돌아앉았다.

마스터는 소파에 비스듬히 기대어 날 바라보고 있었다. 위치도 내가 아래라 고요하되 위압적인 기운에 몸이 짓눌리는 느낌이다. 냉정한 시선에 저절로 가슴이 뜨끔해졌다. 나는 아직도 마스터에게 익숙해지지 못했다.

마스터가 평소와 같은 무심한 얼굴로 입을 열었다.

"내가 란델을 벌하길 원하느냐?"

정곡을 찌른 말에 심장이 덜커덩거렸다.

마스터는 결코 둔하지 않다. 단지 중요하지 않은 일에 무관심할 뿐이다. 나보다 먼저 이 탑에 있던 시온들과 잘 지내지 못하는 것처럼 보이는 것은 내게 좋은 일이 아니었다.

나는 짐짓 농담처럼 들리게 대꾸했다.

"네, 이왕이면 세게 여러 번 때려 주세요."

"난 제자들 간의 관계에는 관여하지 않아."

별로 대수롭지 않게 여겼던 듯 마스터는 말을 마치자마자 눈을 내리감았다. 하지만 그때 문득 내 머릿속에 한 가지 생각이 번뜩 스쳤다. 난 망설이지 않고 마스터 앞에 재빨리 다가앉았다.

"저, 그렇다면 제자들끼리 치고받고 싸워도 상관 않으신다는 거죠?"

마스터가 눈을 가늘게 떴다.

"내 앞에서가 아니라면, 내 명을 수행하는 데 지장이 없는 선에서."

"그러면 흠, 가령 제가 특정한 시온한테 좀 그런다고 해도요?"

가슴 속에서 꺼질 일 없는 복수의 불길이 타오르고 있었다. 나는 잊지 않았다. 결코 잊을 리 없다. 자그마치 두 대나 날 두들겨 팬 것하며, 그 폭언들, 거기다 날 죽이려 한 것까지.

일순 날 홀렸던 블레셋의 예쁜 얼굴은 면죄부가 될 수 없었다. 사내자식이…… 아니, 사내라고 하긴 그렇지만, 여하간 예뻐 봤자지.

다시 생각하니 부글부글 끓어올라, 난 심호흡하며 속을 달랬다. 분기가 여실히 묻어나는 내 질문에 마스터가 눈을 떴다. 코앞에 앉아 있는 날 가늠하듯 응시한 마스터는 이내 냉정하게 현실을 되새겨 주었다.

"네 실력으로는 불가능할 텐데."

"그야……. 지금 당장은 그렇겠지요."

마법이라곤 전혀 모르는 몸이니 마스터 다음간다는 시온 중 하나인 블레셋에게 당장 뭘 할 수 있을 거라고는 생각지 않는다.

하지만 마법을 배운다면 아무리 실력 차가 난다 쳐도 기습해서 뒤통수를 갈겨 줄 순 있지 않을까.

그러나 마스터는 내 낙관적인 기대를 손쉽게 무너뜨렸다.

"네 바로 전에 들어온 블레셋이 내 제자가 된 지는 백 년이 넘었다."

순간 귀를 의심했다. ……백 년? 백 일도 아니고 백 년?

아연한 눈으로 마스터를 쳐다보았지만, 그렇다고 이미 귀에 들어온 숫자가 변하는 건 아니었다. 백 년이라는 어마어마한 세월과 블레셋의 얼굴을 동시에 떠올리며 난 상호 간의 공통점을 찾아내려 애썼다.

그러나 그 주름이 있긴커녕 갓난아기만큼이나 팽팽한 얼굴과 새치하나 없는 탄력 있는 금발, 생생한 초록 눈에서 노인이라기보다는 죽음이라는 단어에 더 가까운 '백 년'이라는 세월과의 공통점은 도무지 찾아낼 수 없었다.

이게 무슨 말도 안 되는 소리지? 나는 입술을 떨며 물었다.

"백……년요? 저, 여기는 일 년이 며칠이나 되는 거죠? 일 년이 오십 일쯤 된다든지……."

"마법사는 오래 살지."

지극히 간단하게 떨어진 답변에 말문이 막혔다.

마법이라는 것이, 정말 놀라운 힘이기는 했지만 마법사라는 게 무슨 초인이라도 되는 건가?

난 곧 얼마 전에 읽은 사악한 흑마법사가 성을 불태우고 도시를 사멸케 했다는 과거의 기록들을 기억해 냈다. 더군다나 죽어 가는 자를 살리고 전염병조차도 창출해 낼 수 있는 마탑의 힘은 분명 인간의 힘이라 볼 만한 것이 아니었다.

하지만 내게 중요한 사실은 그게 아니었다. 충격에 빠진 난 초조하게 손을 까딱거렸다. 그 말대로라면 나는…….

"그럼 시온들은 실력이 들어온 순서대로인 건가요?"

블레셋을 넘어서는 것이 불가능하다. 그건 내게 전혀 달갑지 않은 소식이었다.

"네가 말하는 실력의 척도가 마력의 양이라면, 그렇다."

"그러면……. 저는 절대로 다른 시온들을 능가할 수 없어요?"

침을 꿀꺽 삼키는 내게 나직한 부정의 대답이 들려왔다.

"아니."

그렇지! 역시 길은 다 있기 마련이다. 잠깐 회유책을 쓸까 고민했지만, 블레셋에게만큼은 강경책 이외의 방법을 쓰긴 싫었다. 그에게 숙이고 드는 건 자존심이 상하다 못해 스트레스로 명이 줄어들 만한 일이었다.

난 자리를 박차고 일어섰다.

"방법을 알려 주세요! 이왕이면 단기간에 실력이 팍팍 느는 방법으로요! 좀 고생을 해도 되고 무리를 하는 것도 괜찮아요!"

완전히 낙떠러지는 아니라는 희망에 너무 기뻐한 탓인지 난 어느덧 마스터에게 바짝 다가가 붙어 있었다. 조금만 더 흥분했으면 손까지 잡을 기세였다.

문득 내 행동을 깨닫고 주춤주춤 물러섰을 때 마스터가 내게로 손을 뻗었다. 이마에 닿아 오는 손길에, 지나친 무례를 보다 못한 마스터가 내 머리를 폭죽처럼 터뜨리려는 것은 아닌지 공포심이 솟구쳤다.

몸을 뺄 새도 없이 곧이어 머리를 강타하는 통증에 나는 죽음을 확신했다. 참을성 없는 난 세 번째로 맞는 죽음의 위기 앞에서 조금의 품위도 지키지 못하고 사정없이 비명을 질러 댔다.

나는 질렀다고 생각했지만, 그저 신경이 마비될 만치 고통스러운 육신이 그리 착각했는지도 모른다. 정작 고막을 찢어 놓는 소리는 없었다.

산고의 고통을 산모가 설명하기 어렵듯 나 역시 이 고통을 무어라 표현하기 어려웠다. 혈관 하나하나가 풍선처럼 늘어나다 못해 뻥 터지는 듯했다. 혈관 속에 존재하는 기다란 기생충이 몸을 부풀리듯 인위적인 힘의 압력이 머리에서 몸으로 샅샅이 뻗어 나갔다.

혼절? 맨정신과 혼절 중 하나를 선택할 수 있다면 기꺼이 후자를 선택했으리라. 기절하고 싶은 마음과 달리 정신은 생생하기만 했다.

누구나 한 번쯤 극단적인 생각을 해 본다는 사춘기를 포함해서, 태어나서 단 한 번도 진실하게 죽음을 갈구해 본 적 없는 긍정적인 삶을 살아온 나조차 이 순간만큼은 차라리 죽여 달라고 애원하고 싶었다.

하지만 나는 고통에 몸을 떠는 와중에도 차마 그 말만은 입 밖에 내지 못했다. 정말로 그 말을 이루어 줄 수 있는 사람이 함께 있다는 자각만은 하고 있었던 탓이다.

이전에 차원의 균열에 갇혀 긴 시간을 고통 속에서 버텨 낸 경험 덕인지 모든 것이 끝났을 때 난 빠르게 정신을 차렸다.

언제 엎어졌는지 거의 탈진 상태인 채로 난 바닥에서 기다시피 흐느적거리고 있었다. 온몸이 땀으로 흠뻑 젖어서 축축했다.

나는 상체를 일으켜 세우며 눈물이 흥건한 뺨을 훔쳤다. 물기가 배어 나온 눈가가 뜨거웠다. 불손하게 굴었다고 벌을 준 걸까. 이건 너무하잖아. 고통이 깨끗이 사라졌음에도 서운한 마음 탓에 가슴이 욱신거렸다.

란델은 내게 기대하지 말라고 했지만, 어쩌면 난 기대해 버리고 말았던 걸까. 헐떡이는 숨에 흐느낌이 섞이자 흡사 짐승의 숨소리처럼 들렸다.

난 애써 눈물을 감추었다. 날 바라보는 마스터의 시선이 여전히 무심했기에 그 앞에서 질질 짜고 있는 것도 비참하게만 느껴졌다.

또다시 벌을 줄까 두려운 마음이 들자 흘렀던 눈물이 쏙 들어갔

111

다. 어느덧 그에게 물렁해져 있었던 자신을 탓하면서도 난 원망의 눈길을 감출 수 없었다.

거칠어졌던 호흡이 다시 고르게 변했을 즈음, 마스터가 내게 다시 가만히 손을 뻗었다. 그 손이 가져다준 고통을 기억하고 있던 터라 난 숱하게 폭력을 당해 본 사람처럼 움찔하며 물러나 앉으려 했다.

그러나 이전과 달리 마스터는 조금 더 아래로 손을 가져갔다. 땀과 닦아 낸 눈물로 축축한 손이 잡아채였을 때, 난 그가 손목을 부러뜨리지 않을까 움찔했다.

맞닿은 곳에 전기가 일듯 피가 몰렸다. 몸속 깊은, 알 수 없는 곳에서 힘이 흘러나오고 있었다. 순간 공포심에 떨쳐 내려 했지만 마스터의 손아귀는 단단하기만 했다.

그 미지의 힘이 물 흐르듯이 팔을 타고 내려와 손끝에 고였을 때, 난 눈을 휘둥그레 떴다.

손이 하얗게 빛나고 있었다. 몸 안에서 뻗어 나온 부드러운 흐름과 연결된 그것은 순수하게 내 안에서 비롯된 힘이었다.

언제부터 이런 힘이.

의문을 품기 무섭게 난 그 감각이 이제까지 종종 느껴 왔던 것과 유사하단 걸 깨달았다.

누군가가 마법을 쓸 때마다, 느낄 수 있었던 그 어렴풋한 기운, 그것이 지금 내게 자리하고 있었다.

난 빛을 모으듯이 손가락을 오므렸다.

지난번 마스터가 보여 주었던 그 빛의 구, 이거면 나도 할 수 있지 않을까?

그 일은 거의 본능에 가깝게 이루어졌다. 의식을 따라 움직이듯 손끝에 머문 힘이 구슬처럼 둥그렇게 모였다. 그러다 이내 떨어져 나와 허공에 둥둥 떠올랐다.

"아……."

짧은 신음성을 내며 난 이 특별한 순간을 만끽했다.

무어라 말할 수 없는 감격이 솜사탕처럼 속에서 부풀어 올랐다. 특별한 각성을 겪는 양 전율이 흐르고, 해방감이 치솟는다.

마법이라는 이 신비로운 힘을, 내가 쓸 수 있게 되다니…….

온갖 기현상이 과학으로 설명되거나 언젠가 설명될 것으로 치부되었던 현대에서 자란 내게, 이는 눈앞에 나타난 기적이었다.

이전까지 할 수 없었던 일을 할 수 있게 된 까닭은 명료했다. 난 순식간에 원망을 지워 버리고 손을 거둔 채 나를 응시하는 마스터를 존경심 어린 눈초리로 올려다보았다.

그 고통스러운 과정은 벌을 주기 위해서가 아니라 내게 이 힘을 주기 위해서?

"이미 마력의 존재를 인지한 상태. 마법을 쓰기 위해서는 마력 호흡을 통해서 감응력을 높여야 하나, 그 과정을 줄였다."

찬찬히 떨어지는 설명을 들으니 그간 공부를 한 덕을 보았는지 고개가 끄덕거려졌다. 서서히 이루어져야 할 것을 단숨에 되게 만들었으니, 그만한 고통이 초래되는 것도 이해가 갔다. 세상에 공짜는 없으니까.

그런데 가만, 도움이 된 건 그렇다 쳐도 이런 끔찍한 과정을 겪게 될 거라고는 말해 주지 않았잖아?

고요한 음성이 끝을 맺자 경탄이 걷히고 분노가 밀려왔다. 예고 없이 내게 고통을 가져다준 마스터는 옷깃 하나 흐트러짐 없는 자태로 여전히 고고한 모습이었다.

누구는 바닥을 굴렀는데! 애써 화를 죽이며 나는 짓씹듯이 말했다.

"이런 걸 할 때는 예고를 좀 하시는 게 어떠신지?"

말투와 달리 내용이 온건했던 것은 내가 내 주제와 위치를 잊지 않을 정도로 충분히 똑똑한 탓이다. 이건 절대 비굴해서가 아니라고.

곧 툭하니 던져진 마스터의 응답은 내 안색을 탈색시키기에 충분한 것이었다.

"다음부터는."

한 번이 끝이 아니란 말인가? 쓰디쓴 약탕을 겨우 한 그릇 비웠더니 한 달 내내 먹어야 한다는 선고를 들은 것처럼 암담한 소리였다.

조금 전 겪었던 고통을 상기하며 몸서리치는 내게 마스터가 차분히 말을 이었다.

"블레셋과는 격차가 크니, 효력이 다할 때까지는 이 방법이 유용할 터."

"효력이 다할 때까지……. 그게 언제까진데요?"

"열 번까지다."

순간 눈앞이 노래졌다. 내가 무슨 무림 고수처럼 생사대적을 두고 절치부심 수련하는 것도 아니고 왜 죽을 둥 살 둥 하며 마법을 배워야 하는 거지?

블레셋이 밉다지만, 그런 고통을 감수할 정도로 강렬한 복수심을 품은 건 아니었다. 난 기본적으로 독한 성격이 못 되었다.

물론, 빨리 강해지는 건 좋은 일이고 필요한 일이기도 하지만, 이런 걸 열 번이나 겪다간 내가 미쳐 버릴 것 같다.

난 거의 거절을 염두에 놓고, 조심스레 물었다.

"이 방법밖에 없나요?"

"가장 효율적인 방법이다."

딱 잘라 말하는 마스터의 말에서 난 한 단어를 희망적으로 곱씹었다. 가장, 이란 건 상대적인 의미를 내포하고 있는 단어다.

말수가 적은 마스터는 꼭 필요한 말만 했고, 입 밖에 내놓은 단어 하나조차도 잘못 사용하지 않는 편이었다.

"그러면 안 아프고 덜 효율적인 방법은요?"

그러니까 이런 것도 있지 않을까.

"……있지."

가늠하듯 느릿하게 뜸을 들이다, 마스터의 입에서 긍정의 답이 나왔을 때 한숨이 절로 나왔다. 안도가 담긴.

그래, 있겠지. 설마 치트키라는 게 하나뿐이진 않을 터였다.

그런 게 있었으면 사람을 고문하기 전에 진작 말을 할 것이지! 이가 부드득 갈렸지만 난 존경하는 듯이 우러러보는 눈빛을 가장했다.

"그러면 그 방법을 쓰는 게 좋겠어요."

난 그보다 더 좋은 방법은 없을 거라는 듯이 적극적으로 말했다. 다만 마스터는 담담하되 회의적으로 지적해 왔다.

"얼마만큼 효과가 있을지는 모른다."

"아주 효과가 없진 않을 거 아니에요?"

그거면 충분했다. 그리고 마스터는 잠시 나를 마주 보았다. 마치 그 새로운 방법이 얼마나 먹힐지 재어 보는 듯이.

침묵을 지키던 그가 이내 동의하듯 말했다.

"그도 그렇군."

망설일 필요가 있을까, 당장 실행하면!

여전히 몸은 땀으로 젖어 있었고 피로가 몰려왔지만, 쉬고 싶은 마음은 들지 않았다. 한시가 아까웠다.

빨리 마법을 배우고, 블레셋을 뒤통수치고 이 마탑을 벗어나서……. 내 세계로 돌아가는 것까지 가능성을 고려치 않고 뇌리에서 일사천리로 진행되고 있었다.

난 입으로 조르는 대신 재촉하듯 다가붙으며 마스터를 올려다보았다. 그리하여 마스터의 손이 느릿하게 내게로 다가왔을 때, 이번만큼은 움찔하지 않았다.

맥을 짚듯이 손목을 움켜쥔 손이 이내 힘을 주어 나를 끌어당긴다. 나는 순순히 마스터의 손길에 따르며 나보다 높은 곳에 앉아 있는 그를 향해 상체를 일으켜 세웠다.

나직이 고개를 숙이는 마스터와 점차 가까워지자 단단히 마음먹었음에도 심장이 불안하게 울렁였다.

표정 없이 반듯하고 흰 얼굴은 아름답지만 섬뜩하여, 괴담에 나올 법한 새카만 밤의 보름달처럼 두려운 구석이 있다. 으스스한 감각을 뿌리치느라 정신이 팔린 사이, 마스터 얼굴이 아주 가까이에 있단 걸 깨달았다.

밀쳐 내고 싶으면서도 그랬다간 이 황금 같은 기회를 놓쳐 버릴까 하여, 허공을 떠돌던 손으로 의자를 꾹 짚었다.

뭐든 빨리 끝나 버렸으면 좋겠다.

멍하니 생각하기 무섭게 턱이 끌어올려지고 입술에 말랑한 무언가가 와 닿은 순간, 난 그대로 얼어 버렸다.

시간이 정지하듯 세상이 파르라니 굳고, 어떤 생각도 떠오르지 않았다. 맞닿은 입술은 부드러웠고, 서늘하기만 한 살갗과 달리 숨결을 따라 번지는 온기는 따스하기만 했다.

온기와 함께 스며드는 벅차도록 거센 힘의 물결…….

그것은 이전과 달리 조금도 고통스럽지 않았지만, 이전과 유사하게 견디기 어려웠다. 숨이 턱 막히고, 심장이 쿵쿵거리며 뜨겁게 몸 안을 울렸다. 펄떡거리는 물고기를 심어 놓은 듯이 뛰는 가슴이 버겁게 느껴져 온다.

유리구슬처럼 무기질적인 검은 눈동자에 그런 내가 적나라하게 비치는 게 민망한 터라, 난 눈을 질끈 감았다.

열이 나다 못해 땀이 배어 나오는 몸이, 감기에 걸린 양 혼곤하기만 했다. 잠시 후 담백하게 맞닿은 입술이 떨어져 나가자 난 고개를 푹 수그렸다. 엉망으로 붉어져 있을 얼굴을 보이고 싶지 않았다.

이게 그 안 아프되 덜 효율적인 방법이라는 말이야?

제멋대로 요동치는 가슴을 어찌할 수가 없어서, 난 애써 항의를 짜냈다.

"이, 이런 걸, 왜 말씀도 않고…….'"

말하고 했으면 괜찮았을 거라는 이야기인가?

내가 꺼낸 말에 내가 더 당황스러웠다. 다행히 마스터는 꼬투리잡지 않았다.

"생각보다 더 효과가 있구나."

얼음 위를 스치듯이 매끄럽게 떨어지는 음성은 실낱만큼도 감정을 담지 않아, 어쩔 줄 모르고 있는 내가 무안할 지경이었다.

그가 읊조리는 말에 난 고개를 홱 쳐들었다.

"같은 방법을 쓰는 게 오히려 더 효율적이겠군."

같은 방법을……. 또 쓴다고? 너무도 당황스러워 머릿속이 백지장처럼 새하얗기만 했다. 뭐라고 말해야 할지 아무 생각도 나질 않는다.

슬며시 내게로 향하는 시선을 감지한 나는, 마스터가 내친김에 다시 시도할까 봐 급히 떨어져 나갔다.

"아뇨!"

난 빽 소리를 지르며 몸을 움츠렸다.

"이런 방법은 다신 쓰지 않는 게 좋겠어요."

"고통을 수반하지 않고, 효과를 볼 수 있는 방법임에도?"

평온하게 묻는 마스터는 내 말이 이해가 가지 않는 눈치였다. 혹은 왜 굳이 지름길을 놔두고 돌아가는 어리석은 짓을 하느냐고 묻는 듯했다. 잠깐 머릿속에서 상식이 어그러졌다.

이쪽 세계는 뭔가를 빨리 배우기 위해서라면 낯선 남녀가 입술을 맞대는 것도 아무렇지 않게 여기는 걸까?

하긴 인공호흡도 굳이 따지자면 필요에 의해서 불가피하게 입술이 닿는 행위지. 더군다나 그런 쪽에 있어서 상식이 희박한 마스터이니 그리 생각해도 무리는 아니었다.

아니, 냉정하게 생각해 보면 나쁘지 않은 방법이긴 하다. 사실 입술이 좀 닿는다고 닳는 것도 아니고 마스터가 저러는 것을 보면, 나만 아무렇지 않게 승낙하면 될 일이겠지.

안 그래도 빨리 마법을 익혀야겠다고 생각했는데. 내가 이곳에 떨어진 지도 이미 한 달 이상이 지났다. 덧없이 흘러간 시간들을 생각하니 초조감이 몰려왔다. 지체할 시간이 없었다.

게다가 블레셋, 그에게 갚아 주어야 할 것이 있잖아? 그건 꽤 강력한 동기였다. 블레셋이라……. 하지만 그 이름을 읊조리면서도 그러겠다는 대답은 선뜻 나오지 않았다.

우물에 빠진 듯이, 목 안에 고인 말은 안으로 다시 흘러들어갔다.

……문제는 내가 아무렇지 않을 수가 없단 것이었다. 이러다가 혹시 정이 들거나, 마스터를 좋아해 버리기라도 할까 봐 두려웠다.

그간 겉으로 보기엔 반반한 마스터와 함께 지내면서, 마음이 기울지 않았던 건 그 특유의 분위기 탓에 친근감을 느끼기 어렵기도 했거니와 그가 얼마나 위험한 존재인지 똑똑히 인지하고 있었던 탓이다.

그런데 이런 식으로, 계속 접촉하고 가까이하게 된다면 틀림없이…….

그건 마치 정해진 운명처럼 느껴졌다. 당장에라도 날 죽일 수 있는 사람에게 애정을 품는다는 건 터무니없는 일이지만, 부인하고 싶더라도 마스터에게는 어쩐지 마음을 잡아끄는 구석이 있었다.

이 마탑의 수장이고, 강력한 마법사이기도 하니 조건적으로도 그럴 만했지만 이곳 사람도 아닌 내게 그리 와 닿는 사실은 아니었다.

조각 같은 외양은 매혹적이긴 하나 불길하도록 검기만 한 눈동자와 머리카락 색, 그리고 위압적인 분위기가 더해지면 연애 감정을 품기엔 꺼림칙하기만 했다.

다만 사람이 어떻게 저럴까 싶으면서도 그 냉담하고 만사 무관심한 태도와 움직임 없이 고요히 존재하는 공기는 이상하도록 눈길이 갔다. 책을 읽다가도 때론 그를 흘낏거림은, 그러한 까닭이었다.

인간다운 온기가 느껴지지 않는 그 서늘함은 확실히 흔치 않은 것이니. 역시 특별하다는 건 불가항력적으로 사람의 마음을 끄는 게 아닐까.

상념에 종지부를 찍으며 난 모호하게 답했다.

"생각해 볼게요."

이성과 감정이 싸우고 있으니 이것이 내가 할 수 있는 최선의 말이었다.

마스터는 설득도 비난도 하지 않았다. 다만 지그시 날 바라보는 시선에는 압력이 실려 있었고 그 모습이 내 결론을 받아들이지 않을 듯이 보였다.

좀 민망하더라도 입술을 맞대는 행위의 내밀함에 대해서 줄줄이 읊어야 하나?

난 잠시 고민에 잠겼다. 그러다 퍼뜩 간과하고 있었던 어떤 생각이 뇌리를 스치자, 가슴이 철렁거렸다.

"설마……. 다른 제자에게도 이 방법을 쓰신 건 아니지요?"

추궁하듯 언성이 높아져 내가 다 놀랐다. 블레셋과 마스터……. 그 구도는 떠올리기조차 싫었다. 말로 표현할 수 없이 싫다 못해 가슴이 미어졌다. 그냥, 내가 블레셋을 싫어하니 마스터가 그와 엮이는 것도 싫은 거겠지. 대답을 기다리는 동안 속이 타들어 갔다.

"효력이 입증되지 않은 방법이라 했을 텐데."

들었던 말도 까먹는 우둔한 제자를 그 한마디로 힐책한 마스터는 그걸로 용건이 끝났다는 듯이 지그시 눈을 내리감았다. 그건 정말로 조금 전에 일어난 일을 아무렇지 않게 여기는 태도였다.

……이렇게 날 내버려 두고.

난 내심 불만스럽게 투덜거렸다. 자기가 먼저 입을 맞춰 놓고 주저 없이 모른 체하는 것에 기분이 이상하고, 나만 이렇게 휘둘리면서 감정이 왔다 갔다 하는 게 또 자존심이 상했다.

갑자기 분이 치밀어, 앞으로 신체적인 접촉을 삼가 달라고 말할까 하는데 마스터의 주위에 차게 고인 공기가 내게 현실을 일깨웠다. 당황과 분노로 달아올랐던 머리가 식으며 흥분이 가라앉았다.

……오늘 이미 여러 번 선을 넘나들었다. 종종 잊어버리곤 하지만 마스터와 내 관계는 엄연히 주종 관계.

그가 감정을 내비치지 않는다고 해서 마음껏 기어올랐다가 수위를 넘으면 마스터는 주저 없이 내 목을 칠 것이다.

내게는 당연하나 마스터에게는 그렇지 않은 상식을 배제하고 생각해 보면 마법 실력을 확 늘려 달라고 바짓가랑이를 붙들 기세로 부탁하고 매달린 주제에, 그걸 거절하고 또 추궁까지.

저 비정한 마스터가 정말로 내 머리를 날려 버리고도 남을 만큼 골고루 건방지게 굴었다.

돌이켜볼수록 얼굴에서 핏기가 빠져나가는 듯하다. 벌…… 받는 건 아닐지 슬쩍 눈치를 봤지만, 마스터는 이미 명상에 들어 무엇도 할 마음이 없는 것 같았다. 휴.

처음에는 도대체 무슨 생각할 일이 그리 많기에 항상 저리 명상을 하고 있나 했지. 골치 썩는 일이 많아서 마음을 다스린다거나, 날 어떻게 처리할지 고심한다거나 등등 온갖 망상을 다 떠올렸다.

하지만 책을 통해 그 또한 마력 호흡이라는, 마법 수련의 일종이라는 걸 알게 되자 의문은 사그라졌다. 마스터는 나와 한 공간에 있는 내내 마법을 갈고닦는 것이다. 그만큼이나 노력을 기울였기에 마탑의 수장이 된 거겠지?

그렇게 흐른 상념은 엉뚱한 곳까지 미쳤다. 그래, 입술 닿는 거에 대한 관점 차이는 그렇다 치고 마스터는 왕이나 다름없는 사람이니 인기도 많을 텐데, 단순히 내가 싫어할 거라고는 예상하지 못한 건 아니야?

그냥 자신이 하는 일은 상대가 당연히 수긍하리라는 사고. 워낙 미동도 없고 의사 표현도 하지 않아 티가 나는 일이 적을 뿐 마스터는 독선적이었고, 마스터의 지위는 그 점을 정당화할 만했다.

난 입술을 잘근잘근 깨물었다. 당해 놓고도 자꾸만 마스터를 이해하려 들고, 반감을 누그러뜨릴 이유를 찾는 내가 낯설었다.

하지만 그 모든 걸 떠나서 따지고 들기엔……. 마냥 기분 나빴다고는 말 못 하겠다. 정말로 당황스럽고 화도 나긴 했지만, 그럼에도.

도리질 치며 생각을 떨쳐 버린 난 바닥을 짚고 몸을 일으켰다. 그리고 조용히 침대로 다가가 누웠다. 그 약간의 동작을 행하는 와중에 땀 때문에 축축하게 젖었던 몸은 어느새 뽀송뽀송해진 상태였다.

그렇다 해도 졸음만은 어쩔 수 없는 터라, 난 스르르 눈을 감았다.

온갖 험난한 일들을 다 겪고 나니 무척 피곤하다. 모로 누워 이불을 머리끝까지 뒤집어쓰고 있자니, 작은 동굴 같은 그 안에서 어쩐지 콩닥거리는 내 심장 소리를 의식하게 되었다.

조금 전만 해도 미친 듯이 달음박질하던 심장은 이제는 걷는 정도로 뛰고 있었지만 평소보단 미묘하게 빨랐다.

떠올리지 않으려고 해도, 자꾸만 아까 있었던 일이 뇌리를 맴돈다.

처음이야 내가 바보같이 넘어져서 우연히 닿았던, 그야말로 사고에 불과했지만 이번 건……. 꽤 길었고, 그만치 생생했다. 손목을 쥔 손길은 강인하며 힘이 있었고 분홍빛이 도는 입술은 부드럽고 촉촉했다.

그 충격적인 사건을 곱씹을수록 꽤 근사한 구도의 환상이 덧씌워졌다. 비록 입 맞춘 당사자가 무심하긴 했지만……. 아니, 꼭 그렇다고만 할 수는 없나.

블레셋에게 얻어맞고 와서, 빨리 강해지게 해 달라 떼를 쓰는 날 마스터는 간단히 뿌리쳐 버릴 수 있었다. 그러나 그는 그렇게 하지 않고, 기꺼이 내 말을 들어주려 했다. 다른 방법을 요구했더니 그 또한 들어주었다.

분명……. 그러했었다.

그 배려라고 하기도 어렴풋하고 모호한 수용이 지금 날 설레게 했다. 싫은 사람에겐, 손가락 하나 닿기 싫어할 것 같은데. 그러면 마스터도 어느 정도는 내게 호감이 있단 뜻 아니야?

……아닐지도. 그냥 이 기회에 실력을 늘려 놓으면 쓸 만해질 거라고 판단했을 가능성이 높을걸.

부정적인 쪽이 더 진실에 가까워 보였던 터라 애써 마음을 추스르면서도 난 비슷한 흐름을 되풀이하며 한편으로는 희망을 싹 틔웠다.

꽃잎을 떼어 내며 좋다 싫다를 재어 보는 어린아이 같은 마음으로 한참을 씨름하던 난, 어느덧 두근거림 속에서 잠이 들었다.

그 후로 마스터와 나와의 관계에 변화가 있었는가 하면, 전혀.

마스터는 이전과 다름없는 태도를 유지했고, 나도 예전처럼 굴려고 노력했기에 그 일은 서서히 잊혀 갔다. 결국 예의 그 방법을 다시 쓰는 건 그렇게 흐지부지되는 듯싶었다.

다만 한 번 마법이란 걸 부려 보고 나자, 드디어 나아갈 길이 보이기 시작했다.

물론 마법을 배운다는 건 결코 만만한 일이 아니다. 비록 마력의 흐름을 느낄 수 있게 되었다고는 하나, 마력을 내 마음대로 다루는 일은 정말이지 지난했다.

이를테면 바람이 흘러가는 것을 느낄 수는 있지만 바람을 붙잡거나 멈추게 할 수는 없는 것과 같은 이치였다.

마법이란 단어가 더해지면, 이 '할 수 없다'가 '하기 어렵다'로 바뀌는 터라 불가능을 넘어 가능의 범주 안에 들게 되긴 하지만, 그렇다고 상황이 쉬워지는 건 아니다.

또한 내가 마법을 사용하는 방식은 책에 적혀 있는 것과 궤를 달리했다.

마법을 배우는 건, 마력 호흡을 통해 감응력을 높이는 기초적인 과정에서부터 시작한다. 그리하여 호흡하듯 받아들이고 내보내는 순환과정을 통해, 마력은 점차 익숙해진 공간, 즉 몸속에 스미듯이 자리하게 된다.

그때부터 그것을 그 사람의 마력이라고 말할 수 있다. 순전히 그 사람에게만 속한, 고유의 마력이 되는 것이다.

인간의 몸은 우주라 무한한 마력이 깃들 수 있다고 마법서에서는 말하지만, 마력이 깃드는 속도는 상당히 느리다.

마력이 깃드는 속도가 빠를수록 마력 민감도가 높다고 표현하는데, 얼마나 마력에 민감한 체질이냐에 따라 마법사의 성취는 달라진다.

그리고 영혼과 육체를 연결하는, 인간의 육신 가장 깊은 곳에 자리한 실체 없는 중심을 '핵'이라 말하는데 그 핵을 통해 몸에 깃든 마력을 운용하는 것이 마법사다.

마력을 느낄 수 있게 되었다는 건, 곧 핵을 사용할 수 있게 됨을 말한다. 그런데 내가 이 핵을 통해 운용하는 건 단순히 내 몸에 깃든 미미한 마력이 아니었다.

이전에 만들어 냈던 빛의 구보다 더 난도 높은 마법을 사용해 보려 정신을 집중하면, 나는 끝 모를 바다를 앞에 둔 양 헤아릴 수 없는 마력의 존재를 느낀다.

두려울 만치 압도적이고 광대한 힘, 모조리 끌어온다면 몸이 터져 버릴 것 같은. 그리하여 처음에 난 소스라치며 눈을 떴었다.

마법서에 따르면 마법사가 끌어올 수 있는 마력은 제게 깃들거나, 혹은 마력석과 같은 특별한 마력 응집체에 담겨있는 것뿐. 그런데 내가 느낀 이 괴물 같은 힘은 무어라 말인가.

의혹에 빠진 내가 묻자, 마스터는 그 특별한 마력을 끌어오는 것이 '탑의 마법'이라고 했다. 탑의 마법, 신중하게 그 말을 읊조리는 내게 마스터는 아직 내가 배우지 못한, 혹은 배웠어야 하는데 마법을 배우느라 건너뛰었던 책 속에 담겨 있었을 지식을 간략하게 설명했다.

마탑의 마법사는 일반적인 마법사보다 강력하다. 그 이유는, 흡사 가느다란 나뭇가지가 장작처럼 활활 타오르는 불을 피워 내듯 마탑의 마법사는 본신의 마력으로 구현할 수 있는 범주를 넘어선 마법을 쓸 수 있기 때문이다.

그 강력한 마법을 가능하게 해 주는 것이 바로 이 검은 탑이었다. 무엇으로 만들어졌는지 알 수 없는, 까마득한 세월을 이어져 내려온 이 불가사의한 탑.

탑과 아무리 멀리 떨어져 있어도 마탑의 마법사는 이 검은 탑과 영적인 영역에서 연결되어 있으므로 자신이 통제할 수 있는 한, 또한 자신이 버텨 낼 수 있는 한 얼마든지 마력을 가져다 쓸 수 있다.

그것은 흡사 무한한 힘을 가진 거대한 마력석과 연결되어 있는 것과 같다. 다만 마력을 끌어오는 한도는 마법사 개개인의 성취에 따라 달랐다.

일단 마력을 쌓는 데 마력 호흡이라는 단 한 가지 방법만 있는 건 아니다. 마법을 많이 사용할수록 마력을 통제할 수 있는 역량도 성장하며, 마력 민감도도 높아지게 된다. 이는 순환 구조로 결과적으로 마력 민감도가 높아진 육신에는 마력이 더 잘 깃들게 된다.

즉 마력이 많은 사람은 그만큼 마력에 익숙한 육체를 가지고, 마법을 사용한 경험이 많다는 소리였다. 그리고 자신의 마력이 강할수록 끌어올 수 있는 탑의 마력이 많아지고 통제해 내기도 수월해진다.

이건 아주 중요한 문제였다. 아무리 노련한 마법사라고 해도 한순간에 자신의 능력 이상의 마력을 끌어다 쓴다면, 폭주한 마력이 핵을 산산조각 내 죽음을 맞게 된다.

그러니까 마력을 가져다 쓰는 건 자유지만 능력껏 쓰라 이거지.

난 마스터의 가르침을 찬찬히 곱씹어 보았다. 그렇다면 개개인의 마법적 성취엔 노력과 재능도 물론 중요하지만, 세월에 영향을 받는 게 당연하다.

나와 블레셋의 격차는 상당히 컸다. 그건 같은 고시를 붙어도 1년 공부해서 붙는 사람이 있고, 10년 공부해서 붙는 사람이 있듯이 금방 따라잡을 수 있는 종류가 아니라 천천히 쌓아 올리는 형태였다.

마스터는 내게 한순간에 다량의 힘을 부여하고, 인위적으로 감응력을 높여서 체내에 마력을 심었다.

그러므로 내게 필요한 건 마스터가 하듯 꾸준히 마력 호흡을 하는 것과 이것저것 마법을 익혀 보면서 전체적인 역량을 높이는 일이었다.

마스터가 내게 이렇게까지 해 준 건, 내 상태가 실로 백지나 다름 없는 탓일 거라 생각한다.

지금의 난 블레셋이 문제가 아니라 아래 부하들에게도 얕잡아 보이기 딱 좋은 실력이었다. 계급제도가 있다고 하나 마탑에서는 강한 마법사일수록 더 높은 대우를 받는다. 철저하게 힘의 논리에 따르는 조직이었다.

그나마 다행인 건 마탑의 힘을 쓰는 데에는 계급 차가 있어서 가장 높은 계급인 시온의 경우 성취가 비슷하다고 할 때 가져다 쓸 수 있는 마력의 양이 더 많다고 한다.

즉 이제 내겐 바닥인 성취를 끌어올려야 하는 문제만 남았다.

어쨌든 나아갈 길이 보이자 의욕이 샘솟았다.

난 이론을 공부하기보다는 실전을 해 보는 걸 선호하는 편이라, 공부할 때도 문제를 많이 푸는 타입이었다. 너무 오래 이곳에 머무르고 있었다는 압박감이 강해지자 난 밤낮으로 마법 수련에 매달렸다.

물론 산책하러 나가겠다는 생각은 이미 포기한 터였다. 어차피 나가 봤자 블레셋의 밥이 될 뿐이니.

마스터의 방은 특수한 마법적 공간이라고 했는데, 내가 이것저것 마법을 써 보면서 본의 아니게 파손해 봤자 금세 원상 복귀되곤 했다.

마스터는 그림자처럼 소리 없이 밖을 오가면서도 대부분의 시간을 명상하며 자리를 지켰고 때때로 짤막한 가르침을 내렸다.

처음에는 막막하게만 느껴졌던 설명도 익숙해지니 대충 해석하고 알아들을 수 있었다. 몸속에 깃드는 마력의 양이 늘어가면서 점점 잠도 줄어서, 난 정말로 폐인처럼 마법에만 매달렸다. 아마 내 인생에서 가장 열심히 산 나날이 아니었을까.

그리고 6개월 후, 드디어 기회가 찾아왔다. 그토록 기다리던 탑 밖으로 나설 수 있는 기회, 내게 첫 임무가 주어졌던 것이다.

손끝에서 바람이 인다. 물결치듯 손끝을 맴돌던 마력은 정신을 집중하자 이내 송곳처럼 날카롭게 늘어선다. 그리고 단번에 쏘아져 나가 목표물을 꿰뚫었다.

콰직! 순식간에 다리가 동강 난 탁자는 균형을 잃고 카펫 위로 쓰러졌다.

난 침착한 눈길로 성과를 가늠했다. 이 안에는 돌발 변수가 존재하지 않으니, 실전에서는 이처럼 정확하지 않겠지만 이쯤이면 제어력은 만족스러운 수준이다. 노력이 빛을 보긴 하는가 보다.

가만히 호흡을 가다듬으며 다음에는 어떤 마법을 시험해 볼까, 곰곰이 떠올려 보았다.

마법을 기록하는 것은 비록 어렵고 복잡한 수식과 계산에 의존하지만, 마법 그 자체는 본능적이었다. 익숙한 마력의 흐름을 지배하고, 제어하여 하나의 점을 꿰뚫듯이 구현해 낸다.

그 과정은 말로 설명할 수 없는, 순전히 각성의 영역이다. 마스터의 설명이 부실했던 건, 그런 점에서는 이유가 있었다. 스스로 알지 못하면 이해할 수 없는, 특별한 재능. 그것이 마법이었으니까. 그리고 내 재능은 그간의 성과를 보아 괜찮은 수준인 것 같았다.

다른 마법을 시험해 보려던 난 산만한 의식 탓에 마력이 흩어지는 것을 느끼며 정신을 차리려고 노력했다.

요즘 생각이 많아졌다. 하긴, 방 안에 콕 박혀서 내내 수련하고 있으니 생각이 많아질 수밖에.

가장 알고 싶은 건 역시나 마스터에게 있어서 내 용도란 무엇일까 하는 것.

나는 마스터의 빈자리를 무겁게 훑어보곤 시선을 내렸다. 잡음이 일듯 속이 복잡하게 울렁였다.

그간 마스터에게 직접 물어보고 싶었다. 하지만 그럴 때마다 내게 일전의 사건과 같은, 무참한 일을 시킬까 두려워 달싹이던 입을 닫아야만 했다.

……새삼 내 용도에 대해 재고할 수밖에 없는 건, 내가 이세계에서 왔다는 점 빼고는 어디 한곳 특별한 데 없는 평범한 사람이기 때문이다. 마탑의 수장이자 전설적인 마법사인 마스터가 제자로 들이기엔 모자란 수준인.

그리하여 날 처음 본 블레셋이 그리 마땅찮은 기색을 보였던 것이리라.

마법 실력이 향상된 것만큼이나 지식도 늘어서, 최근에 알게 된 바로는 마탑은 선택받은 마법사들의 집단이라 구성원을 까다롭게 선별하여 받는다고 한다.

마법에 탁월한 재능이 있는, 소위 천재가 아니면 마스터의 제자가 되긴커녕 마탑에 들 수조차 없었다. 법으로 굳어진 건 아니나, 암묵적으로 마탑의 모두가 그리해 왔다.

하지만 이제 예외가 생겼다. 이세계에서 온 나라는 예외. 마법이 뭔지도 몰랐던. 천재와는 까마득히 거리가 먼 일반인.

일단 구해 놓고 보니 딱히 쓸데는 없는데 실험용으로 쓰기엔 뭣하고, 갈 곳도 없는 이계인이니 거처할 곳을 준다면 순순히 따르리라는 계산이었던 걸까. 그렇다기엔 내 충성심이 박약하다는 걸, 그가 모를 거라고 생각하지는 않는다. 결국, 답은 찾지 못했다.

나는 오로지 이 멈춰 선 상황을 움직이기 위해 마법 수련에 열중했고, 그간 꽤 진전이 있었다. 내가 가늠한 내 수준은 책과의 비교를 통한 것에 불과하지만, 현재의 나는 바깥 세계에서 스스로 지킬 정도는 되는 듯싶었다.

다만 '마스터가 편법으로 마력까지 개화해 줬는데 그 정도쯤은 이루어야 한다'의 범주 안이랄까. 마탑의 시온은 왕국을 멸할 수 있을 만치 강력한 마법사라고 하니, 그에 비하자면 난 이제야 걸음마를 뗐다 할 것이다.

언제쯤 이곳을 벗어날 수 있을까. 지난 6개월간, 무수히 찾아오고 그것을 뿌리치게 만들었던 상념이 스치자 기분이 가라앉았다. 왁자지껄한 학교에 친숙한 내게 이 죽은 듯한 정적은 때로는 참을 수 없이 견디기 힘들었다.

내가 그동안 우울증에 걸리지 않은 건 천적과 함께하듯 언제나 내게 긴장감을 부여하는 마스터가 함께 있었기 때문이었다. 그리고 그가 없을 때면, 비어 버린 공간만큼이나 허무감이며 고독감이 가슴속에 차올랐다.

내가 알고, 나를 안다고 말할 수 있는 이는 오직 마스터뿐이니, 조금도 따뜻하지 않은 사람이라도 시간은 내게 그를 온기로 느끼게 만들었나 보다.

하긴, 안다는 말도 어폐가 있었다. 마스터의 이름조차 알지 못하는 내가 그에 대해서 무엇을 안다고. 남자라고는 생각했지만, 블레셋의 경우가 있듯이 그 모호한 아름다움은 의심의 여지가 있었다.

또한 마스터가 인간이란 것도 확신하긴 어려운 노릇이다. 이곳 세계에는 수많은 종족이 존재하니, 인간이 아닐 가능성이 더 높겠지.

사실 때때로 마스터는 인간이고 아니고를 떠나, 살아 있는 생명체 같지 않았다. 그에게 가까이 다가가 본 몇 안 되는 순간들. 하지만 그때마다 심장 뛰는 소리가 들렸는지 자신할 수 없었다. 기억을 되짚어 봐도 그는 숨소리조차 머리카락 스치는 소리보다 작았으니.

마스터는 흡사 귀신이나 그와 유사한 불가사의한 존재였고 그 안에 무엇이 도사리고 있는지 읽어 내려 한들 무의미했다.

마스터는 대단히 강력한 마법사이면서도 위력을 과시하지도 않았고, 그저 조용히 어둠 속에 머물러 있었다. 그의 존재는 마치 이 탑에 서린 그림자와 같아서, 그 지고한 권력만큼은 절대적이나 마탑에 서 있었던 사건들을 기록한 책자에도 그의 이름은 없었다.

혹여 다른 시온들은 알까 싶었지만, 굳이 그들에게 물을 필요가 있을까.

마스터가 스스로 말하지 않는데, 아무리 궁금하다 해도 그의 이름을 캐물어 알아내는 건 꺼려졌다. 그건 다분히 사적이고 감정적인 접근으로 느껴지니까.

마스터를 알아가고 그에게 익숙해지는 과정은 분명 필요한 것이었지만 동시에 내게는 선이 있어야만 했다. 마스터에게 어떤 의미로든 마음이 기울지 않기 위한 선. 그와 나를 별개로 구분 짓는 뚜렷한 경계. 이름을 모른다는 건 내게 그런 의미였다.

마스터는 나와는 다른 의미로 내게 선을 긋고 있었다. 마음이 기울지 않기 위해서가 아니라 마음을 주지 않았기 때문에. 그는 내게 단 한 번도 가까이 온 적이 없었다. 그 타의적인 선을 느낀다는 건 속 쓰린 일이었다. 종종 가슴을 욱신거리게 만드는.

그러나 어쩔 수 없는 일이기에 감내해야만 했다. 상대가 나라서 특히 그런 게 아니라, 마스터는 원래 그런 사람이니까.

깊은 동굴 속의 심연처럼 차갑고 고요하고, 감정이 존재하지 않는 양 온기 없는 눈을 가진 마법사. 그 안개 낀 속내는 모를 일이고, 어쩌다 그런 사람이 되었는지도 모를 일이지만 그건 내가 선연히 느껴 온 진실이었다.

미동도 없이 바닥을 내려다보고 있는 눈이 먼지가 낀 듯이 아팠다. 흐릿한 시야를 바로잡으려고 눈을 깜빡인 나는 쓸데없는 감상을 집어 치우고 좀 더 건설적인 일, 즉 마법 수련을 계속하기로 마음먹었다.

이번에는 결계 마법을 연습해 볼까, 생각하는 참이었다.

어두침침하던 방 한구석에 빛이 돌았다. 도착 지점을 의미하는 금색 선에 은은한 빛이 도는 것을 발견한 난 누군가가 이 방에 나타날 거란 걸 알아챘다.

호랑이도 제 말하면 온다고, 벌써 돌아오시는 건가? 생각하기 무섭게, 어스레한 형체가 그 위로 내려앉았다. 별생각 없이 느긋하게 목례를 취하던 순간이었다.

파직! 스파크가 일며 채찍 같은 벼락이 허공을 가르고 쇄도했다. 파르스름하고 날카로운 빛이 내게 다다르는 건 순식간이었다. 난데없는 공격에 정말 화들짝 놀랐다.

하지만 난 아무래도 실전에 강한 타입이었나 보다. 손끝에서 뻗어 나온 마력이 조금 전 연습하려고 결심했던 결계를 그린 듯이 펼쳐 냈다.

벼락 채찍은 겉으로 보기엔 화려하고 거창했지만, 실질적으로 느껴지는 마력이 강하지 않았다. 그저 위협용. 내가 만들어 낸 어설픈 결계로도 충분히 막아 낼 수 있을 정도다.

어떤 자식이 들어오자마자 공격이야? 설마 마스터가? 내심 투덜대는 와중에도 내 마법은 착실히 계산에 따라주었다. 콰창! 요란한 소리를 내면서 상대의 마법이 결계에 튕겼다. 난 조금 자신감을 얻었다.

꽤 성과가 있는데? 난 제법 기세등등하게 상대를 쏘아보았다. 마스터 곁에는 내가 미처 보지 못한 또 한 사람이 서 있었다.

"란델."

난 으르렁거리다시피 그 이름을 불렀다. 친절한 웃음을 띤 채 인사하듯 손을 들어 올리는 태도가 공격을 가해 놓은 사람치곤 뻔뻔하기 그지없다.

마스터가 있는데 날 공격하다니, 이건 허락받은 건가? 당황한 마음에 마스터를 흘낏거렸지만, 마스터는 여전히 무심한 표정이었다.

"오랜만이야, 6개월인가? 그동안 실력이 많이 늘었구나."

실력이 늘긴, 그냥 없었던 실력이 생긴 거지. 꼬투리 잡으면서 난 그를 노려보았다.

시험해 보기 위해서였다는 듯 가볍게 양손을 들어 보인 란델이 마스터를 향해 고개를 돌렸다.

"결계 수준은 높지 않지만 순발력과 판단력은 좋군요."

그 말이 끝남과 동시에 란델이 자리에서 사라졌다.

어디로 간 거지? 놀라서 눈을 부릅뜨는 찰나, 그가 내 바로 앞에서 모습을 드러냈다.

난 화들짝 놀라며 마력을 일으켰다. 마법을 사용하기엔 짧은 시간이었다. 갑자기 코앞에 나타난 그 때문에 가슴이 철렁거리다 못해 내려앉는 듯했다.

란델은 어린아이 장난질을 보듯 자상한 눈초리로 날 내려다보더니 다시금 입을 열었다.

"그간 쌓은 마력의 양도 상당하군요. 과연 마스터의 가르침을 받은 보람이 있습니다."

하는 말은 거의 칭찬에 가까웠지만 난 속 좋게 기뻐할 수는 없었다. 오히려 그의 움직임에 등골이 오싹했다.

정말, 사람 가지고 노는 것도 아니고. 느닷없기도 했거니와 나 정도쯤은 순식간에 어떻게 해 버릴 수 있다는 걸 증명한, 마법사로서의 뚜렷한 수준 차를 깨닫게 해 준 행동이었다.

란델이 마력을 일으켜 마법을 펼치는 그 모든 과정이 너무나 매끄럽고 빨라서, 어떻게 방비를 하기도 어려웠다. 그가 살해를 도모했다면, 나는 저항하지 못했을 것이다.

그러나 이 탑에서 내 생사여탈권을 쥐고 있는 건 마스터이니, 충동적인 블레셋도 아니고 란델을 두려워할 필요는 없었다.

고기 마블링을 살펴보듯 재어 보는 게 짜증이 난 나는 눈을 치켜뜨고 란델을 노려보았다. 솔직히 이건 내가 노력한 덕이지. 마스터는 옆에 있기만 했을 뿐이라고.

란델은 나를 향해 온화한 낯으로 손을 내밀었다.

또 무슨 짓을 할까 몸을 슬쩍 뒤로 빼는데 이마에 따스한 손길이 와 닿았다. 마스터도 있는데 정신계 마법을 거는 건 아니겠지? 의심스럽게 쳐다보는 날 두고 란델이 입매를 끌어 올렸다. 그리고 꺼내는 말에 난 아연해졌다.

"아직 어린아이 같군요. 이런 어린아이를 데려가도 괜찮을지."

어린아이라는 단어가 심히 마음에 걸렸지만, 그 뒤에 이어진 말에 난 꼬투리 잡는 것도 잊고 입을 벌렸다. 데려간다고 나를? ……어디로? 희망의 새싹이 순식간에 땅을 뚫고 나오는 것이 느껴졌다.

기대하지 않으려고 애쓰면서도 난 또록또록 눈을 굴리며 마스터와 란델을 번갈아 보았다.

"이제부터는 네 소관이다."

일을 떠넘기는 무책임한 상사의 대표주자처럼 마스터가 간결하게 선고했다.

"그건 제게 알아서 하라는 뜻이겠지요. 명 받들겠습니다, 마스터."

선량한 얼굴로 신속하게 대꾸한 란델이 이마에 댄 손을 내려 내 어깨를 쥐었다. 쳐 내고 싶긴 하나, 오랜만에 다가온 온기가 싫지만은 않아 난 빤히 그를 마주 보았다.

뭐가 어떻게 돌아가는 건지는 모르겠지만, 이 얼굴만 친절한, 속에 구렁이가 든 남자도 오랜만에 보니…… 솔직히 반가운 감이 있었다.

"따로 준비가 필요하진 않을 것 같군. 바로 가지."

"어디로요?"

질문이 끝나기 무섭게 란델의 마력이 내 몸을 감쌌다. 그리고 이윽고 나는 이전에 온 적 있었던 예의 그 홀에 덩그러니 서 있었다.

설명 하나 없이 다짜고짜 이리로 데려오다니. 그 흐름이 너무도 빨라 뭐가 뭔지, 어안이 벙벙했다. 두리번거리는 내 어깨 위에 천이 덮였다. 이건 또 뭔가 싶어 손을 올려서 어루만지는데 란델이 목 아래 단추를 잠가 주었다.

시선을 내리자 짙은 밤색 천이 바닥에 끌릴 듯이 길게 떨어져 있었다. 마법사들이 흔히 입는다는, 그리고 마스터가 늘 입고 있던 것과 비슷한 모양의 로브였다.

"네 상징색이 아직 정해지지 않아서, 일단 이걸로 가져왔단다."

쓸데없는 데에서만 친절해지는 설명으로 날 납득시키기는 무리였다.

뭐, 상징색? 그래 그건 그렇다 치고 어디로 데려간다는 거야? 도착해 보면 알 거니까 말 안 한다 이건가. 불평이 목구멍까지 차올랐지만 난 침착하게 질문했다.

"그게 문제가 아니라, 지금 어디로 가고 있는 건데요."

꼬박꼬박 존대까지 해 주며 묻는데 란델이 웃음기를 머금은 얼굴로 손을 뻗어 등 뒤를 감쌌다.

별로 친하지 않은 사이에 아까부터 지나치게 접촉을 하는 것 같긴 한데 그게 마치 집사가 아가씨를 모시는 듯하여 싫지 않다는 게 문제였다. 란델이 하는 행동은, 지나치게 친밀한 접촉이라도 이상하도록 거부감이 일지 않았다. 그것도 능력 아닐까.

그에게 이끌려 마탑의 문을 벗어나자 안개 쌓인 평원이 눈앞에 펼쳐졌다. 얼마 만에 보는 바깥인지 감개무량할 지경이었다.

감상에 빠질 새도 없이 또다시 란델이 마력을 일으켰다. 이번에는 먼 곳으로의 공간 도약을 준비하는 것 같다. 강대한 마력의 움직임이 파도처럼 내게로 밀려왔다. 마음의 준비를 하며 눈을 내리감는데,

란델의 음성이 귓전을 파고들었다.

"첫 임무다."

그것이 내가 마탑에 입성한 후 최초로 그곳을 벗어나게 된 연유였다. 비록 감시자와 더불어 첫 임무라는 무게감 넘치는 짐과 함께해야 했지만 말이다.

3. 풍요의 왕국

지상에 발을 디디자마자 난 헛구역질을 하며 벽에 무너지듯 몸을 기대었다. 위장에 들어간 게 없어서 토할 것도 없단 게 그나마 다행이었다.

파르르 떨리는 손끝으로 입가를 가리며 숨을 몰아쉬는 나를 란델이 흥미롭게 바라보았다. 내 파리해진 얼굴이 그의 눈동자에 비치자 난 바로 신경질적으로 쏘아붙였다.

"이런 거면 진작 말씀해 주셨어야죠!"

진짜, 이 마탑 사람들은 어째 이리 막무가내인지 모르겠다. 설명이라는 단어를 모르는 것처럼 그냥 사람을 내몰기만 한다. 마음의 준비를 할 시간 따윈 매번 주어지지 않는다.

눈을 찡그리는 내게 란델이 평온한 투로 대꾸했다.

"네가 고소공포증이 심할 줄은 나도 몰랐단다."

"높은 곳을 두려워하는 건 자연스러운 거죠. 제가 그리 심하진 않아요, 하지만 이건—"

다시금 상기해 보니 치가 떨려 난 고개를 도리질 쳤다. 란델이 별다른 설명 없이 날 이끈 곳은 반들반들하게 바닥이 잘 닦여져 있는, 승강장처럼 보이는 널찍한 장소였다. 아마도 탑 밖의 드넓은 평원을 지난 어딘가가 아닐까 추측할 수 있었는데, 난 그곳에서 충격적인 이야기를 들었다.

'외부세계로 가려면 이 새를 타야 한단다.'

'이걸 타라고요?'

난 질린 얼굴로 저 멀리 목이 묶인 채 날개를 푸드덕거리는 괴조를 쳐다보며 주춤거렸다. 나쯤은 발로 꾹 누르면 그대로 납작하게 짓눌릴 듯한 거대한 놈이었다.

흡사 소형 비행기만 한 크기의 그 검은 새는 멋진 모습을 하고 있었지만, 동물원에서처럼 느긋하게 감상하기엔 너무도 위협적이었다.

훅훅거리는 짐승의 냄새가 고스란히 느껴지는 것도 그랬거니와 총알도 뚫지 못할 것 같은 두터운 몸체며 깃털이 존재감을 과시하고 있었고 말소리를 듣고 황금빛을 띤 눈동자로 관찰하듯 이쪽을 보는 것도 먹이를 노리는 매 같아서 두렵기만 했다.

딱 신밧드의 모험에서 나오는 거대한 새를 연상케 하는 모습이었지만, 난 신밧드가 아니고 모험을 떠나고 싶은 생각도 없었다.

주춤거리고만 있는 나를 란델의 손길이 단단히 붙잡았다. 도망칠 엄두도 못 내게 재빨리 내 팔을 잡아 쥔 그는 죄인을 포박하듯 나를 끌고 곧장 새에게로 다가갔다. 흡사 억지로 호랑이 우리로 끌려가는 듯한 기분이었다.

당장 도망칠 것처럼 엉덩이를 빼는 날 내버려 두고 란델이 나직한 음성으로 속삭였다.

'너를 타고 이동하는 것을 허락해 주렴.'

새는 마치 지성을 가진 양 황금빛 눈동자를 끔뻑인 뒤, 느릿하게 고개를 끄덕이며 올라타라는 듯이 몸을 숙였다.

난 당황해서 손가락질했다.

'새, 새랑 대화했어!'

그러다 새의 눈길이 내게 꽂히자 난 급히 시선을 피했다. 아무리 내가 마법사라지만 이 새가 부리로 날 쪼기라도 한다면 그 엄청난 압력을 견뎌 낼 수 있을까.

방어 마법은 그럭저럭 연습해 둔 편이지만, 안심이 되질 않았다. 끔찍한 상상이 뇌리를 스치니 심장이 작아지는 듯했다.

어쨌거나 떠나긴 해야 했기에, 란델을 따라 엉거주춤 새의 등에 있는 안장에 올라탄 난 그의 팔을 끌어안다시피 하고 있었다.

안장은 말의 안장이라기보단 가마와 유사했고, 란델과 내가 올라서자 얇은 막이 둥그렇게 우리를 감싸며 바깥을 차단했다. 비행하면 맞바람이 거셀 테니 이런 장치는 꽤 쓸 만한 것 같다고 난 조금 마음을 놓았다.

그러나 새가 폭풍을 불러일으키듯이 날개를 퍼덕이며 비행을 준비하기 시작했을 때, 심각하게 불길한 조짐이 찾아들었다.

높은 곳을 두려워하는 건 인간의 본능이다. 특히나 떨어지면서 마찰열에 운석처럼 타버릴 듯한 높은 고도에서, 바깥이 고스란히 비치는 얇은 막만을 두고 비행해야 한다면 공포심에 심장이 죄여 오리라.

그리고 아주 평범한 축에 속하는 사람인 난 지독한 공포심에 거의 혼백이 달아나 있었다. 구름이 주위를 가리고 있다면 나았을지 모르겠지만, 평원 밖의 하늘은 청명하도록 푸르렀다.

그리고 난 저 밑에 어스름하게 보이는 땅과의 거리감을 고스란히 느끼고 있었다. 바람에 요동치는 괴조의 움직임은 불안하기 그지없었고, 금방이라도 굴러 떨어질 듯하여 난 앞에 앉은 란델의 팔을 으스러지도록 붙잡았다.

리프트를 탄다거나, 산 정상에서 아래 풍경을 내려다보는 건 그리 어렵지 않은 일이었지만, 날개를 퍼덕이며 날아다니는 새의 요동치는 등위에서 까마득한 땅을 보게 되는 건 차원이 달랐다. 금방이라도 낙하할 듯한 이 불안한 탈것은 두려움을 북돋아 주기에 충분했다.

손에서 힘이 빠질 기미가 보이지 않자 란델이 한참 후에 곤란한 투로,

'아프구나.'

라고 말했지만, 난 그의 팔이 생명줄이라도 되는 듯이 움켜쥐고

놓지 않았다.

문득 뒤를 돌아보다가 하얗게 질려 있었을 내 얼굴을 목격한 그는 도착할 때까지 수 시간 동안 아무 말도 하지 않았다. 그 점만은 고맙게 생각해야 하는 걸까.

하지만 다시 생각해 보면 날 강제로 거기에다 끌어다 놓은 것은 그였다. 붙들린 그도 아팠겠지만 강제로 절벽에서 수 시간 동안 번지점프를 당한 것 같은 난 잔뜩 힘을 주었던 탓에 온몸이 다 아팠다. 하룻밤 자고 나면 전신에 근육통이 작렬할 것 같다.

"저걸 타는 것밖엔 방법이 없었어요?"

땅에 내려서 깃을 고르는 새를 힐끔 본 뒤, 난 입가를 문지르며 단정하게 묶인 남색 머리카락의 남자를 향해 뾰족한 투로 물었다. 그려 낸 듯이 반듯한 행색을 그대로 유지하고 있는 란델이 곤혹스러운 듯 눈썹을 치켜 올렸다.

하지만 연기에 가까운, 인위적인 표정이란 걸 난 넘치는 악감정으로 읽어 낼 수 있었다. 눈을 부라리자 모호하게 웃어 보인 란델이 담담하게 실토했다.

"다른 방법도 있긴 있지."

마스터나 그 제자나 묻지도 않고 거친 방법을 택하는 데에는 일가견이 있는 것 같았다. 버럭 소리를 내지를 뻔했지만, 난 일그러진 입가를 애써 웃음처럼 끌어 올리며 그 다른 방법이라는 걸 일단 들어보기로 했다.

탈출 루트는 많이 알아 놓을수록 유리하니까.

"그게 뭔데요?"

"바깥으로 나가는 방법은 두 가지가 있지. 하지만 분명히 말할 수 있는 건 이게 가장 안전한 방법이라는 거야."

안전? 나가려면 무슨 던전 충간 보스를 물리치는 것처럼 하나하나 관문을 통과하면서 시험이라도 통과해야 한단 말인가.

비딱하게 생각하는 내게 란델이 어르듯 설명해 주었다.

"그 다른 방법이란 어떤 길을 통해서 밖으로 나가는 거란다. 마탑에서 어떤 문을 지나 한 시간 정도 걸으면 원하는 곳으로 나가는 길이 이어져 있어. 그 길은 일종의 마법적 공간이지."

란델은 겁을 주려는 듯이 음성을 잔잔하게 낮추었다.

"하지만 그곳을 이용하는 건 마탑에서도 몇몇 마법사뿐이야. 아니, '이용할 수 있는 건'이라고 말해야 맞겠구나."

"왜죠?"

"그곳은 마탑의 중심에 가깝기에 안으로 들어서면 압도적인 마력이 의식의 심층까지 뒤흔들지. 거울의 방처럼 혼란하기 그지없으면서도 눈길을 빼앗는 유혹으로 그득한 곳이란다. 그 속에서 무엇이 진실인지 꿰뚫어 보고, 그에 휘둘리지 않고 제대로 된 길을 찾아 나갈 수 있는 마법사는 마탑에서도 몇 되지 않아. 거기서 길이라도 잃어버린다면, 글쎄? 언제 발견될지 아무도 모르지."

"시, 실이라도 달고 들어가면."

난 아리아드네의 미궁 신화를 떠올리며 중얼거렸다.

아니, 굳이 실을 가지고 들어가지 않아도 미로라 하면 한쪽으로 벽을 짚으면서 쭈욱 따라 나오다 보면 결국 바깥에 이를 수 있지 않나?

그러나 란델이 빙긋이 웃었다.

"그 안은 바깥과 별개의 세계이며 실체를 가진 환상이니 실이 끊겨 버린다 해도, 알 수 없단다. 오로지 강력한 마법사만이 자신을 잃지 않고 그곳을 지날 수 있지. 나라고 해서 그곳을 지나는 건 간단한 일이 아니야. 심력이 많이 소모되는 방법이란다."

"무슨 나가는 길이 그래요."

그런 곳이라면 날 달고 지나지 못한 것도 이해가 간다.

질린 낯으로 꿍얼거리는 내게 란델이 웃음기 띤 얼굴로 말했다.

"그 길의 이름은 몽환의 미로. 입구에 은은한 빛이 돌고 있으니 혹시라도 보게 된다면 절대로 그 안으로 들어가지 말려무나. 시온이 몽환의 미로에서 실종이라도 된다면 그 얼마나 곤란한 일이겠니."

……얼마나 부끄러운 일이냐고 말하고 싶은 것 같은데.

하여간 표지판까지 붙여 놓은 건 꽤 친절했다. 그리고 난 어렸을 적 불장난하다가 집에 불을 낼 뻔한 이후, 위험하다고 알려진 일은 절대 하지 않는, 기질적으로 모범생 같은 타입이었다.

그건 그렇다 치고……. 냉큼 고개를 끄덕이며 난 투덜거렸다.

"왜 이리 나가기 어렵게 해 놓은 거죠? 그냥 마법으로 곧바로 이동하게 연결해 놓으면 편하잖아요? 바깥에서 무슨 일이 있을 때 바로 대처할 수 있고. 이건 비효율적이라고 생각해요."

불평을 쏟아 내면서 문득 어떤 생각이 스쳤다. 보통의 거처는 드나들기 편하게 되어 있다. 그리고 경비가 삼엄해서 들어가기가 어려운 곳이라도, 대개 나오기는 어렵지 않기 마련이다.

하지만 나오기가 어려운 곳이 있다면 거기는……. 뇌리에 굵은 철창살이 떠올랐다. 감옥, 그 단어가 무겁게 가슴에 얹어졌다.

마탑에서 바깥세상과 연을 맺는 방법은 '소원'을 통해서다. 그렇다면 외부인을 내부로 끌어들일 때에도 같은 방식이 사용되지 않을까.

그리고 나처럼 마스터에게 '넌 이제부터 내 제자가 되어야 한다.' 식의 통보를 듣고, 평생토록 자유가 묶인 사람이라면……. 나와 비슷한 생각을 할 법했다.

―탈출.

"들어오는 건 어렵지 않다만, 나가는 건…… 글쎄, 네가 생각한 바로 그 이유겠지."

내 생각을 읽어 낸 듯한 란델이 매끄럽게 말을 맺었고, 찔리는 구석이 있는 난 입을 꾹 다물었다. 그는 여전히 온화한 표정으로 걸음을 옮기면서 말을 이었다.

"아직 시간이 좀 있단다. 그간 바깥이 그리웠을 테니 함께 여행하자꾸나. 사실 아까 전 널 다시 보게 되어 기뻤단다."

"……그 말은 꼭 다신 못 볼 줄 알았던 사람을 향해 하는 말 같은데요."

고개를 갸우뚱하며 의심쩍게 꼬투리를 잡자, 란델은 알 수 없는 기색을 띤 낯으로 가만히 날 들여다보았다.

"그 뜻이 맞아. 마스터는 관대하다는 말과는 거리가 먼 분이지. 제자이건 아니건, 그건 중요하지 않단다. 널 직접 맡는다고 했을 때 의아했을 만큼 누군가에게 오래도록 신경 쓰는 일이 없는 분이기도 하고. 하지만 넌……."

란델은 모호하게 말끝을 흐렸고, 그 알 수 없는 기색에 어쩐지 가슴이 뜨끔했다.

설명이 부족한 면은 있지만 어쨌든 그는 내게 친절하게 대하고 있는데, 난 아까부터 자꾸 그에게 까칠하게 굴고 있으니 그 점을 돌려 지적하는 건 아닐까.

같은 시온이자 내게 호의적인 그에게 안 좋은 인상을 주는 건 유리한 일이 아니었다. 이전부터 그리 생각하고는 있었지만, 마스터처럼 두렵기만 한 상대에겐 나도 그러지 못했을 텐데 란델은 어쩐지 편안했다.

그가 내게 정신계 마법을 걸려고 했단 걸 떠올려 보면 편안함을 느끼는 건 이상한 일임에도. 어리광을 잘 받아주는 타입인지 말도 조곤조곤 한단 말이지. 하지만 그 모두가 핑계일 뿐이다. 난 바로 잘못을 수용하여 고개를 푹 숙였다.

"건방지게 굴어서 죄송해요."

블레셋이 백 살이 넘었다니까 그보다 더 위의 란델이라면 나이가 까마득하게 많겠지. 그 앞에선 난 갓난아기나 다름없으니, 노인 공경 차원에서라도 이래서는 안 되는 것 같다.

내 생각과는 달리 노인이라는 단어를 붙이기엔 젊고 부드러운 외양의 란델이 잔잔한 어조로 충고했다.

"블레셋은 종종 마스터께 대들곤 한단다. 그에겐 그것이 애정을 갈구하는 방법이라 말려도 그때뿐이란다. 그리고 그때마다 그가 위태위태하다고 느끼지. 수없이 벌을 받으면서도 마스터가 그에게 죽음을 내리지 않은 건, 블레셋이 마탑에서도 보기 드문 재능을 가진 마법사이기 때문이지 결코 관용을 베풀어서가 아니란다.”

난 고개를 끄덕거리면서 블레셋의 더러운 성질머리는 어떤 수단을 써서도 고칠 수 없을 거라고 생각했다. 어렸을 적에 뭘 먹고 자랐길래 그렇게 삐뚤어진 걸까. 강력한 마법사이지 않았다면 분명 시비 걸려서 호된 꼴을 보았을 상이었다.

“저는 마스터께 어, 음. 잘……하고 있어요.”

내 입으로는 그가 눈길 줄 때마다 간이 쪼그라져서 눈치만 본다고는 말 못하겠다.

그렇듯 얼버무리자 란델이 빙긋 웃었다.

“그렇다면 내게 그러지 않는 건 역시 안 좋은 첫인상 탓이겠지?”

……역시 마음에 담아 두었나. 우물쭈물하는 내게 란델이 웃는 얼굴 그대로 손을 내밀었다.

“내게 만회할 기회를 주렴.”

잠시 망설이다가 인력에 이끌리듯 그의 손을 잡았다. 란델의 말에는 기묘한 힘이 실려 있어서, 그의 말을 따르지 않으면 안 될 것 같은 기분이 들게 했다.

난 단 하나, 조심스럽게 토를 달았다.

“……좀 더 설명을 해 주셨으면 해요.”

다짜고짜 사람을 끌고 다니면서 휘두르니 내가 순순하게 굴 수만 있느냐 말이야. 란델은 부드러운 얼굴로 말을 받았다.

“내가 어디로 갈지, 무엇을 하러 가는지 말 못한 데에는 이유가 있단다.”

“어떤 이유요?”

“마탑에서는 자기가 받은 임무에 대해서 탑을 벗어날 때까지 발설하지 못하게 되어 있단다. 특히 시온들의 움직임은 극비에 부쳐지지. 매년 가야 할 곳, 해야 할 일이 정해져 있으니 누가 어디로 가서 무슨 일을 할지 추측하는 건 어렵지 않다만. 마탑과 관계된 모든 일에 대해서 아는 건 오로지 마스터뿐이지. 물론 여러 사람이 있는 자리에서 회의를 통해 임무에 적합한 사람을 추려 내는 거라면 이야기가 달라지지만, 원칙상으로는 그렇단다."

이건 무슨 암행어사도 아니고, 남대문 밖으로 나가야만 임무를 알 수 있단 말인가. 비밀 지령이라도 받는 요원이 된 기분이다.

또한 퍼뜩 알게 된 것이 있었다. 지난 6개월간 마스터가 종종 밖을 드나들었던 건 부하들에게 일을 시키려고 그리했던 모양이다.

탑의 수장이니 본인이 직접 일을 하지 않는다 쳐도 지시는 해야 할 터였다.

"명을 받은 것은 나이니 일단 마탑에서 벗어나서 설명하려고 했단다. 이해하겠니?"

"네."

짤막하게 대꾸한 난 란델에게 더 설명해 보라는 듯이 재촉의 눈길을 보냈다. 란델은 뜸 들이지 않고 설명을 시작했다.

"우리가 갈 곳은 샤자한 왕국이란다. 샤자한은 아주 풍요롭고 부유한 나라이지. 물론, 마탑의 힘을 빌었던 덕이기도 하지만, 근 몇십 년간 왕들이 수완이 좋았단다."

순간 스파이, 암살 같은 어둡고 음습하기 짝이 없는 단어들이 뇌리를 스치고 지나갔다. 마탑은 아무래도 좋은 뜻을 품은 집단은 아닌 것 같았고, 세상에 모습을 드러내는 면면이 그렇게 생각하게끔 했다.

혹시 못 받은 대가를 회수하는 일을 하게 되는 걸까. 그 와중에 살인 같은 끔찍한 일들을 벌여야만 한다면.

상상만으로도 등골이 오싹했다. 불현듯 내게 드리워진 그림자를 감지한 란델이 안심하라는 듯이 다정한 투로 속삭였다.

"걱정할 건 없단다. 샤자한은 대가를 잘 치르고 있고, 우리는 사절일 뿐이니."

"……사절요?"

"그래, 어디서부터 이야기해야 할까? ……그렇지, 샤자한 왕국의 서쪽에는 무시무시한 늪지대가 존재한단다. 그곳은 니라야의 늪이라고 불리지. 비틀린 차원의 틈을 비집고 이세계에서 온 마수가 죽어서 깃들었다고 하는 그 늪에는 강대한 마력이 녹아 있단다. 그 때문에 거기에선 매년 엄청난 양의 마력석이 산출되곤 하지. 마력석은 자연적인 마력이 풍부한 곳에서 생성되니까 말이다."

마치 신화 같은 이야기에 나는 쫑긋 귀를 기울였다.

"하지만 그 강대한 마력이 늪에 존재하는 생명체들을 괴물로 탈바꿈시켰지. 그리고 저들끼리 잡아먹으며 싸우던 괴물들은 이내 넘쳐나 주변을 침범하기 시작했단다. 바로 인간들의 땅을 말이다."

마력을 방사능이라고 한다면 오염된 늪에서 변종 방사능 괴물이 출몰하는 거라고 보니생각하니 이해하기 쉬웠다.

다만 그 광경이 연상하자 눈살이 찌푸려진다. 정말로 그 나라에서 태어나지 않아서 다행이지만, 결국 이렇게 가게 된 건 좋은 소식이 아니었다. 설마 내가 해야 할 게 괴물을 상대해야 하는 임무는 아니겠지? 등골이 오싹하다.

"원래의 샤자한은 그리 풍요로운 나라가 아니었단다. 하지만 니라야의 늪에 득실거리는 괴물들과 총력을 다해 싸우고, 목숨을 걸고 캐온 마력석을 팔아 부를 축적하는 과정을 매해 반복하면서 샤자한은 차츰 강성해졌지. 그리고 샤자한의 어떤 왕이 마탑의 존재를 알게 되었단다."

"마탑에 늪을 토벌해 달라고 했나요?"

"그래. 일 년에 한 번, 마탑에서는 사람을 파견해 샤자한의 늪을 청소해 주곤 하지. 올해는 이미 끝난 일이란다."

"대가가 만만치 않았을 것 같아요."

"니라야의 늪에서 매년 캐내는 마력석의 절반. 마탑에서 대가로 요구한 것이었지. 마법사에게 마력석은 아주 유용한 것이니 마탑에서도 샤자한은 중요한 호퍼로 여기고 있단다. 샤자한은 수십 년에 걸

144

쳐서 조건을 틀림없이 완수해 내었지."

호퍼란, 마탑에 소원을 빈 자들을 뜻하는 말이었다. 수십 년이라면 대단히 장기간 연을 맺고 있었다는 뜻이니 그동안 괴물 퇴치가 고작 한두 번 이루어지지는 않았을 것이다. 괴물들은 쉽사리 증식하곤 한다니까. 난 조심스레 의견을 냈다.

"늪을 아예 없애 버리는 게 낫지 않았을까요."

"그러려면 마력원을 흩어야 하고, 그렇게 되면 늪에서는 마력석이 더 이상 나지 않겠지. 샤자한과 마탑 양측 모두 그것을 바라지 않았단다. 그런 조건이었다면, 샤자한에서는 어떤 식으로 대가를 치를 수 있었겠으며 마탑은 무엇 때문에 소원을 들어주었을까. 늪을 남겨 두는 대신 샤자한은 절반의 마력석을 가져가 지금의 풍요를 이룩했단다. 그걸로 충분하지 않겠어?"

이해가 간다. 약간의 희생이 있더라도 무한한 자원의 보고를 놓치고 싶지 않은 건 당연할 터였다.

고개를 끄덕거리는 내게 란델이 침착하게 설명했다.

"오해하진 말아다오. 마탑이 많은 대가를 요구하는 듯이 보인다는 것은 안다. 하지만 상대가 파멸할 만큼 무리한 대가를 요구하진 않는단다. 거기다가 세간에서 불가능하다 여기는 소원을 들어주지. 마탑은 세상에서 가장 강력한 마법사 집단이란다. 마탑에 소원을 빌려면 그만한 대가는 감수해야 하지 않겠니."

사실 그간 의아했던 것이 있다. 한쪽이 바라는 것을 들어주고, 다른 한쪽이 대가를 치르는 관계를 보통은 거래라 표현한다.

소원을 빈다는 건, 내 생각에는 아주 절대적인 존재, 예컨대 신이라든가 하는 존재에게 하는 기도에 가까운 일이었다.

마탑은 바라는 것이 있다 하여 무상으로 이루어 주지 않는다. 반드시 대가를 받아 간다면 그건 거래라고 말함이 맞지 않을까. 하지만 내가 읽은 마탑의 기록에서는 그것을 결코 거래라 표현하지 않았다.

상대를 말할 때에도 거래자, 혹은 고객이라는 표현을 쓰지 않는다. 그건 아주 의미심장했다.

마탑은 마치 자신들이 완전히 우위에 선, 신처럼 절대적인 존재인 것처럼 내려다보듯 손을 내밀고 저울추를 맞추듯 대가를 회수해 가곤 했다.

그건 아주 거만하고 우월감에 가득 찬 짓이었지만, 마탑은 그만한 힘을 가졌고 또한 상대에게 그것은 마치 구원처럼 느껴졌으리라.

그러고 보면 마스터 역시도 타인과 말을 섞지 않았지. 그에게선 마치 자신이 일개 인간과 구분되는 존재인 양 다른 세계에 머무는 듯한 분위기가 배어 나왔다. 그 시종일관 무표정한 얼굴은 확실히 누군가에게 자신과 동등한 가치를 부여하지 않는 듯싶었다.

잘났다고 티 내고 으스대는 것이 아니라 그처럼 순수한 태도로 무심하게 구는 건, 상대조차 하지 않는 오만함을 의미하는 건 아닐까. 흡사 길을 걷다가 발밑을 기어가는 개미에게 일일이 눈길을 주지 않는 것처럼.

……어쨌든 샤자한의 경우는 그리 절박한 상황은 아니었던 듯싶었다.

하지만 예전에 읽은 책의 내용도 그러했거니와 난 어쩔 수 없이 그 손을 붙잡아야만 하는 상황이었지. 그리고 생을 저당 잡혔다.

갑자기 밀려드는 우울함에 난 입 밖으로 새어 나오는 한숨을 참아 냈다.

그 와중에도 란델의 차분한 음성이 이어졌다.

"샤자한의 토벌은 시온이 담당할 만큼 대단한 일은 아니란다. 그 자체로도 경험이 되니 보통은 여럿이 수행 삼아 파견 나가는 편이지. 하지만 이번에는 토벌이 아니라 사절이란다. 조금 특별한 일이지."

"어떤 점에서요?"

"샤자한 측에 새 왕이 올라선 지 이제 일 년. 그들이 우리를 초청해 온 건 왕권을 확고히 하고 마탑과의 관계를 돈독히 하기 위험이라고 유추하고 있단다. 그렇다면 마땅히 마탑을 대표할 만한 존재, 시온이 방문해야 하지 않겠니."

"그런 사절이라면 우리 둘만 가는 건 너무 수가 적지 않나요?"

물론 내가 머릿속에 떠오른 건 거창한 수행 인원을 이끌고 청나라에서 내려오는 조선 시대의 사절단 그림이었다.

"알고 있을 거라 생각했는데."

란델은 웃었다. 그러나 그 미소가 품은 색은 이전처럼 따사롭지 않았다. 얼굴 근육의 미세한 움직임만으로도 얼음장처럼 냉담한 기색을 띠게 된 얼굴.

란델이 입꼬리를 매끄럽게 끌어 올렸다. 온화한 빛을 두르고 잔잔하게 반짝거렸던 눈동자는 이제 얼음 계곡에 고인 샘처럼 차가운 빛을 냈다.

"우리는 수준을 맞춰 주는 것뿐이야. 인간의 방식에 맞출 필요는 없단다. 시온이 둘이나 초청에 응하는 것만으로도 우리는 그들에게는 더할 나위 없이 성의를 표하는 것이니."

란델은 그것으로 말을 맺었지만, 영광인 줄 알아야 한다는 말이 환청처럼 뒤꼬리로 따라붙었다. 나는 그 순간 란델 역시도 마탑의 사람임을 똑똑히 깨달았다.

표정은 숨겼다 한들 손끝이 움찔하는, 비언어적인 표출마저 숨길 수는 없었으므로 란델은 내 반응을 관찰하며 재미있다는 듯이 속삭였다.

"거만해져도 좋고, 상대를 무시해도 좋아. 너는 마탑주의 제자이며 마탑의 시온이란다. 그것을 명심해야만 해."

묵직하게 떨어진 그 말이 내 어깨에 짐으로 얹어지는 것 같았다. 난 침을 꿀꺽 삼키며 그에게 고개를 끄덕여 보였다.

"그럴게요."

그러나 머릿속으로는 온갖 생각이 빠르게 스쳐 지나간다. 이제까지 보아 온 바가 있으니, 마탑의 시온이라는 게 무얼 의미하는지, 그

지위가 얼마나 막중한 건지는 짐작이 갔다.

하지만 내가 어떤 태도를 보여야 할지는 알 수 없었다. 한국에서는 남을 무시하고 나를 치켜세우며 권위 있게 구는 방법을 가르치지 않는다. 늘 겸손하라는 말을 듣고 자란 내게 그 괴리감이 크나크게 다가왔다.

난 애초에 넘쳐나는 자신감을 과시하는 타입이 아니고, 오래도록 높은 자리에 앉아 있어 자연스레 그게 되는 사람도 아니었다.

늘 온화한 낯만을 보이던 란델이 일순 드러낸 차가운 눈빛과 그가 보인 벽을 세우는 양 반듯한 자세. 나 역시 다른 사람 앞에서는 그 같은 태도를 취해야 한단 거겠지. 그게 내 역할이라면, 난 최선을 다해서 흉내 내야 한다.

마법 실력도 변변치 않고 이세계에서 왔다는 특이점밖에 없는 난 최소한 내게 요구되는 일만큼은 완수해야 했다. 전혀 쓸모없고 덜떨어진 사람처럼 보인다면 언제 내쳐질지 모른다. 그 내쳐짐은 결코 내가 바라던 자유를 의미하지 않을 터였다.

잠시 갈등해 보던 난 목표를 하향 수정하기로 했다. 적어도, 얕잡아 보이지는 않는 걸로. 그냥 가만히 있으면 둘째라도 간다고 모르면 싹 입 닫고 무표정하게 있는 게 어리바리한 모습을 보이는 것보단 나을 테니까.

던져진 숙제를 해치우듯 성실하게 생각하고 있는데 고개를 수그린 내가 부담감에 젖어 있다고 생각했는지 란델이 가볍게 웃는 소리가 들렸다.

번쩍 고개를 들자 란델이 아무 일 없었다는 듯이 먼저 걸음을 옮겼다. 여전히 내 손을 가볍게 그의 손 위에 올린 채였다.

이끌리듯 그를 따라가며 난 그리 친숙하지 않은 낯선 남자—그것도 겉모습은 대단히 그럴싸한—와 붙어 있는데도 아무런 거부감도 느끼지 못하는 자신을 깨달았다.

이상한 기분이 들었지만 그 감정은 설렘과는 또 달랐다. 굳이 표현하자면 유치원 때 선생님 손을 붙잡고 종종걸음을 옮기던 아이가 된 기분이었다. 설렌다면 그건 차라리 마스터 쪽이 아닐까.

……아니, 나 지금 또 무슨 생각을 하는 거야? 입술을 꾹 깨물며 잡스러운 생각을 떨쳐 버린 난 란델을 따라 재게 걸음을 놀렸다.

이윽고 길어진 침묵으로 분위기가 어색해진다 싶었을 때, 란델이 귀신같이 말을 걸어왔다.

"임무를 마치고 탑에 돌아가기 이전까지 네 상징색을 생각해 두는 게 좋겠구나."

……그가 눈치가 빠른 걸까. 마법사는 원래 눈치가 빠른 걸까. 난 쓸데없는 의문을 품고 란델의 옆얼굴을 훔치듯이 힐끔거렸다.

"상징색이라니요?"

"로브 색을 정해야 한다는 말이란다. 지금 네가 입고 있는 건 네 취향을 몰라서 흔히들 입는 것을 하나 가져온 것이라 격에 맞지 않지. 마탑의 시온은 각기 하나의 색상을 자신의 상징색으로 정하니 너 역시 하나를 정해야 하지 않겠니. 나는 푸른색, 블레셋은 하얀색이지. 금색과 보라색도 주인이 있으니 남는 색 중 하나를 택하려무나."

"그럼 혹시 지정된 색깔 외의 로브는 입을 수 없는 건가요?"

"그게 원칙이지."

공산주의 국가도 아니고 단색복이라니. 내가 불만 어린 눈초리를 보이자 란델이 차근히 달랬다.

"안에 입는 옷은 자유로우니 정 마음에 걸린다면 외부활동을 할 때를 제외하고는 로브를 입지 않아도 된단다. 그리고 되도록 눈에 띄는 색을 고르려무나. 흔한 색상을 골랐다간 마탑의 마법사들이 일제히 로브를 바꾸어야 하는 상황이 올지도 모르니."

그러면 원성이 자자할 거야. 그리 말하며 란델은 하하 웃었지만 난 웃을 수 없었다. 그게 참 현실성 있는 소리로 들렸기 때문이다.

"제가 선택한 색상의 로브는 마탑의 다른 마법사가 입을 수 없는

가 보죠?"

조선 시대에도 왕이 붉은색 곤룡포를 입어 신하들과 자신을 구분 지었듯이 옷의 색상을 제한하는 건 차별성을 드러내기에 충분한 일이었다.

"그래, 그러니 신중하게 선택하렴."

"마스터는……. 검은색이겠군요."

"그렇지, 마스터는 늘 검은색 로브만 입으시니 그 때문에 다른 이들이 검은 로브를 입기 꺼리기 시작한 게 어느덧 전통이 되어 시온들마저 자신의 상징색을 정하기에 이르렀단다. 혹시 검은색 로브가 입고 싶은 거니?"

……사실 시크한 블랙 패션이 당기지 않는 건 아니었다.

마스터가 검은 로브를 입은 모습은 대단히 분위기 있어 보였고 난 그 반도 따라가지 못할 게 분명했지만 아이돌을 따라 입는 마음처럼 어쩐지 검은색 로브를 입고 싶었다. 안 된다고 하니까 더더욱.

그래도 안 되는 건 안 되는 거겠지?

바로 대답하지 못하고 무슨 색으로 할까 고심하는데, 생각해 둔 게 있었는지 란델이 선뜻 제의했다.

"여자아이니까 분홍색이나 노랑이 어떻겠니?"

……내가 무슨 레인저 핑크도 아니고 분홍색 로브는 또 뭐란 말이지? 치마도 아니고 사제복처럼 단정하고 단순하기 그지없는 로브에 분홍색이나 노랑은 정말 아니었다.

인상을 찌푸려 보이자 바로 다른 제안이 건네졌다.

"마음에 들지 않는가 보구나. 글쎄, 내 생각엔 노랑이 어울릴 것 같은데 말이다. 한 번 정하면 바꾸기 어려우니 천천히 생각해 보려무나."

병아리 개나리 노랑, 유치원생에게나 어울릴 법한 색상을 들이미는 란델의 눈엔 내가 얼마나 어려 보이는 걸까. 기분이 나쁘다기보단 그게 또 묘했다.

불퉁하게 내쏘려던 난 말투를 수습하여 조곤조곤 답했다.

"이미 정했어요."

사실 번개같이 찾아든 발상 덕에 정하기가 쉬웠다.

그놈의 파워레인저. 파워레인저의 구성원은 다섯 명이지만 항상 중심에 서서 주인공처럼 활약하는 건 레드였다. 즉 빨강.

그러니까 내가 선택할 색상 역시.

"붉은색으로 할래요."

여기서 가장 중요한 점은, 주인공은 절대 죽지 않는다는 사실이다. 불멸의 생을 가진 불사조도 타오르는 듯이 붉고 늑대에게 잡혀간 소녀도 빨간 후드를 썼다. 특히 빨간 후드를 쓴 소녀 이야기가 의미 깊었다.

소녀는 늑대에게 삼켜졌지만 이야기의 결말은 소녀의 승리로 끝난다. 늑대는 죽어 버리지만 살아남는 건 소녀이니까. 이건 순전히 명줄을 부지하고 싶다는 사심이 깃든 색상 선택이다. 미신적인 생각에 혹해 버린 걸 보면 나도 꽤 약해져 있나 보다.

란델은 별다른 반대 없이 고개를 끄덕거렸다. 다만 사족이 따랐다.

"붉은색? 너는 햇살을 쐬지 못해 창백해 보이니 화려한 색이 안색을 살려 줄 것 같긴 하구나. 하지만 그래도 내 생각에는 노랑이……"

"아주 짙은 빨강이 좋겠어요."

미련을 못 버리는 그에게 난 딱 잘라 말했다. 노랑이 싫은 건 아니다. 내가 여덟 살이었다면 선택할 만도 했지만, 난 열여덟이었다.

내 의지가 단단한 듯이 보이자 란델이 모호하게 웃었다.

"물과 불이라."

아……. 미처 그걸 생각을 못 했네. 물은 푸른색 불은 붉은색, 그리고 란델이 푸른색을 택했으니 그와 나는 대비되는 색상의 로브를 입게 된다.

반감에서 비롯한 선택이라고 생각할 수 있겠지만, 란델의 말이 남긴 여운도 그러하거니와 나 역시도 다른 쪽에 더 주목하게 되었다.

반대로 보자면 남녀가 그렇게 입는다는 것은, 색깔 맞춤하는 것보다야 낫더라도 내 첫 임무에 란델이 함께했다는 사실을 고려할 때 엄한 연상을 떠올리기에 충분했다. 이거 괜히 이상한 소문이라도 도는 거 아니야?

"그, 그런 의미는 아니에요."

"알고 있단다. 하지만 그리 딱 잘라 말하니 섭섭하긴 하구나."

놀리듯이 말하며 웃는 얼굴은 근사했고, 난 그때 처음으로 란델이 남자라는 사실을 재확인했다. 그것도 아주 멋있는, 원래의 세계에서 만났더라면 분명 연예인인 줄 알았을 그런 남자. 단지 알고만 있었던 사실이 피부로 닿아 오는 듯이 새로웠다.

또 하나 얻은 깨달음에 난 중얼거렸다.

"블레셋이 흰색을 택한 이유도……."

"마스터 때문이겠지."

……이쯤 되면 그 열렬한 연정에 마음이 복잡해질 지경이다.

어느 모로 보나 지독한 냉혈한으로 누군가에게 줄 마음은 티끌만큼도 없어 보이는 게 마스터였다. 그에 반해 블레셋이 마스터에게 품은 마음은 불꽃처럼 이글거리며 타오를 만치 뜨겁게 느껴졌다.

어떻게 마스터를 향해서 일방적인 연정을 그리도 강렬하게 품을 수 있었던 걸까.

의문에 잠긴 난 란델을 응시했다. 평온한 낮에 언뜻 그림자가 드리웠다. 그는 이내 속삭임처럼 흘려 냈다.

"마스터는 블레셋에게 단순히 스승이며 구원자가 아니라, 부모였고 세상이었고 또한 모든 것이었단다. 그러니 그가 품은 감정이 그리도 깊을 수밖에."

그 표정이 바람에 일렁거리는 촛불처럼 아주 은근하게 눈에 닿아 왔다. 가을의 색채를 띤 엷은 감정이 찰나처럼 란델의 얼굴을 스치고 지나갔다.

흡사 조소하는 듯했고, 자조하는 듯도 했다.

"……그리고 나 역시도."

말을 맺으며 란델은 입매를 올려 빙긋 웃었고, 또다시 막을 씌운 듯한 눈으로 웃어 보이는 그에게 나도 애써 따라 미소를 보였다.

마스터와 시온과의 관계……. 아무리 긍정적인 시각이라도 단란한 가족상을 그려 내는 것은 무리였다.

그들 간에 어떤 역사가 있는지는 모르겠지만, 내게 그것이 마치 깊은 물길처럼 느껴졌다. 나는 아직 거기에 흐르는 감정을 헤아릴 수 없었다.

"그렇군요."

……캐묻고 싶지 않은 건 아니었지만, 모른 척하는 게 나을 것 같아 밝게 화답했다.

란델이 웃음기 띤 얼굴로 능숙하게 화제를 바꾸었다. 근데 그 바꾼 화제라는 것이…….

"그래서 마스터와는 어떻게 만났지?"

진실만을 토로해야 할 것 같은 분위기였다. 어쩐지 따끔하다. 난 중요한 사실을 모조리 빼먹고 간략하게 대꾸했다.

"목숨이 위험한 저를 마스터께서 구해 주셨어요."

"그 대신 제자가 되라고 말씀하셨겠지?"

"마, 맞아요."

마스터가 다른 시온을 맞이할 때도 비슷한 방법을 쓰지 않았을까. 이어 란델이 꺼낸 말이 전혀 예상외의 것이라 난 그대로 얼어붙었다.

"나는 사실 네가 마스터의 숨겨 둔 자식이나 복제가 아닐까 생각했어. 검은 머리카락, 검은 눈동자. 그리 흔한 것은 아니거든."

나도 모르게 검게 늘어진 머리카락에 손이 갔다. 마스터만큼은 아니지만 내 머리카락 색은 아주 까만 편이었고, 그래서 탈색을 먼저 하지 않으면 염색이 거의 되지 않았다. 그리고 눈동자 역시 아주 어두워서 거의 검은색으로 보였다.

난 떨떠름하게 대답했다.

"······그것참 영광이네요."

마스터와 나 사이에는 머리카락과 눈 색 이외에는 조금도 닮은 점이 없었다. 아니, 사실 닮고 닮지 않고 하는 문제를 떠나 마스터는 곁에 선 날 오징어로 만들어 버릴 만큼 아름다웠다. 그 격차는 대단히 현저해서, 내가 마스터의 딸이 되려면 성형수술을 넘어서 유전자 조작을 해야만 가능해질 법했다.

"물론 외모가 닮지는 않았지."

알고 있는데, 굳이 확인시켜 줄 건 없잖아?

잘해야겠다는 다짐을 금방 잊고 부리부리하게 눈을 치켜뜨는 내게 란델이 웃는 얼굴로 주저 없이 비수를 꽂았다.

"하지만 상대가 심각한 추녀라면 그 얼굴도 많이 흐려져서 너 정도가 되지 않을까 했는데."

······울컥하면서도 인정하지 않을 수 없는 발언이었다. 하지만 나는 몹시 삐쳤다. 내 기분을 눈치챈 란델이 슬쩍 웃으며 나를 달랬다.

"미안하구나. 농담이었단다. 너는 예쁘니까 이런 말에 마음 상하지 않을 줄 알았다만."

마음을 풀어 주려고 한 말인 걸 뻔히 알면서도 마음이 스르르 풀려 버리는 건 내가 단세포이기 때문일까, 그가 말을 잘하는 걸까?

순식간에 분위기를 친근하게 바꾸어 버린 란델과 나는 편안하게, 그러나 서로에게 감춰야 할 것을 분명히 인지한 채 대화를 나누었고 그러다 보니 어느덧 우리는 목적지에 가까워지고 있었다.

문득 저편에 어스름하게 드러난 마을의 형체를 발견하고 걸음을 멈추자 란델이 말했다.

"이제 다 왔구나."

그 시점에서 난 후드를 뒤집어썼고, 오래 지나지 않아 멀게만 보였던 마을은 성큼 가까워졌다. 사람 눈을 피하려고 인적이 드문 곳에 착륙했단 건 알고 있었지만, 그 이후로는 마법을 쓰면 금세 도착할 수 있을 만한 거리였다.

란넬은 아무래도 나와 편안히 대화할 시간을 벌기 위해 걷는 것을 택한 듯싶었다. 그건 오랫동안 단단한 땅의 감촉과 풀 냄새를 맡아보지 못한 내게도 반가운 일이었다.

대화를 나누면서 족히 서너 시간은 걸은 듯한데 몸이 조금도 지치지 않았다. 방 안에서 마법 수련에만 열중했음에도 오히려 건강은 좋아진 느낌이었다. 그 이유는 짐작할 만했다.

마력을 사용하기 시작한 건 인간이 쓸 수 있는 능력에서 제3의 영역을 개척한 것이나 다름없다고 한다. 끊임없이 마력을 쌓고 더 자주 순환시킬수록 몸에 이로운 효과가 나타난다는 것이다. 그 이로운 효과라는 건, 실로 마법 같았다.

이목구비가 서서히 황금 비율에 가깝게 균형을 잡아 가며, 피부는 투명하도록 뽀얘지고, 몸도 점점 더 젊고 건강해진다.

세포 하나하나가 활기를 되찾고 뼈는 한층 더 튼튼하고 강고하게 변하며 피는 펄떡거리는 심장을 돌다가 막힘없이 전신을 향해 흘러간다. 감기도 잘 걸리지 않으며, 질병은 찾아올 일 없는 종류가 되고 만다.

진실로 강력한 마법사는 한정된 수명을 극복하여 더 오랜 삶을 살게 된다. 그만큼 대단한 힘을 가진 것이 마력이니 탑으로 오기 전에 본, 얼굴을 알 수 없는 회색 망토의 살인마를 제외하고 여태까지 본 몇 안 되는 마탑인들이 하나같이 우월한 외양을 갖춘 게 이해가 될 법도 했다. 마스터는, 필경 그중에서도 가장 완전에 가까우리라.

불현듯 그런 생각이 들었다. 일전에 란넬은 내게 검은 탑을 세운 것이 마스터라고 말했다.

그리고 검은 탑의 역사는 기록된 것만으로도 수백 년이니 마스터는 내가 가늠할 수도 없는 기나긴 세월을 살아왔을 터였다. 이쯤 되면 불멸이라는 단어를 붙여도 모자람이 없다.

그토록 오랜 세월을 살아온다는 건 어떤 것일까. 그 세월이 무미

건조하고 생기도, 활력도 없는 인간 같지 않은 분위기를 풍기는 그를 만든 걸까?

지난 6개월간 나와 한 방에서 숨 쉬고 생활한 마스터가 갑자기 까마득하게 먼 존재처럼 느껴졌다. 내가 그간 얼마나 그에게 익숙해졌든 지금 이 느낌이 진실과 가까울 것이었다.

상념에 잠긴 새 란델과 나는 드디어 마을 입구에 다다랐다.

단순히 란델의 옆에 서서 비교당하는 설움을 겪고 싶지 않다는 이유 때문에 얼굴을 가리고 있었으므로 모든 주목은 그에게 쏠릴 터였다.

가까이서 본 마을은 성벽처럼 사람 키보다 높은 담을 두르고 있어 생각보다 큰 규모로 보였다. 아마도 처음에 들른 마을보다는 더 번화한 마을일 듯싶었다.

주변을 둘러보느라 내가 멈칫거린 사이 성큼 안으로 들어서려 한 란델의 앞을 그럴듯한 복식을 차려입은 젊은 경비병이 가로막았다.

"처음 보는 분들이군요. 신분을 밝히십시오."

남들 앞에선 후드를 깊게 눌러썼던 마스터나 나와는 달리 낯을 드러낸 란델은 척 보기에도 범상한 사람 같지는 않았다.

매끄럽게 떨어지는 로브의 재단은 고급스러웠고 온화한 기품이 느껴지는 낯은 절경처럼 수려했다. 그 깊이 있는 푸른 눈은 바라보는 것만으로도 빠져드는 듯하여 의심스럽게 눈을 마주친 경비병이 곧 위험하도록 넋 나간 표정을 지었다.

잠깐, 란델은 남자인데……. 란델이 빙긋이 웃으며 품에서 어떤 패를 꺼내 들이밀었다. 둥그런 패에는 금빛으로 지팡이와 나무 덩굴이 뒤얽힌 고풍스러운 문장이 새겨져 있었다.

패를 받아 든 경비병이 눈을 부릅떴다. 문장을 뚫어져라 바라보던 그는 그것을 이리저리 비춰보더니 이내 란델에게 되돌려 주었다. 그리고 옆의 다른 경비병한테 무어라고 속닥댄 후 곧바로 고했다.

"들어가십시오."

궁금해하는 시선을 느꼈는지 마을 안에 들어서자마자 물어보기도 전에 란델이 설명해 주었다.

"마법사 길드의 문장패란다. 어느 곳에서나 신분을 입증할 수 있는 좋은 수단이지."

"우리는 마법사 길드 소속이 아니잖아요?"

"그래, 아니지. 하지만 마법사이긴 하잖니? 마탑은 세간에 알려진 조직체가 아니니 편의상 만들어 둔 거란다."

"그래도 이건 사칭이잖아요. 마법사 길드에서 문제 삼지 않을까요?"

이런 사기꾼 같은 행위를 스스럼없이 하는 것도 기가 막혔지만, 걱정도 되었다.

마법사 길드 역시 마법사들의 집단, 엄연히 범인과 구별되게 마력이라는 힘을 쓸 수 있는 자신들을 선택받은 이들이라 생각하는 게 마법사들이니 그 자존심이 대단할 터였다.

마탑은 그 선택받은 이들 중에서도 또 선택받은 극소수의 천재들만이 모인 마법사 집단이지만, 마법을 쓸 줄 아는 거의 모든 마법사가 가입해 있는 마법사 길드는 쪽수 면에서도 얕볼 게 못 되었다.

물론, 내 생각에는 그렇단 이야기다. 인해전술만큼 강력하고도 무서운 게 없으니. 왜, 다구리에는 장사 없다는 말도 있지 않은가.

"분쟁이라면, 전혀 우려할 필요 없단다."

란델은 예의 그 깍듯한 미소를 입가에 떠올렸다.

"또한 그들이 문제 삼는 것을 우리가 두려워해야 할 이유도 없지. 오히려 알고도 눈 감아야 한다면 모를까."

……이게 바로 힘이 깡패라는 건가.

하긴 아랫사람이 윗사람을 사칭하는 건 죄가 되지만 윗사람이 아랫사람을 사칭하는 건 적당한 핑계를 가져다 붙이면 그만이다. 질린 기분이 들면서도 처음에 여관에서 있었던 일에 가닥이 닿았다.

마스터가 살인을 저지르자 상대가 흑마법사인 줄 알고 달려들었을 수많은 마법사. 그들은 온종일 달려들고도 마스터가 수 초 만에 생성해 낸 결계를 깨지 못했다. 그리고 회색 망토의 살인마에게 소속의 마법사들이 죽임을 당했다. 분명 마법사 길드 측에서는 상대가 마탑주임을 몰라서 그리했을 거라고 생각한다.

하지만 단언컨대 상대의 정체를 눈치챘다고 한들 그들은 마탑에 보상을 요구하거나, 처벌을 내리자고 주장하지는 못했을 것이다. 절대적인 무력을 지닌 집단에 죄를 묻는다는 건 현실적으로 불가능한 일이니까.

이렇게 생각하니까 마탑은 아무리 보아도 악의 집단 같은데…….

찝찝한 생각의 흐름에 발을 맞추듯이 란델과 내가 지나는 길마다 사람들이 꺼림칙한 듯 우르르 갈라지며 자리를 비키는 게 보였다.

란델의 외양은 혹할 만한 것이라 눈길을 끌었지만, 가까이 다가서려던 호기심 많은 소녀도 어른들의 제지에 저편에서 힐끔거리는 게 전부였다.

그 확연한 기피에 난 시답지 않은 질문을 꺼냈다.

"혹시 현상수배라도 당하셨어요?"

"마법사의 로브를 입고 있잖니."

란델이 평온한 투로 설명했다.

"그리고 대개 마법사들은 일반인에게 가까이하기 어려운 상대란다. 그 수가 적어 희귀하기도 하거니와 마법이라는 미지의 힘을 쓸 수 있는 존재라는 건, 특별한 만큼이나 두렵고 꺼려지기 마련이지. 일반인들은 마법사를 자신들과 다른 세계에 살면서, 언제든지 재앙을 불러올 수 있는 존재라고 생각하거든. 마법사는 불운을 불러온다는 미신이 있을 정도지."

"불운이라."

첫날 마스터에게 덤볐던 그 사내들은 확실히 그 불운이라는 걸 톡톡히 겪긴 했지. 시골 마을이다 보니 아무래도 상대가 마법사일 거라곤 생각도 못 한 것 같지만.

"······실제로 그렇기도 하고."

묘한 어조로 맺는 말끝에서 난 예민하게 어떤 감정을 포착했다. 선택받았다고 일컬어지는 이들이 으레 느낄 만한······. 그건 우월감이라 불리는 것이었다.

란델에게서 풍기는 느낌은 꽤 오싹했지만, 그렇다고 새삼 그에게 실망하거나 경계심이 드는 건 아니었다. 그간의 경험으로 그가 대강 어떤 사람인지는 유추할 수 있었다.

온화하고 부드러운 인상이라곤 하나 란델이 외양과 말투와 어긋나게 그리 따스한 사람이 아님은 눈치채고 있던 터.

그의 푸른색은 햇살 어린 수표면의 푸른 물결처럼 따스한 빛이 아니라, 북해의 빙하처럼 파르스름한 한색(寒色)이다.

애초에 란델은 내게 자신을 숨기려 들지 않았다. 아니, 숨기고 있다가 내게 정신계 마법을 걸었단 사실을 들킨 이후 더는 감추지 않고 있었다.

그리고 란델이 성격이 좋고 나쁘고 내가 그런 걸 따질 계제던가. 속으로 비웃고 있든 어쨌든 겉보기로는 같은 시온인 내게 친절하고 잘해 주니 그거면 되었다. 블레셋처럼 대놓고 날 멸시하고 후려치는 것보단 백만 배 나으니까.

게다가 나야 이곳 사람이 아니니 피부에 닿아 오지 않았지만, 마법은 순수한 재능이고 흑백처럼 마력을 다룰 수 있는 자, 그렇지 못한 자가 나누어진다고 하니 이곳 사람들은 그걸 아주 분명히 느끼고 있겠지. 란델은 거기서 우위에 선 입장일 뿐이니.

상대를 얕잡아 보아서는 안 된다는 도덕책 읊는 소리를 떠나서 현실적으로 란델은 그런 태도를 보일 만한 자였다.

마탑주의 제자이며 시온이라는 것은 마법사 중에서도 손꼽히는 마법사임을 의미하지 않던가. 그리고 이 세계에서 지배자의 자리라는 것은 대개 특별한 힘을 가진 이들이 차지했다.

후천적으로 노력해서 재능을 발화시켜야 하는 마법사인 경우는 적다지만, 대개의 군주는 혈통에 따라 대물림되는 특별한 힘을 가지고 있다고 한다.

그리고 어느 나라건 왕족은 혈통 보존에 힘쓰며 더 강력한 힘을 타고난 이가 다른 후계자들을 제치고 왕이 될 가능성이 높았다.

인간이 만물의 영장이라 하여, 내 세계에서도 인간과 다른 동물들을 구별하긴 했었다. 지성을 가진 수많은 종족이 상존하는 이 세계에서는 그 구별이 되는 기준이 초월적인 힘을 쓸 수 있느냐, 없느냐에 있을 뿐이었다.

란델에서부터 시작해서 곰곰이 두 세계의 다른 점을 따져 보던 난 문득 간과하고 있던 사실을 깨달았다.

아주 중요한, 그러나 내가 여태까지 생각하고 있지 못했던 그 의문스러운 사실—

나는 마법사다. 하지만 내 세계에서 계속 살았다면, 나는 쭈욱 마법이라곤 전혀 쓸 수 없는 평범한 사람에 불과했을 것이다. 그것만큼은 더할 나위 없이 확실하게 단언할 수 있었다.

마법사는 마력을 다룰 수 있는 재능을 타고나야 한다. 그렇다면 최근에 마법사가 된, 이계에서 온 내 경우도 원래 재능이 잠재되어 있었다고 볼 수 있는 걸까.

아니면 마스터가 너무도 엄청난 마법사라 내게 마법적 재능을 심었다거나…….

거기까지 생각이 미치니 마음에 걸리는 것이 있었다.

마스터는 나를 살려 내면서 이 세계에 적합하게끔 나를 적응시켰다고 말했었다. 이전에는 당장 마법 실력부터 키워야겠다고 생각해서, 외면해 버렸던 사실이었다.

하지만 그게 내게 단순히 마법적 재능을 심었다는 의미인지, 혹은 나를 완전히 바꾸어버렸다는 뜻인지……. 갑자기 절박하게 알고 싶어졌다.

죽다 살아나기 이전의 나와 지금의 내가 얼마나 다른지는 가늠할 수 없지만, 자신을 의심하게 된다는 건 썩 좋은 기분이 아니었다. 실제로 난 전혀 바뀌지 않았는지도 모른다.

하지만 그 생각 때문에 난 부쩍 불안해졌고, 초조하게 가라앉았다. 우리를 피하는 사람들조차 마치 나를 역병을 몰고 오는 감염자 취급하는 듯했다.

눈치 빠른 란델은 내 기분이 변했다는 것을 알아차린 모양이다. 마을 구경을 시켜 주려고 했던 첫 의도와는 다르게 그는 곧장 여관으로 향했고, 마을에서 가장 번듯한 여관임이 분명한 그곳에서 가장 좋은 방 두 개를 내 달라고 말했다.

그리고 생각할 수 있는 조용한 독방을 얻게 된 나는 방으로 들어가기 전 바로 옆방을 차지한 란델에게 조급히 물었다.

"란델, 혹시 마스터께 연락할 수는 없나요?"

"마음에 걸리는 게 있나 보구나. 하지만…… 너는 마스터께 '연결' 할 수 없다는 뜻이니?"

"연결을 하다니요?"

내가 의아하게 묻자 란델은 고개를 비스듬히 기울였다.

"모른다고? 마법적 성취를 떠나 기본적인 일이건만 어째서지. 마스터가 너를 내게 온전히 맡기실 리 없건만…… 이상한 일이군."

그리 중얼거린 란델이 생각에 잠긴 눈으로 나를 바라보았다.

"시온이라면 누구나 마스터께 연결을 할 수 있지. 하지만 그건 흡사…… 거대한 산에 짓눌리는 듯한 느낌이란다. 어지간해서는 연락하지 않지. 그럴 만한 일도 없고. 그래, 솔직히 내키지 않는단다."

쉬운 일이라면 그도 쉽게 승낙했을 것이다. 란델에게 무리한 부탁을 하는 건 꺼려졌다. 그와 나는 그리 가까운 사이도 아니었고, 빚을 만들어 두고 싶지도 않았다.

"……그러면 괜찮아요."

궁금하긴 하겠지만, 임무가 끝날 때까지 답을 듣는 것을 늦춘다고 해서 그간 무슨 일이 있지는 않을 테니까.

애써 목구멍까지 치솟은 부탁의 말을 집어넣는 내게 란델은 다정하게 웃어 보인 후, 쉬라고 말하며 자리를 떴다.

"마스터는 왜 내게 연락할 방법을 알려 주지 않은 거야?"

방에 들어가 자리에 눕자 불평이 거침없이 입 밖으로 튀어나왔다. 예고 없이 첫 임무를 맡게 된 것도 그렇고 너무 갑작스레 떠나서, 미처 무언가를 물어볼 틈도 없었다.

이게 시키는 대로 군말 없이 해야 하는 처지인가. 답답해서 속이 울렁거릴 지경이었지만 난 잠자코 눈을 감았다. 한숨 자고 나면 이 기분도 나아져 있을 터였다.

가장 비싼 방답게 잠자리는 편안했고, 그렇지 않다고 해도 어지간해서는 잠드는 데 곤란을 겪지 않는 체질이었으므로 난 순식간에 잠에 빠져들었다.

수면 위를 떠다니던 의식이 서서히 물밑으로 가라앉아 간다. 육체의 태를 벗어나 자유롭게 이 거대한 무의식의 물결 속을 헤엄치는 듯도 했다.

그러나 잠이 들면 으레 끊겨 버리고 마는 정신도 오늘만큼은 멀쩡했다.

한동안 고요하고 밀도 높은 무의식 속을 방황하던 난 어느 순간부터인지 한 장소에 서 있었다.

온통 몽환적인 금빛으로 그득한 숲이었다. 하늘이 보이지 않을 만치 무성하게 자란 나뭇가지며 잎사귀가 햇살을 받은 모래알처럼 은은하게 빛나고 있었다. 녹음이 아닌 빛을 뿌리는 듯한 그 환한 색채에 눈이 아렸다.

난 의심 없이 찬찬히 주변을 둘러보았다. 꿈속의 세계이니, 이토록 신비로운 광경도 이상하지는 않으리라.

발밑은 파릇하고 촘촘한 잔디라 융단이 깔린 양 푹신했고, 눈앞에는 새파랗게 고인 샘이 보였다. 난 몸을 숙여 물고기 한 마리 없는 그 맑디맑은 샘에 손끝을 담갔다. 시리도록 차가운 감촉이 손가락 사이를 헤집고 피부를 식혔다.

음미하듯 그 느낌을 누리고 있는 찰나, 문득 위쪽에서 슬며시 그림자가 드리웠다. 검고 불길한 형체가 물 위에 비치자 난 화들짝 놀라 손가락을 빼다가 엉덩방아를 찧었다. 쿵!

"아!"

현실감 넘치는 통증에 몽롱한 기운이 확 달아난다. 동화 속에 있다가 공포 영화로 장르를 바꾸어 내던져진 기분이다.

경계하며 재빨리 고개를 들었을 때, 내 앞에 그가 서 있었다.

"마스터?"

내가 그토록 그를 간절하게 부르짖었나 싶었다. 나는 분명히 잠이 들었고, 이건 꿈인데……. 어째서 잠들기 전 연락할 방도가 없어 애태우게 했던 이가 눈앞에 있는 걸까.

그러나 사신처럼 검은 그림자를 드리우며 말없이 날 내려다보는 마스터는 꿈에서 그릴 만한 모습이라기보단 흡사 악몽과 같았다.

이 빛나는 숲 속에서 오로지 암흑만이 자리를 차지한 듯한 그 두려운 존재감만은 여전히 생생해서, 이게 과연 꿈인지 의심이 들었다.

하지만 분명히 여관방에서 잠든 내가 마스터와 마주하고 있는 건 비현실적인 일이었다. 불현듯 살펴본 내 옷차림은 잠들었을 때와 똑같았으니까.

꿈속에서도 이렇게나 이성적으로 생각할 수 있다는 게 의아하긴 했지만, 마법사는 좀 더 현실 같은 꿈을 꾸게 되는 건지도 모른다.

마스터를 꿈에서 마주하게 되는 건 결코 달가운 일만은 아니었지만, 잠에서 깨어날 생각은 들지 않았다. 만 하루도 되지 않는 시간 동안 떨어져 있었을 뿐인데, 여태껏 함께했던 그와 떨어져서 불안했던 걸까.

갑작스레 사절이라는 크나큰 임무를 떠맡고 쫓기듯이 떠나게 된 그 모든 과정이 높다란 나뭇가지에서 떨어져 물살에 휩쓸린 이파리가 되어 버린 듯했다.

내 의지와는 상관없이 그저 따라야만 했다. 그렇다 하여도 설명 없이 날 떠나보낸 마스터를 원망하는 마음은 없었다.

아니, 조금쯤 그런 마음이 있었을지도 모른다.

의지하고 싶지 않다고, 그에게 마음을 주어서는 안 된다고 수없이 되뇌어도 그간 한 공간에서 숨 쉬며 쌓아 올린 정만큼은 어찌할 수 없으니까.

하지만 그와 대면하게 된 지금, 본능적인 공포와 따스한 온기가 가슴에 상반되게 파고들었다. 이름 모를 감상을 뿌리치며 마냥 엉덩 이를 붙이고 있을 수는 없었던 난 벌떡 자리에서 일어났다.

"……묻고 싶은 게 있었는데 연락드릴 방법이 없어서."

난 조심스럽게 불만을 끄집어냈다. 꿈이라서 의미 없는 일인 줄 알면서도 이런 말이 튀어나오는 걸 보면 내 무의식은 그 사실을 섭섭 하게 인지했던 것 같다.

란델의 말은 마스터가 연락할 방도를 알려 주지 않는 게 무척이나 이상하다는 듯한 어감을 품었고, 그건 마치 내가 어떻게 되든 마스터 가 전혀 개의치 않는다는 말로 들렸다.

그럼에도 불만의 말을 마구 쏟아 내지 못한 건 여전히 그에 대한 두려움을 품고 있던 탓이었다.

"이곳에서 보았으니, 그걸로 된 게 아니냐."

마스터는 무감하게 대꾸했고, 그의 서늘한 음성을 들으며 난 어 쩐지 위안을 얻었다. 적어도 지금 나는 꿈에서나마 그에게 닿아 있 었다.

실제로 마스터가 기껏 구해서 6개월이란 시간을 투자해 놓은 나 는 존재를 간과하고 있었다고는 생각하는 것은 사리에 맞지 않은 일 이기도 하다. 대가를 반드시 회수하는 마탑의 정책을 미루어 볼 때 마스터는 결코 그렇듯 느슨한 자가 아니었다.

"제 꿈에 마스터가 나오실 줄은 몰랐어요."

맥없이 중얼거리며 다가서자 마스터는 시선을 아래로 내렸다. 새카만 눈동자는 어둠만이 들어찬 구슬처럼 한없이 검었다. 두려울 만도 했건만 꿈이라는 생각이 강해지자, 섬뜩함은 덜해졌다.

난 망설임 없이 손을 뻗어 마스터의 로브 자락을 대담하게 만지작거렸다. 무엇으로 만들어졌는지 비단결처럼 보드라운 옷자락이 손가락에 사르륵 감겼다. 현실에서 하지 못하는, 무례하다시피 친근한 짓을 해 대는 동안, 아쉬운 중얼거림이 새어 나왔다.

"검은색 로브……."

"검은색을 택하고 싶었나."

마스터도 상징색을 선택하는 건에 대해서 알고 있는 듯싶었다. 아니, 이건 꿈이니까 마스터도 알고 있다고 내가 생각한다는 것이 옳겠지. 어쨌거나 시온에 관한 일이니 마탑주인 그도 알긴 알 터.

"아니요, 실은 전 다른 색으로 정했어요. 빨강이 어때요?"

잘 어울린다는 말을 반쯤 기대했는데, 마스터의 평가는 냉정했다.

"눈에 띄는 색이니, 표적이 되기 쉽겠군."

"……그래서 반대하세요?"

"좋을 대로. 어차피 마탑의 시온을 적대하는 자는 드무니."

무심한 어조이긴 하나 이렇게 친절하게 말을 받아 주는 걸 보면 역시 이건 꿈인 거야. 난 고개를 끄덕거렸다. 손톱만큼 움텄던 의혹은 아예 사르르 녹아 사라져 갔다. 난 대놓고 현실에서 내놓지 못할 사감을 끄집어냈다.

"아주 잠깐은, 블레셋이 흰색을 택했다고 했길래 제가 검은색 로브를 입어 버리고 싶었어요. 블레셋은 분명 그걸 싫어할 테니까요. 하지만 뭐, 어쩔 수 없죠."

사실 마스터와 블레셋이 흑백으로 나란히 서 있는 모습을 보기 싫은 마음이 컸다. 그 마음을 조금 더 깊게 들여다보자면, 그건 마스터가 다른 제자와 친근하게 지내는 것을 꺼리는 마음에 가까웠다.

나조차도 이해할 수 없는, 미묘한 경쟁의식이었다. 어차피 마스터에게 나나 다른 제자나 다를 바 없을 텐데, 아니 유용성을 따지자면 다른 제자들을 더 중히 여길 텐데 왜 이리도 싫은 건지.

하긴, 마음은 마음대로 되지 않아서 마음이라지. 중요한 순간에 그 마음에 휘둘리지만 않으면 되리라.

난 물끄러미 마스터를 올려다보았다. 그에게 물어볼 말이 있었지만, 꿈속의 마스터에게서는 진실을 들을 수가 없었다.

만약 날 살리면서 몸이 어떻게 변했느냐고 물었을 때, 내 무의식에서 비롯된 마스터가 이상한 대답을 해 버린다면, 난 탑에 돌아갈 때까지 고민하고 두려워하면서 속으로 끙끙거리게 될 것이다.

"마력은 들인 시간에 비례하여 강해지니 마법 수련은 꾸준히 해야 한다."

이윽고 침묵을 깨고 마스터가 충고하듯이 언급했을 때 난 불만스레 인상을 찡그렸다.

"여기서도 꼭 마법 수련 이야기를 하셔야겠어요? 그거 꾸준히 하고 있었는데 마스터가 저를 보내 버리셨잖아요."

그것도 설명 없이. 마침 따지고 싶었으니 잘되었다. 이걸 위해 내 무의식이 그를 불러낸 게 아닐까.

"답답해하는 게 아니었더냐."

탑 안에서의 생활은 답답하긴 했지. 마스터가 그런 걸 눈치채실 줄은 몰랐는데. 아니, 눈치채고도 모른 척하실 줄 알았는데. 이건 내 꿈이니 마스터가 날 신경 써 줬으면 하는 바람에서 이런 말을 하게 된 거겠지.

"그래도 이렇게 임무를 주시기에 앞서 제 의사를 물어주셨으면 좋겠……지만, 아니에요."

그런 섬세함을 기대할 만한 상대가 아니었다. 한숨을 푹 내쉬는데 마스터가 다른 화제를 꺼냈다.

"그 방이 마력을 쌓기에는 최적의 공간이니, 떠난 지금은 수련이 용이하지 않을 터."

"제가 열심히 하면 되지 않을까요? 란델의 도움을 받는다거나."

"네 몸의 특성상 란델에게 도와 달라고 말해서는 안 된다."

"네, 제 몸의 특성……."

나는 마스터가 일전에 일러두었던, 이계에서 왔단 사실을 들켜서는·안 된다는 말을 상기하며 고개를 주억거렸다. 이거 꽤 디테일한 꿈이잖아.

"다른 방법이 있을까요?"

의미 없다는 걸 알면서도 물은 이유는, 그와의 대화가 꽤 즐거웠기 때문이다.

소심하게 힐끔댈 필요도, 말을 조심할 필요도 없는, 꿈속에서 벌어지는 일이니 이렇듯 마스터와 편안하게 함께할 수 있다는 자체가 신기하기만 했다. 비록 밖에서는 그리 살가운 사이가 아닐지라도 이곳에서는 어떻게 대해도 상관없으니까.

"전 빨리 강해지고 싶어요."

대답을 모색하는 듯한 기색의 마스터에게 나는 재촉하듯이 말했다.

"마력을 더 많이 받아들여서 강해질수록 이목구비가 균형을 찾아간다면서요? 제겐 그게 필요한 거 같아요."

피부가 달걀흰자처럼 하얘져서 윤이 반질반질 돌긴 하지만, 얼굴은 그리 달라졌는지 모르겠다. 묘하게 고와진 듯도 하나 매일같이 거울로 보아 익숙해진 낯에서 그 사소한 변화를 읽어 내는 건 어려웠다.

마스터가 차분하게 말을 끊었다.

"하등 쓸모없는 일이다."

"그렇지 않아요! 기분 상한단 말이에요!"

난 목청을 드높였다.

"란델만 해도 제가 마스터의 딸이려면 마스터가 엄청난 추녀와 아이를 가졌어야 할 거라고 말했다고요! 그 말은 제가 못생겼단 뜻이잖아요!"

내가 입에서 나온 솔직한 발언에 소리를 내지른 내가 더 놀랐다. 란델이 농담 삼아 한 말이 내 안에 제법 크게 맺혀 있는 듯싶었다.

사실 꽃다운 나이의 소녀가 외모를 비하하는 소리를 듣고도 하하 웃어넘기기는 힘든 법이다. 속에 쌓여 왔던 울분을 순식간에 분출한 난 씩씩거리며 숨을 몰아쉬었다.

진짜, 어디 가서 못났단 소리는 들어 본 적이 없는데 억울해 죽을 지경이다. 여고 다니면서도 교문 밖에 남자애들을 줄 세우는 얼짱 정도는 못되어도 꾸밀 때면 예쁘단 소리도 꽤 들었다.

내 심정에도 아랑곳하지 않고 마스터는 차갑게 판정을 내렸다.

"마탑의 평균적인 수준에 비하자면, 그렇게 말할 수 있겠군."

……갑자기 기분이 확 나빠졌다. 그냥 잠에서 깨어 버릴까? 난 퉁명스레 말했다.

"그러니까 방법을 좀 알려 주세요."

내 무의식이 자아낸 창의적인 방법을 좀 들어 보자, 하는 생각이 있었는데 여전히 냉정한 눈의 마스터가 간결하게 답했다.

"방법은 있지."

"어떤 건데요?"

"네가 이미 거절하지 않았나."

"……그……거요?"

"가장 효과적인 방법이지."

마스터는 서늘하게 답했지만, 내가 응하기라도 한다면 기꺼이 실행에 옮길 듯이 보여 가슴이 울렁였다. 갑자기 흑심으로 가득 찬 무의식이 잠재된 내 머리를 마구 치고 싶어졌다.

어째서 이런 꿈을 꾸게 된 거야? 혹시 여태까지 대화 방향이 이리로 향하도록 스스로 유도했던 건 아닐까. 나는 머뭇거리면서 말했다.

"그건 좀 그런데."

어떤 꿈을 꾸든 그건 내 자유라지만, 꿈결이라기엔 의식이 너무 뚜렷했다. 그저 휩쓸리듯이 입 맞추게 되는 거였다면 당황한 채 잠에서 깨어나는 것으로 끝났을 텐데, 이렇게 대놓고 말해 오니 선뜻 그러겠다고 하기 어려웠다.

아니, 애초에 꿈에서 그 방법을 써 봤자 현실에선 효과가 없잖아. 거의 거절하는 쪽에 기운 채 망설이는 내게 마스터는 가만히 물어왔다.

"꿈이라면 아무래도 상관없지 않나?"

아무 감정이 깃들지 않은 무채색의 눈으로 마스터는 마치 질책하듯이 말했다.

"거부한다면 어차피 효력이 없는 노릇. 쉬운 길을 돌아가는구나."

흡사 그 말이 어리석다는 힐난과 같은 여운을 담아, 가슴에 내려앉았다. 쓸데없이 감정이 휘둘려서 일을 그르치고 있다는 듯이, 그렇게 들렸다. 비록 꿈일지라도 마스터에게 그런 소리를 듣고 싶지는 않았다. 충동 같은 마음이 결정을 틀었다.

난 침을 꿀꺽 삼킨 뒤 천천히 말을 내뱉었다.

"……해요……. 그거."

그 말을 한순간부터 덜컥 그물에 걸린 물고기가 펄떡거리듯 갑자기 심장 고동 소리가 박차를 가하기 시작한다.

후끈거리는 기운이 귓가를 타고 올라 이내 머리까지 뜨거워졌고, 뺨이 열꽃이 피는 듯이 타들어 갔다. 난 옷자락을 놓고 형벌을 기다리는 죄인처럼 시선을 내렸다. 꿈이라고 한들 이런 상황에서 대담해지기는 어려웠다.

다행히 마스터는 내 모호한 응답에 대해서 재확인하거나 물고 늘어지지 않았다. 만약 마스터가 어떤 한마디라도 꺼냈다면, 난 망설이지 않고 이 꿈에서 벗어나는 것을 택했으리라.

승낙한 이상 그 어떤 절차도 불필요하다는 듯 그는 주저 없이 내 턱을 끌어 올렸다. 차갑게 턱을 짚은 손은 유령처럼 차가웠고, 열기가 오른 낯에 파고드는 듯이 시렸다.

마스터는 그 상태로 가만히 입을 맞추었다. 거칠지도 않았으며 배려하듯이 부드럽지도 않은, 그저 맞닿음에 불과한 동작이었다.

정신을 집중하는 것처럼 흑빛의 동공이 기름한 속눈썹의 그늘에 반쯤 가려지고, 난 질끈 눈을 감았다. 입술이 불을 붙인 양 뜨거웠다. 그가 내게 자리한 열기를 느낄까 두려워서, 가슴이 더욱 긴박하게 뛰었다.

그리고 곧바로 마력이 내게로 흘러들기 시작했다. 피부를 투과하는 수분처럼 스미며 온순하게 자리 잡는 마력은 파도가 밀려오는 듯이 강력하면서도 애초부터 내 것인 양 자연스러웠다.

난 이전의 경험을 되살려 익숙한 것처럼 호흡하며 그가 전달해 주는 마력을 받아들였다. 가쁘게 뛰는 심장만큼은 내가 결코 이 방법에 익숙해질 수 없다고 말해 주는 것 같았지만, 이건 어차피 꿈이니까.

─꿈.

그 단어를 되뇌는 동시에 불현듯, 작살이 가슴을 관통하는 듯했다. 피부를 타고 기어오르는 소름에 머리카락이 곤두섰다. 이게 정말로…… 꿈일까? 섬뜩한 의혹이 꺼져가던 불씨가 다시금 타오르듯이 되살아났다.

꿈이 이리도 생생할 수 있단 말인가. 얼음 결정처럼 작았던 의심의 눈덩이가 순식간에 부풀어 거대한 몸집으로 치달아 온다.

낯선 곳에서 눈을 뜬 기분은 겪어 본 적이 있었다. 그러나 이 신비로운 금빛 숲에 서 있게 되기까지는 마치 의식이 이끌려온 듯이 자연스러웠고, 그래서 현실이라 생각하기 어려웠다.

지금의 나 역시 마치 육체를 떠나 외따로이 떠도는 듯이 홀연하니. 지금 느끼는 이 두근거림, 마력의 움직임은 꿈이라기엔 너무도 생생해서 이제까지의 그 모든 감각을 부인하게 만들었다.

용무를 마치고 서서히 입술을 떼어 내는 마스터를 난 의심에 사로잡혀 굳어진 채 바라보았다. 그는 여전히 태연하고 무정한 낯이었고, 그대로 그려 낸 그림처럼 정해진 듯이 약간의 흔들림도 보이지 않았다.

이게 내 꿈이라면, 그가 그렇게 현실과 한 치의 어긋남도 없는 모습일 리 없었다. 어떤 면으로든 내 무의식이 자아낸 그는 실제와 다를 터였다. 그 부자연스러움을 부인하고 싶은 마음보다 확인하고 싶은 마음이 더 컸다.

머뭇거림은 찰나, 목구멍에서 질문이 흘러나왔다.

"마스터 이게 정말……. 꿈인가요?"

"꿈이지."

그 말을 답하는 투는 거짓을 말한다기에는 차분하기 짝이 없었다.

"믿기지가 않아요."

"무엇이?"

얼빠진 질문으로 들리리라는 것을 잘 알면서도 난 멍청하게 물었다.

"왜 꿈인데, 마스터는 여전히 마스터인 거지요?"

끔찍스럽게 두렵지도, 아마도 내가 바라는 대로의 상처럼 다정하지도 않은, 그저 무심하기만 한 마스터. 나만이 아는 뜻을 내포한 말에, 진의를 파악하듯 마스터의 시선이 나를 살펴 온다.

빛 들지 않는 어둠처럼 새카만 검은 동공이 그저 부릅뜨고만 있는 내 눈동자를 파고들어, 마음까지 꿰뚫는 것 같았다.

"때로는."

그의 입술이 느릿하게 음성을 발했다.

"현실과 맞닿은 꿈도 있는 법이지."

대답이 떨어짐과 동시에 나는 진저리 치듯이 꿈속을 벗어났다.

……아니, 도망쳤다.

눈을 번쩍 떴을 때 내 시야에 잡힌 것은 잠들기 이전과 꼭 같은, 은은한 등불로 밝혀진 복잡한 문양의 천장이었다.

전력 질주를 한 탓에 잔뜩 상승한 체온이 한순간 식어 내린 양 전신이 싸했다. 몸이 부르르 떨린다.

이전보다 한층 잦아들긴 했지만, 불안감을 머금은 심장 박동은 평소보다 미묘하게 빨랐다. 난 식은땀이 고인 이마를 손등으로 훔쳤다.

도무지 마음이 진정되질 않았다. 내 뜻대로 깨어났으니 그건 그저 꿈일 뿐이라고 치부해 버릴 수 있다면 좋겠지만, 이 느낌은…… 결코 무시할 수 없는 종류였다.

그렇다면 내게 스며든 이 힘은 뭐란 말일까. 마력이 피어오르며 희게 빛나는 손을 나는 망연히 내려다보았다.

이해할 수가 없었다. 내 안에서 느껴지는 마력양은 잠들기 이전과 뚜렷하게 비교가 될 만큼 늘어났다. 단지 잠들어 있는 그 몇 시간 사이에 이런 변화가 나타나다니, 그것도 마침 일전에 마스터가 내게 그 방법을 행했을 때와 비슷한 변화가. 조금 전 꾼 꿈과 별개로 생각할 수 없는 기이한 현상이었다.

마스터는 마지막으로 내게 말했다. 현실과 맞닿은 꿈도 있다고…….

혼란스러운 머리에 찬물을 들이붓듯 서늘한 그 말을 난 천천히 곱씹어 보았다. 단순히 무의식의 작용이라기엔, 깨어난 이후 급격하게 불어난 마력의 양이 설명되지 않는다.

차라리 그 꿈조차 현실의 연장선이라는 측면에서, 마스터가 내게 무엇을 했다고 보는 게 옳았다. 난 그 섬뜩한 사실을 더 깊게 파고들었다.

꿈은 무의식의 영역이니, 내 무의식에 간섭할 수 있다면…… 어쩌면 내 의식도 조종하거나 읽어 낼 수 있지 않을까.

저절로 이가 악물렸다. 으슥한 잿빛 안개가 몸을 감싸 오는 듯했다. 거북스럽고, 불쾌한 감각이 심장 표면을 칼날처럼 긁었다.

약점을 드러낸 초조감, 치부를 보인 듯한 수치심. 두려워하고, 설레고, 경계하고, 그를 향해 가졌던 모든 감정이며 생각들…….

그 모든 건 내게 약점이 되고 되지 않고를 떠나서 결코 들키고 싶지 않았던 것들이었다. 안전하다고 믿고 자기 마음속에 품고 있었던 것들을 고스란히 읽힌다면 그건 누구에게나 끔찍한 일일 것이었다.

아직 속단하기는 일렀다. 나는 가까스로 마음을 추슬렀다. 마스터

가 내 꿈에 들어왔다는 자체가 믿기지 않을 노릇이기도 했고……. 그
가 내 마음속까지 낱낱이 알고 있다고 확신하기는 어려웠다. 적어도
아직까지는—

그리고 내게 해답을 줄 만한 사람이 가까이에 있었다.

그 후로 또다시 같은 꿈을 꿀까, 잠드는 것조차도 두려웠기에 뜬
눈으로 밤을 지새우고 날이 밝았을 무렵 방문을 두드리는 소리가 들
렸다.

내가 침대에서 일어나기 무섭게 란델이 문을 열고 안으로 들어
섰다.

"잘 잤니?"

빙긋 웃는 얼굴은 전날과 다름없이 해사했다. 나는 허락받지 않고
멋대로 방에 발을 들인 그를 침대에 앉아 빤히 쳐다보았다. 그리고
비난의 눈초리로 핀잔을 던지는 대신, 가라앉은 어조로 말했다.

"……악몽을 꿨어요."

마스터가 내 꿈에 나타났단 것, 그리고 그가 한 행위들……. 솔직
하게 털어놓기엔 지나치게 내밀한 속성을 띠었다. 란델에게 내 정체
에 대해서 밝혀선 안 되니까.

그에게서 배울 수도 있는데 굳이 마스터가 꿈에서까지 나타나 내
수련을 도와주었다고 한다면 의심스러울 터.

그러니 내가 원하는 걸 알기 위해선 연기가 필요한 시점이다.

난 지독한 시달림을 겪은 것처럼 손으로 입가를 감쌌다.

"너무 끔찍한 꿈이라 다시 잠들기가 어렵더라고요."

"피곤한 얼굴이구나."

"혹시, 다른 사람의 꿈에 개입할 방법이 있나요?"

"누가 네 꿈에 개입했다고 생각하는 거니?"

가까이 다가온 란델이 곁에 앉아 다정스레 이마를 쓸어 주었다.
아주 조금, 죄책감이 들었지만 내 양심은 그리 섬세한 편이 못 되
었다.

그리고 마침 뒤집어씌우기에 딱 좋은 상대도 있었다.

"블레셋이⋯⋯."

"블레셋이 네게 뭘 했다고 생각하는 건가?"

"블레셋은 저를 싫어하잖아요. 하지만 직접 손을 댈 수는 없으니까 이런 식으로 괴롭힐 수도— 있을 것 같다고 생각했어요."

란델이 선뜻 고개를 끄덕였다.

"그럴 수도 있겠구나."

그래, 란델이 생각하기에도 블레셋은 악몽을 꾸게 하여 상대를 괴롭힐 만큼 악랄한 구석이 있나 보다.

블레셋을 적으로 돌린 내게는 꽤 찜찜한 긍정이었다.

"어떤 꿈이기에 끔찍하다고 한 거니."

"다시 떠올리기도 싫어요. 마치 현실처럼 생생했어요. 의식이 멀쩡하고 감각이 그대로 느껴지니 정말 꿈이 아니라 현실인 것 같아서⋯⋯."

"현실처럼 생생한 꿈이라."

내 말을 듣고 란델이 신중한 눈으로 읊조렸다. 난 조급하게 물었다.

"짐작 가시는 게 있나요?"

"꿈을 통해 뭔가를 하는 건 충분히 가능한 일이란다. 꿈은 마법과 밀접한 영적인 영역이니 예로부터 전갈을 보낼 때에도 많이 이용했지. 그러나 그런 간섭을 행하려면 상대보다 월등히 강력한 마법사여야 한단다. 혹은 같은 종류의 마력을 품고 있어 상대의 정신에 접속하는 데 거부가 덜하거나. 기본적으로 마탑의 마법사들은 마력의 근원이 같으니⋯⋯. 그래, 마탑의 시온이라면 충분히 그럴 수 있겠구나."

"저주처럼 직접 신체에 영향을 주는 것도 가능한가요?"

내가 걱정하는 척 묻자, 바로 대답이 날아왔다.

"물론 가능하지. 꿈은 정신이 자아낸 세계, 그리고 마법은 정신에 바로 영향을 줄 수 있으니 그 영향을 육신에 현하게 하는 것도 충분히 가능한 일이다. 하지만 그렇게 하지는 않을 텐데. 블레셋도 최소한의 선을 지킬 줄은 아니까."

꿈에서 마력을 전달하는 것도 가능하냐고 재차 묻고 싶었지만, 너무 상세한 질문이었다. 란델의 말을 찬찬히 짚어 보니 충분히 가능할 듯싶었다.

란델이 이어 꺼낸 말이 쐐기를 박았다.

"심지어 자신이 의식 세계에 생성한 영역으로 상대를 끌어들이는 것도 가능하지."

그 신비로운 금빛 숲은 마스터의 의식 세계인 걸까. 어떤 의미를 품은 장소인지는 알 수 없지만, 난 생각에 잠기듯 눈을 내리깔았다. 잠잠해졌던 열기가 다시 뺨에 오르는 것 같았다.

여기서 중요한 건 아무리 부인하고 싶어도……. 내가 현실이나 다름없이 마스터와 입을 맞추었다는 사실이다. 노렸을 거라는……. 생각도 든다. 딱히 어떤 사심을 품은 것이 아니라 본인이 거부한다면 효력이 없다고 했으니, 내가 꿈이라고 생각할 때 그 일을 얼른 해치우려는 의도였을 듯싶다. 내가 강해지는 건 마스터 자신을 위해서 필요한 일이니까.

강요하지 않았다는 게 다행인가? 하지만 솔직히 사기당한 기분이었다. 난 정말로 그게 현실일거라고는 까맣게 몰랐으니까.

감정의 폭풍이 한차례 속을 휩쓸었다. 난 복잡한 마음을 추스르며 눈을 들었다.

한 가지 더 확인하고 싶은 게 있었다. 그걸 위해선 조금쯤 진실을 끄집어내야만 했다. 난 조심스럽게 물었다.

"제게는 마스터가 신신당부한 비밀이 있어요. 혹시 꿈을 통해 그걸 읽어 낼 수 있지는 않나요."

그게 가장 중요했다. 내 속내를 읽어 낼 수 있는지 아닌지. 그 점을 제외하자면 다른 점들은 무던히 넘길 수……는 없겠지만, 그럭저럭 넘어갈 만했다.

"마스터가 당부하실 정도면, 네 정신에 방어막을 걸어 주셨을 텐데. 그리고 그렇지 않더라도 마법사의 마음을 읽어 내는 건, 아주 어려운 일이란다. 마력은 항상 마력의 주인을 보호하니까. 마탑의 마력은 특히나 그 속성상 외부에 배타적이지. 내가 이전에 시도할 수 있었던 건 네가 아직 마법사가 아니었기 때문이란다. 네가 '들여다보이는' 느낌을 받지 못했다면 안심해도 좋을 거야."

안도의 한숨이 푹 새어 나왔다. 그래, 거기까지 생각하는 건 내가 과민한 거겠지. 마스터가 나를 가늠하려고 든다는 느낌은 종종 받았지만, 정신에 억지로 침투해서 읽어 내려는 듯한 느낌은 받은 적이 없었다.

그런 내 반응에 란델이 무언가를 간파한 듯이 흥미로운 눈빛을 떠올렸다.

"……물론 때로는 상대와 현격하게 차이가 나는 마법사라면, 상대가 알지 못하는 새에 마음을 읽어 낼 수도 있지. 예를 들어 마스터라면 말이다."

움찔하면서도 동요를 내색하지 않으려고 눈을 끔뻑이는 내게 차가운 온도를 품은 말이 떨어졌다.

"하지만 네게 그럴 수 있을 정도로 강력한 마법사가 어째서 굳이 널 읽어 내겠니. 어차피 네가 어떤 뜻을 품고 있던 그에게는 상관없는 일일 텐데."

란델의 입가에 파랗게 미소가 고였다. 무엇을 어떻게 하든 내가 마스터에게 아무런 영향을 미치지 못하고, 아무리 발버둥 쳐도 그 손아귀를 벗어날 수 없는 무력한 존재라는 걸 상기시키는 말이었다.

서늘하기 짝이 없는 그의 음성에 말문이 막혔다.

……그래, 그가 한 말은 잔인하게 들릴망정 언제나 속속들이 진실이었다. 도망치고자 생각하고 있단 걸 짐작해도, 마스터가 굳이 그걸로 어떻게 하지 않을 거라는 사실을 난 진작부터 깨닫고 있었다.

마스터에게는 내 속내를 읽어 낼 이유가 없다. 내가 속으로 무슨 꿍꿍이를 간직하든 마스터는 명령을 내리면 그뿐이고, 따르지 않으면 처결하면 그만이다. 나와 마스터의 관계는 그토록 간결했다.

하지만 그렇다 해도 마스터가 내 속내를 모르기를 바랐다. 짐작하고 있는 것과 읽어 내는 것은 또 다르니까. 난 언제라도 그에게서 도망칠 생각을 하고 있었고 그 생각을 언제나 곱씹으며 다짐하고 있었다. 그 마음만큼은 조금도 달라지지 않았다.

마탑주의 제자, 시온. 그 어떠한 명예며 권위를 가져다 붙여도 이곳은 내가 있을 자리가 아니었다. 하지만 그런 사실을 마스터에게 들키는 건 싫었다. 그게 필요하기 때문이 아니라, 진실로 그러기를 원치 않았다.

내가 과민하다는 건 알고 있다. 내가 어떤 마음을 품고 있든, 심지어 그를 배신한다고 해도 마스터는 내게 실망하지 않을 것이었다.

애초에 마스터에게 있어 난 그의 수하 중 한 명에 불과하고, 그렇다고 그에게 내가 경계할 만한 상대도 아니니까.

마스터와 나는 각기 다른 방향으로 뻗어 나가는 길이었지만, 나는 마스터의 길에 속한 것처럼 연기해야만 했고, 그가 나의 진실을 들여다보지 않길 원했다.

훗날 그를 떠나려는 계획을 들키지 않기 위해서. 그 이유 또한 진실이지만, 난 그에게 잘 보이고 싶었다. 오직 그 미묘하고 가느다란 인간적인 이끌림 때문에.

온갖 실이 뒤엉킨 실타래처럼 복잡하고도 미묘한 문제였다. 멀리해야 한다는 걸 알고 있어도, 가까워지길 원하는 마음이라.

실은 내가 이런 생각을 하는 것도, 마스터에게 규정할 수 없는 어떠한 감정을 가지고 있단 사실마저도 그가 모르기를 바랐다. 그게 내가 지키고 싶은 선이었다.

이 모든 것을 마스터에게 말할 수 없듯이 란델에게도 실토할 수 없었다. 마스터뿐만 아니라 란델 역시도 내게는 믿을 수 없는 이였으니까.

마스터가 내 꿈에 나타난 것을 눈치채고도 남았을 란델은 그 사실을 눈감아 주듯 더 깊이 찔러 들지 않았다. 한기 어린 미소는 씻은 듯이 사라지고 그의 입매는 어느덧 평온한 호선을 그리고 있었다.

　내게서 몸을 돌리며 란델이 다정한 어조로 말했다.

　"……잠은 다 잔 모양이니 준비하렴, 마을을 둘러보자꾸나."

　그리고 지그시 눈길을 주며 물러나서 문으로 다가갔다. 입술을 달싹이던 난 못 들은 것처럼 가만히 침묵을 지켰다. 란델의 시리도록 푸른 시선이 이성을 자극한 양 빠르게 생각이 정리된다.

　한순간 날카롭게 후벼 파고, 완급을 풀어 주듯 능숙하게 발을 빼는 란델의 태도는 무척 영리했다. 그가 그렇게 하는 데에는 분명히 이유가 있을 것이다.

　란델은 블레셋과 달리, 철저히 이성적인 사람이니 그저 어리숙하고 속이 빤히 들여다보이는 날 우습게 봐서 그리 행동한 건 아닐 터였다.

　확신할 수 있는 건, 란델에게선 적어도 악의가 느껴지지 않았다. 그 점만큼은 란델과 마스터가 똑같았다. 그 어떤 악의를 품고 있지 않음에도 그들은 유리 조각처럼 차갑게 가슴을 파고들었다. 온전히 내 마음으로 쏠려 있던 초점이 순식간에 란델에게로 돌아갔다.

　한없이 따스한 척 굴다가도 금세 한설처럼 차가운 빛을 띠고, 결코 달콤하지 않은 현실을 일깨우는 그였다.

　란델은 내게 끊임없이 경고하고 있었다. 마스터가 어떤 사람인지 알라고, 그에게 마음을 주거나 호감을 품지 말라고, 그래서는 안 되는 상대라고…….

　란델이 몇 번 얼굴을 보지도 않은 나를 깊이 걱정해서 그런다고는 생각지 않았다. 기본적으로 란델은 차가운 사람이었다.

　나로서는 짐작할 도리가 없지만 아마도 그건……. 동지 의식에 가깝지 않을까. 란델은 마치 내가 그와 한편이어야 하는 것처럼 행동했다.

물론 같은 시온이라는 관점에서 보자면 실지로 그와 나는 한편이었다. 학교에서도 학생과 선생님의 사이가 아무리 돈독하다 한들 결국 학생끼리 뭉치는 게 되는 건 당연한 일이다. 서로 위치가 같으니까.

하지만 심정적으로 굳이 말하자면, 난 마스터에 가까웠다. 이토록 경계심을 심어 주려는 건 어쩐지 거부감이 들뿐더러, 기분도 저조해졌다.

마스터와 시온의 관계가 완전히 대척점에 놓인 건 아닐 텐데. 더군다나 란델은 무수한 세월, 마스터를 섬겨 오지 않았던가. 그는 분명히 블레셋에게 그러하듯 자신에게도 마스터는 의미 깊은 존재라 말했었다.

의문이 찾아들자 난 곧장 그 답을 듣기로 결심했다. 란델은 방 안에 있었고, 나는 아직 질문할 기회를 놓치지 않았다. 그제야 나는 눈을 가늘게 뜨며, 직설적으로 물었다.

"왜 제게 그런 말들을 하시는 거죠?"

지금 내겐 그의 대답이 필요했다.

란델은 그답지 않게 말을 고르듯이 시간을 끌었다. 그리고 이내, 여느 때처럼 모호하게 말을 맺었다. 그의 상자 안에 숨겨진 것을 잠시 들여다본 듯이.

"글쎄, 너도…… 언젠가는 알게 되겠지."

미소가 지워진 입술은 아래위로 굳게 맞물렸고, 씁쓸한 기색이 언뜻 그의 낯을 스치고 지나갔다. 그건 실로 꾸며내지 않은 날것 그대로의 파편이었다.

방을 나가는 모습을 보며 난 그를 붙잡을 것처럼 침대에서 몸을 일으켰다. 그러나 다시 털썩 침대 위에 주저앉았다.

나는 그에게 할 말을 찾아낼 수 없었고, 란델도 내게서 바라는 말은 없으리라. 깨달음만이 맴도는 머릿속은 복잡하기만 했다.

진정 잘 포장해 낸 악의가 아니라면, 란델이 품은 뜻은 명료하다.

그는 온전히 나를 위해서, 마스터를 믿지도 그에게 마음 주지도 말라고 하는 것이다.

그 이유라 한다면, 란델은…… 내게 기대하고 실망하다 이내 좌절하게 되는 일련의 과정을 겪지 않게 하려는 것이 아닐까. 어쩌면 그에게 그러한 때가 있었던 것이 아닐까.

블레셋은 아직 마스터의 애정을 사는 일을 포기하지 않았지만, 이미 그 모든 경험을 겪어 낸 란델은 그 모든 게 무의미하단 사실을 뼈저리게 알고 있을 터.

……내가 같은 실수를 하지 않기를 바랄 수도 있겠지.

꿈에서 일어난 일들은 묻히고 어느덧 내 뇌리에는 란델의 마지막 표정만이 남았다.

그와 나눈 대화의 뒷맛은 다소 쓰라렸다.

불에 닿으면 델 것을 알면서도 사람은 종종 이글거리는 불길에 홀리고 만다.

차디찬 겨울에 피어오르는 온기에 매혹되어 오래도록 불을 쬐고 있으면 온기는 열기로 바뀌어 서서히 피부에 화상을 입힌다. 아무리 주의하고 있다 해도 잠깐 방심하는 건, 사람인 이상 어쩔 수 없는 일이다.

그래서 불장난은 위험한 거지. 나는 고개를 끄덕거리면서도 그게 퍽 내 상황과 맞아떨어지는 일이라 생각했다.

란델의 제의를 잊지는 않은 터라, 난 반 시간가량 걸려서 준비를 마치고 란델을 찾았다. 그간 찬물로 세수하면서 감정을 다스리고, 옷도 반듯하게 갖춰 입은 터였다.

놀러 간다고 분칠을 하고 싶어도 화장품도 없고, 이쪽 세계에서 난 그런 부분은 거의 손 놓고 있었다.

정작 내가 그를 찾았을 때, 란델은 손목에 이상한 생물체를 올려놓고 미간을 찌푸리고 있었다.

머리에 붉은 보석이 박힌 검은 새는 길이 든 것처럼 퍼덕거리지도 않고 얌전했지만, 눈알도 없이 민둥한 얼굴과 부리까지 검은 모습이 불길하기만 했다.

머뭇거리면서 입구 근처에 멈춰 있는 내게 란델이 평온한 투로 선언했다.

"아무래도 나는 잠시 자리를 비워야겠구나."

"네?"

"탑에서 전갈이 왔는데, 급히 처리해야 할 일이란다. 지금 이 건은 시일이 남았으니 바로 처리하고 오마. 온전히 내 임무라 혼자 가야겠구나."

"얼마나 걸리시는 데요?"

"글쎄……. 한 이틀? 탑에 들를 필요 없으니 가능한 한 빨리 돌아오지."

란델은 새롭게 불거진 일이 내키지 않은 듯이 눈살을 찌푸렸다. 그리고 당부하듯이 물었다.

"혼자 있을 수 있겠지?"

"제가 어린아이도 아니잖아요."

"그건 그렇지."

슬쩍 웃는 얼굴에 이전의 대화로 인해 어색한 감이 있었던 분위기가 완화되는 듯싶었다. 다만 분위기가 어떻게 바뀌었건, 나는 다른 생각으로 머리가 가득 차서 터질 것만 같았다.

난 안심하라는 듯이 입꼬리를 끌어 올리며 혼란스러운 기분을 그에게 내색하지 않으려고 노력했다.

이건 신이 내려 주신 절묘한 도주의 기회인가. 아니면 함정? 탑 밖으로 나가게 되면 언제고 기회가 올 거라곤 생각했지만, 이렇듯 갑작스럽게 손안에 떨어질 줄은 몰랐다. 그걸 움켜쥐려는 마음을 티 내지 않으려고 애쓰며 난 얕은 숨을 내쉬었다.

처음 마스터를 만났을 때와는 달리, 현재의 난 내 몸 하나쯤은 지킬 수 있었다. 이 세계에 대해서는 책으로 접한 게 거의 전부였지만, 나는 마법사였고 마법사라는 게 어떤 존재인지는 알고 있었다. 눈에 띄게 돌아다니지 않고, 방심하지 않는다면 내가 위험할 일은 거의 없으리라.

이 틈을 타 도주하는 게 올바른 판단일까.

그 고민에는 답을 내리기 어려웠다. 마탑은 안락했고, 거기에 있으면서도 내 세계로 돌아갈 방법을 찾아보는 건 가능했다. 지금은 란델과 함께 다니느라 그러기 어렵겠지만, 내가 홀로 임무를 맡게 된다면 충분히 그럴 여력이 생길 터였다.

아무리 지금 당장 돌아가고 싶다고 해도, 방법을 모르지 않은가. 시간을 좀 끌더라도 안전하게, 천천히 방법을 찾아보는 게 나으리라.

하지만 다음에 내게 주어지는 임무가 이토록 얌전하고 별일 없는 것이 아니라 마법으로 누군가를 해하는 것이라면? 누군가의 목숨을 앗아야 한다면? 나는 자신이 없었다. 아니, 자신이 없는 문제를 떠나서 속에서 왈칵, 반발심이 솟구쳤다.

마탑은 결코 선한 집단이 아니었고, 마탑이 내리는 잔혹하고 무자비한 처결에 난 결코 동조할 수 없었다. 내 목숨이 달려 있다면 글쎄, 이야기가 다를 수 있겠지만…… 고문이나 다름없는 강요로 느껴지리라는 건 분명하다.

그건 마스터를 처음 만난 이후 내게 나무처럼 깊게 뿌리박고 있던 불안이었으며 동시에 내가 마탑을 벗어나고 싶은 가장 결정적인 이유였다.

이게 최고의 기회는 아닐지언정, 언젠가 내게 그런 임무가 떨어지기 전에 도망칠 수 있는 마지막 기회일지도 몰랐다.

난 동요를 감추는 데 능숙하지 못한 편이었다. 이상한 기색을 감지했는지 란델이 문득 내 얼굴을 관찰하듯이 살폈다. 아차 해서 고개를 숙이는데, 란델이 단숨에 내가 품은 갈등을 날려 버렸다.

"혹시나 해서 말하지만, 헛된 생각을 하지는 말려무나."

흠칫, 내렸던 고개를 들자 경고하듯 어느덧 엄격하게 그늘진 그의 낯이 선연하게 눈에 들어왔다.

"마스터께선 설명에 친절한 편이 아니시니 네가 모를 것 같아서 하는 말이다. 마탑의 마법사는 마탑에서 마력을 끌어다 쓰지. 그 말은 즉 마탑에 영적으로 종속되어 있다는 소리란다. 세상에 무상으로 주어지는 건 없는 법이니까."

그건 내가 도망쳐도, 마탑에서는 내 위치를 파악할 수 있단 말이었다.

정곡을 찔린 탓에 굳어 있는 내게 란델은 카멜레온처럼 순식간에 표정을 바꾸어 얄밉도록 친절한 웃음을 보였다.

투명한 푸른 색채의 눈동자는 그 안에 무엇이 잠들어 있는지 짐작하기 어려운, 얼어붙은 호수 같았다.

"기다리다 보면 언젠가 기회가 오겠지."

놀리는 건지 달래는 건지 알 수 없는 말을 남기며 란델은 그 자리에서 슥 사라졌다. 물로 닦아 낸 듯이 흔적도 찾아볼 수 없는 빈자리를 난 망연히 바라보았다.

……갑자기 뭘 해야 할지 알 수 없어졌다. 예기치 못한 휴가를 받은 기분이었다. 그것도 그리 달갑지 않은 휴가.

휴가가 달갑지 않을 수 있겠느냐마는, 실질적인 자유가 허용되지 않는다면 그리 느낄 만도 하지 않겠어?

란델이 너무도 확실하게 꼬집어 준 탓에 도주욕은 씻은 듯이 가시고 몸이 으슬으슬해졌다. 그가 말해 주지 않았다면, 난 충동에 못 이겨 도박꾼처럼 '못 먹어도 고!'를 외치며 도주를 시도했을지도 모른다.

자그마치 6개월이란 시간 끝에 찾아온 기회를 떠나보내고 다시 기다리는 건 막막한 일이기에, 그건 꽤 가능성 높았다.

그 선택의 결말은 과연 비명횡사일까? 하긴 나는 꿈을 통해 찾아오는 마스터를 막을 방법도 알지 못했다.

아마 결계를 치거나, 무의식에 완전히 빠져들지 않게 수면의 깊이를 조절하면 되리라 짐작되었지만, 그 또한 이론에 불과하다. 마스터는 내가 접한 이론으로 가늠할 수 없는 대단한 마법사니까.

경고해 줘서 고맙다고 란델에게 감사를 해야 하나. 삐죽 입을 내밀며 난 그곳을 빠져나왔다. 어쨌든 란델이 사라진 자리에 멍하니 서 있는 것도 시간 낭비였다.

그는 이틀가량 이곳을 비울 예정이었고, 그 시간을 생산적으로 쓰기 위해 무언가를 해야겠단 의무감이 들었다. 마냥 방에 있으면서 마력 호흡을 하는 건 탑에서도 할 수 있는 일이다. 모처럼 새로운 세상에 익숙해질 수 있는 기회인데. 어쨌든 난 정보를 얻어야 한다.

혼자 나돌아 다녀야 한다니……. 대학생이 되면 꿈꾸었던 배낭여행과 비슷한 상황이었다. 낯선 나라에 여행을 온 것처럼 들뜨면서도 미아가 된 것처럼 불안감이 엄습해 왔다.

현대 국가도 아닌 이곳의 치안 상황은 장담할 수 없으니, 주의를 기울여야만 했다. 그런데 가만, 나한테 돈이 있었나?

난 불현듯 로브 안쪽을 뒤적였다. 이 로브를 입을 때 안감 부근에 무언가 묵직한 게 들어 있었던 것 같은데…….

로브 안쪽에서 벌어진 입구를 헤집어 돈이 가득 든 지갑을 끄집어낸 난 환호성을 내지를 뻔했다. 안에는 척 보기에도 가치가 있어 보이는 금빛 편(片)이 수북하게 들어 있었다.

출장비 명목으로 주어진 게 틀림없었지만, 공돈이 생긴 것 같아서 기분이 갑자기 좋아졌다. 홀로 돌아다닐 만한 자유에, 충분한 돈이라. 오늘은 뭐가 되는 날 같다.

마스터가 돈을 펑펑 쓰는 걸 봐선 마탑은 경제관념이 투철한 곳도 아닌 듯하니, 이건 꿍쳐 놓거나 내 마음대로 써도 되지 않을까.

이 나라의 돈 단위 같은 건 나로선 알 도리가 없지만, 같은 사람 사는 곳이니 뭐가 다르겠어? 그러니까 즉 현재의 난 돈과 시간이 넉넉한 자유로운 여행자란 거지.

도주를 훗날로 미루고 나니 기분이 가벼워졌다. 돌아다니면서 마법사 티를 내는 건 대단히 눈에 띄는 일이었고 난 이목을 끌고 싶지 않았다.

난 방에 로브를 벗어 놓은 채 구경을 나가기로 했다. 웃옷에 달린 주머니에 지갑을 밀어 넣고 여관 카운터로 가서 이 부근에 뭐가 있는지 물었다.

보통 여행자가 묵는 숙소에 정보가 많다지 않아? 정보를 캐내려는 내 의도를 짐작한 듯 카운터에 앉은 여인이 친절한 얼굴로 말을 꺼냈다. 퍽 조심스러운 태도다.

"글쎄, 마법사님이 궁금해 하실 만한 게 뭐가 있을는지요."

"저는 수행원일 뿐이에요. 마법사님은 남자분 쪽."

어깨를 으쓱하며 난 진실과 가깝게 얼버무렸다. 괜히 마법사가 이 여관에 머무르고 있다고 소문이라도 나서, 란델이 없을 때 무슨 일이라도 터진다면 곤란하다.

란델은 그리 의식하지 않겠지만, 난 우리가 마법사 길드 소속인 양 신분을 위조했단 걸 잊지 않고 있었다. 그리고 그게 문제로 다가온다면 나로서는 홀로 해결하기 난감할 테지.

"마법사님이 며칠 자리를 비우신다길래, 저 혼자 마을을 좀 돌아보려고요. 어디 좋은 구경거리 없을까요? 아니면 근처의 경치 좋은 곳이라도 추천해 주시겠어요?"

"어머, 그렇다면 저쪽 왼쪽으로 쭉 따라가서 광장에 나가 보시면 아마 괜찮은 구경거리가 있을 거예요. 극단이 왔다고 들었어요. 이번에 왕도에 큰 행사가 있어서 사절이며 상단들이 죄다 그곳으로 몰려가고 있답니다. 이 마을이 왕도로 가는 길목에 있다 보니 도중에 들르는 이들이 볼거리를 선보이곤 하지요."

"극단이라고요?"

"이곳은 그저 들르는 마을이고 손님도 많지 않을 테니 본격적인 공연은 못 할 거예요. 대신 인형극이나 묘기 같은 걸 보여 준다고 들었어요. 번화한 곳이니 무슨 일이 생길 것 같진 않지만, 그래도 요새 타지 사람들이 많이 들어왔다고 하니, 주의하세요. 손님처럼 예쁜 아가씨는 눈에 띄는 법이니까요."

예의상의 언사라는 걸 알면서도 눈을 찡긋거리는 그녀에게 난 환한 웃음을 보였다.

"그럴게요."

아무래도 그간 칭찬이 어지간히 고팠나 보다. 간밤의 꿈에서도 마스터에게 직통으로 마탑의 수준보다 외모가 떨어진다는 소릴 듣지 않았던가.

크게 상심하진 않았지만, 담아 둘 만큼 기분 나쁜 소리이긴 했다.

다시 어젯밤을 재생하려는 사고 방향을 애써 돌리며 난 여관 문을 박차고 나섰다.

"왼쪽이라고 했지?"

보통 숙소의 급을 따질 때에는 입지 역시 중요하다고 한다. 그리고 란델이 선택한 이 최고급 여관은 마침 마을에서도 가장 번화한 곳에 자리하고 있어서, 왼쪽으로 이십여 분가량 걸어가자 곧 번듯한 광장이 눈에 들어왔다.

한참 햇살이 드리울 시간의 광장은 쾌적하고도 평화로웠다.

분주히 오가는 사람들과 발걸음 따라 옅게 이는 흙먼지, 어디선가 풍겨 오는 빵 냄새. 그 모든 광경에서 전해져 오는 활기를 만끽하듯 난 잠시 발길을 멈추었다. 이게 살아 있는 느낌일까?

음지에서 흐릿한 달빛만 받고 있던 새싹이 쏟아지는 햇볕을 쬐고 파랗게 차오르는 듯했다. 창백하니 하얀 살갗에 스미는 빛이 따가우면서도, 말라붙은 대지에 물을 뿌리는 양 달았다.

너무도 오랜만에 느끼는 생의 감각에 도취하여 난 한동안 우두커니 서 있을 수밖에 없었다. 이 잠깐의 자유를 마음껏 누리자고, 생각하며 눈을 느리게 깜빡였다.

난 찬찬히 주위를 둘러보았다. 거대한 분수가 광장 중앙에서 기운

차게 물을 뿜어내었고, 그 주위에는 즉석에서 만든 음식을 내다 파는 상인들이 여럿 자리를 깔고 있었다.

한가로운 마을의 정경. 어느 낯선 나라에 여행을 온 듯하다. 저편에 눈에 띄게 알록달록한 색의 거대한 천막이 설치된 앞에 꽤 많은 사람이 옹기종기 모여 있었다.

슬쩍 살피니 한 어린 소년이 모래주머니 같은 동그란 물체 여러 개를 공중에서 빠르게 돌리는 모습이 보였다.

저게 아무래도 그 극단인가 본데? 아침을 먹지 못한 탓에 배가 고파 오긴 했지만, 난 일단 발길을 그쪽으로 향했다. 아무래도 시간이 오전 무렵이라서인지, 아주 그럴듯한 공연은 펼치지 않는 모양이었다.

주변 사람들이 '어제 저녁에는 대단했지?'라며 어제의 공연에 대해서 말을 나누는 가운데, 극단의 견습처럼 보이는 소년은 긴장한 표정을 지으면서도 능숙하게 공을 돌렸다.

세 개까지 돌렸던 공이 하나씩 더해져 다섯 개가 되자, 잔영만 보일 만큼 손이 바삐 돌아갔다. 원을 그리면서 도는 다섯 개의 공을 보는 건 신기하면서도 어지러웠다.

별것 아닌 것 같은데도 눈길이 간다. 마침내 공중으로 치솟은 다섯 개의 공을 일거에 받아 낸 소년이 그것들을 발 앞에 떨어뜨리자 박수가 쏟아졌다.

이내 자신만의 묘기를 마친 소년이 씨익 웃으며 정중하게 허리를 숙여 관객들에게 인사했다. 그리고 바가지만 한 크기의 양철통을 앞으로 내밀자 그 안으로 반짝거리는 금속성의 물체가 던져졌다. 돈을 받는 건 내 세계나 이곳이나 똑같았다.

주변 사람들이 앞다투어 돈을 던지기에, 좋은 구경을 했으니 무언가 답례를 해야겠다는 생각에 나 역시 지갑을 꺼내서 뒤적거렸다.

얇은 편으로 되어 있는 단 한 종류의 금빛 화폐가 수북하게 들어 있는 지갑 속에서 선택의 여지는 달리 없었다.

대충 하나를 끄집어내 던지자 조준이 미숙했는지, 통을 맞고 챙, 하고 튕긴 뒤 바닥으로 떨어졌다. 그와 동시에 사방에 무거운 침묵이 깔렸다.

마치 전쟁선포라도 들은 듯한 무게감이었다. 난 내가 엄청난 실수를 했나 싶어 마음 졸였다. 무슨 일이라도?

여차하면 뒤로 뺄 생각에 발을 슬며시 뒤로 옮기며 이 상황에서 쓸 만한 마법을 떠올려 보았다. 눈을 휘둥그레 뜬 소년이 조심스레 내가 던진 돈을 집어 들었다.

"저어……. 어떤 손님이 이런 엄청난 금액을 주셨는지. 혹시 잘못 던지신 건 아닌가요?"

뭐야? 구경 값치고는 돈을 너무 많이 줘서 그랬나. 아차 싶었다. 내가 던진 금빛 편은 다른 사람들이 던진 비슷한 색상의 동전보다 크기도 두 배쯤 컸고 화려한 금속성 광택이 표면에서 반짝여 제법 눈에 띄었다.

어차피 내 돈도 아니고, 지갑에 그거밖에 없었는걸. 주목받으면 골치 아파질 것 같아서 입을 싹 다물고 시치미를 떼는데 그 순간,

"여기 이 아가씨가 던지는 걸 내가 봤어."

수군거리는 사람들 속에서 한 아주머니가 호들갑을 떨며 날 지목했다.

저기, 아줌마! 저한테 왜 이러세요? 그 악의에 가까운 눈치 없음에 난 할 말을 잃었다.

"어어? 손님? 이거 실수로 잘못 주신 거 아닌가요? 아무래도 금액이 너무 큰데."

꽤나 양심적으로 보이는 극단 소년이 편을 바지에 쓱쓱 문지르면서 내게 다가와 물었다.

공연을 보면서 슬금슬금 파고들어 하필 거의 맨 앞자리로 나와 있었던 터라 도망치기도 뭐했다. 여기서 당황하면 아무래도 어리숙해 보일 테지. 이렇게 많은 이목이 쏠려 있는데 그리 보여선 곤란하다.

난 란델의 천연덕스러운 얼굴을 흉내 내며 생긋 웃었다.

"그냥 준 거니까 가져."

"……씀씀이가 크시군요. 실례가 되지 않는다면 뭐 하는 분인지 여쭈어 보아도 될까요?"

금전의 출처가 의심되는지 눈을 가늘게 뜨고 날 훑어보는 소년에게 난 뻔뻔한 얼굴로 조악한 핑계를 들먹였다

"부유한 여행자."

어깨를 으쓱해 보인 소년이 활짝 웃는 얼굴로 '그러면 감사히 받겠습니다!' 하고 외쳤다.

이어 다른 공연을 시작한 소년을 두고, 내가 천천히 그 자리에서 몸을 뺀 건 순전히 불순한 시선이 와 닿았기 때문이다.

이어지는 공연에 아랑곳하지 않고, 오로지 나를 뚫어지게 바라보는 눈빛들. 그건 한둘이 아니었다. 마법사가 되어 감각이 예민해진 덕에 피부를 따갑게 파고드는 그 탐욕의 시선이 경계심을 자극한다.

아까까지만 해도 이곳의 치안 수준은 알 수 없으니 조심해야겠다고 생각하지 않았나. 무심코 행한 일이 초래한 위험성을 떠올리니 내 머리통을 쥐어박고 싶어졌다.

하지만 난 스스로에 대한 애정을 버리지 않기로 했다. 그리고 자학하는 대신, 구경을 뒤로하고 대충 먹을 것을 산 뒤 얌전히 여관으로 돌아가 마법을 수련하기로 결심했다. 일사천리로 세워진 계획이었다.

막 인파를 벗어나는데, 어떤 아이가 내 쪽으로 성난 황소처럼 질주해 왔다. 충돌하기 직전, 난 뛰어난 순발력을 이용해 아이를 재빨리 잡아채 세웠다.

숨을 몰아쉰 아이가 당황한 얼굴로 사과를 건넸다.

"죄, 죄송해요."

근데, 이 상황, 어디선가 본 것 같단 말이지. 아이의 눈길이 내 옷

안쪽을 스치는 것을 놓치지 않고 목격한 난 아이를 놓아주며 싸늘하게 말했다.

"조심해야 할걸. 난 좀 폭력을 애호하는 사람이라. 내 지갑을 노리는 사람은 가만 놔두질 않거든."

순진하게 보였던 아이의 표정이 순식간에 표독스럽게 변했다. 침을 퉤, 내뱉으며 등 돌려 달려 나가는 아이의 뒷모습을 보자 하니 한 대쯤 머리통을 쥐어박아 줄걸, 하는 후회감이 스쳤다.

내가 돈 많다는 소문이 참 빨리도 돈 것 같다. 노리는 사람도 벌써 나타났고. 이 광장을 중심으로 계획적인 조직 범죄가 벌어지는 건 아닐까. 급작스레 경계심이 치솟았다.

배가 고팠지만, 이제는 식탐이고 뭐고 포기해야 할 때인 것 같다. 배고픔이야 마법으로 해소할 수도 있었지만, 모처럼의 식사라서 기대했건만.

난 등을 뻣뻣하게 곧추세우고 당당한 걸음걸이로 광장을 벗어났다. 세 보이면 좀 덜 건드리지 않을까 하는 계산적인 의도를 담아서.

광장을 벗어나 본격적으로 길에 접어든 시점에서 건달패로 보이는 사내 여럿이 어슬렁거리며 내 주위를 감쌌다. 그 많던 행인들은 어디로 갔는지 주변은 휑하기만 했고, 그나마 지나다니던 사람들도 인정머리 없이 모른 체하며 자리를 피했다.

"아가씨, 우리가 아가씨한테 볼일이 좀 있는데 시간 좀 내주셔야겠어?"

히죽거리는 낯짝이 참으로 마음에 들지 않아 난 불퉁하게 대꾸했다.

"난 볼일이 없는데."

"볼일이야 만들면 되지. 아가씨가 돈 자랑하고 다닌다는 소리가 들려왔거든? 우리랑 그 돈 좀 나누어 쓰자구, 어때? 좋은 게 좋은 거 잖아."

난 콧방귀를 뀌었다.

"거지인가? 멀쩡한 몸으로 적선 받으려고 하게."

"이년이 근데!"

거칠게 휘두르는 손은 강맹했지만, 일반인답게 느리기 짝이 없었다. 마법사가 된 내 신체적 반응 속도는 운동선수만큼이나 우수했다. 슬쩍 물러선 것만으로 피해 버리자 사내의 얼굴이 시뻘겋게 달아올랐다.

"잡아!"

그 말과 동시에 사내들이 우르르 내게 손을 뻗었다. 같은 방식으로 몸을 움직여 그 모든 손길을 피해 버린 나는 곧바로 달리기 시작했다.

"저 쌍년을 그냥!"

"잡아!"

쫓기는 뒤 꽁지가 당겼다. 왜 내가 도망쳐야 하지? 내가 뭘 잘못했다고. 여태까지 배운 마법으로 이 몇 명쯤은 가볍게 상대할 수 있다.

하지만 란델이 자리를 비운 이상 소란을 피우고 싶지도, 마법사임을 들키는 것도 원치 않았다. 비록 그걸 누구도 문제 삼지 않는다고 해도.

한편으로는 내가 흥분하여 힘을 조절하지 못할까 봐 두려웠다. 난 그들을 단숨에 통구이로 만들어 버릴 수도 있는 마법사였다.

마법이라는 수단을 통해서라곤 하나 누군가를 해하는 건 소름 끼치는 일이니. 정 안되면 몸에 근력 강화 마법을 걸고 주먹으로 때려 눕히는 방법도 있겠지만, 기분 좋게 나왔는데 그런 드잡이질은 내키지 않았다. 그것도 일을 소란스럽게 만들 수 있겠지. 여러모로 머리를 굴려 봐도 피하는 게 최선일 듯하다.

부리나케 뛰어 골목길을 딱 도는데 한 중년의 여인이 마침 집 문을 열다 날 발견하고 빤히 바라보았다. 내 다급한 얼굴을 목격한 그녀가 뒤에서 들려오는 사나운 욕지거리를 듣고 굳은 얼굴로 내게 손짓했다.

망설일 시간은 없었다. 뛰어들다시피 집 안에 들어서자마자 문이 탁 닫혔다. 난 가만히 귀를 기울였다. 소란스러운 사내들의 말소리며 발걸음 소리가 사라져 간 후에야 여인에게 인사했다.

"도와주셔서 감사합니다."

어디선가 한 번쯤 본 듯한 친근한 낯의 여인은 안심하라는 듯이 주름진 얼굴에 옅은 미소를 띠었다.

"여행자인가? 고운 아가씨다 보니까 험한 일을 당할 뻔했나 보네요. 이 마을이 원래 이런 곳이 아니었는데, 요새 외부 사람이 많아져서 무뢰배들이 늘었어."

"뭐, 어딜 가나 있을 수 있는 일이지요. 운이 나빴어요."

난 넉살 좋게 답하며 숨을 골랐다. 긴장이 탁 풀리자 그제야 거칠어진 호흡이 가쁘게 느껴져 왔다. 정 뿌리치지 못하면 상대하면 된단 자신감이 있었다곤 하나, 험상궂은 사내 여럿에게 쫓기는 상황은 내게 압박감을 주기에 충분했다.

잠시만 기다려 달라고 말한 여인이, 물 한 컵을 가져와 내게 건넸다.

"잠시 쉬다가 가요. 저런 놈들은 그리 독하질 않아서 금방 포기할 거야."

투명하게 찰랑대는 물은 시원해 보였고, 마침 정신을 차리고 싶었던 난 고개를 끄덕이며 의심 없이 물 컵을 받아마셨다.

여인과 두런두런 이야기를 나누던 어느 순간, 어지럼증을 느꼈다. 의자에 걸터앉자 멀쩡했던 눈앞이 갑자기 아지랑이처럼 빙빙 돌았다.

뭔가 이상하다는 걸 깨달았을 땐, 이미 늦었다. 흐려지던 눈앞이 이내 암전하듯 새까맣게 꺼져 들었다.

물안개에 휩싸인 듯 흐릿한 연무가 피어오르는 사방은 뿌옇기만 했다. 구름 속을 노니는 양 가벼운 발걸음은 땅을 디디고 있지 않아 흡사 공중에 떠 있는 느낌이었다.

사고가 멎어 버린 나는 그저 본능처럼 출구를 찾아 한 치 앞도 보이지 않는 안개 속을 한참 헤매었다. 몽롱한 정신은 약에 취한 듯이 아무것도 떠올리지 못했고, 내가 누구인지도 알 수 없었다.

마냥 떠돌아다니기만 어느 순간, 두렵고도 엄혹한 기운이 엄습해 왔다.

저 멀리서 새카만 형체가 어른거린다. 가까워질수록 겨울이 숨을 불어넣는 양 피부에 닿는 온도가 싸늘하게 식어 갔다.

지상에서 가장 어두운 밤처럼 짙었고 무저갱에서 흘러나온 어둠이 생을 앗아 가는 듯 차갑고도 섬뜩했다.

나는 두려움에 차서 뒷걸음질 쳤다. 공포에 질린 감각이 너무도 선연하여 가라앉아 있던 의식이 깨어났다. 그리고 그 암흑 속에서 요요한 빛을 띤 두 개의 눈동자를 발견한 순간,

난 퍼뜩 눈을 떴다.

몸서리치며 바닥에서 튕기다시피 몸을 일으킨 난 손등으로 이마를 훔치듯이 짚었다.

술을 거하게 들이마신 양 머리가 지끈거렸다. 하지만 정신은 그 이상한 꿈 탓인지 찬물을 들이부은 것처럼 말짱했다.

환한 빛에 시야를 적응시키며 난 경계심 섞인 눈으로 인기척이 산재한 주변을 둘러보았다. 아주 낯설다 못해 평생 발들일 거라 생각해 본 적 없는 장소다. 강철로 만들어진 창살이 빽빽하게 쳐진 감옥이라니.

감옥 안에는 구석에 외떨어져 있는 나 외에도 여기저기에 사람들이 쓰러져 있었고, 이내 신음과 함께 하나둘씩 깨어났다. 금세 감옥 안은 혼란으로 가득 찼다. 누구도 자신이 왜 여기에 있는지 알지 못하는 눈치였다.

그런 걸 보면 여기가 경찰서 같은, 합법적인 구금 장소일 거라곤 가정하지 않는 게 맞겠지.

인신매매. 그 단어가 어렵지 않게 뇌리에 떠올랐다. 뒤이어 내가 잠이 든 게 아니라, 정신을 잃었다는 게 기억이 났다.

한시름 놓았다고 생각했는데, 그게 끝이 아니었다니. 안심할 때가 가장 위험한 순간이라고 했지. 막 위기를 벗어난 순간, 등장한 구원자. 그것도 인상 좋은 아주머니가 실은 악당일 거라고는 짐작도 하지 못했다. 회상 속의 상냥한 얼굴이 순식간에 잿빛을 덧입고 일그러진다.

세상 누구도 믿어선 안 된다는 말이 뼈저리게 느껴진다. 흡사 명치를 강타당한 기분이었다. 부드득, 이를 갈면서 난 관찰하듯 잠자코 주변 사람들을 둘러보았다.

누구라 할 것 없이 깨어나면서 이맛살을 찌푸리는 게 약의 후유증에 시달리는 것처럼 보였다.

수십 명 가까이 되는 사람들은 하나같이 젊었고, 상당수가 여자이거나 열서너 살 이상 되는 아이들이었다. 그사이 상황을 파악한 그들은 어리둥절한 얼굴이 되더니, 점차 공포에 질려 누가 먼저라 할 것 없이 소리를 지르기 시작했다.

여기가 어디야? 살려 주세요! 신이시여! 등등 온갖 레퍼토리의 소음에 귀가 따가웠다. 이내 비명은 흐느낌을 머금었고, 생이 끝장난 것 같은 울음이 사방에 울려 퍼졌다. 동정심이 들긴커녕 귀를 틀어막아 버리고 싶은 마음이 솟구쳤다.

그들을 달래어 진정시키는 건 지금의 내겐 무리한 요구였다. 그럴 만한 심적인 여유가 없다.

그래, 난 자괴감을 느끼고 있었다.

마탑의 시온이 어떤 존재인지에 대해서 란델에게 설명 들은 바도 있었고, 내 실력에 대해서 자신감도 있었던 터였다. 그런데 이토록 허무하게 당해 버리다니.

만약 그 여인이 노린 게 내 목숨이었다면, 난 이미 죽어서 시체가 되어 있을 것이다. 조금만 눈치를 채는 게 빨랐다면 해독 마법이라도 썼을 텐데, 너무도 느슨하게 긴장을 풀어 버렸다. 그건 변명할 수 없는 실수. 팔을 움켜쥔 손에 하얗게 질려 버릴 만치 힘이 잔뜩 들어

간다.

"닥쳐 이것들아!"

말소리가 커지자 사나운 외침과 함께 철창을 쾅쾅 두드리는 소음이 들렸다. 화들짝 놀란 사람들이 도망치듯이 철창에서 멀찍이 몸을 빼었다.

"개밥으로 던지기 전에 알아서 닥치지 못해?"

덩치가 산만 한 사내가 눈을 부라리며 손에 든 몽둥이를 휙휙 돌리자 울음은 잦아들고 여인들은 입을 가리며 숨을 죽였다. 솥뚜껑만 한 손과 울퉁불퉁한 근육을 보아하니 여기 있는 이들이 모조리 달려들어도 상대할 수 없을 것 같았다.

소리가 죽어 들자 사내는 만족스러운 웃음을 띠며 위세를 부리듯 감옥 안을 둘러보았다.

"그래, 말을 잘 들으면 좋은 주인님을 만날 거다. 내 장담하지. 이런 시골 구석에서 농사나 짓고 사느니 높으신 분을 섬기며 부귀영화를 누리는 게 낫지, 암."

무슨 저딴 개소리가 다 있지? 저조해지는 기분을 치미는 울분이 끌어올렸다.

내가 짐작했던 대로 이곳은 인신매매의 소굴인가 보다. 외과 의학이 발달하지 않은 이곳 세계에서 장기매매는 그리 유용한 돈벌이 수단이 아닐 터.

하지만 사람을 가져다 파는 건 어디에서나 돈이 될 테지. 영화에서나 보던 상황을 맞게 되는 건, 형용할 수 없이 역겨운 기분이었다.

사내가 위협하듯 몇 번 더 철창을 내려치고 어딘가로 사라지자, 조용해졌던 공간에 다시금 말소리가 감돌았다.

우리 어디로 팔려가는 거지? 이게 무슨 일이람! 안면 있는 사이가 각기 붙들려온 듯 서로 부둥켜안는 이들도 있었다. 대화는 두려움을 잊게 하는 수단이니, 이리저리 작은 속살거림이 오갔다.

동떨어져 주변을 살피는 와중에도 뛰어난 청각에 힘입어, 난 몇 가지 사실을 알아냈다.

이곳 왕국에는 노예가 법제화되어 있지 않지만, 암암리에 인신매매에 관한 흉흉한 소문이 돌고 있었다고 한다. 자그마한 마을에서 반반한 남녀를 잡아다가 특별히 고상한 취미를 가진 귀족들, 혹은 거상들, 혹은 타국에 팔아치우는 장사를 하는 집단이 있다는 것이다. 뒷배가 든든한 그들은 소문만 무성할 뿐 그 실체에 대해서 드러난 바가 없었다.

하지만 이렇게 잡혀 오니, 괴담 속에서나 접할 수 있었던 인신매매 집단의 실체가 눈앞에 모습을 드러냈다. 왕도 인근에서 비밀리에 팔아치워질 거라는 누군가의 예측이 잡혀 온 이들을 절망으로 몰아넣었다. 시름시름 말이 없어진 사람들 속에서 난 역시 침묵을 고수하며 고민에 잠겼다.

저 철창, 견고해 보이지만 내가 부술 수 있을 것 같은데. 아니, 부술 수 있을 거다.

사실 내가 이렇듯 침착하게 상황 파악을 하는 것부터가 호랑이굴에 들어와도 정신만 바짝 차리면 산다는 속담을 곱씹고 있는 게 아니라, 그만큼 여유가 있다는 방증이었다.

이 상황을 타파할 수 있다는 여유.

정신을 잃을 당시 마법사의 로브를 입고 있지도 않았던 데다가, 마을로 들어설 때 로브를 푹 눌러쓰고 있었으니 내가 마법사임을 아는 이들은 이곳에 없을 것이다.

그리고 내가 마법사라는 걸 몰랐다면, 마법을 사용할 수 없게끔 조처를 취해 놓진 않았을 것이다. 그런 시설은 돈이 많이 드니까. 애초에 내가 마법사인 걸 알았다면 납치 같은 걸 획책했을까?

대다수 마법사가 마법사 길드에 속해 있는 게 현실이니, 길드의 적이 되는 걸 감수하면서 그런 과감할 시도를 할 가능성은 낮았다.

조금 전 몸에 깃든 마력을 끌어 올려 보니, 내 의지에 따라 막힘없이 움직였다. 그건 내가 언제라도 마법을 펼칠 수 있다는 뜻. 아무리 보잘것없는 마법사라도 마력을 다룰 줄 안다는 것에서부터 일반 사람과는 비교도 할 수 없는 존재였다. 난 마음먹기만 하면 당장에라도 이곳을 벗어날 수 있었다. 이런 컴컴한 감옥에 갇혀 있는 건 영 내키지 않기도 하니.

다만 문제가 있었다. 희미하게 불이 밝혀져 있는 감옥 안은 밀폐된 공간 같았다. 멀쩡한 건물이라면 어디에서건 스며들어야 할 빛도 바람도 느껴지지 않았고 벽엔 한기만이 흘렀다. 사내가 철창을 두드리던 소리며 음성도 메아리처럼 웅웅거리는 감이 있었다.

밀폐된 공간……. 혹여 이곳이 지하실이나 동굴이라면? 철창을 부수는 거야 어렵지 않다지만, 글쎄 난 마법을 다루는 데 아직 미숙했다. 정확히는 강도와 범위를 조절하는 데 미숙했다. 힘을 줘서 때려 부수는 건 자신 있지만, 그 힘을 섬세하게 다루는 수준에는 이르지 못했다.

이곳은 마음껏 마법을 펼쳐 내도 흔적이 남지 않는 마스터와의 방과는 달랐다. 바위처럼 단단할 게 분명할 철창도 저 벽도 내겐 두부처럼 연약하고 무르게 여겨졌다.

더군다나 사람을 굳이 이런 은밀한 곳에 가두는 걸 보아하니 여차하면 흔적을 없애기 위해 여길 무너뜨리는 것도 고려하고 있으리라.

이곳엔 나 혼자만 있는 게 아니니까. 나야 어떻게든 내 몸을 건사할 수 있을 테지만 이 많은 사람을 안전하게 탈출시키려면 조금은 신중해야 했다.

난 자연스레 다른 사람들과 함께 도망칠 생각을 하고 있단 걸 알아차렸다. 대단한 정의심 같은 건 아니다. 그저 도와줄 힘이 있는데도 잡혀 온 사람들을 못 본 체하고 나만 몸을 빼는 게 마음이 걸렸다.

동반 탈출 정도야 할 수도 있잖아? 그건 내게 의무처럼 느껴졌다. 내가 가진 힘이, 내가 할 수 있는 일을 의무로 만든다. 위로하는 데에는 소질이 없지만, 그들을 구하는 건 할 수 있겠지.

이건 세뇌교육 탓이다. 위기에 처한 사람이 있으면 도와주라는 소리를 어린 시절부터 인이 박이도록 들었는걸. 내 앞가림도 못하면서 자연스럽게 그리 흐른다. 마탑의 시온이 어떤 존재인지 새겨 준 란델의 말도 내게 자신감을 불어넣었다.

이런 데 쓰라고 한 말은 아니겠지만, 납치당했다고 해서 벌벌 떨 이유도 없잖아. 달리 생각해 보면 이건 내가 쌓은 마법 실력을 시험할 만한 좋은 기회겠지.

훗날, 마탑에 속한 내가 불가피하게 악행을 저지른다 하여도 지금 이 사람들을 구하는 것으로 조금쯤 상쇄될지도 모른다. 그 무거운 계산이 머릿속을 맴도는 건 어쩔 수 없으니.

이제는 말을 잊고 잠잠해진 사람 중에서 나는 내게 도움이 될 만한 이들을 찾아 주변을 찬찬히 둘러보았다.

미인만 골라잡아 온 듯이 그리 전력이 되지 않을 것 같은, 가느다랗고 고운 여자들이 대부분이라곤 하나 약을 먹여 납치했다면 상대의 무력은 별반 개의치 않았을 것이었다. 그러니까 개중에는 나처럼 감춰 둔 힘을 가진 이들이 있을지도 모른다.

납치당한 이들의 면면을 관찰하고 있는데, 문득 저편에 있는 한 남자가 눈에 들어왔다. 옷자락으로 눈물을 찍어 내며 서로 부둥켜안은 여인 둘에 가려 미처 보이지 않았던 이.

이곳에 있는 몇 안 되는 남자가 하나같이 상품 가치가 있는 훤한 외양을 하고 있다는 사실을 감안하고서라도, 그는 여태까지 발견하지 못한 게 이상할 만큼 화려한 인상의 소유자였다.

희미한 빛을 받은 낯은 눈결처럼 희었고 매끈한 턱이 반듯하니 유려한 곡선을 그린다. 구불거리며 길게 흘러내린 금발은 붉은 기를 띠었다. 한여름의 태양을 연상케 하는 타는 듯한 강렬함과, 붉은 작약 같은 매혹이 그에게서 상존하고 있었다.

하지만 비껴가려던 내 시선을 사로잡았던 건, 그의 눈에 띄는 외모가 아니었다. 그 어떤 긴장감도 두려움도 내포하지 않은 뚜렷하고도 침착한 눈빛. 절망적인 분위기에도 아랑곳하지 않고 느긋하게 턱을 괴는 태도는 이곳에서 무슨 일이 벌어지든 저와는 무관하다는 듯 심드렁한 감마저 있었다.

현실감이 부재한 게 아니라면, 납치되어 어디론가 팔려갈지 모르는 상황에서 동요하는 마음이 들지 않을 리 없다. 그래, 나처럼 어딘가 믿는 구석이 있는 게 아니라면 말이지.

저 사람 역시도, 나처럼 방심하고 있다가 우연히 끌려온 걸까. 뭐, 어딘가 모자란 사람일 수도 있겠지만.

그의 움직임을 예의 주시하기로 마음먹은 순간, 남자의 고개가 움직였다. 내 시선을 감지한 듯 정확히 내 쪽을 바라보는 그와 눈이 딱 마주쳤다.

시선을 피할까 하다가도, 그랬다간 괜히 무언가 수그리고 드는 것 같아 난 우연인 양 눈을 끔뻑거렸다. 그는 내 서투른 연기에 넘어가지 않고 오히려 관찰하는 눈으로 날 훑어보았다.

어색하기 짝이 없는 시선의 교환 속에서 이내 그의 입가가 묘한 선을 그리며 휘어져 올라갔다. 그 자신만만한 미소가 품은 의미는 퍽 거슬리는 것이었다.

졸지에 이런 위기 상황에 남자한테 한눈팔려 있는 생각 없는 여자 취급당한 난 미간을 찡그렸다. 괜히 기분 나쁜 내색을 보이기도 싫어, 난 잠자코 양팔 사이에 고개를 묻었다.

이제는 무언가 변화가 생길 때까지 기다릴 셈이었다.

몸을 웅크린 지 얼마 되지 않아, 아까까지 꽤 긴 시간 정신을 잃고 있었음에도 불구하고 졸음이 몰려왔다. 하긴 기절과 수면을 취하는 건 엄연히 다른 일이었다. 졸음에 순응하고 싶은 욕구가 강하게 들었지만, 난 눈꺼풀에 힘을 주며 생각할 시간을 벌었다.

……이번에 잠에 들고 나면 난 분명히 꿈을 꾸게 될 것이다. 그리고 이 납치 사건이 있기 전만 해도 난 내게 찾아들 꿈을 피하고 싶었다.

하지만 지금은 사정이 다르다.

란델이 따로 방법을 일러주지 않은 현재, 외부와 연락을 취할 수 있는 수단은 오로지 꿈뿐이었다. 내 꿈에는 틀림없이 마스터가 찾아올 것이다. 란델은 아직 돌아오지 않았을 테지만, 그에게 내가 처한 상황을 알리긴 해야 한다. 혹시 마스터가 내가 도망쳤다고 생각하면 곤란하니까.

졸음에 굴복할 만한 정당한 사유를 찾던 내게 이유가 주어지자, 그때만을 기다리고 있었던 양 정신이 운무에 싸이듯이 흐릿해진다.

그래, 그러니까 자자.

만약을 대비해 슬며시 마력을 일으켜 몸 주위에 결계를 두르고 차단하듯 눈꺼풀을 꾹 닫았다. 그리고 오래지 않아 솜이 푹 꺼지듯 의식이 심연으로 사라져 갔다.

갑자기 시야에 금빛이 들어찼다. 숲이 내 앞에 나타난 게 아니라, 내가 단숨에 이동한 것 같은 느낌이었다.

반짝이는 금색 잎사귀가 영롱한 빛을 두르고 눈앞에서 살랑거렸다. 신비로운 빛이 어른거리는 숲은 이전보다 생생했다. 그리고 그 빛을 무색케 하는 깊은 어둠이 숲 가운데에 자리하고 있었다.

빛을 흡수하는 양 새카만 로브는 미끄러지는 듯한 움직임을 따라 공기 중에 검게 번졌다. 한 점 굽힘 없는 고고한 기품은 밤의 왕이라 할 만하나, 죽음처럼 가라앉은 분위기는 스산한 구석이 있었다.

내게로 서서히 다가오는 존재감이 실로 압도적이라 심장이 바윗덩이에 눌리는 양 압박감이 치달아 올랐다.

"어디에 있는 거냐."

그 말이 한기가 배어나는 듯한 음성에 실려 자르듯이 떨어져 내렸을 때, 난 감상에서 벗어나 몸을 움츠렸다.

마스터도 알고 있었구나. 얼음처럼 투명하여 감정이 깃들지 않은 눈동자와 마주 보며 난 할 말을 골랐다.

지난번 그렇게 속아 놓고도, 화가 나긴커녕 이 자리를 피하고만 싶었다. 내가 평소보다 더 두려움에 빠진 이유는 찔리는 게 있기 때문이다.

실제로 지금 난 죄인이었다. 란델이 돌아오겠다고만 했을 뿐 나더러 그사이 어디 가지 말란 이야기는 하지 않았지만, 그렇다고 납치당해서 붙들려간 이 상황을 무어라 정당화할 수 있을까.

마탑의 이름을 더럽혔다며 마스터가 내게 호된 벌을 내릴 수도 있는 상황이니. 언제나 무감정하게 구는 마스터이기에, 화를 내는 모습은 상상하기도 싫었다.

난 움찔거리며 눈치를 봤다. 그래도 변명은 해야 했다.

"저, 실은. 제가 본의 아니게 좀 곤란한 상황에 처해서요……."

암흑과 같은 그가 대답을 요구하듯 지그시 나를 내려다보았다. 그래, 어디에 있느냐고 물었었지. 근데 문제가 있다면……. 난 눈을 질끈 감고 외쳤다.

"죄, 죄송해요. 저 납치를 당했어요!"

……나도 내가 어디 있는지 모른다는 거지. 6개월이라는 짧은 기간 동안 내가 배운 마법이라곤 공격, 방어, 이동. 아주 간단하게 딱 이 세 가지 종류뿐이었다. 기본적인 마법만 익혀 두기에도 빠듯한 시간이라서 그 외 종류의 마법에는 눈길을 돌릴 여유가 없었다.

더군다나 란델을 졸졸 따라온 난 내가 납치당한 마을이 샤자한에서 어디쯤 위치해 있는지도 몰랐다. 그렇게 며칠 시일을 두고 예고를 해 줬으면, 나도 여행을 위한 준비를 했지 않았겠어? 시간을 줬으면 도주를 위한 준비를 했을 것 같으니 그런 점에서 미리 말해 주지 않았을지도 모르겠다.

내 말에 마스터는 화를 내지도, 벌을 내리지도 않았다.

"멀쩡한 것 같군."

그저 사실을 확인하듯이 평온한 투였다.

어차피 네게 기대한 바가 없으니 납치당한 것치고 그거면 충분하다는 소리로 들리기도 했고, 그냥 죽어 버렸으면 골칫거리를 치울 수 있었는데, 따위의 부정적인 해석으로도 들려와 난 고개를 푹 수그렸다.

"그래서 여기가 어딘지 모르겠어요. 감옥에 갇혀 있는걸요. 란델이 떠나고 몇 시간 후에 납치당했어요. 얼마나 시간이 지났는지 모르겠지만, 제가 정신을 잃은 사이 멀리 이동하지는 못했을 것 같……."

"이틀이다."

마스터가 단정 짓듯이 잘라 말했다. 그렇게나 시간이 흘렀던가.

"이틀요? 제가 그렇게나 오래 정신을 잃었다고요? 란델이 저를 찾을 텐데."

나는 울상을 지었다. 이럴 거면 그냥 과감하게 감옥을 부수고 탈출할 걸 그랬다. 문제가 있다면 그 감옥을 나와서 어디로 가야 할지 모른다는 것이지만.

마스터가 차분하기 그지없는 어조로 물었다.

"너를 납치한 자들이 누구더냐."

그리고 나는 감옥 안 납치당한 사람들의 말소리에서 얻어낸 정보를 마스터에게 고자질하듯이 고했다. 아마 왕도 근처에서 대규모의 인신매매가 이루어질 거라는 말을 하고 나자, 불현듯 깨달음이 찾아들었다.

"아, 그러면 여기는 왕도 근처겠군요?"

나와 란델이 들른 마을이 비록 규모가 크진 않았지만, 왕도와 인접한 길목에 위치해 있다고 했다. 이틀이란 시간 동안 정신을 잃은 사람들을 왕도로 실어 나르는 건 그리 어렵지 않았을 터였다. 어차피 거래는 왕도 인근에서 이루어지므로 필요한 일이기도 하고.

마스터는 내가 도주하지 않았다는 사실을 알아낸 것만으로도 족한 모양이었다. 설국의 희게 눈보라 치는 밤처럼 차가운 시선이 내게 박혔다.

"란델은 예정대로 왕도로 향할 것이다. 거기서 알아서 빠져나오도록."

……어차피 그가 구해 준다거나 걱정해 줄 거라고는 기대하지 않

고 있었다. 그러나 마스터의 말은 너무도 깔끔하여 흡사 칼날 같았다. 서운하다기보단 그 냉정함에 기가 질리는 기분이다.

"그럼 제가 란델에게 어떻게 연락을 하면 될까요?"

나오긴 하더라도 연락이 되어야 만날 게 아닌가. 조심스레 묻자 마스터가 손가락을 펼쳤다. 블랙홀이 빨려들듯이 손위로 모여들던 검은 빛이 이제 작은 구슬이 되었다. 콩알처럼 작고 흑진주처럼 표면에 윤이 나는 그 기묘한 구슬을 신기하게 지켜보는데 마스터가 문득 내 손목을 붙들었다.

갑작스러운 접촉에 화들짝 놀랐지만, 개의치 않고 마스터는 내 손위에 구슬을 올려놓았다. 엉겁결에 그걸 받아 들고 꽉 쥔 순간, 구슬이 환한 금빛으로 물들었다.

마법으로 만들어진 것 답지 않게 분명한 실체를 가지고 있는 구슬은 단순한 황금덩어리라기보다는 순금빛의 보석처럼 화려하게 반짝였다.

마스터의 손에서 한순간에 생겨난 그걸 보고 돌연 황금알을 낳는 거위의 이야기가 머릿속을 스쳐 지나간 건, 내가 유독 불순한 사람이기 때문만은 아니리라.

"그걸 쥔 채로 정신을 집중하고, 그를 찾아라."

아주 간단한 지시가 떨어져 내렸다. 난 구슬을 만지작거리며 마스터를 빤히 올려다보았다. 그를 보는 눈빛에 탐욕이 한 점도 깃들지 않았다고는 장담[*]못 하겠다.

마스터가 내 속내를 꿰뚫듯 냉랭한 어조로 경고했다.

"두 번 다시 이런 실수는 용인하지 않겠다."

그 말을 끝으로, 사죄의 말을 내뱉을 새도 없이 난 금빛 숲에서 추방당했다.

한순간에 터널을 지난 것 같았다. 태풍에 휘말리듯 단숨에 밀려나가 막을 깨어 내고, 현실 속에 던져진 난 부르르 떨며 눈을 떴다.

손안에 구슬의 감촉이 느껴졌다. 난 구태여 확인하지 않고 구슬의 존재를 감추듯 힘을 주어 손가락을 오므렸다.

한기가 파고든 것처럼 몸이 시려 온다. 서늘한 감옥 안의 온도 탓이 아니라, 속에서 소름처럼 기어오르는 그 섬뜩한 느낌.

내 꿈에서 내가 쫓겨난 기분은 무어라 표현하기 어려운 것이었다. 꿈을 장악한 것도 모자라, 현실에까지 모습을 드러낸 마스터의 힘이 거미줄처럼 날 죄여 오는 듯하여, 어딘지 가슴이 답답했다. 수면에서도 자유를 찾지 못하다니. 의식을 잃은 동안은 꿈을 꾸지 않아서, 그를 만나지 못한 걸까.

난 마스터가 한 말들에서 정보를 얻어내려고 애썼다.

……이상한 점이 있었다. 마스터는 내게 어디 있느냐고 물었다. 그게 계산을 품고 꺼낸 말이 아니라면 마스터는 진실로 내가 어디 있는지 몰랐다는 뜻이다.

그런데 어디 있는지는 모르면서, 꿈에 파고들 수는 있다는 말인가? 어디 있는지 모르는 건 내 육신……. 그리고 꿈은 정신. 정신의 연결이라.

난 꼬리말을 이어 가듯 읊조렸다. 정신은 영적인 영역, 마탑의 마법사는 마탑에 영적으로 종속되어 있다……. 그렇다면 육신은 거기에 해당하지 않는다는 말일까? 즉 마스터라 할지라도 내 육신에는 개입할 수 없다고 해석할 수 있었다.

내가 꿈을 꾸지 않는다면, 혹은 정신적인 연결을 막아 내는 방법을 알아낸다면 마스터가 임의로 내게 접촉할 수는 없지 않을까. 물론 단정 짓기는 이르다.

마스터가 다 알고 있으면서도 의도적으로 내게 그런 질문을 꺼냈을 가능성도 무시하기는 어려웠다.

하지만 마스터는 언사를 통해 교묘하게 나를 속이려는 수를 쓴 적이 없다. 그는 교활하다는 수식어와는 거리가 멀었고, 늘 본론만을 담백하고도 간결하게 말했다.

그는 강력한 마법을 가진 지배자였으므로 늘 힘의 논리를 관철하기만 할 뿐 외교적인 언변을 갖출 필요는 없었으리라. 더군다나 그런 사소한 술수를 쓸 만큼 내가 그에게 중요하거나 대단한 존재라고 생각되지는 않았다.

내 추측이 아마 맞지 않을까. 거의 확신하면서 난 그 사실을 머릿속 깊숙이 새겨 두었다. 이렇듯 던져진 정보를 끌어모아 차곡차곡 쌓아 올리다 보면 언젠가 내게 큰 도움이 될지도 모른다.

그러고 보니 이번에도 그 일을 결국 스리슬쩍 넘어가게 되었잖아. 난 이맛살을 찌푸렸다. 꿈을 빙자한 입맞춤…….

그는 나를 속이려고 했을 것이다. 순전히 내 거부반응을 초래하지 않고 그의 목적을 달성하기 위해서.

이미 일어난 일 어쩌겠는가도 싶지만, 내 처지에 따지고 들기보단 이 문제에 대해선 한 번쯤 딱 잘라서 말해 두고 싶었다. 하지만 그리 생각하니, 무어라고 잘라 말할지가 모호해졌다.

그와 입 맞추는 게 싫다고? 그런 목적으로 내게 입 맞추지 말라고, 그건 옳지 않다고?

실은, 내가 정말로 말하고 싶은 바가 뭔진 똑똑히 알고 있었다. 그래, 안다. 나는 마스터에게 간청하고 싶었다.

나를 흔들지 말아 달라고……. 당신에게 끌리는 게 두려우니까, 날 돌려보내 줄 마음도, 호의조차도 없으면서 내게 그렇듯 다가서지 말아 달라고.

내 갈피 모를 마음은 그럴 때면 한 방향으로 쏠렸다. 제멋대로 움직이는 감정을 제자리로 되돌려놓으려고 나는 땅을 밟듯 누르고 다졌다.

하지만 가볍게 손이 맞닿는 것만으로도 울렁거리는 심장인데, 그리도 가까운 접촉은 거센 격랑으로 나를 휩쓸었다. 그게 그에게 의미 없는 행동이라면 더더욱, 그래서는 안 되었다.

나는 자기 파멸적인 사랑을 어리석다고 생각하는 평범한 사람이다. 그리고 마스터는 결코 선인(善人)이 될 수 없는 부류의 사람이었다.

그가 선인이라고 해도, 내 세계로 돌아가려면 있던 정도 끊어 내야 할 판인데. 그에게 끌리는 건 날 얽맨 족쇄를 더욱 튼튼히 할 뿐이었다.

난 그가 내 인생을 저당 잡았단 것, 그리고 거기서 벗어나려면 방법은 죽음뿐이라고 한 것을 잊지 말아야 했다.

마스터가 내 생명의 은인이고, 내가 이 낯선 현실 속에서 의지할 수 있는 몇 안 되는 이라는 것과 상충하는 진실. 때로는 혼란스럽게 여겨졌다.

내가 좀 더 이성적인 사람이라 그 두 가지를 나눌 수 있었다면 좋았겠지만, 무엇을 해야 할지도 막막한 지금은 그저 그와 거리를 두어 따르는 수밖에 없을 테지.

상념을 마치고 난 주변을 두리번거렸다.

감옥 안은 이따금 부스럭거리는 소리 외엔 들리지 않아 조용했고, 흐느껴 울던 이들도 잠이 들었는지 쌕쌕거리는 숨으로만 가득 차 있었다.

간수들이 코빼기도 보이지 않으니 날 주목하는 사람도 없는 이때가 기회였다. 난 구슬을 쥔 손에 힘을 주었다. 마스터가 내 상황을 인지하고 있으므로 아마도 눈에 띄는 방식으로 마법이 구현되지는 않을 것이다.

다시금 지그시 눈을 감은 나는 정신을 하나로 모았다. 오로지 목적한 대상을 부르는 염원만을 담아—

—란델.

이름을 속으로 부르기 무섭게, 대답이 전해졌다.

—아힌?

—네, 저예요.

란델은 그리 당황한 기색이 아니었다. 그는 침착하게 물어왔다.

—어디에 있는 거니? 마을에 돌아왔는데 네가 없더구나.

—저, 그게 좀……. 난감한 일이.

―난감하다고?

이제 자진 납세할 때가 왔다. 난 머쓱하게 말했다.

―죄송해요, 제가 사실 납치당했거든요…….

어쨌든, 마스터에게 그 사실을 고백할 때보단 말을 꺼내기 쉬웠다.

―…….

그는 잠시 간격을 두며 침묵을 지켰는데, 내가 농담을 하는 건지 아닌지 잠시 가늠해 보는 것 같았다.

마탑의 시온과 납치라는 단어 사이에는 심각한 괴리감이 존재했고 란델은 그 각기 따로 떨어진 두 단어를 연결해 보려고 애쓰는 듯싶었다.

그에게 마탑의 시온 운운 하는 이야기를 들었던 탓에 마음이 무거워진다. 민망함을 느끼며 난 서둘러 대화를 이었다.

―그, 그래서 제가 어디 있는지 모르겠어요. 인신매매단이 왕도 근처에서 거래를 한다고 하니 왕도 인근에 와 있지 않을까 해요.

―그렇겠지.

다행히 비난하는 투가 아니라, 꽤 덤덤한 대답이었다.

―저어― 죄송해요. 여관에서 기다렸어야 했는데.

―아니란다. 자리에 없어서 나들이 중인가 했더니, 좀 뜻밖일 뿐…….

석연치 않게 흘리는 구석이 있었지만, 그리 걱정을 한 것 같지는 않았다. 그러면서,

―혼자 빠져나올 수 있겠지?

라고 당연한 듯이 묻는데 도움을 기대하진 않았다고는 하나 기분이 묘했다. 마스터나 란델에게는 내가 납치당했단 사실이 그리 대수롭지 않은 듯하다. '괜찮으냐'고도 하지 않고 길 가다 넘어진 아이에게 '혼자 일어날 수 있지?'라고 묻는 것처럼.

냉정한 그들의 태도가 마치 아이의 자립심을 북돋아 주려는 부모의 것 같았다. 자기 일은 자기가 알아서, 그래 그게 맞는 거겠지. 난 턱 막혔던 목구멍에서 목소리를 끄집어냈다.

―……네, 할 수 있을 거예요.

─그러면 나는 왕도로 향하마. 너도 사흘 내에 그곳을 빠져나와 왕도로 오려무나. 거기서 만나자.

하지만 다시 생각해 보면, 그들에게 난 이 정도 상황쯤은 간단히 타파할 수 있는 마법사로 여겨진다는 게 아닐까. 그러므로 이 상황이 걱정할 만큼 내게 위협적이지 않다는 뜻도 된다.

긍정적으로 생각하자 자신감이 슬며시 고개를 들었다.

─여기 잡혀온 사람들이 있어요. 그냥 내버려 두고 저만 나오긴 그런데 그들을 구해도 될까요?

조급스러운 물음에 란델은 망설이지 않았다.

─그건 네 재량껏 해도 좋단다. 널 납치했다는 그 단체에 본보기를 보여도 괜찮겠지.

본보기라는 단어에서 섬뜩한 느낌을 받은 건 내가 과민한 까닭은 아닐 터였다.

─하지만 네가 마탑의 마법사라는 걸 밝혀서는 안 된다. 바깥세상에서 힘을 행사할 때 마탑의 이름은 표면에 드러나지 않으니까.

─명심할게요.

사흘이라, 이 안은 전혀 쾌적한 환경도 아니거니와 오래 끌 생각도 없었다. 지금은 배변을 본 사람이 없는 것 같다지만, 조금만 있어도……

현실적인 상상이었다. 이 밀폐된 공간에서 며칠이고 머물렀다간 질식사할지도 모른다. 기껏 잡아온 상품에 이상이라도 생기면 안 되니 계속 굶기진 않을 테고, 곧 식량이나 물을 가져다줄 이가 나타나겠지.

기회가 되든 안 되든 조만간 일을 벌여야겠다고, 난 굳게 다짐했다.

─내게는 어떻게 연락한 거니?

란델이 문득 묻자 난 대답할 말을 골랐다.

그도 눈치채고 있긴 할 텐데, 마스터와 꿈에서 만났다고 얘기해도 될까. 순순히 그러기엔 어쩐지 밀회 사실을 고하는 거 같아 찜찜한 감이 있었다.

　―마스터께서 제게 통신 수단을 주셨어요.

　에둘러서 간결하게 답하자 주지시키듯이 확고한 목소리가 들려왔다.

　―분명히 말해 두지만 네가 내게 연락을 해야만 한다.

　―제게 연락하실 수 없는 건가요?

　―그래, 이상한 일이지만, 나는 네게 연결할 수 없단다. 네가 외부를 차단하고 있지 않다면 같은 마탑인인 이상 전언을 보낼 수 있는 게 자연스럽건만.

　―저는 그런 거 할 줄 모르는데요.

　난 소심하게 중얼거렸다. 그리고 그게 진실이기도 했다.

　―나도 그럴 거라고 생각했단다.

　어쩐지 무시당한 듯한 기분에 눈썹을 찡그리는데, 란델의 말이 곧바로 이어졌다.

　―내가 너보다 강한 마법사이기 때문에, 고의로 내게서 너를 숨기는 거나 접촉을 막는 건 현재로서는 어려운 일이란다.

　블레셋과 나와의 격차는 그간 많이 좁혀졌다고는 하나, 여전히 까마득하게 벌어져 있다. 그리고 나와 란델과의 격차는 그와는 비교도 안 되게 클 터였다.

　―이상한 일이지. 네가 여관에 없다는 사실을 깨달은 직후, 난 바로 너를 찾았단다. 하지만 네가 어디에 있는지 느껴지지 않았다. 전언을 보낼 수도, 정신을 연결할 수도, 네 존재를 찾아낼 수도 없더구나. 아주 깨끗한 공백만이 내가 볼 수 있는 전부였지.

　그런가. 나로서는 원인을 알 수 없는 일이니. 고개를 비스듬히 기울이는데 그 말이 섬뜩하게 가슴을 찔러 들었다.

　―마치 네가 세상에 존재하지 않는 것처럼.

　―그게……. 무슨?

　순간 일격을 맞은 듯했다. 전신에서 핏기가 가시는 감각.

아찔함에 침묵을 지키고만 있는 내게 란델이 대수롭지 않게 답을 냈다.

−글쎄, 아마 마스터께서 네게 펼친 마법의 영향이겠지.

이상하게 손이 떨렸다. 딱히 충격적인 말도 아니고, 비난을 받은 것도 아닌데 내가 이방인에 불과하단 걸 깨닫고 말아 그것이…….

목구멍이 아려 왔다. 내가 부정한 존재라서, 이 세계에 있어서는 안 되는 거라고 적나라하게 지목당한 듯했다.

이곳에 근원을 두지 않고, 하늘에서 뚝 떨어진 것이나 다름없단 걸 상기하자 외롭고도 낯선 감정이 밀려들었다. 난 내색하지 않으려고 눈을 감았다. 무거운 바윗덩이로 누르듯이 배 속에서 끓어오르던 감정을 속에서 삭이고 삭였다.

그리고 분명히 내 정체를 캐내고 싶을 란델에게 태연한 척 전언을 보냈다.

−그런가 봐요. 제가 세상에 존재하지 않는다니, 그게 무슨……. 깜짝 놀랐어요.

−비유일 뿐이란다. 크게 마음 쓰지 마렴.

내 늦은 대답에서 그가 무언가를 감지할 수 있겠다는 생각은 했다.

하지만 종종 부드러운 투로 날카롭게 날 후벼 파곤 하는 란델은 언제나처럼 능숙하게 인사를 건넸다.

−그러면 나는 왕도로 향하마. 조만간 연락이 오기를 기다리지.

−네, 그럼.

연결이 뚝 끊기자 난 눈을 뜨고 웅크리고 있던 몸을 폈다.

구슬을 안에 꾹 쥐고 있던 손을 코앞에서 슬며시 펴자 황금색 구슬이 엿보였다.

난 바지 옆에 있는 호주머니에 혹시 구멍이 뚫리진 않았을까 손가락을 넣어 휘저어 본 다음 구슬을 밀어 넣었다.

감옥 안은 고요했고 내 수상한 행동을 눈치챌 만한 이는 없었다. 하긴 머릿속으로 나누는 대화, 그런 게 이루어지리라고 누군들 생각하겠느냐마는.

　그나저나 여기서 어떻게 빠져나갈까? 일단 밖으로 이동하게 되면 뭘 하기가 편할 텐데, 아까 한 번 위협조의 말을 꺼낸 사내 빼고는 나타난 이가 없다는 게 마음에 걸렸다.

　며칠간 정신을 잃은 채 실려 와 물도 마시지 못했으니, 나야 마법사라서 견딜 수 있다지만 여기 사람들은 슬슬 힘겨울 테지.

　납치당한 사실을 깨닫고 흐느끼던 여인 몇 명이 바닥에 쓰러지다시피 정신을 잃은 것을 난 가라앉은 눈으로 바라보았다.

　나만 도망칠 게 아니라면 여기 사람들이 아직 기력이 있을 때 무언가를 시도해야 할 터. 딱딱하고 차가운 바닥에 오래 앉아 있어서 엉덩이가 배기기도 했던 터라, 막 몸을 일으키려고 했다.

　그때, 절묘하게 바깥으로부터 소란이 일었다. 삐거덩 거리는 쇳소리며 우르르 몰려오는 발소리. 난 상대가 모습을 드러내기를 가만히 기다렸다.

　오래지 않아 잔뜩 인상을 쓴 근육질의 사내들이 감옥 앞에 나타났다. 슬쩍 훑어봐도 십수 명은 될 듯싶었다.

　이 많은 사람을 납치하고 관리하려면 상대는 필히 상당한 무력을 보유한 집단이어야 했다. 이들은 그중 소수에 불과할 것이다.

　다가오는 전투의 예감에 입이 바짝 마르고 몸이 뻣뻣하게 굳는다. 긴장한 시선으로 난 그들을 불안하게 관찰했다. 이론상으로는 내가 저들을 위협이라고 느낄 이유도 싸우다 질 일도 없겠지만……

　난 실전 경험이라곤 없는 초짜였다. 운동하면서 대련을 많이 해보긴 했어도 이건 경우가 어긋났다. 일단 건전한 대련도 아닐뿐더러 체급이 달라도 너무 다르잖아. 울퉁불퉁한 근육의 사내들은 서 있는 것만으로도 위협적인 느낌을 가져다주기에 충분했다.

　물론 불리함을 무릅쓰고 육체적으로 상대할 필요는 없다.

　여하튼 이제 기회가 온 거지.

　굳건하게 잠겨 있던 문이 열리고, 허리춤에 검을 찬 한 사내가 감옥 안에 들어섰다. 난 가늘게 눈을 좁히며 그들을 주시했다.

"이동한다. 한 명씩 따라 나와!"

거친 손길로 근처에 앉은 여자를 끌어내자, 한 명씩 엉거주춤 자리에서 일어났다.

머리가 벗겨진 대머리의 거한이 눈을 부라리자 납치된 이들은 불안과 두려움이 섞인 얼굴로 하나씩 비척거리며 감옥 밖으로 걸어 나가기 시작했다.

워낙 사내들이 수가 많았고, 기세등등했기에 몸이 묶여 있지 않음에도 반항하려는 이는 없었다. 죽으려는 게 아니고서야 무장한 사내들에게 달려들 수 있겠어?

"빨리빨리 움직이지 못해!"

머뭇거리며 눈치만 보는 분위기를 감지하고 한 사내가 철창을 두드리며 독촉하자, 나도 자리에서 얼른 일어났다. 일단 이 감옥 밖으로 나가기만 하면 그때에는. 곱씹으며 줄을 서는데 거한의 시선이 다른 곳으로 돌아간다.

"거기 너, 꾸물거리지 마!"

구석에 앉아 있다가 지목당한 여인은 하얗게 질린 얼굴로 자리에서 일어나려고 했다.

하지만 척 보기에도 창백한 낯빛이 몹시 심약하고, 건강이 좋지 않아 보였다. 옷차림을 보아 평민이라도 아마 곱게 자란 아가씨일 텐데 스트레스 때문에 몸을 가누기도 힘든 듯했다. 그녀가 휘청거리며 자리에서 주저앉자 거한의 표정이 험악해졌다.

이내 본보기를 보이기로 작심한 양 성큼성큼 다가간 거한이 여인의 머리채를 꽉 움켜쥐었다. 여인이 신음을 내기 무섭게 솥뚜껑만 한 손이 여인의 뺨을 후려갈겼다.

퍽! 어찌나 가차 없이 때렸는지 고개가 휙 돌아갔다. 여인의 눈에서 눈물샘이 터졌는지 물기가 흘러내렸다.

꺼억, 울음을 토해 내는 여인에게 다시 한 번 손이 날아들었다. 순식간에 하얀 뺨이 새파랗게 부풀어 오르며 코에서 선혈이 새어 나왔다. 거센 충격에 여인은 정신을 잃고 축 늘어졌다.

"쯧."

거한이 못마땅한 듯 혀를 찼다. 그가 거추장스러운 물건을 다루듯 여인을 끌어내자 바깥쪽에서 어슬렁거리며 들어온 사내 한 명이 낄낄거렸다.

"어이, 지크. 흥분하지 말라고. 상품에 손상이 가면 안 되잖아."

"쌍년이 시간 끌고 있어."

혀를 찬 거한이 사내에게 여인의 몸뚱이를 건넸다. 전달받은 사내는 음흉한 표정으로 여인의 몸을 마구잡이로 주물렀다. 씩 웃으면서 품평하는 얼굴이 저열하다.

"가슴은 꽤 크구먼 벗겨 놓으면 잘 팔리겠어."

사람이 아니라 상품을 대하는 태도에 치를 떨면서도, 같은 꼴이 될까 하여 겁을 먹은 사람들은 앞다투어 줄을 섰다. 그 가운데 나는······.

"짐승 같은 놈들."

이를 악물고 있었다. 입 밖으로 새어 나간 뇌까림이 꽤 커서, 몇몇이 불안하게 날 힐끔거렸다. 마침 열어젖혀진 감옥 문이 쇠가 긁히는 소음을 냈기에 사내들은 내 말을 듣지 못한 듯했다.

하지만 들렸어도 상관없다. 아니, 그랬다면 차라리 좋았을 것이다. 망설이지 않아도 되었을 테니까.

배 속에서 뜨거운 덩어리가 확 밀려 올라온다. 난폭하고 사나운 감정이 심장을 할퀴면서 머리에 열이 올랐다. 뜨거웠다. 호흡이 죄여 들 만치 급격한 감정 변화에 반응하듯이 몸속에서 마력이 꿈틀거리며 일어났다.

분노할 만한 광경이며, 상황이었다. 나는 행동하기에 앞서 최대한 침착하게 자문해 보았다. 내가 참아야 하나. 생각해 봐. 저런 걸 보고도 내게 지금 참아야 하는 이유가 있어?

─아니.

단호한 어감을 품은 대답이 곧바로 날 직격한다. 란델은 내게 마음대로 하라고 말했다. 내겐 마음대로 할 힘이 있다. 그래, 나는 마탑의 시온이자 강력한 마법사니까.

가슴속에서 무언가가 팍 터져 나가는 소리가 들렸다. 결정과 행동의 간격이 폭발하듯이 좁혀졌다. 나는 차갑게 굳은 얼굴로 발걸음을 떼었다. 늘어선 사내들의 처리 순서가 머릿속에서 매겨졌다.

일단 가장 가까이 있는 저 대머리부터 처리하자.

그 순간 품은 충동이 흡사 태풍 같아서, 난 무엇도 저지를 수 있을 것 같았다. 그때, 문득 어깨를 붙잡는 손길이 있었다. 기척 없이 다가와 제지하는 힘에 난 흠칫거리며 돌아보았다.

"내 계획을 망치면 곤란해."

호박색의 눈동자와 시선을 마주함과 동시에 서늘하고 매끄러운 음성이 귓가를 파고들었다. 놀람과 당혹감에 젖어 그를 들여다보는 나를 향해 화려한 이목구비의 남자가 입꼬리를 끌어 올렸다. 그는 마치 동료에게 말을 건네듯이 속삭였다.

"내게 생각이 있으니 기다려 봐."

그 말을 믿어야 할 근거는 어디에도 없다. 하지만 그의 말에는 힘이 실려 있었다. 어렴풋하게 묻어나오는 자신감, 명령하는 자다운 확신. 그것이 강렬한 설득력을 품고 내 행동을 막아섰다.

들끓던 가슴에 찬바람이 새어드는 듯했다. 나는 우두커니 서서 그를 응시했다. 처음부터 이자는 납치당한 상황에서도 나 이상으로, 동요하지도 두려워하지도 않았다.

이곳에 특정한 목적을 가지고 잠입한 것일까. 추론해 내는 사이 감옥 안의 다른 사람은 거의 빠져나갔고 내 차례가 가까워져 있었다.

남자가 어깨를 잡은 손을 내려 내 등을 떠밀었다.

"자."

흡사 겁에 질린 나를 지지해 주는 모습으로 보였으리라. 대머리의 거한이 나와 그를 보고 못마땅한 소리를 냈다.

"뭐야 이건?"

거한이 날카롭게 찢어진 눈매를 험악하게 부라렸다.

"시발 연놈들이 이 안에서도 붙어먹었나?"

그 순간 가슴속에 불이 확 이는 것 같았다. 머뭇거리던 나를 확 잡아 이끄는 손길에 눈을 부릅뜨기 무섭게, 사내가 내 어깨를 감싸 안았다.

"자."

독촉하듯 말하는 음성엔 섣부른 행동을 삼가라는 경고가 담겨 있었다. 그가 무엇을 계획하든 내가 행동하는 게 잡혀온 사람들에게 이로운 일이 아니라면 이번에는 참는 편이 나을지도.

갑자기 사내의 정체가 궁금해지기로 한 터라, 난 천천히 발을 떼어 걸음을 옮겼다. 그가 나이 어린 누이를 감싸는 양 보듬는 자세로 따라왔기에, 거한은 점점 심사가 뒤틀리는 듯했다.

"이것들이 빨리 움직이지 못해!"

그의 말에 굴복하는 듯 보이긴 싫었기에 난 겁먹은 척 속도를 늦추었고, 또다시 그가 폭력을 취하는 양상으로 흘러가기 전에 여인을 추행한 다른 사내가 재빨리 끼어들었다.

"이봐, 더 이상 상품을 훼손하면 문제가 된다고."

"어쩌라는 거야?"

"눈이 있으면 봐라. 사내새끼가 상등품이잖아."

아름답다거나 잘생겼다는 건전한 수식어는 그의 언사에 불필요한 듯싶었다. 정확한 손가락질로 물건 취급당함에도 적금발의 남자는 시큰둥한 표정이었다. 그런 평가를 받는 게 당연하다는 건지, 상대해 줄 만한 가치를 못 느끼겠다는 건지, 그저 무반응이다. 내가 그런 것과 마찬가지로 그의 담대함에도 근거가 있다고 보는 게 옳았다.

"이 안에서도 여자를 꼬여 낼 정도면 비싸게 팔 수 있겠지."

만족스럽게 고갯짓을 하는 사내를 비딱한 눈으로 바라본 대머리의 거한은 될 대로 되라는 듯이 손을 휘저었다.

나와 남자는 다른 사람들과 함께 무탈하게 그 자리를 벗어났다.

우리는 지하, 그것도 토굴 같은 곳에 갇혀 있었던 게 맞았다. 계단을 따라 올라가자 빛이 보였다. 어른거리는 횃불이 온 사방을 밝히고 있었다.

밤에 사람들을 이동시키는 건 남의 눈에 띄면 안 되는 짓을 하는 이들이 흔히 그러듯 은밀한 행보였다. 사람을 다루는 것 하며 은신처를 보니 얼마나 이 같은 일들을 벌여 왔을까. 그 생각에 이르자 역겨운 기분이 치밀었다.

왕도 가까운 곳에서 이러한 일들이 벌어지고 있다니. 이 나라는 얼마나 개차반이란 거야? 란델은 역대 왕들이 마탑과의 계약을 효율적으로 이용하니 유능하다는 식으로 말했지만, 실상 샤자한에선 이런 무법한 인신매매가 자행되고 있으니.

귀담아듣지는 못했으나 울며 흐느끼는 여인들에게선 왕에 대한 지탄의 목소리 또한 흘러나왔었다. 근 십수 년간 왕의 병환으로 왕위 계승에 관련하여 분쟁이 있었던 모양인데, 그로 인해 샤자한의 왕권이 약해진 모양이었다.

왕이 국정을 세세히 살피기 어려운 틈을 타 신하 중 사욕을 채우려는 무리가 인신매매하는 집단에 후원하고 몰래 뒷배를 보아주는 건 있을 만한 일이리라.

이 나라가 이런 복잡한 상황에 놓여 있을 줄 알았다면 란델에게 뭐라도 좀 물어볼 걸 그랬다. 그저 따라오는 처지인 데다가 란델 자체도 이번 임무를 별거 아니라고 여기는 것 같아서, 느긋하게 마음먹고 있었던 게 안일했다.

생각해 보면 왕실과의 연계를 계약상에 의한 것으로만 치부하는 마탑에서 인세에서 벌어지는 일들에 대해서 소상한 정보를 가지고 있을 것 같지는 않았다.

이 나라 정세가 어떠하든, 마탑이나 란델에게는 상관없는 일일 가능성이 높다. 물론, 이번 일만 터지지 않았다면 나에게도 그러했을 것이다.

알 필요 있는 걸까. 잠깐 고민되었지만 이런 꼴을 당한 이상 알아보는 것도 나쁘지 않을 거란 생각이 들었다.

지하실에서 빠져나오자 바깥은 온통 나무가 우거진 숲이었다.

근처엔 다 낡아빠진 오두막 밖에 없어서, 이런 곳이 있으리라곤 짐작하기 어려울 듯싶었다.

우리는 천장까지 검은 천으로 가려진 거대한 마차에 순차적으로 오르게 되었다. 난 사람들 사이에 섞여서 순순히 따라갔다.

혹여나 내가 허튼짓을 벌일까 염려되었는지 적금발의 남자는 내 옆에 꼭 붙어 있었는데, 문제아의 돌발 행동을 경계하는 듯이 구는 그 모습이 아니꼬웠던 것도 사실이다.

그의 정체는 대충 짐작이 갔다. 그건 샤자한에서 마탑의 사람들을 초청한 이유와 상통했다.

이 나라에 신왕이 등극했다는 것. 어지러운 정세에서 왕위에 오른 신왕이 할 만한 일이 무엇일까? 그건 바로 나라 안의 일그러진 질서들을 바로잡는 일에 다름 아니다. 이런 식의 인신매매조차 나라가 혼란스러운 와중에 나타난 폐해이니, 필히 징죄해야 할 터였다.

수십의 젊은 여인이 마을에서 종적도 알 수 없이 사라지는데 전혀 아무런 소문도 퍼지지 않을 리 없다. 듣기로는 이미 암암리에 흉흉한 소문이 퍼져 나갔다고 하니, 주의를 기울였다면 이 반인륜적인 집단의 존재를 눈치채고도 남았다.

내 행동을 말리며, 자신에게 숨겨진 목적이 있음을 말하는 저 남자는 아마도 왕실과 연관된 조사관, 혹은 경찰 비슷한 것이라고 유추해도 무방하겠지.

짐승을 실어 나르는 용도인 것처럼 보이는 창살로 둘러쳐진 마차 안에서 퀴퀴한 냄새가 풍겨 오자 난 눈살을 찌푸렸다. 한숨을 삼키며 들어서 바닥에 대충 엉덩이를 붙였다.

옆에 다가앉는 인기척이 느껴진다. 문이 잠기자마자 틈을 주지 않고 마차가 출발했다.

다그닥거리는 말발굽 소리가 울려 퍼지고, 완전히 캄캄해진 암흑 속에서 난 적금발의 남자 쪽으로 고개를 돌렸다.

원한다면 어둠 속에서도 야생동물처럼 생생히 모든 것을 꿰뚫어 볼 수 있는 게 마법사다. 나는 이 불유쾌한 경험을 지속하게 만든 그에게 설명을 들어야 했다.

무어라 말하기도 전에 그가 내 귓가에 바짝 고개를 기울이며 속삭였다. 아주 정확하게 진실을 꼬집어서.

"마법사 아가씨는 이런 곳에 어쩐 일이지?"

"……내가 마법사라는 건 어떻게 알았어요?"

숨죽인 채 조심스레 묻자 반듯한 입가에 웃음이 스쳤다.

"그런 상황에서 아무 힘도 없는 연약한 여자가 나서기는 어렵지."

어쩐지 깔보는 투라 눈썹을 치켜들자 그가 나른하게 말을 이었다.

"악력과는 거리가 먼 가느다란 손목, 고운 손, 발달되지 않은 체격. 그런 주제에 두려움 없는 눈."

어둠 속에서도 선명한 호박색 눈동자에 날카로운 빛이 맺혔다.

"나설 수 있는 근거라는 게 마법밖에 더 있을까?"

그 상황에서 그런 점들을 세세히 관찰했다는 게 피부에 서늘하게 와 닿았다. 난 확신을 담아 물었다.

"나를 주시하고 있었나요?"

"그쪽이 날 먼저 봤잖아?"

"그랬……었죠."

"그랬지. 그래서 난 지켜봐야 했어."

말이 제대로 연결되지 않는 것을 느끼고 미간을 찡그리자 남자가 피식 웃었다. 그러나 순식간에 미소는 사라지고 싸늘하게 굳어진 얼굴에 냉기가 감돌았다.

"어리고 힘 있는 이들은 대개 정의감에 도취되어 자제하질 못하거든."

도무지 참을성이 없지. 유혹하듯이 다정하게 굴었던 건 언제냐는 듯 싹 돌변한 남자의 비아냥거림을 듣자니 확 열이 올랐다. 자제하지 못한다는 평을 의식하여 커질 뻔한 목소리를 한껏 억누른 난 작게, 이를 갈듯이 토해 냈다.

"힘이 있는데 그런 걸 보고도 참아야 하나요?"

그건 방관 아닌가. 착한 사마리아인의 법을 들먹일 만한 상황은 아니었으나, 당장 나서도 무방한 상황인데 외면하라니. 사리에 맞지도 않고, 도가 지나친 비난이다.

그러나 남자는 내 물음을 단칼에 부인했다.

"아니."

아연한 기분에 난 신경질적으로 인상을 쓰며 그를 빤히 노려보았다. 나와 도대체 무슨 말장난을 하려는 건지 알 수 없다.

"말이 이상한데요. 그러면 왜 저를 비난하는 듯이 말씀하시는 거지요?"

"그냥 반응이 재미있어서."

그러면서 킬킬거리며 웃는데, 열이 치솟아 뒷골이 당겨 왔다. 이 사람 뭐야? 뭐 이런 게 다 있지? 어이없어진 날 그는 특유의 자신만만한 눈길로 굽어보았다.

화려한 낯짝에 퍽 잘 어울리는 태도라 더 밉상이다. 이 초라한 마차에 앉아 있는 것이 이질적으로 느껴지는 이였다.

"잘 자란 아가씨로군. 여러 의미로."

안 그래도 휘둘리는 기분이었는데, 느긋하게 평하는 말이 거슬려서 난 차갑게 내뱉었다.

"기가 막히는군요. 기가 막혀서 말도 섞기 싫지만 이건 알아야겠어요."

더 이상 질질 끌 것 없이 난 곧바로 본론을 꼬집기로 했다.

"그래서 날 막아선 당신은 누구죠? 내가 납득할 만한 이유가 필요

할 거예요."

난 자못 위협적인 눈빛과 표정을 자아내며 그를 응시했다. 내가
대단한 마법사라 그 하나쯤은 금세 통구이로 만들어 버릴 수 있다는
듯이.

내 위협을 무심하게 받아들이는 듯하던 남자는 말해 줄 마음은 있
었는지 여유로운 얼굴로 읊조렸다.

"샤자한 내 크고 작은 마을에서 다수의 실종 사건이 발생하고 있
다는 소문을 들었지. 상대는 주로 미모의 젊은 여인이나 반반한 사
내. 또한 대량의 금전이 오가는 불법적인 시장이 열리고 있다는 소
문도."

호박색 눈동자가 짙게 물들어 표범의 그것처럼 날카로운 광채를
냈다.

"노예시장, 그 단어로 두 가지 소문을 엮는 건 어렵지 않았어. 원
래는 국법상 허용되지 않은 일이지만, 지난 수십 년간 샤자한은 마력
석 무역을 통해 막대한 재화를 벌어들였지. 그 과정에서 대개의 폐단
이 그러하듯 타국의 안 좋은 예가 샤자한에도 손을 뻗기 시작했거든.
특히 타락한 고위귀족들에게는 자신들의 부를 과시하고 쾌락을 즐길
만한 특별한 여흥이 필요했지. 처음에는 아주 소규모로, 한두 명씩
납치하는 식으로 행해졌을 거야. 하지만 점차 참여하는 이가 늘면서
규모도 커지게 된 거겠지. 그래서 결국 덜미를 잡혔고—"

나직한 음성에 힘이 실림과 동시에 남자의 눈이 가늘게 좁혀들었다.

"그들을 처리하기로 한 거지."

논리적이고 수순을 잘 설명했다지만, 정작 교묘하게 주어를 빼먹
었다. 난 그 점을 놓치지 않고 지적했다.

"그 처리하기로 한 건 누구고, 당신이 누군데요?"

"생각해 봐, 뻔하잖아? 이 나라에서 그런 지저분한 짓들이 벌어지
는 걸 눈뜨고 못 보는 사람이겠지."

끝까지 말하지 않고 넘어가는 모호함에 난 불퉁하게 물었다.

"왕이 시켰다고 말하면 안 된다는 명령이라도 받았어요?"

"기밀 사항이란 건 원래 그런 거지."

이 나라에 군인이 있는지, 정확한 체계는 알 수 없으니 무어라 호칭해야 할지 모르겠다.

어쨌든 눈앞의 이 사람은 일종의 비밀 요원으로 파견된 이였다. 세계를 암중 지배하는 비밀 조직에 속하게 된 것도 모자라 별걸 가지가지 겪는다는 생각에 난 한숨을 푹 내쉬었다.

평생 운이 좋고 나쁨을 실감하지 못하고 살았는데, 이 세계에서 내 운수는 다사다난이라는 단어 하나로 요약할 수 있을 듯싶다. 그래도 샤자한에서 이 사태를 해결할 의향이 있다니 다행이겠지.

남자가 고개를 모로 기울였다.

"그쪽은 어쩐 일로 이런 곳에?"

그 대수롭지 않은 물음에 난 당황하고 말았다. 마법사라는 걸 이미 들켰는데, 어리바리하게 낯선 사람이 준 물을 받아마셨다고 말하는 게 어쩐지 마음에 걸렸다.

일부러 잡혀 왔다고 말하는 건 거짓말이고. 그래, 이럴 땐 뭉뚱그리는 게 상책이지.

"어쩌다 보니……."

다행히 그는 더 물어뜯지 않고 넘어갔다. 단지 그게 마치 마법사가 그리 쉽게 당했을 리 없다고 생각하는 눈치라 몹시 가슴이 따끔거렸다.

"여기 사람들을 구하고 싶은 건가?"

진중한 물음에 난 냉큼 답했다.

"그렇게 하려고 했어요."

한 차례 혀를 찬 남자가 조소하듯이 품평했다.

"그리 깊이 생각하고 행동하는 것 같진 않군. 아니면 뻔한 영웅 놀이던가."

얄미운 말투도 물론이거니와 말하는 족족 대놓고 신경을 자극하는 남자였다. 난 애써 소리를 죽이며 항의했다.

"무슨 말을 그런 식으로 하죠?"

"설마 여기 있는 사람이 잡혀 온 이들의 전부라 생각한 건 아니겠지?"

"그게 왜요."

"생각해 봐."

이야기를 나누느라 어느덧 남자와 나는 바짝 붙어 있었고, 그 때문에 남자의 입에서 새어 나온 말이 숨결을 담고 내게 스며들었다. 낮게 깔리는 음성은 일부러 그렇게 자아낸 듯이 진지했으며 또한 냉정했다.

"조금 전 소란을 피워서 여기 있는 이들을 도망치게 했다면, 위기를 느낀 이자들이 과연 어떻게 행동했을까."

"……."

"그리고 다른 곳에서 잡혀 온 이들은 어떻게 될까."

거기까진 미처 생각지 못했지만, 난 뻣뻣하게 고개를 세웠다. 어차피 나 혼자 도망치려다가 이들을 덤으로 구하려는 것뿐인데, 일어나지도 않는 일에 대한 책임을 묻는 건 과도한 일이다.

하지만 어쩐지 납덩이가 얹어진 듯이 무거워진 심장께에 절로 손이 갔다.

"불태워 소거하거나 지하실을 무너뜨리는 게 내 생각엔 가장 간단한 처리 방법 같은데."

잔혹한 결론으로 매듭지은 남자가 빙긋이 웃었다.

"어때?"

그 미소는 눈에 익은 종류였다. 짧은 시간이나마 그 못지않게 내 속내를 찌르고 뒤흔들었던 사람과 여정을 함께하지 않았던가. 그 덕분에 단련되어 있으니 란델에게 감사해야 하나? 이 남자, 무얼 의도하는지 알 것 같다.

순순히 잘못을 시인하기를 기다리고 있을 그에게 시선을 맞추며 난 단호하게 부인했다.

"전 그렇게 생각하지 않아요."

흐음, 소리를 내며 남자는 턱을 짚었다. 그에게 난 차분한 어조로 또박또박 일러주었다.

"이 많은 사람을 납치해 놓고 일부에 문제가 생겼다고 전부 버리는 건 이들에게도 쉽지 않을 거예요. 욕심 없는 이들이었으면, 애초에 이런 일에 발을 들여 놓지 않았겠지요."

"……."

"하지만 그들은 어떤 식으로든 거래에 더 신중해졌을 테니, 그 모든 사람을 구하는 게 당신의 목적이었다면 내가 당신의 계획을 망칠 뻔했다는 것에는 동의해요."

그래, 이 사람은 그저 나를 휘두르려는 것뿐이다. 몇 번 찔러보는 것으로 내가 쉬운 상대라고 여긴 그는 자신의 목적에 맞게 날 좌지우지하려고 드는 것이다.

그런 말로 잘못을 끄집어내면 더한 실수를 저지르지 않기 위해서 아무래도 내가 그를 따르게 될 테니까. 난 죄책감에 고개를 수그리기보단 자신만만하게 말했다.

"이렇게 하죠. 내게 도움을 청하면, 들어줄 수 있어요."

"도움을…… 청하면?"

남자가 흥미롭다는 듯이 가늘어진 눈으로 날 훑어보았다. 난 일부러 그의 아니꼬운 태도를 흉내 내며 거만하게 말했다.

"혈혈단신으로 무언가를 하기엔 당신에 그리 강해 보이지 않아서 하는 말이야. 어차피 뭔가 일을 벌일 거라면 마법사인 내 도움을 받는 게 낫지 않겠어?"

그에게도 외부와의 협력 수단이 있거나 혹은 내부에 조력자가 있을지도 모르지만, 당장 곁에 있는 건 나였다. 내 행동을 통제하길 원한다면 그는 날 이런 식으로 어르고 조종하려 들 게 아니라 부탁을 해야만 했다.

게다가 여태껏 허락 없이 반말을 찍찍 쓰는 게 거슬렸던 참이다.

"마법사는 마법사인가."

피식 웃은 남자가 불쑥 낯을 시리게 굳혔다.

"역시 마법사들이란. 교만하기 짝이 없는 그 태도, 실로 그대들다워."

사감이 담긴 말이 유리 파편 같은 경멸과 함께 선뜻 파고들어 난 움찔거릴 뻔했다. 동요를 참고 있는 내 볼을 툭 건드린 남자가 나직이 속삭였다.

"도움? 그쪽이 할 일은 아무것도 없어. 그냥 가만히만 있으라고. 방해되지 않게."

말장난은 끝났다는 듯 나른하지만 권위가 실린 음성이었다. 자기가 그렇게 구는 건 거리낌 없으면서도, 상대가 불손하게 구는 건 못 참아 주는 걸로 봐선 남자는 아무래도 높은 지위에 있는 이 같다.

난 바로 그 사실을 간파하고 그를 가늠하듯 훑어봤다.

"조언 하나 하지."

남자가 덧붙였다.

"저 녀석들은 잔챙이라 눈치채지 못했다지만, 조심해. 앞으로 갈 곳에선 알량한 마법으로 재주를 부렸다간 그 자리에서 죽을 수 있어."

······그 말이 나를 위축시킨 건 사실이다. 살벌한 충고를 건넨 남자는 내게서 떨어져 나가 마차 벽에 등을 기대었고, 나는 그에게 애써 시선을 주지 않으며 생각에 잠겼다.

지금 이 마차, 인신매매단의 본거지로 향하고 있다는 소리일까. 그리고 그 본거지에서 웬만한 마법사는 혼자 뭘 어쩔 수 없단 뜻일 테고.

마법은 단기간에 쌓아 올리기 어려운 힘이니 남자의 시각에서 어리디어린 내가 이제 막 마법을 익힌 보잘것없는 마법사로 치부될 게 분명했다.

그러나 그가 날 과소평가하는 건 당연하고, 내가 이제 막 마법을 익힌 것도 맞다 하나, 난 결코 보잘것없는 마법사가 아니었다. 마탑의 시온이란 그런 존재니까.

다만 그가 말한 게 본거지에 마법사를 상대할 만한 비책이 있거나, 거기에 상당한 실력의 마법사가 존재하고 있다는 뜻이라면……. 난 더 어려운 길로 가고 있는 게 분명했다.

실전 경험 하나 없는 내가 마법전을 펼쳐야 한다니. 한숨이 절로 나오는 상황이었다. 웬만큼 실력 있는 마법사는 마법사 길드에 소속되어 있지만, 어떤 집단에나 비리가 있듯이 개중 불법적인 일에 몸담는 이도 있다고 들었다.

또한, 자격을 박탈당해 마법사 길드의 보호를 받지 못하는 이들 중에서도 개인적으로 돈벌이하는 이들도 있다고 한다. 마법사 길드에게 쫓기는 흑마법사처럼 극단적인 예가 아니더라도 말이다.

이 남자, 그 본거지를 소탕할 무언가를 가지고 있긴 한 거겠지?

글쎄 나더러 약해 보인다는 식으로 말했지만, 막상 그리 말한 그도 강건해 보이지는 않았다. 딱 책상물림 하는 도련님 상에 헬스 해서 몸을 약간 만든 정도로 보이는데. 어쩌면 그도 마법사가 아닐까.

의문을 쌓으며 침묵이 이어지는 동안 마차는 부지런히 목적지를 향해 달려갔다.

나와 그가 은밀하게나마 소곤거리며 대화를 나눈 데 반해 다른 사람들은 모든 의욕을 상실한 듯 도무지 말이 없었다.

한 시간가량이 흐른 뒤, 마차가 멈춰 섰다. 재촉 어린 고함과 함께 앞선 마차에서 사람이 내리는 소리가 들린다. 혹여 그와 떨어지게 될까 봐 조바심이 인 나는 남자를 툭툭 건드리며 말을 걸었다.

"이봐요. 당신 그 계획이 뭔지 말해 주어야 할 것 아니……야? 난 마냥 여기 지체하고 있을 수가 없다고."

의례적으로 존댓말을 구사할까 하다가 그가 처음부터 내게 반말을 했다는 걸 상기한 난 말투를 고쳤다. 내게 처음부터 예의라고는 조금도 없는 태도를 고수한 남자는 눈살을 찌푸렸지만, 내 반말에 크게 개의치 않는 눈치였다.

"서둘러야 하는 이유라도 있나."

"그야 왕도에서 행사도 열리고⋯⋯. 아무튼."

그리 캐묻는 편도 아닌데 남자의 질문에 응답하다 보면 어쩐지 사정을 드러내게 된다. 신분에서만큼은 기밀을 유지해야 하기에 난 말을 아꼈다.

"내겐 시간이 많이 없어. 언제쯤 일이 벌어질지 말해 줘."

"⋯⋯내일 밤, 경매가 열리는 그때."

내일 밤까지 기다려야 한다는 말이야? 인상을 구기는 내게 남자가 쌀쌀맞게 말했다.

"대귀족들도 참여하는 경매다. 이 안의 마법사들에게 들키지 않게 유의하도록."

날 걱정해서가 아니라, 그의 임무에 지장이 있을까 봐 그리 말하는 거겠지. 뭐, 그건 아무래도 좋다. 아무것도 하지 않고 하루를 기다려서 이 인신매매단이 소탕되고 사람들이 안전해지는 걸 확인하는 건 내게 손해될 게 없으니까. 일이 순탄하게 해결된다 싶으면 이자가 내 발목을 붙잡기 전에, 남몰래 빠져나가면 그만이다.

사실, 그가 높은 지위를 가진 자라 왕을 알현할 때 마주하게 되면 어쩌나 싶긴 했지만, 그렇게 된들 별일이야 있을까. 나는 엄연히 샤자한에서 초청한 마탑의 귀빈이므로 마음에 들지 않는다 하여 일개 신하가 무어라 할 수는 없는 존재니.

이윽고 마차 문이 열리고, 사방이 포위된 와중에 굉장한 덩치를 가진 아줌마가 걸어와 앞을 가로막고 섰다.

험상궂은 인상과 짙은 눈썹에도 불구하고 그 아줌마가 아줌마일 거라 짐작했던 건 수박만 한 가슴이 앞으로 툭 튀어나와 있었기 때문이다.

고급스러운 옷을 걸친 그 여인은 이곳에서 상당한 지위를 가지고 있는 것으로 추측되었다. 그녀는 마차에서 하나씩 내리기 시작한 상품들을 병아리를 감별하듯 날카로운 눈으로 뜯어보았다.

"어디 보자, 얼굴에 흉터가 있군. 그건 그렇다 쳐도 가슴이 빈약해. 엉덩이도 납작하고. 생긴 게 울상이니 취향 특이한 윗분들이 좋아하겠군. 좋아, 넌 중등품!"

여인이 그런 식으로 하나씩 품평을 마치자, 물건처럼 가차 없이 상, 중, 하로 나뉜 사람들은 각기 방향이 나뉘어 끌려가다시피 사라졌다.

이 여인이 납치한 이들의 상품 가치를 판별하고 그걸 근거로 따로 관리해서 경매장에 내보내나 보다.

외모로 등급을 재단당하게 된 데에는 불쾌감이 강하게 일었지만, 막상 내가 여인의 앞에 섰을 때만큼은 긴장하지 않을 수 없었다.

"흐음."

여인이 뜯어보는 듯한 시선을 던지자 손가락이 굽어들며 발가락이 오므려졌다.

"곱게 생겼군. 상처도 하나 없고. 이목구비가 화려하진 않지만, 꾸미면 확 피어날 상이야. 피부도 하얗고 아주 좋군. 어지간히 곱게 자란 아가씬가 봐?"

대답을 해야 할까 망설였지만, 혼잣말에 불과했는지 여인이 내 등을 툭 떠밀었다.

"상등품!"

그 외침에 좋지도 나쁘지도 않은 오묘하고도 찝찝한 기분에 사로잡힌 채 난 따라오라고 재촉하는 건장한 사내를 따라 걸음을 옮겼다.

그리고 옮겨 오기 전 머물었던 토굴과는 다르게 지상에 위치한, 자그마치 창문도 달린 방과 유사한 감옥으로 안내되었다. 창문에는 촘촘하게 쇠창살이 드리워져 있어 빠져나가기는커녕 손을 내밀기도 어려울 성싶었다.

상등품으로 분류된 사람들은 역시나 소수인지, 감옥에는 고작 열 명도 안 되는 인원이 앉아 있을 따름이었다. 그중에는 유난히 눈에 띄는 미녀도 있었다.

오도카니 앉아 있다가 감옥 문이 열리고 들어오는 내게 고개를 들어 보이는 여인의 모습은 그야말로 눈이 부셨다.

이미 미인에 익숙한 내 눈에도 곱슬거리는 풍성한 금발에 새파란 눈동자가 아찔하리만치 아름다웠다. 평범한 옷을 입고 있음에도 잘록한 허리며 몸의 곡선이 두드러진다.

이런 여자가 상등품이란 말이지. 동급 취급받았다는 거에 감사해야 하는 걸까? 햇볕을 쬐지 못해 파리하게 하얀 피부라고 해도, 어쨌든 희긴 하니까 높은 점수를 매긴 거겠지.

내가 상등품이 된 요인을 분석하며 난 다른 사람과 떨어져 빈 구석에 자리하고 앉았다. 딱히 친목을 나눌 분위기도 아니었고, 감시하는 인원도 있으니 시선을 끌면 곤란했기에 최대한 조용히 있어야 했다.

여긴 그래도 바닥에 카펫을 깔아놓아서 부드럽기라도 하네. 비록 곧 팔릴 노예라고는 하지만, 상등품이랍시고 좋은 대우를 받는다는 게 참 기분이 묘했다.

곧 세세히 뜯어본 끝에 가까스로 상등품 판정을 받아 낸 나와는 달리, 시야에 들어온 즉시 절로 상등품 소리가 나왔을 남자가 뒤이어 감옥으로 들어왔다.

아까처럼 사람들 틈새에서 비밀 이야기를 소곤거릴 만한 환경도 아니었고, 바깥에 지키고 선 사람이 있었으므로 그와 난 능숙하게 서로 모른 체했다.

적어도 한 번 맞부딪힌 이후로, 남자는 날 이용할 생각을 버린 것 같았다. 하루라는 길고도 지루한 시간, 이 가라앉은 분위기 속에서 어떻게 버텨 낼까. 그게 내 남은 과제였다.

상등품으로 분류된 덕인지 짧은 감옥 생활은 퍽 인도적이었다. 옮겨 온 모든 사람이 제각기 자리를 찾아갔다 싶었을 때, 달콤한 냄새를 풍기는 잼과 함께 따끈한 빵과 우유가 안으로 실어 날라졌고 잔뜩 굶주린 사람들은 허겁지겁 식사하느라 여념이 없었다.

물론 나도 먹고 싶었지만, 정작 남자는 식사에 손도 대지 않는 눈치였고 한 번 당한 적이 있다보니, 배가 고프다고 날름 손을 가져가기가 망설여졌다.

그리고 나와 남자가 포기한 빵과 우유는 재빨리 손을 뻗은 다른 사람의 몫으로 돌아갔다.

음식을 준 것뿐만 아니라 인도적인 처우는 계속되었다. 상등품들에게는 스트레스를 주지 않기로 작정한 듯 바깥쪽에서 사내 몇 명이 볼일을 보고 싶으면 손을 들라고 시켰다.

근처에 화장실이 있는지 감시하에 하나둘씩 나갔던 이들은 오래지 않아 다시금 돌아왔다. 바깥 동정도 살필 겸 나갔다 올까 했지만, 배변을 보는 소리가 들리지 않는다면 의심할 수 있다는 생각에 난 자리를 지켰다.

탐색 마법을 배웠더라면 좋았을 것을. 아, 아닌가. 탐색마법을 썼더라면 이곳의 마법사들에게 감지당할 수도 있으니까.

란델이라면 이런 제한 요건들에 구애받지 않고 마음대로 할 수 있었겠지. 그와 비교한다는 자체가 어불성설이었지만, 어쩐지 그런 생각이 들었다.

뭐, 그라면 애초에 잡혀 올 일도 없을뿐더러 잡혀 왔더라도 그 장소를 모조리 불사르고 빠져나왔을 거다. 그 와중에 다른 피해자들의 생사나 안전은 아랑곳하지 않을 테지⋯⋯.

그 발상이 진실과 가까울 거란 생각이 들자 소름이 돋아 난 손등을 문질렀다. 란델의 성격이 어떤지는 아직은 가늠하기 어려웠지만, 그는 내게 흡사⋯⋯. 겨울 호수 같은 사람이었다.

잔잔한 물살이 이는 온화로운 푸른 표면의 호수. 그러나 그 푸르름에 빠져 섣불리 손을 담갔다간 지독한 한기에 뼛속까지 얼어붙고 말리라.

일견 엿보이는 그 냉정함은 마탑의 것이라고 해도 무방하다. 이제까지 만난 마탑인은 생명을 경시하는 편이니 그 역시 다르지 않을 거라 절로 유추할 수 있었다.

딱히 이타적이지 않은 내가 너무 남을 생각하면서 사는 게 아닐까 회의가 일 만큼, 그들은 냉정했다. 마탑 밖의 사람들 따위는 무가치하다는 듯이, 교류도 제한하고 정체도 감추며 이득만을 취한다.

옳다고는 하기 힘들겠지만, 내게 해가 될 것 하나 없는 사고방식이었다. 여하간 지금 내게 중요한 건 여기서 나가 란델과 만나는 일이니.

이런저런 궁리 속에서 상념을 흘려보내기를 한참, 꾸벅꾸벅 졸기도 하면서 식사 시간이 몇 번 지나고 날이 바뀌었다.

다행히 끼니를 챙겨 먹지 않는다고 뭐라는 사람은 없었다. 다만 상등품을 꾀죄죄한 상태로 내다 팔 수 없는지, 정오 무렵 나는 감옥 안의 여인들과 어디론가 끌려갔다. 그리고 강제로 씻겨졌다.

거창하게 말할 것 없이, 그저 때 빼고 광내는 과정의 일환이었다. 이곳에 들어오기 전에 본 근육질의 여인과 몇몇 여인들이 옷을 찢어내듯이 벗기고 날 욕탕에 처박은 다음 벅벅 문질렀다. 난 진지하게 탈출을 고민했다.

"흠 깨끗하네?"

얼마 전까지 청결을 유지하는 마법의 효과를 받았던 탓에 그리 더럽지 않았던 난 금세 해방되었지만, 다른 여인들은 비명을 지르다시피 억센 손아귀에 시달렸다.

물론 그건 시작에 불과했다. 난 뜨뜻하고 향이 나는 물에 씻겨진 뒤 탁자 높이의 기다란 돌판 위에 뉘여 미끈미끈한 오일 세례와 함께 고통스러운 마사지를 받았다.

씻기고 주물러지고 눈썹과 머리카락을 제외한 전신의 털을 밀어대는 혼이 나갈듯한 과정을 거치고 나니 이제는 하늘하늘한 옷을 입혀 의자에 앉혀 놓고 이리저리 꾸미기 시작했다.

산발이 되어 있던 머리카락은 정갈하게 다듬어져 흘러내렸고, 반질반질 윤이 돌았다. 이 모든 작업을 주도하는 여인은 귀 옆에 꽃을 꽂아 주며 너는 새카만 머리카락 색이 매력이니 분명 잘 팔릴 거라며 매우 기뻐했는데, 그 모습에 나 역시 기뻐하는 표정을 보여야 할지 잠깐 갈등이 되었다.

피부가 좋아 보여야 한다며 아무 영양도 섭취하지 못해서 파리하고 푸석한 낯에 달걀 냄새가 나는 이상하고 진득한 팩을 바르더니, 이내 씻겨 낸 얼굴에 하얀 가루를 마구 칠하고 붉은색 연지를 바른다.

속눈썹도 마구 달군 쇠꼬챙이로 지져서 위로 휘어 올라가게 만들고 눈썹도 깎고 검게 칠했다. 노예에 보석을 덤으로 줄 마음은 없는지 장신구 없이 간소한 차림이었으나 하늘하늘하고 고급스러운 천에 둘러싸여 곱게 단장한 모습은 생각보다 그럴싸했다.

가릴 데는 다 가린 데다가 속이 비치지 않으니 야시시한 차림은 아니긴 한데, 실상은 천 하나를 이리저리 감고 둘러서 옷 형태로 만들어 낸 터라 속옷도 입고 있지 않았다.

나는 성적으로 어필하는 외양이 아니라서 차라리 청순하게 보이는 편이 나을 거라고 그렇게 입혔다지만, 반응이 안 좋다 싶으면 벗겨 낼 것 같아서 마음이 불안했다.

그도 그럴 것이, 나와 같이 온 육감적인 몸매의 한 여인은 민망할 만치 은밀한 부위만을 가린 차림새였다.

그래도 옷이 흘러내리지 않게 견고하게 동여맨 나와는 달리 그녀의 옷은 조금만 힘을 주어도 흘러내릴 것처럼 보였다. 옷을 입었다기보단, 천으로 몸을 가렸다고 말할 만하다.

포기한 듯 모든 걸 맡기고 있던 그녀가 제 차림을 수치스럽게 여겨 눈물을 뚝뚝 떨구자 편안한 아주머니처럼 굴었던 노예상 측 여인이 일그러진 얼굴로 윽박질렀다.

"이년이 어디서 눈물이야? 화장 지워지니까 그치지 못해!"

촤악! 채찍을 휘둘러 벽을 후려치는 간담 서늘한 소리에 그녀가 화들짝 놀라며 눈물을 닦아 냈다. 채찍질은 위협이라고 보기엔 살벌하여 내가 다 간담이 서늘해질 지경이었다.

나야 순순히 말을 들었으니 너그러이 대했다지만, 잡혀온 사람이 조금이라도 말을 듣지 않는다 싶으면 노예상 여인은 바로 돌변해서 가차 없는 모습을 보였다.

그들에게 있어서 붙잡혀 온 사람들은 노예에 지나지 않았다. 어쩔 수 없이 순응하고 있긴 했지만, 흐느낌을 속으로 삭이며 마음대로 울지도 못하는 납치당한 여인들의 표정은 침울하기 그지없었다.

그녀들은 그야말로 아무 힘도 없는 평민에 지나지 않으니 구출을 기대하기도 어려울 터였다. 도망가고 싶어도 그럴 만한 힘이 없고 바깥으로 내보내 주거나 감시인이 없었던 적도 없으니 기회를 잡기도 어렵다.

그 절망에 빠진 모습을 보고 있자니 그들을 도와주기로 한 마음에 힘이 실렸다. 내가 나설 필요 없이 남자의 말대로 모든 게 다 잘 해결된다면 좋겠지만, 설혹 그렇게 되지 않더라도……. 난 다짐을 되새겼다.

이윽고 그 난잡하고 성가신 단장 절차는 끝이 났다.

노예상 여인들이 좋은 주인을 만나면 이전보다 생활이 평탄해질 거라는 말도 안 되는 소리로 어르고 커다란 방에 몰아넣은 뒤 그곳에서 대기하라고 이르자, 난 부쩍 불안해졌다.

원래의 방으로 돌려보내지 않을 수도 있단 걸 생각했어야 하는데. 이대로는 남자와 연락할 방도가 없잖아?

그의 임무가 내가 상품으로서 선보이는 그 순간까지 실행되지 않는다면 순순히 팔려갈 순 없겠지. 하지만 처음 납치당해서 감금되었던 장소와 달리 이곳은 경비가 더 삼엄해 보였고, 사람도 더 많았다.

체계가 잡혀 있는 곳에 들어와서 탈출이 어려워진 것 같은데 괜히 그자를 믿고 가만히 있다가 상황이 더 나빠진 거 아니야?

크게 걱정이 되진 않았다. 물론 내 실력이 어느 정도인지 판별할 기준도 모르는 상태에서 날 믿는 건 아니었고, 내가 믿는 건 마스터와 란델의 안목이었다.

알아서 하라고 했으니 내게 이 일을 해결할 만한 능력이 있다고 판단한 거겠지.

난 희망적인 생각을 곱씹으며 스멀스멀 피어오르려는 불안감을 달랬다. 웅크리고 앉아 마냥 시간을 보냈던 이제까지와는 달리, 그때부터는 긴장 속에서 시간이 흘러갔다.

남자가 말한 일이 터지는 게 빠를까, 아니면 내가 불려 나가는 게 빠를까 가늠하면서.

이내 날이 저물어 갈 시각이 되자, 대기하고 있던 우리는 한 장소로 불려갔다.

이전보다 곤두선 채 서서 사방을 살피는 무장한 사내들을 보니 노예시장이 열릴 시간이 임박했단 게 실감이 났다.

빈틈없이 곳곳을 둘러싼 그들을 지나 커다란 방에 이르자 그곳에는 상등품용 감옥에서 여인들과 따로 갈라져 나섰던 사내들이 모여 있었다.

여인들 못지않게 한껏 꾸며진 사내들은 전보다 한결 훤해진 상태였는데, 그중에서도 역시 눈에 들어오는 건 그 남자였다.

잘 다듬어진 화려한 적금발 아래 조각처럼 아로새겨진 낯은 매혹적이었고, 호박색 눈동자는 여전히 날카로운 빛을 머금고 있었다. 전신에 얇은 옷가지만을 두른 그는 늠름한 황금빛 표범처럼 근사한 모습이었다.

그럴 만한 상황이 아니었음에도 본능은 어쩔 수 없는지 남자를 힐끔거리는 시선이 한둘이 아니다.

워낙 눈에 띄는 사람인지라, 금세 남자의 얼굴을 확인한 난 한시름 마음을 놓았다. 그에게 의존하는 건 아니었지만, 어떻게 되는지도 모르고 마냥 기다리기만 하는 건 질색이다.

문득 귓가를 파고드는 소음에 난 귀를 기울였다.

방 바깥쪽에서는 웅성거리는 소리가 들린다. 거대한 공연장 바깥에서 안의 소리가 울리는 걸 듣는 것과 비슷한 느낌이라 눈썹을 치켜

들었다. 이 벽 너머에 설마······.

그래, 바로 그 손님들이 앉아 있을 터였다. 이 샤자한의 타락한 고위 귀족들이. 그리고 이제는 정말로 거래가 시작되는 것이다.

갑자기 치미는 초조한 기분에 난 여태 모른 척하던 것을 잊고 그를 뚫어지게 쳐다보면서 초조한 마음에 입을 달싹였다.

같은 방에 있다고는 하나 남녀가 각기 나뉘어 있던 터라, 눈에 띄지 않고 그와 대화할 방법이 없었다. 하다못해 전음을 보내는 방법이라도 알고 있었다면 이리 답답하지는 않을 텐데.

내 몸 하나 지키겠답시고 공격 방어 마법 위주로 배워 놓았기에 이런 때에 쓸 만한 마법 하나 알고 있지 못한 게 새삼 아쉬워진다.

남자는 마치 내 시선을 느끼지 못한 듯이 느긋한 얼굴로 벽을 응시하고 있었다. 수많은 구매자가 포진해 있을 그 너머를 꿰뚫어 보는 듯한 그는 수십 번도 넘게 이 자리에서 팔려 본 것처럼 여유로운 기색이었다.

그래서 머릿속에 심어 넣는 양 음성이 울려 퍼졌을 때, 난 화들짝 놀라고 말았다.

―곧 시작한다.

다급히 정신을 추슬러 누가 말했나 허공을 두리번거리지 않은 게 다행이었다.

―놀라는군. 설마 전음을 쓸 줄 모르는 건가?

마법사라 하더니 잔챙이 중의 잔챙이였군, 하며 비웃는 소리가 들지 않아도 생생했다.

나 역시 무어라 말하고 싶었지만, 그가 내 쪽을 보고 있지 않았기에 내 말은 입 밖으로 나오지 못하고 뻥긋거림으로만 끝났다. 아이고 답답해!

―양도는 거래가 끝난 후 이루어지니 혹시 순서가 빨라 팔리더라도 기다리도록.

말을 맺은 그는 더 이상 전음을 보내지 않았다. 여전히 그의 시선

234

은 벽 너머를 향해 있었고 날 모르는 척하는 태도도 여전했다.

불안을 달래 주려고 했다기보단, 내가 사고라도 칠까 봐 슬쩍 언질을 준 것 같은데, 도대체 어떻게 일을 벌인다는 걸까. 무언가 사건이 벌어질 것을 예감하면서도 그때까지 난 뾰족한 수 없이 궁금해해야만 했다.

잠시 후 바깥쪽에서 주최 측의 목소리가 생생하게 들려왔다.

"여러분의 열화와 같은 성원에 힘입어 이번에 선보일 상품은 아주 다양하고, 품격 있는 노예들로 구성되어 있습니다."

증폭마법으로 소리를 키웠는지 쩌렁쩌렁하기도 하다. 홈쇼핑 거래를 하는 양 사람을 사고팔다니. 거북스러운 기분이 가슴을 할퀴었다.

나는 눈앞에서 마법으로 사람을 죽인 마스터를 경계하고 두려워했지만, 그는 그 행위에 아무런 가책을 느끼지 않았다. 아무래도 이 세계의 윤리적 기준은 우리 것과는 퍽 다른 듯싶다.

인신매매한 사람을 노예로 파는 건 추악한 일. 하긴 우리나라도 노예제를 폐지한 지 그리 오래되지는 않았으니, 문명도가 떨어지는 이곳에선 암암리에 일어날 만도 한가.

애써 동요를 달래면서 난 이곳을 에워싼 감시인의 수를 점검했다. 아까 들어오면서 보았던 사람이 대략 마흔여 명. 그리고 이 방에만 총 열여섯 명. 모두 무장했고, 체격 또한 건장하니 쉽게 볼만한 이는 단 한 명도 없었다.

남자에게도 조력자가 있을 텐데, 저 밖에 경매 참가자들 틈에 섞여 있는 걸까?

의문을 품은 채 안절부절못하는 사이 경매가 쭉쭉 진행되고 있었다. 듣고 싶지 않아도 들어야만 했던 노예 경매는 내가 아는 일반적인 경매 방식을 따라 이루어졌다.

주최 측이 가장 높은 가격을 부른 사람의 이름, 아니 이름이라기보단 별칭을 부르고 더 높은 가격을 부르는 이가 없으면 그 사람에게 낙찰되는 식이었다.

그런데 그 별칭이라는 게 우습다. 불법적인 거래이다 보니 익명을 지켜 주려는가 본지 입찰자는 '흰 까마귀' 따위로 불리었는데 내 귀에는 그 대수로울 것 없는 별칭조차도 곱게 들리지 않았다.

입찰자들 간의 재력도 차이가 나는 듯 독보적인 몇 명이 노예시장을 휩쓸다시피 했다.

옆에 감시인이 '오랜만의 경매다 보니 장사가 잘되는군.' 따위의 말을 하는 걸 보니 그래도 자주 열리지 않고, 국법을 피해서 몰래몰래 열리는 시장인 듯하다. 아주 막장은 아니었군.

정말, 이 나라 왕은 뭐 하고 있길래 이런 일이 벌어지도록 방치하는 건지!

초조한 기분에 더해 분이 올랐다. 나와는 달리 점차 자신의 차례가 가까워짐을 예감한 사람들, 즉 상등품들 사이에선 울음이 새어 나오기 시작했다.

"자, 이것으로 중등품까지의 경매를 모두 마칩니다. 성원에 항상 감사드립니다! 이제는 드디어 기다리시고 기다리시던, 엄선한 상등품들을 공개하겠습니다!"

그 말이 끝남과 동시에, 멍하니 서 있는데 돌연 손목이 잡아 채였다.

"처음을 장식하는 자리야 영광으로 알라고."

느물거리며 이끄는 주최 측, 덩치 큰 사내의 말에 어안이 벙벙했다. 문득 둘러보니 나를 제외한 여인들은 곁에 꽂히는 채찍질에도 불구하고 울고불고 한 터라 그나마 상태가 멀쩡한 건 나밖에 없었다.

"어서 움직여!"

힘이 실린 손이 날 질질 끌다시피 무대로 인도했다.

난 당황한 나머지 도움을 청하는 양 주변을 돌아보았다. 머릿속이 새하얗게 비고 몸이 떨려와 어쩔 줄을 모르겠다. 이런 취급을 당하는 것에 분기가 솟으면서, 또 겁도 났다.

고기잡이 어선이며 인신매매에 대한 괴담이 한창 유행할 때에도 내게 이런 일이 닥칠 거라 상상해 본 적 없었는데. 곤란에 빠진 난 본능적으로 남자를 바라보았지만, 남자는 여전히 모르쇠로 일관했다.

진짜 무슨 대책이 있긴 한 거야? 나 그냥 속고 있는 건 아니겠지.

뱀처럼 구물거리며 기어 나온 의심이 가슴 속에서 똬리를 틀었다. 지금 이대로 내가 할 일은 명확했다.

나는 한차례 심호흡한 뒤 기꺼이 무대로 나아갔다. 그래, 사람을 사기 위해 그 많은 돈을 싸들고 왔으니 상등품에 얼마나 부르는지 보자. 난 겁먹은 기색을 감추며 당당하게 고개를 쳐들었다.

그리고 빛이 쏟아지는 자리에 서서 이 지저분한 거래에 가담한 추잡한 자들을 똑바로 응시했다. 내가 서 있는 무대는 환하기 그지없어서 보통 사람이라면 역광에 가려져 어둠이 깔린 관객석의 모습을 볼 수 없을 터였다.

하지만 마법사인 나는 똑똑히 그들의 모습을 바라볼 수 있었다. 쥐새끼처럼 가면을 뒤집어쓰고 목소리를 숨기며 가격이 적힌 팻말을 들어 올리는 그들을.

적의 실체가 명확해지자, 두려움은 감해졌다. 동시에 지금 당장에라도 무언가를 하고 싶은 충동은 강해졌다.

객석에서 술렁거림이 인다. 귀하신 분들 앞에서 내가 건방지게 눈을 똑바로 뜨고 팔짱을 끼고 있자 주최 측이 당황한 듯싶었다.

그러나 상등품을 험히 다룰 수는 없는지, 채찍질은 떨어지지 않았다. 누가 공격한다면 남자의 사정에 개의치 않고 이 모든 것을 뒤엎을 셈이었던 내게는 퍽 아쉬운 일이었다.

사내 한 명이 내 곁에 바짝 붙어서 소곤거렸다.

"이년이 회까닥 돌았나? 여기가 어디라고 그따위 태도를 보여?"

내가 시선도 주지 않고 무시하자 그가 언성을 높였다.

"쌍년이, 내 말을 먹어? 네깟 게 무대에서 내려가고 나서도 멀쩡할 거 같아?"

자꾸 '년년'거리는 게 이루 말할 수 없이 거슬렸다. 마스터도 내게 욕 한마디 하지 않는데 어디다 대고 함부로 떠들지? 하긴 마스터의 고상하고 마네킹 같은 얼굴과 거친 언사는 쉽사리 연결되지 않긴 했다.

"당신은 날 높은 가격에 팔면 그만이잖아? 사소한 거에 신경 쓰지 말라고."

싸늘하게 대꾸하고 입을 꾹 다물자, 그 순간 객석에서 재촉의 소리가 나왔다.

"경매는 진행하지 않을 건가?"

'그래, 빨리 시작하라고!'라며 몇몇이 동조하고 나서자 사내는 안면을 일그러뜨리며 물러났다. 그건 다소 의외였지만, 나를 도우려는 의도라고는 생각되지 않는다. 아마도 가학적 심성의 소유자들이라 직접 날 고분고분하게 만들겠다는 그런 거 아닐까.

경매가 시작되기 무섭게 마구 금액을 적어 들어 올리는 팻말은 추측에 확신을 더했다. 내가 어떤 태도를 보이든 간에 결국 돈이 우선이라는 듯이, 몹시 화가 났던 사내는 옆쪽에서 히죽거리며 외쳤다.

"네, 아주— 도도한 소녀입지요. 생김새는 민둥하지만 이쁘장하게 생겨서 독특한 맛이 있고 피부도 아주 희고 좋습니다. 살결이 고와서 침대에서 아주 끝내줄 겁니다. 이런 아이가 더 길들이는 맛이 있지요."

몸 깊숙이 울컥 치솟는 마력을 억제하려고 난 부단히 애를 써야만 했다. 이런 소리를 들으며 참고 있어야 하나. 회의가 든다. 사내의 발언은 내가 폭발할 만한 수위를 아슬아슬하게 넘나들고 있었다.

이어진 사내의 외침에 난 주먹을 세게 틀어쥐었다.

"그렇지, 속 알맹이를 한 번 벗겨 보여 드릴까요?"

기가 막혔다. 난 내게 다가서는 사내를 노려보았다. 시선만으로 사람을 죽일 수 있다면 정말로 그러고 싶었다. 내게 모욕을 줘서 보복이라도 할 셈인가 본데, 뜻대로 되지는 않을 거다. 음흉하게 눈을 빛내는 모습이 역겹기 짝이 없어 속에서 혐오감이 들끓었다.

사내가 내 어깨에 손을 짚으려던 바로 그때였다.

"일만."

순간 경매장에 얼어붙은 듯한 정적이 흘렀다. 이곳의 화폐가치를 전혀 모르는 터라 백에서 천 단위로 오르는 금액을 감흥 없이 듣고 있던 나도 알 수 있을 만큼 높은 액수였다.

당황한 사내가 날 붙잡고 옷을 벗겨 내려던 손을 급히 거두었다.

"쓸데없는 가격 경쟁은 그만하고 내게 넘기지."

단호하게 말하는 음성은 서늘했고, 침묵은 이내 웅성거리는 소음으로 뒤바뀌었다. 뭐하는 자이기에 저리 많은 돈을 경매에 내걸 수 있는지, 여기 모인 소위 높으신 분들도 궁금한 모양이다.

나는 어둠을 꿰뚫고 내게 일만이란 금액을 제시한 남자를 바라보았다.

가면을 눌러쓰고 검은 망토를 두른 채 앉은 그에게선 미동도 느껴지지 않았다. 흡사 비석 같은. 일순 전기가 오르는 듯했다. 전율에 나는 눈을 크게 떴다. 그렇듯 생명체 같지 않은 이를 알고 있었다.

그러나 그는 저 남자와 목소리가 달랐고, 나를 위해 이곳까지 나타날 만한 이가 아니었다. 결코.

마스터일 리가 없어. 나는 확신하듯 속으로 되뇌었다. 실망하기 싫어서일까, 아니면 그게 진실에 가깝다고 생각한 탓일까. 처음의 그것이 진실로 확신이라기보단 그러기를 바라는 마음에 가까웠을 뿐이지만 난 차츰 납득되어갔다.

조금 더 세밀하고 날카로운 시각으로 관찰하자니, 그는 마스터와 유사하지만 많은 면에서 달랐다. 체격이며 체형도 그렇거니와 나를 보는 눈길에 마스터와 마주하는 것만으로 압도되는 듯이 느꼈던 위압감이 담겨있지 않았다.

눈동자를 들여다볼 수는 없었지만, 도리어 그에게서 느껴지는 감정은……. 흥미에 가까웠다.

흥미에 그 많은 돈을 쓸 수 있다면 갑부이긴 할 터였다. 곧은 허리와 당당한 자세를 보아하니, 그리 나이가 많지 않은 남자임을 알 수 있었다. 내가 알 만한 사람일까. 난 추리하던 머릿속의 흐름을 빠르게 접었다.

내가 아는 사람이라고는 다섯 손가락에 꼽을 숫자이니, 그중 한 명일 가능성은 적다.

"……더 부르실 분은? 없으면 이대로 낙찰하겠습니다!"

입을 떡 벌리다가 흠흠 헛기침하며 정신을 차린 주최 측 사내가 외치자 장내가 잠깐 시끄러워지는 듯했으나, 역시 더 높은 가격을 부르는 이는 없었다.

사내가 낙찰을 외친 직후 난 무대에서 바로 내려서서 원래 있던 방으로 돌아왔다.

원래 있던 자리를 찾아가려는데, 사내가 붉게 달아오른 얼굴로 다가선다. 무대에서 말을 듣지 않은 내게 응징을 가하려던 참인가 싶었다.

"이년이 건방을 떨어?"

솥뚜껑만한 손이 사납게 허공을 가로지른다. 턱. 가로막은 손의 주인은, 이곳으로 옮겨올 때 보았던 여인이었다. 번번이 훼방을 당한 사내의 얼굴이 살벌하게 실룩거렸다. 사내 못지않은 덩치의 여인이 빙글거리며 물었다.

"왜 우리 이쁜이를 때리려고 그래?"

"이년 때문에 경매를 망칠 뻔했잖습니까!"

"팔렸으면 됐지, 뭘 그래? 이제 이 애는 우리 물건이 아니야. 함부로 상처 입히면 안 된다고. 무대에서 옷 벗기는 것도 싫어하는 주인인데 그러다가 경을 치면 어쩌려고 그러니."

조곤조곤 속삭이는 소리는 작았지만, 청각이 발달한 내 귀에는 또렷하게 들렸다. 사내는 온갖 욕지거리를 입모양으로 퍼붓더니 홱 하고 돌아섰다.

무대에서 무사히 내려온 이상 사내에게 얻어맞기 싫다고 힘을 드러내고 싶지는 않았는데, 막아주어서 다행일까. 물론 그건, 그에게도 마찬가지겠지.

난 살의를 가까스로 죽였다. 자리로 돌아가는데 여인이 '우리 복덩이.'라고 입 모양으로 말하며 엉덩이를 툭툭 쳤다. 악인이라면 악인인데 하는 짓이 천연덕스러워서 경멸하거나 싫어하기에는 또 묘했다. 진지하게 나쁜 감정을 품으려는 자세를 무너뜨려 버린달까.

여하간 내 차례가 끝났으니, 이제 남자가 무언가를 보여 줄 때였다. 난 여봐란듯이 적금발의 남자를 응시했다. 시선을 받은 남자는 비뚜름하게 입꼬리를 끌어 올렸다.

─어떤 악취미의 인간이 일만 챠드나 불렀는지 모르겠군.

─부를 만했으니까 그만큼 불렀겠지.

자신만만하게 생각하다가 난 흠칫 놀랐다.

어라. 이게 뭐지. 그에게 말을 걸듯이 생각하긴 했지만, 입은 움직이지 않았고 그저 속으로 자연스럽게 생각만 했을 뿐이다.

그런데 이건…….. 뭐랄까. 의지를 전달하는 느낌이 확 들었다. 내 착각만은 아닌 듯, 남자의 눈썹이 확 치켜 올라갔다.

─나를 기만했군. 교활한 마법사다워.

말하는 투를 들으니, 내가 전음을 보낼 줄 알면서도 어리숙한 척 굴었다고 생각하나 보다. 억울한 오해였지만, 뭐 굳이 변명할 필요는 없지 않겠어? 어차피 이 일만 끝나면 안 볼 사이이니 굳이 좋은 관계를 만들 필요는 없다.

말한 바나 지키시지. 이번에는 혼자서 독백하는 듯이 생각했더니 못 들은 눈치였다.

설마 아까 그 구슬이 손에 스며든 게…….. 이런 효과를 가져다준 건가? 아니, 애초에 마스터가 그걸 위해서 구슬을 내게 준 걸까.

마스터의 마력으로 만들어진 구슬이고 마력과 마력은 서로 상충하는 법이니 그게 내게 흡수되는 것 자체가 이상한 일이었지만, 내가 아는 지식은 별반 없으니까.

마스터쯤 되는 마법사라면 그쯤은 안배할 수 있을지도 모른다. 여하간……. 드디어 전음을 보낼 수 있게 되었어! 난 기쁨에 차 스르륵 올라가는 입꼬리를 힘주어 내렸다.

딱 문명의 이기인 스마트폰을 처음 사용해 본 듯한 기분이다. 이제 굳이 눈을 감고 정신을 집중하지 않아도, 란델에게 의사를 전달할 수도 있겠지?

한 번 그에게 말을 걸어 볼까 고민하는데, 문득 문이 다급하게 열렸다.

둔탁한 소음과 함께 눈물로 화장이 얼룩진 여인이 방 안으로 뛰어들었다. 나 다음의 순서로 끌려 나간 여인이었다. 내가 정신이 팔린 사이, 무대에서 일이 벌어진 모양이다.

알몸이 된 채 주워든 천으로 필사적으로 몸을 가리고 있는 여인은 수치심에 혀라도 깨물고 싶은 표정이었다. 상황을 파악한 순간 기쁨이 가라앉고 피가 차갑게 식었다.

제지하는 사람이 있었던 나와는 달리, 그녀에겐 같은 행운이 찾아오지 않았나 보다. 만인 앞에 나체로 서서 구경거리로 전락한 심정은 끔찍한 것이리라. 그리 높은 가격에 팔린 것도 아닌 듯 주최 측 사내며 여인의 표정이 좋지 않았다.

"오늘 운수가 좋나 했더니 저게 다 말아먹네."

"벗겨 놨는데도 오백밖에 안 부르든?"

"반반하긴 한데 특색이 없잖아요. 나갔으면 똑바로 서 있기라도 하지 질질 짜기만 하니 원."

말 한마디에 분노한다는 게 어떤 느낌인지, 그보다 명확히 알 방법이 있을까? 무참히 무너져 내린 여인을 보며 마치 내가 알몸으로 내돌려진 듯 화가 치솟았다.

손끝이 경련이 일듯 떨리며 머리가 하얘진다. 이를 악문 턱이 욱신거렸다. 그리고 나뿐만이 아니라 이 순간 이 자리에 있는 거의 모든 이들이 같은 감정을 느끼고 있으리라. 분노. 거기에 더해 제게 닥

칠 일들에 대한 공포, 모욕감, 그리고 이 불가항력적인 상황에 대한
체념……

주변에서 다른 여인이 주섬주섬 옷을 입혀 주는 모습이 눈에 들
어오면서 한순간이라도 이 상황을 안일하게 보았던 나 자신이 뼈
저렸다.

내가 일신의 안위를 지킬 힘을 가지고 있다고 한들 이건 눈앞에서
벌어지고 있는 현실이었다. 조금 전까지 능글맞지만 비난하긴 묘하
다고 생각했던 주최 측 여인이 끔찍해진다.

노예상에게 도덕심을 바라는 것 자체가 우스운 노릇이라지만, 저
들은 단 한 줌의 가책감도 느끼지 못하는 사이코패스같았다. 그것이
징그럽고 소름 끼쳤다.

그러나 나는 그와 비슷한 모습을 처음부터 계속 보아 왔었다. 나를
구한 마스터와 저들을 동일시하는 건 아니지만…… 그렇지만…….

머릿속에서 겹쳐지는 무언가의 연상은 어쩔 도리 없는 것이었다.
내게는 다를지 몰라도, 다른 이들에게 마스터는 저들과 다르지 않은
이일지도 모른다.

애써 피하고 싶은 생각을 칼로 잘라 내듯이 끊어 내자 속이 후끈
거린다. 난 순간적으로 뭔가를 요구하듯 남자를 바라보았다. 아니,
그건 요구한다기보다 비난하는 듯한 의도였다.

당신의 호언장담만 믿고 참았던 결과를 제대로 보여 줘야 할 거야.

과연 그가 내가 지금 이 순간 인내한 걸 보상할 만큼 그들을 제대
로 처단할 수 있을까. 국가에서 정식으로 임무를 맡고 파견 나온 그
보다 내가 이 일을 잘 처리해 낼지 알 수가 없단 현실이 머리끝까지
치미는 열기로부터 날 밧줄처럼 묶어 자제케 했다.

남자는 이맛살을 찌푸리고 있었다. 하지만 그 미묘한 표정 변화에
서 느껴지는 감정은 이곳의 잡혀 온 사람들이 공통적으로 느끼는 것
과 종류가 달랐다.

공감이라기보다는 지저분한 짓거리를 목격한 것에 대한 불쾌감과

혐오. 그에 지나지 않을 뿐.

그것이 도리어 내게 확신을 주었다. 공감하지 않는다는 건, 여인과 자신이 다른 상황에 놓여 있다는 걸 인지하고 있다는 뜻이다.

부재한 현실감 때문이 아닌 한 그는 분명히 이 상황을 타파할 능력을 숨기고 있었다. 비록 때를 기다리느라고 한 여인에게 평생 상처기 될 수모를 감내케 했지만.

아니꼽고 질타를 퍼붓고 싶더라도 여전히 난 최대한 냉정하게 판단하며 팔짱을 꼈다.

애초부터 인간 취급하고 있지 않은 노예들의 흉흉한 분위기에도 아랑곳하지 않고 주최 측 여인과 사내가 심각한 얼굴로 의견을 나누었다.

"열기가 좀 식은 것 같은데? 아직 상품이 남아 있지만, 이대로 가면 곤란해. 손님들이 주머니를 열지 않을 거야."

"두 번째가 재미없는 물건이어서 앞엣것과 너무 비교되었으니 원. 뭔가 눈에 불을 확 켜게 만들 계기가 필요합죠."

"손님들 지루하시지 않게 순서를 좀 바꿀까?"

"그러는 게 나을 것 같긴 한데 누구를 내세우면 좋겠습니까?"

"우리에겐 특상품이 있잖아."

"아하."

사내가 동조하듯 손바닥을 탁 내려침과 동시에 두 사람의 시선이 모두 한곳에 꽂혔다. 자신이 지목당했단 걸 깨닫고도 적금발의 남자는 태연한 기색이었다. 오히려 그는 이 순간만을 기다려온 것처럼 보이기도 했다.

그의 목적을 알고 있는 내가 아닌 주최 측 인간들에겐 억지로 의연한 척하는 것으로 보였는지, 사내가 그에게 다가가 위로하듯 어깨를 툭툭 쳤다.

"형씨는 반반하니까 누구한테 팔리든 좋은 대우 받을 거야. 비위 잘 맞추고 밤일만 잘하면 된다고. 그 도도한 얼굴로 재미없게 무대에서 울고 그러는 거 아니다. 알았지?"

방금 상황 때문에 염려가 되었던 양 신신당부하는 사내의 말에 이어 곧 여인의 서두르라는 재촉이 떨어졌고, 남자는 대꾸 없이 무표정한 얼굴로 사내의 뒤를 따랐다.

이런 걸 사자성어로 표현하면 위기일발이라고 하지.

남자의 뒷모습을 보면서 조금 전까지 성내던 마음은 긴장으로 죄어들어갔다.

내가 나갈 때만 해도 정 안되면 일을 쳐버리겠다는 기분이었는데, 막상 일이 터질 때가 되니까 기대되기도 하면서 초조감이 밀려온다.

분위기를 고조시키기 위해 불 꺼진 무대에서 사내의 음성이 웅웅거리며 울려 퍼졌다.

"여러분! 여러분의 기대에 부응하기 위해 특별한 상품을 준비했습니다. 원래는 마지막으로 공개할 상품이었지만, 조금 더 확확 달아오른 경매를 위해 미리 선보이겠습니다! 자— 이쪽을 보아 주십시오!"

그러나 무대 뒤편까지 훤히 비칠 만큼 불이 확 밝아 온 순간, 지독한 정적이 흘렀다.

마치 지직거리는 스피커를 끈 듯한 대비라 어리둥절할 지경이었다. 누군가가 침묵 마법이라도 썼나 싶어서 기웃거리는데 나른한 음성이 흘러들었다.

"여기 나를 잘 아는 이들이 있군."

유람을 나온 양 여유롭고 세상 모든 것을 발아래로 굽어보는 오만함이 담긴 남자의 음성. 소리는 그리 크지 않았지만 이상할 만치 선명하게 들린다.

"참으로 익숙한 얼굴이지 않은가."

분위기가 이상하다는 걸 깨달았는지 사내가 성난 고함을 내질렀다.

"너 이 새끼 뭐하는 짓—!"

파앙. 피부에 와 닿을 만큼 공기가 진동하며 강력한 힘의 파동이

245

퍼져 나간다. 남자에게 달려들었을 사내가 힘없이 쓰러지며 털썩, 하는 소리가 들렸다.

경매장은 과연 그랬던 적이 있었을까 싶을 만큼 고요하기만 하다. 남자의 말에 명령이라도 실려 있는 양 사위가 숨을 죽였다.

"이 추잡한 짓거리를 내 나라에서."

자신을 방해하는 이를 칼날같이 잘라 낸 남자가 서늘한 투로 말을 이었다.

"내 신하들이. 참으로 놀라운 일이지."

경매장의 공기가 부산하게 움직인다. 잔인한 눈으로 무대에 올려지는 노예들을 저울질하며 물건을 사듯이 가격을 소리쳐 불렀던 고고한 손님들이 당황에 휩싸여 우왕좌왕했다.

그 모습이 흡사 시체를 뜯어먹으며 노니다가 맹수의 등장에 화들짝 놀라 날아오르는 까마귀 떼를 보는 듯하다.

충격과 동시에 깨달음이 섬뜩하게 나를 후려친다. 급작스레 변화한 사태에 혼란을 느낀 건 그들만이 아니리라. 실로 믿을 수 없는 일이지만, 저런 말을 할 수 있는 자가 있다면 그건 분명……그래, 나와 함께 있던 그는—

왕이었다.

그렇지 않다면 그 표현을 달리 어떻게 설명할 수 있을까. 내 나라, 내 신하들.

"지금부로 이곳에서는 단 한 명도 빠져나갈 수 없다. 이 추잡한 범죄행위에 가담한 자들은 모두 마땅히 대가를 치르게 될 것이다."

냉랭한 선고에 지배자다운 위엄이 묻어나온다. 밖에서 거친 발소리와 병장기 부딪치는 소리가 들려왔다. 어느덧 병사들이 이곳을 에워싸고 있었나 보다.

이걸 위해서 때를 기다렸다면 나로서도 불만은 없다. 도리어 놀랍기까지 하다. 세상에, 왕이 친히 이런 곳에 홀로. 난 입가를 가리며 그 생소하면서도 어쩐지 대단하게 들리는 단어를 입안에서 읊조렸다. 왕. 이 샤자한의 왕이라니.

처음부터 내 앞에 등장한 최종 보스급 마왕 비슷한 존재인 마스터는 그렇다 치고, 한국에서 국회의원 한 번 본 적 없는 내 앞에 너무 거물들이 나타나니 황송하다고 해야 하나.

구원자가 왕임을 깨달은 잡혀 온 이들이 무릎 꿇고 '오오. 왕이시여!' 따위의 사극풍의 대사를 외치는 게 보였다.

왕실 대다수가 입헌군주제를 도입하여 왕권이 강하지 않음에도 이리 수행원 없이 다니는 건 내 세계에서도 드문 일인데, 여기는 실질적으로 왕이 통치하는 나라잖아?

이 험한 곳에 손수 나라의 폐단을 처벌하려 나선 모범적인 태도에 감탄하는 마음이 든다기보단 의문스러웠다. 왕이 혼자 이런 곳에 나다녀도 되는 거야?

그러나 가만히 생각해 보니, 이 나라의 왕은 그냥 평범한 왕이 아니지 않은가.

이 세계에서 군주, 혹은 지배계층은 대개 혈통에 따라 내려오는 특별한 힘을 소유하고 있다고 들었다. 그에게서 느껴지는 마력이 그 혈통의 힘이라면…… 스스로 강함에 대해서 확신이 있는 왕이 직접 움직이는 것도 가능한 일이다.

더군다나 그는 혼자가 아니었다. 유독 눈에 띄는 미인이라 정체가 왕으로 밝혀진 남자 못지않게 특상품 같다고, 노예상인의 시각에서 생각하게 만들었던 여인이 스르르 자리에서 일어섰다.

희고 가느다란 몸은 백조와 같이 우아하고 허리는 부러질 듯이 얇은데 움직이는 몸짓에는 힘이 넘쳐난다. 무대로 향하는 여인의 움직임을 눈치채고 누군가 막아서려 하자, 여인이 매섭게 눈을 치떴다.

"감히."

여태까지 고분고분 입을 다물고 있었던 건 그저 위장이었던 듯싶다. 여인의 몸에서 세찬 파동이 일며 장정 하나가 튕겨져 나가 벽에 부딪혔다. 게거품을 물며 기절한 모양새를 보아선 등뼈가 아작 나지 않았을까.

방해물을 치운 여인은 차가운 눈을 내리깔며 위풍당당하게 무대로 걸어 나갔다.

왕을 도우려는가 본데, 이상을 감지한 노예상들이 발을 빼고 있어서 이곳을 진압하는 일은 쉽사리 이루어질 것 같았다.

아까의 그 주최 측 여인과 사내도 어느새 도망갔는지 보이질 않았고, 잡혀온 이들은 폭풍우 치는 바다에서 신께 기도하는 사람처럼 손을 모으고 이 안에서 무릎 꿇고 있었다.

대세에 맞춰 그 모습을 따라 해야 하나 갈 곳 모르는 난 살짝 뻘쭘해졌다. 가만히 있기는 뭐했다. 왕도 이들이 납치된 사람들이란 걸 알 테니 곧 각자의 자리로 돌아갈 수 있겠지. 그거면 끝난 게 아닐까.

나는 어떻게 해야 하지? 갑자기 무얼 할지가 애매해졌다. 혼자 슬쩍 빠져나갈까 생각해 보니 내가 샤자한에 온 건 왕을 축하하기 위해서가 아니던가. 그리고 그 왕은 바로 저기에 있었다.

물론 그는 내 정체를 모르고 나도 조금 전까지 그의 정체를 몰랐지만…… 우습게도 우리는 곧 마주하게 될 사이였다.

난 잠시 갈등했다. 그냥 일단 왕에게 내 정체를 밝히고 란델을 이리로 부르면 되지 않을까. 하지만 이런 북새통에서 내 편의와 효율을 우선시하는 건 영 그랬다. 엄연히 중대한 국가적 사안을 처리하고 있는 그에게 접근할 만한 상황이 아니었다.

손님이면 손님답게 형식과 절차를 갖추어서 정식으로 방문해야 하는 게 아닐까. 더군다나 나는 마탑에서 온 사절이잖아? 나를 그리 대단치 않은 마법사로 알고 있는 그에게 내가 마탑인인 걸 그럴듯하게 설명할 자신도 없다.

그래, 란델과 함께 방문하자. 어차피 사절로 오기로 한 건 란델이고 난 덤일 뿐이니까.

일 분도 지나지 않아 결론지은 나는 눈으로 사람들의 안전을 살펴며 슬쩍 몸을 움직였다. 이제는 제지할 만한 사람도 없었기에 난 수월하게 무대 가까이로 나아갔다.

'놓아라, 감히 이 몸을!' 따위로 항의하는 소리와 비명이 들리고, 새로 포박한 죄인들을 윽박지르는 병사들의 외침이 고막을 찔렀다.

성큼 발을 내딛자 무대가 시야에 들어왔다. 무대 위에서 잡혀가는 죄인들을 바라보고 있는 남자의 뒷모습이 역시 눈에 잡혔다. 이쪽을 보고 있지 않으니 마침 잘되었다.

그때,

"죽을 자리를 찾아오셨구려."

낮고 중후한 음성이 울려 퍼진다. 병사들에게 포위된 무대 한가운데 검은 가면을 쓴 한 인영이 느긋하게 자리를 지키고 있었다.

남자와 대치하듯 마주 보고 앉은 그의 전신에서 강렬한 마력이 피어오르고 있었다. 그것이 그가 범상치 않은 존재임을 짐작하게 했다.

"공이 이곳을 방문할 거라는 이야기를 들었지."

싸늘하게 읊조린 남자가 말을 이었다.

"허나 이곳에서 공을 보고 난 눈을 의심하지 않을 수 없었어. 이 추잡한 짓거리에 설마 명성 높은 공이 가담할 거라고는 추호도 생각지 못했건만, 내가 공을 높이 평가한 모양이야. 실망스럽기 짝이 없군."

"기뻐하셔야 할 일이 아닙니까. 이제 정당하게 이 몸을 쳐 낼 수 있게 되셨으니."

침착하게 대꾸하는 투에는 조금의 긴장감도 묻어나지 않아서 도리어 내가 의아했다. 뭘 믿고 저리 뻗대는 거지?

"일국의 대신이 엄연히 불법으로 규정지어진 노예거래에 관여하고도 부끄럽지 아니한가."

"이런 하찮은 여흥에 부끄러움을 느낄 만큼 심약하지 못해서 말입니다."

"쿤데라 공."

흡사 으르렁거리는 듯한 음성이었다. 남자의 등에서 일렁이는 붉은 기운이 확 피어오른다. 실제로 뜨거운 온도를 품고 있지 않음에도, 시각적으로 열기가 전해지는 듯하다. 곧 지상을 휩쓸 화염처럼 사나운 기세로 서 있던 남자는 노기를 담아 선언했다.

"단언컨대 오늘로써 그대와 그대의 가문이 지켜 온 모든 영예는 무너지게 될 것이다!"

왕의 말이 끝나기 무섭게 그의 충성스러운 병사들이 쿤데라 공이라 불린 이를 향해서 병장기를 들이댔다.

난 멀뚱히 그 모습을 지켜보았고, 곧 놀라운 장면을 목도하게 되었다. 쿤데라 공의 몸에서 마력이 이는 것 같더니, 얇은 코팅을 씌운 양 투명한 푸른빛에 둘러싸인 병사들이 꼼짝하지 못하고 멈춰 버린 것이다.

의식은 그대로 남아 있는지 병사들은 낯빛이 붉게 달아오를 만큼 힘을 주어 저항했지만, 얼어 버리기라도 한 것처럼 누구도 움직이지 못했다.

이건 또 무슨 상황이람? 눈을 휘둥그레 뜨면서 사태를 주시하는데 쿤데라 공이 느릿하게 가면을 벗어 냈다.

노련미와 중후함이 느껴지는 귀족다운 날카로운 이목구비는 놀랍도록 젊었다. 마력이 활성화될수록 노화가 느려진다고 하니, 그의 젊음은 실제 나이와는 무관할 터였다.

비뚜름한 미소를 머금은 쿤데라 공이 천천히 손을 들어 올렸다.

"왕가의 권능이 강하다고는 하나, 애송이 왕의 힘이 이 몸에 비하겠는가."

음절마다 힘이 실려 나오며 억죄듯이 몸을 내리눌렀다. 독수리처럼 매서운 눈빛이 살점을 파고드는 것 같았다. 저런 눈빛을 가진 자가 누구에게 복종할 리 없다.

나는 어렵지 않게 깨달았다. 쿤데라 공이라는 저자는, 이 순간을 기다리고 있었다. 신하인 그에게서 풍겨 나는 기세는 제 위에 누구도 두지 않는 왕에 다름 아니다.

상대가 결코 만만히 볼 수 없는 자라는 걸 자각했는지, 왕의 몸에서 일어나는 기운이 한층 날카롭게 곤두섰다.

"전하, 여기."

아까의 미녀가 어디서인지 모르게 구해 와 건넨 검을 받아 든 왕이 그곳에 마력을 실었다. 붉은 마력이 검 위를 불길처럼 내달리며 솟구친다. 낮게 깔린 음성으로 왕의 선언이 울려 퍼졌다.

"반역을 천명했으니, 이 자리에서 그대를 처단하겠다."

"그럴 재주가 있다면, 얼마든지!"

굉소와 함께 쿤데라 공이 왕을 향해 달려들었다. 왕은 피하지 않고 그를 맞받았다.

붉고 푸른 힘이 정점에서 쾅! 격돌하자 강풍이 몰아치는 듯 공간 전체가 뒤흔들린다. 납치당한 사람들이 모여 있는 뒤쪽에서 비명이 터져 나오며 사람이 쓰러졌는지 둔탁한 소음이 들렸다.

고래 싸움에 새우 등 터진다고, 무림 고수들의 싸움에 휘말린 일반인들이 수난을 겪는 상황이다.

가뜩이나 약해진 사람들이니, 이대로면 위험할 텐데. 생각하면서도 나는 바람에 조금 밀려났을 뿐 벽을 짚고 무리 없이 설 수 있었다.

절로 몸 안의 마력이 일어나 스스로 보호한 덕에 난 꽤 여유로웠다. 통로 한가운데에 서서 전투의 여파를 막아설 수 있을 만큼. 다만 상황은 내가 여유롭게 느낄 만큼 순순하게 흘러가지 않았다.

사납게 전투를 벌이는 두 남자 중 누구도 내 편이라 하기는 어려웠지만, 일시적 동지라면 왕이었다. 노예거래에 가담한 쿤데라 공쪽이 승리하는 일만큼은 절대로 있어서는 안 된다.

그러나 마력을 감추고 있던 여인이 간간이 도움의 손길을 보태고 있음에도 왕 쪽이 그리 유리해 보이진 않았다. 느껴지는 마력은 비슷하거나 오히려 왕 쪽이 미세하게 높았지만, 전투의 양상은 오히려 왕의 열세였다.

쿤데라 공은 노련했고 마력의 강약을 조절하여 순식간에 측면을 후벼 파다가 빠지고 다시 파고들었다. 나이를 헛먹은 건 아닌지 전투 경험이 많은 그는 공세를 거의 장악하고 있었다.

그 움직임 하나하나가 거미줄을 죄여 오는 듯이 효과적으로 상대의 반응을 한정시키고, 원하는 방향으로 싸움을 몰아간다.

힘을 흩뜨린 사이 가슴을 파고드는 날카로운 푸른 마력에 왕이 낯빛을 굳히며 급히 몸을 뺐다. 여인 외에도 몇몇 신하들이 도움을 주려고 했지만, 섣불리 개입하기 어려울 만큼 정신없는 전투였다. 그 둘이 일으키는 마력 파동에 쏘아진 화살도 튕겨 나올 지경이다.

저도 모르게 왕을 응원하다가 난 얼굴을 팍 찡그렸다. 둘이 싸우고 있으면 내게 가까운 한쪽을 응원하는 게 자연스러운 심리라지만, 머리가 아니라 가슴으로는 그가 이기길 바라는 게 용납되질 않았다.

그 거만한 얼굴을 하고선 고작 그 정도냐고 비아냥거리고픈 마음이 굴뚝같다. 하지만 내가 저 자리에 있었다고 해도 상황이 달랐을 거라곤 확신할 수 없어서, 난 입을 꾹 다물고 사태를 관망했다.

내키지는 않지만 왕의 승리를 위해선 내가 뭔가를 해야 할 것 같은데.

온통 두들겨 맞고 있는 왕은 애초에 방어형으로 마력을 운용하는 타입도 아닌 듯이 보여서, 이대로라면 곧 한계가 찾아올 터였다. 그렇다고 반역도를 상대로 몸을 뺄 수도 없을 테고, 둘 중 하나가 죽을 때까지 무작정 싸울 가능성이 높다.

저 중간에 마력을 끌어모아 개입한다면, 내가 버텨 낼 수 있을까? 마스터나 란델이나 내가 이 상황을 손쉽게 타파할 수 있다고 생각하는 것 같다지만, 그건 어디까지나 노예상에 한한 일이다.

왕과 대신이 서로 없애겠다고 온통 마력을 폭사시키며 날뛰고 있는데 그거까지 내가 어쩔 수 있다고 판단하진 않았겠지. 그런데 생각해 보니까 굳이 내가 무언가를 할 필요는 없잖아.

−란델, 들려요?

나는 조금 전 얻은 깨달음을 통해, 빠르게 란델에게 연락을 취했다. 한없이 머나먼 저편으로 메시지를 던지는 듯한 느낌이었는데, 조급스럽다고 느낄 만치 신속하게 대답이 돌아왔다.

−어디지?

어디냐고 물어봤자, 나도 여기가 어딘지 모른다구요.

−아, 란델 저 지금 막 탈출하려고 하는 데 문제가 생겨서요. 혹시─

이쪽으로 와 주실 수 있나요? 라는 뒷말을 꺼내기도 전에 란델이 선뜻 화답했다.

−왕도 인근에서 대기가 요동치는구나. 마력의 충돌이 느껴진다. 그 발원지인가?

−네, 맞아요!

역시 란델이야! 잠잠할 때는 란델이라도 '노예상'이라는 단어 하나만으로 이곳을 알아내기 쉽지 않을 테지만, 마력의 움직임은 흔적을 남기기 마련이고 이 정도의 커다란 전투라면 왕도 인근에 와 있을 그에게도 느껴질 터. 그리고 예상은 완벽하게 들어맞았다.

−곧 가지.

바라던 답변에 슬쩍 미소가 피어올랐다. 난 넌지시 물었다.

−저, 근데 이거 전황이 안 좋게 돌아가고 있는데요. 쿤데라 공이라는 사람 세 보이는데 왕이 지기라도 하면 어떻게 되는 거지죠?

란델의 대답은 무정하도록 깔끔했다.

−왕이 패배한다고 해도, 그 뒤를 이을 누군가가 마탑과의 계약을 지킨다면 우리가 관여할 이유는 없다.

계약을 지키기만 하면 상대가 누가 되든 상관없단 말인가? 어쨌든 우리는 신왕의 초대를 받아온 건데, 일이 터지자 모르쇠로 일관하자니 참 질릴 만큼 냉정하다. 하지만 그게 마탑이겠지.

할 말을 잃고 입을 벙긋거리던 난 그러면 아예 간섭하면 안 되는 거냐고 물을까 했다. 그러나 질문이 목구멍을 벗어나기도 전에 란델이 먼저 입을 열었다.

—쿤데라 공이라면 선천적 마력과 후천적 마법을 모두 갈고닦은, 샤자한에서 명성 높은 마법사지. 네게도 조금 위험할 수 있겠구나.

그건 란델의 입에서 처음으로 나온 부정적인 소리였다.

—곧 도착할 테니, 싸움에 되도록 휘말리지 말고 한곳으로 피해 있으렴.

그 말을 마지막으로, 전기신호가 끊기는 듯한 느낌과 함께 란델과 난 곧바로 단절되었다.

난 곰곰이 란델이 한 말을 되짚어 보았다. 요는 절대적인 건 아니지만, 얌전히 있으라는 뜻인데.

근데 그 절대적인 건 아니라는 사실이 나한텐 아주 중요했다. 관여할 이유가 없다는 게 관여해서는 안 된다는 소리는 아니니까.

그리고 란델의 말에는 어쩔 수 없는 상황에 대한 여지가 남아 있었다. 약간 거리낌이 들긴 했지만, 왕을 도와줘도 안 될 건 없다고 해석해도 무방하리라.

물론 자의적 해석이다. 내가 위험할 수 있다는 건 내 힘으로 해결할 수 있는 일이라고 장담할 수 없단 것. 하지만 왕과 쿤데라 공의 싸움에서 저울추가 기울게끔 왕에게 힘을 보태는 건 내 능력 안의 일일 터.

뭐, 내 안전은 곧 도착할 란델이 책임지겠지. 내가 날 지킬 수 없다면, 날 지킬 누군가를 준비해 두고 일을 벌이면 그만이니. 이렇게 말하자니 좀 찔리지만 란델은 내 보험이니까.

마침 나설 타이밍을 잴 필요도 없을 만치 절묘하게, 그 일이 벌어졌다. 온몸이 너덜너덜해져 줄줄 피를 흘리고 있는 왕이 일격을 준비하듯 검을 움켜쥐고 자세를 낮추었다.

교활하게 사방에서 돌아드는 마력으로 왕을 갉아먹던 쿤데라 공도 그가 자신의 일격을 피할 만한 상황이 아니라고 판단한 모양이다.

"맞받는다면 죽을 텐데?"

"해 봐야 알 노릇."

여전히 힘을 잃지 않은 왕은 당당하기 그지없었고, 그의 적금발은 불기를 머금은 듯이 화려하게 흩날렸다. 그 굽힘 없는 모습은 실로 왕다웠지만, 패배가 예정된 듯하여 그에게 품은 악감정은 어느덧 누그러지고 안타까움만이 남았다.

하지만 난 반전을 보여 줄 준비가 되어 있었다.

"그렇다면 받아 보시지!"

왕위가 코앞까지 다가왔음을 직감한 듯 쿤데라 공은 희열에 찬 웃음을 흘리며 손을 뻗었다. 굉음을 내며 대기 중의 마력이 한곳으로 빨려들다가 마침내 하나의 힘으로 현신한다.

피부에 소름이 일었다. 숨구멍 하나하나 틀어막는 듯한 그 위세가 모든 것을 부수는 소용돌이처럼 강력하기만 하여, 난 내가 왕을 도울 수 있을지 의심해야만 했다.

맙소사, 저걸 어떻게 막아?

그러나 왕은 버텨 냈다. 그의 검에 이글거리던 불길이 엷은 붉은 색으로 퍼져 나가 그의 몸을 둘러쌌다. 한 사람에게 적용될 만큼 아주 소규모의 결계였다. 깨질 듯이 연약하게 보였음에도 결계는 강건했다.

자신의 피해를 최소화하면서 쿤데라 공의 마력 손실을 유도하려고 한 걸까. 현명한 방법이다.

사람은 승리를 확신할 때 가장 방심하는 법이라고, 쿤데라 공은 단번에 왕을 처리할 생각에 흥분해 있었고 그 때문에 그의 마법은 쓸데없이 비대해졌다.

결과적으로 그 폭이 좁은 결계에 쿤데라 경의 결집한 모든 마력이 충돌한 건 아니었다. 그조차도 통제하기 버거운 듯 상당한 마력이 제어를 잃고 옆으로 비켜 나가 사방으로 쇄도하기 시작했다.

잡혀 온 사람들이 무릎 꿇고 덜덜 떨고 있는 무대 뒤의 방까지도.

단순히 막아서고 있다간 나까지 크게 다칠 만한 거센 마력이 밀려오고 있었다.

거기서 난 내 역할을 찾았다. 왕을 대놓고 도와주긴 뭐하니, 여기서 내가 할 일이란 싸움에 휩쓸린 사람들을 지키는 것.

그러나 온건한 의도로 펼쳤던 마법은 곧 예기치 못한 효과를 일으키며 싸움을 종결지어 버렸다.

……그러니까 난 그렇게 할 생각은 없었다. 정확히는, 내가 그렇게까지 할 수 있을 거라고는 예상하지 못했다.

간단히 말해, 나는 내 힘을 능숙하게 조절하지 못한다. 눈앞에서 펼쳐지는 쿤데라 공의 마법이 너무도 강력해 보여서 경각심이 든 나머지, 그저 한껏 마력을 쏟아부어 결계를 강하게 치려고 했을 뿐이다.

상대의 힘이 얼마나 강한지 알 수 없다면, 나도 있는 힘껏 힘을 쏟아붓는 게 최선이니까.

그런데 내가 간과한 것이 있었다. 해를 끼치는 힘이 치달아오면 절로 몸에서 마력이 일어나 스스로 보호하는 것과 비슷한 원리로, 마탑의 마력은 타 마력을 배제하는 속성을 품었다.

나 역시 책으로 읽은 적이 있어서 알고 있긴 했지만, 그게 이런 현상을 의미할 줄은 몰랐다. 내가 펼쳐 낸 결계는 너무도 튼튼하다 못해, 배제력 또한 엄청났던 것이다. 강풍처럼 들이닥치는 쿤데라 공의 마력을 밀어내는 정도가 아니라 아예 튕겨내 버렸다.

왕에게 마력을 집중시키고 있다가, 급작스럽게 회선하여 역류하는 힘을 맞은 쿤데라 공에게는 여력이 없었다. 경악한 눈으로 돌아오는 마력을 흩어내던 그는 결국 한계에 부딪혀 피를 토하며 무너져 내렸다.

"이, 이게 무슨?"

자리에서 일어나 급히 몸을 빼려던 그의 가슴을 꿰뚫은 것은, 기회만을 엿보던 여인의 검이었다. 일련의 사건이 벌어진 직후, 형용할 수 없는 침묵이 대기 중을 떠도는 듯했다.

허망하게 상황을 지켜보던 난 알 수 없는 압력을 느끼고 퍼뜩 정신을 차렸다. 정확히 무슨 일이 벌어졌는지 알아챈 사람은 많지 않았다. 그러나 적어도 왕만큼은 쿤데라 공에게 내가 무슨 일을 했는지 깨달은 것 같다.

손에 든 검을 내게 향한 건 아니지만, 의혹을 품고 곧장 꽂히는 시선이 찌르듯이 날카롭게 느껴져 온다.

멍해 있지 말고 빨리 내빼기라도 할걸. 뒤늦게 후회하면서도 확인 사살하듯 쿤데라 공의 목을 쳐 내는 여인의 행동에 질겁했지만, 난 그 끔찍한 기분을 애써 감추었다.

급히 눈을 돌리긴 했어도 속이 메스꺼리는 건 어쩔 수 없다. 반역자를 처단했음을 천명하듯 여인이 머리를 힘껏 들어 보이자 난 시선 둘 곳을 몰랐다.

솔직히 쿤데라 공이나 왕보다 저 야만적인 여자가 더 무서웠다. 세상에! 사람 목을 잘라서 그걸 쳐들다니 무슨 원시 부족을 보는 줄 알았네.

그나마 있던 저항도 잦아드는 동안, 왕은 내가 일을 벌이고 도망갈까 우려하는지 감시하듯 줄곧 눈길을 고정하고 있었다.

부상으로 온몸에 피를 흘리고 있음에도, 그는 자신의 상처를 돌아보지 않았다. 그는 나라는 변수를 새로 발견한 것 같이 굴고 있었다.

그것이 흡사 시선으로 속박하는 듯해서, 잠깐이라도 눈길을 떼면 도망가려고 했던 난 좀처럼 기회를 잡지 못했다.

잔당의 처리를 끝내고 온 병사들이 왕의 이목이 향한 곳을 눈치채고 내 주위를 에워쌌다.

"정체를 밝혀라!"

……기껏 도와줬는데 다음 순서는 나란 말이지? 더 숨길 것도 없어진 난 당당하게 고개를 쳐들었다.

그러나 피가 묻은 병장기를 마주하고 있자니 몸이 얼어붙는 듯하다. 난 그리 담대한 편이 못되었다. 몸이 대놓고 덜덜 떨리지 않아서 다행이다.

"그만두어라."

초라한 모습을 하고 있어도 왕은 왕이었다. 그늘진 음성이 깔리자 병사들은 자동으로 들이민 무기를 내리며 몇 걸음 물러난다.

사위를 둘러싼 삭막한 정적 속에서 여인의 부축을 받아 왕이 몸을 일으켰다. 그가 내게 다가오려고 하자 여인이 그 앞을 가로막았다.

"가까이 가시면 위험합니다."

"어쨌거나 도와준 이이니, 이야기를 들어 봐야 할 게 아닌가."

여인의 만류를 뿌리치고 걸음을 옮기려던 왕이 일순 비틀거리며 미간을 찌푸린다.

"전하! 치료를!"

출혈이 꽤 심해 보이니 어지러울 만도 하다고 생각하는 찰나, 와 락 껴안다시피 부축하는 여인의 태도에서 심상치 않은 낌새가 느껴 졌다. 왕 쪽은 잘 모르겠지만, 저 여자는 아무래도 그를 좋아하는 것 같다.

뭐, 나와는 아무래도 상관없지.

내가 순순히 정체를 밝히면 이 상황도 일단락되고 왕이 치료를 받 으러 갈 수 있겠지. 난 성큼 그들에게 다가섰다.

그런데 내가 간과한 점이 있었다. 샤자한에서 강하기로 둘째가라 면 서러울 쿤데라 공을 단번에 패퇴시킨 내 힘은, 생각보다 훨씬 더 그들에게 경각심을 심어 주었던 것이다.

"멈춰!"

챙! 눈앞에서 맹렬하게 맞부딪히는 병장기 소리에 등골이 오싹했 다. 일생 단 한 번도 누군가에게 위협이 될 만한 존재로 여겨진 적이 없었던 나였다.

잔뜩 곤두선 분위기를 깊게 생각하지 못한 터라 이런 반응이 낯설 고 당황스럽다. 제지하려는 듯 손을 들어 올리는 왕과는 달리 여인이 주저 없이 허리춤에 손을 가져갔다.

그 동작은 그녀의 매서운 눈초리와 합쳐지자 허튼수작을 부렸다가는 베어 버리겠단 의지로 전달되었다.

지나치게 경계하다 못해 적대하는 기색에 난 뭘 어떻게 해야 할지를 몰랐다. 입을 열었다간 주문을 읊조리는 걸로 오해받는 거 아니야?

무언가를 시도했다간 당장 포박하라고 외쳐도, 아니 죽이라고 외쳐도 이상하지 않을 분위기였다.

의도치는 않았지만 기껏 도와준 사람에게 이래도 되는 거야? 이해가 가는 점은 있었다. 약소하게 도움을 주었다면, 괜찮은 대우를 받았을 것 같은데 워낙 대단한 사람을 단숨에 때려눕힌 꼴이라 오히려더 경계심을 자극한 것 같다.

이런 때에 상대를 안심시키기 위한 비언어적 의사 표현 방식이 뭐가 있더라…….

미국 드라마에서 보면, 경찰이 보통 수상한 사람에게 천천히 손을들어 보이라고 하지 않던가.

고민 끝에 어설프게 빈손을 펴 보이려는 찰나, 주변의 공기가 미묘한 움직임을 보였다.

얇게 표면을 덮고 있는 우유막이 밀려나듯이 주위가 말끔해진다. 일순 고요해진 속에서 허공에 그려지듯 형체가 나타났다. 그 온화하고 부드러운 존재감은 익히 알고 있는 것이었다.

따스한 손이 어깨에 실렸다. 보호자의 등장에 난 안도의 미소를지으며 옆을 돌아보았다. 내 안전을 책임질 보험이 어느새 곁에 서있었다. 란델. 이렇게 반가울 수가 없다.

화색을 보이는 나와 달리 낯선 이의 범상치 않은 등장에 상대에겐긴장감이 엄습한 모양이었다.

무기까지 든 병사들이 하나같이 눈을 부리부리하게 뜨는 게 같은편인 란델이 등장한 시점에서부터 어쩐지 우스워 보였다. 내겐 어느덧 여유가 자리하고 있었다.

"오랜만이군요, 샤자한의 왕이여."

나직한 음성에는 묘한 기운이 흘러, 파문이 일듯 모두가 몸을 떨었다. 부드러운 천으로 숨을 막는 양 압박감이 느껴졌다.

나를 향한 것은 아니지만, 그것이 란델의 마력이 가진 힘이었다. 강대한 마력은 부러 숨기지 않는 한 스스로 드러나 다른 생명체의 기운을 내리누르곤 하니까. 마스터 앞에 서면, 내가 저절로 침을 삼키게 되듯이.

미심쩍은지 란델을 곁눈질한 여인이 왕에게 물었다.

"저자는 누구입니까."

어지러운 몸을 추스르던 왕은 내 곁에 란델이 나타난 순간부터 표정에 금이 갔다. 냉정함이 배인 자리를 당혹이 대체한다. 아마도 란델과 안면 있는 사이인가 보다.

왕은 여인에게 답하지 않고 란델을 바라보며 입을 열었다.

"그녀도 마탑의…… 사람인가."

마탑의 이름을 이렇게 공공연히 꺼내도 되나 궁금한 건 둘째치고, 어쩐지 침음성처럼 흘러나온 질문이었다. 호박색 눈동자가 어둡게 물드는 것을 의아하게 바라보는데, 란델이 간결하게 답하는 소리가 귓가에서 울렸다.

"저와 같은 시온입니다."

별문제 삼지 않는 걸 보니, 아무래도 이 자리에선 마탑의 이름을 언급해도 괜찮다는 거겠지.

국경에서 날아온 전쟁 소식이라도 들은 양 왕의 안면에 짙은 그늘이 깔렸다. 이윽고 그의 시선이 천천히 내게로 향하자, 난 그제야 기다리고 있었던 자기소개의 기회가 왔음을 직감했다.

이제까지 그가 보인 모든 무례를 용서해 주겠다는 듯이 난 너그럽게 웃으며 살짝 고개를 숙여 보였다.

"마탑의 시온, 아힌이라고 해요."

란델의 등장으로 모든 일을 놀랍도록 손쉽게 해결되었다. 왕의 언질 한마디만으로 신분이 검증된 나와 란델은 귀빈으로 대우받으며 왕궁으로 안내되었고, 이내 긴 소파와 탁자가 놓인 응접실에 들어섰다.

원하는 게 있으면 말씀만 하시라는 시중인들을 란델이 가벼운 손짓으로 물리치자, 이윽고 둘만이 한적한 방에 남았다.

한창 소란한 장소에 있다가 조용한 곳으로 옮겨 오니 긴장이 탁 풀리고 한숨이 새어 나온다. 그야말로 살 것 같았다.

정말. 원치 않은 일에 휘말려서 노예상 같은 지저분하고 구역질 나는 경험도 다 해 보고 이게 무슨 봉변인지. 그 사람은……. 괜찮을지 모르겠다. 나 다음으로 끌려가 무대에서 수치를 당한 여자를 떠올리자 착잡한 기분이 들었다.

아까 그 예쁘고 살벌한 여자의 통솔 하에 잡혀 온 이들은 증언만 기록하고 고향으로 보내진다고 들었으니 괜찮겠지. 그보다 신경 쓰이는 건, 날 일만이라는 엄청난 금액으로 산 정체 모를 남자 쪽이었다.

포승줄에 묶여서 줄줄이 굴비처럼 엮여 나가는 소위 고객들 틈에서 나는 그자를 찾으려고 애썼다. 체격이나 예사롭지 않은 특유의 그 분위기를 눈에 익혀두었으니 잡혀 왔다면 못 알아볼 리가 없는데, 아무리 살펴도 영 눈에 띄질 않았다.

아무래도 도망간 모양이다. 하긴, 어쩐지 흑막의 분위기를 물씬 풍겨서 그리 쉽게 잡힐 사람 같지 않더라니.

"발현된 네 마력은 무색에 가깝더구나."

돌연 란델이 입을 열자 난 노골적으로 움찔거렸다. 얌전히 있으라던 란델의 말을 어긴 게 되어 혹여 질책이라도 당할까 전전긍긍하고 있었던 탓이다.

그래, 신입이란 원래 이렇게 눈치 보며 사는 존재다. 란델은 대수롭지 않은 투로 말을 이었다.

"가까이 있지 않으면 감지하지 못할 뻔했어. 다행히 근접해 있어서, 네가 마력을 사용한 게 느껴졌단다."

"그으……. 피치 못할 사정이 있어서요."

"그랬겠지."

흡사 그래야 한다는 의무감을 자극하는 투라 가슴이 따끔거렸다.

"왕을 도와주었니?"

"의도한 건 아닌데 제가 힘 조절을 잘못해서 그렇게 되어 버렸어요. 절대로, 의도한 게 아니에요. 전 왕이 마음에 들지 않는다고요."

난 강조하고 강조하며 있었던 일들을 소상히 설명했다.

난 그저 자신을 보호하려고 결계를 펼쳤을 뿐인데 마력이 역류했고, 그 때문에 쿤데라 공이 크나큰 충격을 입어서 거의 전투가 종결지어졌다는 이야기를.

"그랬었구나."

군말 없이 냉큼 긍정하는 란델은 내가 그의 언질이 있었음에도 자리를 피하지 않고 결계를 펼친 이유에 대해서 세세히 캐내려고 하지 않았다. 그건 참 다행이었다.

확신할 수는 없지만, 내가 사람들을 지키기 위해서 그랬다고 한다면 그가 좋아할 것 같지는 않았다. 사실대로 말했다간 오히려 왜 쓸데없이 그런 짓을 했느냐고 면박이 날아오거나 엄한 얼굴로 경고해 올 것 같다.

선행도 눈치 보면서 해야 한다니, 진짜 나 악의 무리에 속해 있구나. 속에서 한탄이 쌓인다.

"그래서 그가 그리도…… 하고 있었구나."

슬쩍 엿본 란델의 입가에 냉소가 스쳤다. 잘 들리지 않아서 눈을 크게 뜬 나는 곧 조심스레 물었다.

"왕과 이전에 만나신 적이 있는가 봐요."

"샤자한의 일은 내가 전담하는 바이니. 어린 시절의 그를 몇 번 본 적이 있었지. 많이 컸더구나."

모호한 미소를 보이는 란델의 얼굴은 근사했지만, 거기에 눈 돌릴 틈 없이 그 말의 내용이 신경 쓰였다. 나보다 나이가 많아 보이는 왕을 향해 많이 컸다고 표현하는 란델은 도대체 몇 살쯤 되었을까.

난 어색하게 웃었다. 그래서 그의 다음 질문에도 답하길 머뭇거릴 수밖에 없었다.

"그러고 보니⋯⋯. 너는 몇 살이었지?"

지나가듯이 묻는 투였다. 마스터의 엄포 탓에 정체를 숨겨야 한다는 강박관념에 휩싸인 난 그에게 나이조차도 알려 주지 않았었다. 한국에서라면 자기소개할 때 이름과 나이는 기본적으로 따라오는 건데.

굳이 말 못할 건 없지만, 타이밍이 하필 딱 그가 왕을 어린애 취급하고 났던 터라 난 애써 목소리를 끄집어냈다.

"열여덟 살이에요."

"⋯⋯열여덟, 그래."

일순 굳어진 얼굴에 동요를 감추듯 란델이 잔잔한 미소를 피워 올렸다.

뭐야? 이 이상한 반응은. 내가 열여덟 살로 도저히 생각되지 않을 만큼 팍삭 삭아 보인다는 걸까. 아니면 그 반대?

란델의 떨떠름한 말이 마치 대학생인 줄 알았는데 알고 보니 초등학생이었구나, 하는 뉘앙스를 풍겨서 기분이 오묘해졌다. 물론, 별로 좋지 않은 쪽으로.

따져 물으려는 마음이 왈칵 치솟았지만, 난 어른스럽게 화제를 돌렸다.

"어린 시절의 왕은 어땠어요?"

특상품 취급받은 그 미모가 어디로 가지는 않았을 것이니 어렸을 적에도 인형처럼 예뻤을 것 같기는 했다. 모친이 왜 이 아이가 남자아이로 태어났을까, 탄식했을 만큼.

란델이 낮게 웃었다.

"사나운 고양이 같았지. 언제나 불만스러운 눈으로 날 쏘아보곤 했단다."

"그는 마법사를 그리 좋아하지 않는 것 같던데."

혹시 란델이 어린 그를 호되게 괴롭혀 마법사에 대한 반감을 품게 되었나 하는 추측이 들자 난 넌지시 운을 띄웠다.

"마법사? 글쎄……. 그가 꺼리는 것이라면 마법사가 아니라, …… 마탑이겠지."

피식 웃으며 꺼낸 말은 끝에 이르자 어쩐지 메마르게 가라앉았다. 왕의 어린 시절을 회상하며 웃음 지었던 친근함과 대조되는 얼음 같은 냉막함이 어느덧 그의 낯에 그늘처럼 자리하고 있었다.

난 홀린 듯이 그의 변화를 지켜보다가, 이내 자그맣게 물었다.

"마탑과의 계약…… 때문인가요."

"……그래, 부왕의 등 뒤에 숨어 있던 그 어린 날부터 그는 늘 그런 눈을 하고 있었지. 아직 무언가를 알기에는 어렸던 나이였음에도."

"마탑이 요구하는 대가가 과하다고 생각하는 걸까요?"

내가 일전에 읽은 내용도 그러하듯, 마탑이 요구하는 대가는 결코 만만찮은 것이었다.

그리고 내 땅에 금광이 있고, 내게 그걸 캐낼 능력이 없다 하여 대신 캐내 주는 대가로 산출물을 반이나 가져가는 것을 순순히 받아들일 이가 얼마나 있을까. 없는 욕심도, 재물 앞에서는 샘솟게 되어 있다.

물론 금광의 주인으로서는 상대가 제시한 조건이 마뜩잖다면, 거래를 하지 않으면 된다. 하지만 이 경우에 샤자한에게는 재어 볼 만한 여지가 없었다. 늪에서 출몰하는 괴물들에게 시달리고 있었을뿐더러 그들에게 온전히 마력석을 안겨 줄 수 있는 거래 상대는 오로지 마탑밖에 없었으므로.

니라야의 늪을 토벌하고 아무런 손실 없이 순도 높은 마력석을 그들에게 가져다줄 수 있는 존재는 마탑이 유일했다. 그리고 샤자한의 옛 왕은 전무(全無)를 택하느니, 차라리 절반이나마 가지는 것을 택했다.

다만 어쩔 수 없다는 말은 감내해야 한다는 말과 상통하지만, 감내해야 한다는 말 자체가 결코 긍정적인 어감을 품고 있지 못했다.

무언가를 참아 낸다는 행위는 틀림없이 불만을 내포하고 있음이니. 어린 왕자의 시각에서 마탑이 거래에서 지나치게 많은 몫을 가져갔다면, 반감을 품었을 법하다.

그의 출신에 대해서는 아는 바 없으나, 귀족에 가까운 품위 있는 자태로 차를 한 모금 음미한 란델이 찬찬히 입을 열었다.

"단순히 대가의 문제가 아니란다."

난 설명을 들을 준비가 된 학생처럼 충실한 눈으로 그를 바라보았다.

"그는 우리가 그들에게 그리도 막대한 영향력을 발휘하는 게 마음에 들지 않는 거야. 어쩌면 두려워하는 것일 수 있겠지."

"두려워한다고요?"

"가정을 하나 해 보자."

딸각. 잔을 놓는 소리가 유리가 깨져 나가는 양 날카롭게 들려온다. 란델은 여유로운 기색을 벗지 않으며 질문을 툭 꺼내어 놓았다.

"갑자기 불가피한 사고로 마력석의 생산이 끊긴다면, 이 샤자한은 어떻게 될까?"

석유를 수출해서 먹고살던 나라에 석유가 더 이상 나지 않게 된다면? 그와 유사한 질문이었고, 그 결과로 초래될 현상에 대해서 유추는 가능했기에 난 어깨를 으쓱해 보였다.

"나라 살림이 어려워지겠지요."

"그래, 그도 알고 있는 거란다. 이 풍요로운 왕국, 샤자한을 만들어 낸 게 늪의 마력석이고, 그 마력석을 그들에게 가져다준 게 마탑이라면 결국 이 부의 영속은 마탑에 달려 있다는 것을."

무거워지는 이야기에 난 조용히 고개를 끄덕였다.

"샤자한의 왕, 아니 처음 계약을 맺었던 선대의 왕들. 그 모두가 진작부터 그 사실을 알고 있었지. 현왕 역시도 그의 아비가 나를 대하는 것을 보고, 마탑과의 계약에 대해서 듣고 자라며⋯⋯. 그 사실을 곱씹었을 거야. 그리고 젊은 왕다운 혈기로 그 사실을 용납할 수가 없어졌겠지."

한 단체에 한 국가가 휘둘리는 게 가능한 상황이라면, 그 일이 정말로 벌어지느냐를 떠나서 그 국가의 수장은 당연히 경각심을 품을 수밖에 없지 않을까? 그런 관점에서 난 왕의 심정을 이해할 수 있을 것 같은데.

하지만 결과적으로 그가 우리를 어떻게 생각하든 상관없는 것이기도 했다. 계약을 파기하려면 니라야의 늪을 샤자한이 스스로 통제할 수 있어야 할 텐데, 그 비용이며 희생이 만만치 않을 테니 그로서도 다른 선택지를 택하기는 어려울 터.

"새로운 왕이라……."

웃음기 사라진 낯으로 란델이 읊조린다. 어쩐지 서늘하게 들리는 목소리로 그는 말을 맺었다.

"이번 초대에 다른 이유가 있을지도 모르겠구나."

난 잠자코 침묵을 지킬 따름이었다.

난 이번 임무를 맡으며, 별다른 사건·사고가 없기를 빌었다. 그래서 지금 이 임무가 그저 의례적인 것이며, 내가 란델의 덤에 불과할 뿐이라는 말을 들었을 때 안도하기도 했다.

하지만 란델이 예감하는 바는 내가 바라는 것과 대치되는 선상에 있었고, 그래서 난 부쩍 마음이 불안해졌다.

내가 약하지 않다는 것을 알고 있으니, 일신의 안위를 걱정하는 건 아니다. 내가 걱정하는 건 차라리 약해서 아무것도 할 수 없이 무능한 게 마탑의 편에 서서 무언가를 해야 하는 것보다 나을지도 모른다는 사실이었다.

어쨌든 마스터가 규정지어 준 내 의무란 것은……. 결코 온건하지 않았다.

'나를 적대하는 자들을 치우는 것. 내가 나서기 전에.'

예리한 칼끝으로 새기듯 심장을 파고들었던 그 말, 그 음성이 아직도 귓가에 생생하기만 하다.

마스터가 살인을 저지른 직후에 한 말이었기에 더 잊히지 않는 기억이었다.

마탑에 반감을 품은 왕의 태도는, 넓은 시각에서 보면 마스터를 적대하는 것이나 다름없기에 난 회상을 떨치기 어려웠다.

왕의 부름을 받아 란델과 함께 알현실에 들어서면서 난 왕과 어떤 얼굴로 마주해야 할까 고민했다. 처음 대면하는 사이도 아니었건만, 그때와는 상황도 위치도 많이 달랐다.

그는 내가 마탑인이라는 걸 썩 좋아하지 않는 눈치던데, 일부러 마탑인인 걸 감추었다고 생각하고 있을까.

어차피 이 일만 끝나면 샤자한을 떠나버릴 테니까 아무래도 상관없다고는 해도, 괜스레 오해를 사고 미움을 받는 건 기분상 내키지 않는 일이었다. 거기다가 나름대로 그를 도와주기까지 했는데 그렇게 되는 건 어쩐지 억울했다.

대가를 받을 생각은 없다곤 해도, 감사 인사 정도는 들을 자격이 있잖아. 처음으로 내가 마법을 사용해서 뭔가를 했는데 말이지.

상념에 잠겼다기보다는 투덜대면서 난 정면을 빤히 바라보았다. 옆에 서 있는 란델이 전혀 긴장하지 않았기에, 내게도 긴장감이 일진 않았다.

우리를 맞는 그는 실로 부족함 없이, 아니 넘치도록 왕다웠다. 태양의 타오르는 표면을 실어 낸 듯한 적금발이 보석 박힌 왕관 아래로 흘러내렸고, 금실 자수와 자잘한 다이아몬드로 장식되어 호화로운 예복은 그의 전신을 유아하게 감싸 안았다.

눈의 결정처럼 투명하고 흰 다이아몬드의 반사광이 각도에 따라 다르게 반짝여 그는 흡사 빛을 두른 듯했다. 매의 날개처럼 뻗은 눈썹 아래 새겨진 이목구비는 하얀 눈 위에 피어난 매화처럼 그저 화려했다.

남자에게 이런 말이 어울릴지는 모르겠지만, 그는 붉게 만개한 꽃

같았다. 홀로 피어도 만 가지 꽃들을 들러리로 만들어 버리는, 작열하는 아름다움. 온 세상의 미인을 모아 둔 듯한 마탑의 사람들에게 과히 꿀리지 않는 외양이었다.

부상의 흔적을 조금도 드러내지 않은 채 느긋하게 왕좌에 몸을 기댄 모습이 수려하기 그지없어, 이런 왕이 실제로 있었다면 우리나라도 왕정을 복구하자고 주장했을지도 모르겠다는 생각마저 든다. 그리고 나 역시 거기에 동참하지 않았을 거라곤 말 못하겠다.

이러고 멍해 있을 때가 아니잖아! 난 퍼뜩 망상을 뿌리치며 정신줄을 부여잡았다.

다행히 란델의 존재감 앞에서 나는 거의 묻힌 것이나 다름없었고, 몇 마디 인사를 나눈 끝에 본론이 모습을 드러내기 시작했다.

어쨌든, 오가는 대화는 그리 친근하게 들리지 않았다.

"불미스러운 상황에서 다시 뵙게 되어, 참으로 유감입니다."

"잠시 국법에 어긋나는 일들이 행해져 단속하는 과정에서 문제가 일었으나 무탈하게 해결된 바. 그보다 내가 묻고 싶은 건, 그녀가 왜 그 자리에 있었느냐는 것인데……."

문제 삼고 싶은 듯 이제껏 모른 척하고 있던 내게 왕이 슬며시 시선을 주었다. 다행히 란델은 내가 납치당했다는 사실을 떠벌려서 마탑의 이미지를 깎아 먹지도 날 부끄럽게 만들지도 않았다.

그는 능숙하게 받아넘기며 도리어 생색을 냈다.

"그것은 마탑의 일이니 설명할 필요는 없다고 봅니다. 왕이여. 중요한 건, 어떤 이유로 그 자리에 있었건 아힌이 당신에게 도움을 주었다는 사실이 아닙니까."

"불필요한 도움이었지."

"상황이 어려웠다고 들었습니다만?"

왕은 내가 도움을 주었단 사실을 별일 아닌 걸로 치부하기로 결정한 모양이었다. 그는 태연하게 맞받았다.

"충분히 해결할 수 있는 일을 끼어들어 앞당겼을 뿐. 오히려 해결할 만한 일에 그녀가 난입하여 공을 가져가니, 나로서는 난감하기도 했네."

충분히 해결하긴 무슨, 솔직히 내가 나서지 않았으면 쿤데라 공한 테 이리저리 두들겨 맞다가 꽥하고 죽었겠지. 불만스럽게 생각하면서도 난 입을 꾹 다물고 나서지 않았다.

왕이 얄밉기는 했지만, 반박을 가했다간 란델이 내가 한 일을 빌미 삼아 그에게서 과한 대가를 뜯어내려 할까 봐 우려되었기 때문이다. 어쨌든 마탑은 내가 속한 집단임에도 악덕 사채업자 같은 이미지로 굳어져 가고 있었다.

"여유로운 상황이었다기엔, 피를 많이 흘리셨더군요."

꼬투리라기엔 다분히 객관적인 지적이었다. 선량하게 눈을 휘며 빙긋이 웃은 란델은 다시금 주도권을 가져갔다.

"그리 부인하실 것 없이, 고작 그 정도의 일에 일일이 대가를 요구하지는 않을 터이니 안심하셔도 좋습니다."

"고작 그 정도의 일이라고……."

속이 꼬인 얼굴로 왕이 되뇌었다. 쿤데라 공이라 하면 샤자한에서 명성 높은 마법사였다. 그가 반역자라는 사실을 접어 두고서라도 쿤데라 공을 처리하는 게 별거 아닌 일인 듯 이야기하니 고깝게 들릴 만도 하다.

"그렇지요, 그저 오랜 호퍼에 대한 친애의 정. 그 정도로 드릴 수 있는 작은 도움 말입니다."

란델은 사람 좋은 얼굴로 첨언했다. 온화한 투였는데 온화하게 들리지 않는 건 내가 딱히 부정적이라서는 아니겠지. 이를 악물며 얼굴을 굳힌 왕이 차가운 눈길을 내게 향했다.

그러나 비난하는 듯한 그의 시선은 이내 거두어졌다.

"어떤 의도였든, 대가를 받으려 하지 않겠다는 그 말을 믿겠네."

"제가 말한 바는 모두 마탑의 뜻에 따릅니다. 제가 허언한 적이 있던가요."

란델의 자신만만한 반문에 침묵이 따랐다.

"그대는 그런 적이 없지."

오랜 과거를 되짚어 보다가 마침내 꺼내 놓은 듯한, 확신이 깃든 투였다.

일순 왕의 호박색 눈이 감정을 싣고 진해지는 듯했다. 그 열기를 띤 감정의 정체를 무어라 이름해야 할까. 분노. 깊고 쓰라린 상처에 가까운—

효과적으로 감정을 통제해 낸 왕이 여상하게 내뱉었다.

"오늘부로 마탑의 너그러운 인심을 실감했으니, 다른 것에서도 같기를 기대해도 좋겠군."

"어떤 다른 것을 말씀하시는 겁니까."

그리고 란델이 예감했던 대로, 마치 선고처럼 그 말이 던져졌다.

"샤자한과 그대들이 맺은 오랜 계약에 대해서, 재고해 볼 시기가 왔다고 생각한다."

뭐라고? 당황에 빠져서 눈을 휘둥그레 뜨고 왕과 그를 번갈아 보는 나와는 달리, 란델은 조금도 동요하지 않았다. 푸른 눈에 한기가 어리듯 차가운 이채가 깃들고 입가에 실린 미소가 짙어진다.

"……글쎄요, 우리의 계약은 그간 아무런 문제없이 잘 이어져 왔다고 생각합니다만."

우리의. 그 말은 란델이 품은 대표성을 함의하고 있었다. 그가 스스로 말했듯이 이 자리에서 란델의 말은 곧 마탑의 뜻이었고, 란델이 곧 마탑이었다.

마탑의 시온으로서 란델은 이 일에 있어 전권을 위임받은 몸이었지만, 어쨌든 나는 이 자리에서 대화에 속하지 않은 타자(他者)에 불과했다. 어떤 권한도, 발언권도 가지고 있지 않은.

왕이 벼려 낸 듯한 목소리로 말했다.

"니라야의 늪에서 나는 마력석의 절반."

란델의 달라진 분위기만큼이나 한결 낮아진, 냉랭한 어조였다.

"누가 보기에도 과한 대가가 아닌가."

"과하다고 말씀하시는 연유가 어떤 기준에서 비롯되는지는 알 수 없으나."

입꼬리를 끌어 올린 란델이 능숙하고도 매끄럽게 반박을 꺼냈다.

"마탑과의 계약이 없었다면 샤자한이 지금과 같은 번영을 누리지 못했을 거라는 점을 염두에 두셔야 할 것 같습니다."

"그대들은 그대들이 해 준 몫 이상의 대가를 가져갔지."

"글쎄, 선대의 왕께서는 달리 생각하신 모양이더군요. 모두가 기꺼이 승낙하신 바이니."

"지금 샤자한을 다스리는 건 나다."

"젊음이란 때로는 그릇된 판단을 낳지요. 계약의 부당함을 언급하시기에 앞서, 조금쯤 신중해지심이 어떠실지?"

란델은 자못 오만한 기세로 잘라 말했다.

"마탑은 값싼 대가로 움직이는 곳이 아닙니다."

"그대들은 마치 돈에 혈안이 된 장사치처럼 굴고 있지 않은가. 그 말은 내게 당위적으로 들리지 않는군."

치열한 설전이 오가고 있었다. 관객이나 다름없는 처지의 나였지만, 입을 쩍 벌리고 하품을 하기엔 지나치게 진지하고 살벌한 분위기였다.

그러다 보니 지루하지도 않아서 난 TV 너머로 토론을 지켜보듯 잠자코 듣고만 있었다. ……분명한 건 지금 이 둘 중 누구도 타협할 생각이 없단 거다.

그리고 왕과 직면하고 있는 란델도 그의 완고한 태도를 통해, 그 사실을 감지한 것 같았다. 란델의 입가에서 미소가 사라졌다.

"……분명히 말씀드릴 수 있는 건, 마탑은 결코 타협하지 않습니다."

얼음의 단면이 엿보이는 듯한, 칼날 같은 투였다.

"계약이 이루어지거나, 이루어지지 않거나 오직 그뿐."

무의미한 공방을 계속하기보다는, 차라리 강경하게 끊어 내는 것이리라. 협상의 결렬을 의미하는 발언 앞에서 물러섬이 없는 건 왕 역시 마찬가지였다.

화려하기 짝이 없는 얼굴이 조각상처럼 단단하게 굳는다. 햇살이 흘러든 양 금빛 윤기를 머금은 눈동자가 일순 어둠을 실었다.

그러나 그도 잠시, 이내 왕의 입이 무겁게 떨어졌다.

"허면 계약의 파기를 원한다."

어째 흥정을 시도하다가 팽 돌아선 형국이었다. 정말로 왕이 이렇게 극단적으로 나올 거라고는 예상하지 못했는지, 란델의 눈썹이 슬며시 위로 들렸다.

"올해에는 관리를 마쳤다고는 하나, 니라야의 늪은 결코 만만한 곳이 아닙니다. 끊임없이 소생되거나 늪에 몸을 숨기는 마물들을 모조리 색출하여 없애지 않는 한, 해가 갈수록 그곳은 통제를 벗어날 겁니다. 그리고 후에 그 모든 것을 수습하는 데 적잖은 희생이 따르겠지요."

"……."

"아니, 실상 어떤 수단을 써도 미봉책에 불과할 뿐. 니라야의 늪은 오로지 마탑의 손에 의해서만 억제될 수 있지요."

세상에서 오로지 마탑만이 가능하다. 그러하기에 샤자한의 선왕도 마력석을 반절이나 가져다 바치며 마탑과 계약을 맺지 않았던가.

의문스럽다는 듯이 고개를 기울인 란델이 단도직입적으로 물었다.

"극단적인 상황이 오면, 마탑은 이제까지와 같은 대가를 요구하지 않을 터. 감당하실 수 있겠습니까?"

후에 도와 달라고 요청했다간 더 많은 것을 잃게 될 거라는 경고였다. 듣고만 있던 왕이 느릿하게 입을 떼었다.

"……그간 그대의 말대로 그곳에서 산출된 마력석을 통해, 국부를 쌓은 샤자한이다. 아무것도 준비하지 않았을 거라고 생각하나?"

"아니요, 어떤 준비를 했든 소용없을 거라고 생각합니다만."

"늪을 전방위에서 둘러싸는 억제 마법진을 형성하는 데 성공했다

할지라도?"

란델의 표정은 서늘하기 짝이 없었지만, 그에게 내려진 침묵은 곤혹스러운 기분을 감지하게 하기에 충분했다.

니라야의 늪은 웬만한 크기가 아닌 듯한데, 그 전부를 감싸는 마법진이라니. 그야말로 천문학적인 비용이 들었을 법한 소리였다.

역시 부자 나라는 뭔가 다른가. 혀를 내두르는데, 완전히 느긋함을 되찾은 왕이 등받이에 몸을 묻으며 말했다.

"많은 경우의 수를 생각해 보았다. 우선, 그대들은 차선으로 니라야의 늪을 탐내는 타국과 협약하여 마력석을 얻으려 할 수 있지. 하지만 그 어떤 나라든 그곳을 손에 넣고자 한다면, 지리상 샤자한을 거쳐야 할 거야. 전쟁은 피할 수 없겠지."

이번에 정적을 지키는 쪽은 란델이었다.

"나도 그대들에 대해서 조사한 바가 있어."

호박색 눈이 칼날처럼 날카로운 빛을 발한다.

"마탑이란, 그 막대한 마법을 지니고서도 결코 세상의 전면에 나서지 않는 집단이지. 그대들은 언제나 은밀하게 뒤에서 움직일 뿐, 나서서 전쟁을 벌인다든가 그 대단한 마법을 노골적으로 휘두르거나 하지는 않지. 역사상 단 한 번도, 그러한 적이 없어. 오히려 유달리 번거로운 방식으로 문제를 해결한 적도 있더군. 나로선 그대들에게 주어진 제약에 대해서 알 도리가 없지만, 그대는 말해 줄 생각이 없겠지. 중요한 건, '왜'가 아니라 그대들에게 제약이 있다는 사실 자체이니."

역습의 시간인가? 난 남의 일처럼 태평하게 생각하며 그의 말들을 귀담아들었다.

솔직히 잘 몰랐던 얘기다. 확실히 내가 배운 옛 기록들을 떠올려 보면, 마탑에서 전염병을 퍼뜨리거나 한 일은 있었어도 마탑의 이름을 내세우며 전쟁에서 나가 싸웠던 적은 없었던 것 같다.

마탑의 마법사 중에서는 개인적으로 잠시 활동한 적은 있어도, 대마법사의 이름을 달고 설친 이도 없었다. 눈에 보이는 역사에는 무엇

하나 남기지 않았다.

내가 본 것은 엄연한 마탑의 기록이니, 마탑에 속하지 않은 이들은 자신들에게 닥친 갖은 재난의 원인을 아주 극소수만이 깨닫고 있었다고 보는 게 옳았다.

그건 각 나라의 지배층들만이 암암리에 마탑의 존재를 알고 있고, 마탑이 벌인 일들에 대해서도 알고 있다는 사실과 합치되는 이야기였다.

"그와 결부되는 또 한 가지 사실."

왕이 냉정하게 말을 이었다.

"그대들은 결코 명분 없이 움직이지 않아. 아니, 그렇게 하지 못한다고 해야 하나? 계약을 맺었기에 개입하고, 대가를 치르지 않았기에 징죄할 수 있을 뿐. 더군다나 이번에는, 그대들이 나서는 것에 정당성을 부여할 만한 명분도 없다. 우리가 제시하고 그대들이 응낙하는 것으로 맺어진 단순한 계약이었고, 그 계약은 영원을 전제로 하지 않았다. 파기한다면 그저 더는 존속하지 않는 일이 될 터."

불리한 조건으로 계약을 맺었더라도, 니라야의 늪이 샤자한의 것이라는 사실은 변하지 않는다. 계약이 부당하게 여겨지고, 파기하는 것이 가능하다면 실행할 수밖에.

"샤자한에서 나는 마력석은 아주 질 좋은 것이지. 수많은 나라와 마법사들이 탐내어 흔쾌히 값을 치르려 할 만큼. 그대들에게도 다를 거라고 생각하지 않아."

"……."

"그러니 내게 다른 계약 조건을 들고 오는 게, 그대의 일이 될 것 같군. 란델."

그 이름을 발음하는 투는 여유로웠고, 말하는 동시에 승리감을 실은 왕의 시선이 란델에게 꽂혔다.

젊은 왕다운 자신만만한 패기는 화려한 외양과 어우러지자 강렬하게 끼쳐 왔다. 다행히 그보다도 우월한 마스터의 미모에 익숙해져 있던 터라, 나는 별 감흥 없는 태도를 보일 수 있었다.

많은 준비를 했구나. 나는 그 사실을 어렵지 않게 깨달았다. 절대적인 마탑의 계약에 대해 학습 겸 세뇌당하면서도 내심 반감을 품고 있던 터라, 그가 꺼내 놓은 수가 도리어 반갑기도 하다.

동시에 내가 간과하고 있었던 마탑의 특성에 대해서, 너무도 날카롭게 파고들어서 감탄이 절로 나올 지경이다.

어둠 속의 악의 무리가 빛으로 드러날 수 없는 이유는, 빛이 그들에게 치명적이기 때문이지.

그래, 이토록 강력한 집단이 세계 정복을 주창하며 세상 밖으로 나오지 않는 데에는 이유가 있기 마련이었다. 그 이유를 유추할 수는 없더라도, 왜 그렇게 하지 않는지 의혹을 품고 그 사실을 이용할 수는 있었다.

왜인지는 솔직히 나도 궁금하다. 마스터에게 물어보면 대답해 주시려나?

란델은 나와는 정확히 반대로 느끼고 있는 듯했다. 하지만 수많은 세월을 마탑의 시온으로 살아온 그는 노련하게 자신을 감출 줄 알았다.

란델은 패배를 시인하지도 곤혹스럽게 얼굴을 찡그리지도 않았다. 그는 깔끔하고도 단호한 태도로 자리에서 일어섰다.

"그런 일은 일어날 수 없으니, 혹여라도 기다리시지 않는 게 좋겠습니다."

"내 용건은 이것으로 끝났지만, 앞으로 열릴 연회는 즐기길 바란다. 그래도 오래 인연을 맺었던 사이이지 않은가. 아니, 악연이라고 해야 하나."

그가 선왕의 등 뒤에 숨어 사납게 눈을 흘기던 어린아이였다 했던가. 그러나 지금의 그는 기세등등한 승리자였다. 선왕을 전전긍긍하게 만들었던 상대를 두고 이처럼 대등한 위치에 섰으니 자존심이 고양될 만도 하다.

"기꺼이 받아들이지요. 그럼 이만."

다정하게 눈을 휘어 보인 란델은 곧바로 등을 돌렸다. 그걸로 모든 것이 다 되었다는 듯 미련 없는 태도였다.

내게 따로 눈치를 주진 않았지만, 이대로 남아 봐야 왕과 둘이서 따로 할 일도 없었기에 나 역시 재빠르게 일어서 그를 따랐다.

왕의 시선이 내게 닿는 것이 느껴졌지만, 흥미 그 이상의 감정은 아닐 터였다.

알현실을 나서자마자 시녀의 안내를 받아 우리는 응접실로 안내되었다. 하나의 응접실을 두고 양쪽에 침실이 연결된 형식이라 나와 란델이 쓰기에 딱 적합한 거처를 준 것 같다.

왕궁이다 보니 머물만한 방이 꽤 많을 듯한데, 그중 하나에 불과한 이곳도 비단실로 수놓인 문양이 화려한 커튼과 벽의 섬세한 태피스트리, 엔틱 풍의 가구가 놓여 눈이 휘둥그레질 만큼 고급스러웠다.

오는 길엔 정신이 없어서 제대로 보지 않았지만, 이 왕궁도 외형이 제법 웅장했던 것 같아. 분명 정원도 아름답게 가꾸어져 있을 테니 한 번쯤 감상할 수 있었으면 좋겠다.

유람 나온 기분을 내는 나였지만, 동행자의 침묵을 아주 모른 체할 수는 없었다. 나는 무언가 생각에 잠겨있는 듯한 란델에게 조심스럽게 물었다.

"니라야의 늪에서 나는 마력석이 중요한가요?"

"중요하다기보다는……. 필요하지."

들리긴 하는지, 여전히 먼 곳에 시선을 두면서도 란델은 긍정했다.

"마탑은 마법사의 집단이야. 마법사에게 마력석은 필수적인 것이란다. 우리가 굳이 바깥과 연을 맺는 것도, 어찌 보면 그런 데에 연유가 있기도 하고. 다른 곳에서 충당하는 것보다는……. 샤자한에서 바치는 것을 쓰는 게 확실히 편리했지. 오랜 세월 마력석이 산출되어 왔던 터라, 마력석 가공 기술에서도 샤자한은 단연 으뜸이란다. 그 때문에 마탑에 들어올 만큼 질 좋은 마력석 중에서 니라야의 늪에 출처를 둔 게 상당한 비중을 차지하고 있었지."

듣자하니 왕이 한 말마따나 마탑에서도 마력석이 아쉽긴 한가 보다. 워낙 대단한 듯이 굴어서 무엇 하나 아쉬울 게 없을 것 같았는데, 이건 또 의외였다.

"그런데 왜 애초에 샤자한과 계약을 맺은 거예요? 마력석이 필요하다면 그냥 계약을 맺지 않았으면 샤자한도 고통받았을 텐데, 기회를 보아 니라야의 늪을 통째로 헐값에 사들이거나 하면 되지 않았어요?"

그야말로 왕이 말한 대로 돈이 혈안이 된 장사치 같다 여겨지는 일이지만, 안 될 건 없지 않나.

"불가능한 일이야."

란델이 단칼에 답을 돌려주었다.

"마탑은 마탑 밖의 그 어떤 영토도 소유할 수 없다. 지배도, 관리도 불가하니."

"어째서요?"

"마스터께서 그리 정하셨으니까."

이상하게 들리는 말이었다. 그럴 만한 이유가 있어서 그렇게 했다기보단, 그저 마스터가 정하는 그대로 수동적으로 따른다는 소리였으니.

애초에 마스터는 왜 그리 정하신 거지? 난 의문에 잠긴 채 질문했다. 솔직히 난 마력석의 쓰임새에 대해서도 잘 알지 못하지만…….

"마력석은 마탑에서도 필요한 거잖아요? 그건 직접 관리해도 나쁘지 않을 거 같은데. 예기치 못하게 공급이 중단되면 곤란할 수도 있고요."

"아직, 모르고 있구나."

상식 선상에서 꺼낸 질문에 란델의 답변은 서늘했다. 그는 내 무지함을 일깨워주는 듯이 찬찬히 타일렀다.

"그 과정이 정당하든 부당하든, 혹은 어떤 이유가 있고 얼마나 효율적이든 간에 그건 중요하지 않단다."

이해가 되지 않아 눈을 찡그리는데, 란델의 음성이 선명하게 테를 두르고 내게로 박혔다.

"마스터께서 정하신 바이니, 마탑은 따라야 한다."

단절하듯이 말끔하게 그의 말이 떨어졌다.

"단지 그뿐이다."

흩어져 산란하던 색채가 일순 걷게 물들어 하나로 모이는 듯이 명료했다. 나는 불합리한 의문들을 단숨에 이해의 영역으로 끌어들일 수 있었다.

마스터의 뜻은 곧 마탑의 뜻. 실은 다른 마탑의 사람들이 어떻게 생각하든지 간에 그건 중요하지 않을 터.

왜냐하면 마탑은 철저히 마스터의 뜻에 따라 움직이는 곳이니까! 마탑의 사람들은 하나같이 마스터에게 종속된 존재이기에…….

난 순식간에 두려워졌다. 만약 왕이 선언한 계약의 끝을 마스터가 받아들이지 않는다면, 어떻게 될까?

표면상으로 보면 마탑이 수세에 몰린 것 같지만, 실상은 곤란한 상황에 직면했다는 느낌이라기보단 조금 귀찮아졌단 느낌이었다. 앞으로 무슨 일이 터질지 불안하다.

란델이 느릿하게 설명을 이었다.

"물론 마스터는 일일이 설명하시지 않지만, 그 뜻을 유추할 수는 있지."

"어떤 건데요? 전 도무지…….."

"영토가 생기면 거길 관리해야 하니, 그 많은 마력석을 사용할 수 있게끔 가공하는 일에 따로 인력이 필요하지. 허나 마탑의 인력은 오로지 마법사로 이루어져 있단다. 마탑에 마법사 이외의 존재는 필요하지 않은 것처럼."

맞아, 그랬었지. 마탑은 마법사 집단이라고……. 그 의미가 이렇듯 완전히 배타적인 의미인지는 몰랐지만.

"지상과 접점을 만들지 않고 순수한 마법사만의 조직체를 유지하기 위해선, 필연적인 일이겠지."

……세를 확장하지 않는 걸 보면 마스터는 세계 정복에는 그리 관심이 없나 보다. 란델이 진지한 얼굴로 말했다.

"이번 일이 어떻게 결론지어질지는 알고 있단다. 나는 이제 방법을 생각해야겠지."

"……제, 제가 도와 드릴 건?"

"너는 그러기를 원치 않을 거야."

피식 웃는 얼굴에 어쩐지 스산한 기미가 감돌았다. 그를 돕는 걸 나 스스로 원치 않을 거란 말일까.

그게 무슨 뜻인지 반문하기도 전에 그가 손목을 올려 들자, 어디선가 검은 새가 포르르 날아와 앉았다.

"그 전에, 마스터께 보고를 올려야겠구나."

그가 검은 새에게 메시지를 주입하는 모습을 바라보면서 난 무심코 물을 뻔했다.

왜 마스터께 그리 번거로운 방식으로 연락을 취하느냐고.

하지만 난 곧 란델이 마스터와의 연결은 흡사 거대한 산에 짓눌리는 느낌이라고 말한 적이 있었다는 것을 떠올렸다. 자기 마음을 속속들이 파헤쳐 볼 수 있는 이와 정신적인 소통을 한다는 건 그리 내키지 않은 일일 법했다.

어쩌면 그 여파로 고통을 느낀다든가, 마력 사용에 제한을 받는다든가 하는 특정한 페널티가 존재할지도 모른다. 그러니 이게 좀 더 보편적인 연락 수단이겠지. 마탑에서 나올 때에 그 편하지만 위험하다는 길을 놔두고 군이 공중비행을 해야 했듯이.

다만 란델의 행동을 보면서 거리감을 느낀 것만은 사실이다. 그는 충실히 마스터의 뜻에 따랐으되 기꺼이 하려 한다기보다는, 그것이 그의 의무로 짐 지워진 양 굴었다. 아니, 그 정도 표현으로는 부족했다. 그는 마치 마스터가 명한 바가 그의 운명인 것처럼 행동하고 있었다.

그리고 마스터는 그 운명을 계시하는 별 같은 존재였다. 란델은 그 별이 가까이 다가서면 그를 태워 버릴 것을 아는 양, 거리를 두고 깍듯하게 그 자신을 지켰다.

꿈에서 마스터와 접촉한 적이 있는 내게 나보다 훨씬 더 오랜 세월 마스터의 수족으로 일해 왔을 그의 태도가 눈에 밟혔다. 삭막하고 메마른 모래사막이 그들 사이에 놓여 있는 듯이 멀기만 하다.

푸드덕거리며 날아가는 새를 지켜보며 란델이 특유의 온화한 얼굴로 말했다.

"이제 기다리기만 하면 된단다."

거기에 내가 더 이상 할 수 있는 말은 없었다.

늦은 밤 자연스레 소리가 사라진, 비어 버린 건물처럼 고요한 침묵이 내리깔리고 란델은 미끄러지듯이 방 안으로 모습을 감추었다.

마스터의 전갈을 가지고 새가 돌아오기를 기다리는 시간 동안 란델이 내게 금제를 남기지도 반대로 무엇을 하라고도 하지 않았으므로 내게는 지금까지 있었던, 혹은 앞으로 있을 만한 일을 생각할 만한 유예의 시간이 생겼다.

그가 남긴 말의 여운이 불길하고 섬뜩하여, 가슴속에서 어지러이 그림자가 돌아다니고 차가운 손이 목덜미를 쓸어내리는 듯했다.

그보다 견디기 어려운 것은 익히 느껴 왔던 무력감이 서서히 밀려와 나를 채우는 일이었다.

란델의 말이 뜻하는 바를 알 것도 같은데……. 머릿속이 꽉 막힌 듯이 아무것도 떠오르지 않는다. 그대로 굳어 버린 머릿속을 움직이려는 시도를 물리며, 난 내가 지난밤 이후 조금도 휴식을 취하지 못했다는 사실을 깨달았다.

그 지긋지긋한 노예 경매장에서 벗어나 왕을 알현하기까지, 관찰자의 위치에 있었음에도 난 줄곧 긴장하고 있었다.

마력이 넘쳐나는 육체는 지치지 않았으되 정신은 지칠 만도 한 시간이다. 지금 내게 가장 필요한 게 뭔지 알 것 같았다.

난 란델의 방 쪽을 흘낏 보고 방문을 열었다. 그리고 겉옷만을 벗은 뒤 푹신한 침대 위로 몸을 실었다.

촛불 꺼지듯이 의식이 사라졌다.

마스터…….

허공에 떠 있는 몽롱한 부유감 속에서 부름처럼 나는 그 단어를 읊조렸다.

그 단어만이 내가 태어나지 않은, 의지할 것 없는 이 세상에서 유일하게 명확한 단 하나였다.

그의 이름을 알지 못한다는 게 조금쯤 서럽게 느껴졌지만, 아마도 그건 겹겹이 쌓여 저 깊숙한 곳에 감추어진 속마음일 뿐 실제의 내 본심과는 다를 것이다. 아니야, 반대인가?

나는 꿈이 현실이고 현실이 꿈인 그 어디인가를 헤매고 있었다.

의식의 길을 따라가듯 무심코 나아가던 도중에, 익숙한 금빛이 눈앞에서 아른거렸다.

다음 순간, 중력이 반전되어 완전히 거꾸로 뒤집히듯 아찔하게 현기증이 돌았다. 그리고 난 어디선가 떼어다 붙인 양 그 자리에 누워 있었다. 마치 대해를 덧없이 표류하다가 해변으로 밀려온 나뭇조각이 된 것처럼.

쏟아져 내리는 빛을 가로막듯 어느덧 눈앞에 선 검은 옷자락이 바람처럼 넘실거리는 것을 난 멍하니 바라보았다. 이와 비슷한 상황이 있었던 것 같은데…….

기시감을 느끼며 눈을 깜빡이는데 머릿속이 탁 트였다. 정지된 톱니바퀴가 맹렬히 굴러가기 시작하듯 현실감을 깨우친 난 퍼뜩 자리에서 몸을 일으켰다.

"마스터."

곤혹스럽게 중얼거리며 고개를 든 찰나, 이전까지 내 정수리를 향해 꽂혀 있던 암흑을 품은 두 눈동자와 마주하게 되었다.

본능을 자극하는 위협감, 고요한 속에서 무엇이 도사리고 있는지 알 수 없는 미지의 어둠.

그는 흡사 죽음의 천사 같았다. 일순 몸을 뒤로 뺄 만치 여전히 악몽 같은 모습이었지만, 다른 눈으로 보자면 흰 달이 내리는 새벽빛처럼 아름다웠다.

그래서 난 잠시, 내가 마스터의 옷깃을 힘껏 쥐고 있다는 것도, 그가 내게 다가오고 있다는 것도 잊었다.

그러나 눈앞에서 그가 의도한 바대로 어깨를 감싸 쥐었을 때, 퍼뜩 정신을 차렸다.

"……."

내 빠른 손놀림 덕에 입이 틀어 막힌 마스터는 날 질책하듯이 내려다보았다. 이제는 그냥 확신범이다. 저번에 승낙한 건으로, 마스터는 더 이상 내 승낙을 구할 필요가 없다고 생각하는 듯싶다.

아니, 내가 거부한다고 해도 이 방법이 효험이 있다면 그가 내 의사 따위를 고려했을까 하는 의심이 든다.

당황하고 민망하고 부끄럽고 화가 치솟는 각종 감정의 도가니탕에 빠진 난 이를 악물며 말했다.

"이건 안 돼요."

그러다 손바닥 한가운데에서 느껴지는 보드라운 감촉에 난 황급히 손을 거두었다. 힘껏 가로막는 터였지만, 마스터의 조각상 같은 낯에는 눌린 자국이며 흐트러짐 하나 없었다.

눈썹도 찌푸리지 않은 채 무표정한 얼굴로 그가 가만히 반문해 왔다.

"어째서지?"

합당한 이유가 있는지 들어 주마, 하는 듯한 생각 외의 온건한 태도에 난 할 말을 골랐다. 다행히 수도 없이 머릿속으로 되새김질하던 것이었기에, 생각보다 쉽게 말이 나왔다.

"저, 제가 살던 곳에서는, 연인이 아닌 사이에 입 맞추지 않아요!"

물론 늘 그런 건 아니지만, 대개는 그러하지 않은가.

"그러니까 이런 일로 그러는 건, 그으— 옳지 않아요. 아니, 마스터는 상관없으실지 몰라도 전 신경 쓰여요."

기분 나쁘다거나 싫다고 확실하게 말할까 하다가, 그건 좀 꺼내기 머뭇거려지는 수위라 난 말을 순화했다. 신경 쓰이다 못해 스트레스로 머리가 빠질 지경이라는 건 분명한 사실이니까.

"그러니까 꿈이라도, 앞으로는 이런 일이 없었으면 좋겠어요."

말을 내뱉는 동안 난 생전 처음 성교육을 진행하는 교사와 같은 심정을 느꼈다.

이런 말을 해야 한다는 것에 답답증도 돌고, 민망해서 죽을 것 같다. 부채질하고 싶을 만치 얼굴에 열이 올랐다.

"이곳은 네 세계가 아니니 상관없지 않으냐."

내가 어떤 반응을 보이든 상관없다는 투로 마스터가 무심하게 말했다.

"제 세계가 아니더라도, 제 가치관이 바뀌는 것은 아니잖아요. 전 그렇게 배웠고, 그렇게 자라 왔어요."

그러니까 존중 좀 해 달라고요. 이 상식 없는 안드로이드야!

불손한 언사를 속으로 삼키면서 난 생각보다 내가 그를 잘 설득하고 있다는 것에 놀라움을 느꼈다. 그래, 꽤 논리적이었지. 이 정도면 합격점을 줄 만하다.

초조하게 답변을 기다리던 터에, 뜬금없는 질문이 떨어졌다.

"무엇 때문에 마법을 쓴 거지?"

안 그러겠단 답도 하지 않고, 그저 용건부터 묻는 것이다. 화제를 단숨에 건너뛰는 그 무심함은 실로 마스터다웠다. 마법을 내가 언제……. 생각하던 난 지난밤 일에 생각이 미치자 이맛살을 찌푸리며 물었다.

"제가 마법을 쓴 건 어떻게 아셨어요?"

"네 마력의 근원이 마탑이니, 내가 모를 수 있을까."

마탑에 속한 마법사들이 마법을 쓴다면, 무조건 마스터가 알 수 있다는 소리인가? 감시당하는 듯해서 등골이 오싹했지만, 난 그 사실을 침착하게 머릿속에 새겨 넣었다.

"샤자한의 왕과 반역자가 싸우는 통에 휘말려서요. 겁이 나서 마법을 과하게 써 버렸지 뭐예요."

샤자한의 왕을 도와주었단 이야기는 안 하는 게 낫겠지? 난 살살 눈치를 보며 운을 띄웠다.

"어, 음…… 란델이 전갈을 보냈는데, 받아보셨어요?"

아참, 잠들기 전에 보낸 게 벌써 도착할 리가 없잖아. 역시나 마스터가 단숨에 부인했다.

"아니."

"그럼 저……. 제가 내용을 말씀드릴까요?"

왜 먼저 말을 꺼냈나 싶었지만, 이렇게 된 이상 전갈이 가고 있다고 한들 내용을 다 아는 내가 입을 다물고 있기엔 그랬다.

근데 일은 란델이 다 할 거고 란델에게 마스터와 만났단 사실을 이야기할 수도 없는데 내가 답변을 들어서 뭐하지?

갈등하는데 마스터가 냉정한 얼굴로 입을 열었다.

"왕이 계약의 해지를 말하더냐."

놀랍도록 빠른 추측이다. 더군다나 그 말은 곧……. 그런 일이 아니면 란델이 연락을 하지 않는다는 뜻을 내포하고 있었다. 들은 대로 란델이 마스터에게 전갈을 보낼 만큼 중요한 일이긴 한가 보다.

마스터의 대답은 차분하기 그지없는 것이었다.

"란델은 이미 그가 해야 할 일을 알고 있다. 그가 알아서 할 테니, 넌 신경 쓸 것 없다."

그가 해야 할 일이 뭔데요? 라고 묻고 싶었지만, 어쩐지 두려워져서 질문이 나오질 않는다. 난 대신 다른 질문을 꺼냈다.

"제, 제가 왕을 설득해 볼까요?"

네가 그럴 수 있겠느냐는, 순수한 의문을 담은 시선이 꽂혀왔다.

그래, 실상 자신감도 근거도 없이 꺼낸 말이었다. 바람직한 신입의 태도다운 조력의 의미라기보단……. 난 그저 말리고 싶었다. 마스터가 허락하고, 란델이 벌일 그 일이 무엇인지 모르면서도 일어나지 않게 하고 싶었다.

　그런 내 강박증스러운 공포와 얄팍한 속내를 꿰뚫어 보았는지 속모를 새카만 눈으로 마스터가 말했다.

　"그럴 필요 없다."

　"마스터, 저는—!"

　차가운 칼날이 파고드는 양 가슴이 시려서, 난 정리되지 않은 채 다급히 말문을 열었다. 돌이킬 수 없는 상황이 닥쳐올지 모른다. 검붉은 석양이 깔린 서녘에서 까마귀 떼가 우수수 일어나 재앙을 예감하는 양 불길했다. 또한 불안했다. 무시할 수 없는 충동에 사로잡혀 난 애타게 그를 바라보았다.

　그러나 내가 무슨 주제로? 내게 무슨 힘이 있어 그를 막아설 수 있단 말인가. 그 란델조차도 마스터의 의지에 반할 수 없는데, 나라고 해서…….

　그러나 내가 무력하므로 아무것도 하지 않았다는 핑계가, 훗날 일어날 일에서 면죄부가 될 수 없음을 안다. 나는 마스터에게 반(反)한 자들이 어떻게 되는지 목전에서 지켜보았다. 희생, 피, 죽음……. 그 단어들이 주는 선명한 잔상은 현실 속에서 몸서리치게 잔혹한 빛깔을 띠었다.

　힘을 주어 입술을 꾹 다물고 있던 난 이내 다짐하듯이 말했다.

　"제가 왕을 설득해 볼게요."

　"소용없는 일을."

　그래, 왕은 내게 설득될 만큼 쉬운 사람은 아닐 것이고, 그리 쉽게 결정을 내리지도 않았겠지. 그걸 모르는 바는 아니야. 하지만 내가 이 자리에 온 이상, 가장 바람직한 방식으로 임무를 끝마치기 위해 뭔가를 해야만 했다.

내가 마탑의 시온이기 때문이 아니라, 마탑의 시온이니까.

왕은 나를 싫어한다고 말했고, 개인적으로도 그에게 좋은 감정은 없지만⋯⋯. 적어도 그는 죽어도 될 만한 사람은 아니었다.

그토록 생생한 눈빛을 가지고, 친히 위험 속에 뛰어들어 나라의 자주성을 회복하려는 군주라니. 젊고 혈기 있는 지도자는 대개 호의적으로 느낄 만한 상대였고, 내게도 그건 다르지 않았다.

"그래도요. 제게 기회를 주세요."

요청이라기보단 요구에 가까운 단호한 내 응답이, 그에게 어떻게 들렸는지는 모를 일이다.

침묵이 내린 입술을 바라보며 난 그의 검은 시선에 굴하지 않으려고 애를 썼다. 그러나 그를 두려워하는 내 무의식의 방어기제가 작용한 걸까.

갑자기 눈앞이 흔들렸다. 온통 흩뿌린 듯한 금빛 가득한 숲이 강풍이라도 밀어닥친 양 물결친다. 그 산란하는 빛무리가 눈이 부시다 못해 어지러웠다. 세상과 분리된 것처럼 그 가운데 오롯하게 바로 선 마스터가 입을 열었다.

"전갈이 도착했다."

그가 서서히 손을 들어 올리는 것을 마지막으로, 난 의식을 잃었다.

아니, 잠이 든 순간부터 내 의식은 꺼져 있었으므로 더 깊고, 누구도 간섭할 수 없는 심연 속에 잠겼다고 보는 게 옳다.

내가 눈을 떴을 때는 이미 정오 무렵이었다.

두텁고 묵직한 커튼 틈새로 잔뜩 쏟아지는 햇살을 보며 난 어렴풋이 시각을 유추할 수 있었다. 워낙 늦은 시간에 취침을 한 터라, 깨우지 않은 모양이다. 혹은 내가 언제 자고 언제 일어나든 터치할 생각이 없거나.

란델이 필요하면 부르겠다고 말해서인지, 시중인들은 마탑인들의 배타적인 성격을 일찌감치 깨닫고 일일이 챙기지 않기로 마음먹은 듯싶었다.

주섬주섬 옷을 챙겨 입고 밖으로 나왔을 때, 대기하고 있던 시녀가 급히 달려와 물수건과 대야를 대령했다. 그러곤 얼굴을 씻겨 주려 드는데 시중에 익숙하지 않은 내가 물리치려고 손을 내젓자, 시녀가 공손히 손을 모으고 물러났다.

"식사를 준비하겠습니다."

"아, 저기!"

젊어 보이긴 하지만 적어도 나보다는 나이가 많아 보여, 습관적으로 존댓말을 쓰려던 난 란델이 그녀에게 명할 때 반말을 썼던 것을 깨닫고 고쳐 물었다.

"란델은?"

"일행분은 스스로 나오기 전에 방해하지 말라고 하셨습니다."

뭐야? 안에서 뭘 하려고 그러지? 그리 길게 자려는 것도 아닌 듯 한데, 마법 수련이라도 하려나.

대수롭지 않게 생각하며 일단은 내버려 두기로 마음먹은 난 고개를 끄덕였다.

"그럼 내 식사만 간단히 준비해 줘."

몽롱했던 정신은 음식이 위장을 채우자 서서히 살아났다. 분명히 간단하게 준비해 달라고 했는데⋯⋯.

아마도 궁에서의 간단함의 기준은 일반인의 그것과 다른 듯하다.

부드럽게 혀에 감기며 고소한 감칠맛을 내는 수프, 신선한 샐러드와 각종 요리, 김이 폴폴 오르는 따끈하고 맛있는 빵과 견과류를 섞은 간단한 디저트 등을 맛보면서 난 이곳에서 평생 살고 싶다는 생각도 잠깐 하게 되었다.

식욕이 없는 사람도 식탁에 앉혀 놓으면 게걸스럽게 탐닉하게 할 만큼 모든 게 지나치게 맛있었다.

위장의 크기를 늘릴 수 있는 마법을 아직 배우지 못한 걸 아쉽게 여기며 난 턱 끝까지 음식물을 밀어 넣고 자리에서 일어났다.

더 이상 먹었다간 한 시간 후 소화 마법을 걸어 달라며 란델의 방문을 쾅쾅 두드리는 내 상상이 현실이 될 것 같았기에.

식사를 마친 난 시녀에게 내가 이용할 수 있는 궁 안의 편의시설에 대해서 설명을 들었다. 이쯤 되면, 최고급 호텔에 휴양 온 듯한 기분이다.

왕은 어떻게 만날 수 있느냐고 묻자, 알현 절차를 밟으셔야만 한다는 형식적인 대답이 돌아왔다. 나는 그를 만나야 했다. 가급적 란델이 자리하지 않은 곳에서.

란델의 태도는 일견 정중한 듯했으나, 고압적이었고 그는 가만히 있어도 마력으로 상대를 자연스레 위축시켰다.

내게는 아무래도 아직 상대를 압박하는 마력이 형성되지 않은 듯하니, 나 혼자 가는 게 왕도 편하고 편하다 못해 만만하겠지. 더군다나 왕이 란델에게 깊은 반감을 품고 있다면 란델과 함께 가는 건 도움이 되지 않는다.

아니, 그 이전에 내가 왕을 설득하려 드는 걸 란델이 용납하지 않을 터. 란델의 임무와는 별개로 난 이게 온전히 내 일이라고 생각한다.

어쨌든 이 포만감을 해소하기 위해서라도, 난 기꺼이 활동적인 사람이 될 용의가 있었다.

시녀를 뿌리친 채 어젯밤 궁으로 돌아오면서 머릿속에서 그려보았던 대략적인 지도를 생각하며 난 정원으로 걸음을 옮겼다.

귀빈이 머무는 숙소는 왕을 알현했던 곳과 멀지 않았다. 그곳이 왕의 처소가 아니라고 해도, 왕은 그 인근에 있을 터였다. 태연해 보였다고는 하나, 부상을 당한 몸으로 멀찍이서 왕답게 차려입고 와 우리를 만나지는 않았을 테니까.

청각을 확장하고, 왕궁에서 들려오는 모든 소리에 난 가만히 귀를 기울였다. 사방에서 흘러드는 정보는 내가 가야 할 곳이 어디인지, 어떻게 하면 들키지 않고 그곳으로 갈 수 있는지를 일러주었다.

정원의 끝에 도달한 난 인기척이 사라지는 순간을 노려, 단번에 성벽처럼 높은 담장을 뛰어넘었다. 그 너머에 왕이 있었다.

솔직히 들키면 어쩌나 하고 엄청나게 긴장하긴 했는데……. 그때는 마탑의 시온답게 왕을 당장 만나야겠다며 패기라도 부릴까 머리를 팽팽 굴렸다.

운이 따르는지 잠입은 순탄하게 이루어졌고 그 때문에 혹시 함정에 빠지는 게 아닌지 불안해졌다. 다행히, 나는 무탈하게 그를 목도할 수 있었다.

왕은 햇살 쏟아지는 정원에서 홀로 오수를 즐기고 있었다. 안락의자 위에 비스듬히 누운 그는 한 폭의 절경이었다. 붉은 금발이 꽃장식처럼 화려하게 드리우고, 같은 색의 속눈썹이 유려한 곡선을 그리는 눈 위에서 반짝인다. 흰 피부 위를 장식한 날렵한 콧날과 모양 좋은 입술은 그대로 조각처럼 완벽했다.

……아니, 그 자체가 그대로 명화 속에서 튀어나온 모습이었다. 미남이긴 미남이다.

넓게 포진하여 정원을 둘러싸는 병사들이 있다고는 하나, 정작 그의 주위에는 아무도 없다.

지난밤, 선명하게 느껴졌던 왕의 기운은 안으로 갈무리된 지금도 잔향처럼 미미하게 퍼져 나가, 난 꽃향기를 좇는 나비처럼 이끌리듯이 그를 찾아올 수 있었다.

그는 정말로 꽃 같았다. 굳이 표현하자면, 화중왕(花中王)이라 해야겠지. 이것도 의도한 바일까. 의혹 속에서도 난 기꺼이 그의 앞에 모습을 드러냈다.

슬며시 기운을 내비치자 누운 그대로 왕이 느릿하게 입을 열었다.

"아힌이라 했던가."

편안하게 감겨있던 눈꺼풀이 열리자 호박색 눈동자가 모습을 드러낸다. 경계하듯 날카로운 빛을 품은 그의 눈을 바라보면서, 나는 그가 내 방문을 예상하지 못하고 있었단 사실을 깨달았다.

그렇다면 이야기가 다르지.

"내게는 무슨 볼일이지."

"겁먹을 거 없어요. 할 말이 있어서 왔을 뿐이니까."

난 짐짓 여유롭게 대꾸했다. 어처구니없다는 듯이 왕이 눈썹을 치켜 올린다. 난 상냥한 미소를 띠고 그에게 천천히 다가섰다.

짐승이 사나워지는 건 그만큼 경계하고, 두려워하고 있기 때문이다. 이럴 땐 친근한 태도로 긴장감을 완화시키는 게 중요하다.

여러모로 보아 난 두려워할 만한 사람이 못되었다. 그러니까 경계심을 불러일으킬 만한 특별한 분위기며 외형적 조건을 갖추지 못했다는 소리다.

"거기 멈춰 서, 용건을 말해."

그러나 어느덧 왕의 얼굴은 딱딱하게 굳어 있었다. 날 햇병아리 마법사라며 무시했을 때와는 다른 태도라 또 새로웠다.

마탑의 이름이라는 게, 그런 의미인가. 그래도 어린 소녀 때문에 경비병을 부르짖지 않은 게 그의 자존심이리라.

"용건? 당신도 알 텐데요."

"내가, 안다고."

"생각해 보니까 억울한 거 있죠. 내가 기껏 당신을 도와줬는데."

난 그를 힐끗거리며 말을 이었다.

"당신은 모른 척하고?"

"이미 말했지만, 쓸데없는 간섭이었다."

왕이 단호하게 답해 왔다.

"그래요, 당신은 졸렬하게 인정하지 않겠지만요."

왕의 표정이 순식간에 험악해진다. 그를 설득해 내야 한단 걸 상기하고 도발한 걸 살짝 후회하긴 했지만, 난 차분하게 객관적인 근거를 짚어주었다.

"당신은 죽을 수도 있었어요. 물론, 재주껏 그 상황을 잘 넘겨서 살 수도 있었겠지요. 하지만 쿤데라 공을 상대로 당신이 결코 유리하지는 않았어요. 그건 당신도 인정할 거라고 생각해요."

"마탑의 개입을 요청한 바 없다. 그리고 마탑에게 도움을 청할 바에는 그 자리에서 패배하는 편이 나았을 것이다. 란델이 넘어간 걸로, 끝난 게 아니던가?"

"란델의 뜻은 마탑의 뜻. 그리고 내가 당신을 도운 건 내 일이지요. 난 내가 한 일에 대한 대가를 받아야겠어요."

"보수를 청구한다면 내어 주지."

왕은 모욕적으로 비뚜름한 미소를 지었다.

왕이 하도 뻔뻔한 작태로 일관하기에, 난 슬슬 화가 치밀었다.

빚이 없다고 주장하는 사람에게 빚 독촉하는 사람이 된 기분이다. 이게 나 잘되자고 하는 일이야? 확 때려치울까 하는 욕구를 뿌리치고, 난 침착하게 말을 덧붙였다.

"당신 때문에 그 지긋지긋한 노예상에서 수모를 감수하면서 참고만 있었던 그 시간에 대한 대가도 더불어서."

"그리 바빠 보이지도 않더군. 어차피 궁으로 오고 있던 게 아닌가."

여기서 왕을 후려치면 어떻게 될지, 난 그 후에 벌어질 일들에 대해서 상상해 보았다. 그리고 그 모든 소란을 감내해야 한다는 번거로움과 곤란함이 분노를 압도했기에 난 참아 낼 수 있었다.

이맛살을 찡그린 난 팔짱을 껴 보였다.

"어쨌든 내가 할 말은 이거예요. 당신을 도운 대가를 받아야겠어요. 아 물론 금전적으로 받지는 않을 거예요."

"받아들일 수 없다면?"

"왕의 목숨값이 입 싹 닦고 넘어갈 만큼 하찮은 것인가요?"

내가 비난하듯이 언성을 높이며 그에게 한 걸음 다가서자, 왕은 안락의자에서 상체를 일으켰다. 그의 눈이 순식간에 분노로 짙게 물들었다.

"그렇다면 네 목숨값으로 대체하지. 왕궁에 잠입해 내게 이렇듯 무례를 행한 죄, 죽음을 면치 못할 일이니."

어쨌든 그에게는 왕다운 위엄이 서려 있었고, 소리 높여 질책하지 않더라도 그의 말에는 무거운 힘이 실려 있었다.

왕이 갑자기 강하게 나오자 애초에 그리 담대한 편이 아닌 난 일순 심장이 덜커덩거렸다. 조금 겁을 났다지만 그보다 더 반감이 솟았다. 난 꾹 누르며 불만스럽게 중얼거렸다.

"공대도 썼는데……."

그 말에 왕은 기가 막힌 표정으로 날 노려보았다. 난 애써 눈을 부리부리 뜨며 왕과 시선을 마주했다.

진짜 독하고 쪼잔한 남자다. 그로서는 내키지 않은 사실일지라도, 그가 내게 빚을 졌다는 건 명백하다. 내가 그가 굽힐 만한 정당한 이유를 만들어 주었으니 그는 승낙만 하면 되는데, 그는 그 이유조차도 인정하지 않는다.

한숨을 푹 내쉰 뒤 나는 왕을 향해 입을 열었다.

"그래서 내가 바라는 건 이거예요."

이번엔 정말로 병사를 부를 듯한 왕을 똑바로 바라보면서, 난 당당히 선언했다.

"마탑과 다시 계약을 맺어요."

애초부터 내가 왕에게 물고 늘어질 수 있는 근거란 이런 것뿐이었다. 그는 당연히 나를 신뢰하지 않고, 나는 그에게 내보일 수 있는 무엇도 가지고 있지 않다. 내가 할 수 있는 건 마탑에 등 돌리지 않는 선에서 손을 내미는 깃뿐.

확실한 건 단 한 가지. 내가 그를 구했다는 사실이다.

그리고 왕은,

"……어린아이 같은 요구로군."

어이 없단 얼굴로 혀를 차며 품평했다.

"교활한 그대들답지 않게 억지스러운 말이야. 란델은 동의했나?"

"말했잖아요, 난 개인적인 용건으로 찾아왔다고."

당연한 이야기이지만, 란델이 동의할 리 없다. 마탑은 명백히 우위에 있을 때 소원을 들어준다며 거만스럽게 나타나지 이처럼 억지로 계약을 맺으려 하지 않는다.

그러니 먼저 계약을 제의하는 건 왕 쪽이어야 했다. 란델이 그걸 받아들일지도 장담할 수는 없지만……. 그 정도는 설득할 수도 있겠지.

협상이 결렬된 두 나라의 전쟁발발을 막아서는 이 중차대한 의무감을 당사자들이 알랴마는 난 제법 비장했다.

왕이 내 말을 제대로 듣지 않은 것처럼 중얼거렸다.

"그리도 마력석이 필요한가? 하기야 마법사들에게는 그럴 만도 하지. 하지만 말하지 않았나? 더 나은 계약 조건을 들고 와야 할 거라고."

"그건 불가능해요. 마탑은 그런 식으로 계약 조건을 조정하지 않으니까."

"샤자한 역시 더 이상 그런 식으로 계약을 맺을 생각은 없다."

왕의 답변은 확고했다. 역시 무리인가? 틈 하나 없이 매끄러운 유리벽을 마주하고 선 듯이 막막하여 난 눈을 깜빡였다. 이해는 가지만, 납득할 수는 없었다. 그런 느낌이다.

"할 말이 끝났으면 가 보지. 병사를 부르기를 원치 않는다면."

그가 축객령을 내렸음에도 불구하고, 난 움직이지 않았다. 이대로 포기하기엔 나는 아직 모든 시도를 다 해 보지 않았다.

……그래, 내가 가진 게 또 하나 있었지. 처음부터 솔직해졌어야 했는지도 모른다. 그가 비난하듯 어린아이 같고 몽상 같은 말이지만……. 진심은 언제나 닿기 마련이라니.

"마탑을 위해서 하는 말이 아니에요."

표정을 굳히며 꺼낸 진지한 음성에, 왕이 귀찮은 듯이 미간을 찌푸렸다. 난 나직이 말을 이었다.

"마탑은 결코 니라야의 늪을 포기하지 않을 거예요."

그에게 경각심을 새겨 줄 요량으로 난 강조했다.

"이대로 가면 당신만 파멸하게 될 거야. 당신이 그렇게 힘겹게 상대했던 쿤데라 공도 쉽게 처리하는 게 마탑의 힘이니까요."

"……."

잠시 침묵이 잇따르고, 왕은 날 가늠하듯이 찬찬히 살피었다.

"마치 나를 구하려 한다는 것처럼 말하는군."

그게 사실이라……. 다만 내게 그를 구할 합리적인 이유가 없다는 것도 사실이다.

어설픈 정의심, 혹은 동정심을 들이대기엔 내 상황도 녹록지 않건만. 나에게 어떤 이득도 되지 않은 일인데, 내가 여기서 무엇을 하고 있는지도 모르겠다.

아마도 의식하지 못한 새에 안타까움이 얼굴에 번져 났나 보다. 날카로운 시선으로 날 살피던 왕의 호박색 눈동자가 알 수 없는 빛을 띠었다.

그가 자리에서 천천히 몸을 일으켰다. 이야기는 나누되 경계하는 것을 멈추지 않으며 간격을 유지하던 공간이 그가 내딛는 발걸음을 따라 몇 걸음 좁혀졌다.

그가 조금이나마 가까이 다가오자 난 눈을 휘둥그레 떴다. 왕은 더 다가오지 않았다. 한숨과 함께 머리카락을 쓸어내린 그는 그 자리에서 말했다.

"보아하니 이번 일에 아무런 권한도 없는 듯한데."

눈살을 찌푸린 난 침착하게 입을 열었다.

"나는 마탑을 대표하는 입장으로 온 게 아니라 나 개인으로서 당신을 찾아온 거예요. 그리고 나와 당신 간의 계산은 그와는 별개의 것……."

"알현을 청하지 않고 홀로 내 궁에 잠입한 이유는?"

"그야 당신과 조용히 대화를 나누기 위해선 어쩔 수 없었어요."

별생각 없이 대꾸하는데 왕이 갑작스레 웃는다.

의도한 듯이 완벽한 입매로 그려진 미소는 내가 어지간한 미모에 면역력이 있지 않았다면 넋을 뺄 만큼 아름다웠다. 후광을 두른 듯한 적금발이 햇빛 자락처럼 눈부시게 흔들거린다. 그가 내게로 고개를 숙이며 넌지시 물었다.

"나에게 반하기라도 했나?"

유혹하듯이 입꼬리를 끌어 올리며 웃는 얼굴이 화사하여 물감이 번지듯이 뺨에 열기가 타고 올랐다.

다행히 난 이런 은근한 자극에는 열이 올라도 쉽게 빨개지지 않는 체질이었고, 그래서 내색하지 않고 태연한 척하며 답할 수 있었다.

"전혀, 가능성 없는 일이에요."

진짜 아니라고 생각했다면 콧방귀를 뀌어 주었겠지만, 순간이나마 그에게서 매력을 느낀 건 사실이었기에 면박은 못 주겠다.

근데 지금 나한테 미인계를 쓴 건가. 의심스러운 표정으로 흐음— 소리를 내며 턱을 짚는 왕의 태도가 굉장히 거슬렸다. 자신에게 반하는 게 당연한 일이라는 거야 뭐야?

"그게 아니라면 그대가 내게 호의적이 될 이유가 뭐가 있지?"

"인도적인 차원이라고 해 두지요. 원래 불쌍한 사람이 있으면 도와주고 싶어지는 게 사람 마음이잖아요."

톡 쏘듯이 답해 버리고 아차 했다. 자꾸만 그를 부드럽고 온건하게 설득하려 한 원래의 목적을 잊고 도발하게 된다.

하지만 문제는 그였다. 왕의 태도에는 어딘지 거만한 구석이 있었다. 무표정하고 고압적인 행세로 맞받을 자신도, 그럴 마음도 없고 그래서도 안 되는 난 저도 모르게 까칠하게 굴어버리고 만다.

아마 내 무의식의 속삭임에 따르자면 나는 나더러 교활하다, 마법사가 싫다고 말한 왕의 예전 말들을 마음에 담아 두고 있는 것 같다.

왕은 내게 눈웃음친 게 언제였느냐는 듯이 금세 냉담한 얼굴로 돌아왔다. 그는 몸을 돌려 그대로 안락의자에 다시 몸을 묻었다.

"쉬고 싶군."

눈을 지그시 내리감으며 말하는 것에서 빨리 꺼지라는 의도가 묻어 나온다.

그건 내 말을 무시하는 마스터의 태도와 유사했고, 상대가 마스터라면 모를까, 그 외의 사람이 보이는 작태를 용인할 마음은 없었다.

부글거리는 가슴을 누르며 난 친절하게 고지해 주었다.

"내 볼일은 아직 덜 끝났어요."

"내가 부상자라는 사실을 잊지 마."

말문이 막혔다. 그러고 보니 지난밤 피를 꽤 많이 흘리지 않았던가. 흰 얼굴이 처음 보았을 때보다 완연하게 창백했다. 왕이니까 치료는 충분히 받았겠지만, 벌써 다 나았을 리는 없다.

안정을 위해서 쉬려고 사람들도 물린 채 이곳에 혼자 누워 있었을 텐데, 내 사정이 급했건 간에 약간 미안한 기분이 들었다.

"그럼 내 말 잘 생각해 봐요. 또 올게요."

머뭇거리며 말을 남기고 난 등을 돌렸다. 왕은 나를 잡지 않았고, 누군가를 부르지도 않았기에 난 들어올 때와 다름없이 순탄하게 그 자리를 빠져나올 수 있었다.

방에 도착할 무렵 나는 복잡한 기분에 사로잡혀 있었다.

결국 나는 왕을 만나는 데 성공했을 뿐 어떤 성과도 가지고 나오지 못했다. 그게 날 초조하게 만들었다.

내게 남은 시간이 많지 않을 텐데……. 그렇다고 병자를 붙들고 요구를 관철하기에는 마음이 좋지 않다.

일단 왕도 그리 강경하게 날 쫓아내려 든다거나, 화를 버럭 내지는 않았으니까.

난 그것으로 슬며시 위안 삼았다. 효과적이었는지는 알 수 없지만, 내 의사를 전달했으니 그도 생각해 보긴 할 테지. 다음에는 언제쯤 찾아가는 것이 좋으려나?

물론 왕이 또다시 날 만나 준다는 보장은 없다. 이 이상 경비가 삼엄해진다면 나로선 잠입하기 힘든 것도 사실이지.

비록 그의 태도가 모호하여, 어쩌면 설득할 수 있을지도 모른다는 희망을 품게 한다는 점을 배제하고서라도…….

몸을 투명하게 하는 마법도 있다는데. 급히 떠나온 터라 마법서를 가지고 오지 않아서 이럴 때 쓸 만한 마법을 알고 있지 못하다는 게 새삼 아쉬웠다.

마스터나 란델이나 그만큼 내가 무언가를 할 거라고는 기대하지 않은 거겠지. 그리고 실제로도 무언가를 해야 한다는 중압감에 시달리는 건, 오로지 내 문제였다.

가만, 내겐 마법서가 아니더라도 마법을 배울 방법이 있잖아? 오늘 밤 꿈에서 마스터에게 은신 마법이라도 배워 두어야겠다고 생각하며 난 나름대로 계획을 머릿속으로 짜기 시작했다.

온통 거기에 집중하고 있느라 응접실에 들어섰을 때, 이름을 부르는 소리가 들리자, 난 화들짝 놀라고 말았다.

"아힌."

응접실 한가운데 란델이 서 있었다. 마치 나를 기다리고 있었던 것처럼. 그의 눈길은 따스했지만, 나는 그가 온기쯤은 쉽사리 흉내 낼 수 있는 인간이란 걸 잘 안다.

조금 전까지 그가 하려는 일에 반하여 왕과 대화를 시도하고 온 터라, 그 눈빛이 내겐 마치 질책하는 듯이 느껴졌다. 쿡쿡 찔리는 심정을 감추며 난 자연스럽게 맞받았다.

"란델, 식사는 했어요?"

"아니."

방 안에만 줄곧 머물러 있었으니 배가 고플 만도 한데. 신경 쓰는 내가 무안하게 란델의 표정은 묘하게 쌀쌀했다. 친목을 도모하기 위한 소소한 대화도 나눌 여유가 없는 양 그가 바로 본론을 꺼내 들었다.

"전갈이 도착했단다."

가슴이 철렁했다. 예견한 것인데도 흡사 재판정의 선고가 내리기 직전처럼 난 긴장한 채 눈을 부릅떴다.

불안감이 수은처럼 무겁게 가슴 속에 퍼져 나간다. 입꼬리를 가늘게 끌어 올리며, 란델이 내용을 찬찬히 읊었다.

"마탑은 마력석을 필요로 한다."

그의 눈동자에 섬뜩한 빛이 스친다.

"마스터께서 그리 말씀하셨다."

"그 말뜻은······."

"그래. 무슨 수를 쓰든, 혹은 어떤 방법을 쓰든지 간에—"

차가운 빛이 서린 눈빛. 란델은 그와 상반되는 부드러운 음성으로 말을 맺었다.

"마탑은 반드시 마력석을 손에 넣는다."

충격이 이내 얼어붙는 듯이 전신을 점령한다. 난 말문을 잃은 채 란델을 바라보고만 있었다.

지난밤 나는 마스터에게 왕을 설득하겠다고, 내게 기회를 달라고 말했었다. 그 모든 게 무용했던 것일까. 그래서 마스터는 내게 대답을 주지 않았던 것일까.

이 감정을 서운하다고, 혹은 원망이라고 표현해야 하는지는 모르겠지만······ 이상하게 속이 상했다. 목구멍이 욱신거린다.

란델에게 조금만 답변을 미루었어도 좋았잖아. 내가 무언가를 할 수 있게 시간을 조금만, 단 며칠 만이라도 주었으면 좋았잖아. 그 하찮은 바람마저도······. 안 되는 거야?

그 질문이 끓는 듯하여, 눈시울이 울컥했다. 분명히 지금 난 이상한 표정을 짓고 있으리라.

란델의 비켜난 시선은 나를 담고 있지 않았다. 내가 어떤 반응을 보이든 아랑곳하지 않고 그는 차분히 말을 이었다.

"그러니 나는 당분간 자리를 비워야겠다."

"저, 저도 갈게요!"

난 급히 그에게 다가섰다. 그가 무슨 짓을 벌일지는 몰라도, 적어도 따라다니면서 만류라도 해 볼 요량으로.

그러나 란델이 가로막듯 손을 내밀자, 믿을 수 없게도 발이 저절로 멈춰 섰다. 더 이상 그에게 가까이갈 수 없었다.

당황한 눈으로 올려다보자 란델이 느릿하게 입을 떼었다. 내게 정신계 마법을 걸었을 때와 마찬가지로, 냉정하도록 침착한 눈빛이다.

"……아니, 너는 이곳에 있으렴. 말했듯이, 이번 일은 내 몫이니."

제자리에 멈춰 서서 흔들리는 눈으로 그를 응시하는 내게 란델의 음성이 나직하게 들려온다.

"지켜보고, 알아 두려무나. 네가 마탑의 시온으로 살아가려면 어떤 일을 해야 하는지."

경고하는 듯한 말을 곱씹어 볼 시간도 없이, 눈 깜빡할 사이였다. 그가 눈앞에서 사라졌다. 마치 허공에서 도려낸 듯이 깨끗하게.

그리고 난 내가 신체의 자유를 되찾았다는 걸 깨달았다.

뒤늦게 뻗어 나가 공중을 무의미하게 휘젓던 손이 바닥으로 떨어짐과 동시에 난 이유 모를 공포감에 사로잡혔다.

"안 돼……."

난 무엇이 안 되는지도 모르면서 힘겹게 내뱉었다. 괜찮겠지, 큰일 없을 거야. 그리 되뇌며 스스로 위안하고 기다리기만 하기엔, 내가 보고 배워 온 것들은 그리 녹록지 못하다.

나는 앞으로 있을 모든 일에서 아무것도 할 수 없었단 말을 하는 걸 원치 않았다. 나 자신이 참아 낼 수 없을 것 같다. 더군다나 그것이 죽음이 파생되는 일이라면.

란델에게 말할걸. 뒤늦은 후회감이 나를 얽매 온다. 난 이를 악물고 눈을 바로 떴다.

아니야, 늦지 않았어. 지금이라도 란델을 설득해 보자. 그에게 내 생각을 털어놓고 며칠만이라도 유예를 버는 건…….

그래, 가능할지도 모른다. 란델도 나와 틀어지길 원치 않으니까. 내가 간절히 부탁한다면 들어줄 거야. 그러면 내게 빚을 지우는 걸 괜찮은 생각이라고 여길 테니까.

정신을 집중한 난 조급하게 그의 이름을 불렀다.

ㅡ란델, 잠깐만요!

그러나 메아리처럼 울려 퍼지는 공명은 느낄 수 있었지만, 돌아오는 답은 없었다. 산 정상에서 내지르는 소리처럼 일방적인 메아리는 그대로 허공에서 흩어졌다.

비밀리에 임무를 수행하기 위해, 외부와의 연락을 차단해 놓았는지도 모른다.

란델이 나보다 더 강한 마법사인 만큼 그가 받아들이지 않는다면 내게는 연락을 취할 방도가 없다. 난 정말로 이 왕궁에 홀로 남겨진 것이다.

내게 무슨 일이 벌어질 거라고는 생각하지는 않겠지. 하지만 혼자 남겨졌단 사실은 이전에 겪은 납치사건을 떠올리게 했다.

만일 란델의 부재를 알아챈다고 해도 왕궁에서 날 어쩌려고 할 가능성은 낮았지만……. 그때에도 난 무척 안심하고 있었잖아.

트라우마라기엔 약한 잔흔이었지만, 가슴에 구멍이 생긴 듯이 허전하고 막연히 두려웠다.

그러나 막상 내 안전보다도 더 우려되는 건, 다른 쪽이었다. 란델이 무슨 일을 벌일까. 그 생각 때문에 폭풍이 밀려온 것처럼 파도치는 마음으로 난 방 안을 서성였다.

불행히도 란델은 무슨 짓이든 할 수 있는 사람이었다. 직접 나타나 왕을 없애지는 않을지라도, 그에 준하는 계획을 세우고 있으리라.

그가 행동하기로 한 이상 내겐 남은 시간이 많지 않았다. 애꿎은 손톱을 물어뜯으면서 난 갈팡질팡했다. 지금이라도 다시 왕을 찾아가? 아니야, 이미 시간을 주고자 물러났으니 다시 들이닥친다면 반발심만 부를지도 몰라.

란델이 하루 이틀 만에 모든 걸 바꾸려 하지는 않을 터였다. 다만, 그가 떠났으니 왕이 마음을 달리하더라도, 내겐 계약을 다시 맺을 자격이 없다는 게 문제였다.

그러나 내겐 마스터가 있었다. 비록 그가 란델에게 답을 미루지는 않았지만, 동시에 내가 하는 일을 가로막지도 않았다. 샤자한에게 마력석을 얻어내는 것, 그 임무는 이제 나와 란델 둘 모두에게 달려 있다고 보아도 좋다.

솔직히 왕의 마음을 어떻게 하면 바꿀 수 있을지는 모르겠다. 그 건 너무도 막막하게 느껴지는 일이다. 하지만 그를 설득하기 위해 선, 내가 가진 것들을 드러내야 한단 것만은 알겠다.

지나치게 그에게 균형이 기울지 않게끔, 마탑의 일원으로서의 나 를 잊지 않으면서. 정 안 되면 매일같이 찾아가서 예스라고 할 때까 지 귀찮게 굴면 되지 않을까?

왕이 내게 확실히 계약을 맺겠다고 한다면, 난 마스터께 바로 그 사실을 고하면 되었다. 내가 그의 일을 침해했다고 느낄 수도 있지 만……. 란델이 그런 사소한 이유로 내게 화를 내진 않을 테니까.

그렇다면 지금 내가 할 일은, 마스터를 만나는 것.

결론을 지으며 마음을 정하는 찰나, 똑똑 문을 두드리는 소리가 들렸다.

"들어와요."

문이 열리고 시녀 한 명이 방으로 들어섰다.

"방문하신 손님이 계신데, 함께 식사를 들자고 청하십니다."

"지금은 좀 곤란한데, 할 일이 있어서."

그 할 일이란 게 별건 아니다. 빨리 잠을 자고 마스터를 만나야 한 단 말이지. 아침도 많이 먹어서 그런지 그리 점심을 먹고 싶은 생각 이 들지 않았다.

그런데 거절을 했음에도 시녀가 물러나지 않고 난색을 표한다.

"저어, 그래도 손님을 한 번 만나 보시는 게 어떠신지……."

흡사 무언가를 두려워하는 얼굴. 성격적으로 대단히 결함이 있되 신분이 높아 그녀로서는 뿌리칠 수 없는 상대일지도 모른다는 생각 이 들었다.

조금 짜증이 일었지만, 곤란해 하는데 모른 척하기엔 마음이 쓰였 다. 문제가 있다면.

"란델은 지금 누군가를 만날 상황이 아닌데요."

그가 없다는 것만으로도 약점을 드러내는 듯한 기분이 든다. 란델의 부재를 티 내지 않기 위해 그리 말하자 시녀가 재빨리 답했다.

"그, 그러면 혼자 나오셔도 괜찮을 거예요."

바깥에 어떤 골칫덩이가 와 있는지 누군가가 나서서 처리해 주는 게 간절한 표정이라, 난 한숨을 내쉬었다.

"도대체 누구이기에? 어쨌든 알았어요."

툭 내뱉고 눈짓하자 시녀가 내 마음이 바뀔까 두려운지 재빨리 방 밖으로 나갔다.

곧 시녀와 교체하듯 방 안으로 들어선 그 '대단한 상대'를 마주한 순간, 난 시녀의 반응을 이해할 수 있었다.

"밤은 평안하셨는지요."

말하는 투에서 기품이 풀풀 넘쳐난다. 얇은 옷가지만을 걸치고 있었던 노예상에서와는 다르게 곱게 드레스를 차려입고 머리를 늘어뜨린 모습이 어젯밤 검을 들고 날뛰었던 게 언제였느냐는 듯이 우아하고 아름답기만 하다.

로미오가 처음 무도회에서 목격한 줄리엣이 이러할까. 갑자기 방 안이 환해져 오는 듯한 착시현상에 난 눈을 깜빡였다.

원래 세계에서는 거리가 멀었던 시각적인 호사를 누리고 있다고 한들 그리 반갑지 않은 게 사실이다. 더군다나 상대가 어젯밤 생사람의 목을 살라 허공에 쳐든 여자라면.

"안……녕하세요."

소름 돋는 기분을 숨길 수가 없어서 난 떨떠름하게 답했다. 다행히 목소리를 떨진 않았다. 마스터와 처음 마주했던 그 여관, 회색 망토의 살인마와 마주했던 그때에 비하면 내 심장도 꽤 튼튼해진 걸까.

객관적으로 보아, 쿤데라 공을 단숨에 물리친 내가 그를 상대로 왕과 합공을 하고도 수세에 몰린 저 여자에 비하면 강하긴 하겠지만.

그 과감함과 잔인성이 가슴 깊숙이 새겨진 터라 어쩐지 조금 움츠려진다.

여자가 눈을 곱게 휘며 상냥한 척 웃음을 보였다. 그래, '척'. 란델의 가식적인 미소에 비하자면 부자연스러운, 만들어진 미소다.

"왕궁에 오신 귀한 손님이니, 함께 식사하며 대접할 기회를 제게 주시지 않겠습니까."

내가 위험하다며 왕을 붙잡아 세울 땐 언제고?

하지만 꼬투리 잡기엔 지난 일이고, 그땐 그녀도 내 정체를 몰랐지. 나쁘지 않은 제의였다. 왕과 가까운 그녀를 통해 왕의 마음을 움직일 방도를 찾아낼 수 있지 않을까.

뜬구름 잡는 듯한 기분이었지만, 뭘 할지도 모르는 것보다 무언가라도 해 볼 수 있는 상황이 온 게 달가웠다.

"제 일행이 마법 수련 중이라 아무래도 저만 가야 할 것 같은데. 방해받기를 싫어해서요."

긍정적으로 운을 떼자 여자가 냉큼 답했다.

"그러면 어쩔 수 없지요. 가실까요?"

"그러지요."

앞장서는 그녀를 난 찜찜한 기분으로 뒤따랐다. 주도권을 가져가는데 능숙한 여자다.

얼마 걷지 않아 음식이 잔뜩 차려진 방에 안내된 난 오묘한 감정에 휩싸였다.

맛있는 음식이 한가득 차려져 있는 걸 누가 마다하겠느냐마는, 이미 준비되어 있는 식탁이 좀 그랬다. 마치 내 거절은 상정조차 하지 않은 눈치라 어쩐지 기분이 좋지 않다.

"입맛에 맞으실지 모르겠네요."

자리에 앉자 여자가 친근하게 입을 열었다. 종류가 수십 가지는 되니 개중 하나라도 입에 맞긴 하겠지.

불퉁하게 생각하면서도 난 가식적인 미소를 지었다.

"왕궁의 음식은 훌륭하더군요, 뭐든 만족스럽지 않겠어요?"

눈이 휘둥그레질 만한 미녀와 함께하는 진수성찬이라……. 어딘 가에 상품으로 내걸릴 만한 표제라고 생각했지만, 막상 그걸 겪고 있는 난 큰 가치를 느끼지 못했다.

"실은 어젯밤 제가 저지른 무례가 마음에 걸려, 신경 써서 준비했어요."

"신경 쓰실 것 없어요."

난 댁이 저지른 무례보다는 댁이 한 짓이 더 신경 쓰인다고.

"임무를 수행하던 중이고, 전하의 안전이 달려 있어서 예민하게 굴었던 것 같아요. 부디 이해해 주시기를."

나긋하게 답하는 얼굴이며 자태가 예쁘긴 하다. 어젯밤 그 여전사 같은 모습은 상상도 못 할 만큼, 화원에서 고이 가꾸어진 화초처럼 곱고 아리따웠다.

손에 물 한 방울 안 묻히고 자랐을 성 싶은데 이런 여자가 사람 목을 숭덩 잘랐다니. 그러나 내게 약을 먹인 그 중년 부인도 겉으로는 선해 보이지 않았던가?

눈에 보이는 대로 믿어서는 안 된다는 교훈을 되새기며 난 긴장감을 늦추지 않은 채 그녀의 말에 귀를 기울였다.

물론 내 입은 경계심 없이 음식물을 씹어 삼키고 있었다. 음식은 죄가 없으니까.

맛있었다. 마탑에서 아무것도 먹지 않고 살았더니 그 반작용으로 식탐이 더 강해지지 않았나 싶다.

그녀의 우아한 식사 예절을 보고 있자니 마구 포크질 하는 내 모습이 예에 어긋나지 않나 싶어서 신경 쓰이긴 했지만, 난 일부러 거리낌 없이 굴었다. 난 마탑의 시온이고 그런 예의범절을 지적받을 위치가 아니다. 게다가 나도 포크질 만큼은 꽤 능숙하니까.

"제 소개를 미처 못 드렸죠."

"네."

"이리스 라하느라고 해요. 이리스라고 불러 주시길."

나직이 이름을 발음하며 그녀의 눈매가 가늘어진다. 마치 내가 그 이름에 반응하는지 알아보려는 듯이.

라하느가 성이라면, 그녀의 가문을 말할 테니 샤자한에서 명성 높은 가문인가. 하지만 그게 나와 무슨 상관이란 말이지? 이번 일만 끝나면 이곳에 또 올지 안 올지 모르는데.

날 관찰하고 재어 보는 그녀의 태도는 익숙하지 않은 종류의 것이었다. 그리고 자신이 어떤 존재인지 인지시키고, 내게 영향력을 발휘하려는 그녀의 암묵적인 의사 표현에 내가 맞춰 줄 필요는 없었다.

"들으셨을 것 같지만, 제 이름은 아힌이에요."

난 사무적인 태도로 응답했다.

"마법사이지요. 그 외에는 달리 말씀드릴 게 없네요."

말해서도 안 되고 말이야. 난 최대한 덤덤한 투로 물었다.

"그쪽은 무엇을 하는 분인지 알 수 있을까요?"

본 게 있으니 집에만 머물러 있는 귀한 집 따님이 아닌 건 알겠지만, 이름만 달랑 말하는 건 자기 소개라고 하긴 어렵지.

여유를 잃지 않고 여자가 화사하게 웃었다.

"물론이죠. 저는 왕가를 보좌하는 다섯 가문 중 하나인 라하느의 적녀이며, 전하의 수하이고……."

뜸을 들이는 양 말꼬리를 끌다가, 그녀가 이내 선언하듯이 내뱉었다.

"전하의 약혼녀랍니다."

"그렇군요."

약간 놀라긴 했지만 대답은 곧바로 나왔다. 의외라고 할 만한 소리는 아니었다. 왕한테 찰싹 달라붙는 모습을 보았을 때부터 둘 사이가 심상치 않다고 생각하긴 했으니까.

가만, 그런데 그 왕이란 작자, 이렇게 예쁜 약혼녀도 있는 주제에 나한테 끼 부린 거야? 자기한테 반했느니 하는 그딴 말을 하면서?

유부남의 작업 상대가 된 듯한 불쾌감이 치솟았다. 왕이 보인 행각에 대해서 고자질하면 어떨까 싶으면서도, 이 무시무시한 여자에게 네 남자 단속 잘하라고 이야기할 엄두는 나지 않는다.

설마 왕을 패겠냐 싶긴 한데, 반대로 그에게 책임은 묻지 않아도 나한테 물으려고 할 순 있는 법이니.

"전하께서 왕자이시던 어린 시절에 맺은 혼약이지요."

별로 궁금하진 않았지만, 강조하는 투로 말해 오는 것에 난 고개를 끄덕였다.

"그렇군요. 그런데 제게 따로 볼일이 있으신지요?"

"그저 쿤데라 공을 물리치는 데 도움을 주셨으니 개인적으로 감사를 표하고 싶었을 뿐이랍니다."

그럼 돈으로 주든가, 라는 생각이 드는 건 내가 마탑에 너무 물든 탓이겠지? 음식이 맛있다고는 하나 할 일이 있는데 끌려 나온 것이다 보니 마냥 즐길 수만은 없었다.

게다가 그녀의 태도가 미묘하게……. 뭐라 표현하기는 어렵지만, 거슬렀다.

"마탑이라는 곳에서 오셨다고 들었어요. 전하께서 이번 연회에 초청하셨다지요?"

"그랬지요."

비록 협상은 결렬되긴 했지만 말이다. 내 추측으로는 연회에 초청한 건 그때까지 샤자한에 머무르면서 생각해 보라는 뜻 같은데, 이미 마탑의 결정은 떨어졌다. 놀이킨다면 그건 왕이어야 했다.

순간 그 생각에 사로잡히자 급작스레 초조해진다. 약혼녀인 그녀에게 왕을 설득해 보라고 할 요량으로 난 넌지시 운을 띄웠다.

"마탑과 샤자한의 왕가 사이에는 그 혼약보다도 오래된 약속이 있었지요. 선왕 시절부터 이어온 언약이요."

힐끗 보니 여자의 표정이 어느덧 굳어 있다.

뭐야, 모르는가? 생각해 보니 그녀는 마탑에 대해서도 잘 모르는 듯이 말했었다. 그녀는 왕비가 아니라 왕의 약혼녀일 뿐이니 계약에 대해서 알고 있는 극소수에 들지 못할 만도 했다. 그런 사람에게 계약에 대해서 떠들어 댈 순 없어서, 난 모호하게 말을 맺었다.

"……전하께서 그 오랜 연을 다시금 생각하셨으면 좋겠군요."

순간, 이리스 라하느의 눈에 예리한 빛이 스쳐 지나갔다. 마법사로서 발달한 감각이 그녀의 눈에서 유리 파편처럼 반짝인 감정의 끄트머리를 놓치지 않고 포착했다. 세포 하나하나를 일깨우는 그 감각을 무어라 표현하는지, 난 본능적으로 깨달았다.

―살의.

드러낸 것은 찰나였지만, 당장에라도 드레스 속에 감추어진 검을 꺼내어 내 목을 쳐 내는 광경이 예지처럼 눈앞에 그려진다.

아니, 실제로 그게 그녀가 품은 생각이리라. 능숙하게 감추고 미소를 그려 낸 그녀였지만, 잠시나마 비친 맹렬한 적대감이 순간적으로 나를 압도했다.

단숨에 목줄을 끊는 암표범의 것과 같은 섬뜩한 눈빛이었다. 나는 그와 비슷한 눈빛을 일전에 본 적이 있었다. 그리고 그는 정말로 나를 죽이려고 했다. 란델이 나타나지 않았다면 정말로 그리했을 것이다. 블레셋. 자신을 자극했다고 나를 바로 죽이려고 들었던 그와 그녀가 일순 겹쳐졌다.

나는 떨리는 손을 말아 쥐었다. 아름답게 웃고 있다고 한들 그녀 안에 도사리고 있을 잔인함과 흉포함은 감출 수 없는 것이었다.

타오르는 불길만큼이나 생생해서, 도저히 모른 척할 수 없었다. 눈앞에 나를 죽이려는 사람이 있는데, 어떻게 마주 웃을 수 있을까?

그러나 벌벌 떨고만 있기엔, 나는 너무도 많은 것을 보고 겪었다. 내가 그래선 안 된다는 것을 안다.

란델이 없는 이 왕궁에서 난 결코 누군가에게 얕보여서 위험을 초래해선 안 되었다. 마탑의 시온은 초식동물이어선 안 되는 존재였다.

더군다나 아무것도 하지 않는 마스터가 눈앞의 이 여자보다 위협적이라는 건 자명한 사실이다. 그녀에겐 손가락 까닥하지 않고 사람을 압축된 육괴 덩어리로 만들어 버릴 능력이 없지 않은가. 그럴 능력이 있다면 그건 차라리 나겠지. 나보다 약한 존재에게 겁을 먹는 건 가당치 않다.

난 마탑의 시온다운 마음가짐으로 놀란 가슴을 추슬렀다. 그리고 여유를 흉내 내며 정적이 깔린 식사 자리에서 음식을 씹어 삼켰다.

이리스 라하느도 그 이상 나를 건드리고 싶지 않은 듯 어떤 말도 꺼내지 않았다.

"그럼, 다음에 또 뵙기를."

나긋하게 인사를 남기고 등을 돌리는 그녀를 보자 숨이 탁 놓였다. 되지도 않는 기 싸움을 벌이면서 긴장감에 저도 모르게 마음껏 숨 쉬지 못하고 있었던 것 같다.

돌아서서 확 달려들지 않을까. 경계하는 눈으로 그녀의 뒷모습이 사라져 가는 것을 확인한 난 이내 방으로 향했다.

나도 참 강인하고 튼튼한 인간이지. 무디디무딘 신경이 의심스러울 만큼 불편한 식사였음에도 얹혔단 느낌은 없었다. 살벌한 감이 도는 분위기로 파토나지 않았다면 만족스럽게 잘 먹고 끝났겠지.

……처음부터 그녀는 내게 적의를 품고 있었는지도 모른다. 하지만 웃음 아래 능숙하게 감춰 내며 이성으로서 날 살피다가, 왜 갑자기 참아 내지 못 했을까. 내가 한 말에 무슨 문제가?

그리고 난 반성할 줄은 알지만, 문제점은 뒤늦게 알아차리는 인간형이었다.

'마탑과 샤자한의 왕가 사이에는 그 혼약보다도 오래된 약속이 있었지요. 선왕 시절부터 이어 온 언약이요. ……전하께서 그 오랜 연을 생각하셨으면 좋겠군요.'

조금 전의 기억을 아주 짧게 되짚어 보는 것만으로도, 난 내가 했던 말의 뉘앙스가 참으로 묘하다는 걸 깨닫게 되었다.

"혼약에 대해서 언급했기 때문에……."

마치 마탑과 샤자한 사이에 혼담이라도 있었던 것 같은 기미를 풍기지 않는가. 비록 내가 그걸 의도하지 않았더라도, 그렇게 들리기에 충분한 말이었다. 그 호전적인 여자는 필히 그걸 선전포고로 받아들였을 거다.

"미치겠네."

도움을 구할 셈이었는데, 어째 적을 만들어 버렸다. 그것도 설득해야 하는 왕의 약혼녀를. 그건 내가 결코 의도하지 않은 바였다. 오해를 풀어 주어야 하나?

갈등해 보았지만, 이리스 라하느에게 언약의 내용에 대해서 실토할 수 없는 이상 그녀의 악감정을 해소할 수 있을 것 같진 않다. 겉보기에는 꽃처럼 고와도 융통성 없고 화끈한 성질머리를 가진 것처럼 보였으니까.

마탑의 시온인 내가 왕도 아니고 왕의 약혼녀에게 굽혀선 안 되는 거 아닐까? 깊은 반감으로 시온의 입장에서 생각해 보던 난 한숨을 푹 내쉬었다.

이젠 나도 모르겠다. 마스터나 만나야지.

마치 마스터를 내 마음대로 만날 수 있는 양 손쉽게 생각하며 방으로 돌아온 난 침대에 드러누웠다.

배가 부르니 잠이 오는 건 자연스러운 현상이다. 식곤증 때문에 무거워진 눈꺼풀은 내리감자마자 졸음에 한 걸음 가까워졌고, 이내 나는 의식의 문을 닫았다.

블랙홀처럼 빨려들어 금빛 숲에 발을 내딛기까지는, 실로 마법과 같았다. 내게는 잠이 엘리스의 토끼 구멍과 같은 역할을 하는가 보다.

난 손을 뻗어 눈앞에서 반짝이는 나뭇가지를 어루만졌다. 놀랍도록 생생한 감촉이다. 색만 특이할 뿐, 정말로 실제 나무 같은 느낌.

마력의 전달이 현실이 되었다면, 이 금빛 찬란한 잎사귀도 현실로 가져올 수 있지 않을까. 재력이 풍부해진다면 계약에 구애받을 필요 없이 마력석을 구매할 수 있잖아.

그리 생각하면서도, 지금의 문제는 실은 마탑의 자존심 때문이라는 걸 알고 있었기에 난 유독 그을음처럼 어두운 그림자를 드리우는 마스터를 향해, 할 말을 골랐다.

"란델이 떠났어요."

왜 내게 시간을 주지 않았느냐고, 항의하려던 마음은 허무감 어린 칠흑색 동공과 마주하자 쉽게 죽어 들었다.

그러나 표현할 의지가 없다고 해도, 마음마저 사라지는 것은 아니리라. 난 화제를 돌렸다.

"그냥 그랬다고요. 은신 마법을 배우고 싶어요."

그를 마주한 순간부터 가슴속에서 끓어오르는 이 감정은 어떻게 해야 할까. 서늘한 손길이 이마에 와 닿자 난 움찔거렸다. 그에게선 단 한 번도 따스함이 엿보인 적이 없는데, 이상하게도 그 접촉이 마음을 달래 주는 것처럼 느껴져 온다.

이내 그 느낌이 온전히 내 착각이라는 걸 새겨 주듯이 머릿속에 은신 마법에 대한 지식이 떠올랐다. 컴퓨터에다 필요한 자료를 내려받는 듯하다.

이렇게 쉽게 가르쳐 줄 수 있으면서! 그간의 고생을 떠올리자 어쩐지 손해를 본 기분이었다. 표정에 기분이 드러났는지, 독심술을 펼친 양 마스터가 잘라 말했다.

"마력 운용에 대한 숙련도가 갖추어지지 않는다면 마법에 대한 지식은 무의미하다."

그래서 책을 붙잡고 끙끙거리는 날 보고도 혼자 익히리며 내버려 두었단 말이지.

⋯⋯그래, 어쨌든 과거는 중요하지 않다.

"그럼 앞으로는 이렇게 가르쳐 주신다는 건가요?"

"필요하다면."

그 조건부의 승낙에 보물창고를 찾아낸 심정이 되었다. 난 그 자리에서 곧바로 내가 다루어 본 적 없는, 그러나 배우고 싶은 모든 마법의 목록을 지나치게 반색하는 티를 내지 않으며 줄줄 읊었고, 마스터는 무심한 얼굴로 다시 내게 손을 가져왔다.

이전과는 다르게 머리에 찌릿한 전류가 감도는 듯했다. 마스터가 처음 지식을 불어넣을 때 그러했듯이, 무언가가 내게로 파도처럼 쏟아져 들어왔다. 그리고 모래밭에 스미듯이 스며들어, 사방으로 뻗어나가 제자리를 찾아갔다.

모든 일이 끝난 뒤 난 머리를 감싸 쥐었다. 오랜 시간 잠을 못 이룬 양 욱신거리고 도수 높은 안경을 쓴 것처럼 어지럼증이 돌았다.

이상할 것도 없는 현상이다. 내 작디작은 도서관에 그가 한꺼번에 무수히 많은 책을 꽂아 준 것이니까.

세상에! 이게 마법이었나? 물론 이론만 체득한 것으로 내겐 바로 마법으로 펼칠 수 있는 숙련도가 없었다.

필히 연구와 연습이 필요하겠지만, 나는 이제 공격과 방어 마법만을 알고 있는 풋내기 마법사가 아니었다. 적어도 내가 할 수 있는 일과 영향력을 발휘할 수 있는 반경이 넓어졌다.

악감정과 섭섭한 마음은 씻은 듯이 가시고 난 우러러보는 눈초리로 마스터를 응시했다.

그는 흡사 신 같았다. 또한 모든 것을 가지고 있어서 내가 원하기만 하면 척척 꺼내 놓을 수 있는 만물상 같았다.

그렇기에 난 더 이해하기 어려웠다. 가진 자가 여유롭다는 말이 있는 한편, 가진 자는 더 많은 것을 탐한다고들 한다.

그러나 전능에 가깝다고 생각할 만치 강력한 마법사. 그것도 인간이 마땅히 가져야 할 욕구가 결여된 그가 왜 이리 세상에 무자비한지.

감정이 없으므로 자비를 모른다면, 감정이 없는 자가 왜 마탑을 다스리며 그를 통해 세상에 영향력을 떨치는지.

그는 어차피 아무런 욕망도 느끼지 못할 텐데. 악의 화신이라기엔 악의가 없고, 마냥 무심한 존재로 판단하기엔 파멸적인 영향력을 떨친다.

그러면서도 그는 내게 만큼은 관대한 스승이었다. 그의 제자이며 마탑의 시온이기 때문에 내게 떨어지는 특혜가 과하다고 느낄 때마다 난 그 상반된 대우를 실감하곤 했다. 그리고 마스터를 이해하기에 앞서, 나는 그가 내린 명령부터 이해해야 했다.

"왜 그리 마력석이 필요한 거예요?"

정작 내 질문은 양보며 타협 없는 마탑의 행태를 비난하고 싶은 이면적인 의도를 담고 있었지만, 마스터는 그를 의식하지 않았다.

"마법사에겐 마력석이 필요하다."

"그렇지만, 제가 마법을 배우는 동안 마스터는 단 한 번도 마력석을—"

사용하신 적이 없잖아요. 나는 말을 삼켰다. 적어도 내 앞에서만큼은 그러했지만 그는 때때로 자리를 비웠다. 그 시간 동안 마스터가 어디를 가서 무엇을 했는지는 알 수 없는 노릇이다.

마스터의 진한 검은 눈이 질책하듯 내게 꽂혔다.

"네가 쓰는 마력은 마탑에서 유래한다."

그는 간단한 질문을 던졌다.

"그렇다면 마탑은 그 마력을 어디서 얻는 거지?"

갑자기 진지한 탐구 주제가 날아오자 '태양열이요.' 실없이 답하고 싶은 욕구가 솟구친다. 뭐, 나도 농담할 분위기가 아니라는 건 알고 있다. 마스터 앞에서는 항상 그러했지만.

전혀 생각해 보지 못한 문제네. 그 거대한 탑이 어떻게 세워졌는지도 의문이거니와, 힘의 근원이라……. 난 보지 못했지만 딥 싱층부 바깥에 풍차처럼 거대한 날개가 달려서 돌아가고 있었을지도 몰라.

결론이 이미 정해져 있음에도 내가 쓸데없는 생각에 잠겨 드느라 대답을 미루자, 마스터가 독촉의 시선을 보냈다. 그 압박감에 난 툭 내뱉었다.

"마력석이요."

"실상 마력석이 품은 마력은 마법사의 마력과 성질이 다르다는 걸 알고 있느냐."

"……아뇨."

사실 난 마력석이 뭔지 잘 모른다. 마력석을 통해서 마법을 쓸 수 있다는 것을 알고 있을 뿐.

"마력석의 마력은 다른 마력을 붙잡아 두는 성질이 있다. 그렇기에 마력석은 마력을 담을 수 있는 도구이다. 마력석의 질이 좋다는 건, 더 많은 마력을 품을 수 있다는 의미이니."

설명이 길어지니 마스터의 매끄러운 음성을 계속 들을 수 있다는 장점이 있었다. 정말로 스승과 제자 사이다운 교육 시간이다.

"어, 그렇다면 마력석에서 마력을 뽑아내는 게 아닌가 봐요."

"다른 마력을 붙잡아 두니 시간이 지나면 점차 내부에 마력이 쌓이곤 하지. 그러나 인위로 심는 것에 비해 미미한 수준에 불과하며, 마력석의 마력은 마력을 다룰 줄 아는 이만이 끌어낼 수 있다. 그렇지 않다면, 마력석을 가지고 다니는 누구나가 마법사를 자처할 수 있었겠지."

이것도 모르느냐, 멍청한 것. 환청이 들려오는 듯해서 난 고개를 수그렸다. 질책받기엔 억울한 감이 있는 건 사실이다.

마법도 채 다 배우지 못하고 나왔는데, 이런 것까지 알고 있을 리 없잖아. 난 그저 마력석에서 마력을 이끌어다 쓸 수 있다기에 그렇게 알고 있었을 뿐.

그런데 가만, 마스터의 말뜻은…….

"그럼, 마력석이 아니라면 마탑의 마력은 어디에서 유래한다는 거예요?"

그게 문제였다. 마력석에서 나는 것이 아니라면, 하늘에서 떨어지지는 않을 테고 그 어디엔가에 마력의 출처가 있을 터였다.

질문을 던짐과 동시에 난 조심스럽게 마스터의 눈치를 살폈다. 시온이라고는 하나 심정적으로는 말단인 내가 듣기에는 비밀스러운 사안이라고 느껴졌기 때문이다.

그러나 마스터는 대답을 하는데 찰나도 망설이지 않았다.

"마탑의 심층부, 그곳에 무한한 힘을 지닌 마력의 원천이 존재한다. 그를 바탕으로 마탑이 세워졌지."

내가 그 사실을 안다 한들 무엇도 하지 못할 거라고 확신한 걸까. 난 의심을 미루고 상상해 보았다. 어떻게 세워졌는지 모를 그 거대한 탑, 그 안은……. 어떤 모습일까.

태양처럼 붉게 이글거리는 핵 덩어리가 뇌리에 그려진다. 그게 어떤 모습이든 장관이겠지.

"원천에서 파생된 마력은 강력하고 파괴적이라 통제하기 어렵다. 그를 정제하고 운용하려면 마력석을 통해 여과 과정을 거쳐야 한다."

"……마스터도 거기서 난 마력을 쓰시는 건가요?"

"마탑의 마법사라면, 누구나."

난 퍼뜩 마스터의 눈을 들여다보았다.

괴괴한 어둠이 깔린, 헤아릴 수 없는 암흑. 그에게 약점따윈 존재하지 않을 것 같다.

그러나 그의 말은 마치 약점처럼 들렸다.

마력석의 공급이 끊어진다면, 마탑의 마력도 쓸 수 없다. 그러면 본신의 마력이 있다 한들 마스터 역시도 약해지겠지. 왜 샤자한의 마력석이 필요한 건지는 알겠네.

난 실현되지 않을 걸 알면서도 물었다.

"샤자한과 협상을 해 보는 건 어때요? 이제까지와 같은 조건은 아니더라도 마력식은 안정적으로 확보할 수 있을……."

"불가하다."

무감정한 음성이 확고한 어감을 품었다.

"협상을 함은, 마탑이 협상이란 방식을 택할 만큼 마력석이 중요하다는 걸 드러낸다는 뜻이다. 그것은 약점을 드러냄과 같다."

칠흑 같은 어둠을 응축한 눈동자로 마스터가 냉혹하게 고했다.

"그렇게 할 필요가 무에 있겠나. 더 손쉬운 방법이 있는데."

그를 설득할 만한 말을 찾지 못한 난 망연히 입을 달싹였다. 그러나 마스터는 내가 생각할 만한 잠시도 기다려주지 않았다. 그는 내게서 곧장 돌아섰다.

나는 그의 등을 향해 손을 뻗었다. 눈앞이 이지러지더니 주변이 까마득하게 멀어지기 시작한다. 저항할 수 없는 흐름이었다. 비산하는 금빛 속에서 난 뻥 뚫린 블랙홀 같은 뒷모습을 향해 다급하게 외쳤다.

"제게 시간을 주세요!"

메아리처럼 내 목소리가 웅웅거리며 뻗어 나간다. 그러나 되돌아오는 답은 없었다. 난 아무 답을 듣지 못한 채 꿈밖으로 던져졌다.

"아……."

그리 깊게 잠들지 않은 탓인지, 나는 무의식에서 빠져나와 곧바로 자리에서 일어났다. 오래 잠을 자기엔 이른 시간이었다.

"빌어먹을."

험한 소리가 절로 나온다. 난 자리에서 몸을 일으켰다.

마스터, 진짜. 귀찮게 굴 거 같으니까 바로 내쫓는 게 정말 칼 같기도 하지. 무슨 말을 못하겠네.

하지만 마스터를 만나는 건 언제나 그럴 만한 가치가 있는 일이다. 유용한 꿈이었다. 단순히 새로운 마법을 배워서가 아니라, 막막하기만 하던 차에 길을 찾아낼 수 있었기에.

그래, 왕이 내 뜻대로 움직이지 않는다면, 움직이게 만들면 된다. 그러기 위해선 왕에 대해서 알아내야겠지. 내겐 그럴 만한 방법이 있었다. 아니, 정확히는 조금 전에 생겼다.

아무리 그래도 왕궁은 왕궁이니, 란델도 아니고 내가 직접 몸을 들이밀어서 그의 침소까지 잠입하는 건 위험한 일이다. 다만 마스터가 내게 알려 준 마법 중에는, 이런 때에 아주 쓸 만한 게 있지.

난 일으켰던 몸을 다시 고이 침대 위에 눕혔다. 그리고 지그시 눈을 감았다. 이론으로만 알고 있던 것을 실행하는 데는 조금 시간이 걸렸다.

몸 안에 잠들어 있는 마력을 일으켜서, 머리와 심장을 분리해 낸

다는 느낌으로 정신을 집중한다. 이어 정해진 흐름대로 마력을 움직이면,

그래, 이렇게 되는 거지.

수 분간 애먹던 난 결국 허공에 둥둥 떠오른 채 내 육신을 내려다보았다. 외부에서 자신의 육신을 바라본다는 건 기이하고도 섬뜩한 느낌이었다.

푸르스름하니 창백한 얼굴은 평온해 보였고 눈꺼풀은 완전히 굳게 잠겨 있다. 깊은 잠에 빠져든 양 고요한 숨소리가 들려왔다. 그 숨소리가 아니었으면, 살아 있는지 의심이 들어 손을 가져다 대 보았을 것이다.

그랬다면 아마 난 몸 안으로 빨려 들어가, 처음부터 다시 시작해야 했겠지. 이 유체이탈 마법은 후유증이 거의 없으면서도 은밀히 어딘가로 숨어드는 데 최적이었다. 영체로 돌아다닌다면 상대가 제3의 눈을 가지고 있지 않은 한 들킬 리 없다.

물론 영체로는 마법도 전혀 쓸 수가 없고, 혹시 영체 상태로 포획 당하기라도 하면 육신은 그대로 식물인간이 되어 버리니까 위험 부담이 있지. 혹여 감지당할 위험이 있으니 조심스레 주변을 맴돌아야겠다.

난 몸을 지키기 위한 결계가 희끄무레하게 감돌고 있는 육신을 힐끗 일별하고 몸을 돌렸다.

이렇게 보니 전보다 좀 예뻐진 것 같긴 하지만 그간 보아오던 것에 있던 탓에 워낙 눈이 높아져서 그런지 크게 와 닿진 않는다. 비교 열위를 느껴야 하는 세상을 저주하며 미끄러지듯이 몸을 날렸다.

벽을 통과하여 가볍게 날아오른 난 강풍에 휘말린 낙엽처럼 빠른 속도로 목적지를 향했다. 내가 목적한 곳은 물론, 왕의 처소였다.

어느새 시간이 이렇게 지났던가. 완연하게 어두워진 하늘이 밤이 깊었음을 짐작하게 했다. 내가 육신에서 영체를 분리하느라 끙끙거린 사이 그만큼 시간이 지났나 보다.

어둠을 살라 먹는 양 곳곳이 불 밝혀진 왕궁은 환했지만, 왕이 있

는 곳으로 다가설수록 차츰 어두워졌다.

낮의 정원을 지나, 깊숙한 처소에 이르기까지 마력에 민감한 영체 상태로 왕의 마력을 따라 찾아가는 건 쉬웠다.

경비병이며 기사들은 눈앞에서 홱 지나가는 나를 거의 눈치채지 못했다. 이따금 개가 짖는다거나, 감이 발달한 이들이 의문스럽게 주변을 두리번거리긴 했지만, 무탈한 잠입이었다.

아까 전엔 까치발을 들고 닌자처럼 홱홱 움직이며 조심스레 다녔는데, 이제는 아예 긴장할 필요가 없을 것 같다.

이쯤에 있을 텐데……. 점점 더 왕의 존재가 강렬하게 느껴지며 난 어느새 목적지에 다다르고 있었다. 유독 삼엄해진 경비를 보아하니, 맞게 찾아온 것 같다. 주변을 슬쩍 살핀 뒤 벽을 넘어선 순간,

"여기서 무엇을 하고 있는 거지?"

난 움찔하고 말았다. 분노가 여실히 묻어나는 음성에 들켰는가 싶어 가슴이 철렁 내려앉았다.

금실이 수놓아진 흰 가운을 입은 왕이 침대에서 상체만을 일으키고 있었다. 흐트러진 적금발은 나른해 보였지만, 표정이 딱딱하게 굳어 있다.

어떻게 알았지? 역시 왕에겐 특별한 힘이 있나. 뭐라고 변명해야 좋을까. 위기를 벗어날 방도를 맹렬히 모색하느라 얼어붙어 있는데 한쪽에서 또 다른 목소리가 들려왔다.

"전하의 호위를 서고 있었어요. 부상을 당하셨으니 잠자리가 편치 않으실까 봐 염려가 되어……."

익숙한 음성, 이내 어슴푸레 밝혀진 방 안에서 고운 낯이 모습을 드러냈다. 그 여자였다. 아까처럼 얌전한 드레스 차림이 아닌, 허리에 검을 찬 정복 차림이다.

그러나 눈을 내리깔고 공손히 답하는 이리스 라하느를 향한 왕의 반응은 차디찼다.

"내 침실에 다른 여인이 들지 않았을까 확인하고 싶었겠지."

"전하!"

"확인했으면 나가지 않겠나."

노골적인 냉대에 내가 다 무안했다. 이리스라는 여자는 제 성질머리가 어떻든 나름대로 성의껏 왕을 보필하는 듯이 보였는데, 둘 사이가 순탄하지는 않은 듯싶다. 그녀를 대하는 왕의 표정엔 짜증이 실려 있었다. 왕은 명백히 그녀를 좋아하지 않는 것 같았다.

입술을 깨문 이리스 라하느가 조심스럽게 말을 꺼냈다.

"……전하께 여쭙고 싶은 게 있어요."

"이 늦은 시간, 굳이 내 침소로 찾아들어 할 만한 이야기인가?"

"전하께서 알현을 허락지 않으시기에 어쩔 수 없었어요."

"휴식을 취하겠다 말했다. 단 며칠도 기다리지 못해서!"

"그리 성가시다는 듯이 말씀하지 말아 주세요. 저는 전하의 약혼녀예요!"

혀를 차며 힐난하자 이리스의 눈에 눈물이 글썽거렸다. 절세미녀가 눈앞에서 눈물을 글썽이는데도 왕은 철벽같았다. 이야, 완전 냉혈한 아냐. 난 혀를 내둘렀다.

실체로 여기에 있었다면 이게 뭔 일인가 싶어 불편했겠지만, 철저히 관객이 되어 보자니 눈앞에서 일어나는 일이 퍽 흥미로웠다. 어쨌든 이리스 라하느는 동정심을 느낄 만한 상대는 아니었다.

"그렇겠지. 허나 동시에 그대는 왕비가 아니며, 내 수하에 불과하지."

반박하고 싶은 듯이 입술을 달싹이던 이리스가 결국 고개를 숙였다. 미간을 찌푸리던 왕은 그녀의 반응을 무시할 수는 없었는지 툭 내뱉었다.

"용건을 말해."

"아힌이라는 그 여자……."

내 이름이 언급되자 난 귀를 쫑긋 기울였다. 이리스 라하느가 말을 꺼내자마자 왕이 헛웃음을 냈다.

신경질적으로 머리를 헤집은 그가 분명한 어조로 말했다.

"그녀에 관한 건은 국가적인 사안이니, 그대가 관심 둘 만한 일이 아니다."

"아버님도 그리 말씀하시더군요……."

작게 중얼거린 그녀의 눈이 서늘하게 번뜩였다.

"그 국가적인 사안이라는 게, 혹시 국혼을 말함은 아니겠지요?"

……역시 오해한 게 맞구나. 난 추궁당하는 왕을 보며 조금 죄책감을 느꼈다. 왕은 역시나 어이없단 표정을 지었다.

"기가 막히는군."

"그 여자가 마탑과 샤자한 사이에 밀약이 오간 듯이 이야기하더군요."

곱씹듯이 싸늘하게 되뇌는 소리에 왕의 얼굴이 일순 얼음처럼 차갑게 굳었다.

"그녀를 찾아갔었나?"

"……예, 우리를 도운 사람이니 인사 차."

"인사라 한다면 어찌 그런 이야기가 나오지? 내가 분명히 귀빈이라 말했을 텐데, 도대체 무슨 경솔한 짓을!"

"란델이라는 자를 건드리지는 않았어요! 전 그저 그 말단으로 보이는 여자만 만나고 왔을 뿐이에요."

말단으로 보이는……. 당연히 기분 나쁜 말이었다. 진실에 가깝긴 했지만.

"또 그 지긋지긋한 질투심에 눈이 멀어서!"

"어쩔 수 없어요. 전 전하를 사랑하니까요!"

"하……."

왕은 탄식처럼 숨을 내쉬며 눈을 내리감았다. 이마를 묵직하게 짚은 손이 그에게 수없이 닥쳐왔을 시련을 짐작하게 했다.

이 남자가 진짜 노예였다면, 저 여자는 가진 모든 재산을 다 털어서라도 그를 손에 넣었을 것이다. 서러움이 차오른 여인이 비명처럼 소리를 내질렀다.

"그 국가적인 사안이라는 게 도대체 무엇이길래 제게까지 비밀로 하시는 건가요!"

"이리스, 네가 이처럼 경솔하게 굴까 봐! 그래서 말하지 않은 것이다."

"그녀와 혼인하실 셈으로 제게 숨기시는 건 아니고요?"

맙소사. 불안과 의심에 찬 눈빛에서 광기마저 느껴진다. 이쯤 되면 왕이 그녀를 좋아하지 않는 이유를 알만도 하다. 의부증이라는 단어가 현신한 듯한 모습이었다.

왕이 평소에 처신을 어떻게 했는지는 알 수 없지만, 아무리 미녀라도 저렇게 집착하며 의심하고 든다면 누구라도 피곤해할 것 같다.

능력 있고 헌신적으로 왕을 위하는 것까진 좋았지만, 저 성격이 그녀가 가진 장점을 모조리 깎아 먹고 있었다. 보는 것만으로도 질리는 기분이니.

"이리스 라하느."

이윽고 왕의 음성이 묵직하게 떨어졌다.

"당장 여기서 나가도록."

"전하! 제게 대답을—"

"끌어내어 주랴? 아니면 입궁을 아예 금지할까."

왕의 말투는 위압적일 만치 강경했다. 실지로 그의 호박색 눈이 분노를 발하듯 진해져 있었다. 이리스 라하느가 입을 다물자 왕이 냉담하게 종언을 고했다.

"네가 미쳐 날뛰는 걸 바라지 않으니, 그렇게는 하지 않으마. 네 임무에나 신경 쓰도록."

울분과 서러움이 범벅된 얼굴로 이리스가 입을 감쌌다. 그러나 제위치를 자각할 이성만은 남아 있었는지 그녀는 주먹을 굳게 틀어쥐고 자리에서 물러났다.

문이 닫히는 소리가 들리고 피곤한 듯이 얼굴을 문지른 왕이 자리에 드러누웠다.

"미치겠군……."

그 뇌까림에 깊은 동정심이 찾아들었다.

오래 지나지 않아 왕은 곧 고른 숨소리를 내며 잠이 들었다. 좀전의 언쟁으로 여간 심력을 소모한 게 아닌 듯하다.

나는 잠자코 그를 지켜보다가 몸을 돌려서 침소를 빠져나왔다.

이걸로 소기의 목적은 달성했다고 해야 하나.

실은 그가 자는 새에, 몰래 잠자리에 불길한 환상을 불어넣으려고 했었다. 사방이 불길에 휩싸이고, 비명과 폭파음으로 가득한 악몽을 꾼다면 찜찜해서라도 마음이 흔들릴 테니까.

그런데 생각이 바뀌었다. 더 좋은 방법을 찾았다고 해야 할까. 다소 위험을 담보로 하는 일이긴 하지만, 확실히 효과적일 것 같은데.

─그 여자, 이리스 라하느.

그녀가 바로 길이었다. 나는 그녀가 품은 오해를 마음껏 이용하기로 했다.

어쨌거나 현실은 때로 영화보다 더 박진감 넘치는 법이다. 내가 마법사로 사는 것도 막장 드라마보다 극적이긴 하지. 평범한 여고생이었던 내가 이렇듯 다른 세계에 뚝 떨어져서 마법사가 되리라곤 누구도 상상하지 못했을 테니까.

난 상념에 잠긴 채 걸음을 내디뎠다. 왕에게 향하는 걸음은 단단히 다져진 마음만큼이나 망설임이 없었다.

전날보다 수월하게 경비병을 제치고, 난 왕이 홀로 휴식을 취하고 있는 정원으로 향했다. 배부르게 식사를 마쳤을 즈음이라 기분이 좋을 시간이었다.

"왔나."

기척을 드러내자 왕이 심드렁하게 인사를 건네온다. 푸른 빛깔의 의복을 걸친 그는 휴식을 취한 덕인지 전날보다 안색이 좋아져 있었다.

달리 치장하지 않아도 화려한 붉은 금빛의 머리카락은 손질이라도 했는지 오늘따라 유독 빛이 났다. 분위기를 보아하니 어젯밤 그 일이 있었던 후로는 별다른 일이 없었던 모양이다.

여상하게 날 대하는 눈빛이 잔잔하기만 하다. 어쩌면 그가 날 기다리고 있었을지도 모르겠다는 생각이 들었다. 내가 그의 앞에 서자 왕이 물어온다.

"어째서 그날 거기에 있었지?"

"……말했잖아요. 사람들을 구하려고 했다고."

의외의 질문이라 난 뜸을 들이다가 대답했다.

양심이 따끔거린다. 실은 내가 도망치는 김에 부수로 사람들을 구하려 한 것이었는데, 목적을 도치해 버리자 가슴이 쿡쿡 찔렸다. 하지만 내가 얕보이는 건 참을 수 있어도 마탑이 얕보이는 건 참을 수 없는 일…….

아니, 솔직해지자. 실은 그에게서 한심한 눈길을 받기 싫은 것뿐이다. 어쨌든 왕은 남의 가슴을 후벼 파는 독설에 소질이 있어 보였다.

왕이 찬찬히 입술을 움직였다.

"확실히 그대가 계약을 종용하는 게 그때 납치된 이들을 구하려 했던 것과 같은 마음의 발로라면,"

그의 시선이 소름 돋을 만치 곧게 꽂혔다.

"나, 혹은 샤자한을 우려해서라는 우습지도 않은 이유이겠군."

"그래요, 그게 당신과 샤자한을 위한 길이니까."

"그렇다면 왜 마탑을 설득하려고 들지는 않는 거지."

"내 의지와 마탑의 뜻은 같지 않으니까요."

왕은 뚫어지게 날 응시했다. 속을 샅샅이 들여다보는 듯한 그 맹수의 것 같은 호박색 눈동자는 거북스러운 것이었지만, 난 견뎌 내다시피 맞받았다.

왕은 관찰하는 듯한 시선을 거둔 뒤, 느릿하게 평했다.

"마탑인답지 않군."

나도 모르게 슬며시 고개가 들렸다. 마탑인답지 않다는 건 무슨 뜻이지?

왕이 특유의 매력적인 미소를 머금고 눈을 맞춰왔다.

"마탑에 속한 지……. 오래되지 않았나?"

마치 유혹하는 듯한 음성이며 미소다. 눈살만 찌푸렸을 뿐 난 그가 원하는 반응을 내어 주지 않았다.

약혼녀도 있는 주제에 이렇게 가벼이 외간 여자에게 미소를 흩뿌리다니. 그러니까 이리스 라하느가 그에게 집착하는 거 아닌가. 그녀가 극단적으로 구는 원인은 그의 행실에 있을 수도.

난 짐짓 퉁명스럽게 대꾸했다.

"대답은 언제쯤 들을 수 있을까요."

명백히 밀어내는 대답에 왕의 눈썹이 위로 꺾였다. 그의 자존심을 건드리는 건 나로서도 내키지 않는 일이지만, 그걸 떠나서 스스로 마성의 매력을 지녔다고 단단히 믿고 있는 듯한 그의 자신만만하다 못해 아니꼬운 태도는 도저히 참아주기 어려웠다. 아주 득득 반감이 일어난다.

왕은 반듯한 입가에 삐뚜름한 미소를 떠올렸다.

"날 설득하고 싶다면, 시간을 들여야 할 거야."

멀뚱히 그를 쳐다보자, 왕은 테이블을 가운데 두고 앞에 놓인 의자를 지목했다.

"앉아. 차나 함께 들지."

무슨 꿍꿍이인지는 모르겠지만, 그가 말한 바에서 희망을 엿보았기에, 난 순순히 자리에 앉았다. 왕이 탁자 위에 놓인 종을 흔들었다. 맑은소리가 정신을 일깨우듯 울려 퍼졌다.

잠시 후 우리는 티타임을 즐기고 있었다. '우리는'이라고 왕과 나를 묶어 표현한다는 자체가 영 어색하게 느껴진다. 차를 따르는 시녀는 조용하기만 해서, 정말 둘만 있는 기분이었다. 왕의 부름을 받고 온 그녀는 초대받지 않은 손님인 날 보고도 전혀 놀란 표정을 짓지 않았다.

그녀가 간단한 다과상을 차려 놓고 자리를 떠나고 나자, 느긋하게 차를 음미하고 있던 왕이 그제야 입을 열었다.

"이리스를 만났다지."

"그녀가 찾아왔어요. 당신의 약혼녀라고 하더군요."

약혼녀가 있는 거 다 아니까 그만 좀 끼 부리라는 뜻이었는데, 왕이 묘한 웃음을 지었다.

"질투하나?"

"아뇨, 전혀."

칼 같은 대답에 왕은 흥이 떨어졌다는 듯이 찻잔을 내려놓았다.

"그녀와 혼담이 오간 건 사실이지만, 어린 시절 선왕께서 맺은 언약일 뿐 그녀가 정식으로 내 약혼녀가 된 건 아니야."

변명처럼 들리는 말이었다. 그리고 나와는 아무래도 상관없지 않은가. 난 퉁명스럽게 질문했다.

"정식으로 절차를 거치지 않은 언약은 약속이 아닌가요?"

사실 이 자리에 오기까지만 해도 이리스 라하느에게는 부정적인 인식이 그득했는데, 왕이 하는 걸 보고 있자니 같은 여자인 그녀가 안쓰러워진다.

라하느가 샤자한의 5대 가문이라고 했으니, 그녀도 좋은 집안의 아가씨일 텐데 직접 검을 쥐고 나서서 싸우고 노예상에 잠입도 하고. 적어도 그녀는 권리만을 내세우지 않고, 나름대로 왕을 위해서 손수 발 벗고 나서며 힘쓰는 것 같았다.

반면 이놈의 왕은 생판 처음 보는 나를 유혹하려 드는 걸 볼 때 역시 헌신을 다 하면 헌신짝이 된다는 옛말은 어디서나 진리인 듯하다.

뭐, 그렇게 생각하면서도 이리스 라하느를 이용할 생각을 하는 난 꽤 마탑에 물든 거겠지.

그의 대답이 덤덤하게 떨어졌다.

"약속이지."

씁쓸한 기색이 맴도는 낯이었다.

"그러나 내 의사와는 상관없이, 그저 누군가가 그 자리에 적당하다는 이유만으로 내 반려로 정해졌다면 그 약속을 반드시 지켜야 할 이유가 있는가?"

이 질문에는, 나도 쉽사리 대답할 수 없었다. 다만 내 경우에 비추어 생각해 보자면.

"……꼭 그럴 이유는 없지요."

나 역시, 내 의사와는 상관없이 마탑의 사람이 되었지만 언제든 떠날 기회를 엿보고 있으니까.

"혹여 그녀가 무례를 범했다 해도 마음에 담아 두지 말아 줬으면 하네."

그리 말하며 왕은 빙긋 웃었고, 난 고개를 끄덕였다.

그 후로 서너 시간가량을 왕과 대화를 나누었던 것 같다. 나쁘지 않은 시간이었다.

차는 향기로웠고 다과는 달콤했다. 왕은 거만한 구석도 있었지만, 말솜씨가 뛰어났고 어쨌든 그는 마스터처럼 어려움이 느껴지는 대화 상대는 아니었다.

란델도 실상 나와는 소소한 대화를 나눈 적이 없다. 애초에 둘 다 더하고 덜하고가 다를지언정 사람 냄새 나지 않는 이들이니까.

내가 이 세계에 떨어진 이후로 한 번도 이런 온화한 시간을 가져 본 적 없었단 걸 생각하면 그가 내 결핍을 채워준 것 같기도 하다. 온기가 느껴지지 않는 곳에 오래 있다 보니 온기가 그리워진 걸까.

그 때문에 마음이 좋지 않았다. 내가 계획한 건 궁극적으론 그를 위하는 일일 테지만, 그 방법을 쓴다면 왕은 분명히 나를 싫어하게 되겠지. 그 경멸에 찬 눈빛이 눈에 선하다. 내가 마법사라는 것을 알았을 때와 같을.

나는 길게 한숨을 내쉬었다. 왕이라고 순수한 동기만을 가진 건 아닐 터이다. 그러나 꿍꿍이가 있어서 나와 시간을 보낸다더라도,

그도 어쩌면 나와 마찬가지로 그 시간을 즐겼을 거라고 생각한다. 그러니 내가 미안해하는 것도, 당연하지 않겠어.

왕을 만나고 온 후 목적한 바를 달성하려고 표적을 찾았다. 그녀를 발견하자마자 난 모습을 드러냈다.

"안녕하세요?"

정원 벤치에 앉아 홀로 바람을 쐬고 있던 이리스 라하느가 경계심 어린 기색으로 날 쳐다보았다. 그녀의 손은 어느덧 검 손잡이를 짚고 있었다.

난 어깨를 으쓱해 보였다.

"싸우러 온 건 아니에요. 대화나 나눌까 해서."

"예에 어긋나는 방문이군요."

내가 오기 전만 해도 그녀는 상념에 잠긴 양 고요해서 정말 호수 위의 백조처럼 아름다웠는데, 지금은 벼려진 칼날처럼 푸른 눈이 날카로운 빛을 머금었다.

확연히 기분이 저조해진 기색이었다. 어젯밤 일을 지나쳐 보낸 왕과는 달리 그녀는 아직도 거기에 얽매여 있나 보다.

그래야지. 난 입가에 도발적인 미소를 올리며 용건을 끄집어냈다.

"오전에 전하를 만나 뵈었어요."

"……."

"전하께선 다정한 분이시더군요. 샤자한의 왕궁이 낯선 제게 빨리 익숙해지라며 독려해 주셨어요."

내 말에 거짓말 아닌 곳은 한 군데도 없었지만, 난 자못 태연했다.

이리스 라하느의 눈빛이 그늘지듯이 짙어졌다. 아주 뚜렷하고 강력한 어떤 감정을 느끼고 있다는 신호였다. 그녀에게서 끓는 듯한 감정을 내리누른 음성이 흘러나왔다.

"제게 그 말씀을 하시는 연유가 무언지?"

"전하의 약혼녀라고 하셨던 그 말."

정곡을 짚으면서 각오는 하고 있었지만, 어쩐지 살이 떨렸다. 난 얄미운 투로 말을 이었다.

"일전에 언약은 있었으나 전하께선 동의하지 않았다 하시더군요. 의미 없는 것이라고."

"……."

"당신 혼자만 전하의 약혼녀를 자처하고 다니는 게 가여워서 하는 말이에요."

분노를 참아 내는 양 이리스 라하느가 이를 악물었다.

시퍼렇게 번뜩이는 눈동자며 손가락으로 검을 어루만지는 모습이 내 심장 건강을 위협하고 있었다. 흡사 빈약한 철창을 사이에 두고 맹수와 마주하고 있는 기분이다.

"고작, 그런 말도 안 되는 헛소리로 우리 사이를 갈라놓을 수 있을 거라고 생각하나요?"

순식간에 언성이 높아졌다.

"갈라놓다니요? 제가 갈라놓을 만한 사이이긴 한가요. 글쎄, 전하께서는 그리 말씀하시지 않던데."

난 가만히 그녀에게 눈을 맞추며 의미심장하게 웃었다.

"전하는 당신을 좋아하지 않으세요. 아니, 구태여 말하자면 싫어하는 쪽이겠지요."

충격으로 그녀의 얼굴이 얼어붙었다. 그리 집착할 만큼 사랑하는 이가 자기를 싫어한다는데 누군들 상처받지 않을 수 있을까.

나는 마법으로 내 말에 설득력을 더하고 있었다. 마스터가 알려준 정신계 마법은 섬세한 종류라서 다루기 어려웠고, 또 흔적이 남을 수 있으므로 사용하기 곤란했다. 귀를 혹하게 하는 정도가 이 마법의 효능이지만, 그게 가슴을 찌르는 내용이라면 더 효과적이겠지.

실은 그녀도 의심하고는 있었으리라. 내가 지켜본 순간은 짧았지만, 왕은 그녀에게 조금도 다정하지 않았으니까. 그렇기에 불안하고 두려워서 그가 싫어할 만한 짓을 하게 되는 거겠지.

난 가슴 한쪽에서 고개를 들이미는 동정심을 무시하며 냉담하게 말했다.

"전하께서는 라하느 가문의 지지가 아쉬워서 당신을 내버려 두는 것뿐이지요."

"……."

"당신은 성격이 격렬하고 사나워, 왕비의 자리에 두기에는 꺼림칙하다고 하시더군요. 왕위에 오르고도 당신을 바로 왕비로 맞지 않은 데 이유가 있을 거라고 생각해 보지는 않았나요?"

이건 내 추측에 불과했지만, 일리가 있잖아? 끼워다 맞추면 뭐든 말이 되기 마련이다. 그녀도 한 번쯤 생각해 보긴 했을 터.

이리스가 결국 자리를 박차고 일어났다.

"네가 뭘 안다고! 국혼은 그냥 시국이 안정되지 않아 미루어진 것……!"

"저는 전하의 진심을 알고 있어요. 그래서 충고해 드리는 거랍니다."

내가 생각해도 얄미운 투였다. 타인의 시각에서 본다면 나는 드라마에서 나올 법한 모범적인 악녀의 모습을 꽤 잘 흉내 내고 있으리라.

"전하께서는 당신을 원하시지 않으니 헛된 기대는 버리세요."

난 의식하지 않는 체하면서 지켜보았다. 아름다운 얼굴이 악귀가 들린 양 일그러지고, 부르르 떨리는 손길에 힘이 들어간다. 하얗게 질린 손마디에 용솟음치는 분노와 증오와 고통……. 격렬함이 깃들었다.

그저 아주 간단한 결심이면 된다. 그 검을 뽑아 휘두르겠다는 살의. 그것이 가슴 가득 차오르는 즉시 망설임은 잊고, 그녀는 검을 휘두르리라. 난 이미 타들어 가는 불씨에 기름을 끼얹은 것이다.

그래, 그녀 역시 블레셋과 마찬가지다. 마음에 들지 않으면, 단칼에 죽여 없애야 한다. 그 순간의 적의 앞에서는 어떤 계산도, 인내심도 필요 없다. 그만치나 순수할 만큼 잔인하고 흉포하다. 나는 그걸 한눈에 알아보았다. 그녀는 내 기대를 충족할 만한 여자였다.

그리하여 이리스 라하느가 폭풍에 휩싸여 검 손잡이를 움켜쥔 순간,

"이리스 님!"

저편에서 그녀를 부르는 목소리가 들려왔다.

"……."

잔뜩 조였던 호흡이 풀어지며, 눈동자에 초점이 돌아온다. 팽팽한 긴장감이 사그라지고 그녀가 검에서 손을 거두었다. 폭발하지 못한 감정은 그녀 안에서 삭여졌다.

누름돌 아래 들끓는 분노가 사라진 건 아니었다. 그러나 이리스 라하느는 이제 이성의 빛이 돌아온 눈으로 나를 노려보고 있었다.

실패인가. 하필 절묘하게 이때에 방해꾼이 나타날 건 또 뭐람.

"찾는 분이 계시군요. 그럼 다음에 또 뵙기를."

아무 낌새도 느끼지 못한 것처럼 깔끔하게 마무리 짓고 난 몸을 숨겼다. 그리고 그 자리에서 빠져나왔다.

이리스 라하느를 등지고 방으로 돌아온 난 초조하게 테이블 주변을 빙빙 돌았다. 이래선 안 되는데…….

내 의도를 눈치챘을까? 아니야, 그랬을 거 같지는 않다. 아마 이리스 라하느는 내가 라이벌인 그녀를 긁으러 왔다고 생각할 테지. 난 쿤데라 공을 물리친 마법사였고 이리스 라하느가 나를 공격한다는 건 실로 비상식적인 일이니까.

난 불안하게 손을 말아 쥐었다. 정말 코앞까지 다가온 기회였다. 이리스 라하느는 왕이 의미 없다는 듯이 말했지언정 왕의 약혼녀였고, 왕을 지지하는 라하느 가문의 적녀였다. 샤자한의 5대 가문이라는 무게가 그리 가볍지는 않을 것이다.

그녀가 날 죽이려고 들었다면, 그건 곧 마탑의 시온에 대한 공격. 마탑에 샤자한을 공격할 명분을 쥐여주는 것. 란델이 없는 지금 내가 그를 무마해 주는 대가로 재계약을 요청한다면 왕도 고집을 버릴 수밖에 없을 테지.

목숨을 담보로 삼는다고 망설일 필요도 없는 게, 실상 이리스 라하느는 내게 위협이 되지 못한다. 그녀는 화를 참지 못한 대가를 혹독하게 치르게 되겠지만, 그게 함부로 사람의 생명을 앗아 가려 한 대가겠지.

냉정한 시각에서 왕에게 이로운 일이 될 수도 있다. 그는 이리스 라하느를 마음대로 떼어 버릴 수 있게 될 테니까. 아, 근데 실패했잖아. 난 탄식처럼 한숨을 쉬었다. 이리스 라하느도 그녀가 무슨 짓을 벌일 뻔했는지 생각해 보았다면, 앞으로는 신중해질 터였다.

하지만 아직 기회는 남아 있었다. 그래, 내가 그녀를 계속 자극한 다면……

방으로 돌아온 난 시녀에게 방해하지 말라고 단단히 일러둔 뒤 유체화 마법을 펼쳐서 왕을 찾아갔다. 그리고 잠자코 그의 일과를 지켜보았다.

결단코 사적인 감정이 있어서라거나, 음흉한 속셈으로 그러는 게 아니라고.

이리스 라하느를 이용하려고 한다고 해도, 그걸로는 충분하지 않았다. 나는 왕에 대해서 알아야 했다. 아무리 좋게 말해도 약점을 잡으려드는 일이지만, 목적이 선하다면 용서받을 수 있지 않을까? 앞에서는 호의로 직면한 사람을 뒤에서 감시하는 일은 내게도 찝찝한 일이다.

마침 눈앞에 내가 바라던 광경이 있었다.

왕의 침소 근처에 위치한 작은 응접실이었다. 알현이라고 보긴 거창하고, 사적인 자리라고 봄이 옳았다. 그들은 탁자 하나를 두고 마주 앉아 있었다.

"불민한 여식의 일로 전하께 폐를 끼쳐서 송구합니다."

코 아래에 보기 좋게 수염을 길러 낸 중후한 얼굴의 중년인이 왕 앞에 고개를 숙였다.

왕이 혀를 차며 머리를 쓸어 넘긴다. 불쾌감이 들면 머리카락을 어루만지는 듯한데, 그 모습이 묘하게 여성스러워서 웃음이 났다. 하지만 웃으며 보기에는 상당히 진지한 분위기였다.

"공이 그녀를 아끼고 있다는 것은 아오. 허나 그녀의 몰지각함이 도를 넘었군."

"전하가 염려되어 잠 못 이룬 아이입니다. 부디 노여움을 푸시기를."

"그녀가 마탑의 마법사들을 찾아갔다는 이야기는 들었소?"

"……예, 그러합니다."

"공은 그대의 딸을 통제하지 못하면서, 내게 마냥 이해를 구하고 자 함이오?"

왕이 손을 내리자 불꽃이 이는 듯이 적금발이 넘실거리며 떨어져 내렸다.

노기를 담은 음성에 라하느 공이 정중히 고개를 숙였다.

"면목이 없습니다."

"손님이 떠날 때까지 그녀의 왕궁 출입을 막고자 했으나, 그랬다 간 더 길길이 날뛸까 하여 그렇게 하지 않았소. 내 호위 대신 다른 임무를 줄 참이니, 공도 그렇게 아시오."

왕이 그리 말한 뒤 헛웃음을 지으며 말했다.

"마탑과의 혼약이라니? 이 무슨 우스운 소리인지."

"이리스는 진실로 그렇게 믿고 있습니다. 아까도! ……아닙니다."

"내게 구태여 숨길 게 무어가 있는가. 이미 익히 겪어 온 것을. 말 해 보시오."

진저리치는 듯도 했고, 익숙한 듯도 한 투였다. 골치 아픈 어린 누 이를 떠올리는 양 왕이 미간을 짚었다.

"……이리스가 울며 전하와 마탑의 여인과의 관계를 캐묻더군요. 혼약이 사실이 아니라면 그녀를 가까이하는 이유는 무엇이냐고요. 그녀를 만나고 계신 게 사실입니까. 어인 연유로?"

"내가 만나고 싶어서 만나는 게 아니오. 자꾸 찾아오니 말이지."

심드렁하게 내뱉는 투가 날 숫제 사생팬 취급하는 것 같아, 난 내 가 영체라는 걸 잊고 눈을 부라렸다.

"위험할 수 있습니다. 계약이 종결된 이 시점에서 란델이라는 자 도 아니고 그녀를 만나야 할 필요가 있는지요."

왕은 비딱한 미소를 지으며 고개를 기울였다. 표범의 것처럼 호박색 눈동자가 가늘게 좁혀들었다.

"내가 그녀에게 마음이라도 뺏길까 봐 걱정하는 거요?"

"꽤 미인이라더군요."

그 말을 들은 순간, 감격이 샘물처럼 퐁퐁 솟았다. 앞에 '꽤'라는 단어가 붙긴 했지만, 세상에 내가 미인이라니! 바닥을 기던 자신감이 꼬물꼬물 고개를 들었다.

그러나 왕은 내 외모를 상기해 보듯 눈살을 찌푸리더니 고갯짓했다.

"미인? 글쎄……."

그건 내 기분을 다시 팍 가라앉혔다.

"그녀를 만나는 게 세간의 시선에 들어온다면 오해를 살지도 모릅니다."

"비밀리에 찾아드는 것이니 남의 눈에 띌 리는 없소. 이리스야 내 시녀들을 꿰고 있으니 그쯤 되면 내 궁에서 일어나는 일은 뭐든 모를 리 없겠고."

실은 이리스가 추궁을 했다고 할 때부터, 내가 그녀를 찾아가 약 올린 게 들통이 나나 걱정했었다. 내 의도가 읽힌다면 왕도 더 이상 내게 뜨뜻미지근한 태도를 보이지 않을 테니까.

그런데 듣자하니 이리스는 왕 주변 단속을 단단히 해 둔 모양이다. 왕은 팔꿈치로 턱을 괴며 느긋하게 말했다.

"마탑의 그 여자와는……. 내게도 뜻이 있으니 내버려 두시오."

그가 나를 만나는 연유라. 나도 그게 참 궁금했지만, 이 자리에서 물을 방법은 없었다.

왕의 말을 가늠해 보던 라하느 공이 다시 입을 열었다.

"그렇다면 차라리 마탑과의 계약에 대해서 이리스에게 말하는 것이 어떻습니까."

"5대 가문의 가주와 왕가만이 알고 있는 기밀이지 않소. 예외는 두기 어렵소."

"그렇지요. 허나 잊지 않으셨다면, 그 아이는 왕가의 일원이 될 몸 아니겠습니까."

라하느 공의 말을 들으면서도 왕의 표정에는 동요가 없었다. 이리스 라하느가 그토록 불안해했을지언정 난 왕의 마음이 생각보다 단단하다는 것을 느꼈다.

그녀에 대한 왕의 태도는 부정적인 것에 가까웠으나, 그는 그녀와의 결합이 마땅히 이루어져야 한다고 생각하는 듯했다. 그녀의 자리는 확고한 것 같았다. 그건 라하느 공의 영향도 있겠지만, 그녀의 적극적인 헌신에 힘입은 사실이겠지.

"……그런 약조가 있었지. 물론, 잊지 않고 있소."

"제 여식이 부족한 모습을 보여, 전하의 결심을 흔들리게 한다는 것은 짐작하는 바입니다. 외람되오나 한 말씀 드려도 괜찮겠습니까."

"말씀하시오."

"그 아이에게 확언을 주심이 어떠합니까."

"이제까지 왕비가 될 거란 소린 무수히 들었을 텐데. 내가 확언을 준다 한들 그 성격이 어디로 갈까."

"폐하께서 말씀하신 적은 없지 않습니까. 그 아이는 너무도 간절하여 마음에 여유가 없는 것뿐입니다. 폐하께서 이리스를 안심시켜 주신다면, 그 아이도 더는 폐하를 성가시게 하지 않을 겁니다."

왕이 턱을 괸 그대로 나른하게 물었다.

"그대의 딸을 필히 왕비로 올리고 싶어서 하는 말이 아니라?"

"전혀 아니라 할 수는 없겠지요."

날카로운 지적을 유연하게 맞받는 라하느 공을 왕은 잠자코 바라보았다.

"……생각해 보지."

뒤늦게 그의 입에서 나온 대답은 모호하기만 했다.

라하느 공이 물러가고 난 뒤로 왕은 두통이라도 느끼는 양 한참을 그 자리에 앉아 습관처럼 머리를 어루만졌다.

막 저물기 직전의 석양처럼 짙붉은 금발이 하얀 손마디를 타고 흘러내리며 부산하게 흩어진다. 피를 흘리는 새를 연상케 하는 그 모습이 어쩐지 불길해서, 발길을 붙잡아 매었다.

"계약이라……."

왕의 낯에 음울한 그림자가 졌다. 짙어진 호박색 눈동자에 이질적인 빛이 어렸다. 그는 기억 속 한 점을 노려보는 양 먼 곳에 시선을 두고 있다가, 이내 몸을 일으켰다.

방을 빠져나가는 그의 뒷모습을 난 물끄러미 지켜보았다.

……뒤따라갈 마음은 들지 않았다. 이상하게도 마음이 무거웠다.

무엇을 속에 담고 있는 건지. 무엇 때문에 계약을 깨기로 마음먹은 건지, 왕에게는 이유가 있을 터였다. 그를 설득하려면 그 이유를 알아야 할 것 같은 예감이 들었다.

무수한 의문을 품고 잠든 그날 밤, 나는 마스터를 만나지 못했다.

치사하다고 해야 하나, 현명하다고 해야 하나. 마스터에게 나를 만나는 건 이젠 불필요한 일인 듯싶다.

전날 내가 마법을 가르쳐 달라 한 것을, 실은 성가셔했다던가. 아니면 마스터를 만나고자 하는 내 마음이 그리 강하지 않았던가.

둘 다 진실이라면, 아마 후자의 영향력이 더 강력했을 것이다. 샤자한과 무슨 일이 있었는지 직접 캐묻고 싶으면서도, 막상 마스터에게 진실을 묻는 것이 두려웠다.

마스터가 진실을 말하지 않을까 봐, 거절당할까 봐 그랬던 건 아니었다. 순전히, 진실을 알게 되었을 때 그게 내가 손댈 수 없는 것일까 봐. 왕을 이해하게 되어 버리면 난 그에게 더 이상 자신 있게 계약을 들이밀 수 없게 되니까.

마탑과 샤자한의 관계는, 마탑과 다른 모든 곳과의 계약관계가 흔히 그러하듯이 갑과 을이었다.

마탑이 갑, 그 외가 을. 언제나 이 공식은 지켜져 왔다고 한다. 샤자한 쪽에서 먼저 부당한 짓을 저질렀을 가능성은 낮다. 그랬다면 마탑은 어김없이 그 대가를 치르게 만들었을 테니까. 다소, 혹독한 수를 써서라도.

수십 년간 이어져 온 계약이니 마력석을 거래하는 도중에 문제가 생겼을지도 모른다. 나는 그렇게 가닥을 잡았다.

그 과정에서 무언가 큰 마찰이 생겼고, 마탑을 달래려고 샤자한이 크나큰 피해를 보았다면 왕이 계약을 끝맺고 싶어 하는 것도 무리가 아니었다.

계약을 끝맺기 위해서 많은 준비를 해 왔듯이, 아마 최근에 있었던 일은 아닐 것이다. 현왕이 직접 겪은 무언가와 관련된 게 틀림없다.

무어라 표현하기는 어렵지만…… 왕에게선 잡힐 듯이 뚜렷한 감정이 느껴졌으니까. 왕의 기억 속 어디인가에 뿌리 깊게 박힌 어떤 사건이, 분명 존재하리라. 그걸 알고 싶기도 하고, 모르고 싶기도 한 복잡한 마음이 속에서 어지럽게 뒤얽혔다.

확실한 건 단 하나, 내가 왕을 설득해야 한다는 것뿐이다. 현재로서 내가 가진 최선은 그것뿐이니.

하루가 지나고, 전날과 비슷한 시각에 난 왕을 마주하고 있었다.

내가 찾아오는 게 귀찮다는 듯이 말했던 그는 이제 내가 나타나도 별다른 반응을 보이지 않았다.

고요한 눈으로 일별한 뒤, 자리에 앉으라고 말하는 것이 고작. 며칠 만에 내 방문에 익숙해진 양 구는 모습이 내겐 오히려 낯설었다.

향긋한 내음을 풍기며 차가 탁자 위에 놓였다. 왕이 마시는 건 역시 남다르다. 향에 감탄하며 차를 음미하는데, 그가 먼저 말을 꺼내 온다.

"란델은 어떻게 지내지?"

그 질문에 난 대답을 망설였다. 당신을 아주 심각하게 괴롭힐 어떤 일을 벌이려고 자리를 떴다고, 솔직하게 말할 수 있을 리 없다.

"모르나 보군."

내 표정에서 답을 이끌어 낸 왕은 생각에 잠긴 듯이 손끝으로 찻잔을 툭툭 두드렸다. 그도 이대로 끝이라고 생각지는 않을 터였다.

이때다 싶어 계약 이야기를 꺼내려는 순간, 왕이 툭 내뱉었다.

"사흘 후 연회가 열린다는 건 알고 있겠지."

"네에— 그렇지요."

참석하겠다고 했으니, 란델도 그때쯤엔 돌아오지 않을까. 아직 내 작업에 전혀 진척이 없다는 걸 상기하자, 넌 시한부 인생이라는 선고를 받은 듯 마음이 초조해진다.

"곧 연회가 열리는데, 그 우중충한 로브를 입고 참석할 셈인가."

왕은 놀리듯이 말하며 내 복장을 눈으로 훑었다. 난 어깨를 으쓱했다. 괜한 트집이네.

여기 여자들이 입는 예쁜 드레스엔 관심이 있었지만, 그런데 신경 쓸 만한 여유가 없다. 관광객처럼 한가한 마음으로 이곳에 있는 게 아니니까. 누리는 것은 오로지 맛있는 식사로도 족하다.

"전 마법사인데요. 마법사가 로브를 입는 건 당연하잖아요? 그보다 전에 제의한 것에 대해서 대답을—"

검지로 찻잔의 표면을 쓸어내리던 왕이 고개를 모로 기울였다.

"내게는 오직 그것밖엔 용건이 없나?"

"달리 뭐가 있겠어요?"

난 황당해하며 반문했다.

"나는 다른 이유가 있다고 생각했는데."

왕은 나른하게 운을 떼며, 찻잔을 향한 시선을 내게로 돌렸다.

"예를 들어……."

왕이 내게로 가만히 몸을 숙였다. 숨결이 느껴질 만치 가까이에서 유리보석 같은 호박색 눈동자가 갖가지 빛으로 반짝인다. 이리스 라하느가 집착할 만한 외모다.

불이 붙은 양 뺨이 확 달아올랐다.

"내게 특별한 관심이 있다거나."

미소 짓는 태에 광채가 이릉거린다. 그래, 정말로 얼굴 하나는 눈을 현혹할 만했다.

다만 나는……. 이보다 덜 화려하고, 유리 세공품처럼 아름다우며 혹독한 겨울밤을 닮은 이를 알고 있었다. 소스라치는 바람 소리도 멎은, 온전히 고요한 어둠. 여전히 말을 머뭇거리게 하는 그의 모습이 떠오르자, 왕의 미소는 빛을 잃었다.

난 고개를 저으며 퉁명스럽게 일침을 가했다.

"전혀 아니라고, 말씀드렸죠. 대체 무슨 자신감인지."

"언제나 일어나는 일이니까."

핀잔을 듣고도 개의치 않고 내보이는 자신감에 난 어이없다는 듯이 코웃음 쳤다.

속이 꼬였다. 밥맛이긴 한데 구구절절 이유를 대서 부인하자니 괜스레 흠잡는 사람이 될 것 같다. 짜증을 달래려 차를 벌컥 들이마시자 왕이 거슬리게 웃었다. 귀엽다는 식의 미소라 목구멍까지 불만이 튀어나왔다.

그러나 이어진 말에 난 바로 입 열 수 없었다.

"내게 반하지 않는 이유는 다른 누군가에게 반해 있기 때문인가?"

"……말도 안 되는 소리 하지 마세요."

이상하게 입이 말라붙어서, 난 조금 느리게 답했다. 일순 얼어 버린 혀는 꽤 단호한 투를 그려 냈고 왕은 가늠하듯이 예리한 눈으로 날 살폈다.

무슨 말을 꺼낼까 긴장하고 있었건만, 왕은 다시 권태로운 표정이 되어 뜬금없는 말을 꺼냈다.

"변변한 드레스 한 벌도 없는 듯하니, 연회에 갈 채비를 해 두라고 시녀에게 지시하지."

"필요 없어요."

"성의니, 줄 때 받아. 내 손님이 그 칙칙한 복장을 하고 연회에서 벽의 꽃이 되는 건 나로서도 원치 않는 바이니."

문득 화려하게 차려입은 사람들 사이에서 홀로 로브를 입고 서 있는 내 모습을 떠올려 보니, 확실히 눈에 띄겠지.

많은 사람의 주목을 받는 건 내키지 않았고 불편하기도 할 터. 눈에 띈다면 평가의 대상이 되기도 할 텐데 아무래도 난 이 동네 예의범절에 대해선 통 몰랐으니.

다른 사람들 입에 오르내리며 잘근잘근 씹히는 오징어가 되느니 무난히 묻어가는 게 낫지 싶다. 어차피 연회에는 참석하기로 했으니 왕에게 그 정도는 받아도 되지 않을까.

승낙을 말하려는데 퍼뜩, 어떤 생각이 스쳤다. 왕이 내게 연회에 입고 갈 복장을 선사한다면 그걸 이리스 라하느는 어떻게 받아들일까.

……왕과 나 사이에 무엇도 없었음에도, 굳이 날 방문한 그녀라면 절대로 그걸 순수한 의미로 해석하지 않겠지.

왕 앞에서는 눈물짓는 여인에 불과하다지만, 이리스 라하느는 연약한 한 떨기의 꽃이 아니었다. 그녀가 폭발하기를 고대하는 나였고, 도화선이 드리워졌으니 이제는…… 불을 붙이기만 하면 되었다.

"그렇게까지 말씀하신다면, 받아들이죠."

도도한 척 답하자 왕이 그럴 줄 알았다는 듯 기분 나쁘게 고개를 까닥였다.

갑자기 자리에서 일어선 그를 난 눈을 크게 뜨고 올려다보았다. 볼일이 끝났는지 왕이 깔끔하게 선언했다.

"그럼 나는 공사가 다망하여 이만 가도록 하지. 차는 조금 더 즐기고 가도 좋아."

왕은 내가 무어라 말할 새도 없이 자리에서 일어서서 떠나 버렸다. 친근한 척 대화를 나눈 것치고는 너무 칼 같은 태도라 얼떨떨한 기분이다. 그의 뒷모습을 망연히 지켜본 나는 찻잔으로 시선을 떨어트렸다.

……즐기고 가랬으니, 즐기고 가야겠지.

그제야 천천히 주변을 둘러보자 아름다운 정원의 풍광이 눈에 들

338

어왔다. 녹음이 짙푸른 정원에는 과실수가 그득했고 탐스러운 열매가 주렁주렁 매달린 나무는 꽃나무처럼 아름다웠다. 모양 좋게 다듬어진 수풀도 그러하거니와 선선한 바람에 실려 오는 꽃향기가 폐부를 흠뻑 적신다.

왕이 왜 이곳을 찾는지 알만도 하다. 휴식을 취하기에 나무랄 데 없는 장소였다.

어차피 할 일도 없고……. 눌러앉고 싶은 마음이 강해지자 난 남아 있는 과자를 집어 들어 아작거리며 씹었다. 그리고 찻잔을 입가로 가져갔다. 왕에게 내어놓는 음식답게 비싼 냄새를 풀풀 풍겨서 그런지 확실히 맛있었다.

이럴 때면 그간 탑에서 수련받느라 아무것도 먹지 못한 지난 6개월을 보상받는 기분이 든다. 그때의 생활이 나빴다거나 괴로웠던 건 아니지만, 무인도에 고립된 것처럼 있다가 사람들 틈 사이에 섞여 있으니 살아 있는 느낌이다. 마스터가 좋은 룸메이트라고 볼 수는 없지. 일만 제대로 풀렸으면 정말로 한가롭게 쉬고 갈 수 있었을 텐데.

하지만 세상사는 원래 뜻대로 되지 않는 법이다. 그래서 예상 밖의 바람직한 상황도 만들어지곤 하지.

"당신이 왜 여기에?"

어느새 이리스 라하느가 내 앞에 서 있었다. 시퍼렇게 번뜩이는 눈이 그녀의 저조한 심사를 짐작케 했다. 왕을 기대하고 왔을 게 뻔한데 그 자리에 내가 있다니 지금 속이 얼마나 뒤집힐까.

나는 의아하다는 듯 고개를 갸웃하며 말했다.

"이리스 라하느? 안녕하세요."

질문을 무시하고 여유롭게 인사를 건네자 이리스의 입매에 힘이 들어갔다. 그렇게 이를 악물어대면 치아 건강에 좋지 않을 텐데.

하지만 원흉인 내가 걱정해 주는 것도 우스운 노릇이라 난 살기 어린 시선을 받으면서도 선심 쓰듯 답해 주었다.

"폐하와 담소를 나누었어요. 국정을 돌보시겠다며 자리를 비우시는 터라, 제게 차를 더 즐기고 가라고 하셨지요. 과연 폐하께서 자주 찾으실 만큼 아름다운 정원이군요."

나는 부러 시선을 돌려 정원을 둘러보았다. 흡사 곧 내 손안에 들어오게 될 것을 감상하는 양. 그리고 첫날 그녀가 내게 보였던 태도를,

"폐하께서 돌아오실 것 같진 않으니, 앉으시겠어요?"

고스란히 돌려주었다.

안주인이라도 되는 양 상냥하게 웃으며 자리를 권하자 이리스 라하느의 얼굴이 밀랍인형처럼 창백해진다.

그녀의 눈길이 왕이 머물다간 자리를 담아내듯 훑었다. 벼려진 눈빛은 기꺼이 나를 베어낼 듯 싸늘했다. 부들거리는 손끝이 그대로 그녀의 감정을 실어낸다.

"됐습니다."

억눌린 음성이었다. 내 생각에 그녀가 나를 죽이기로 작정한다면, 이 자리도 나쁘지는 않을 터였다. 은밀한 장소인 데다가 목격자도 몇 안 될 테니 어쩌면 은폐할 수 있을지도 모르지.

물론 그렇게 되어 줄 생각은 없었지만, 그녀의 입장에서 생각해 볼 때 그럴듯하다. 이건 기회였다.

처음에는 두렵고 이상했지만, 이제는 신기한 감도 있었다. 이리스 라하느는 냉혹하게 사람의 목을 잘라 내었던 때의 인상과는 달리 대단히 감정적인 사람이었다. 그녀와 같은 이는 확실히 흔치 않다.

왕이 진저리칠 만큼 처절한 질투심, 자신의 자리를 노리는 다른 암컷에 대한 극렬한 적대감. 감정을 소모하는 데 그토록 열성적일 수 있다는 게 신기할 지경이다.

'싫다'라는 간단하고도 얕은 감정은 누구나 품을 수 있지만, 증오하는 수준에 이르기까지는 그만한 사연과 이유가 필요하다. 그에 반해 이리스 라하느가 내게 품은 악감정은 단시일 내에 원수를 대면하듯이 깊어지고 커졌다.

누군가에게 미움받는 걸 좋아하는 사람이 있을까. 하지만 나는 그녀의 호의를 구하고 싶지도 않고, 내겐 그래야 할 이유도 없다. 동정의 여지는 있다 한들 좋게 생각할 만한 구석이 없는 여잔데.

나는 불난 집에 부채질하듯이 어젯밤 들었던 이야기를 언급했다.

"오늘은 폐하의 곁을 지키시지 않네요? 폐하를 호위하신다고 들었는데."

그 호위 자리에서도 쫓겨나 다른 임무를 맡게 되었다는 걸 난 알고 있었지. 그녀도 아마 그 때문에 왕을 찾아온 것이겠지?

살의가 들끓는 짙푸른 눈동자가 날 향하자, 나는 푸른색이 그토록 뜨거워 보일 수 있음을 처음으로 알았다. 그녀의 눈에 비친 나는 마치 그녀를 비웃고 있는 듯이 보였다.

이번에도 참을 수 있을까? 나는 어디 한 번 해 보라고 부추기듯 입꼬리를 얄밉게 올렸다.

그러나 일말의 이성을 가늘게 이어 가고 있던 이리스 라하느는 느릿하게 눈을 감았다가 떴다. 숨을 들이마시는 소리가 들린다.

"……이만 가 보지요."

감정이 실리지 않은 투로 내뱉은 이리스 라하느가 곧바로 등을 돌렸다. 달려들까 봐 조금쯤 긴장했는데 너무도 깔끔한 포기다.

난 이번에도 실패해 버렸다는 걸 깨달았다. 그래, 오늘만 날은 아니니까. 단지 내게 시간이 많이 주어지지 않았다는 게 약간 초조해서, 난 그녀의 뒷모습에 대고 말했다.

"연회에서 다시 뵐 수 있겠네요. 제게 변변한 복장이 없어서 폐하께서 드레스를 선물해 주시기로……."

이리스 라하느의 발걸음이 뚝 멎었다. 나는 나도 모르게 말을 멈추었다. 피부가 저릿저릿하다. 몸을 웅크린 맹수가 덮쳐들기 직전의 긴장감이 전신을 휩쌌다.

이내 그녀의 발이 다시 움직이기 시작하자, 난 그제야 숨을 내쉬었다. 심장이 쪼그라들 것 같다. 실행 가능성을 떠나 날 죽이려 하는 여자가 있고, 언제라도 내게 달려들 수 있다는 게 등골을 오싹하게 했다.

왜 덤비지 않지? 이길 수 없다고……. 생각했나. 나는 쿤데라 공을 물리친 마법사였다. 마탑의 마법과 달리 일반 마법은 발동시간이 긴 편이다. 몸 주위에 결계마법을 두르고 있는 마법사라고 한들, 단번에 깨부수고 목숨을 끊는다면 그걸로 끝이었다. 내가 그녀를 코앞에서 도발하고 있으니, 믿는 구석이 있다고 본 걸지도.

실제로도 그러했지만, 상대의 태도가 너무도 겁 없이 당당하다면 머뭇거리기 마련. 만약 그녀가 내가 마법사인 걸 몰랐다면 오늘도 망설이지 않았겠지.

다음에는 다르게 행동해 볼까. 그런 생각을 하는 동안 기분이 식어 내려서, 더는 차를 즐길 마음이 들지 않았다.

흘끗 그녀가 떠난 방향으로 눈길을 준 나는 자리에서 일어서 정원을 떠났다.

왕이 내게 이상하도록 친절하게, 혹은 친근하게 굴기에 난 잠시 착각했었다. 정말로 그와의 관계는 나쁘지 않은 걸까 하고.

하지만 그 생각을 철회하기까지는 그리 오랜 시간이 필요하지 않았다. 숙소로 돌아온 지 얼마 안 되어 나는 다수의 반갑지 않은 손님을 맞이하게 되었던 것이다.

왕이 보낸 재단사와 시녀 일동.

거창한 인원을 보고 이게 웬일인가 싶었지만, 폐하의 명을 받고 왔다는 정중하되 딱딱한 얼굴들을 앞두고 거절을 말하기가 어려웠다.

일제히 몰려든 그들은 우선 치수를 재는가 싶더니 온갖 색의 천을 실어 날라서 내게 대어 본 뒤, 드레스 디자인을 늘어놓으며 어떤 게 좋으시냐고 의사를 물어왔다.

그러나 내 안목이 마뜩잖다고 느꼈는지 그 디자인은 유행이 아니라거나, 색이 피부에 받지 않는다고 넌지시 언급하며 결국 자신들의 안목을 관철하기 시작했다.

그들이 보여 준 이 나라의 연회용 드레스라는 건 내가 보기엔 오페라 무대에 올려도 될 법한 화려한 것들이라, 최대한 수수한 색감과 디자인을 고른 것뿐이었는데 무시당하는 듯해서 어쩨 기분이 나빴다.

아무리 내가 운동을 했었다지만, 열심히 했던 것도 옛날 일일 뿐 지금에 와서는 먼 얘기다.

그러니까 운동에 몰두하느라 패션에 신경 쓸 새 없는 운동선수들과는 달리 난 옷 입는 데에는 꽤 신경을 쓰는 평범한 여자애였다. 학교 다니는 동안은 거의 교복밖에 입을 일 없긴 했지만.

"너무 눈에 띄지 않게 좀 단순한 드레스가 좋겠어요."

라며 중얼거리다시피 꺼내 본 내 의견은,

"죄송하지만, 그렇게는 하기 어렵습니다. 폐하께서 하사하시는 것이니 그렇게 한다면 저희가 호되게 경을 칠 겁니다."

……단번에 묵살당했다. 그 말을 듣고 난 내가 완전히 생각을 잘못하고 있었단 걸 깨달았다.

연회에서 조용히 묻어가고 싶었을 뿐인데 칙칙한 로브를 입어서 눈에 띄는 게 아니라, 호화로운 드레스를 입어서 눈에 띄게 될 판이다.

내가 이리스 라하느처럼 눈부신 미인도 아닌데, 그런 옷을 잘 소화해 낼 것 같지도 않았다. 돼지 목에 진주 목걸이……. 오랜 속담이 딱 떠오르자 급격하게 우울해진다.

어쨌든 그들이 내 취향을 아주 반영하지 않는 건 아니라서, 몇 가지를 제하고 나자 입을 만한 드레스가 세 벌 정도로 대충 추려졌다.

재단사는 연신 무언가를 꼼꼼하게 깃펜으로 끄적였다. 내 요구 사항뿐만 아니라 몸 치수까지도 세세히 적고 있을 게 분명했기에 왠지 신경 쓰였다.

예전에는 운동 좀 해서 탄탄했던 몸이, 그간 책상물림을 통해 많이 물렁물렁해져 있었다.

"시일이 촉박하여 새로 제작하는 데에는 무리가 있으니, 고르신 것 중에 저희가 내일까지 체형에 맞춰 수선을 해 오겠습니다."

조심스럽게 눈치를 보며 재단사가 말해 오자 난 바로 고개를 끄덕였다.

맞춤 제작된 드레스를 원한 사람이라면 까탈을 부리면서 사흘 내로 드레스를 새로 지어오라고 요구할지도 몰랐지만, 애초에 난 별생각이 없었다.

"내일 다른 일정이 있으십니까."

"아니요, 딱히."

내일도 왕을 찾아가 볼 셈이었으나 그 이후의 일정은 비어 있다고 해도 무방하다. 재단사가 정중하게 고개를 숙여 보였다.

"그러면 이 시간에 다시 방문하겠습니다. 편히 쉬시길."

저녁 시간이 되어서야 풀려난 나는 기진맥진하여 의자에 널브러져 있었다.

이럴 거면 승낙하지 말걸. 뒤늦은 후회감이 찾아들었다. 그간 한가했던 시간이 갑자기 죄어든 느낌이었다. 왕을 만나거나 감시하는…… 은밀한 요 며칠 일정이 그리 바쁘다고 보긴 어려웠으니까.

나만 이렇게 차려입어도 되나 싶었는데, 찾아온 재단사도 란델을 찾지 않는 걸 보니 왕은 그에게 이렇다 할 배려가 필요 없다고 여겼나 보다. 둘의 사이가 꽤 나빠 보였으니.

물론 란델이라면 연회에 나갈 복장을 새로 준비해 준다고 해도 단칼에 거절해 버렸을 것 같지만.

저녁 식사를 마친 후 난 일과의 마지막 순서로 다시 왕을 찾았다. 바쁘다고 한 게 빈말은 아닌지 그는 밤늦게 서류를 들여다보고 있었다.

왕의 서류작업을 지켜보는 건 내게 꽤 지루한 일이었던 터라, 서너 시간가량 흐른 뒤 특별한 일이 없자 나는 방으로 돌아왔다.

오늘 이렇게 고생했으니 이제 힘든 일은 다 끝난 거겠지. 마음 편히 결론짓고 나는 그날 밤은 편히 잠들기로 했다.

내일은 왕한테 꼭 대답을 들어야지, 생각하면서.

다음 날, 나는 전날의 결심이 무색하게도 목적 달성에 보기 좋게 실패해 버렸다. 아니, 실은 시도조차 하지 못했다.

왕은 정원을 찾지 않았고, 마치 내 방문을 의식한 것처럼 한시도 혼자 있지 않았다. 기실 왕이라는 자가 홀로 있는 일이 더 드물다 할 것이니, 내가 알현을 거치지 않고 단독으로 그를 맞대면하는 게 어려운 건 당연하다.

마냥 앉아서 놀 수만은 없는 게 군주의 자리라는 건 짐작했지만, 그리 피를 흘리고도 며칠 만에 업무로 복귀해야 한다는 게 조금 안쓰럽다. 왕인 그를 내 처지에 동정하는 것도 우스운 노릇이겠지마는…… . 왕이 여자라면 출산휴가도 제대로 못 누리는 거 아닐까.

투덜대면서 방으로 돌아온 나는 곧 어제와 비슷한 상황에 직면하게 되었다.

"치수대로 구두를 가져왔습니다. 우선 드레스를 입고 구두를 신어 보시지요."

수십 켤레에 이르는 반질거리는 구두와 머리 장식 등 갖가지 소품을 목격한 나는 말을 잊었다. 연예인도 이렇듯 꾸미는 데 공을 들이지는 않을 거다.

난 뭘 모르기 때문에 고분고분한 상전이었으므로, 재단사와 시녀들이 반항을 포기한 내게 옷을 입히고 신발을 벗었다가 신었다가 장식을 달았다가 떼었다가 하며 인형 다루듯이 하도록 내버려 두었다.

노예상에서 있었던 일과 흡사한 상황. 내가 하는 일이라곤 일어서서 거울 앞에 서는 것뿐이었지만, 정신적으로 무척 피로해졌다.

다행히 가져온 드레스들은 몸에 딱 맞았지만, 연회날 입을 건 단한 벌이기에 그중에서도 골라야 했다.

개중에도 세세한 부분이 마음에 차지 않는지 재단사가 수선할 점들을 주의 깊게 체크해 넣었다.

"이 두 드레스가 가장 어울리니, 더 수선을 해 보고 둘 중 더 나은 쪽을 택하심이 어떠실지요."

꼼꼼하다 못해 결벽성마저 엿보이는 그의 프로 정신에 감탄이 나올 것 같았다. 난 묵묵히 고개를 끄덕였다.

이어 그 두 드레스에 걸맞은 구두와 장식을 골라냈을 즈음엔 필사적으로 쉬고 싶어졌다. 왕의 노림수가 아닐까 좀 의심이 간다.

내가 호의를 너무 부정적으로 받아들이는 건 아닌지 죄책감이 들면서도 찜찜한 구석이 있었다. 호의를 호의로만 받아들이기엔, 라하느 공에게 말했듯이 왕에게도 꿍꿍이가 있을 테지. 그게 무언지는 아직 잘 모르겠다.

지친 내게 재단사는 이틀만 더 고생하시면 된다며 얄미운 인사를 건네고 방을 빠져나갔다. 연회 날까지 꼬박 시달려야 한다는 뜻이나 다름없는 소리라 한숨이 새어 나왔다.

여기까지 했는데 갑자기 태도를 바꿔서 번거로우니 알아서 하라고 말하기에는 마음에 걸린다. 왕을 만날 수 없단 건 문제였지만, 그 외에는 내가 달리 할 게 있는 것도 아니니까.

나도 참 단순한 성격인가 봐. 연회 준비에 휩쓸리다 보니, 우습게도 마탑의 일 같은 건 희미해지는 느낌이 들었다.

란델이 모종의 계획을 품고 떠났다는 건 알고 있지만, 그가 무슨 일을 벌일지도 모르는데 마냥 안달하고만 있는 것도 에너지 소모가 컸다. 나는 애초에 경계심 많은 성격이 못 되었으니.

적어도 왕은 내가 살피고 있으니까. 란델의 방식이라면, 직접 왕에게 손대지는 않을 터. 뒤에서 누군가를 충동질하거나 부추기면 몰라도.

난 한숨을 푹 내쉬었다. 이럴 때는 내가 차라리 왕과 거기서 만나지 않았더라면……. 노예상에 잡혀가지 않았더라면, 하는 생각이 든다.

마음은 편했겠지. 정말 남의 일이라 모르는 척하며, 끼어들 엄두도 내지 못했을 테니까. 우습게도 그 짧은 인연이 내게 마음의 짐을 지우고 있었다.

그렇다 해도 어쩌겠어. 가정은 가정, 과거 역시 과거일 뿐이니. 매일 독촉하는 것도 부질없는 짓, 조만간 다시 그를 만날 수 있겠지.

다음 날도 비슷하게 이어졌다. 왕은 연회를 앞두고 휴식 차 미루어 둔 업무에 집중하는 모양인지 매일같이 바빴다.

그의 왕권이 굳건하다는 걸 내세우기 위한 연회였으니, 한 치도 모자람이 있어서는 안 될 터였다.

의도한 대로 내게 검을 뽑아 들 뻔했던 이리스 라하느는 날 찾아오지도, 그렇다고 왕궁 어딘가에 모습을 드러내지도 않았다.

그저 잠잠했다. 그건 태풍 전의 고요처럼 무겁고 불길한 기다림의 시간이었다.

그녀라면 날 완벽하게 살해할 만반의 준비를 하고 있을지도 모른다. 그 때문에 으스스해진 난 세 시간 간격으로 깨어나 결계를 정비해야만 했다.

나는 무의미하게 사흘을 흘려보냈고, 마침내 연회의 날이 밝았다.

목욕에 피부 관리부터 마사지까지 아침부터 분주한 시간이 이어졌다. 귀빈이라 하여 날 어려워했던 시녀들도 이제는 당연하다는 듯이 시중을 든다.

이상한 건 그 와중에도 란델의 방문이 단 한 번도 열리지 않았고, 모두가 짜 맞춘 듯이 란델에 대해서 언급을 피했다는 것이다. 란델이 주고 내가 부라는 걸 모를 리는 없을 텐데. 이쯤 되면 거의 홀대다.

실상 콕 틀어박혀서 은둔하는 것처럼 보이는 게 세속과 얽히지 않는 마탑의 마법사다운 느낌이라, 난 드레스 차림으로 연회에 참석하는 데 미묘한 죄책감을 느꼈다. 임무를 수행한다기보단 꼭 몰래 딴짓하는 기분인데…….

드디어 시간이 되었을 때, 화사한 연분홍 드레스를 차려입은 난 만반의 준비를 마친 상태였다.

두 벌의 드레스를 놓고 고민하긴 했지만, 다른 흰색 드레스는 웨딩드레스를 연상케 하는 과함이 있어서 재단사도 이쪽을 추천해 줬다.

아침부터 손끝부터 발끝까지 다듬어져 곱게 화장한 나는, 개변했다고 해도 손색이 없을 만치 예뻐져 있었다. 무대에 오른 가수처럼 잔뜩 치장한 거울 속의 나는 민낯의 나와 동일인이라고 믿기 어려운 모습이었다.

검게 흘러내린 머리카락 위로 은빛 망이 씌어 반짝거렸고, 레이스로 만든 색색의 꽃이 그 위를 장식한다. 화장으로 음영을 주고 화사함을 보탠 얼굴은 청순한 느낌이다.

게다가 이 드레스, 정말 멋졌다. 재단사가 넓게 펼쳐지는 태며 빛을 반사하는 광택이 우아하고 아름다웠다.

왕의 호의는 재단사를 보내 준 걸로 그치지 않았다. 그는 연회 날에 맞춰 내게 하늘색 보석으로 이루어진 목걸이와 귀걸이를 선사했다.

얼마나 값어치 있는 물건일지는 모르겠지만, 상자 안에 고이 모셔진 모습을 본 순간 투명한 반사광에 눈을 빼앗겼다. 차림새와 맞춘 듯한 장신구까지 착용하고 나자 난 연회에 참석하기에 모자람 없는 모습을 하고 있었다.

이런 자리에 이렇듯 한껏 꾸미고 참석하자니 어쩐지 가슴이 설렌다. 이미 왕을 만난 시점에서 신데렐라처럼 무도회에서 왕자를 만날 거라는 소녀스러운 상상은 펼치기 어려웠지만, 정말로 귀족 아가씨가 된 것 같다.

이렇게 입으면 누구라도 예뻐 보이지 않겠어? 이곳 사람들에 비해서 밋밋한 얼굴이다 보니 아무래도 화장발이 잘 받는 것 같다.

남색이나 짙고 명도가 낮은 색상의 드레스를 원했지만, 귀족 아가씨들이 흔히 입는 색상이 아니라는 말을 듣고 생각을 고쳐먹었다. 지금 그 결과에 난 아주 만족하고 있었다.

"정말 아름다우세요!"

입에 발린 칭찬이겠지만, 시녀들의 탄성을 들으면서 난 미소 지었다. 이왕 이렇게 잘 차려입은 김에 배나 채우고 좀 놀다가 돌아와야지.

……란델이 돌아오지 않았다. 그리고 현실적인 난제로, 나는 왕이

나 이리스 라하느를 제외하고는 아는 사람 단 한 명도 없는 연회에 홀로 참석할 운명이었다.

그가 돌아오지 않았다는 건, 아직 제대로 계획을 이루지 못했다는 뜻. 낙관적으로 생각하면서도 막상 혼자 남겨졌다는 생각이 들자, 연회장으로 향하면서 기분이 가라앉았다.

혼자서도 잘 먹고 눈치 안 보고 잘 놀 자신은 있지만, 둘이 있는 것보단 혼자 있는 게 외롭기는 하니까.

여기 사람들이 내게 호의적일 거라고는 기대하기 어려웠다. 왕궁에서의 연회란 일종의 정치의 장이고, 나는 그저 외국에서 온 손님에 불과하므로.

이리스 라하느야 연회장에서 날 망신주지 않으면 다행이고, 왕에게 붙어 있을 수도 없는 일이다. 그야 연회의 주최자이니 바쁠 테고 초대한 것도 모자라 챙겨 달라고 바라기는 어려울 테니까. 소외감을 느끼면서 식사나 깨작이다가 가야지.

소박하디소박한 결심을 품고, 난 안내하는 시녀를 따라 도착한 연회장에 조용히 들어섰다. 바깥에는 입장을 기다리는 사람들이 줄지어 서 있었는데, 나는 귀빈인지라 황궁 쪽에서 입장하는 다른 문을 통해 들어왔기에 기다릴 필요 없었다.

높은 천장에서 내리비치는 샹들리에의 빛이 눈부실 만치 환해서, 잠시 눈을 깜빡여야만 했다. 크리스탈을 촘촘히 엮어 만든 거대한 샹들리에는 정말로 화려하고 격조 있었다. 저게 떨어진다면 비극적인 장면이 연출되겠지.

마법사가 된 이래 그런 사소한 재난에서 안전할 수 있었던 난 여유롭게 중얼거리며 사방을 조심스럽게 둘러보았다. 이미 안에는 꽤 많은 사람이 들어차 있었다.

호기심 어린 시선이 쏟아지자 나는 태연한 척 느릿하게 발걸음을 옮겼다.

'저 아름다운 아가씨는 누구지?'라는 시선이라기보단 '처음 보는 얼굴이군, 비싼 드레스를 입었는데?'라는 식의 시선에 가까울 터였다.

확실히 왕이 선물한 드레스답게 내 것은 안목 없는 내가 보기에도 색감이며 재질이 남달랐다. 전체적으로 장식이 많지 않은 심플한 모양새인데 입은 것만으로도 내게 존재하지 않는 우아함이 흘렀다. 입은 사람의 품격이 높아지는 느낌이다. 이래서 사람들이 명품을 찾는 걸까.

엉뚱한 생각에 빠져들면서도 난 걸음걸이에 신경을 썼다.

오랜만에 구두를 신어 익숙지 않은 것은 물론이거니와, 까딱 잘못했다간 발목이 꺾여 버릴지도 모른다.

애초에 이런 곳에서 친목을 도모하는 건 무의미한 일, 어차피 떠날 나라에서 사교에 신경 쓸 필요가 있겠어? 때문에 원초적인 본능, 즉 식욕을 충족시키려는 방향으로 움직이고 있던 차였다.

누군가가 불쑥 내게 말을 걸어왔다.

"위대한 화염, 샤자한의 가호가 그대에게 있기를."

워낙 격식 있는 인사말이라, 처음에는 누군가 내게 인사했다는 사실을 인지하지 못했다.

걸음을 옮기다가 잇따르는 '저어—' 소리에 난 무심코 뒤를 돌아보았다. 금발의 준수한 청년이 친절한 얼굴로 서 있었다.

처음 보는 얼굴이라, 빠르게 머리를 굴렸지만 날 부를만한 이유가 바로 떠오르지 않았다. 난 그를 물끄러미 바라보며 물었다.

"저를 부르신 건가요?"

"폐하를 구해 주신 마법사님이시지요? 몰라볼 뻔했습니다."

오늘 무척, 아름다우시군요. 덧붙이며 미소 짓는 얼굴이 호감이다. 물론 나는 날 아름답다고 해 주는 사람이면 누구에게나 호감을 품을 용의가 충만했다. 게다가 그가 한 말이 썩 마음이 들었다. 내가 자기를 구해 준 걸 인정하지 않는 왕에게 거봐, 라고 말하고 싶은 기분이다.

난 한층 마음이 풀린 채 편안한 얼굴로 물었다.

"맞습니다만, 누구신지요."

"저는 엘딘 사르베타라고 합니다."

나보다 머리통 하나만큼 더 큰 남자는 그 이름을 언급한 것만으로도 충분하다는 듯이 묘하게 자신감에 찬 태도로 내 반응을 기다렸다.

난 이맛살을 찌푸렸다. 사르베타인가 뭔가가 이름만 들으면 알아주는 대단한 가문인가 본데, 내가 당연히 알 거라고 생각하면 큰 오산이다.

나는 이곳 샤자한의 5대 가문 이름조차도 다 모르니까.

"미안하지만, 저는 샤자한의 가문에 대해서 잘 몰라서요."

꽤 상냥하게 답했다고 생각하는데, 남자는 속 좁은 부류는 아닌지 자기를 몰라본다며 성내지 않았다. 그는 오히려 실수를 인정하듯 살짝 고개를 숙였다.

"아닙니다. 제 소개가 미흡했군요. 마법사분이시니 모르실 수 있지요. 그저 제 이름자를 기억해 주시는 것으로 충분합니다."

기억하라는 그 말이 어쩐지 압박으로 다가왔기에 나는 그의 이름을 머릿속에 새겨 넣었다.

엘딘 사르베타, 엘딘 사르베타. 그러다 이내 내게 암기를 요구하는 이 낯선 남자와 굳이 함께 있을 만한 이유가 없다는데 생각이 미쳤다. 마탑에서 생활하면서 사회성이 떨어졌나 보다.

"제게는 어떤 용무이신지?"

저 멀리서 갖가지 음식이 먹음직스러운 냄새로 코를 사로잡고 있었기에 조바심이 나기도 했던 터라, 불쑥 꺼낸 질문에 엘딘 사르베타가 머쓱하게 웃었다.

"홀로 오신 거 같아, 함께 대화를 나누면 어떠실까 하여……. 개인적으로도 감사를 표하고 싶고요."

그가 저편에 있는 남녀가 골고루 섞인 자신의 일행 쪽으로 눈짓하자, 난 약간 갈등했다.

어떻게 하지? 궁상맞게 혼자 밥이나 먹으면서 있다가 들어가는 것보단, 하루뿐인 인연이라도 사람들에게 섞여 들어가는 것도 괜찮은 생각 같았다. 하지만 엄연히 공화국 출신이며 타지인인 내가 귀족들과 원활한 대화가 가능할까 싶어, 미리 보험을 걸어두기로 했다.

"친절하시군요. 하지만 저는 샤자한의 예법에 대해서 잘 모르니, 폐를 끼칠 것 같아 걱정되네요."

"소소한 문제는 신경 쓰지 않는 친구들입니다. 염려 놓으시고, 자 가시지요."

조심스러운 투에서 긍정의 말뜻을 읽어 낸 남자가 싱긋 웃으며 손을 내밀어 오자, 난 망설이다가 그 손을 맞잡았다. 정말로 연회를 즐겨 볼 참이었다.

엘딘 사르베타를 따라가자 그의 무리에 속한 남자들이 하나같이 묘한 웃음을 지었다.

분위기를 보아하니 얼추 짐작이 갔다. 새로운 아가씨가 연회에 홀로 참석했으니 요령껏 데려오라는 식의 남자로서의 능력에 관해서 이야기가 오갔던 듯싶다.

별로 신경이 쓰인다거나 기분이 나쁘지는 않았다. 그렇게 시험할 만큼, 내가 어렵거나 매력적인 상대로 보인다는 뜻이기도 했으니까. 후자 쪽의 평이 더 좋겠지만.

십수 명쯤 되는 사람들을 소개받은 난 무리 없이 그들 사이에 끼어들게 되었다. 그들도 귀족은 귀족. 텃세를 부린다거나, 모욕을 준다거나 하는 전형적인 반응이 올 거라 예상한 터였다.

나름대로 뇌리에서 그런 상황이 닥칠 때를 대비한 다소 폭력적인 양상의 시뮬레이션을 마친 나였지만, 놀랍도록 사람들은 내게 호의적이었다. 왕을 구해 준 일도 그렇거니와 내가 강력한 마법사라는 사실을 인지하고 알아서 맞춰 주는 느낌이다.

마법사라는 게 어떤 건지 뼈 깊게 새겨줄 못된 마음보를 품고 있던 난, 너무도 순조로워서 안심이 되면서도 살짝 아쉬웠다.

은근슬쩍 돌려 깠을지도 모르겠지만, 세세히 귀담아듣고 있지 않아서 잘 모르겠다. 인연이라고 해 봐야 어차피 오늘이면 끝인걸.

여기 사람들은 어째 이름이 이리 긴지 모르겠다고 속으로 투덜대긴 했어도 마법사가 된 이후로 확연히 머리가 좋아져서 기억하긴 어렵지 않았다. 참 마력이란 건 신비로운 힘이란 말이지.

겉보기로는 화기애애한 대화를 나누고 있던 어느 순간, 드디어 왕이 등장했다.

"폐하께서 드십니다. 모두 예를 갖춰 주십시오."

일제히 고개를 수그리는 가운데, 예를 갖춰야 할까 고민하다가 이미 왕 앞에서도 고개를 쳐들었단 걸 깨닫고 난 꼿꼿하게 등을 세웠다.

다들 몸을 굽히는데 홀로 뻗대고 있자니 눈총이 쏟아졌고, 엘딘 사르베타도 당황한 듯이 내게 예를 갖추시라며 말을 걸었지만 내 자세는 변하지 않았다.

나는 마탑의 시온이었다. 그리고 마탑의 시온은 계약자에게 고개 숙이지 않는다. 아니, 실은 잘 모르겠지만 란델이라면 여기서 이렇게 행동할 것 같았다.

"홀로 타오르는 저 높은 곳의 화염, 왕을 배알합니다. 샤자한에 영광 있기를!"

샤자한의 왕은 대대로 불의 기운을 타고 난다니, 붉은색은 왕의 빛깔이라고 하여 아무나 쓰지 못한다고 한다.

내가 선택한 로브 색도 붉은색이니, 여기에 그것까지 입고 왔다간 단번에 시선을 모았을 터다.

홍염이 이글거리는 듯한 붉은 보석이 박힌 왕관을 쓴 왕은 실로 불의 신의 현신이었다.

그의 적금발은 황혼에 젖은 듯이 아름다웠고, 불길이 인 듯이 일렁였다. 매처럼 뻗은 눈썹은 단호했고, 호박색 눈동자는 벌꿀처럼 짙었다. 이지가 살아 있는 날카로운 눈빛이었다.

쫄쫄이를 입어도 소화해 낼 법한 잘난 이 왕은 짙은 적색 성장 차림이었는데, 몸을 감싼 선이 유려하면서도 단단하여 우아한 맹수 같았다. 여인들의 탄성이 절로 잇따른다.

권태로운 표정의 왕은 내게 힐끗 시선을 주었다가, 슬며시 입꼬리를 끌어 올렸다. 그 모습이 또 지독히 수려하여 어디선가 누군가 실신하여 바닥과 대면하는 비현실적인 소음이 들려오는 듯했다.

무엇이 가장 자신에게 어울리는지 알고 있다는 확신이 어린 투로, 그가 개회사를 읊었다.

"……이것으로 연회를 시작하오. 모쪼록 즐겨 주시기를."

그리 길지는 않았지만, 어쩐지 귀에 오싹하게 박히는 음성이었다. 이토록 많은 사람의 집중을 손쉽게 끌어낼 수 있는 사람이 교장 선생님이었다면, 학교에서 훈화를 듣는 것도 그리 몸이 꼬이지는 않았을 텐데.

그에게 반하는 일이 언제나 일어나는 일이라고 했던가. 주변의 거의 넋이 나간 여자들을 둘러보니 그 넘쳐나는 자신감이 어쩐지 이해가 갈 만도 하다. 평생을 이런 시선을 받고 살아왔다면 거만해질 만도 하지. 아니야, 나 뭘 이해하는 거야?

"저어— 폐하를 그리 똑바로 바라보시는 건 예에 어긋납니다."

감히 그들의 폐하에게 예도 갖추지 않은 내가 거슬렸는지, 보다 못한 한 아가씨가 조심스레 지적했다.

"저는 마법사예요. 이해해 주시기를."

마탑의 시온은 누구에게도 굽히지 않는다는 점을 구구절절 설명하는 대신 깔끔하게 답하자 아가씨가 곤혹스러운 듯 눈썹을 치켜세운다. 납득할 수 없다는 얼굴이지만, 앙칼지게 따지고 든다거나 하는 일은 없었다.

그들에게 불쾌한 일일 수 있건만, 여기 사람들 내 예상보다 조심스럽고 온건하다. 아니면 내 예상이 너무 드라마틱한 거였을지도.

"그래, 세렌. 폐하를 도와주신 분인걸. 폐하께서도 상관없어 하실 거야."

엘딘 사르베타가 부드러이 내 편을 들어 주었다.

다른 누가 나처럼 행동했다면 억지로 고개를 찍어 눌렀을지도 모르겠지만, 왕 주변의 시중인들이 터치하지 않은 이상 그들이 나설 만한 일은 아니었다.

마침 이목이 쏠린 터라 내 태도에 대해 더한 지적이 들어오기 전에, 엘딘이 재빠르게 내게 손을 내밀었다.

"그러면 저와 춤을 한 곡 추시지 않겠습니까?"

짧은 시간, 무수한 갈등이 머릿속을 맹렬하게 짓밟고 지나갔다. 이걸 응해야 해 말아야 해?

나는 춤을 출줄 모른다. 하지만 여기 춤은 남자의 리드를 따라가기만 하면 된다고 들었다. 운동신경도 꽤 있는 편인데 괜찮지 않겠어? 이왕 꾸미고 온 김에 할 건 다하고 가고 싶기도 하고.

빠르게 긍정에 기운 내가 이내 승낙의 대답을 하려는데 불쑥,

"그건 안 되겠는데."

……뒤에서 누군가가 끼어들었다.

화등잔만 하게 커지는 눈동자들을 직면한 나는 그 음성이 무척 익숙하다는 점과 결부하여 논리적으로 상대의 정체를 추론해냈다.

그래, 역시 그렇지. 돌아본 자리에는 그가 서 있었다.

왕. 그에게서 훅 끼쳐오는 불의 기운의 영향인지, 존재감이 더욱 강렬하게 느껴진다. 서 있는 모습조차도 기품과 위엄이 넘쳤다. 왕이 도전적인 투로 말했다.

"미안하지만, 선약이 있는 몸이라."

부러 자아낸 듯한 나직한 저음은 홀릴 듯이 매혹적이어서, 남녀할 것 없이 주변 사람들의 얼굴이 홍조가 피어올랐다. 나한테 호감을 보인 엘딘 사르베타도 예외는 아니라, 약간 자존심이 상했다.

미인계로 왕에 대한 충성심을 이끌어 내려는 거라면 합격이다. 아주 광신도 집단을 만들 수도 있겠어.

모든 게 제 뜻대로 돌아간다고 믿는 듯한 느긋하고 자신감 넘치는 태도가 거슬렸기에 난 어리둥절한 표정으로 반문했다.

"선약이라니요?"

언제 나와 춤을 추기로 약속을 했다고? 내 불만을 읽어 냈음 직한 왕은 당황하지 않고 도리어 피식 웃었다. 그의 시선이 무례하게 나를 아래위로 훑었다.

"드레스, 잘 어울리는군. 재단사에게 상을 주어야겠어."

그에게서 처음으로 들어 본 호평이었다. 결단코 빈말을 꺼내지 않을 것 같은 까다롭고 눈 높은 남자의 칭찬에 난 조금 부끄러워졌다. 그도 내게 꽤 신경을 써 주었으니 인사 정도는 해 둬야 할 것 같았다.

"감사해요."

말을 꺼내자마자, 왕이 자연스럽게 내게 턱 손을 내밀었다. 이미 결정 났다는 듯한 태도였다. 옆쪽을 돌아보자 엘딘 사르베타도 난감한 표정으로 뒷걸음질 치는 게 이미 포기한 눈치다. 난 그저 감사 인사를 했을 뿐인데……. 내심 투덜거리며 그의 손을 맞잡았다.

찬란한 조명 아래에서 날 이끄는 손은 대리석처럼 희고 단단했고, 불의 화신 같은 왕과 함께 선 현실은 생생하기 짝이 없어서 오히려 더 비현실처럼 느껴졌다.

날 홀 중앙으로 이끌자마자 왕이 비아냥거리듯 꺼낸 말에, 내게 다시 현실이 도래했다.

"엘딘 사르베타? 취향이 엉망이군. 저 녀석 바람둥이야. 연회가 열릴 때마다 여자 한 명씩 꿰차고 나가는 것으로 유명하지."

"……그가 바람둥이라도 제겐 친절했어요. 그리고 그건 저와는 무관한 문제이고요."

그와 어떻게 되어야 문제가 생기는 거겠지. 난 그럴 생각이 없었다. 냉담하게 선을 긋자 왕이 코웃음 치며 말했다.

"그래도 경계하는 게 좋아."

그리고 특유의 비뚜름한 미소를 지으며 설명한다.

"내게 반하지 않은 여자가 쓸데없이 이상한 놈에게 넘어가면 자존심 상하니까."

……그를 자존심 상하게 하기 위해서라도 엘딘 사르베타를 좋아하

는 척하고 싶은 마음이 솟구치는데?

어이없어하는 심정을 고스란히 드러내는 내게, 왕이 가만히 물었다.

"그간 어떻게 지냈지?"

친근하디친근한 질문이다. 그 말은, 그와 내가 만나지 못했던 지난 며칠간을 공백으로 느끼게 했다.

그가 내 안부를 묻는다는 건 이상한 느낌이었다. 고작 며칠 전만 해도 그와 나는 서로 이 세상에 존재한다는 것도 몰랐던 사이였으니까.

"저야 드레스를 맞추었지요. 그간 바쁘신 거 같더군요."

"섭섭했나?"

……아니, 자꾸 이런 식으로 농을 거는데.

매혹적인 미소를 베어 물고 날 찔러보는 왕의 태도는 무척 거슬리는 것이었다. 더 이상 그에게 휘둘리기 싫었던 난,

"너무 오래 끌었어요."

사뭇 진지한 투로 말을 꺼냈다. 그에게 긴장감을 심어 줄 만한 말을 고름과 동시에, 뒷전으로 미루어놓았던 현실이 짓누르듯이 밀려왔다.

"란델이 자리를 비웠어요. 그러니 오늘은 대답을 주셔야 해요."

그러면 내 말뜻을 알아듣고도 남았으리라. 왕의 시선이 무게를 실었다.

"그러지."

내 허리를 감싸는 손길에 힘이 들어갔다.

"하지만 지금은 이대로 즐겨. 귀족가의 아가씨가 아닌 그대에게 흔치 않은 기회일 테니."

왕은 그리 말하며 웃었고, 그 미소에 저항하기란 어려웠다. 화가 나지 않는 걸 보니, 영광으로 알라는 듯이 말하는 그의 거만함에 나도 꽤 면역된 것 같다. 그처럼 일일이 드러내지 않을 뿐 실은 마스터나 란델도 거만하기는 마찬가지 아니던가.

생각보다 춤이 어려웠기에 난 그의 발을 밟지 않도록 주의하면서,

곁눈질로 다른 여자들을 얼추 따라 했다.

아파하건 말건 잘근잘근 짓밟아 주고 싶은 마음도 있었지만, 여기 드레스는 발끝을 가릴 만큼 긴 편이 아니기에 그랬다간 바로 티가 날 터였다.

여기에는 그를 사모하는 여인들이 대단히 많았다. 그들이 선망하는 왕을 괴롭히기엔 뒤에 따를 눈총을 생각하자니, 목숨이 줄어들 만큼 부담스러웠다.

집중해서 그의 움직임이 맞춰 가는 나를 왕이 흥미롭게 주시했다.

그의 입가엔 연신 미소가 자리하고 있었는데, 내가 보기엔 옅은 비웃음 정도로 보였다. '제법 용을 쓰는데?'라는 식의.

어쨌든 다른 사람들의 시선에서 나와 왕이 춤추는 모습이 생각보다 나쁘지 않았던 모양이다. 잘 어울린다는 탄성이 잇따르자 기분이 살짝 들떴다. 이 광경을 이리스 라하느가 보았다면 눈이 뒤집히지 않았을까.

그러나 시야에 그녀의 모습이 잡히지 않았다. 왕처럼 강렬한 기운을 가지고 있지 못한 그녀의 기척은 아주 집중하지 않으면 읽어 내기 어려웠으므로, 어딘가에서 지켜보고 있을지도 모르지만.

이리스 라하느는 여러 번의 위기 속에서도 자제심 있게 참아 냈다. 바로 날 죽이려들 줄 알았는데, 생각보다 분별력 있는 여자다.

좀 더 자극해 볼 걸 그랬나. 이를테면 여기서 왕과…….

나는 문득 왕을 바라보았다. 그답지 않게 온화한 미소를 띠고 날 쳐다보는 그에게선 호의가 느껴졌고, 그게 어떤 속성의 것이든 간에—

내가 여기서 그에게 입 맞춘다면 날 밀쳐 낸다거나 정색하며 화를 낼 것처럼 보이지는 않았다. 도리어 피식 웃으면서 호응해 주면 모를까.

갑작스레 치민, 뭐라도 해야겠다는 조급함 때문에 손가락이 다 움찔거렸다.

충동이지만, 손쉬운 방법이기에 강력했다. 이리스 라하느를 도발하려면 지금이 기회다. 마음속으로 스스로 부추기면서도, 이건 아니다 싶은 기분이 스멀스멀 피어올라 나를 가로막았다.

가만, 애초에 왜 내가 그렇게까지 해야 하는 거지?

어딘지 모르게 찜찜한 구석이 있었다. 마스터한테 연인이 아닌 사이에선 입 맞추지 않는다고 해 놓고, 목적을 위해선 왕한테 키스하는 건 될 말이야? 이건 아닌 것 같은데. 눈 딱 감으면 별반 거부감은 없겠지만.

잠깐 그에게 키스할지 말지 심도 있는 고민을 거치느라 해이해졌던 사이, 멋대로 노닐던 발이 왕의 발등을 짓밟을 뻔하자 왕은 힘을 주어 내 몸을 틀었다.

그 때문에 본의 아닌 공격은 멋지게 빗나갔고,

"조심하지 그래."

미간을 찌푸린 왕이 중얼거렸다.

"난 어설픈 걸 귀엽다고 생각하는 사람이 아니야. 애교랍시고 보이는 이런 식의 실수는 사양하지."

······어처구니가 없어서 말도 나오지 않는다는 게 어떤 느낌인지, 난 절절이 실감했다.

이 인간한테 키스한다고? 그딴 발상을 떠올리다니 스트레스로 인해 잠시 정신이 이상해졌던 게 틀림없다.

이리스 라하느뿐만 아니라 왕 역시도 반반한 낯짝으로 얻은 좋은 인상을 행동거지로 깎아 먹고 있었다.

"됐고, 이만 들어가죠."

곡이 끝나자마자 바퀴벌레 대하듯이 얼굴을 찌푸리며 떨어져 나가려는데, 왕이 놓아주지 않았다.

"어차피 갈 데도 없잖아? 엘딘 사르베타한테 머리라는 게 있다면 그대에게 더 이상 접근하지는 않을 텐데. 홀로 음식이나 깨작일 참인가?"

실제로 그러겠단 생각은 했으나 그의 입으로 듣자하니 어쩐지 초라하게 느껴진다.

"참 신경 써 줘서 고맙네요."

눈썹을 치켜 올리면서도, 왕의 말이 일리가 있다고 생각했기에 그를 뿌리치지 못했다.

왕이 느긋한 투로 매혹적인 제안을 꺼내 들었다.

"잘 참으면, 조금 있다가 혼자서 상대해 주지."

내가 참아야 하는 뭔가가 있다면, 그건 아무래도 왕 쪽이겠지. 다만 그가 말하는 바가 꼭 내가 원하는 것과 같았기에 난 조금 더 인내하기로 했다.

춤은 그저 의례적으로 치르는 절차였다는 양, 왕은 나를 데리고 상석으로 향했고 인사를 올리러 다가오는 귀족들에게 나를 소개해 주었다.

이전까지 보였던 짓궂은 태도와는 달리, 왕은 이상하도록 정중하게 나를 대했다. 정말로 국빈 취급받는 느낌이라 어색하다 못해 간지러웠다. 왜 새삼 내게 이렇듯 예의를 갖추는지 모를 노릇이다. 내가 그와 그의 나라를 생각해 준 게 그리도 감명 깊었나. 아니면 말로는 쓸데없는 짓이라 했어도 내가 그를 구한 걸 잊지는…… 않은 건가.

일전에 왕과 대화를 나눈 바 있던 라하느 공 역시 왕에게 인사를 올리러 왔는데, 그를 아는 체하지 않기 위해 난 표정 관리에 신경을 써야만 했다.

라하느 공은 날 유심히 바라보더니 확연히 안도하는 기색이었다. 그 모습이 제 딸에 비견될 만한 미모는 아니라고 생각하는 듯하여 난 속이 부글거렸다.

그래, 이건 내 자격지심일 테지. 하도 못생겼다고 무시당하다 보니, 사소한 반응에도 민감하게 된다. 이런 건 내게 면역력 없는 일이었다.

저조한 기분은 금세 나아졌고, 주요 인사와 충분히 인사를 나누었다 싶을 때쯤 왕이 눈짓하며 나를 이끌었다.

"여기 계속 있다간, 끝날 때까지 인사만 해야 할 거야. 이래서 연회가 질색이란 말이지."

투덜대는 음성이 짜증을 머금고 있었다. 점잖은 얼굴과는 달리 내심 번거롭다고 생각하고 있었나 보다. 하긴 나야 처음이니까 시간이 어떻게 흘러가는지도 몰랐다지만, 그는 늘 이런 과정을 거쳤을 터였다.

이런 곳에선 제대로 식사를 하기도 어려울 거라며, 연회장을 나선 왕이 어딘가로 향했다.

왕답게 정원에서는 보이지 않았던 호위며 시녀가 줄줄이 따랐지만, 그는 이내 번거롭다는 듯이 물리쳤다.

왕 개인의 무력이 강하다면 굳이 호위를 달고 다니지 않아도 넘어가는 건가.

쿤데라 공과의 혈전에서도 친히 나선 바 있듯이 샤자한의 왕은 문인이라기보단 무인에 가까워 보였다.

이윽고 왕을 따라 어떤 방에 들어선 순간, 그때까지만 해도 느긋하기만 했던 난 눈을 크게 떴다.

"뭘 놀라고 그래?"

은은히 밝혀진 등이며 꽃향기도 그러하거니와 떡하니 놓여 있는 침대가 참 의미심장하다. 다른 용도는 생각할 수 없게, 취침을 위해 사용되는 것 같은 방이었다. 그리고 그 취침이란 건 그냥 잠만 자는 게 아닐 테지.

시큰둥하게 구는 게 별 뜻은 없는 것 같아서 난 퉁명스레 내뱉었다.

"전 폐하께 관심이 없어요."

"그거 아쉽군. 난 관심이 있는데."

모호한 미소를 띤 얼굴에 잠깐 혼동이 인다. 심장 박동이 일순 물고기처럼 튀어 올랐다.

왕은 언제 그랬냐는 듯이 금세 표정을 거만하게 고쳤다. 또 장난쳤구나. 나는 그를 동요시키지 못하는데, 그는 나를 쉽사리 동요시킨다는 게 어쩐지 분했다. 난 싸늘하게 물었다.

"이야기를 나누는 게 왜 꼭 이런 곳이어야 해요?"

"은밀하고, 편안하고, 연회장에서 가까우니까. 용도야 물론 생각한 그대로겠지만, 사람의 의도에 따라서 용도는 달라질 수 있는 법이지."

놀리듯이 그리 말하니 뭐라 할 말이 없다. 다행히 침대에 오붓하게 앉아서 묘한 분위기로 대화를 나눌 필요는 없었다. 침대 옆쪽으로 탁자와 의자가 놓여 있었고, 먼저 안락의자를 선점한 그가 눈짓하자 나 역시 그의 맞은편 자리에 앉았다.

"식사를 먼저 할까?"

턱을 괴며 왕이 물어오자 난 고개를 저었다. 저녁을 못 먹긴 했으나 그건 그리 시급한 문제가 아니었다. 뭐 왕이야 배가 고플 수 있겠지만 그건 내 알 바 아니다. 나는 그와 오늘 매듭을 지어야 했다.

"그래서 어떻게 하시기로 했어요?"

드디어 기다리던 순간이 왔다. 그의 대답이 두려웠던 것도 사실이라, 왕의 입이 움직이는 걸 주시하면서 긴장감에 가슴이 조여들었다.

"그전에, 생각 한번 해 봐."

의자에 몸을 묻은 왕이 나른한 눈으로 입을 열었다.

"나는 마법사를 싫어하지."

뜬금없이 이게 또 무슨 소리인가 싶었다.

"……그렇게 말씀하셨었죠."

"하지만 난 그대에게 잘해 주었어. 바쁜 시간을 내서 만나 주고, 같이 차도 마시고 드레스도 선물했지. 오늘은 일일이 신하들에게 소개해 주고."

그래서 어쩌라고. 그 말을 하기에 가장 적절한 상황이 있다면 바로 이때가 아닐까. 적선을 베푸는 양 아니꼽게 들리게 하는 재주는 단연 제일이었다. 난 떨떠름하게 응답했다.

"그렇다고 볼 수도 있겠네요."

"그대는 마법사야. 그러면 내가 그대에게 잘해 준 이유는 뭘까?"

난 미간을 찌푸렸다. 내 제의에나 대답해 줬으면 싶지만, 왕은 이 쓸데없는 질의를 중요하게 생각하는 것 같다. 마법사를 싫어하는 왕이 마법사인 내게 잘해 줄 이유라면, 가장 유력한 건 이거겠지.

"내가 당신을 구해 줘서 그런 거 아니에요?"

"생각이 참 얕군."

헛웃음을 내뱉은 왕이 단칼에 잘라 말했다.

"나는 이미 그 사실을 부인했어. 그렇다면 그 이유로 그대에게 잘해 줄 리는 없겠지. 생각이라는 걸 할 수 있다면, 그 이야기는 꺼내지 않을 텐데."

……저 근사한 면상을 한 대 갈겨준다면 십 년 묵은 체증이 내려갈 것 같다. 안 될 것도 없지 않나? 잠시 갈등이 일었지만, 애써 참아 내고 난 비꼬는 어조로 논지를 폈다.

"실은 마음속으로 인정하고 있다던가. 다들 내가 당신을 구했다는 걸 알고 있던데, 본인만 뻔뻔하게 부인해 봤자 맞는 게 아니게 되진 않지요."

어쨌든 이번엔 내가 왕을 짜증 나게 하는 데 성공한 것 같았다. 짜증 어린 눈매를 보고 약한 쾌감을 느끼는 찰나, 왕이 거칠게 머리를 쓸어 넘기며 중얼거렸다.

"어찌 이리 눈치 없고 우둔하지?"

둔한 것도 아니고 우둔하다니……. 울컥한 난 기어코 한 마디 더 붙였다.

"잘해 주면 뭐해요? 말로 다 깎아 먹는데."

"그래서 내가 싫은가?"

이런 걸 대놓고 묻다니. 뜬금없기도 하고 철면피 중의 철면피라고 속으로 비난하며 난 왕을 미심쩍게 응시했다. 지금 심정 같아서는 싫다고 확 내지르고 싶었지만, 그의 표정은 사뭇 진지하여 가볍게 말을 꺼낼 수 없게 만들었다.

그리하여 내가 할 수 있는 말은,

"분명히 싫은 면은 있지만, 싫지는 않아요."

이 정도뿐이었다. 왕이 미소를 지으며 고개를 끄덕였다.

"다행이군."

싫지 않다고 했는데, 설마 좋아한다는 뜻으로 받아들인 건 아니겠지. 지나치게 긍정적인 반응이라 미간을 모으는데, 날벼락 같은 소리가 들려온다.

"그렇다면 내 마법사가 되는 것에 대해서는 어떻게 생각하지?"

"……네?"

"난 그대가 마음에 들어. 마법사는 싫어하는 건 사실이지만, 그대는 순진하긴 해도 품성은 괜찮아 보이더군."

난데없는 폭격에 이어 건네는 칭찬 같지 않은 칭찬에 오묘한 표정으로 마주 보자, 왕이 잔잔한 빛이 흐르는 눈으로 속삭였다.

"그러니 내 마법사가 되어 주었으면 좋겠군. 부족함 없는 대우를 해 주지."

……나는 그 눈빛의 의미를 알고 있었다. 꾸며내지 않은, 솔직한 호의. 말문이 막혔다. 란델은 내게 다정했지만, 그건 내가 시온이기 때문이지 그가 날 마음에 들어 해서는 아니다.

내가 마법사이고 마탑의 사람이라는 걸 떠나, 누군가가 나를 있는 그대로 바라보고 호감을 품는 건 처음 있는 일이었다. 가슴에 따스하고 잔잔한 물결이 스며든다.

"이상하지. 그대와 있으면 편안한 기분이더군. 왕인 내가 누군가를 편하게 여긴다는 건 우스운 일이지만, 그런 이를 하나쯤 곁에 두는 것도 나쁘지 않겠지."

혼잣말처럼 들리는 음성에는 확신이 흐르고 있었다. 그는 왕이었다.

불이 제 뜨거움을 숨길 수 없듯이 노예상에서도 그의 두드러지는 존재감은 숨겨지지 않았다. 타오르는 불살이란 원래 그러한 것. 태도는 언뜻 보기에 차갑고 솔직히, 아니꼽지만 다른 면에서는 자신만만하며 거짓이 없는 사람이다.

그리고 어떤 면에서 진심이라는 건 실은 흉내 내기 어려운 법이라, 이토록 뜻을 직설적으로 전달해 오는 데는 의심하기 어려웠다.

거절의 말이 입안에서 고였다.

넘치는 온기에 휩싸여 있는 사람이라도 혹할 만한 불길이었으되, 한데 머무르고 있는 난 승낙할 수 없었다. 소속된 곳 없이 이세계를 방황하는 나였다면 그의 말에 고개를 끄덕였을지도 모른다.

그러나 나는 그럴 수 없었다. 짙은 안개가 전신을 둘러싸듯이 내 몸을 옭아맨 보이지 않는 족쇄가 사지를 짓눌렀다. 마스터를 떠난다는 건 그토록 무거운 일이었다. 숨이 막힐 만큼. 만약 그렇게 한다면, 나 자신이 산산 조각나는 것도 모자라 왕에게도 재앙이 닥치겠지.

그리고 처벌을 떠나서 실은 내가 그걸…… 원치 않았다. 보복에 대한 두려움 이전에 부모 잃은 아이가 되어 버릴 것 같다. 나는 아직 마음의 준비가 되지 않았다.

어떤 말도 꺼내지 못하고 머뭇거리는데, 왕이 가만히 입을 열었다.

"원해서 그곳에 속해 있는 게 아니라고 느꼈다. 갈 곳이 없어서 그런 거라면 내가 마련해 줄 수 있어."

"그건 안 돼요."

떨리지 않는 음성으로, 난 제법 또렷하게 말할 수 있었다.

"저는 그럴 수 없어요."

"어째서지? 그대의 의지로 벗어날 수 없다는 말인가."

내 음성에 묻어나는 체념과 불가항력을 읽어 낸 날카로운 질문에 난 느릿하게 눈을 깜빡였다.

내 의지로 벗어날 수는 있겠지. 다만 목숨을 그 대가로 치러야 할 뿐. 자세하게 어렵지만 난 내 사정을 그에게 간략하게나마 설명할 셈이었다.

"네, 저도 어쩔 수 없…… 마스터께서…… 구해 주…… 대가를…… 그래서— 아!"

별생각 없이 입을 열었다. 그러나 내 입이 진실을 발할수록 고장 난 라디오처럼 고막을 울리는 노이즈가 일었다. 이건 뭐지? 뇌리에 불빛이 점멸한다. 경고가 떨어지듯 빛, 어둠을 빠르게 반복하는 와

중에 혀가 무뎌지고, 이내 난 신음과 함께 말을 멈추었다.

검은 연무가 피어올라 나를 확 집어삼켰다. 눈앞이 칠흑같이 컴컴하다. 사나운 손길이 심장을 터트릴 듯이 움켜쥐는 고통에 전신에 힘이 빠져나간다.

몸이 앞으로 기울고 무릎이 바닥에 맥없이 부딪혔다. 무릎의 통증은 거의 느껴지지 않았다. 상체까지 완전히 바닥에 닿았다. 충격이 둔중하게 퍼져 나간다.

난 내가 무엇을 하고 있는지조차 잊었다. 말할 수 없이 고통스러웠다. 몸을 가눌 엄두도 내지 못하고 난 심장 부분을 움켜쥐며 떨었다.

균형을 잃은 몸이 어떤 모습으로 뒹굴고 있는지, 생각할 여유도 없었다. 몸 안쪽에서 일어난 고통에 너무도 신경이 쏠려 바깥세상과는 아예 차단된 듯했다. 어찌할 방법이 없었다.

이대로 죽는 걸까. 난 막연히 그렇게 생각했고, 이미 죽음에 거의 다다라본 적 있었음에도 그 생각은 지독하게—

두려웠다.

본능처럼 질기도록 살고 싶었다. 그 생각을 단 한 번도 버린 일이 없다. 감각이 마비되는 듯도 하고, 도리어 예민해진 듯도 하여 피부에 닿는 공기가 유리 파편처럼 날카로웠다.

비명도 내지르지 못하고 헐떡이며 싸늘하게 식어 가는 몸에 뜨거운 손길이 느껴진다. 아니, 진작부터 닿아 있었는지도 모른다. 귓가에 이명처럼 왕의 말이 울려 퍼졌다.

"금제(禁制)인가. 비밀스러운 집단인 건 알고 있었지만……. 내가 지나치게 캐물은 모양이군."

자책감 서린 목소리도 날 달래 주지는 못했다. 이걸 초래한 게 왕이라면, 그를 저주하고 싶었다. 내 경솔하고 안일한 생각이 낳은 상황이었음에도.

오로지 이 모든 게 저절로 나아지기를 기다리는 동안, 왕이 날 부축하고 있었다. 정말로 놀란 듯한 그의 눈빛을 보자, 탓하는 마음이

잊힌다. 정지된 세계에서 사고만이 느릿하게 굴러간다.

녹물이 퍼져 나간 듯이 무겁기만 했던 몸이 서서히 풀려갔다. 호흡이 트이자 왕이 나를 들어 올려 침대 위에 조심스레 눕혀놓았다.

"이대로는 안 되겠군. 마법사를 불러올 테니, 쉬고 있어."

다급히 말하고 그는 떠나갔고 난 푹신한 침구에 파묻혀 눈을 깜빡였다. 무엇이 눈물샘을 자극했는지, 눈가가 축축하다. 심장을 짓누르는 느낌은 여전했지만, 고통은 아까보다 덜했다.

정말이었다.

마스터가 내게 했던 그 말들, 그저 협박이 아니라 오롯한 그대로의 사실이라는 걸 난 무력하게 실감하고 있었다.

왕에게 모든 사정을 고백했다면 필경 난 피할 수 없는 죽음을 맞았으리라. 누설조차도 허락되지 않는 강력하고 잔인한 금제. 그 때문에 난 손가락 하나 까닥하기 어려운 상태에 빠져 있었다.

실체화된 공포가 파도처럼 몰아치며 달려든다. 까마득한 절벽만이 앞길에 놓여 있는 듯했다. 밝히면 으스러질 개미나 누군가의 입김에 훅 꺼져버릴 촛불처럼 난 초라하고 미미한 존재에 불과했다. 혼자 남겨지자 그대로 덩그러니 놓여 버려진 듯이 불안감이 밀려온다. 그가 필요했다.

―마스터.

그 두려운 이를 난 구명줄을 잡듯, 부르짖었다. 마력도 일으킬 수 없고, 식물인간이 된 것이나 다름없는 지금의 나를 구할 수 있는 건 그뿐이었다. 날 쉽사리 살리고 죽일 수 있는 게 그인 것처럼. 시간이 지나면 몸 상태가 좋아질 것을 믿고 마냥 기다릴 만큼 마음이 여유롭지 못했다.

시체처럼 누워 있던 난, 빨려들듯이 눈을 감았다. 제발 이번에는, 나타나 주기를. 지난 며칠간 꿈속에서 그를 만나지 못하는 것에 대해서 내심 안도했던 때와는 반대되는 소망이었다.

이윽고 암전되었다가 다시 돌아온 시야에는, 순수한 금빛이 가득

들어차 있었다. 거기에 내리는 끝없는 깊이의 어둠.

"마스터."

현실 못지않게 생생한 꿈속에서, 몸을 가눌 수 없어 널브러진 채로 난 애타게 그를 불렀다.

"저, 저 좀 도와주세요!"

새카맣게 암흑이 서린 시선이 나를 향했다. 고요하기 그지없는 투로, 마스터가 속삭였다.

"마탑에 대해서 누군가에게 말했더냐."

"전 해서는 안 되는 말인 줄 몰랐……어요. 죄송해요. 다신, 다신 안 그럴게요!"

그가 날 구할 수 있는 유일한 존재라는 점을 내심 알고 있었던 탓인지 눈물이 펑펑 솟았다. 잘못을 비는 아이처럼 난 애원했다.

"제발, 어떻게 좀……. 해 주세요. 마스터. 너무 아파요."

정말로 반성해서가 아닌, 현재 곤경을 모면하기 위한 소리에 불과할지라도 적어도 내 말이 마스터를 움직이기는 한 모양이었다.

마스터의 손길이 내게로 뻗어지자, 난 움찔하며 눈을 감았다. 그 손길이 두려웠지만 이전까지 단 한 번도 그러한 적 없듯이 마스터는 육체적 폭력으로 내 어리석음을 벌하지 않았다.

심장 언저리를 짚는 손끝의 감촉이 느껴진다. 가슴 가까운 곳에 올려진 손길에 뺨이 확 달아올랐다.

제지하고 싶어 입을 달싹이던 난 이를 악물었다. 둔중한 통증이 퍼져 나가더니 이내 말끔히 걷혔다. 숨을 쉬기에는 좀 더 편안해졌지만, 여전히 몸속에 이물질이 들어찬 듯이 거북스럽게 괴로웠다.

"금제를 건드려, 마탑의 마력이 역류했다."

마스터가 느긋하게 들릴 만치 차분한 투로 읊조린다.

"체내의 마력이 심장을 보호하고 있지만, 육체의 지배력을 되찾기엔 충분하지 않다. 내버려 두면 이 상태가 계속될 터."

"그러면 어떻게……."

전신마비 상태가 계속될 거라니, 끔찍한 소리였다. 난 그를 올려다보았다.

정말로 멀쩡해질 수 있다면 무엇이든 감수할 수 있을 것 같았다. 빛을 게걸스럽게 탐하여 태양을 향해 잎을 뻗는 식물의 본능처럼, 강렬하게. 이것이 생의 욕망일까.

생각해 보면 그때, 처음 마스터를 만났던 때에도 지금과 꼭 같았던 것 같다. 나는 그게 누구든, 어떤 대가를 치르든 생각할 것 없이 누군가가 날 구해 주기를 바랐고, 오로지 삶만을 갈구했다. 그런 내게 마스터는 생명을 불어넣어 날 거의 나락으로 끌어당길 뻔한 죽음의 손아귀를 뿌리쳐 주었다.

그러니 그에 대한 두려움과 별개로 마스터는 내 유일한 구원자였다. 오늘도 그는 그에게 도움을 바랄 수밖에 없는 이 불민한 제자의 청을 들어줄 모양이었다.

서서히 내게로 몸을 숙여 가까워지는 마스터 때문에 호흡이 다시 가빠진다. 표정 없는 흰 얼굴에서 홍채도 비치지 않는 검은 눈이 부끄러울 만치 선명하다. 그래, 마력이 부족하다면 채워 넣으면 그만이었다. 그 방법이 무언지, 난 분명히 알고 있었다.

이전에 그에게 어떤 말을 했건 가릴 만한 상황이 아니니. 체념하듯 눈을 내리감자, 허락을 묻지 않고 마스터가 몸을 적시는 빗방울처럼 내게로 떨어져 내렸다.

맞닿은 입술이 서늘하다. 물 한 모금을 머금듯이 가벼이 다가온 그가 이내 파도처럼 밀려왔다. 젖어가는 양 부드럽게 흘러드는 힘의 물결.

조금 전까지 내 몸을 파괴적으로 차지한 마력과 같은 것이었으면서도, 달랐다. 싸늘하게 식은 육신이 봄볕을 쬐듯 따뜻해져 가기 시작했다. 시들어 가던 이파리에 생기가 도는 양, 통증은 사라지고 몸에 힘이 솟는다.

바닥에 맥없이 늘어져 있던 손이 머뭇거리며 기어올라 마스터의 팔을 잡았다. 제지한다기보다는, 매달리려는 태도에 가까웠다.

마스터는 언제나처럼 눈을 감지 않았으므로 난 그저 들여다보는 것만으로도 그의 눈동자 속에서 나를 발견할 수 있었다.

그 안에 비친 나는 놀랍도록 연약한 모습이었다. 멍하니 그를 올려다보며 경계 없는 마음을 고스란히 드러낸 나는 뱀파이어에게 홀려 순순히 목을 내어 주는 이야기 속의 여인처럼 보였다.

실상 그에게서 무언가를 받아 가는 쪽은 내 쪽이지만, 부끄럽고, 가슴이 따끔거린다. 이럴 때마다 내가 너무도 그에게 의지하고 있음을 실감한다.

그래서는 안 된다고 마음속으로 되새겨도 정작 위기가 오면 눈앞에서 흔드는 달콤한 과자에 혹한 어린아이처럼 자제심 없이 굴고 만다.

하지만 과연 그게 나만의 책임일까? 뻔뻔스러워지고 싶지는 않았지만, 마스터가 날 모질게 질타하고 내쳤다면 나 역시 그에게 감히 도움을 구하지는 못했으리라. 내가 그렇게 되도록, 그가 의도적으로 만들고 있는 건지도 모르지.

잦아든 고통은 이성을 치켜세웠다. 언제라 예측할 수 없이 입술을 떼어 낸 그가 내게서 멀어져가자, 난 황급히 입가를 가렸다. 귀까지 열기가 올라 화끈거린다.

감정 없이 담백한 그의 시선 아래 고스란히 노출되어 있는 게 견딜 수 없이 부끄러웠다. 심장이 박차를 가하며 쿵쿵거리는 소리가 고막을 울린다.

바닥에 쓰러져 있던 내게 다가온 마스터가 무릎을 대고 앉은 터라, 이렇듯 낮은 곳에서 마주 보고 있는 건 처음이었다. 그 친밀한 자세에 정신이 달아나는 것 같았다.

……감사하다고 해야겠지.

무어라 운을 떼려 입을 열기도 전에 돌연 오싹한 기운이 등골을 스친다. 이게 무슨 느낌이지? 표현할 수 없이 섬뜩했다. 어깨를 감싸 쥐며 난 몸을 웅크렸다.

꿈을 벗어나야겠다고 생각하기도 전에 본능이 나를 일깨우는 양 시야가 아득해진다. 난 먹칠한 것처럼 까맣게 보이는 마스터를 향해 손을 뻗었다.

"마스터—"

그러나 어떤 말을 남기지 못하고, 곧바로 난 쭉 밀려났다. 금빛 숲이 저 멀리 사라져간다. 아니, 내가 돌아오고 있었다. 꿈을 벗어나 내가 위치한 현실 속으로.

퍼뜩 눈꺼풀이 열림과 동시에 내게로 날아오는 번뜩이는 예리한 빛을 목격한 난 눈을 부릅떴다. 거의 반사신경에 가까운 방어였다.

순식간에 불투명하게 펼쳐진 결계에 날카로운 무언가가 힘껏 맞부딪혔다.

—콰창!

살의가 그득한 독살스러운 눈빛과 마주한 난 뱀을 만난 개구리처럼 얼어붙었다.

이리스 라하느? 그걸로 끝이 아니었다. 꿈에서 막 깨어난 터, 조금 전까지 온통 몸이 마비되어 있었던지라 얼떨떨한 정신은 미처 더한 방비를 생각지 못했다.

튕겨 나가는 듯했던 검 끝이 어설프게 펼쳐진 결계를 날카롭게 파고들었다. 콰지직, 결계가 잘리는 소리가 들리고 코앞까지 쇄도하는 검에 기겁한 난 몸을 옆으로 굴렸다.

생사가 경각에 달렸던 탓에 다행히 뜻대로 반응할 수 있었다. 내가 피한 자리로 침대를 두 쪽 낼 듯이 검이 깊숙이 박혔다.

"당신 미쳤어?"

침대에서 굴러 내려와 소리쳤다. 이미 비명을 내질렀던 것처럼 쉬어 버린 목소리가 낯설다.

이리스 라하느의 얼굴에 미소가 어렸다. 인형의 것처럼 생기 없고, 뱀처럼 차가웠다. 모든 감정이 살의에 먹혀버린 듯한 눈동자는 이물질 하나 섞이지 않은 결정처럼 놀랍도록 순수한 푸른색이었다.

그래, 그녀를 움직이는 건 감정이 아니라 의지였다. 나를 이 자리에서 살해하겠다는 결연한 의지.

그저 베기로 작정한 양 이리스 라하느는 바로 검을 고쳐 들고 내게로 달려들었다. 더할 나위 없이, 오로지 목적에만 충실한 행위다.

난 급히 마력을 끌어올려 결계를 보강했다. 콰강! 또다시 격렬한 소음이 들려왔지만, 이번에는 쉽사리 깨어지지 않았다. 이리스 라하느는 계속 해서 치고 빠지며 결계를 난도질하듯 가격했다. 그 적나라한 살의에 피부가 바늘로 찌르는 듯이 따가웠다.

아파서 자다 일어나 보니 웬 미친 여자가 칼을 들고 덤비는 상황에 심장이 다 벌렁거렸다. 세상에! 의도한 바이긴 하지만, 상상한 것보다 더 난데없고 두려웠다.

침착하게 머리를 굴려 상황 파악을 해 보니 아마 왕이 나와 함께 이곳에 들었다는 이야기를 듣고 홱 돌아 버린 듯싶었다. 상대가 잠들어 있으니 좋은 기회다 생각했겠고.

어쨌든 이건 내게도 기회였다. 난 제정신이 아닌 것처럼 보이는 그녀를 일단 속박하려고 마력을 끌어올렸다.

그러나 조금 전에야 내게 주어진 터라 몸에 충분히 녹아들지 않는 모양이다. 마력이 마음대로 움직이지 않았다. 아니, 움직이긴 하되 그리 섬세하게 조절할 수 없었다.

그리하여 이리스 라하느가 마력을 모으듯이 자세를 낮추고 내게 다시 한 번 힘껏 달려들었을 때, 마냥 막아 낼 수만 없었던 난 무식하게 그녀를 향해 마력을 터뜨렸다. 준비 시간이 충분하지 않았으므로 그야말로 강도를 생각하지 못한 공격이었다.

결과는 쿤데라 공을 상대했을 때처럼 예상의 범주를 벗어났다.

"아악!"

검이 산산이 조각나며 파편이 비산하는 동시에 이리스 라하느가 비명과 함께 날아가 벽에 처박혔다. 쭉 미끄러져 내린 그녀가 바닥에 시체처럼 늘어졌다. 부딪히는 소리가 방 전체를 뒤흔들 만큼 커서,

난 몸을 움찔했다.

조심스레 살펴보니, 충격에 꺾여 버려 비틀린 팔과 다리가 기괴한 모양새라 소름이 돋았다. 정신이 멀쩡하더라도 곧바로 혼절할 만큼 엄청나게 아파 보인다.

주…… 죽은 건 아니겠지. 그녀가 나를 죽이려 하긴 했는데, 그렇다고 역으로 내가 그녀를 죽이는 건 좀 곤란하다. 내 계획에도 맞지 않거니와, 고대나 중세 사람도 아니고 '눈에는 눈 이에는 이'는 좀. 흠씬 때려 줄 마음이 있었던 터라, 몸이 마음을 반영한 걸까.

걱정이 밀려와 슬쩍 다가서자, 기척을 느꼈는지 이리스 라하느가 꿈틀거린다. 독한 여자답게 놀라운 정신력이다. 다행히 숨은 붙어 있나 보다.

몸을 일으키지는 못할 것 같고, 이대로 내버려 뒀다간 정말 죽을 듯하여 난 치료 마법을 머릿속으로 떠올려 보았다. 마침 마스터에게 받은 지식 중에 쓸 만한 게 있었다.

나를 죽이려고 한 사람이니 깨끗하게 치료해 줄 필요는 없겠지만, 숨은 붙여 놔야 추궁을 하든 뭐에 써먹든 할 수 있겠지.

다가가기 싫어도 어쩔 수 없다. 이리스는 아직 내게 필요했다. 치를 떨며 그녀의 몸에 어설프게 손을 얹은 난 정신을 집중했다. 서서히 마력을 불어넣자 피만 안 흘렀을 뿐 속이 상했는지 새파랗게 변한 피부색이 점점 원래대로 돌아왔다.

이쯤이면 되겠다 싶었을 때, 난 손을 떼어 냈다. 의식이 온전하지 못한 것처럼 보이긴 했지만, 아마 죽지는 않을 것이다. 의학적 지식은 없어도 그녀의 몸에서 흐르는 생명력을 느낄 수는 있으니.

아무리 내가 오해를 의도했다지만, 또 그녀에게 내가 왕의 바람상대쯤으로 여겨지고 있다지만 칼 들고 달려든 여자 치료해 준 것만으로도 곱게 마음 써 준 거 아닌가.

못마땅한 눈으로 그녀를 놓고 돌아서는 그때에, 뒤에서 바스락거리는 소리가 들렸다. 여전사 타입이다 싶더니, 굉장하네. 혀를 내두르며 깨어났나 싶어 돌아보는데, 불현듯 한기가 화살처럼 가슴을 파고들었다.

위기를 제대로 인식할 새도 없었다. 시야에 유리 파편처럼 날카로운 빛이 잡힌 즉시 난 팔을 들어 올렸다. 등 뒤를 노리고 단숨에 쏟아진 일격은 생각보다 강력했다. 느슨해진 결계가 깨져나가며 팔뚝에 화끈, 통증이 일었다. 팔을 들어 올리지 않았다면 목이 베였을 것이다. 그 생각을 하니 소름이 돋아 머리끝까지 곤두섰다.

이리스 라하느는 그걸로 모든 기력을 소진한 듯 부들거리는 몸을 붙들고 서 있었다. 상처 입은 맹수처럼 형형한 눈빛이다.

그녀의 손에 들린 어디서 꺼냈는지 모를 단검은, 피에 젖은 채 예리한 빛을 반사한다. 분명 고통스러울 텐데 그 상처 입은 몸을 하고도, 이리스 라하느는 여전히 날 죽이려 드는 걸 포기하지 않았다.

내게 꽂힌 충혈된 눈동자가 그녀의 의지를 말해 주고 있었다. 절박스럽게까지 느껴지는 살의. 피가 흐르는 팔을 움켜쥐며 난 충격에 젖었다.

이곳 사람들 사고관은 원래 이런 걸까? 거슬리면 죽이고, 방해되면 해치운다. 아님 내가 유난히 지독한 여자를 건드린 거야? 블레셋의 경우도 그러하거니와 거슬리는 상대를 죽여 없애고 보려는 작태가 이해가 되지도 않고, 끔찍스러웠다.

또 항변하고 싶었다. 내가 원해서 이 나라에 온 게 아니라고, 내가 원해서 이러고 있는 게 아니라고. 이 잔인하고 이상한 세계에 떨어지는 거, 단 한 순간도 원치 않았다고. 이유 모를 서러움에 속이 울컥거렸다. 실제로 내가 여기서 죽는다고 해도 누구 하나 슬퍼하는 사람 없겠지. 비관적인 생각에 팔에 난 상처가 점점 더 아파지는 느낌이다.

정적 속에서 대치가 이어졌다. 눈치를 보던 이리스 라하느가 또다시 내게 달려들려던 찰나, 문이 벌컥 열린다. 그녀를 벽에 처박을 때부터 굉음이 일었으니, 누구 하나쯤 달려올 만하다고 생각했는데 하필 그 사람이—

"이리스 라하느!"

벼락처럼 내리지르는 소리에 난 화들짝 놀랐다. 문이 열리자마자 목도한 광경에 이미 상황 파악이 끝났는지 노기가 성성한 눈으로 왕이 제 약혼녀에게 성큼 다가갔다.

그는 너무도 쉽게 그녀의 단검을 빼앗아 들었다. 악랄하게 내 목숨을 노렸던 그녀는 갑자기 사고를 치다 주인한테 발각당한 애완견처럼 어쩔 줄 모르는 표정을 지었다.

그러고 보니 마법사를 부르러 간다고 했었나. 그가 돌아오는 건 예견된 일이었다. 조금 더 빨리 왔으면 좋았겠지만.

"도대체 무슨 짓을 벌인 거냐."

분노가 여실히 묻어나오는 음성과 눈빛에 왕의 위엄이 실리자, 몸을 짓누르는 듯한 압박감이 쏟아진다. 그것이 나를 향한 게 아님에도 그럴진대, 이리스 라하느가 말을 더듬으며 변명을 시도했다.

"저, 저는 그저 저 여자를……. 폐하가 그녀와 이곳으로 향하셨다고…….'

더 들어 줄 것도 없다는 양 왕이 그녀의 손목을 사정없이 움켜쥐었다. 약혼녀를 대한다기보단 범죄자를 포획하는 듯이. 고통에 신음하는 소리에도 아랑곳하지 않고, 그녀를 방 밖으로 끌고 가다시피 하여 내동댕이쳤다.

상처의 고통보다 왕의 거친 태도가 더 가슴 아픈지 이리스 라하느가 눈물을 글썽거리며 '폐하!'를 부르짖었다.

"네가 어떤 생각으로 이런 짓을 벌였는지 이제는 알고 싶지 않다. 이리스 라하느."

진저리치는 왕의 두 눈에 경멸의 빛이 떠올랐다. 그건 그를 사랑한다고 말한 여자의 마음을 갈가리 찢어 놓을 만한 것이었다.

"감옥으로 끌고 가라."

분노가 묻어나오는 음성에, 병사들이 들어와 이리스 라하느를 일으켜 세웠다.

끌려가면서도 이리스 라하느는 어떻게 자기를 버리고 저 여자를 택하실 수 있느냐며 비련의 여주인공처럼 흐느끼며 소리를 질러 댔다. 누가 들으면 칼부림당한 내가 아니라 제가 피해자인 줄 알겠다.

왕의 태도가 분명하여, 마음이 좀 풀린 난 한숨을 내쉬었다. 그가 당연하게도 약혼녀인 이리스 라하느를 감쌌다면, 굉장히 서러웠을 것이다.

숨소리가 들려오자 싸늘하게 굳어 있던 왕이 날 바라보았다. 그의 낯에는 드물게 미안한 감정이 배어 있었다.

"……몸은 괜찮나."

난 말없이 다친 팔뚝에 마법을 써 보였다. 하얀빛이 피어오르며 금세 상처가 아물었다. 조금 전보다 마력 사용이 원활해진 느낌이다.

왕이 느릿하게 미간을 짚었다. 한시름 놓은 양 입에서 긴 숨이 새어 나왔다. 급히 달려온 것처럼 흐트러진 차림새다.

염려 섞인 낯으로 왕이 속삭였다.

"그대로 죽는 줄로만 알았다. 치료에 능한 마법사가 밖에서 대기하고 있으니, 진료를 받는 것이."

"……"

난 가만히 그의 눈을 마주 보았다. 그를 앞에 두고 멀쩡하던 내가 쓰러져 버렸으니 놀랐을 만도 하지.

정말로, 왕은 날 걱정하고 있었다. 나를 위해 주는 사람의 반감을 사는 건 누구에게나 꺼려지는 일일 터. 계획한 대로 말을 꺼내는 건 쉽지 않은 일이었다. 그게 비록 왕과 샤자한을 위한 것일지라도.

하지만 나는 해 내야 했다. 그걸 위해서 이리스 라하느를 자극하여 내게 달려들게 하지 않았던가.

생각해 보면 참 느슨하고 헐렁하기 짝이 없는 계획이었지만, 결국 여기까지 왔다. 그러니 내가 할 말은 정해져 있었다.

난 냉정하게 보이게끔 표정을 굳히며, 왕에게 대꾸했다.

"다른 의미로 죽을 뻔했지요. 왕궁에서 암살을 당할 뻔했으니까요."

"그대는 자국을 방문한 귀빈이니 그녀는 응당 대가를 치를 것이다."

침중한 어조로 선언하는 왕에게 난 악녀처럼 비릿한 미소를 지어 보였다.

"그것으로는 충분하지 않아요."

시선이 흔들렸다. 그도 예감하고 있는 것이리라. 내가 꺼내 놓을 이야기가, 결코 그가 바라지 않을 만한 내용이라는 것을.

그러나 그는 망설임 없이 물었다.

"무엇을 바라는가."

나는 건방지리만치 똑바로 그를 응시했다. 더 이상 회유를 위해서 그에게 수그릴 필요는 없었다. 왕 앞에서 움츠리지는 않았지만, 대우해 준답시고 예의를 지켰던 터였다. 달라진 태도는 내가 뜻하는 바를 전달하기에 충분했다.

그는 샤자한의 왕이었고, 나는 마탑의 시온이었다. 그간의 친밀함을 벗고 순식간에 거리를 둔 채 장벽이 내렸다.

"내가 당신을 구했단 건, 마탑의 눈에선 하찮은 사건에 불과하지요. 란델이 굳이 대가를 받아 내려고 하지 않을 만큼."

내 목소리라고는 믿기 어려운 싸늘함. 차가운 어조로 난 설파했다.

"하지만 마탑의 시온을 암살하려고 한 건, 전혀 다른 문제지요. 그래요, 란델에게 스스로 말씀하신 바 있으니 폐하께서도 아시겠군요. 마탑은 명분 없이 나서지 않는다고."

내 말을 들으며 흔들리던 왕의 눈빛에 이지가 감돌았다.

"그래서."

"이제 마탑에는 샤자한에 개입할 만한 명분이 생겼어요. 내가 이 사실을 알리기만 한다면……. 말이죠."

실은 당신이 어떤 사람이든 처음부터 중요치 않았다. 그러니까, 내 생각보다 당신이 더 좋은 사람이라고 해서 망설이는 일이 있어서는 안 되었다.

"제가 뭘 원하는지는 아시잖아요."

감정이 사라진 얼굴을 바라보며, 난 똑똑히 말했다.

"나를 살해하려 했단 걸 덮어 줄 테니, 계약을 맺어요. 내가 바라는 건 그거예요."

난 비딱하게 고개를 기울이며 번거롭다는 투로 내뱉었다.

"난 이곳에서 더 이상 이런 식으로 시간을 허비하고 싶지 않아요."

왕이 그러했듯이, 물러날 수 없는 문제라면 소통은 무의미하다. 더 이상 그의 뜻대로 휘둘릴 것처럼 만만히 보일 수는 없었다.

그가 날 섭외하려 한 것은 내게 호감을 품어서이기도 하지만, 다른 시각에서 보자면 그만큼 그의 편으로 끌어들일 시도를 할 만큼 내가 쉬워 보였단 뜻도 된다.

난 쐐기를 박듯이 분명하게 선고했다.

"그렇게 못 하겠다면, 난 이리스 라하느의 목을 원해요."

잠시 침묵이 떨어졌다. 나 역시 고이 잘려 쟁반에 고스란히 바쳐진 이리스의 얼굴 같은 건 보고 싶지 않았다. 내가 극단적으로 나온 이유는 간단하다. 왕이 과연 이리스 라하느를 버릴 수 있을까?

글쎄, 나는 그렇게 생각하지 않아. 분명 왕은 그녀를 좋아하지 않고, 감정적으로는 이참에 버려버리고 싶을지도 모른다. 하지만 왕의 약혼녀이고 왕비로 내정된 여자라는 걸 떠나서 그녀는 왕과 라하느 가문의 결속을 상징했다.

라하느가 왕의 강력한 지지가문이라는 건 이미 알고 있었고, 라하느 공이 그의 딸을 대단히 아낀다는 것도 알고 있었다. 진실로 냉혈한이면 모를까 정치적인 목적으로 자식을 버리기는 쉽지 않은 노릇이다. 내 세계와 이곳이 다르지 않다면, 라하느 공은 결코 제 딸이 죽도록 내버려 두지 않을 것이다.

권력자들은 대개 제 자식만은 아낀다. 잘못을 저질렀어도 도리어 제 모든 힘을 다해 덮어주고 감싸려고 할 테지. 원래 가문의 부흥이란 개인의 영달을 위한 것, 자식을 보호하는 데 가문의 힘을 동원하지 않으려고 하겠어? 이리스 라하느가 마음대로 날뛴 데에는 근거가 있을 터였다.

왕의 낯빛에 노기와 고뇌가 어렸다. 이리스 라하느를 위해서 결정을 돌이키고 싶지는 않겠지만, 그가 결자해지를 원해 이리스 라하느를 내어 준다고 하여도 라하느 공이 그것을 용납하지 않을 거라는 걸, 왕도 알고 있으리라.

앞서 반역을 일으킨 쿤데라 공의 경우도 있듯이, 그의 입지는 최근에서야 다져졌다. 샤자한이 마탑과의 거래를 통해 손해를 본다고 해도, 그건 국가적인 차원에서의 손실일뿐 그의 왕권과 직접적으로 결부되는 문제는 아니다.

다만 내가 간과한 것이 있다면……. 위험을 감수하고서라도 마탑과의 계약을 끝내고자 했던, 그의 감정. 그리고 과거에 일어났던 그 어떤 사건.

낯빛에 그늘이 드리운 왕에게서 낮은 소리가 흘러나왔다.

"언제나 그대들은 죽음을 요구하는군."

의미를 알 수 없는 말이었다. 나를 향한 옅은 호감마저 밟아 뭉갠 듯한, 증오심 깃든 눈빛이 왕에게서 쏟아져 내렸다. 그의 시선에 데일 듯하여 마주 보기 어려웠지만, 난 버텨 냈다.

왕은 끓어오르는 무언가를 애써 참아 내는 듯 천천히 눈을 감았다가 떴다. 그의 입에서 나직한 저음이 발해졌다.

"내일 답을 주지."

그리고 내가 무어라 말하기 전에, 등을 돌렸다.

그날 밤, 나는 왕을 지켜보고 있었다.

몰래 엿본다는 행위가 떳떳하지 못하단 인식은 이미 저버린 지 오래였다.

진노가 깃든 호박색 눈은 오래된 화석 같았다. 왕 앞에 당도한 라하느 공은 한 가문의 수장답게 이제껏 지켜왔던 근엄한 태도를 버리고 자식을 가진 아비가 되어, 왕 앞에 무릎을 꿇었다.

"폐하."

"……공."

"입이 열 개라도…… 드릴 말씀이 없습니다."

"……공에게 그녀를 자중하게 하라 일렀는데. 이리스가 그렇게 행동할 거라곤 예상하지 못했소?"

"감시를 붙였는데 어느새 따돌리고 말아……. 그런 짓을 벌일 줄은."

"일이 벌어진 이상 잘잘못을 따지는 것도 무의미한 일, 나 또한 안 일했으니 공을 탓하고자 하는 마음은 없소. 다만 그녀는 대가를 치러야 할 거요."

이미 마음을 정한 듯한 왕의 말에서 불길한 예감을 느꼈는지 라하느 공이 바닥에 닿을 듯이 고개를 숙였다.

"하나뿐인 여식입니다. 부디……."

왕의 입가에 언뜻 웃음이 스쳤다. 자조하는 듯하면서, 싸늘한 색채를 띤 그 미묘한 웃음.

"마탑에서 그녀의 목을 원하더군. 내줄 생각이오."

"폐하!"

침통하게 외치며 라하느 공이 바닥에 머리를 쿵 찧었다.

나 역시 놀라 눈을 부릅떴다. 설마 정말로 그렇게 하려고 할 줄은 몰랐다.

아무리 그 난리를 친 이리스 라하느가 싫다지만, 그녀가 죽게까지 하는 건 마음이 꺼림칙했다. 더군다나 내가 그걸 요구한 상황이라면.

"차라리 제 목을 바치겠습니다!"

왕이 음울하게 되뇌었다.

"공의 목으로 해결할 수 없는 일이오. 이 사태를 초래한 원인이 책임을 져야지."

"폐하, 그 아이는 목숨을 다해 폐하의 곁을 보필해 왔습니다. 부디……."

"그 때문에 그녀가 내 시녀를 베어 넘겼을 때도, 이름 모를 귀족 여식을 계단에서 떠밀었을 때에도, 그 외의 무수한 악행을 저질러도 나는 눈감아 주었지."

"제 여식의 불민함은 아옵니다. 허나 선왕의 승하 이후로 혼란한 시국에서, 폐하의 곁을 지킨 라하느의 공을 생각해 주소서!"

"선왕께서도 그들을 달래기 위해, 마력석을 빼돌린 왕제의 목을 가져다 바쳤건만."

왕의 눈이 스산한 빛을 띠었다.

"공은 딸의 목숨이 왕족의 것보다 더 중하다 할 것인가? 심지어 그는 선왕의 하나뿐인 친아우셨건만."

라하느 공의 몸이 부르르 떨렸다. 나 역시 왕이 꺼낸 충격적인 사연에 얼어붙었다.

그래, 그토록 오래 거래가 이어져 왔으니 한 번쯤 누군가 중간 과정에서 욕심을 내었을 수 있다. 마탑이라면 틀림없이 대가를 받아 내었겠지.

라하느 공이 목소리를 가다듬으며 말했다.

"그러나 폐하……. 그 후로 아끼던 친아우를 잃으신 선왕께서 마음의 병을 얻어 건강을 크게 해치시지 않았습니까. 국정을 거의 4대 가문에 일임하신 터, 그 때문에 폐하께서 왕위에 오르실 때에 어려움을 겪으셨던 것인데……."

"그랬지, 공도 알다시피. 허나 어쩌겠나, 이리스의 목을 원한다는데."

"그들의 요구가 온당치 못하다 하여, 계약을 끊고자 하심이 아니었습니까."

"공은 계약을 종결짓는 데 회의적이지 않았소."

"……무슨 일이 벌어질지 예상하기 어렵습니다. 니라야에서는 벌써 이상 징후가 나타나고 있습니다. 정찰을 돌던 병사들이 실종되었단 파발이 전해졌습니다. 무시무시한 마물이 나타났을지도 모릅니다."

"그 이야기를 들은 즉시, 친위군을 내려보냈소."

라하느 공의 머리가 번쩍 들렸다.

"폐하, 고작 며칠 전에 반역이 있었습니다. 이러한 때에 왕도를 비우시면!"

"쿤데라 공이 없는 지금 누군들 반기를 들까. 니라야의 늪 관련해서는 그걸로 충분하리라 믿소."

"그걸로도 부족하다면 어찌하시렵니까. 니라야의 늪이 그들의 관리하에 있지 아니할 때는 이곳 왕도에까지 마물이 닥쳤습니다."

"이변이 발생한다면, 나는 늪을 차라리 없앨 작정이오."

이미 확고하게 마음을 정한 듯한 왕의 대답에, 라하느 공에게서 한탄처럼 긴 침음성이 새어 나왔다.

"폐하, 그간은 폐하의 뜻이 확고하여 미처 말리지 못했습니다만. 마력석이 나지 않으면 샤자한의 손실은 이루 말할 수 없습니다."

"실체도 불분명한 집단에 샤자한이 휘둘려서야 되겠는가. 그런 체계라면 얼마나 이득을 가져다주건 사라지는 편이 낫소. 그걸 위해서 준비해 온 터."

"……허나 폐하, 그게 과연 샤자한을 위한 길입니까?"

이번 질문에, 왕은 차마 바로 대답하지 못했다. 복종하듯 무릎 꿇은 자세는 여전하되 라하느 공이 제자를 가르치듯이 타일렀다.

"왕위에 오르시면서 누구에게도 흔들리지 않을 굳건한 왕권을 수립하고자 하시는 바는 압니다. 그러나 지금 이것이 샤자한을 위함입니까?"

"…….""

침묵이 이어지자 라하느 공이 다시 공손히 머리를 수그렸다.

"그들이 원하는 건 계약을 다시 맺는 게 아니겠습니까."

"계약을 다시 맺는 걸로 수습하고, 그대의 딸을 살리라? 공이야말로 사욕이 없다 할 것인가."

듣고 있던 왕이 반문하며 기가 찬 듯 웃었다.

그러나 왕보다 더 뿌리 깊은 사유가 라하느 공에겐 있었다. 그는 딸의 목숨을 걸고 있었고 그렇기에 논쟁에서 물러남이 없었다.

"어떤 말로도 사할 수 없는 잘못이라는 건 압니다. 제 목숨을 달라 하시면 드리겠습니다. 라하느를 가져다 바치라면 기꺼이 바치겠습니다. 그러나 생각해 주소서. 라하느는 폐하의 오른팔이 아닙니까."

공을 내세우는 데는 긴말이 필요치 않았다.

"이것까지 생각한 건지……."

이윽고 왕의 입에서 바람 빠진 소리가 새어 나왔다. 그의 눈은 여전히 짙은 빛을 띠었지만, 이전의 철벽같은 단절감은 사라진 채였다. 패배를 시인하거나, 어쩔 수 없단 걸 인정하거나……. 그 둘 사이 어딘가에서 맴도는 느낌이다.

"공은 어린 시절부터 나를 가르친 스승이기도 했지. 공에겐 단 한 번도 이겨 본 적이 없는 것 같군."

라하느 공은 경솔한 언동을 삼갔고, 왕은 침묵 속에서 무겁게 눈을 내리감았다. 이윽고 그의 입에서 결론이 발해졌다.

"이번이 마지막이오. 라하느의 이름을 보아 그녀의 죄를 눈감아 주는 것은."

"베풀어 주시는 은혜에 소신, 그저 감읍할 따름입니다. 이 한 몸 충의를 다 바치겠습니다."

그렇게 왕의 결정은 내가 원하는 쪽으로 내려진 것처럼 보였다.

왕에게 반감을 산 게 걸리긴 했지만, 이제 일이 거의 해결되었다고 믿었다.

마음 편히 잠들었던 난, 다음 날 아침 왕이 찾아들 때까지만 해도 홀가분한 기분에 잠겨 있었다.

니라야의 늪에서 동분서주하고 있을 란델에게 어떻게 연락을 취해야 하지? 다른 문제를 고민하면서.

그래서 왕이 무섭도록 굳은 얼굴로 찾아와 불쑥 말했을 때도,

"이리스 라하느의 목을 원한다고 했지."

"네."

대수롭지 않게 대꾸해 버렸다.

"내어 주지."

"……네?"

잘못 들었나. 난 눈을 휘둥그레 떴다. 하지만 농담하는 표정도, 그럴 만한 상황도 아니었다. 예기치 못한 말에 귀를 의심하는 내게 왕은 웃음기 하나 없는 얼굴로 말했다.

"라하느 가의 여식 된 몸, 아무에게나 목을 자르게 할 수는 없지. 그대가 직접 취해 가도록."

……도대체 무슨 소리를 하는 건지 모르겠다. 라하느 공과는 어제 이야기가 잘 끝난 게 아니었나? 그 하룻밤 사이에 마음이 바뀌었다고?

왕은 '준비해 두었다.'고 말하며 날 일별하고 몸을 돌렸다. 따라오라는 신호를 읽어 낸 난 그의 등 뒤를 따르면서도 상황에 어떻게 돌아가는 건지, 이해가 가지 않았다.

혼란한 와중에도 왕의 발길은 거침이 없었다. 궁을 벗어나 어딘가로 향하며, 혹여 이게 함정이 아닐지 의심했다.

그럴 가능성은 낮았다. 나 하나를 없애고 마탑과 전면전을 벌이는 건, 분풀이는 될망정 그에게 이익이 되는 일은 아니다. 어차피 나는 말단에 불과하니까. 물론 날 쥐도 새도 모르게 죽여 없애려는 걸 수도 있지. 하지만 마탑을 상대로는 그게 어렵다는 걸 알 텐데.

우리가 가는 방향에선 함정같은 낌새가 비치지는 않았다. 어쩐지 점점 외지고 스산해지는 분위기가 내가 생각한 장소로 가는 게 맞는 것 같다. 감옥.

감옥은 그 용도에 걸맞게 지하에 자리하고 있는 것 같았다. 평평한 길을 걸어가는 듯이 보였지만, 나아갈수록 고도가 낮아지는 느낌이다.

병사들이 지키고 선 철문을 지나, 우리는 아래로 향했다. 가는 길에 겹겹이 쳐진 창살이 섬뜩하게 검었다. 살벌하고 바짝 긴장된 공기가 숨을 죄였다.

내부로 향하는 걸음은 조금도 늦춰지지 않았고, 이윽고 아무런 방해 없이 왕과 나는 목적한 곳에 다다랐다. 동행한 호위들은 바깥쪽에 물리고 왕은 어느 비좁은 감방 안으로 성큼 들어섰다. 나 역시도 그와 함께였다.

손과 발이 포박당한 채 고개를 숙이고 있던 이리스 라하느가 문이 열리는 소리에 고개를 들었다. 온종일 씻지도 못하고 가두어져 있었던 게 분명함에도, 그녀는 초라하단 단어가 무색할 만한 아름다움의 소유자였다.

어둑어둑한 감옥 안에 조명이 드리운 양, 결 좋은 금발과 짙푸른 눈동자가 반짝거리며 별처럼 빛난다. 평소의 그녀도 아름답지만, 갑자기 확 밝아진 건 아무래도 왕을 마주하고 있기 때문일 것이다. 왕을 목격하자마자 생기를 얻은 눈동자에 광채가 돌았다. 이쯤 되면 신앙에 가까운 애정이다.

"여기 그녀가 있으니 그대로 뜻대로, 시행하길."

그리하여 왕이 무감정하게 토로했을 때, 나는 움찔하지 않을 수 없었다. 이리스 라하느의 시선이 뒤늦게 내게 닿자 그녀의 눈에 독기가 피어올랐다.

"폐하, 저 여자가 왜 여기에⋯⋯."

"네가 벌인 일의 대가로 네 목을 원하더구나."

"폐하?"

불안감을 느낀 양 이리스 라하느의 낯빛이 새하얘진다. 그를 부르는 말소리가 떨렸다.

왕은 동정심 없는, 실로 무미건조한 눈으로 그의 약혼녀를 바라보고만 있었다. 철혈의 군주처럼 그가 가진 체스말 중 하나를 버리듯, 왕이 선고한다.

"그래서 내어 주기로 했다."

"⋯⋯폐하!"

"네 그간 사력을 다해 나를 섬긴 걸 안다. 내 평생, 잊지 않으마. 네 시신은 좋은 터에 안치될 것이다."

왕이 친절하게 그녀의 사후처리에 관해서 이야기해 주자, 이리스 라하느의 얼굴이 하얗다 못해 파랗게 질려갔다.

"폐하, 이, 이러실 수는 없어요."

"네 명예를 위해, 다른 목격자 없이 그녀가 직접 네 목숨을 취해 갈 것이다."

"폐하!"

참, 눈에 보이는 광경이 뭐라 말하기 어렵게 이상하고 우스꽝스러워서 심장이 울룩불룩해지는 것 같다.

겁을 주려는 게 일부러 이러는 거 아니야?

하지만 왕의 표정은 너무도 태연했다. 태연하다 못해 감정을 배제한 낯, 흔들림 없는 눈빛이 준엄하기까지 하다. 그 모습이 충격으로 박힌다. 난 확신하게 되었다.

정말로, 왕은 그녀가 죽어도 상관없다고 생각하는 것이다. 정말로, 이리스 라하스를 죽게 내버려 두려는 것이다.

그 때문에 나는⋯⋯. 이리스 라하느가 조금 가엾다고 생각해 버렸다. 죽음 이전에 죽음에 대한 모든 공포를 찰나에 모조리 겪어 내는 듯한 이리스 라하느는 사신이 코앞까지 닥친 양 사지를 떨었다.

구속구를 벗어 내려고 힘을 주는지 철컹거리는 소리가 요란하게 울려 퍼졌지만, 양손과 양발을 옭아맨 쇳덩어리는 꼼짝도 하지 않았다. 당연히 그렇겠지. 그리 허술하게 만들어 놓지는 않았을 테니.

"너를 잊지 않을 것이다."

위로라고 하기에는 무감한 투로 떨어진 말. 이리스의 몸이 움찔거렸다.

이윽고 그녀의 입에서 새된 비명과 함께 흐느낌이 쏟아져 나왔다. 몸을 뒤흔들며 맞부딪히는 쇳소리보다도 더 시끄럽고, 온갖 단어가 뒤죽박죽 섞인 의미 없는 말들. 그것은 오로지 왕을 향한 호소였다.

이리스 라하느도 이제 눈치챈 것이다. 왕이 그녀를 버리려고 한다는 것을. 눈물이 샘솟아 고운 낯을 온통 흥건하게 적셨다. 실로 가련한 모습이었다.

"어서."

시간 낭비하고 싶지 않다는 듯이 왕이 재촉하자,

"후회하지 않을 자신 있어요?"

……나는 우선 시간을 벌기 위해 그리 물었다. 안 그래도 이 상황이 이해가 가지 않다 못해 돌아 버릴 지경이다.

어째서, 도대체 왜 그렇게까지 계약을 거부하는 거지? 좋든 싫든 충성스러운 신하이고 약혼녀잖아. 아니, 그걸 떠나서 라하느 공에게 말했잖아. 그녀의 죄를 눈감아 주겠다고. 그게 계약을 하겠단 소리 아니었어?

어젯밤 일들을 곱씹어 보던 순간, 퍼뜩 어떤 생각이 뇌리를 스쳤다. 작살처럼 날카롭게 꿰뚫는 깨달음. 난 동요를 드러내지 않고 왕과 눈을 맞대기 어렵다는 걸 깨닫고, 기민하게 시선을 내렸다.

기가 막힐 노릇이지만……. 라하느 공에게 그리 말한 게, 그저 그를 달래기 위함이라면.

왕은 그에게 내가 이리스 라하느를 살리는 대신 계약을 맺자고 했단 소리는 전혀 하지 않았다. 그러니 라하느 공은 계약을 마탑을 달래기 위한 한 방편으로 고안해낸 것뿐이다.

그럴 리는 없겠지만, 내가 이리스 라하느를 죽인다면 왕은 라하느 공에게 '이리스를 죽이는 대신 계약을 맺자고 제안을 했지만, 거절당해서 어쩔 수 없었다.'고 말하면 그만이다. 애초에 그럴 계산으로…….

치가 떨렸다. 그게 라하느 공의 충성을 잃지 않으면서, 희생을 최소로 할 묘책이긴 하지. 하지만 딸을 생각하는 아버지의 부성을 그리 쉽게 모른 체하고, 태연자약하게 거짓말을 하다니.

왕이 내 생각대로 움직여주지 않아 답답하기도 했지만, 그보다 날 열 뻗치게 하는 건— 도의적으로 그건 좀 아니지 않아? 제 신하를 기만하고 그리 헌신짝 버리듯이 약혼녀를 버려……. 질리는 기분이다.

……어쩌면 라하느 공과 면담한 이후로 생각이 바뀌었을 수도 있

겠지. 곰곰이 생각해 보니, 더 좋은 해결책이 있었다거나. 그도 아니라면 지난밤 그의 아집이 이성을 이긴 모양이리라. 어찌 되었든 내게 결코 좋은 소식은 아니었다.

"후회할 일은 없다."

이 대화가 무의미하다는 듯한 투였다. 입가를 여유롭게 감돌던 미소가 깨끗하게 지워진 반반한 낯짝은 무료해 보이기까지 했다.

나는 입술을 깨물었다. 라하느 공과의 이야기를 들었다고 그를 협박해야 할까. 내가 그에게 당신의 결정에 대해서 말해 버리겠다고.

그래, 그러자. 어차피 좋은 관계도 아니었으니 엿본 걸 들켰다고 해도 상관없잖아.

결심은 빨랐고 내가 곧바로 입을 열려던 순간이었다.

―콰쾅!

들어선 입구 쪽에서 귀청이 찢어질 듯한 폭발음이 터져 나왔다. 동시에 엄청난 충격이 감옥 안으로 밀려들었다.

세찬 공기의 압력을 느낀 즉시 난 결계를 쳤다. 그건 이미 본능이었다. 풀풀 날리는 먼지와 압력에 일순 숨을 쉬기 어려웠다. 결계째로 벽 쪽으로 튕겨져 나가 처박히긴 했지만, 고통은 거의 없다시피했다. 특별히 상처 입지는 않은 것 같다.

나 말고 감옥에 있었던 사람들, 왕과 이리스 라하느는 어떻게 되었지? 죽었을 수도 있겠다 싶은 폭발이었다.

주섬주섬 팔다리를 끌어 모아 몸을 일으키려는데, 수 명의 발소리가 들려와 난 다시 몸을 웅크렸다. 불길한 예감이 가슴 속을 스쳤다. 여긴 감옥이고, 왕궁에서 가까운 곳이다. 그런 곳에서 폭발이라니.

왕의 것으로 추측되는 신음이 울려 퍼지는 가운데, 그 정체 모를 이들이 성큼 감옥으로 발을 들였다. 비웃음 어린 음성이 들려왔다.

"이거 이거 포로들을 구하러 왔더니, 폐하께서 감옥에 다 계시네. 재수도 좋지. 이런 행운이 있나?"

누운 채로 조심스레 고개를 움직여 목소리가 들린 쪽을 바라보았다.

다행히 난 큼직한 파편에 가려져 눈에 잘 띄지 않는 위치에 있었다. 뿌옇게 인 먼지가 가라앉질 않아, 마법을 써서 주변을 살펴보니 저 앞에 왕이 쓰러져 있었다. 사지를 가누지 못하고 바닥에서 꿈틀거리는 게 심하게 다친 듯하다.

그리고 그 옆에 이리스 라하느가 있었다. 이리저리 긁힌 상처가 나있고 의식을 잃은 듯했지만, 죽지는 않은 것 같았다. 왕과 이리스 라하느가 죽거나 피를 철철 흘리지 않는 걸 보면 아마 그들보다 입구 쪽에 가까웠던 내가 의도치 않게 결계로 충격을 죄 흡수하고 나가떨어진 듯싶었다.

물론 그렇다고 해서 지금 상황이 고무적이라는 건 아니다.

"네놈들이 여길 어떻게……."

조롱하듯 킬킬거리는 소리가 잇따랐다. 수적으로나 상태를 보나 확실히 그들이 우위였다.

"친위대를 싹 다 니라야의 늪 쪽으로 보내 버렸으니 왕궁의 방비가 뻥 뚫렸지 않겠어?"

"계집 하나 잘 꿰어 차서 용케 왕위에 올라앉더니 재수 없게 반반한 면상이구만."

한 사내가 왕의 머리채를 휘어잡고 강제로 들어 올렸다.

분노로 얼룩진 왕의 얼굴에서 호박색 눈동자가 번뜩인다. 그러나 그의 몸에선 마력이 거의 느껴지지 않았다. 충격에서 몸을 보호하기 위해 다 써 버렸을 거라는 데 생각이 미쳤다. 저항하기 어려운 상황.

"요 이쁘장한 폐하의 모가지를 여기서 따 버리면 귀족 여자들이 울고불고하겠지?"

"죽이기 전에 한 번 먹는 게 어때? 이런 진미가 흔치 않잖냐. 자그마치 폐—하—이신데."

"아서라, 사내새끼를 무슨."

다잡은 쥐를 가지고 노는 고양이처럼 조롱은 수위를 높여갔다. 조금 전까지 왕이란 사람에게 진절머리가 났음에도 그 모습을 바라보는 기분은 편치 않았다. 내가 도와줘야……겠지? 그리 내키는 마음은 아니었지만, 이번에야말로 그에게 제대로 빚을 지울 기회였다.

"빨리 죽여."

눈치를 보는데, 머리채를 잡은 사내가 흥미를 잃었다는 듯이 왕을 내팽개쳤다. 고통스러운지 왕은 신음도 잘 뱉어 내지 못했다. 다른 사내가 바로 검을 뽑아 들었다.

"선왕의 뒤를 따라 편히 저승길에 오르시길!"

그가 검을 왕에게 내리찍는 그때, 카강! 쇳덩이가 부딪히는 소음이 대기를 울렸다. 푸른 광채가 섬광처럼 번쩍였다. 전광석화처럼 자리를 박차고 일어선 이리스 라하느가 구속구로 검을 받아 냈던 것이다.

폭발로 인해 이미 훼손되어 있던 탓인지 구속구가 조각나 바닥으로 떨어졌다.

이리스 라하느는 곧바로 사내에게 달려들었다. 퍽! 힘이 빠진 손아귀에서 검을 갈취함과 동시에 그녀의 검이 사내를 향해 찔러 들었다.

"이 쌍년이!"

윽. 못 볼 걸 봤다. 피를 뿌리며 한 명이 쓰러지자 다른 사내들이 정신을 차리고 검을 빼 들었다. 다쳐서인지 움직임이 부자연스러워 보였지만, 검만큼은 매끄럽고 빨랐다. 그녀에게 품은 악감정을 떠나 감탄이 절로 나온다.

이리스 라하느는 실로 한 마리의 노련한 암표범 같았다. 세상에, 어떻게 저런 여자가 다 있지? 무슨 영화 속에 나오는 여전사를 보는 것 같다.

다 대 일의 상황임에도 험악한 기세로 우르르 달려드는 사내들을 마주하면서, 이리스 라하느는 조금도 겁먹지 않았다. 새끼를 지키는 암컷처럼 잔뜩 독 오른 눈빛이 고통을 잊고 있는 듯했다.

난 어느새 턱을 괴고 관람자의 자세로 대단히 집중해서 이리스 라하느를 응원하고 있었다. 별로 도와주고 싶지 않은데, 그녀가 알아서 왕을 구한다면 내가 신경 쓸 필요도 없잖아? 왕도 자신을 구한 그녀의 죽음을 허용하지 않을 테고.

……의아한 게 있다면. 왕이 조금 전 자신의 죽음을 말했는데 그럼에도 불구하고 그를 지키기 위해 싸울 수 있나하는 거. 사람이라면 서운하긴 할 텐데, 조금도 주저하지 않고 그녀는 적들을 상대했다. 이리스 라하느는 날 때부터 그러한 양 왕을 위한 검처럼 보였다.

그러나 아무리 강하고 의지가 굳건하다고 한들 상처를 입고서 여럿을 상대하는 게 쉬울 리 없다. 왕 앞에서 흐느껴 울고도 적 앞에서자 무자비하게 돌변해 이미 한 명을 베어 넘긴 그녀지만, 정신력이 끝없이 육체적 한계를 극복할 순 없는 법.

어차피 왕만 처리하면 될 일이니. 사내 한 명이 그녀가 아닌 왕을 노리자, 여러 명의 공세를 받아 내던 이리스 라하느의 집중력도 흐트러졌다. 그 때문에 그녀는 옆쪽에서 난데없이 나타난 사내의 일격을 막아 내지 못했다.

쾅! 이전보다 작은 폭발이 대기를 울렸다.

"이 한 명에 쩔쩔매고 있었나? 무능한 것들."

이리스 라하느의 옆구리에서 마법을 펼친 후드를 쓴 남자는 감옥을 폭파한 마법의 행사자이리라. 어디선가 들어 본 음성이라 생각했지만, 눈앞의 광경이 너무도 급박해서 바로 떠올리지 못했다.

비명을 삼키고 넘어지면서도 그녀는 검을 놓지 않았다. 하지만 그뿐이었다. 충격이 더해지자 다리가 움직이지 않는지 주저앉은 그녀는 다시 일어서지 못했다. 왕도 몸을 가누지 못하는데 구속구가 훼손될 만큼 충격을 받은 그녀가 여태 싸운 건 정말로 처절한 의지력이었다.

사내 한 명이 검을 내지르자 간신히 쥐고 있던 검도 튕겨져나가 바닥을 굴렀다. 이리스 라하느는 이제 더는 무엇도 할 수 없을 것처럼 보였다.

"지독한 년."

혀를 차며 사내들이 이리스 라하느의 숨통을 끊기 위해 다가섰다.

또다시 사신의 발치에 내던져졌음에도, 이리스 라하느의 동공은 시리도록 푸르렀다. 창광이 쏟아져 나오는 듯한 그 눈. 독기 서린 얼굴과 그 위로 부산하게 흐트러진 금발이 연약하면서도 강인한 아름다움을 자아냈다.

사내들의 시선이 음흉한 빛을 띠고 그녀의 몸을 훑었다. 이리스 라하느는 눈부신 미인이며, 동시에 손쉬운 먹잇감이었다. 조금 전까지 날뛰었다고는 하나, 이제 힘이 빠진 듯 제대로 움직이지 못했다.

침입자들이 하나같이 그녀를 시선으로 탐하는 와중에도 방금 등장한 수뇌로 추측되는 이는, 이리스 라하느에게 별다른 관심을 두지 않았다.

"일단 왕부터 처리하고 그 여자는 마음대로 해도 좋아."

냉정하게 잘라 말한 마법사가 쓰러져 있는 왕에게 다가섰다.

샤자한에서 손꼽힐 만치 마력적인 강력함을 드러낸 그였으나, 불의의 습격을 받아 쓰러진 왕은 그대로 내버려 두어도 숨이 멎을 것처럼 보였다. 전투가 벌어진 내내 몸을 피하지도 못하고, 제자리에서 숨만 몰아쉬었으니.

이리스 라하느의 분전으로 수명이 조금이나마 연장된 왕의 이마엔 식은땀이 맺혀 있었다. 전투가 시작되기 전보다 더 상태가 악화된 것 같다. 내상을 입어 치료가 시급한 상황이 아닐까. 시간을 더 오래 끌었다간, 정말 죽을 수도……

난 나서야 하는 때가 다가왔음을 직감했다.

그런데 저 마법사, 누구지? 내가 샤자한에서 아는 사람이…….

"폐하, 이렇게 뵙게 되어 영광이옵나이다."

마법사가 정중히 고개를 숙였다. 아래쪽에서 그를 바라볼 수밖에 없는 떨리는 호박색 눈이 후드 안에 감추어진 얼굴을 투사해냈다.

"엘딘 사르베타?"

왕의 입으로 밝혀진 마법사의 정체에 난 화들짝 놀랐다. 엘딘 사르베타라면 연회에서 만난 그 친절한 남자 아니었나? 아무리 세상 누구든 믿을 게 못 된다지만, 그 사람 좋은 얼굴을 하고서.

"사르베타, 그대들은 중립을 지키지 않았나. 어찌."

분노와 충격에 젖어 되뇌는 왕에게 차분한 음성이 떨어져 내렸다.

"세월은 욕심을 품게 하나 봅니다. 아시다시피 사르베타는 신중하지요. 승리를 확신하는 그 순간까지 결코 수면 위로 모습을 드러내지 않습니다."

"네, 그 힘은?"

"근래에 우연히 큰 진보가 있었지요. 폐하께서는 알지 못하셨겠지만."

엘딘 사르베타의 시선이 경계하듯 흘끗 이리스 라하느를 담았다. 그녀는 완벽하게 무력해진 상태였다. 그가 왕에게 접근하자 몸부림 치기 시작한 그녀를 사내들이 사지를 옭아매며 찍어 누르고 있었다.

"폐하의 패인은 자기 자신을 너무 과신한 것입니다. 여태까지는 그나마 좋은 운이 따랐지만, 이제는 그도 끝인 것 같군요."

싱긋 드러난 입가로 웃은 그의 손끝에 마력이 모여들었다. 단 한 사람의 생명을 끝장내기에 충분한 힘이었다. 그리고 이내,

"모쪼록 평안히 잠드시길."

조용한 인사말과 함께 그 마법이 왕에게로 떨어졌다. 왕은 죽음을 직시하듯이, 시선을 피하지 않고 엘딘 사르베타를 정면에서 바라보고 있었다. 자기를 죽이는 이가 누구인지 새겨 두려는 것처럼.

왕이 이번에야말로 피할 수 없는 죽음 앞에 놓인 것처럼 보이자, 움직임이 멎은 이리스 라하느에게 소리 없는 비명이 터져 나오는 듯 했다. 이번에야말로 누구도 왕의 죽음을 의심하지 않았으리라.

그 마법이 왕의 몸에 닿기 직전, 촛불처럼 훅 꺼지며 사라질 때까지는.

"이건……."

"승리를 확신하기엔 이르지 않아?"

당혹한 채 중얼거리는 그의 앞에, 난 성큼 어둠 속에서 모습을 드

러냈다. 위기가 극에 달했을 때가 바로 정의의 사도, 아니 내가 나설 차례. 위풍당당하게 걸어 나오면서도 난 속으로 한숨을 푹 내쉬었다. ……결국은 나서게 되었구나.

솔직히 내가 꾸물댄 건 이리스 라하느의 사투를 구경하느라 정신이 팔려서라는 이유와 왕이 좀 당했으면 하는 사감 때문이었지, 그들을 상대하기가 어려울 것 같아서가 아니다. 적어도 절대적인 힘의 차원에서는 그러했다.

으슥한 곳에서 갑자기 튀어나온 날 보며 모두가 놀라는 표정을 지었다. 아예 내 존재를 인식하지 못한 것 같다.

진작 도와줬으면 좋았겠지? 그럴 마음 들지 않게 한 건 당신이라고. 내심 비야냥거리면서 왕을 쳐다보았지만, 정작 왕은 그리 동요한 기색이 아니었다. 그걸 보니 속이 꼬였다. 이 사람 혹시 내가 도와줄 거라고 예상한 거 아니야? 마탑의 시온인 내가 급습이라지만 이 정도 폭발에 당할 리 없다고 믿고 있었을지도. 그간 워낙 물렁물렁한 모습을 보였기에, 왕이 내 도움을 기대했을 거란 건 꽤 설득력 있었다.

"당신도 있었습니까."

날 알아보았는지 엘딘 사르베타가 당황한 듯이 중얼거렸다. 내가 마탑에서 왔다는 건 알지 모르겠지만, 국빈급 마법사라는 건 알고 있을 터였다.

깍듯하게 존대를 고수하는 그에게 난 친절하게 일러주었다.

"기습적인 폭발이라 놀라긴 했는데, 마탑의 시온을 위협할 수 있는 마법은 없어."

정말로 그럴지는 모르겠지만, 난 허세를 떨었다. 내가 나타난 것만으로도 사내들은 흉흉한 기운을 풍기며 경계태세로 돌변했다. 농담하며 헛짓거리를 하긴 했어도 훈련된 실력자들임이 분명하다.

긴장은 되지 않았다. 나는 인세에서 비할 자가 거의 없을 나 자신의 강함에 대해 확신을 가지고 있다.

"하지만 당신 이건⋯⋯. 이런 식으로 훼방은⋯⋯ 안 되는 거잖⋯⋯!"

무언가 따지려고 입을 연 엘단 사르베타가 갑자기 가슴을 부여잡았다. 컥, 소리를 내면서 비틀거리는 그의 돌발 행동에 의아한 기분이 든다. 무슨 헐리웃 액션을 펼치는 건지. 내가 심판도 아닌데 왜 저런담?

그러나 난 곧 판단을 정정할 수밖에 없었다. 그의 몸짓은 연기라고 보기엔 사실적이었다. 호흡이 곤란한 듯 간신히 쓰러지지 않고 벽에 몸을 기대는 모습에 뭔가 확실히 문제가 있어 보였다. 그건 내게 희소식이기도 했다.

설마 조금 전 마법을 흩어 버린 일로 타격이 갔나? 소 뒷걸음질에 쥐 잡는다고. 그들의 수뇌부가 불의의 일격을 당한 것처럼 굴자, 침입자들에게 긴장감이 감돌았다.

침을 꿀꺽 삼킨 한 사내가 이리스 라하느의 몸에 검을 들이대며 협박해 왔다.

"움직이면, 이 여자를 죽이겠다."

피식, 웃음이 났다. 내가 그녀에게 호의적이었다면 진작 나서고도 남았으리라. 응원한 건 응원한 거고 싫은 건 싫은 거다.

자다 깼는데 그 순간 날아든 이리스 라하느의 검, 그때를 생각하면 아직도 등골이 오싹했다. 그 일이 잠재의식 속에 인상 깊게 박혔는지, 잠결에 화들짝 놀라 눈을 떴다.

어떤 사죄로도 용서하기 어려운데, 용서조차 빌지 않는 상대라면 오죽할까. 난 그러든 말든 마음대로 하라고 말하는 대신, 냉담하게 설명했다.

"그 여자가 이 감옥에 갇히게 된 죄목을 모르나 본데. 날 살해하려고 해서 여기 갇혀 있는 거거든?"

움찔한 사내들의 시선이 이리스 라하느와 나를 오갔다. 난 입꼬리를 끌어 올리며 여유롭게 덧붙였다.

"그 여자를 죽여 주면 나로서는 고맙지."

내 손을 더럽히지 않으면서 살인미수범을 제거하고, 좋은 해결책이지 않나. 그런데 말하면서도 정말 단 한 순간도 망설임이 들지 않는 걸 보니, 이게 내 본심인 것 같다.

"헛짓거리하지 말고 이대로 꺼지면 곱게 보내 주지."

난 엘딘 사르베타를 주시했다. 내게 이로울 것 하나 없는 이 싸움을 되도록 피하고 싶은 게 솔직한 심정이다.

왕을 위해서 사내들을 잡아다 줄 생각도 없다. 그건 여기서 살아난 왕이 이후에 알아서 할 일이지. 내가 보는 앞에서 그가 죽지 않는 걸로 충분하거든. 내 소관은 여기까지. 보내 주겠단 말은 진심이었다.

의견을 나누듯 사내들 사이에 빠르게 속닥거림이 오갔다. 결정권자가 갑자기 쓰러져 버렸으므로 계속 싸울지 자기들끼리 정해야 할 터였다.

왕을 없앨 수 있는 절호의 기회를 앞두고 물러서기는 아쉽겠지만, 어쩌겠어? 나는 아무것도 하지 않고 그들의 대장인 엘딘 사르베타를 쓰러트린 장본인이었다.

내가 그를 어쩌고자 하는 마음을 아주 조금만이라도 품었다면 또 모르겠다. 쿤데라 공 때보다도 더 당혹스러운 상황이었다.

결국 이번만큼은 모든 게 내 뜻대로 돌아갔다. 사내들은 결국 수뇌부가 결정을 내릴 수 없는 상황에서 위험을 사지 않기로 마음먹었는지, 엘딘 사르베타를 부축하며 재빠르게 발을 뺐다.

밖에서 어떤 식으로 시간을 끄는지는 모르겠지만, 이곳은 왕궁이다. 오래 대치하고 있을 수는 없을 터였다.

멀어져 가는 그들이 술수를 부리지 않을까 유심히 주시하는데, 이리스 라하느가 바닥을 엉금엉금 기었다.

불쌍한 몰골이긴 하지만, 내가 죽여도 상관없다고 했음에도 침입자들이 그녀를 없애지 않은 건 순전히 저 미모 덕이 아닐까? 아니면 자기들을 가로막은 날 엿 먹이고 싶은 못된 심보?

이리스 라하느는 결국 왕에게 다가가 눈물을 주룩주룩 흘리며 그를 끌어안았다.

애틋하고 안쓰럽다기보단, 기가 턱 막혔다. 상대가 부모님이라고 해도, 조금 전 날 죽이라고 말했는데 그 모든 걸 싹 잊고 저리 지고지순하게 굴지는 못할 것 같다. 왕을 위해선 몸을 부서트릴 수도 있을 듯한 그 광기 어린 애정에 원치 않게 지켜보는 내가 숨이 다 막혔다.

저런 걸 보면 라하느 공도 딸자식 키워 봤자 소용없다고 생각하겠지.

"그들을……. 보내면."

이리스 라하느가 달라붙어 의식에 빛이 들었는지, 왕이 입을 달싹였다. 이 두 남녀가 꼴도 보기 싫어진 난 퉁명스럽게 대꾸했다.

"내가 알 바 아니잖아요? 목숨을 건진 것만으로도 다행인 줄 알아요."

그리고 침입자들을 노려보면서 미루어 왔던 일, 즉 왕의 치료를 시작했다. 이리스 라하느야 바닥을 기어 다닐 만큼은 상태가 괜찮아 보였으니까. 숨이 멎기 직전에야 고민해 볼까, 그 이전에 그녀를 치료해 줄 일은 없으리라.

왕의 몸에 손대는 날 그녀가 사나운 시선으로 노려보았다. 이리스는 이내 치료가 시급하다고 느꼈는지 고개를 다른 쪽으로 홱 돌렸다.

이리스 라하느도 귀가 있다면 내가 생명이 걸린 상황에서 그녀를 너무도 쉽게 놓아 버린 걸 들었을 테니 날 싫어할 만도 하지. 그런데 그게 무슨 상관이지? 그녀는 어차피 처음부터 그랬는걸. 난 사무적인 태도로 손을 거두었다.

치료 마법에는 능숙하지 않지만, 몸을 낫게 하는 건 세심하게 조절할 필요 없는 일이다. 내가 너무도 유능한 마법사인 탓에 왕은 조금 나아진 게 아니라 아예 쾌차해 버렸다.

이리스 라하느의 호들갑 속에서 놀라워하는 얼굴로 상체를 일으키는 그에게 난 친절하게 물었다.

"이리스 라하느의 목을 가져가도 된다는 건 지금도 유효한 거죠?"

이리스 라하느의 낯빛이 창백해진다. 그녀가 호소하듯이 왕을 올려다보며 한층 힘을 주어 끌어안았다. 눈물이 글썽거리며 고인 눈동자가 처연하다. 누구에게라도 동정심을 유발할 만큼. 물론 여기에 있는 나와 왕에게는 해당 사항이 없는 일이었다.

참 학습 능력이 없는 여자다. 그녀가 얼마나 눈물로 매달리건 왕은 흔들리지 않고, 더군다나 그녀를 좋아하지도 않는다는 걸, 이제는 알 때도 되었는데 말이야. 하지만 나도 궁금하긴 했다. 이번에도 과연 왕은 그녀를 뿌리칠 수 있을까.

그도 눈이 있다면 똑똑히 보았을 터였다. 이리스 라하느가 그를 구하기 위해서 얼마나 기를 쓰고 싸웠는지를. 그러고도 그녀를 외면할 수 있다면 정말로 엄청난 냉혈한이어야 하는…….

"그래."

그 대답이 처음에는, 와 닿지 않았다. 그리하여 귀를 통해 머리에 온전히 새겨졌을 때 가슴이 서늘한 바람이 불었다. 난 다시 한 번 물었다.

"이리스 라하느를 죽여도 된다고요?"

덜덜 떨며 그를 끌어안은 이리스 라하느를 냉정하게 내려다보며 왕이 주저 없이 말을 이었다.

"그렇다고, 말했다."

죄책감, 가책, 망설임……. 그 무엇도 담고 있지 않은 무미건조한 얼굴이다. 차오르던 눈물이 이내 툭, 하고 흘러내린다. 힘이 빠지는 듯 이리스 라하느의 손이 초라하게 떨어져 바닥에 닿았다.

왕이라 충성을 받는데 익숙하기 때문일까. 이리스 라하느를 위해서 제 뜻을 꺾고 싶지 않은 걸까. 충격 때문에 정신이 멀쩡하지 않아서, 그녀가 자신을 감쌌다는 걸 기억하지 못하는 걸까.

그러나 그를 이해해 보려는 그 모든 시도를 떠나 아주 몰인정하고 배덕한 장면을 목격한 양 반감이 확 솟구쳤다. 뒤틀리다 못해 속에서 무언가가 엉망으로 뭉개진다. 감정일지, 이성일지 모르겠다. 불이 확 치솟았다. 얼음이 배인 투로 나는 또다시 물었다.

"저 여자는 조금 전, 당신을 살리기 위해서 다친 몸을 이끌고 싸웠어요. 그래도?"

"여러 말을 하게 하는군."

왕이 단칼에 말을 잘랐다.

"내 생각은 바뀌지 않아."

그 대답을 듣는 즉시, 저절로 손이 뻗어 나간다. 목표한 바를 어김없이 움켜쥔 손에 힘이 잔뜩 들어가 있다. 그래, 난 지금 왕의 멱살을 잡고 있는 것이다. 김이 오를 듯한 열기가 머릿속을 점령하고 있었다.

"당신, 뭐하는 짓이야!"

이리스 라하느가 다급히 자리에서 일어나 날 제지하려 들었지만, 난 한 손으로 가볍게 그녀를 떨쳤다. 충동에 완전히 사로잡힌다는 게 어떤 건지 난 이제 알았다. 그건 내 안에 잠재된 폭력성을 낱낱이 일깨우는 느낌이다.

"나도 저 여자를 좋아하진 않아. 그런데 저 여자는 지금 당신을 구했다고."

이해가 가지 않는다는 듯이 난 놀랍도록 차분하게 끊어 말했다.

"그런데 그 앞에서."

달아오르다 못해 균열이 인 틈새로 줄기줄기 열기가 뻗어 오르는 듯한, 이 기분.

"당신은 고작 그 계약 하나 못 맺겠어서 자기를 지켜 준 사람을 죽이라고 말하지. 왕의 목숨값이란 게, 고작 그 정도야? 아니, 사람이 어떻게 그럴 수 있지─? 저 여자는 목숨을 걸고 자신을 버린 당신을 구하려고 했다고!"

흥분해서 점차 높아지는 언성을 누를 생각은 들지 않았다. 아니, 정확히는 그럴만한 여력이 없었다. 폭풍에 휘말린 난 분기를 쏟아 내며 삿대질했다.

"그 보답이 고작 이거야? 수하를 헌신짝처럼 내다 버리는 게, 당신이 그 잘난 왕으로서 해야 할 일이냐고!"

거기에 그가 얼굴을 굳히며 한다는 말이.

"나는 왕이다. 한 사람의 충성에 일일이 보답할 수는—"

"왕이기 이전에—"

난 도저히 참을 수 없었다.

"사람부터 돼라! 이 쓰레기 같은 자식아—!"

퍽! 소리를 내며 그가 바닥을 나뒹굴었다. 아주 속이 다 시원하다 못해 뻥 뚫린다. 그래, 진작부터 이러고 싶었다. 마탑의 사람들이 너무도 거만하고 생명을 경시하니 같아지기 싫단 이유로, 그간 스스로 너무 누르고 있었어.

이리스 라하느를 위해서 한 말이 아니었다. 이건 순전히 나를 위해서 한 말이었다. 패륜을 목격한 양 난 순간 임계점을 돌파해 버렸다.

감정 이입이 더 되었던 건, 만약 이리스 라하느의 자리에 내가 있고, 왕이 마스터였다면……. 딱 저처럼 말할 것 같아서. 몰입하기 딱 좋다.

"당신, 지, 지금 무, 무슨 짓을 하는……."

그녀가 신처럼 모시는 이의 금쪽같은 낯짝에 주먹질한 날 보고 이리스 라하느가 말을 더듬었다.

호들갑스레 왕을 일으키는 모습을 보니 이쯤 되면 원하는 말만 골라 듣는 취사선택을 하는 건지, 아니면 그가 무어라 말해도 정말로 상관없는 건지 의문이 든다.

"교양이라곤 찾아볼 수 없이 폭력적이군."

따위의 아니꼬운 소리를 하면서 턱을 감싸 쥐는 그를 보니 한 대로는 모자란 감이 있다는 생각이 들었다. 최소한 원, 투, 쓰리 펀치는 날려서 강냉이를 털어 줘야 하는데. 그래도 모자랄 것 같다.

난 그에게 공손한 척하던 태도를 버리기로 했다. 예의는 상대를 존중하기 위해 갖추는 것이고, 왕은 아무리 보아도 존중할 만한 상대가 아니었으니까.

"마탑은 계약을 이어 가기로 했어. 무슨 수를 쓰더라도."

이제야 알아챈 건데, 엘딘 사르베타가 말하지 않았던가. 근래에 큰 진보가 있었다고. 혹시 란델이 그에게 손을 뻗었다면. 그리고 내가 여기에 없었더라면.

……왕은 죽었을 것이고, 새로운 왕을 통해 마탑은 목적을 달성할 수 있었겠지. 그 와중에 엘딘 사르베타가 계약의 내용을 발설할 뻔하여, 금제가 발동한 게 아닐까 싶지만.

난 걸음을 옮겨 그의 앞에 멈춰 섰다. 마탑과 연을 이어 가고 싶지 않은 마음, 어떤 면에서는 이해할 만도 하다. 나 또한 꺼림칙하게 생각하고 있으니. 그러나 무엇도 감수할 수 있다고 생각하는 것과 그걸 감수할 능력이 없는 것은 전혀 다른 문제다.

이왕 이렇게 된 김에 난 직구를 던지기로 했다.

"이번이 마지막은 아닐 거야. 그리고 오늘 일을 보건대 당신이 버텨 낼 수 있다고 생각지도 않아."

"……."

"이 이상은 나도 어쩔 수가 없어. 그러니까, 당신도 어쩔 수 없다는 것쯤은 인정해."

가만히 나를 주시하는 모습이 유독 거슬렸다. 답답하게 가슴을 짓누르는 느낌이 얄팍한 인내심을 무너뜨린다.

"내가 당신을 살려 준 거. 이번에도 부인할 건가?"

"……."

뭘 믿고 입 다물고 뻗대는지 모르겠다. 난 결국 왈칵 성을 냈다.

"죽어도 계약을 맺기 싫다면, 하다못해 싫은 걸 강제로 하게 할 이유라도 붙여! 조금 전, 내가 당신을 구했다는 거. 그거라도 이유로 만들라고!"

말해 보니 그럴싸한 것 같다. 이전에는 그가 '도움이 필요 없었다.'라고 주장할 만한 모호한 상황이었지만, 이번에는 다르다. 내가 나타나지 않았다면 왕은 죽었을 것이다. 그 명제는 흠 하나 없는 온전한 진실이었다.

"난 왕의 목숨값에 대한 대가로 계약을 맺길 원해."

사무적인 투로 나는 말을 시작했다.

"그렇게 하지 않는다면……."

난 문득, 기시감 속에서 과거의 단상을 떠올렸다. 그때의 나는 지금 이 상황과는 반대의 자리에 있었다. 내가 누군가에게 구해졌고, 그 구해진 이가 내게 터무니없는 대가를 치르기를 원했던 상황.

그때, 마스터는 내게…….

'……네가 대가를 치르기를 거부한다면 나는 소원을 빌기 전의 상태로 널 되돌려줄 수 있다. 좀 더 간단하게 최종적인 상태로.'

그렇게, 말했었지. 마법사가 된 덕에 향상된 기억력은 그때의 어감과 한 마디 한 마디를 똑똑히 떠올려낸다.

나는 그 말에 겁먹고 결국 그를 따르기로 했었어. 아무리 되새겨봐도 현명한 판단이었다. 거기서 어설프게 도망이라도 쳤다간, 난 시체도 남기지 못하고 지상에서 소거되었으리라.

난 차분하게 말을 이었다.

"당신이 대가를 치르기를 거부한다면, 난 내가 당신을 구하지 않았다면 이루어졌을 흐름대로 당신을 인도하겠어."

마스터의 것보단 약간 더 온건한 표현이었다. 이리스 라하느의 부축을 받고서 왕이 건조한 투로 되뇌었다.

"계약을 맺지 않겠다면, 나를 죽이겠다는 소리인가."

"알아들었으면 결정해. 나도 저 여자의 목보단 당신의 목 쪽을 가지고 싶은데."

아니, 실은 사람 목 같은 건 가지고 싶지 않다. 하지만 왕을 확 죽여 버리고 싶은 건 진심이었다.

살의의 기반은 분노였다. 이 인간 이하의 인간. 속에서 부글부글 끓는 감정의 잔재에 휩싸여 있었던 난 그래서 왕이 고개를 끄덕이며 흔쾌하게 꺼낸 말에,

"그러면 계약을 맺지."

그대로 멍해졌다. 지금 뭐라고 한 거지? 난 잠시 머리를 굴린 후에야 그의 말을 제대로 이해할 수 있었다.

계약을 맺겠다고? 그토록 까다롭게 굴더니, 이제야? 애 먹이던 과제를 완수해 내니 기쁘다기보다는 오히려 허탈할 지경이다. 무슨 꿍꿍이일지 의문이 일어, 난 눈매를 가늘게 좁히며 그를 노려보았다.

"정말로 계약을 맺겠다는 소리야?"

"그래, 그걸 원하는 게 아니던가."

왜 마음이 바뀌었는지, 꼬치꼬치 캐묻고 싶었지만, 그보다 중요한 건 일단 계약을 맺는 것일 터. 이 지긋지긋한 두 남녀에게서 영원히 떨어지고 싶었다.

그렇다고 해서 내가 단독으로 계약을 맺을 수는 없잖아. 구두로만 언약을 맺는지, 마탑의 계약방식에 대해서는 잘 모른다. 아무래도 이런 건 란델이나 마스터를 불러야 하지 않을까.

생각하던 순간, 뒤에서 공기의 흐름이 일그러진다. 나만이 느낄 수 있는, 아주 미세한 변화.

은은한 파동과 함께 익숙한 마력이 공간의 틈새를 비집고 침투한다. 찰나의 순간이 지나고 이 반파된 감옥 안에, 또 다른 이가 모습을 드러냈다. 돌아볼 필요는 없었다. 왕의 호박색 눈이 비친 푸른빛은 차갑고도 오묘했다.

"이건 또 무슨 일일까."

적기라면 적기에 등장한 란델이 내 머리에 턱을 얹었다. 그 친애의 표현이 이상하도록 간지러웠다. 그와 가깝다고는 생각하지 않았는데, 그래서일까. 서늘하면서도 부드럽게 압박하는 그 느낌, 그 존재감. 여전한 게 당연한 거겠지.

이상한 기분이었다. 서운하면서도, 그리운. 그간 나를 낯선 곳에 버려두고 어디서 뭘 하고 있었는지…….

감상에 잠길 새도 없이, 란델이 나를 놓고 옆에 섰다. 대리석처럼 반듯한 옆얼굴은 여전히 완벽할 만치 감정을 감춰낸다.

그를 마주하는 게 싫은지 왕이 노골적으로 얼굴을 찌푸렸다.

마탑에서 왕의 숙부를 죽였다고 했나. 그 관련해서는 후에 물어봐야겠다는 생각이 들었다.

이리스 라하느와 왕의 흐트러진 몰골을 의미심장하게 살핀 란델이 조롱하듯이 속삭였다.

"아힌이 선심을 썼나 보군요."

무르기도 하지. 혀를 차는 게 질책하려는 의도가 담겨있는 것 같아 난 내심 움츠러들었다. 엘딘 사르베타를 가로막은 게 나이니, 그 추측이 맞았다면 내가 란델의 일을 방해한 건가?

하지만 난 결국 마스터에게 내가 하겠다고 말한 임무를 완수해냈다. 목에 칼을 들이대는 게 더 승낙을 이끌어 내기엔 나았을지 모르겠지만, 목숨을 구한 값을 치르라는 게 더 당당하지 않은가.

난 공을 내세우는 것처럼 재빨리 말했다.

"왕이 다시 계약을 맺기로 했어요."

그가 오기 전에 이미 협상을 해 놓아서 다행이다. 온화한 푸른 눈이 빙정처럼 투명한 빛을 머금고 날 가늠하듯 훑어보았다.

"사실입니까?"

란델이 고개를 돌리며 가벼운 투로 묻자 말을 바꿔버릴까 봐 조마조마한 가운데, 왕이 곧바로 답했다.

"그래."

무덤덤한 답변에 란델의 입가에 서늘한 웃음이 맺혔다. 그가 속삭이듯이 말했다.

"……아쉬운 일이군요."

그의 눈이 기이한 빛을 띠었다.

"저는 이 일을 조금 더 길게 가져갈 생각이었는데 말입니다."

조금 더 기간을 두고, 괴롭힌다고 말하는 것으로도 부족할 만큼 왕에게 본때를 보여 주었겠지. 그리고 왕은 거의 죽을 뻔했었다.

란델이 매끄러운 투로 말했다.

"허나 공교롭게도 호출이 와서, 이로써 마무리하는 것도 나쁘지는 않겠군요."

호출? 마탑에서 호출이 왔다고? 마스터가 더 기다리기 싫다고 하신 걸까.

"조건은 기존과 동일합니다."

조건을 수정했다간 왕이 반발해서 시간을 끌 것을 우려했는지, 깔끔한 선고였다. 왕도 문제였지만, 란델이 까다롭게 굴지 않을까 싶어 걱정했던 난 한시름 놓았다. 이제 정말로 끝이 보이는구나.

"동의한다."

"매년 니라야의 늪에서 나는 마력석의 절반을 취하는 대신, 마탑이 늪의 관리를 맡을 것을 약속합니다. 이전과 같이, 마력석은 동일한 시기에 전송해 주시길."

"이런 장소에서 계약서도 쓰지 않고⋯⋯."

왕이 눈썹을 치켜들며 이의를 제기하자, 란델이 차분히 반문했다.

"계약을 해지할 때도 별다른 절차가 필요 없지 않았습니까?"

그가 가면처럼 잘 만들어진 미소를 보였다.

"구두로도 충분합니다. 마탑이 존재하는 한 계약은 효력을 갖습니다."

거만하고 차가운 음성. 정신계 마법을 거는 순간에도 내게는 상냥하던 란델이 그런 모습을 보일 때마다, 내가 아는 그와는 다른 사람 같다는 생각이 든다. 같은 시온인 내겐 정반대의 태도를 취하는 건, 아무래도 동료니까?

"이제 다시 호퍼가 되셨으니, 약간의 편의를 봐 드리지요."

란델이 말하는 것과 동시에, 그의 몸에서 마력이 흘러나와 공간을 휘감았다. 암코양이처럼 잔뜩 경계태세로 왕에게 달라붙어 있던 이리스 라하느와 왕, 그리고 나와 란델은 순식간에 다른 감촉의 땅을 딛고 섰다. 항거할 수 없는 절대적인 마법이었다.

힘을 과시하려는 의도가 담겨있기도 한 터, 왕의 눈썹이 들렸다. 그러나 그는 노기를 내보이지 않고 물었다.

"바로 떠날 건가?"

"더 머무를 이유가 있을까요."

"마지막으로, 그녀와 이야기를 나누고 싶다. 단둘이."

그녀? 누구? 나 말인가? 난 별로 할 이야기 없는데. 정떨어져서 상종하기도 싫다.

그러나 이대로 떠나가는 걸로 족하냐고 묻는다면……. 그렇다 말할 순 없었다.

이리스 라하느를 버리겠다는 그를 이해하려고 시도했던 것도, 기본적으로 왕이 내게 호의를 보였기 때문이 아니던가.

모르겠다. 왜 그의 마음이 하룻밤 새 바뀌었는지. 그리고 일이 끝난 지금도 그 이유를 아는 게 전혀 쓸데없는 일이라고는 말 못하겠다.

마음이란 게 원래 쉽게 변할 수 있는 거겠지만, 왕의 심중 변화는 난데없는 감이 있었다. 왕과 나 사이에는 남녀 간의 그런 감정은 아닐지라도 유대가 형성되었고, 난 그 짧은 인연에 보답받고 싶었다.

그에게 실망하긴 했지만, 설명이라도 들으면 속이 좀 풀릴지도 모른다. 당연히 그게 내가 이해할 만한 대답이라면, 이라는 전제가 붙겠지. 마탑의 호출이라고 해도, 그 마스터가 그리 급한 용건이 있어서 재깍 돌아오라고 했을 것 같진 않다. 잠깐 이야기를 나누는 건 괜찮지 않을까.

이리스 라하느가 본인의 심각한 몸 상태에 아랑곳하지 않고 질투심을 불태우는 가운데 왕이 나를 향해 입을 열었다.

"내 이야기를 듣고 싶을 텐데."

"네가 원치 않는다면 굳이 그럴 필요 없단다."

란델이 다정스레 속삭였다. 언뜻 신경 써 주는 듯이 들리는 말이었지만, 표정이며 어감이 거절을 종용하는 것 같았다. 그게 묘하게 압박적이었음에도 난 시선을 피하며 답했다.

"잠깐이라면요."

그것으로 내겐 왕과 마지막 대화를 나눌 짧은 시간이 주어졌다.

우리가 이동한 곳은 마침, 왕의 처소 인근이었다. 감옥이 무너졌단 소리를 들은 것인지, 번듯한 차림으로 나선 왕이 이리저리 옷자락이 찢긴 모양새로 궁으로 돌아오자, 시중인들은 기겁했다.

특히 눈물까지 글썽이는 시녀들을 보니, 왕은 그럴싸한 외양에 힘입어 높은 인기를 구가하고 있었나 보다. 치료 하러 가라는 명목으로 이리스 라하느를 떼어 낸 왕이 방에 이르러 란델을 바라보자, 그가 시큰둥하게 말했다.

"바깥에서 기다리지요."

아무래도 저건 '기다릴 테니 용건만 간단히'의 느낌인데. 란델은 내 결정에 토를 달거나, 반대하지 않았다. 그는 왕과 내가 대화를 나눈다는 자체를 그저 무용한 것으로 판단하고 있는 듯했다. 마탑의 사람들은 마탑 밖의 누군가에게 의미를 부여하지 않으니까.

원한다면 엿들을 수도 있겠지만……. 상관없겠지. 난 란델에게 눈인사를 건네고 왕을 따라 안으로 들어섰다.

"나를 부른 이유가 뭐지요?"

자리에 냉큼 앉아서 턱을 괴며 묻는 내게 왕이 진지한 얼굴로 말했다.

"변명을 하려고."

"변명을요?"

"그래, 생명의 은인이 날 살린 걸 곱씹으며 후회할까 봐 말이지."

생명의 은인이라고? 피식 웃는 얼굴을 마주하고 있자니, 헷갈렸다. 왕은 절대로 내가 그를 구했다는 걸 인정하지 않았었다. 그런데 이 호칭은…….

"나는 이리스를 죽게 할 생각이 없었어. 처음부터―"

"그게 말이 돼요? 나더러 죽이라고 독촉을 해 놓……!"

왕의 낯짝에 피어오른 여유로운 미소에 난 급히 입을 다물었다. 나더러 그녀를 죽이라고 해 놓고 죽게 할 생각이 없었다고 한 뜻은 간단하다. 난 짓씹듯이 물었다.

"내가 그녀를 죽이지 못할 거라고 생각했군요?"

"그때, 쿤데라의 목을 치는 이리스를 보고 그대가 질겁할 때부터 알았지."

나를 보고 있었던가……. 왕이 결론짓듯 속삭였다. 날카로운 통찰을 담아.

"그대는 사람을 죽여 본 적이 없어. 그러길 원치도 않고."

"……그래서 내가 못 하겠다고 두 손 들면 없던 일로 하려고 했어요?"

"아니, 단지 계약에 있어서 유리한 고지를 선점하게 되는 거지."

……난 아까 전 그를 한 대밖에 때리지 못한 걸 마음 깊이 후회했다. 저 얄미운 얼굴이라니.

"물론, 그 이유 때문만은 아니야. 나는 이리스가 깨닫게 해 줘야 했어."

왕의 표정이 침중해졌다.

"내가 그녀를 버릴 수 있다는 것을."

떨어지는 말끝이 무거웠다. 이번 일이 처음도 아닌 듯하니, 이리스 라하느 때문에 그간 얼마나 골치를 썩였을지는 알만하다. 그녀를 통제하기 위해서 대처가 필요했을 터. 실은 왕은, 스스로가 그녀를 평생토록 감당해야 낸다는 걸 누구보다 잘 알고 있는 걸지도.

그렇다고는 해도, 아까 그건 좀 너무했잖아. 누가 봐도 비난할 만한 상황이었다고. 슬며시 이해로 기우는 마음을 애써 균형 잡으며, 난 넌지시 물었다.

"계약할 마음은 있었군요?"

"나는 왕이야. 내 고집만 내세울 수는 없는 법."

벌꿀처럼 색이 짙어진 눈을 빛내며, 왕이 말했다.

"그리고 수확이 없는 건 아니니. 마탑이 어떤 식으로 샤자한을 뒤

흔들 수 있는지, 이번 일을 통해 알 수 있었지."

아마 그를 밑거름으로 언젠가 완벽한 준비를 하고, 마탑과 연을 끊으려 들겠지.

그러나 완벽한 준비라는 게 가능하긴 할지는 나로서는 알기 어렵다.

"너무 위험부담이 큰 거 아니에요? 아직 시국이 안정되지 않은 것 같은데. 그 엘딘 사르베타도 그렇고……."

도망 보낸 내가 그를 언급하자니 좀 그랬기에 난 말끝을 흐렸다. 왕이 기다렸다는 듯이 혀를 찼다.

"날 생각했다면, 그를 놓아주지 말았어야지."

"그야 내게는 잘못한 거 하나 없는 사람이니까."

아닌가? 생각해 보면 감옥을 무너뜨린 건 그이니 이리스와는 달리 미필적 고의로 날 죽이려 하긴 했지.

시선을 피하는 나를 못마땅한 표정으로 노려보던 왕이 불쑥 물었다.

"내가 그대에게 한 말 기억하나?"

"무슨 말요."

"샤자한으로 오지 않겠느냐는 제의."

난 퍼뜩 그를 바라보았다. 그게 유효하다는 말인가? 그를 후려친 시점에서 이미 소각해 버린 기억이었다. 생각보다 속이 좁지는 않은 모양이다.

"하지만 보아하니 그대의 의지만으로 가능한 일인 것 같진 않군. 그 제의는 없었던 걸로 해 두지."

뭐야. 그의 언급에 기분이 가라앉았다. 그렇지, 내 마음대로 되는 일은 아니지.

"다만,"

단호하게 힘을 실은 목소리.

"그대가 날 구했단 건 잊지 않고 있어. 언젠가, 도움이 필요하다면."

눈을 휘둥그레 뜨는데, 그가 자리에서 바로 몸을 일으켰다. 말도 모호하게 잘라놓고, 이대로 가려는 건가?

날 아래로 내려다보는 왕은 너덜너덜해진 차림새 그대로임에도, 여전히 왕이었다. 흐트러진 적금발은 타는 듯이 일렁였고, 그의 호박색 눈은 매처럼 날카로웠다. 군주다운 위엄과 기품이 함께 흐르는 남자였다.

그는 똑바로 선 그대로 처음으로 이름을 부르며 내게 작별을 고했다.

"내 이름은 아카일. 아힌, 다시 보기를 기대하지."

그리고 망연히 앉아 있는 날 내버려 두고, 등을 돌렸다.

언젠가 그와 다시 만나게 될지도 모른다는 생각이 들었다. 그저 '언젠가'라는 단어로 규정된 때에 대한 예감.

내게 예지력이란 건 존재해 본 적이 없으니, 바람일 뿐이겠지. 하지만 정말로 언젠가, 다시 이 샤자한에 방문하게 된다면…….

그때에는 왕에게 톡톡히 대가를 받아 내야지. 난 빚쟁이처럼 굳게 다짐하며 뇌리에 새겨 넣었다.

그나저나 이곳에도 오래 머물렀다. 마탑에 있었던 6개월과는 비할 수 없는 짧은 기간이지만, 그와 비등한 시간을 이곳에서 보낸 듯한 기분이다.

고뇌에 잠겨 나름대로 임무 수행에 열심히 힘썼지만, 막상 일이 다 해결되고 나니 휴가를 온 것처럼 실컷 놀다가는 기분이기도 하고. 떠날 때가 되자 후련하면서도 마음이 무거웠다.

분명히 즐거웠던 순간도 있었다. 왕과 함께한 정원에서의 티타임. 아름다운 드레스를 입고, 모처럼 한껏 꾸미고 연회에 나섰었지. 그때의 내 모습, 마스터도 보았을 텐데. 문득 거기에 생각이 닿자, 궁금해진다.

꿈에서 마주한 마스터는 그때의 나를 보고, 어떻게 생각했을까. 조금쯤은……. 예쁘다고 생각했을까. 아니면 기껏 파견해 놨더니 잘하는 짓이라고 생각했을까?

뭐, 내 차림새 따위는 아무래도 관심이 없었을 수도 있겠지…….

그게 가장 실제와 가까운 예상인 듯하여, 난 결국 이맛살을 구겼다.

감상에 빠진 채 방을 나선 난 문밖에서 기다리고 있는 란델에게 향했다. 조각상처럼 흐트러짐 없이 서 있던 그의 시선이 곧바로 내게 옮겨졌다. 속모를 눈빛이다.

'이야기는 잘 끝냈니?'라며 다정스러운 투로 묻는 그에게 난 대뜸 심술궂게 말했다.

"들으셨나요?"

추궁하려는 건 아닌데, 그동안 날 혼자 내버려 둔 것에 대해서 앙심을 품긴 했다.

"……엿들은 거냐고 묻는다면, 아니. 인간과의 대화가 대수로울 게 있겠니."

내 속에 구물구물 맺힌 무언가를 감지한 듯이 란델이 평소보다 더욱 온화하게 대꾸했다. 난 눈을 가늘게 좁히며 또 다른 질문을 꺼냈다.

"마탑에서 호출이 왔다고요? 마스터가 부르시던가요?"

"아니, 마스터가 아니란다."

란델이 즉시 고개를 저었다.

"내가 말한 적 있지? 첫 번째 시온, 엘리야. 그가 너를 보고 싶어 한단다."

"엘리야……라고요."

들어 본 적 있는 이름이다. 하지만 어떤 사람인지에 대해서는 전혀 들은 바가 없었다.

"그래, 이제 가자꾸나."

란델은 미소 지은 채 내게 서둘러 손을 내밀었다. 난 가만히 '엘리야'라는 이름의 시온은 어떤 사람일지 상상해 보았다. 블레셋처럼 포악한 성격이지는 않겠지. 란델처럼 의뭉스럽지도 않을 거고. 마스터처럼 무뚝뚝해도 문제다.

까다롭지 않은 사람이면 좋을 텐데…….

걱정 반, 기대 반 섞인 마음으로 난 란델을 향해 손을 뻗었다. 어쩐지 가슴이 설레었다.

……바람의 방향이 바뀌는 듯한 기분이 든다.

하지만 불어오는 바람에 민들레 홀씨처럼 이리저리 휘날리는 내가 결국은 어디에 이르게 될지는, 아직은 알 수 없었다.

순식간에 눈앞이 바뀌었다.

검은 달무리, 금빛 숲 1

펴낸날 2016년 6월 30일 초판 1쇄

지은이 해연
펴낸이 차보현
펴낸곳 연필

출판등록 제2015-000007호
경기도 동두천시 동두천로 63, 402-1004
전화 070-7566-7406 팩스 0303-3444-7406
www.bookhb.com

'연필'은 출판사 '에이치비(HB)'의 브랜드입니다.